Das Geheimnis

Transfer XLV

[Einige Erinnerungen an meine Kindheit]

Bianca,
die mir beim Schreiben stets im Sinn war,
widme ich diese Seiten, damit sie sich wundere
und über dermaßen viele Kindereien lächle und
vielleicht ein wenig trauere.

Titel der Originalausgabe: Il segreto

Das Umschlagbild ist eine historische Postkartenansicht von Triest.
Die Handzeichnungen auf dem Titelbild und auf der Haupttitelseite stammen von Paul Thuile.

Graphische Gestaltung: Dall'O & Freunde
Druckvorbereitung: Graphic Line, Bozen
Druck: Dipdruck, Bruneck

ISBN 3-85256-232-5

www.folioverlag.com

Anonimo Triestino

Das Geheimnis

Roman

**Aus dem Italienischen
von Christa Pock und Peter Rosei
Mit einem von Peter Rosei
für diese Neuausgabe erweiterten Nachwort**

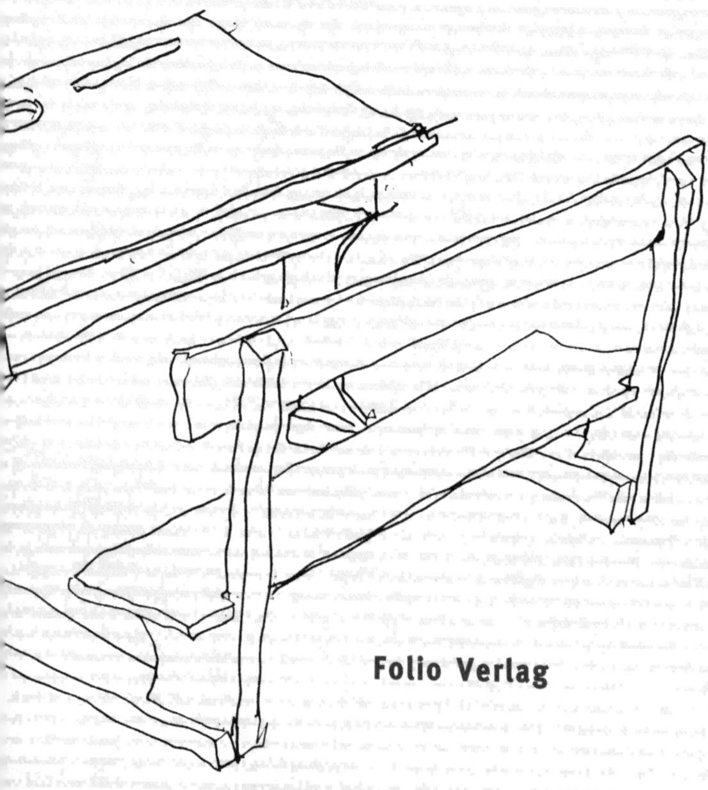

Folio Verlag

[I.]

Kein Zweifel, ich war ein frühreifes Kind. Wollte ich mich auf das wenige, was ich über Kinderpsychologie gelesen habe, stützen, müßte ich zu dem Schluß kommen, daß ich geradezu ein Phänomen war. Meine Meinung ist allerdings die, daß viele Autoren, vielleicht auf Grund ihres Unverständnisses und der den Erwachsenen eigenen Überheblichkeit, über Kinder und deren Intelligenz ziemlich wenig berichten können, und zwar so wenig, daß es kaum für die Intelligenz junger Katzen ausreichen dürfte.

Sicher ist, daß meine Frühreife meine Eltern dazu veranlaßte, meinen Kopf vom zartesten Kindesalter an mit allen möglichen Kenntnissen und Ideen, die man sich normalerweise erst in fortgeschrittenem Alter aneignet, zu überladen. Und es war ein Glück, daß ihr gesunder Menschenverstand und mein Charakter es verhindert haben, daß aus mir ein Wunderknabe wurde. Meine ersten und schärfsten Erinnerungen verdanke ich aber nicht so sehr meiner intellektuellen Frühreife, als vielmehr einer gewissen Frühreife im Spüren, die mir das Schicksal zum Geschenk machen wollte.

Mit etwas mehr als drei Jahren hatte ich, nachdem ich von einer Reise mit meinen Eltern zurückgekehrt war, eine meiner vielen Krankheiten. Ich weiß nicht, war es eine Ohrenentzündung oder etwas anderes. Ich lag auf dem Kanapee in unserem Speisezimmer und konnte von den niederen Fenstern aus den Garten sehen, der das bescheidene Häuschen – ein wenig unterhalb der Burg von Triest, meiner Geburtsstadt –, in dem wir damals wohnten, umgab.

Mit Möbeln beladene Gepäckträger gingen durch den Garten und stiegen dann über die Außentreppe, die zum oberen Stockwerk führte, hinauf. Man sagte mir, daß eine neue Familie die Wohnung über uns, die schon seit einiger Zeit leer stand, übernommen habe.

Als ich genesen war und in den Garten hinausging, machte ich verhältnismäßig schnell Bekanntschaft mit den neuen Mietern. Sie hatten drei Mädchen: Rina, Dora und Bruna. Die Älteste dürfte damals so um die acht gewesen sein, fünf Jahre älter als ich; die beiden anderen um die sieben und beziehungsweise sechs. Nach einiger Zeit wurde ich ein guter Freund der zwei Jüngeren, besonders von Dora, die für viele Jahre meine bevorzugte Spielkameradin war, obwohl wir uns ziemlich oft stritten.

Die Größte hingegen hatte einen eigenen Charakter. Sie verbrachte einen großen Teil des Tages damit, auf irgendeinem Baum, auf den sie geklettert war, oder sitzend auf einem Mäuerchen im entlegensten Teil des Gartens zu studieren oder zu lesen. Näherten sich ihr Lausbuben, verschwand sie – ganz ruhig –, um sich woanders zu verstecken. So wenig gesellig sie war, so außerordentlich starrköpfig war sie. Wenn sie sich weigerte, etwas zu tun, konnte man sie unmöglich dazu bringen, und ihrer Mutter, nicht weniger hart und starrköpfig, gelang es oftmals nicht, auch nicht durch Prügel, sich Gehorsam zu verschaffen.

Diese Rina war fast allen Kindern, die mit mir spielten, unsympathisch. Auch die Schwestern fanden oft Gefallen daran, sie zu reizen. Meine Gefühle waren ganz andere: Zuerst machte sie mich neugierig; meine Neugier wurde schließlich immer schüchterner, und meine Schüchternheit verwandelte sich äußerst schnell in eine fast religiöse Bewunderung, vermischt mit einer eigenartigen Angst. Ihr Wunsch, sich abzusondern, ihre ernsthaften Beschäftigungen brachten mich zu dem Glauben, daß sie viel klüger und intelligenter war als wir anderen. Ich nahm an, daß sie überragende Eigenschaften besäße, die ich mir nicht einmal vorstellen konnte. Und nicht wenig wirkte auf mich dieses gewisse Geheimnis, mit dem sie sich umgab. Auch die Tatsache, daß sie nicht das Bedürfnis hatte, mit uns zu spielen, unsere Gesellschaft zu suchen, beeindruckte mich.

Ich war damals sehr ängstlich, und, bestimmt von einer gewissen Seelenstärke und einer gewissen Widerstandsfähigkeit dem Schmerz gegenüber, die Rina zweifelsohne besaß, machte es mir Freude, sie mir unbeirrbar angesichts aller äußeren Einflüsse vorzustellen.

Ich näherte mich oft dem Platz, von dem ich wußte, daß sie sich dort versteckt halten würde, und machte dann, sobald ich sie entdeckt hatte, einen großen Bogen um sie. Manchmal führte Dora mich und andere Kinder justament dorthin, wo sich die Schwester verbarg, aus Lust, sie zu stören und sie zu zwingen, sich ein anderes Refugium zu suchen. Ich erinnere mich an die Aufregung, die ich verspürte, als eines Abends Frau Galli – die Mutter der drei Mädchen –, nachdem sie Rina einige Male umsonst gerufen hatte, Dora und im Gefolge mich ausschickte, sie auf den Feldbäumen zu suchen; sie hatte gleichzeitig angedroht, daß sie Rina, wenn sie auftauchte, ordentlich verhauen würde. Ein anderes Mal fiel Rina von einem Baum herunter und verletzte sich ziemlich schwer. Die Wunde wurde eitrig, und sie mußten sie mehrere Male verarzten. Ich dachte an die Angst, die ich verspürt hätte, an die Tränen und Aufschreie, die ich nicht hätte zurückhalten können; und als ich sah, daß Rina sich überhaupt nicht aus der Ruhe bringen ließ, wurde ich von grenzenloser Bewunderung erfaßt.

Kurz und gut, obwohl ich von ihr so wenig wie möglich sprechen wollte, lag ich den Meinigen mit Rinas Ruhmestaten in den Ohren. Ich geriet in Streit mit dem, der mir sagte, daß ihr richtiger Name ein prosaisches »Caterina« sei, und ärgerte mich über das Dienstmädchen und die anderen, die zu mir, um mich ihrem Willen gefügig zu machen, sagten: »Auch Rina macht es so.« Es schien mir ein Sakrileg zu sein, mich mir ihr zu vergleichen.

So nahm ich – mein Herz war voll von diesen seltsamen Gefühlen, die konfuser, ja heftiger waren, als ich sie zu beschreiben vermag – eines Tages ein Blatt Papier und schrieb darauf: »Rina leidet.« (Mit vier Jahren konnte ich schon in großen Blockbuchstaben schreiben.) Dann übergab ich das Papier meiner Tante Marietta, die bei uns wohnte und meine Vertraute war. Schwer zu sagen, was für mich dieses Wort bedeutete: »leidet« – woran denn? An nichts

Speziellem. Ich hatte versucht, das Göttliche auszudrücken, das nicht frei von einem Nimbus des Martyriums ist. Außerdem hatte das Wort »leiden« damals für mich – und hatte es auch später – einen entsetzlichen und anziehenden Inhalt zugleich. Ich war nicht fähig. es auszusprechen; und ich empörte mich im stillen, wenn jemand sagte, er habe an Kopfschmerzen »gelitten«.

Sei es, daß meine Vertraute nicht verschlossen genug war oder daß ich selbst herumerzählte, daß ich ein Geheimnis habe: Rina erfuhr etwas, und neugierig gemacht durch all diese Sonderlichkeiten, trat sie eines späten Abends, bei Mondschein, an mich heran. Sie faßte mich unter dem Arm und erklärte: Würde ich ihr das »Geheimnis« nicht in der Zeit verraten, die wir brauchten, um zehnmal auf unserem Bocciaspielplatz auf und ab zu gehen, würde sie mir nicht mehr »ins Gesicht schauen«. Ich blieb verschwiegen und ging, nachdem dieser so verwirrende Spaziergang beendet war, weg, ohne ein Wort gesprochen zu haben.

Ich war zutiefst beleidigt und betrübt. Nicht etwa, daß diese Drohung mir Schrecken einjagte: Schon für gewöhnlich schaute mir Rina nie ins Gesicht, und ich wagte nicht einmal, es mir zu wünschen. Doch Rina hatte ihre Göttlichkeit und deshalb auch mich tief beleidigt. Sie hatte sich um einen armseligen Sterblichen wie mich gekümmert, hatte Neugier empfunden, ein lächerliches Mittel angewandt, das alle Kinder anzuwenden wissen, sie hatte sich erniedrigt und einen Gewaltakt versucht, und noch dazu einen, der ihr mißlungen war. Das reichte aus, ja es war mehr als genug, um meine Ansichten über sie durcheinanderzubringen, um mich vollkommen zu enttäuschen.

Einige Tage vergingen. So viel war mir klar: Wollte ich unter das Ganze einen Schlußstrich ziehen, dann durfte ich auch nicht länger mit ihr im Streit liegen. So sehr ich mich auch schämte, ich gestand eines Morgens, in Anwesenheit verschiedener Personen, mein Geheimnis. Niemand verstand mich. Rina lächelte verächtlich: War dies wenige der Mühe wert? Von dem Tag an behandelte ich Rina, als ob sie sich durch nichts von den anderen unterschiede. Ja, allmählich schlossen wir sogar gute Freundschaft, zumal mit den Jahren auch sie geselliger und weniger hochmütig wurde.

Rina war also meine erste Liebe. Ich wüßte wirklich nicht wie ich dieses Phänomen, das in so vielen Aspekten denen ähnelt, die dann meine Lieben wurden, anders benennen sollte. Vielleicht hätte ich mich damals gleichermaßen in einen Knaben anstatt in ein Mädchen verlieben können. Ich sage, vielleicht: aber wahrscheinlich nicht. Mir scheint, daß ich für keinen Buben ähnliche Gefühle hätte empfinden können wie für Rina, weil mir die Buben in bezug auf mich nicht so andersartig vorkamen. Aber nicht nur die Fähigkeiten, die ich Rina zuschrieb, und ihr eigenartiges Benehmen, übten auf meine Seele einen solchen Einfluß. Ihre Gesten, ihr Gesichtsausdruck, ihr Lächeln erweckten in mir verworrene Gefühle, die vielleicht von einer gewissen »Antipathie« nur wenig entfernt sind und die ich damals für alles zu empfinden behauptete, was mich zu stark beeindruckte: stärker, als ich es gewollt hätte.

An Rinas damaliges Gesicht erinnere ich mich nicht allzu gut: Ich muß ihr in der Tat nur ganz selten in die Augen geschaut haben. Ich erinnere mich viel eher an ihren über ein Buch gebeugten Rücken, ihr grau – oder himmelblau gestreiftes Kleid, ihre kastanienbraunen Haare, die im Nacken zusammengebunden waren und dann frei über den Rücken fielen. Auch an ihre schönen Hände, die lang und schmal waren, und die durchsichtigen weißgesprenkelten Fingernägel (diese weißen Zeichen sind die Spuren der Lügen, behauptet man bei uns in Triest, und Dora hat mich darauf hingewiesen, um mich zu ärgern; ich aber konnte es nicht gelten lassen, daß Rina Lügen erzähle), die ich so gegenwärtig habe, wie ich sie damals sah. Rina blieb noch für viele Jahre eine Freundin unserer Familie, aber ich achtete nicht mehr auf ihre Hände.

Dora war groß und ausgesprochen dünn; sie hatte schüttere blonde, borstige und kurz geschnittene Haare; die Nase und das Kinn spitz und vorspringend; die Augen, von einer undefinierbaren Farbe, klar und lebhaft; die Arme und Beine, die auch bei kältestem Wetter nackt waren, nur Haut, Knochen und Nerven. Dora war wirklich ein schlimmes Kind: schlau wie der Teufel und so verlogen, daß es an Unverschämtheit grenzte, rechthaberisch, lästerlich, streitsüchtig, schwatzhaft, frech und fähig, mit Worten jedem, ob groß oder klein, die Stirn zu bieten; und außerdem war sie boshaft, so boshaft, daß sie die Bosheit zu ihrer Kunst, ihrem Hauptvergnügen machte.

Zwischen uns entstand eine recht eigenartige Beziehung. Wir steckten immer zusammen. Sie – wer weiß, aus welchem Grund – hatte zu mir eine sehr große Zuneigung gefaßt. Ich – so gut ich auch ihre Fehler kannte –, war sehr gern in ihrer Gesellschaft: Sie war unübertrefflich im Erfinden von immer neuen Spielen und Vergnügungen.

Dora ärgerte mich vor allem damit, daß sie schlecht von den Leuten sprach, die mir lieb waren. Vielleicht tat sie das aus einer Art Eifersucht: Ich verheimlichte ihr durchaus nicht, daß ich von bestimmten anderen Menschen eine viel höhere Meinung hatte als von ihr. Ich ärgerte mich jedoch nur bis zu einem gewissen Grad. Es schien mir die natürlichste Sache der Welt zu sein, daß Dora bestimmte Qualitäten nicht zu schätzen wußte; sie waren zu strahlend, als daß sie sie mit ihren Augen hätte sehen können.

Die jüngste der drei Schwestern, Bruna, war ein braves Kind und nichts mehr. Sie hatte ein friedliches Vollmondgesicht und zwei Zöpfe, die über den Ohren, in der Art von Widderhörnern, zusammengerollt waren, so wie es die Mädchen damals trugen. Sie war ein Dummchen und weinte ziemlich häufig; ja, ihre einzige Waffe gegen die Kränkungen der Schwester und der anderen war das Weinen und das Sich-von-der-Mutter-schützen-und-trösten-Lassen. Ich mochte sie leiden, sah sie gern in unserer Gesellschaft, fand sie aber zu unbedeutend, um mich allzu sehr mit ihr zu beschäftigen.

Als guter Freund der drei Gallischwestern, der ich war, ging ich sie sehr oft in ihrer Wohnung besuchen, besonders an kalten und verregneten Tagen, wenn man nicht im Garten spielen konnte. Ihre Mutter empfing mich immer recht freundlich, so daß ich einige Male, obschon ich wußte, daß die Töchter in der Schule waren, eben ihr einen Besuch abstattete. Diese Frau Galli war das Muster einer Hausfrau, emsig, fleißig und sparsam; sie hing sehr an den Töchtern und achtete darauf, daß es ihnen wirklich an nichts fehlte, auch wenn ihr das große Opfer abverlangte; doch sie behandelte sie ziemlich streng, wandte sich fast immer im Befehlston an sie. Wollten sie nicht gehorchen (und die beiden Größeren gehorchten oft nicht), schlug Frau Galli sie und bestrafte sie recht hart: und niemals kam es vor, daß sie verzieh. Dora war ihr Liebling, aber Frau Galli behandelte sie durchaus nicht besser als die anderen, und das gefiel mir sehr. Rina wollte immer ihren Willen durchsetzen und war übermäßig starrköpfig, aber gewöhnlich hielt sie sich brav; Dora hingegen stellte alles mögliche an. In Zorn geriet Frau Galli am heftigsten bei Rina, die gerechterweise strengsten Züchtigungen gingen aber immer auf Dora nieder, wie ja auch die Beziehungen zwischen ihr und der Mutter sehr viel liebevoller waren. Diese Strenge und diese Gerechtigkeit bewunderte ich im Grunde.

Dora handelte den Anordnungen der Mutter mit Kindereien, aus Leichtsinn, zuwider. Sie hoffte, der Mutter würde davon nichts zu Gehör kommen, und glaubte, sie würde sich mit irgendeiner Lüge herausreden können. Wurde ihr ihr Vergehen dann vorgehalten, versuchte sie nochmals, sich herauszuwinden, zu lügen; dann versuchte sie zu lachen und zu scherzen, um die Sache auf diese Weise zu überspielen. Immer gezwungener, immer dürrer und zitternder wurde ihr Lachen, es verwandelte sich in Gewimmer, in ein Flehen um Verzeihung und Mitleid. Die Ruhe eines Richters lag im Handeln der Frau Galli. Nicht ein gewaltsames Wort, keine mit lauterer Stimme gesprochene Silbe kam über ihre Lippen. Das Urteil wurde ausgesprochen und die Strafe ordnungsgemäß, mit Ruhe, ausgeführt. Nur der harte Ausdruck ihres Gesichtes gab zu verstehen, daß sich etwas Wichtiges vollzog. Die Bestrafung, die an sich hart war, weil Frau Galli, wenn sie schlug, allen Ernstes zuschlug, wurde geradezu grausam, entsetzlich durch die eiskalte, fast Ehrfurcht gebietende Art, mit der sie verhängt wurde.

Seltsam waren die Gefühle, die ich verspürte, wenn sich im Hause Galli solche Szenen abspielten. Es tat mir aufrichtig leid, daß Dora geschlagen wurde; der Schrecken und ihre Hilferufe, das Verhalten und der Ausdruck der Mutter jagten mir Angst ein und ließen mich regelrecht erzittern. Ich fühlte, daß ich an Doras Stelle in äußerste

Verzweiflung geraten wäre, daß ich an Frau Gallis Stelle mich erbarmt hätte. Ich stellte mir zudem vor: Hätte Frau Galli mich festhalten wollen, um mich zu schlagen, ich hätte mich befreit und mir die Kehle aus dem Hals geschrien, hätte sie gebissen und gekratzt und mit all meinen Kräften bis zur Erschöpfung gekämpft; und ich wunderte mich, daß Dora statt dessen bis zum Schluß bei so klarem Verstand blieb, daß sie versuchte, so billig wie möglich davonzukommen.

Dennoch gab es in mir so etwas wie Bewunderung für Frau Galli. An ihrer Vorgangsweise schien mir nichts von dieser Willkür, von dieser Impulsivität zu sein, die ich im Verhalten von so vielen anderen Müttern beobachtete, nichts von dieser Geringschätzung, die jene den Kindern entgegenbringen. Im Gegenteil: Daß sie ihnen eine so strenge Disziplin auferlegte, drückte, wie mir schien, eine hohe Meinung von ihren Pflichten und ihrer Würde aus. Es gab nicht einmal die Gehässigkeit, jemanden dazu zu zwingen, um Verzeihung zu bitten, sich reuig zu zeigen. Frau Galli interessierte es wenig, ob ihre Töchter bereuten, ob sie ihren Fehler einsahen. Sie mußten lernen zu gehorchen, auch wenn sie, was ihnen aufgetragen wurde, nicht für richtig hielten. Sollten sie sich denn stark genug fühlen, um nicht zu gehorchen und nach ihrem eigenen Willen zu handeln, sollten sie es doch tun: sie würden gezüchtigt werden, hart gezüchtigt, so daß ihnen die Lust dazu, neuerlich den Aufstand zu versuchen, vergehen würde.

Zu mir, den sie nicht erziehen mußte, war Frau Galli immer gut und freundschaftlich. Sie horchte meinen Plaudereien zu und interessierte sich für meine Überlegungen und Erzählungen. Sie war eine große und schlanke Frau, hatte regelmäßige Gesichtszuge, vielleicht sogar schöne, wenn sie nicht zu hart und streng gewesen wären. Im Gesicht, im Zurechtmachen der Haare und ein wenig, in kaum wahrnehmbarer Weise, im Sprechen verriet sie ihre slawische Herkunft.

Mit der Lausbubenschar (der »mularía«, wie man in Triest sagt), die sich auf unserem Feld versammelte, kam ich ziemlich gut aus, und zu Hause, wo mir alle Gehör schenkten und mich wie einen »Großen« behandelten, war ich oft rechthaberisch. Aber bei Fremden war ich eher schüchtern.

Mit Tante Marietta ging ich in den öffentlichen Parks oder auf den Terrassen von Sant'Andrea spazieren. Leider kannte Marietta halb Triest. Es waren in der Tat nicht wenige Frauen, die stehenblieben, um mit ihr zu reden, und die es dann als ihre Pflicht ansahen, die üblichen Fragen und die gewohnten dummen Komplimente an mich zu richten. Ich antwortete nicht oder antwortete kaum: ein wenig aus Schüchternheit, weil diese neuen Leute, die ich noch nie gesehen hatte, mich verwirrten; ein wenig aus Verachtung, weil all dieses Herumgefasel, dieser Austausch von Komplimenten, dieses Von-mir-in-dritter-Person-Reden, so als ob ich nicht dabei wäre und nicht verstünde, mich aufbrachten und ärgerten.

Am schlimmsten war es dann, wenn diese Frauen weggingen, und ich sie hätte grüßen sollen. Ich war das Grüßen der Leute wenig gewöhnt; und die paar Male, wo man mich dazu aufforderte, waren eben jene. Ich ließ mich aber nicht dazu verleiten, weil es mir heuchlerisch und entwürdigend vorkam.

Dann gab es noch die Kinder dieser Frauen, mit denen ich hätte spielen sollen. Auch das gefiel mir nicht. Lieber langweilte ich mich und blieb bei Tante Marietta, ohne etwas zu tun, als mit ihnen zusammen zu sein. Die Fragerei und die Komplimente mochten diesen hübschen Bürschchen gerade angemessen sein, jene Fragen und Komplimente, die mich, wurden sie von deren Müttern an mich gerichtet, so aufbrachten. Ich verstand nicht, wie sie Lust haben konnten, mit jedem x-beliebigen Kind, das sie trafen, zu spielen, wie nicht auch sie es als verstörend empfanden, sich neuen Leuten zu nähern.

»Wie heißt du? Willst du mit mir spielen?« Es war ausgeschlossen. Ich erinnere mich nicht daran, jemals mit den eleganten Kindern der Terrassen von Sant'Andrea gespielt zu haben.

Meine Gefühle waren jedoch nicht allen gegenüber gleich. Manch einem gegenüber, etwa denen, deren Mütter mit Tante Marietta nicht bekannt waren, oder jenen, die mir niemals nahegekommen waren, verspürte ich einige Male ein gewisses Interesse, eine gewisse Anziehung. An diese wagte ich aber noch weniger heranzutreten als an die anderen, als ob sie etwas Einmaliges, Überlegenes, Unerreichbares hätten.

Ich erinnere mich an eine deutsche Familie mit etlichen Buben und Mädchen. Ich beobachtete sie still und getraute mich nicht, zu ihnen hinzugehen; im Gegenteil, ich dachte nicht einmal an die Möglichkeit. Sie sprachen deutsch, und ich verstand sie nicht: Das machte sie für mich noch interessanter. Vielleicht, wenn ich verstanden hätte, daß sie gewöhnliche Dinge oder sogar Dummheiten redeten, wäre ich sehr bald enttäuscht gewesen. Was ich an ihnen bewunderte, war, daß sie, wenn sie hinfielen, nicht weinten; wenn sie beim Spielen einander weh taten, nicht stritten. Und außerdem gehorchten sie – lächelnd und heiter – immer sofort ihren Müttern und ihren Erzieherinnen. Ich verstand nicht, was diese ihnen befahlen, aber ich sah, daß die Befehle beständig niederhagelten und keinen Auflehnungsakt hervorriefen. Ich dachte mir, daß diese Kinder Opfer einer Art Gewaltherrschaft waren, die sehr drückend sein mußte, deren Ungerechtigkeit und Sinnlosigkeit sie wohl begriffen. Ich stellte mir mich an ihrer Stelle vor; ich sah mich traurig und mürrisch, schmerz- und grollerfüllt; ich sah mich vergeblich kämpfen und aus Schwäche, aus Angst vor den Züchtigungen nachgeben: Und ich bewunderte ihre sanfte, evangelische Ruhe.

Neben den allerersten Erinnerungen an mein wirkliches Leben finde ich in mir die ersten Erinnerungen an ein paralleles Leben, das ich mir mit der Einbildungskraft geschaffen habe. Meine Phantasiewelt hieß: Himmlisches Reich. Seine frühesten Ursprünge gehen auf die Zeit zurück, als ich ungefähr zwei Jahre alt war; sein endgültiger Untergang erfolgte mit zirka zehn. An dieses mein Reich dachte ich, wenn ich allein war, und dabei wanderte ich in meinem Zimmer auf und ab; oder auch im Bett vor dem Einschlafen; oder wenn ich mit Mutter oder anderen spazierenging und die wenig Lust zeigten, mit mir zu reden. Während ich phantasierte, war in mir eine seltsame Freude, obwohl mein Phantasieren nicht frei von einer, man könnte sagen: intellektuellen Anstrengung war. Mein Phantasiegebilde hatte einen folgerichtigen Zusammenhang, war organisiert oder wollte es sein. Für mein Reich taugte nicht jeglicher Unsinn; notwendig war, daß alles eine gewisse Wahrscheinlichkeit hatte, daß alle Teile meines immer komplizierteren Gebäudes gut zusammenpaßten und einander nicht widersprachen.

In meinem Reich gab es Paläste und Villen, die ich mir ganz genau ausmalte; gab es Ebenen, Flüsse, riesige Gebirge, von denen ich mir eine geographische Karte entwarf, wobei ich die Gegenüberstellung zu den Ländern dieser Welt nicht außer acht ließ; es gab seltsame und monströse, riesige oder ganz kleine Tiere, die wegen der großartigen Vorteile oder der immensen Schäden, die sie den Menschen brachten, bemerkenswert waren. Außerdem gab es ganz harte beziehungsweise weiche, ganz schwere oder leichte, wertvolle oder gewöhnliche Mineralien. Es gab Städte und Häfen, mit prächtigen Straßen, mit großen Gärten: Davon fertigte ich mir die topographische Karte an und kennzeichnete darauf die Stelle, wo sich die größten Paläste und die wichtigsten Institute befinden sollten. Ich vergaß auch die Straßenbahnlinien nicht, die Bahnhöfe und alles übrige. Als ob das nicht hingereicht hätte, versuchte ich auch noch, mir Maschinen und Apparate der verschiedensten Art vorzustellen, die für allerlei Verwendungen nützlich waren.

Wenn ich etwas sah, das mir gefiel oder meine Phantasie erregte, versetzte ich es für gewöhnlich sofort in mein Reich, wo ich es perfektionierte, ausbaute, es meinem Geschmack anpaßte. Fand ich dann etwas, das mir mißfiel, versetzte ich es auch in mein Reich, und hier befreite ich es von seinen häßlichen Seiten oder ersetzte es durch etwas anderes, das mir besser gefiel.

Bemerkenswert an diesen meinen Phantastereien scheint mir, daß es in meinem Reich das eine oder andere »gab«, aber dort gleichsam nie etwas passierte. Es gab keine Kriege, keine Kämpfe, im allgemeinen war die Zahl der Ereignisse äußerst gering. Die einzige Aktion, an der ich Gefallen fand, war die Organisation.

Anfangs wollte ich den anderen zumindest einen Teil meiner Erfindungen mitteilen. Dann, im Lauf der Jahre, behielt ich sie immer mehr für mich. Ich sah, daß sie tatsächlich niemanden interessierten und man sich darüber wunderte, daß ich, ein schon großer und ernsthafter Knabe, mich in solche Dummheiten verlor. Mit Mutter sprach ich ungern über mein Reich: Mich verdrossen ihre kleinen Lächler, wenn sie in meiner Erzählung Dinge fand, die für ihre eigenen kindlichen Phantastereien typisch gewesen waren.

Besser aufgehoben fühlte ich mich bei Tante Marietta, die mir mit wohlwollender Unaufmerksamkeit zuhörte. Nachmittags, wenn sich meine Eltern in ihr Zimmer zurückzogen, um sich auszuruhen, und auch Marietta – obwohl sie diese hassenswerte Gewohnheit nicht teilte – sich auf einem Lehnsessel im Eßzimmer ausstreckte, in der Absicht, ein kleines Nickerchen zu machen, setzte ich mich auf ihren Schoß und erzählte. Hatte ich einmal angefangen, hörte ich nicht mehr auf. Anfangs stellte ich ihr, um sicherzugehen, daß sie aufpaßte, von Zeit zu Zeit Fragen oder wies sie auf den springenden Punkt hin. Dann, in der Hitze der Erzählung, überzeugt davon, ihre Aufmerksamkeit bereits gefesselt zu haben, vergaß ich diese Abrufe, bis ein leises Grunzen – es ähnelte ein wenig dem Gepfeif eines abfahrenden Zuges – mir das unvermeidliche und sichere Zeichen gab, daß Marietta schlief. Dann protestierte ich, und Marietta gab mir – mit einem weiteren Grunzen – zu verstehen, daß sie in die Welt der Lebenden zurückgekehrt und in der Lage war, meine Vorwürfe und die Fortsetzung meiner Erzählung anzuhören.

Einen bestimmten Teil meiner Phantastereien vertraute ich aber nie jemandem an: Es war der Teil, der die Abenteuer des Königs von meinem Himmlischen Reich betraf. Dieser König war, wie dann immer die Protagonisten meiner Einbildungen, ich, und zugleich war er es nicht: Ich, weil in meinem Reich ich durch seine Person sah, fühlte, sprach; nicht ich, weil er Dinge tat, die ich mir nicht im Traum zugetraut hätte – da er Qualitäten besaß, die mir fehlten.

Die Abenteuer, die diesem König widerfuhren, hatten keine große Wichtigkeit: Sie waren nur ein Rahmen, den ich manchmal für notwendig hielt und dann wieder völlig wegließ. Hauptsache war, daß er, mit vollendeter Ruhe, Leiden auf sich nehmen konnte, denen er sich, hätte er gewollt, entziehen hätte können; aber die, indem er so handelte, wie er handelte, unausweichlich und sehr schwer waren.

Meine angsterfüllte und vergötternde Bewunderung für jede Tat, die Seelenstärke und eine Widerstandsfähigkeit dem Schmerz gegenüber offenbarte (anfangs gegen den physischen, dann auch gegen den moralischen Schmerz), schien mir, viel später, etwas Anormales zu sein, das auf einen ziemlich ernsthaften seelischen Defekt in mir hindeutete. Diese Gefühle verschwanden jedoch vollkommen, zumindest, was an ihnen übertrieben sein konnte, ausgerechnet im Jünglingsalter, in dem alle Krankheiten aufzublühen pflegen.

Kurz nachdem ich fünf geworden war, machte ich eine Bekanntschaft, die in mir Empfindungen weckte, die in gewisser Hinsicht denen ähnelten, die ich für Rina gehegt hatte. In der Wohnung unter uns wohnte eine Familie Tommasi. Ein Cousin von ihnen war gestorben, und seine zwei Waisen, die oft allein zu Hause blieben, weil ihre Mutter arbeiten ging, nahmen die Gewohnheit an, ganze Tage im Garten der Tommasi zu verbringen. Es waren zwei blonde, schwarz gekleidete, magere und blasse kleine Mädchen. Die größere war ungefähr sechs Jahre, einige Monate älter als ich; die andere zwei Jahre jünger. Die erstere hieß Anita, die andere Vittoria: Beide waren schüchtern und blieben meistens allein. Es war vielleicht ihre Schüchternheit, die mich unternehmungslustig machte. Tatsache ist, daß ich, der für gewöhnlich andauernd hin und her überlegte, bevor er sich einem unbekannten Kind näherte, und der oft hartnäckig dem Drängen der Eltern widerstand, im Fall von Anita und Vittoria alle möglichen Anstrengungen unternahm, um ihre Schüchternheit zu besiegen.

Nach einiger Zeit gelang es mir tatsächlich, ihr Freund zu werden. Sicher war mir mein zahlreiches und anziehendes Spielzeug dabei behilflich, ebenso wie meine illustrierten Bücher, meistens auf deutsch, deren schöne Abbildungen auch für mich ein Rätsel waren.

Anita gefiel mir besser als Vittoria. Ja, nach und nach, verlor die letztere in meinen Augen beinah ihre eigene Persönlichkeit und wurde sozusagen Anhang und Attribut der ersteren. Anita war viel kleiner als ich; sie hatte helle Augen und lange, glatte Haare; sie war dünn und trug stets ein schüchternes und zurückhaltendes Lächeln auf den Lippen. Ihre Stimme war kaum zu hören. Sie antwortete meist kurz angebunden, oder indem sie nickte oder den Kopf schüttelte – wie ein Eselchen, sagte Tante Marietta. Das machte mir viel Mut, und ich wurde redselig.

War ich auch von den fesselndsten Spielen mit meinen anderen Gefährten in Anspruch genommen, unterließ ich es doch nicht, immerzu die kleine Treppe zu überwachen, über die Anita und Vittoria zu unserem Feld hinaufkommen würden. Sobald ich sie erblickte, ließ ich alles liegen und stehen und sicherte sie mir sofort für mich allein. Ich führte sie nicht dorthin, wo die anderen Kinder waren, sondern zu uns nach Hause, wo keiner gewagt hätte hinzukommen, wenn ich ihn nicht eingeladen hätte. Und dort unterhielt ich sie immer mit demselben Spielzeug und denselben Büchern.

In meiner Zuneigung zu Anita gab es so etwas wie, ich würde fast sagen, Väterlichkeit. Bei vielen Anlässen fühlte ich mich genötigt, für sie einzutreten, sie zu führen und zu beschützen. Aber ich war unglaublich eifersüchtig. Hätte ich gekonnt, ich hätte es so eingerichtet, daß keiner sie sah und sie keinen sähe; weder groß noch klein, weder männlich noch weiblich. Ich sehnte mich, wenn Anita und Vittoria nicht da waren; ich war glücklich, wenn sie kamen, aber in mir blieb die Angst, daß jemand sie beleidigen könnte oder sie mir wegnehmen: Im großen und ganzen aber fühlte ich mich ziemlich glücklich. Anitas Anwesenheit erzeugte in mir ein Gefühl von angenehmer Erregung, fast von Schrecken, wie seinerzeit Rinas Gegenwart. Und weil meine Spiele sie vergnügten und sie zu wenig unternehmungslustig und zu schüchtern war, um sich andere Gesellschaft zu suchen, waren wir verhältnismäßig oft zusammen.

Anita übermenschliche Qualitäten zuzuschreiben, fiel mir niemals ein. Ich grämte mich aber, wenn ich glaubte, an ihr einen Fehler entdecken zu müssen. Und außerdem wünschte ich, daß sie in allem auf mich höre, meinen Worten großes Gewicht beilege und sie nicht allzu leicht vergesse. Ich bildete mir ein, für sie die gleiche Wichtigkeit haben zu können, die sie für mich hatte, und ich geriet in Verzweiflung, wenn ich merkte, daß es nicht so sein mochte.

Eines Abends sagte mir Anita, ehe sie sich verabschiedete, daß sie diese Nacht nicht nach Hause gehen, sondern bei ihren Verwandten Tommasi schlafen würde, so daß wir uns auch am nächsten Morgen würden sehen können. Am folgenden Tag stand ich sehr viel früher auf als gewöhnlich. Ich begann vor der Tür der Tommasi herumzustreichen, dann stieg ich die Treppe wieder hinauf; dann ging ich sie neuerlich hinab, drei, vier, fünf Mal. Nachdem ich mehr als eine Stunde gewartet hatte, tauchte endlich Frau Tommasi in der Tür auf. Ich fragte sie nach Anita und Vittoria. Sie antwortete mir, daß sie am vorigen Abend weggegangen seien und daß es niemals beabsichtigt war, sie hier bei ihnen schlafen zu lassen.

Ich fühlte mich sehr betroffen. Als Anita und Vittoria nach einigen Tagen endlich wieder auftauchten, machte ich Anita eine Menge Vorhaltungen; sie entschuldigte sich, es sei nicht Lüge, sondern ein Scherz gewesen. Ich beruhigte mich ein wenig, aber mir blieb ein unangenehmer Eindruck: Ich hätte nie angenommen, daß Anita zu solchen Scherzen fähig war, und mir schien, daß ich schon dabei war, mir ein anderes Bild von ihr zu machen als früher. Es kam aber nicht dazu, daß ich mir darüber klar wurde, weil ich kurz danach Triest verließ und Anita und Vittoria mehr als zwei Jahre lang nicht wiedersah.

Genau in dem Sommer, in dem ich sechs geworden war, ereigneten sich zwei sehr wichtige Dinge: Der Erste Weltkrieg brach aus, und ich wurde in die Schule geschickt.

Von der Schule hatte ich eine merkwürdige Auffassung. Es fiel mir nicht einmal im entferntesten ein, daß man zum eigenen Nutzen, um dort etwas zu lernen, in die Schule gehen könnte. Man ging aus Pflicht hin. Ich wußte, daß der, der sich weigert, sie zu besuchen, dazu gezwungen wird. Es gab also irgendeine Stelle, die das Recht und die Macht hatte, einen solchen Zwang auszuüben. Zwang und Druck mußten für diese Stelle Selbstzweck sein; und die Schüler existierten auf dieser Welt einzig und allein, um zu gehorchen, um pflichtgetreu zu sein.

Die Schule dürfte wahrhaft kein Paradies sein, so vermutete ich. Trotzdem war ich gewillt, sie über mich ergehen zu lassen, und fühlte nicht einmal den Wunsch, mich aufzulehnen. Wenn ich überhaupt Angst verspürte, dann keineswegs diese instinktive und kranke Furcht, die sich manchmal meiner bemächtigte; eher die Angst vor einer schwierigen Aufgabe, vor einer neuen und für mich schwerwiegenden Situation.

Ich stellte mir vor, daß in der Schule größte Härte herrsche, daß man dem strengen Regiment gehorchen müsse, sich abmühen müsse, daß die Lehrer absolut unzugänglich seien und daß es unmöglich sei, sich ihnen verständlich zu machen. Kurz und gut, ich bildete mir über die Schule ungefähr die Meinung, die sich die Leute vom Militärdienst machen. Es wäre mir sicher nicht leichtgefallen, ruhig, ohne Gegenrede, ohne das Warum zu erfahren, einem Fremden zu gehorchen, der noch dazu versprach, mürrisch mit mir umzugehen und meine Unfähigkeit und Schwäche nicht verzeihen zu können. Doch die Vorstellung, daß mir eine Pflicht auferlegt werden würde, die ich für sehr schwerwiegend hielt, mißfiel mir nicht. Es schien mir, daß ich an Wichtigkeit gewänne, daß ich Teilchen eines riesigen Mechanismus werden würde.

Als im September die Schule begann, begleitete Papa mich hin und ließ mich in einer großen, überfüllten und lärmigen Klasse zurück. Es herrschte ein fürchterliches Durcheinander, das mich verwirrte und in mir die Angst noch mehr zuspitzte, daß ich hier allein unter Fremden sei, um mich mit einer ganz entsetzlichen Institution herumzuschlagen. Ich hatte Lust zu weinen, aber hielt mich zurück, und obschon ich weiterzitterte, zog ich es vor, eine Schmollmiene aufzusetzen, als Zeichen des Protests gegen all diese Kinder, die wimmerten oder tratschten, gegen all diese Mütter, die sich nicht zum Weggehen entschlossen, und gegen die vielen Lehrerinnen, die unsere Namen herausbrüllten, ohne daß es ihnen gelungen wäre, sich Gehör zu verschaffen oder die Antworten zu verstehen. Diese Unordnung und dieser Wirrwarr betäubten mich und brachten mich auf. Neben der Lust zu weinen, erwachte in mir auch eine Sehnsucht nach Revolte, weil sie mich zwangen, in dieser Hölle zu bleiben, ein Wunsch, den ich gegen die Schule noch nicht aufzubringen vermocht hätte, den aber Lehrer, Lehrerinnen, Schüler und Eltern spielend in mir erweckten. Ich verstand nicht, was da vor sich ging, wozu dies andauernde Brüllen der unverständlichen Namen gut sein sollte; und ich war auch besorgt, weil ich fürchtete, nicht zur Antwort bereit zu sein, wenn sie meinen Namen riefen.

Kurz danach ließen sie uns aus der Klasse hinausgehen, und ich hatte Schwierigkeiten, auf den überhäuften Kleiderhaken meine Matrosenmütze mit dem innen eingestickten Namen ausfindig zu machen. Schließlich fand ich sie und stellte mich in die Reihe. Draußen erwartete mich Tante Marietta. Ich erblickte sie und machte ihr verzweifelte Zeichen, daß sie kommen möge, um mich zu befreien. Sie lächelte, aber sie rührte sich nicht. »Wohin führen sie uns so in Zweierreihen?« fragte ich mich angsterfüllt und in dem Bewußtsein, daß wir, wenn sie uns mitnehmen wollten, um uns bei lebendigem Leibe zu häuten, mitgehen mußten.

An der Ecke bringt man uns zum Stehen. Es hat den Anschein, daß man sich – endlich – entfernen darf. Ich versuche, mich aus dem Staub zu machen, aber ein Lehrer (der, der dann für einige Zeit meiner wurde) hält mich an. Man muß zuerst grüßen und dabei die Mütze abnehmen. Gedemütigt und bebend gehorche ich. Das ist ein Zwang, den ich nicht hinunterschlucken kann. Gehorchen, in Ordnung; aber zumindest soll es die Freiheit geben, zu fühlen und zu denken, wie man will; es soll die Freiheit geben, im Herzen all diese Leute zum Teufel zu jagen. Dieses Hutabnehmen war Ehrerbietung und nicht Gehorsam. Jeden Tag, für lange Zeit hindurch, an dieser selben Straßenecke, rief das Den-Hut-Ziehen in mir die Lust zu weinen hervor.

An einem dieser allerersten Tage verspätete sich unser Dienstmädchen, das mich von der Schule hätte abholen sollen, und ich blieb allein zurück, um vor dem großen Tor auf sie zu warten. Ich begann zu schluchzen, nicht so sehr weil ich fürchtete, mich zu verlaufen (ich kannte den Heimweg bestens), als vielmehr, weil ich mir wirklich allein und verlassen vorkam, weil mir ein Mensch abging, dem ich mein Herz hätte ausschütten können, der mich anhörte, mich davon überzeugte, daß ich auf dieser Welt noch irgend etwas zählte. Die kleine Unannehmlichkeit war der Tropfen gewesen, der das Gefäß zum Überlaufen brachte, und ich weinte und schluchzte, als ob ich allein auf Erden zurückgeblieben wäre. Ein Knabe, den ich nicht kannte, der aber wußte, wo ich wohnte, begleitete mich bis zu unserem Feld hinauf.

In der ersten Zeit war unsere Klasse einem Lehrer anvertraut. Ich erinnere mich vage an seine himmelblauen Augen und an seinen roten Bart. Er gefiel mir nicht übel. Er redete viel; er erzählte eine Menge Dinge, die ich zum Großteil schon wußte, aber er tat es auf angenehme und interessante Weise: Und die Knaben waren brav bei ihm.

Ohne daß ich es merkte (die Angst hinderte meine Eigenliebe noch daran, in Erscheinung zu treten), war ich sein Lieblingsschüler geworden. Er wandte sich häufiger an mich als an die anderen und rief mich beim Vornamen: vielleicht weil ich der einzige ein wenig zivilisierte Knabe inmitten dieser besonders ungezähmten »mularía« von Cittavecchia war, vielleicht weil meine zwei Familiennamen ihn in Verlegenheit brachten (da ich ein unehelicher Sohn war, trug ich den mütterlichen Familiennamen, doch Papa hatte seinen Familiennamen als Eigennamen hinzufügen lassen). Aber ich wußte diese Ehre nicht zu schätzen. Das in mir vorherrschende Gefühl war die Langeweile: Obwohl der Lehrer tüchtig war, diese Stunden nahmen nie ein Ende. Dann gab es noch ein neues Gefühl, das mich quälte: die Angst vor allem Neuen. Überall vermutete ich neue Belästigungen, neue Methoden, uns zu peinigen. Ich fürchtete immer, daß Situationen entstehen könnten, aus denen es für mich kein Entkommen geben würde: und so empfand ich, als sie uns das erste Mal aufstehen ließen, um etwas Gymnastik zu machen, als sie ein Klavier in die Klasse trugen, uns beim Gesang zu begleiten, wenn der Direktor oder irgendein anderer Lehrer ins Klassenzimmer trat, immer viel mehr Angst als Neugier; es wäre mir lieber gewesen, wenn es überhaupt keine Neuerungen gegeben hätte.

Meine Schulkameraden interessierten mich, in dieser Anfangszeit, nicht. Ich spürte, daß ich nichts mit ihnen gemein hatte. In den »Ruhepausen« schrien sie und prügelten sich, aber ich muckste mich nicht und phantasierte für mich allein. Fast ständig mußte man schweigen und immer gerade dann antworten, wenn man lieber in Ruhe gelassen worden wäre: das versetzte mich in düstere und wortkarge Stimmung, die in mir auch dann noch anhielt, wenn die Schule aus war. Ich verstand nicht, welcher Sinn in all diesem Herumgewirtschafte läge: wofür singen gut sei, wofür Gymnastik treiben, wofür lesen, Hunderte Male hintereinander, immer die gleichen Buchstaben, die – man sah es sofort – nur i und e waren; wozu es gut war, all diese endlosen Stunden dort zu sein.

Eines Tages zeigte der Lehrer mit dem Finger auf den Boden und fragte mich, was da sei. Ich war ratlos: Ich verstand nicht, was es an Wichtigem in dieser Richtung geben könnte. Dann, in die Enge getrieben, und obwohl ich mir darüber klar war, daß das keine Schulantwort sein konnte, antwortete ich: »Der Nadir.«

Mit den Anordnungen, die mir gegeben wurden, nahm ich es sehr genau. Einmal begann der Lehrer, sich mit einem Kollegen zu unterhalten, und vergaß uns. Ich mußte austreten, doch ich wußte, daß man den Lehrer ohne Erlaubnis nicht ansprechen durfte. Ich hob die Hand, wie vorgeschrieben, aber der Lehrer, der der Klasse den Rücken zuwandte, konnte mich nicht sehen. Das Resultat gehörte nicht zu den erbaulichsten, und ich war unangenehm betroffen. Als der Lehrer mir jedoch unter sanften Vorwürfen erklärte, daß ich ihn hätte rufen müssen, war ich verwundert und fast beleidigt: Er war es, der schauen hätte müssen.

Dann verschwand dieser Lehrer. Ich weiß nicht, ob er krank geworden war oder ob sie ihn versetzt hatten. Man sah ihn jedenfalls nicht mehr, und die Klasse wurde jungen Lehrerinnen anvertraut, die jeden Augenblick wechselten. Alle zusammen waren nicht einen Pfifferling wert. Sie schimpften mit uns, brüllten, verstanden es aber nicht, Disziplin zu halten. Bei den besseren wirkte die Klasse wie ein Bienenstock, bei den anderen wie ein Graben in Dantes Inferno. Die eine wußte nicht, was die andere gemacht hatte; keine kannte uns beim Namen. Es war unmöglich, etwas zu lernen. Sie ließen ihren Ärger ab, indem sie uns viele Hausaufgaben auftrugen. Ich machte sie ungern, weil sie sehr langweilig waren, und wurde so schnell wie möglich damit fertig. Natürlich gelangen die Aufgaben alles andere als gut, und ich eignete mir eine auf besondere Art unleserliche Handschrift an, die ich dann bis in meine alten Jahre hinein beibehalten habe. Kurz und gut, die Schule hatte mich vollkommen enttäuscht.

Dann, nach wenig mehr als zwei Monaten Schule, holte ich mir eine Ohrenentzündung, dann eine Gastritis, darauf eine neuerliche Ohrenentzündung, die mich außer Gefecht setzte. Ich mußte die Studien zu Hause, mit Mama, fortführen.

[II.]

Als es, im Frühjahr 1915, bereits offenkundig war, daß Italien in den Krieg eintreten würde, war Papa der Ansicht, daß man in Triest große Gefahr laufen würde, und er wollte Mama und mich zu bestimmten Verwandten schicken, die in Livorno wohnten. Er dagegen, der Lehrer an einer staatlichen Schule war, blieb in Triest und nahm sich vor, später, vielleicht über die Schweiz, zu uns zu stoßen. Dann kam es zum Eintritt Italiens in den Krieg, und wir blieben getrennt. Alle Versuche Papas, Österreich zu verlassen, schlugen fehl; der Krieg zog sich mehr in die Länge, als man geglaubt hatte, und Mamas Gesundheitszustand – sie war eben erst von einer sehr schweren Krankheit genesen – gab allen Grund zur Besorgnis. So waren wir es, Mama und ich, die über die Schweiz nach Österreich zurückkehrten, begleitet von meiner Großmutter väterlicherseits, die zuerst auch nach Livorno geflüchtet war.

Unsere Reise war nicht frei von Schicksalsschlägen und von langen Aufenthalten unterbrochen. Sind mir auch viele Erinnerungen daran geblieben, so kann ich trotzdem nicht sagen, daß sie mich besonders tief beeindruckt hätte. Erst als wir uns, nach mehr als einem Jahr der Wanderschaft, für einige Zeit in einem Häuschen in der Nähe von Graz, am Rosenberg, niederließen, nahm mein Leben wieder einen normalen Verlauf.

In diesem Häuschen, das ganz von Äckern umgeben war und zu dem ein kleiner Garten gehörte, waren wir nicht die einzigen Mieter. Kinder gab es aber nur wenige in der Nachbarschaft, so daß mir die zahlreiche und bunte Gesellschaft, an die ich von Triest gewohnt war, fehlte. Geschah es deshalb, oder war es wegen meiner großen Tierliebe, ich nahm die Gewohnheit an, einen großen Teil meiner Aufmerksamkeit und meiner Zeit den Hühnern der Hausbesitzerin zu widmen.

Ich erinnere mich noch, wie mein Interesse für das Federvieh erwachte. Eines Tages, während wir im Garten frühstückten, sprang eine große Henne auf den Tisch, stieß dabei heisere Laute aus und begann in großer Hast das Brot, das vor uns lag, aufzupicken. Sie ließ sich durch unseren Protest nicht einschüchtern, wir mußten sie mit Gewalt entfernen. Man erklärte mir, daß das die Glucke war, die im Keller brütete. Gewöhnlich fütterten sie sie dort unten, doch seit einigen Tagen hatte sie nichts bekommen, sei es, daß man sie vergessen hatte, sei es, daß in diesem dritten Kriegsjahr das Hühnerfutter knapp wurde. Ich wunderte mich sehr darüber, daß eine Glucke aus Hunger so herunterkommen kann, weil sie ihre Eier nicht verlassen will, und ich war auch darüber erstaunt, daß der Hunger eine Henne derart mutig machen konnte.

Bei der ersten Gelegenheit, als unsere Hausangestellte in den Keller ging, um Kohlen zu holen, wollte deshalb auch ich dort hinuntersteigen, um der Glucke einen Besuch abzustatten. Die Henne erlaubte nicht nur, daß man sich ihr näherte, sondern ließ sich sogar streicheln.

Als die Glucke, gefolgt von den eben aus dem Ei geschlüpften Küken, endlich auf der Wiese hinter dem Haus auftauchte, fing ich an, sie stundenlang zu verfolgen. Alles kam mir neu vor: wie die Glucke dauernd die Küken rief; wie sie Alarm schlug, wenn sich eine Katze oder irgendein anderes Tier näherte; wie sie, mit ihrem heiseren Geschrei, alle anderen Hennen fernhielt, die, wenn es ihnen gelang, ein Küken weitab von der Glucke zu erwischen, es auf grobe Art übel zurichteten.

Ich glaubte feststellen zu können, daß alle Hennen die Glucke fürchten und vor ihr fliehen (später bemerkte ich allerdings, daß diese Regel gewissen Ausnahmen unterliegt, besonders wenn die Glucke sehr jung ist). Aber das Eigenartigste war, daß die Hennen eine Art Knigge, eine Art von hierarchischer Ordnung hatten, die es verhinderte, daß jeder Streit zum Kampf ausartete. Es gibt die, die Schläge austeilen, und die, die sie einstecken; manche können sich Anmaßungen erlauben, andere müssen sie aushalten. Und die anmaßendsten sind nicht die größten, die, die am stärksten sein müßten; es sind, zumindest unter den im gleichen Hühnerstall aufgewachsenen Hennen, die ältesten. Nach langen und aufmerksamen Beobachtungen gelangte ich zu diesem Schluß, der mir höchst eigenartig vorkam: Und ich glaubte, eine Wahrheit von unvergleichlicher Wichtigkeit erobert zu haben.

Immer tiefer drang ich in die Geheimnisse der Hühnerwelt ein, so daß nach einer gewissen Zeit das Treiben einer Henne für mich nicht länger sonderbar, sondern etwas Logisches und Vorhersehbares war. Mir kam vor, daß ein Teil meiner Seele sich in eine Hennenseele verwandelt habe: Und ich war sehr stolz darauf.

Weil es den Anschein hatte, als würden wir uns ziemlich lang am Rosenberg aufhalten müssen, suchten die Meinigen eine Schule, in die sie mich schicken könnten. Italienische Schulen gab es in der Umgebung natürlich keine, und so mußte ich die Studien auf deutsch fortsetzen. Aber das war keine große Schwierigkeit. Das Deutsche beherrschte ich fast schon genauso gut wie das Italienische. Ja, ich hatte am Ende des vorigen Schuljahres sogar Prüfungen abgelegt, die es mir erlaubt hätten, mich ebenso in die dritte italienische Volksschulklasse wie in die deutsche einzuschreiben: Ein bemerkenswertes Resultat, das Mama mit ihrem Privatunterricht erreicht hatte. Es genügt zu bedenken, daß ich ein Jahr zuvor, man kann sagen, kein einziges Wort Deutsch verstanden hatte.

Die Schwierigkeiten waren anderer Natur. Die nächste Schule lag ungefähr zwanzig Gehminuten von unserem Haus entfernt. Und weil sowohl vormittags als auch nachmittags unterrichtet wurde, hätte ich diesen Weg, der stellenweise beschwerlich war, viermal am Tag zurücklegen müssen. Es gab aber keine Wahl, und so schrieb mich Mama, wenige Tage vor Schulbeginn, ein.

Das Schulgebäude war ein winziges Häuschen im Grünen, und es gab nur zwei Klassen: im Erdgeschoß die erste; im ersten Stock die zweite. Ich, der ich mir die Zulassung zur dritten Klasse errungen hatte, war recht betroffen, als ich mich überzeugte, daß da nicht einmal die Spur von einer dritten war und ich in alle Ewigkeit die zweite Volksschulklasse würde besuchen müssen.

Die Dinge lagen allerdings anders. Der Lehrer und Direktor der Schule, der die Einschreibung annahm, erklärte uns, daß die erste die Klassen von der ersten bis zur dritten umfaßte; die zweite die von der vierten hinauf, bis zur achten. Er wollte mich prüfen und versetzte mich, nachdem er mich zu reif gefunden hatte, um mit denen zusammen zu sein, die eben erst lesen und schreiben lernten, in die vierte, wo er unterrichtete. Derart fand ich mich plötzlich von der ersten Volksschulklasse (die einzige, die ich vor unseren Irrfahrten besucht hatte), in die vierte übergesprungen.

Als der Unterricht begann, fühlte ich mich inmitten einer so zahlreichen Schülerschaft sehr befangen, die sich ganz aus Buben und Mädchen zusammensetzte, die älter waren als ich, einige sogar um etliche Jahre. Damit ich nicht vollkommen unterging, mußte mich der Lehrer in die erste Bank setzen.

Noch heute habe ich das Gesicht dieses Lehrers, der Sonnenschein hieß, gegenwärtig. Sein Aussehen und sein Gebaren waren nicht so, daß sie einem Vertrauen und Sympathie einflößten. Er war ziemlich alt, glatzköpfig oder doch beinahe. Sein ganzes Gesicht war voll tiefer Furchen, und die aufgeschwollenen Wangen hingen herunter. Er schien seine kleinen und erloschenen Augen nur mit Mühe offenzuhalten. Die Lider, gedunsen und runzlig, waren an den Rändern ganz gerötet. Er hatte eine dumpfe und fast schallose Stimme, und er sprach wenig, mürrisch, beinahe schroff, als ob er sich beständig Mühe gäbe, seine Gereiztheit zu unterdrücken. Er ließ die Schülerschaft nicht zu nahe kommen und verlangte, daß man ihn mit höchstem Respekt ansprach.

Ich fühlte mich verschüchtert, wenn ich ihn ansprechen mußte oder auf seine Fragen antworten sollte. Niemals bekam ich von ihm Schimpfer oder Vorwürfe; im Gegenteil, er behandelte mich mit ungewöhnlicher Sanftheit. Und doch hatte ich beständig Angst, etwas zu tun, was ihm mißfiele; und weil ich nicht immer genau feststellen konnte, wie mein Verhalten gemäß den Regeln dieser Schule unter den verschiedenen Umständen sein sollte, hatte ich dauernd den Eindruck, drauf und dran zu sein, bei ihm in Ungnade zu fallen.

Normalerweise haßte ich Leute, die mich allzusehr einschüchterten, weil mein Stolz darunter litt. Doch den Lehrer Sonnenschein konnte ich nicht hassen. Ich sah, daß er nett zu mir war, mir auf jede Weise half und mich unterstützte. Ich begriff, daß er ein ausgezeichneter Mensch war und daß ich viele Gründe hatte, ihm dankbar zu sein. Aber dadurch erschien er mir nicht unter einem vertrauteren und weniger angsteinflößenden Licht. Ich habe ihn in bester Erinnerung behalten, aber die Erinnerung an ihn gehört nicht zu denen, an die die Gedanken gerne zurückkehren.

Sonnenschein war ein tüchtiger Lehrer, der es bestens verstand, durch den Wirrwarr durchzulavieren. Seine Aufgabe war wahrlich nicht leicht. Er mußte einen Teil der Schülerschaft mit irgendeiner Aufgabe oder Arbeit beschäftigen, während er Dinge unterrichtete, bei denen nur bestimmte Schüler mitkamen. Oder er mußte Lesestoffe und Themen auswählen, die weder allzu schwierig für die Kleinen noch allzu langweilig für die Großen waren.

Anfangs fühlte ich mich ziemlich verloren. Es gelang mir nicht, zu erkennen, welcher Unterricht mich betraf und welcher nicht; immer hatte ich den Eindruck, nicht zu wissen, was ich hätte wissen müssen, oder nicht im Kopf behalten zu haben, was zu lernen meine Pflicht gewesen wäre. Ich sah, daß der Lehrer einige strafte und schalt, weil sie etwas nicht wußten, wovon auch ich keine Ahnung hatte; und so sehr ich auch versuchte, mich zu beruhigen, indem ich mir sagte, daß die ja größer waren als ich, blieb in mir doch immer ein Rest von Angst zurück. Ich spannte daher meine Aufmerksamkeit an, und da mir oft etwas entfiel, entweder weil es zu schwer war oder weil ich die Voraussetzungen dafür nicht kannte, gelang es mir nicht, mich von einer gewissen Befangenheit zu befreien. Um so mehr als der Lehrer sich als sehr streng erwies, besonders bei den Faulen.

In der Klasse gab es ein Mädchen, eines der ältesten, das mir sehr schön vorkam, so daß ich Gefallen daran fand, sie anzuschauen. Vielleicht erweckte ihr regelmäßiges Gesicht, von einem seelenruhigen und naiven Ausdruck, in mir Sympathie, vielleicht verwirrte es mich auch ein wenig. Diese da war eine der Faulsten. Besonders bei der Geographie der Steiermark war es ausgeschlossen, daß sie lernen wollte. Der Lehrer rief sie öfter als die anderen zur Tafel, und bei jeder falschen Antwort schlug er sie. Sie begann zu weinen und antwortete nicht mehr auf die ständig andrängenden Fragen. Der Lehrer fuhr fort, mit ihr zu schimpfen und sie zu schlagen, und er entschloß sich nicht gerade rasch, sie auf ihren Platz zurückzuschicken. Während er sie schlug, war er sehr blaß, und es kam mir vor, daß die Worte ihm schwer über die Lippen gingen und daß ihm, wenn er sie so streng zurechtwies, die Stimme versagte. Es machte nicht den Anschein, als ließe er sich vom Zorn leiten; im Gegenteil, er bestrafte sie mit einer Ruhe, die bei ihm nicht üblich war und die mir unnatürlich vorkam.

Es fällt mir schwer zu sagen, was ich fühlte und dachte, wenn ich diesem Schauspiel beiwohnte. Ich empfand eine gewisse Sympathie für dieses Mädchen, aber nicht dermaßen viel, daß ich gegen jeden, der ihr weh tat, in meinem Herzen Partei hätte ergreifen müssen. Außerdem war ich schon weitgehend an dieses Bestrafungssystem gewöhnt, das in den deutschen Schulen fortwährend angewandt wurde, obwohl es – normalerweise – nicht zu derartigen Ausschreitungen kam. Dachte ich über dieses System nach, wallte in mir rebellisch das Blut auf; aber das schon so gewohnte Schauspiel lenkte meine Aufmerksamkeit nicht nachdrücklich auf sich. Außerdem stellte die Faulheit, die in diesem Fall nicht gering war, keine Qualität dar, die mich dazu veranlaßt hätte, für den Betreffenden Partei zu ergreifen.

Und doch verspürte ich, wenn sich diese Szenen wiederholten, eine ausgesprochen schmerzhafte Empfindung. Ich fühlte, daß ich sogar blaß wurde, und ich mußte mir Mühe geben, um ruhig zu bleiben und meine Verstörung nicht offenbar werden zu lassen. Mir kam vor, der Lehrer dachte wohl, während er auf diese Weise vorging, eine schmerzliche Pflicht zu erfüllen, aber ich konnte nicht einsehen, welche Pflicht eine so unvernünftige Handlungsweise nach sich ziehen kann.

Dann gingen mir noch tausenderlei widersprüchliche und seltsame Dinge durch den Kopf. Ich meinte, daß der Lehrer ein Vergnügen daran haben müsse, das Mädchen zu schlagen: Ein solches Vergnügen konnte ich absolut nicht teilen, doch glaubte ich intuitiv zu erkennen, daß es etwas Entsetzliches und Ungeheuerliches ist. Während ich so überlegte, verspürte ich allerdings keinen Haß gegen den Lehrer, wie es natürlich gewesen wäre; ich empfand eher ein aus Mitleid und Angst gemischtes Gefühl, ähnlich dem, das ich immer für anomale Menschen, für Idioten und Verrückte hatte.

Einmal dachte ich, daß dieses Mädchen ihm besonders lieb sein müsse und daß ihn deshalb ihre Faulheit mehr als die der anderen betrübe. Deswegen, dachte ich, sieht er sich gezwungen, sie strenger als die anderen zu bestrafen, und deshalb ist ihm die Ausführung schmerzlicher. Diese und andere Gedanken überlagerten einander in meinem Kopf, und ich fühlte mich so verwirrt, daß ich mich mit Gewalt von diesen Problemen abwenden mußte.

Meine Beziehungen zu den Mitschülern waren schwieriger als die zum Lehrer. Kinder haben die konservative Gesinnung der Hunde: Sie verbellen alles, was neu ist. Ich war von den anderen in Kleidung, Benehmen, in der Art, mich auszudrücken, zu verschieden, als daß mich meine Kameraden, die sich durch ihre Überzahl allein schon im Recht fühlten, nicht ab und zu, gleich von Anfang an, sekkiert hätten. Meine Mäntel waren furchtbar schwer; die Wollschals, die Mama mich im Winter vor den Mund geben hieß, um meine Bronchien zu schützen, immer sehr fein; daß ich mich bei den Spielen, die zuviel Kraft oder Geschicklichkeit erforderten, zurückhielt und bei den Gymnastikübungen immer der letzte war, das hatte schon früher leicht Anlaß zum Spott der Kameraden gegeben. Später, als ich mich unter fortgeschritteneren Menschen befand, waren es meine nachlässige Kleidung und meine übermäßige Gewissenhaftigkeit im Studium, die mir Unannehmlichkeiten bescherten.

Im allgemeinen maß ich solchen Verhöhnungen nicht allzu große Bedeutung bei, obwohl ich großen Wert auf das Bild, das die anderen sich von mir machten, legte. Ich hatte jedoch eine zu hohe Meinung von mir selbst, als daß ich mich deswegen, weil ich mich anders als die anderen fühlte, so ohne weiteres für unterlegen gehalten hätte. Daran, mich gedemütigt zu fühlen, hinderte mich auch der Umstand, daß ich in vielen anderen Dingen, denen ich eine größere Bedeutung beimaß, in der Intelligenz, im Wissen als unbestreitbar überlegen anerkannt war, wenn auch bisweilen nicht ohne einen Hauch von Verachtung. Und schließlich war für mich das Verhöhnt-Werden, zumindest in bestimmten Situationen, nicht so schmerzlich wie für manche andere Knaben. Ich betrachtete es als eine der vielen unvermeidlichen Unannehmlichkeiten des Lebens: Wenn es regnet, wird man naß, wenn man zur Schule geht, ist man Gegenstand des Spotts der Kameraden. So gewöhnten sich die Schulkameraden allmählich an mich und ließen mich in Frieden. Mehr noch, ich war unter ihnen im allgemeinen nicht wenig geschätzt.

Es gab aber zu viele andere Dinge an mir, abgesehen von meiner Kleidung und meinem Verhalten, die meine neuen Mitschüler reizen mußten. Ich war Städter, sie alle Bauern; ich war Italiener, und das machte nicht wenig aus; dann gab es noch das Problem der zwei Zunamen, das ihre Neugier auf sich zog (und ich hatte keine Bedenken, dem, der danach fragte, Erklärungen abzugeben, ohne irgend etwas zu verfälschen oder zu verschweigen). Und schließlich war da noch die Tatsache, daß ich – Schüler der dritten – mich unter die der höheren Klasse eingeschlichen hatte, und daß dessen ungeachtet der Lehrer sich oft mit schwierigen Fragen an mich wandte. All das hielt ich mir genau vor Augen, und ich war mir vollkommen bewußt, daß in der neuen Schule die Schwierigkeiten nicht ausbleiben konnten.

Meine Verwunderung war allerdings nicht gering, als ich merkte, daß die Mißstimmung gegen mich sich an einer weiteren Besonderheit von mir entzündete, die mir bis jetzt noch nie Unannehmlichkeiten beschert hatte. In der Klasse war ich »*der Jude*«, und das zählte am meisten; das schien, in den Augen meiner Mitschüler, alle meine anderen »Laster« selbstverständlich zu machen. Von einem Juden kann man sich alles erwarten. Das übrige war vergessen; dies war der Punkt, auf den sie immer wieder zurückkamen, das war es, woran sie ihren ganzen Unmut ausließen. Es waren nicht mehr Streiche oder kleine Bosheiten, was sie mir antaten. Ich fühlte mich von echter und wahrhaftiger Feindseligkeit umgeben. Hätte in der Schule etwas weniger Disziplin geherrscht, der Lehrer weniger Respekt erweckt, wäre der Maßstab des Erlaubten und des Unerlaubten weniger fest in diesen Köpfen verankert gewesen, so hätte ich mich sicherlich auf nicht unbedeutende Belästigungen gefaßt machen müssen, und vielleicht auch auf Schlimmeres als auf Belästigungen. Mehr als das stellten sie nicht an, weil sie wußten, daß der Lehrer sie bestrafen würde, aber sie nutzten jede Gelegenheit, um mir ihre Feindseligkeit zu zeigen.

Besonders der Knabe, der hinter mir saß, ein gewisser Fuchs, gab keinen Frieden. Ich erinnere mich noch an seinen großen, kahlgeschorenen Bauernkopf, an seine roten Haare, sein sommersprossiges Gesicht und an seine Augen von olivgrüner Farbe, mit helleren Strahlen darin. Dieser Fuchs versetzte mir Fußtritte, stocherte an meinem Hals mit Papiertüten herum, blies mir in die Ohren und sagte mir Gemeinheiten jeglicher Art. Einige Monate lang erduldete ich ihn um des lieben Friedens willen und in der Hoffnung, daß er aufhören würde. Weil er aber die Sache immer noch schlimmer trieb, warnte ich ihn eines Tages, nachdem ich ihn zu wiederholten Malen gebeten hatte, mich nicht zu belästigen, daß ich ihn, wenn er mich nicht in Frieden ließe, beim Lehrer verklagen wurde. Einige Minuten war er brav, dann gab er mir abermals einen Fußtritt. Vielleicht hoffte er, daß der Lehrer auf seiner Seite stehen würde; vielleicht dachte er, daß ich es nicht wagen würde, ihn anzugeben, aus Angst vor Repressalien, zumal ich es bis jetzt noch nie getan hatte.

Doch meine Hand erhob sich. Ich schielte nach ihm und sah, daß er blaß wurde. Ich wußte, daß die Bestrafungen des Lehrers für alle etwas Entsetzliches hatten. Mir zitterte der Arm, aber in meiner

Seele war die Ruhe des Entschlusses. Ich hatte ihn ermahnt, er solle mich in Frieden lassen; ich hatte ihn gewarnt, was auf ihn zukommen würde, wenn er mich wieder belästigte. Er hatte nicht auf mich gehört: jetzt sollte er büßen. Es kam mir fast vor, als ob ich es sei, der ihn bestrafte; es schien mir, daß der Lehrer nur ein Instrument sei, derart sicher war ich, daß er Gerechtigkeit walten lassen würde. Ich glaubte, eine fürchterliche Macht in der Hand zu haben, die ich mit vollem Recht ausüben durfte, ja, die ich sogar ausüben mußte, sollte meine Drohung nicht umsonst sein. Die Strafe kam, und sie war exemplarisch. Von da an ließ Fuchs mich in Frieden, und ich bin sicher, daß er und seine Kameraden, wäre ich nicht so vorgegangen, mir das Leben absolut unerträglich gemacht hätten.

Das Schlimmste war vorbei, aber auch später blieben die Schwierigkeiten nicht aus. Vormittags und nachmittags war Schule, deshalb ließ man, während man zum Mittagessen ging, die Bücher in der Klasse. Einmal fühlte ich mich, gleich nach dem Mittagessen, unwohl und kam erst einige Tage später wieder zur Schule. Ich fand alle meine Bücher und Hefte in einem Tintenmeer. Ein andermal ging ich aus Versehen mit der langen Schürze, die ich zu Hause oft umhatte, zur Schule. Ich hängte sie vor der Klasse draußen, zusammen mit dem Mantel, auf. Kaum zu sagen, welches Geschrei sie wegen dieser Schürze erhoben und wie sie sie mir zurichteten. Außerdem ließen mich meine Mitschüler immer allein, antworteten mir grob, wenn ich sie um irgend etwas fragte, und sagten mir – es genügte, daß sie den kleinsten Anhaltspunkt fanden – allerhand Gemeinheiten.

Nur ein Mädchen von den Größeren hatte ein wenig Mitleid mit mir. Von ihr erinnere ich mich nur an eine graue Schürze, die sie immer trug, und an die Tatsache, daß sie einen Bruder in unserer Klasse hatte. Sie wagte nicht, mir nahezukommen, weil das den Zorn der anderen gegen sie entfesselt hätte; aber sie versuchte das Gerücht in Umlauf zu setzen, daß ich nicht Jude, sondern Protestant sei. Ich gab mich jedoch für dieses Spiel nicht her, und wenn jemand mich diesbezüglich zur Rede stellte, sagte ich, daß ich wirklich Jude und nichts anderes bin. Nicht etwa, daß ich auf mein Judentum Wert legte, denn, im Gegenteil, erzogen in einem vollkommen atheistischen Milieu mit internationalistischer Tendenz, verstand ich dessen Bedeutung überhaupt nicht. Aber mich ärgerte, daß sie mich nur deshalb verfolgten, weil ich Jude war, sie, die so viele Juden kennengelernt haben dürften wie ich Kalmücken. Ihr Verhalten schrieb ich vor allem der Dummheit zu, und ich wollte Dummköpfen nicht recht geben. Das war der Grund meiner Dreistigkeit. Wenn ich angenommen hätte, daß sie irgendeinen reellen und profunden Grund besäßen, die Juden und im besonderen mich zu hassen, hätte ich meine Verfolger sicherlich sehr viel mehr gefürchtet.

Während der Religionsstunden mußte ich natürlich die Klasse verlassen. Ich ging mit dem Lehrer in ein anderes Zimmer des Schulgebäudes. Mit uns kam ein etwa ein Jahr älteres Mädchen, das angab, protestantisch zu sein. Ich kann mich nicht an ihren Zunamen erinnern und weiß nur, daß sie Maria hieß. Sie war klein, ziemlich häßlich und band ihre wenigen blonden Haare in Form eines Ringes oder einer Rolle auf dem Kopf zusammen, die auf- und niederwippte, je nachdem, wie sie sich bewegte. Sie war intelligent und wach und für ihr Alter bewandert. Es war unmöglich, ihr etwas Neues zu erzählen. Überall war sie gewesen, hatte alles gesehen, wußte alles.

Sie hatte mir gesagt, und ich glaubte ihr, daß sie in Galizien geboren sei. (Später ließ mir das einigen Zweifel aufkommen: Gibt es viele Protestanten in Galizien?) Ein anderes Mal wieder behauptete sie, Holländerin zu sein. Ich machte sie darauf aufmerksam, daß sie sich vorher eine andere Heimat zugeordnet hatte. Da erklärte sie mir, daß Holland und Galizien zwei Namen desselben Landes seien. Ich protestierte: Ich wollte ihr nicht nachgeben und zeigte ihr die beiden Länder auf einer Landkarte. Sie plapperte allerhand daher, redete viel und über verschiedenes, verwirrte die Angelegenheit ordentlich, und am Ende behauptete sie, daß sie niemals gesagt habe, in Galizien geboren, sondern nur, dort gewesen zu sein. So machte sie es immer.

Während der Lehrer Aufgaben verbesserte, schauten sie und ich Illustrationen an. Wahrscheinlich handelte es sich um eine Sammlung von Jahrgängen irgendeiner Zeitschrift. Was mich interessierte, interessierte sie nicht; wollte ich umblättern, wollte sie noch schauen; wenn ich zu verweilen wünschte, wollte sie fortfahren. Eine Zeitlang versuchte ich, ihr Widerstand zu leisten, doch dann, der dauernden Diskussionen überdrüssig, entschloß ich mich, es ihr zu überlassen. Mochte sie zufrieden sein! Woran ihr lag, war nicht, ihren Kopf durchzusetzen, sondern sich zu meinen Wünschen in Gegensatz zu stellen. Ja, meine Gleichgültigkeit brachte sie sogar besonders auf. Sie begann damit, mich zu fragen, ob ich warten oder umblättern wollte. Ich nannte ihr meinen Wunsch, und sie fand immer gute Gründe dafür, das Gegenteil zu tun.

Also versuchte ich, die Lage auszunutzen, und begann, immer das Gegenteil von dem zu sagen, was ich wirklich wollte. Das ging eine Weile gut, bis sie es bemerkte, und so wurden die Gefechte, um sie meine Gedanken nicht erkennen zu lassen, immer schwieriger und komplizierter. Ich wurde fast immer besiegt, weil sie das, was mich ärgerte, intuitiv erfassen konnte und bei weitem schlauer war als ich.

Eines Tages hatte ich eine lebhafte Diskussion mit ihr. Da war eine sehr schlecht ausgeführte Illustration, die ein Rhinozeros darstellte, das einen Tiger in die Luft warf. Darunter stand nur: *»Tiger und Nashorn«*. Das Bild zog unsere Aufmerksamkeit an, und Maria erklärte mir ganz genau, wie es ein Tiger anstellt, ein Rhinozeros in die Luft zu schleudern. In Naturgeschichte, meinem Lieblingsgegenstand, wollte ich mich nun wirklich nicht von ihr belehren lassen; mein ganzes Wesen lehnte sich gegen eine solche Irrlehre auf. Ich wollte sie überzeugen, daß genau das Gegenteil der Fall war und daß man das gut an der Gestalt erkenne. »Aber wie könnte ein Tiger so klein sein?« antwortete sie mir achselzuckend, quasi um zu zeigen, daß ich nicht einmal verdiente, angehört zu werden. Ich machte sie darauf aufmerksam, daß das *»Nashorn«* ein Horn auf der Nase haben mußte und daß von den beiden Tieren dasjenige, das eines besaß, die Beine ganz fest auf dem Boden hatte, während das andere, das in den Himmel flog, nicht damit versorgt war.

Das Argument war gut, mein Vertrauen in meine Kenntnis der Naturgeschichte unbegrenzt: Diesmal galt es wahrlich mir Recht zu verschaffen. Aber unsere Diskussion lenkte die Aufmerksamkeit des Lehrers auf sich (normalerweise sprachen wir leise, um ihn nicht zu stören), und er fragte, was vorgefallen sei. Ganz damit zufrieden, war ich im Begriff, ihm das Problem darzulegen, überzeugt davon, daß er mir recht geben würde. Doch Maria brüllte mir mit aufgebrachter und empörter Stimme ins Ohr, daß es sich nicht gehöre, den Lehrer in unsere Diskussionen hineinzuziehen. Das Warum, im speziellen Fall, war mir nicht klar; aber ihre Stimme war so voller Autorität und Überzeugung, daß ich aus der Fassung gebracht war und schwieg. Da ergriff sie das Wort und erklärte, unheimlich freundlich, daß man über eine Illustration diskutiere, sich aber bereits geeinigt habe. Und so geschah es, daß ich mir sagen lassen mußte, daß ein Tiger, mit einem Stoß seines Kopfes, ein Rhinozeros in die Luft schleudern kann.

Das Leben am Rosenberg war für mich durch eine sehr viel größere, beständigere, unüberwindlichere Angst vergiftet, als es die Angst vor den Grobheiten der Kameraden oder den Schimpfern des Lehrers sein konnte: die Angst vor den Hunden. Ich war nicht mutig. Ich war schüchtern, fürchtete die Menschen, fürchtete die Überraschungen und die neuen Situationen, fürchtete alles, wovon ich mir nicht von vornherein ein genaues Bild machen konnte. Wenig impulsiv und ausgesprochen nachdenklich, erinnere ich mich nicht, jemals Abenteuer unternommen zu haben, wie das fast alle Buben tun. Aber im allgemeinen hatte ich auch keine vollkommen unbegründeten Ängste. Ich erinnere mich zum Beispiel weder daran, mich jemals davor gefürchtet zu haben, allein zu bleiben, auch nicht als kleines Kind, noch fürchtete ich mich davor, im Dunklen zu schlafen, in einem Zimmer, weit abgelegen von dem der Eltern, noch hatte ich im Jahr danach, in Triest, eine übertriebene Angst vor den Bomben und »shrapnells«. Ich konnte die Gefahren einschätzen; ja, ich neigte sogar dazu, sie eher pessimistisch einzuschätzen; wenn möglich, entzog ich mich, doch im allgemeinen verstand ich es, genügend Ruhe zu bewahren.

Die Angst vor den Hunden aber war für mich etwas Entsetzliches, da half keine Überlegung. Es machte mich derart leiden, daß ich mich an wenige Anlässe erinnere, aus anderen Gründen ebenso gelitten zu haben. Ich weiß, was für Kinder (und oft auch für die Erwachsenen) das Angsthaben üblicherweise heißt. Im ersten Augenblick zittert man, weint man und schreit; doch wenn die Gefahr erst vorüber ist, vergißt man alles. Die Angst vor Hunden nahm bei mir aber geradezu die Form einer Manie an. All meine Worte, all meine Handlungen waren darauf ausgerichtet, zu vermeiden, an einem Haus vorbeigehen zu müssen, von dem ich wußte, daß dort ein besonders zu fürchtender Hund war. Und wenn diese Notwendigkeit bestand – und sie bestand in der Tat, zum mindesten die vier Mal am Tag, wo ich den Schulweg zurücklegte –, war ich stundenlang darüber bekümmert, so daß der ganze Tag, das ganze Leben von der Vorstellung verdorben war, daß ich früher oder später die Gefahr würde auf mich nehmen müssen.

Was immer ich auch dachte oder trieb, ich fühlte mich von beständiger und schmerzlicher Unruhe erfüllt, deren Grund ich manchmal gar nicht mehr vor Augen hatte und die für mich zeitweise ihre reale Bedeutung verlor. Doch für gewöhnlich war ich mir über die Ursache meiner Unruhe völlig im klaren. Und es war unnütz, wenn ich mir sagte, daß die Hunde fast immer an der Kette liegen, daß die Gartentüren der Villen üblicherweise geschlossen sind, daß ich bis dato noch nie von einem Hund angefallen noch gebissen worden war. Gerade diesmal konnte die Gartentür offenstehen, konnte der Hund frei sein. An die Bisse dachte ich nicht einmal: Eine offene Gartentür, aus der ein Hund herausflitzen konnte, war bereits eine so entsetzlich furchterregende Vorstellung, daß ich nicht daran zu denken wagte, was danach passieren würde.

Mußte ich durch mir unvertraute Straßen gehen, man unternahm etwa einen Spaziergang, war meine Angst so groß, daß ich an nichts anderes denken konnte als daran, wie ich es anstellen sollte, den Landhäusern aus dem Weg zu gehen, mich in die Mitte meiner Begleiter zu stellen, um mich geschützter zu fühlen. Außerdem bestand ich fortwährend darauf, daß man umkehre, daß die Straßen eingeschlagen würden, die mir weniger gefährlich erschienen. Fragte man mich nach dem Grund meines Insistierens, versuchte ich irgendeinen Vorwand zu erfinden, weil ich mich meiner Furcht schämte; sah ich aber, daß die Vorwände nicht überzeugten, daß man nicht auf mich Rücksicht nahm, dann wurde ich ehrlich. Meine Angst war so groß, daß sie jegliches Schamgefühl und den Stolz besiegte. Das Schlimmste war das Gefühl, von den anderen abhängig zu sein, ihrem Willen um jeden Preis Folge leisten zu müssen, auch wenn sie mich der entsetzlichsten Angst hätten aussetzen wollen. Und in der Tat, nur selten fand ich die Kraft, allein nach Hause zurückzukehren, weil die Nähe anderer Menschen mir in jedem Fall etwas mehr Sicherheit gab.

Es war die feindselige Seele des Hundes, was mich dermaßen beeindruckte, viel mehr als seine Waffen oder seine Kraft. Einen Hund zu sehen, der die Kette spannte, bis er sich fast erwürgte, der winselte und heulte aus Zorn darüber, nicht frei zu sein, sich nicht auf mich stürzen zu können, erweckte in mir den Eindruck, in diesem Tier müsse ein ungeheurer Haß, eine unermeßliche Grausamkeit stecken. Ich dachte, daß der Hund, hätte er die Möglichkeit gehabt, seine ganze Energie um jeden Preis bis zuletzt dafür eingesetzt hätte, mir weh zu tun. Diese Grausamkeit beeindruckte mich noch um so mehr, weil ich den Hund nicht als dummes Tier ansah, das einem unvernünftigen Instinkt folgt. Ich hielt ihn für ein vernünftiges Wesen wie den Menschen, ja, in gewissen Dingen einem Menschen sogar überlegen.

Wenn der Hund wirklich nichts unversucht ließ, um mich anzufallen, wenn er sich so betrübt darüber zeigte, es nicht tun zu können, hieß das, daß in seinem Kopf sehr profunde, sehr ernste Gründe vorhanden sein mußten, mich zu hassen. Es bedeutete, daß meine Anwesenheit ihm eine schwere Beleidigung zufügte. Mich als Gegenstand eines so unermeßlichen Hasses zu fühlen, der sich so sicher über sein gutes Recht war und über die Gerechtigkeit seines Vorhandenseins, eines Hasses, der mir aber völlig absurd schien und den ich mir in keiner Weise erklären konnte, erschütterte mich dermaßen, daß ich, wenn mich ein Hund angefallen hätte, weder dazu fähig gewesen wäre, mich zu verteidigen, noch zu fliehen, noch zu schreien.

Trotz alledem verspürte ich für Hunde etwas Ähnliches wie Bewunderung. Ich neigte dazu, sie zu idealisieren, und es hätte mir sehr gefallen, der Freund eines Hundes zu sein.

Eines Tages ging ein Mann mit zwei großen Hunden nahe an unserem Haus vorbei. Einer der beiden begann, einen Hahn zu verfolgen. Da rief ihn der Herr mit zorniger Stimme zu sich, und er kam und kauerte sich zu seinen Füßen. Der Herr schlug ihn mit einer großen Peitsche mehrere Male mit all seiner Kraft, so daß ich die Schläge bis zu mir her deutlich hörte. Der Hund hielt still; als die Hiebe aufhörten, rührte er sich erst nicht, sondern wartete, noch immer zu Füßen seines Herrn zusammengekauert. Der machte ihm ein Zeichen, der Hund verstand, daß er entlassen war, und ganz zufrieden lief er springend und kläffend davon. Sein Kamerad, der, ohne sich zu rühren, zugeschaut hatte, begann mit ihm zu rennen und zu springen.

Ich wüßte nicht zu sagen, wie sehr mich diese Szene verwirrte und wie oft ich später an das, was ich gesehen hatte, zurückdachte. Ich vermeinte, in diesen Hunden die Seelenstärke dessen entdeckt zu haben, der sich aus freien Stücken der Bestrafung und dem Schmerz unterwirft; den Gehorsam in seiner sublimsten Form; die Milde und Güte dessen, der nach der Bestrafung, nach dem Leiden sofort Freude und Heiterkeit wiederfinden kann und nicht im geringsten Groll oder Niedergeschlagenheit empfindet. Außerdem gab es da noch die Freundschaft, die treue Freundschaft, die in Schmerz und Freude zur Seite bleibt und sich im schwersten Moment zu zeigen vermag. Das Nachdenken über all das rief in mir ein Gefühl heißen Überschwangs hervor, aber nicht frei von Angst, die ihren Ursprung im Wissen um meine geringe Seelenstärke hatte.

Am Rosenberg gab es damals viele Hunde, und für gewöhnlich wurden sie auch ziemlich frei gehalten. Meine Angst hatte deshalb dauernd Ursache, sich zu steigern. Wäre ich sicher gewesen, daß die Bauern sorgfältigst darauf achteten, daß ihre Hunde den Leuten nichts antaten, hätte ich mich vielleicht ein wenig beruhigt. Doch ich war vom genauen Gegenteil überzeugt. Ich wußte, daß die

Bauern, was das anlangt, äußerst nachlässig und unvorsichtig sind. Eine Gefahr, der sie nicht selber ausgesetzt sind, beunruhigt sie nicht. Ihr Leichtsinn (und im Einschätzen seiner Bedeutsamkeit neigte ich dazu, zu übertreiben) brachte mich unheimlich auf. Ich fühlte mich nicht imstande, den Haß, den die Hunde auf mich hatten, zu erwidern (und vielleicht fürchtete ich sie deshalb noch mehr: Mit einem verhaßten Wesen versucht man zu kämpfen, und so fürchtet man es weniger); statt dessen haßte ich aus ganzem Herzen ihre Herren. Ich meinte, daß ich, wäre ich an ihrer Stelle gewesen, mich niemals genügend beruhigt gefühlt hätte, niemals ausreichend sicher, alles Mögliche getan zu haben, um vorzusorgen, daß mein Hund die Leute nicht erschreckt.

Darüber hinaus hatte ich die unerschütterliche Überzeugung, daß die Hunde eine Abneigung gegen mich hätten. Ich konnte tausendmal bei einem Hund vorbeigehen, und er gab noch kein Zeichen, mich zu kennen. Im Gegenteil, es sah so aus, daß er mich kannte und gerade deshalb noch mehr als gewöhnlich zu heulen anfing. Zum Teil war es vielleicht wahr. Vielleicht stürzten sich die Hunde mehr auf mich als auf andere, weil sie meine Angst irgendwie gefühlsmäßig erkannten; vielleicht hegten sie einen atavistischen Widerwillen gegen mich, wie ja auch meine Angst atavistisch war. Noch wahrscheinlicher ist, daß sie meine Art, mich zu kleiden, erschreckte, weil ich im Winter mit einer Sturmhaube herumging, die mir nur die Augen frei ließ. Tatsächlich, einmal, als ich meinen Weg von einem großen Hund versperrt fand, nahm ich die Sturmhaube ab, quasi um besser atmen zu können. Der Hund starrte mich noch eine Weile an, ging aber dann ruhig fort.

Um den Hunden so gut es ging auszuweichen, wandte ich alle Arten von Tricks an. Ich wußte, daß sie eine begrenzte Sehkraft haben und sich nicht um Dinge kümmern, die sich in einer gewissen Entfernung von ihrem Haus abspielen. Deshalb versuchte ich es so anzustellen, daß ich sie als erster bemerkte, und in Erfahrung zu bringen, ob sie angebunden oder unangebunden, eingesperrt oder frei waren; ob sie sich weit von der Straße entfernt aufhielten, und ob ich passieren könnte, ohne mich bemerkbar zu machen; oder ob ich, anders herum, meine Route ändern mußte. Ich wußte, daß Hunde besonders durch Geräusche in Unruhe versetzt werden, und trachtete danach, langsam, um mich nicht hören zu lassen, auf dem weichsten Schnee, im höchsten Gras, mit kleinen, vorsichtigen Schritten zu gehen.

Wenn ich sah, daß es auf einer Straße Gefahr gab, versuchte ich es auf einer anderen. Tatsächlich kannte ich alle Straßen und alle Hunde auswendig, die man dort antreffen konnte. Auf dem Heimweg machte ich deshalb nicht gerade kurze Umwege, ohne auf Kälte, Müdigkeit und Hunger Rücksicht zu nehmen; ebenso hielt ich es, auf die Gefahr hin, zu spät zur Schule zu kommen, auf dem Hinweg. Eines Morgens ging ich überhaupt nicht zur Schule und kehrte völlig verzagt heim zu Mama, weil ich auf einer Wiese in der Nähe unseres Hauses einen Hund gesehen hatte, der, wie mir schien, den nicht genügend hohen Zaun, der uns trennte, überspringen hätte können. Ein andermal wartete ich beim Verlassen der Schule zwei Stunden darauf, daß ein Hund verschwinde, bis mich die Meinen besorgt suchen kamen. Ein einziges Mal wagte ich es, einem meiner Feinde die Stirn zu bieten. Es war ein ungefähr zwanzig Zentimeter langes Hündchen, das mich nicht vorbeigehen lassen wollte. Seine Überheblichkeit machte mich zornig, und ich warf mit Steinen nach ihm: für mich schon ein mutiger Akt, denn normalerweise fürchtete ich einen großen Wachhund nicht mehr als ein Damenhündchen. Ein Hund war für mich ein Hund. Alles in allem kann ich sagen, daß ich durch diese unsinnige Angst vielleicht genauso viel und noch mehr gelitten habe, als wenn ich kontinuierlich irgendeiner schwerwiegenden und reellen Gefahr ausgesetzt gewesen wäre.

Ich erinnere mich an einen Traum, den ich in jener Zeit hatte (ich hatte ihn sogar öfter, mit leichten Abwandlungen), der in irgendeinem Zusammenhang mit diesen Ängsten stehen dürfte. Mir träumte, daß ich beim Spielen einen Haufen aus trockenen Blättern oder aus Holz wegrückte und daß ich, versehentlich, eine Viper fest zwischen den Händen hielt. Ich ließ sie sofort aus, doch sie steuerte langsam und unerbittlich auf mich zu. Ich bat einen, der in meiner Nähe war, um Hilfe. Aber man bedeutete mir, daß man nichts tun könne, daß ich die Viper »beleidigt« hätte und nun die Folgen tragen müsse. Da dachte ich, wende dich an sie und bitte um Mitleid: Ich blickte sie an und begriff, daß es unnütz war, daß sie mich nicht verstehen würde und nicht von dem abstehen, was sie tun mußte, daß sie mich beißen würde, und ich einen entsetzlichen Tod vor mir hatte. Die Angst, die ich verspürte, weil ich die Schlange ständig näher kommen sah, weil ich fühlte, zu keiner Bewegung fähig zu sein, ließ mich aus dem Schlaf auffahren.

Nicht einmal ich weiß so recht, wie es geschah, daß ich mich im Lauf der Zeit fast vollkommen von der Angst vor Hunden befreite. Sie hielt bei mir noch viele Jahre an, doch dann erlosch sie nach und nach. Zum Teil half mir dabei auch das Bild, das ich mir von den Hunden machte, als ich später einige von ihnen kennenlernte, die unseren Bekannten gehörten. Sei es, daß die Tiere, mit denen ich eine Art vertrauten Umgang hatte, besonders geistschwache Exemplare waren oder daß es sich um eine natürliche Reaktion auf die vergangenen Ängste handelte, Tatsache ist, daß ich anfing, die Hunde als dumme, unvernünftige, servile, feige, aufdringliche Wesen zu betrachten; und ich begann, mich von ihrem dummen Geheul gereizt zu fühlen, so daß mich öfters die Lust ankam, ihnen etwas Diskretion beizubringen. Fünf oder sechs Jahre nach der Rosenbergzeit fürchtete ich die Hunde noch mehr als der Durchschnitt der Buben; aber ich fürchtete nur Hunde von einiger Größe, wenn sie deutlich feindselige Absichten zeigten. Hätte mich ein Hund angefallen, wäre ich in der Lage gewesen, etwas zu meiner Verteidigung zu unternehmen.

Doch selbst ohne Hunde wären meine vier täglichen Spaziergänge von daheim zur Schule und von der Schule nach Hause, zu denen ich gezwungen war, kein Vergnügen gewesen, besonders im Winter, bei Kälte und Schnee. Fast jeden Morgen gab es, um Viertel acht, der Zeit, zu der ich von zu Hause aufbrach, einen derart dichten Nebel, daß man keine zwei Schritte weit sah. Die Strecke kam mir endlos vor, vor allem das lange gerade Stück gleich nach unserem Haus hörte nie auf. Ich verlor vollkommen das Gefühl für die

Entfernung und glaubte, einen weiteren Weg zurückgelegt zu haben, als ich hatte. Mir schien, daß ich den Schatten des Hauses, das die erste Kurve kennzeichnete, schon undeutlich sah, aber dann, nachdem ich noch einige Schritte getan hatte, verschwand dieser Schatten. Dann tauchte er wieder auf, dann verschwand er von neuem, und so mehrere Male, daß ich meinte, endlos gehen zu müssen, mein Ziel nie zu erreichen. Schritt ich in Gedanken die ganze Wegstrecke ab, die ich noch vor mir hatte – von der ersten Kurve bis zur Schule –, fühlte ich mich wahrhaft verzagt. Mir kam vor, daß die Anstrengung, die vor mir lag, in überhaupt keinem Verhältnis zu meinen Kräften stand. Ich hatte den Eindruck, mich mit knapper Not zu bewegen, so sehr fühlte ich mich von Schlaf und Kälte gelähmt. Die Hände, die Füße, die Ohren, die Nasenspitze froren mir ab und taten mir weh; meine Augen tränten. Dieser Winter war äußerst streng. Ganze Wochen hindurch herrschte eine beständige und intensive Kälte. Der Himmel war immer bewölkt; von Zeit zu Zeit schneite es; nie sahen wir einen Sonnenstrahl. Ich erinnere mich daran, bei minus siebzehn Grad in die Schule gegangen zu sein. An derartige Temperaturen war ich nicht gewöhnt.

War der Schnee gerade erst gefallen, hatte man noch größere Mühe, voranzukommen. Unter den dicken Holzsohlen meiner Schuhe (in der Schule hatte man allen Holzschuhe ausgeteilt) bildeten sich harte und feste Schneepyramiden. Es half nichts, daß ich die Füße gegeneinander schlug, umsonst suchte ich einen Baumstamm oder ein Mäuerchen, das mir hätte behilflich sein können: Der Schnee bedeckte alles, und ich mußte mich damit abfinden, dauernd Gleichgewichtsübungen zu machen, während ich versuchte, Schritt für Schritt, so gut ich eben konnte, vorwärtszukommen. An bestimmten, weniger tiefen Stellen, wo das Wasser tropfte, gab es noch dazu breite Eisplatten, und dort rutschte man aus oder sank, wenn das Eis brach, bis zum halben Bein im frostigen Wasser ein und hatte Mühe, den Weg fortzusetzen.

Vor allem das letzte Stück, nahe der Schule, war schwierig. Es gab da eine ziemlich lange Freitreppe, die wir »das Treppchen« nannten. Im Winter bedeckte das Eis sie ganz und verwandelte sie in eine äußerst steile und rutschige Steigung. An den Seiten war Stacheldraht, und man konnte sich nicht festhalten. Sehr oft war ich gezwungen, mich auf das Eis zu setzen und so bis ganz hinunter zu rutschen.

Oben, auf der Hauptstraße, fuhren ab und zu Schneepflüge. Mit ihnen zusammenzutreffen, war wirklich ungut. Man mußte sich an den Straßenrand stellen und sich dort, manchmal bis zum Gürtel, vom harten, eiskalten Schnee zuschütten lassen.

Im allgemeinen begegnete ich, wenn ich morgens zur Schule ging, keiner lebendigen Seele. Nicht einmal die Hunde (die mir die anderen drei Mal, die ich diesen Weg zurücklegen mußte, soviel Angst einjagten) ließen sich hören: Sie zogen es vor, zu schlafen oder still dazuliegen. Wenn kein Nebel war (denn bei Nebel sah man ja nichts), erweckte dieses vollkommen weiße und gleichförmige, reglose und monotone Land, das irreal wirkte unter seinem stets grauen und bewölkten Himmel, ein eigenartiges Gefühl der Bestürzung. Das einzige Zeichen von Leben waren die großen schwarzen Krähen, die, manchmal sehr zahlreich, in ihrem langsamen und regelmäßigen Flug über mir dahinzogen. Das Geschrei, das sie ausstießen, schien mir aus unendlicher Ferne herzukommen, es trug noch dazu bei, der Landschaft einen Zug zu verleihen, der wunderbar und zauberhaft war. Ich hatte Mühe, mich davon zu überzeugen, daß ich nicht träumte, kein Traumgesicht hatte; daß wirklich ich es war, der sich mitten in dieser eigenartigen und fremden Welt bewegte, ich, der zur Schule ging.

Die Schule nahm den größten Teil meiner Zeit und meiner Gedanken in Anspruch; jedoch an freien Tagen oder wenn ich kränkelte und zu Hause blieb, lernte ich mit Mama. Sie wollte, daß ich mich bereithielte, um die Studien auf italienisch wieder aufzunehmen, wenn wir nach Triest zurückkehrten. Diese Unterrichtsstunden in italienischer Grammatik und die Abschnitte für den Schulgebrauch, die wir im Buch für die dritte Volksschulklasse lasen, langweilten mich zu Tode. Näherte sich die Stunde des Unterrichts, überfielen mich alle Schmerzen und Nöte. Dann unternahm ich alles, mich aus dem Staub zu machen, um diese Tortur zumindest weitere zehn Minuten hinauszuschieben. Während der Stunde wand ich mich, zappelte, schäumte geradezu vor Wut, so sehr langweilte ich mich. Ich paßte nicht auf, verübte allerhand Bosheiten: Kurz und gut, ich fand tausenderlei Möglichkeiten, um der damals äußerst nervösen Mama, für die dieser Unterricht sehr anstrengend war, weil sie von ihrer Krankheit noch nicht genesen war, das Leben schwer zu machen.

Um mich ein wenig artiger zu machen, drohte man mir für den Fall, daß ich nicht lernen wollte, an, den Direktor einer Schule, die ich eine Zeitlang in der Stadt besucht hatte, zu rufen. Um der Drohung Nachdruck zu verleihen, erklärte man mir, daß dieser Direktor in seinem Haus ein Internat betreibe und daß man mich dorthin stecken würde. Ich weiß weder, wie lange ich daran glaubte, noch ob es gelang, mich zu etwas mehr Artigkeit zu veranlassen. Sicher ist, daß sich damals ein heftiger Rebellionswunsch gegen die Erwachsenen, gegen die »Großen«, meiner bemächtigte und daß ich begann, über die zahllosen Ungerechtigkeiten, deren Opfer ich und die anderen »Kleinen« waren, nachzugrübeln.

Die Großen, dachte ich, befehlen und gebieten, doch sie legen nie Rechenschaft über ihre Rechte ab. Sie wollen sich bei den Kleinen um jeden Preis Gehorsam verschaffen, auch wenn diese ihre Befehlsgewalt nicht anerkennen. Sie tun alles, um den Willen der Kleinen zu beugen, sie zu Unterworfenen zu machen. Sie bestrafen, wann sie wollen, wie sie wollen, wofür sie wollen, und es gibt keine Möglichkeit zur Beschwerde, zu erreichen, daß einem Gerechtigkeit widerfährt, ist ausgeschlossen. Ihre Macht ist absolut, unbegrenzt, tyrannisch. Sie üben, sagen sie, diese Macht im Guten aus, sie wünschen nur das Wohl der Kleinen. Doch wenn sie von ihrer Macht keinen guten Gebrauch machen wollten und könnten, wer würde sie daran hindern, sie schlecht zu gebrauchen? Es kommt nie vor, daß man recht hat, wenn man mit einem Großen zerstritten ist: nicht einmal theoretisch, nicht einmal mit Worten. In einer Diskussion verstehen sie es immer, mit Argumenten herauszurücken, die die Kleinen nicht widerlegen können. Sogleich machen sie von ihrer

Erfahrung Gebrauch, und gegen gute Argumente wenden sie nur ein, daß sie aus dem Mund eines Kleinen kommen, der nichts wissen kann und nichts versteht. Oder sie beginnen sich rührselig aufzuführen: »Wir tun alles für dein Wohl; wir haben nur dein Bestes im Auge.« Oder sie fallen einem einfach ins Wort und befehlen einem zu schweigen, weil es ihnen so gefällt, weil sie nicht mehr belästigt werden wollen. Und sie greifen auch auf physische Gewalt zurück, weil sie die Stärkeren sind. Alle Mittel sind gut, und so haben sie immer recht.

Außerdem sind die Großen stets untereinander verbündet. Nie gibt einer dem anderen unrecht, wenn es sich darum handelt, einen Übergriff auf ein Kind zu machen. Bittet man einen Großen darum, die Rolle des Richters zu spielen, versucht er sich herauszuwinden, und er fängt damit an: »Tu, was dir die Mama sagt, und du wirst froh sein.« Außerdem gibt es immer irgendein Geheimnis, das die Großen sich mitzuteilen haben, immer liegt irgendeine Intrige in der Luft. Es sind nicht wenige Dinge, die Kinder nicht wissen dürfen und die die Großen wissen, aber geheimhalten.

Zu guter Letzt gibt es die Internate. Dort ist man sogar wirklich Sklave. Von morgens bis abends muß man jede kleinste Tätigkeit nach dem Willen anderer einrichten. Der Zögling ist nur auf der Welt, um zu gehorchen und so wenig wie möglich zu stören, um dahinzuleben und zu wachsen, bis er groß ist. Ja, da herrscht Strenge, eine üble und grausame Strenge, denn der, der befiehlt, hat nicht einmal ein bißchen Zuneigung zu seinen Opfern; im Gegenteil, er muß beständig die Zähne zeigen, um von ihrem Haß nicht überwältigt zu werden. Das Internat ist eine Schule vom Morgengrauen bis zum Sonnenuntergang, eine der schlimmsten Schulen.

In meiner Phantasie sah ich eine endlose Phalanx von Kleinen, unterdrückt und gepeinigt, die unter der Peitsche Auflehnungsgedanken hegten. Ich wollte für diese Kleinen kämpfen, mit ihnen kämpfen. Und ich dachte, daß früher oder später ein »Bund der Kleinen« entstehen würde, um gemeinsam eine große Revolte einzuleiten. In Wirklichkeit schien mir keines der Kinder um mich herum dazu geschaffen und geneigt, sie anzufangen. Aber ich zweifelte nicht daran, daß es, weit weg von mir, zahllose Wesen gäbe, die ich nicht kannte und die bereit waren zum Kampf, ihrer Rechte und ihres Wertes bewußt.

Meine Familienangehörigen, ich gebe es zu, gehörten nicht zu den Ärgsten. Ich wurde nicht besonders schlecht behandelt: Sie schlugen mich nicht; sie ließen mich reden und schenkten mir genügend Gehör. Hätte ich einen Vergleich mit der Situation so vieler anderer Kinder angestellt, ich hätte mich nicht beklagen dürfen. Und doch versuchten auch meine Leute, durch Beharrlichkeit, durch Betrug und mit Hilfe von Drohungen, mich dazu zu bringen, Dinge zu tun, die ich ablehnte: Und sehr oft gelang ihnen das. Dann konnte und wollte ich nicht vergessen, daß ich klein war und sie groß.

Wenn die Meinen mir mit dem Internat drohten, fühlte ich lebhafter denn je meine Lage, meine Unterlegenheit, und ich suchte fast die Gelegenheit zum Streit, damit die Härte meiner Position als Kleiner, der sich mit Großen herumschlägt, offenkundiger würde.

Mama war zu ihrem Glück nicht der einzige Mensch, der sich meiner annahm. Bei uns lebte, wie ich erwähnt habe auch meine Großmutter väterlicherseits, die uns von Livorno in die Steiermark begleitet hatte. Mit ihr verbrachte ich viele Stunden, und so hatte Mama ein leichteres Leben. Großmutter war immer sehr gut zu mir, schimpfte mich nie aus, versuchte, mich in allem möglichen zufriedenzustellen. Und doch, sie behandelte mich auf eine Art, die mich daran hinderte, sie wirklich als meine Freundin anzusehen, wie es Tante Marietta in Triest gewesen war. Es machte den Anschein, daß sie ihre Achtung vor mir ein wenig zu sehr zur Schau trage, als ob sie nicht ehrlich sei und mich umschmeicheln wollte, um irgend etwas bei mir zu erreichen. Dieser Einsatz eines Umstandes, den ich als mein elementarstes Recht ansah, als Mittel zur Schmeichelei, einer beständigen Schmeichelei, entfernte mich von ihr.

Es war Großmutter, viel mehr als Mama, die wünschte, mit einigen Familien von Triestiner Bekannten in Verbindung zu bleiben, die sich damals als Flüchtlinge in Graz aufhielten. Mit manchen trafen wir uns sogar ziemlich oft; bei der Familie Sorani, alten Freunden von Großmutter, die ich in Triest niemals kennengelernt hatte, waren wir aber nur ein einziges Mal, und sie kamen nie zu uns nach Hause.

Dieser Besuch hatte damals keine Bedeutung für mich. Er blieb, lange Jahre hindurch, eine unwichtige Erinnerung: Eines Tages aber fand ich sie in mir, als ob sie lange geschlafen hätte.

Sie wohnten in der Nähe des Parks von Graz. Der Tag war dunkel, und in dem Zimmer, in das sie uns hineinführten, brannte das Licht. Dann habe ich noch einen Knaben mit krummen Beinen, der jünger war als ich, und ein kleines Mädchen von ungefähr einem Jahr gegenwärtig. Es waren auch noch andere Leute da, an die ich mich nicht erinnere. Sie wollten, daß ich spiele, vielleicht mit diesem Jungen, vielleicht mit anderen, aber ich wehrte mich und blieb fast die ganze Zeit ohne mich zu rühren bei Mama stehen. Dann finde ich in meinem Gedächtnis nur das übliche Gefühl der Langeweile und des Unbehagens wieder, wie ich es bei Besuchen immer empfand, und auch ein wenig die von der Schüchternheit überwältigte Lust, die Einladung zum Spielen anzunehmen.

Ein andermal begegneten wir den zwei größeren Schwestern auf der Straße. Ich kannte sie, weil ich sie einst gesehen hatte, aber ich weiß nicht wann, weil mir vorkommen will, daß sie nicht da waren, als wir sie zu Hause aufsuchten. Ich, ich zeigte sie Mama; mag sein, daß ich ein gewisses Interesse für sie hatte und es mir leid getan hatte, als sie, ohne uns zu erkennen und ohne zu grüßen, vorübergegangen waren. Doch vielleicht stimmt das nicht; später habe ich eine so vage Erinnerung mit diesem Gefühl umkleidet. Was ich noch gegenwärtig habe, ist das Bild ihrer schwarzen, krausen und ganz dichten Haare, deren Anblick etwas Fremdartiges um ihre ganze Person zu legen schien.

Ich erinnere mich auch, daß die zweite der Sorani-Schwestern, Bianca, die meine Altersgenossin war, mit mir in die jüdischen Religionsstunden in der israelitischen Schule von Graz, am rechten Murufer, ging. Obwohl die Religionsunterweisung damals Pflicht war, besuchte ich, der so weit entfernt wohnte, diesen Unterricht nur selten. Ich nehme an, daß ich Bianca dort nicht mehr als drei oder vier Mal getroffen habe. Manche der Buben und Mädchen, die an diesen Kursen teilnahmen, waren meine besten Freunde, und ich unterhielt mich vor und nach der Stunde lange mit ihnen. Mit ihr habe ich aber nie gesprochen, da bin ich sicher. Ich saß in den letzten Bänken der linken Bankreihe und sie in den letzten der rechten. Ich glaube nicht, daß ich sie besonders beachtet habe, und ich erinnere mich nicht an ihr Gesicht von damals, nur an ihre Haare.

[III.]

Mit dem neuen Jahr, dem Jahr 1917, veränderte sich das Leben am Rosenberg sehr. Genau in der Neujahrsnacht kamen aus Livorno, über die Schweiz, meine beiden Cousinen, Alda und Flora, und ihre Mama, Vera, an, die seit kurzem Witwe war. Ihr Mann, Papas Bruder, war an Blinddarmentzündung gestorben, ohne die drei wiedergesehen zu haben, seit er von ihnen, bei Ausbruch des Krieges, getrennt worden war.

Alda, die Größere, war eineinhalb Jahre jünger als ich, Flora um ein Jahr jünger als die Schwester. In Triest, und dann in Livorno, hatte ich keinen geringen Teil meiner Zeit mit ihnen verbracht, sie aber, vielleicht weil sie zu klein waren, für ein wenig langweilig und lästig gehalten und ihnen nie allzu große Aufmerksamkeit geschenkt. Jetzt, am Rosenberg, hatte ich ihr Kommen mit großer Ungeduld erwartet, weil alles, was mich an Triest erinnerte, für mich wichtig und mir teuer war, und vielleicht auch, weil ich mich sehr allein fühlte und hoffte, daß sie mir Spielgefährtinnen sein würden.

Sie kamen zu später Stunde am Grazer Bahnhof an, und bevor sie bis zu uns gelangten, brauchte es eine Weile: So trafen sie bei uns ein, als schon vorgeschrittene Nacht war. Ich hatte wenig geschlafen, zum Teil wegen der Erwartung, zum Teil, weil Mama und Großmutter aufgeblieben waren. Als meine Cousinen dann endlich kamen, dachte natürlich niemand mehr ans Schlafen. Für Tante Vera interessierte ich mich wenig, und auch sie interessierte sich natürlich nicht sehr für mich. Beim Wiedersehen gab es Tränen, aber dann begannen Mama, Großmutter und Tante Vera zu plaudern und erzählten sich gegenseitig eine Menge Neuigkeiten und Vorfälle, und so erholte sich das Gespräch ein wenig von seinem anfänglichen Trübsinn.

Aber den Gesprächen der Großen hörte ich kaum zu. Alda hatte sich an mein Bett gesetzt, und sie war es, die mir auf ihre Art all das erzählte, was sich ereignet hatte, seit wir von Livorno weggefahren waren. Alda kam mir tatsächlich wie ein anderer Mensch vor: ganz verschieden von jenem langweiligen und faden Wesen, an das ich mich erinnerte. Die klaren blauen Augen schauten ein wenig geistesabwesend und traumverloren, und das regelmäßige Gesicht, das von ganz langen und wunderbaren blonden Haaren, die ihr frei über die Schultern fielen, gerahmt war, hatte einen guten und milden Ausdruck. Ihre Haare gefielen mir besonders. Auch zu anderen Gelegenheiten hatten ja die langen Haare der Mädchen eine Art Anziehungskraft auf mich ausgeübt: Sie bildeten das augenscheinlichste äußere Zeichen dafür, daß die Mädchen von mir verschiedene und vielleicht bessere Wesen waren.

Was Alda mir berichtete, war ziemlich unbedeutend. Sie erzählte mir, daß Flora in Livorno fast in einen Brunnen gefallen sei, daß sie vor der Abreise einen langen Ausflug in die Umgebung der Stadt gemacht hätten, daß sie in Luzern, wo sie sich einige Wochen aufgehalten hatten, große Kälte und hohen Schnee vorgefunden hätten, daß ihre Hausherrin viele gerade erst geborene Kätzchen besessen hatte, und andere ähnliche Dinge. Dann erzählte sie von der Schule, die sie in der letzten Zeit in Livorno besuchte, sagte mir einige Schulgedichtchen auf oder ließ sie mich aus einem ihrer Bücher vorlesen: »Eine Stunde der Hahn, zwei das Pferd ...« Es waren die Stunden, die jeder schlafen muß.

Ich sah deutlich, daß Alda noch ein kleines Mädchen war. Aber sie sprach ernsthaft, mit der bestimmten Miene eines jungen Fräuleins, und außerdem bezeigte sie mir Freundschaft und ein gewisses Zutrauen, mir, den sie doch seit langer Zeit nicht mehr gesehen hatte. Ja, sie gab sogar zu verstehen, daß sie all diese Dinge gerade für mich und nur für mich erzählte, obwohl andere Leute da waren, an die sie sich hätte wenden können. Deshalb hörte ich ihr am Ende mit Interesse und mit Vergnügen zu, wobei ich alles, was sie sagte – wenn auch nicht ohne einen kleinen geheimen Vorbehalt – fast für Ernst nahm. Kurz und gut, Alda erweckte in mir sofort ein vielleicht nicht sehr heftiges, aber doch tiefes Gefühl der Sympathie.

Für Flora hingegen schien ich überhaupt nicht zu existieren. Sie hatte sich in die Arme der Mutter geschmiegt und lenkte von dort aus die allgemeine Aufmerksamkeit auf sich und tat geziert. Sie entstellte die Worte, als ob sie ein Mädelchen von zwei und nicht von fünf Jahren wäre, antwortete auf Fragen, die an sie gerichtet wurden, mit kurzen, mit gesuchtem Witz gestammelten Sätzen und trug überhaupt die frechen, impertinenten Gesten eines verhätschelten Kindes zur Schau.

»Wie denn das? Flora hat noch nicht reden gelernt? Vor zwei Jahren redete sie doch fast wie wir«, fragte ich Alda in einem bestimmten Augenblick mit lauter Stimme. Aber meine Frage wurde übergangen.

Floras Affektiertheit und ihre Ziererei vor den Großen mißfielen mir, ihr Verhalten gegen mich hatte meine Selbstachtung verletzt: Als die Cousinen bei Tagesanbruch in ihr Zimmer gingen, das ihnen unsere Nachbarn vermietet hatten, und ich vor dem Einschlafen über alles, was ich in dieser Nacht gesehen und gehört, nachdenken konnte, hatte ich denn eine bereits ausgeformte Meinung über die beiden fertig im Kopf (mir kam beinah vor, als hätte ich sie eben erst kennengelernt).

An den folgenden Tagen mußte ich bemerken, daß das Sichproduzieren als süßes, kleines Baby für Flora ein Hauptvergnügen war. Sie nannte es das »Neugeborene-Spielen«. Ihr Opfer war Alda, die sie auf dem Arm tragen, allen ihren hundert kleinen Kapricen nachgeben und sich schlagen und Fußtritte geben lassen mußte, weil auch das zum Spiel gehörte: Es war das Ungezogen-sein-Spielen. Alda machte zum Teil gerne mit; zum anderen fügte sie sich des lieben Friedens wegen und weil sie zu schwach war, sich dem Willen der Schwester zu widersetzen. Manchmal weigerte sie sich, sich für das

Spiel herzugeben, und dann ging Flora zur Mutter, die Alda anschaffte, sie möge nachgeben, weil die Schwester ja die Kleinere war.

Auf die Art setzte sich Flora immer durch. Mehr noch: den Umstand, daß die Mutter sie bevorzugte, wußte sie skrupellos auszunutzen. Obwohl Alda ruhiger und gerechter war als Flora, hatte Tante Vera fast alle Liebkosungen und zärtlichen Worte für die kleinere Tochter reserviert. Ich konnte es wirklich nicht verstehen, daß Vera nicht merkte, daß Alda so viel besser als die Schwester war, warum sie diese lieber haben konnte als jene. Aber noch mehr wunderte und empörte mich die Tatsache, daß Vera sich nicht unter Kontrolle hatte, daß sie derart offen und ohne Scham ihre ungerechten Vorlieben zeigte.

So kam es, daß ich in meinem Herzen Flora und Vera den Krieg erklärte, und vielleicht der zweiten noch mehr als der ersten.

Ich begann mit dem »Neugeborenen-Spiel«, das, so beschloß ich, verschwinden sollte. Dieses Spiel hinderte mich daran, mit Alda zu plaudern oder für alle drei irgendeine andere angenehmere Beschäftigung zu finden. Flora kapierte sofort, daß ich ihr Feind war, doch Alda schien nicht zu begreifen, worauf ich wirklich hinauswollte. Wenn ich ihr sagte, daß sie sich für das Spiel der Schwester nicht hergeben dürfe, und wenn Flora dann darauf beharrte und ich mich widersetzte, stellte sich Alda für gewöhnlich auf meine Seite: ganz natürlich, weil die Ansprüche Floras ihr lästig waren. War ich aber nicht dabei, tat Alda alles, was Flora wollte.

Es hatte den Anschein, daß Alda sich der Lage nicht bewußt war, daß sie nicht merkte, das Opfer der Präpotenz ihrer Schwester und der Ungerechtigkeit der Mutter zu sein.

Dazu kam noch, daß Alda die Schwester recht gern hatte, und noch lieber die Mutter. Ihre Blindheit bewirkte, daß in meiner Seele eine Art von Gereiztheit gegen sie hochkam. Und mein Haß gegen Vera und Flora wurde dadurch noch tiefer. In den vier Jahren, die folgten und während deren ich mich sehr intensiv mit den Angelegenheiten meiner Cousinen auseinandersetzte, sagte ich Alda jedoch niemals, daß die Mutter sie weniger liebe als Flora. Einerseits nahm ich an, daß es wenig nützen würde, es ihr zu sagen – sie würde meinen Worten keine Bedeutung beimessen und sie gleich wieder vergessen –, und andererseits fürchtete ich, ihr allzu großen Schmerz zuzufügen.

Während Alda wie ein Lamm lebte und mich manchmal auf den Gedanken brachte, unter ihrer Schädeldecke müsse ein Organ liegen, völlig verschieden von dem, das ich unter meiner arbeiten spürte, war es nur allzu deutlich, daß Flora mich sehr gut verstand und daß sie große diplomatische Fähigkeiten besaß. Ihre fünfjährige Bosheit war mit einer großen Frühreife und ungewöhnlicher Intelligenz gepaart. Ich versuchte nicht, sie von unseren Spielen fernzuhalten; im Gegenteil, bis zu einem gewissen Grad trachtete ich danach, die Spiele so einzurichten, daß sie auch ihr gefallen konnten. Ich hoffte, sie würde auf diese Weise ihr Lieblingsspiel vergessen. Doch kaum war das »Neugeborenen-Spiel« für mich zu einer fast prinzipiellen Frage geworden, schien es das auch für sie geworden zu sein. Sie wollte nicht auf unserer, auf derselben Stufe spielen, wollte auf jeden Fall ihren Kommandoanspruch verteidigen. Aus diesem Grund wurde ihre Hartnäckigkeit immer schlimmer; und nahmen wir keine Rücksicht darauf, sahen wir uns dauernd belästigt, ständig verfolgt von einer unerschöpflichen Vielfalt von immer neuen und immer raffinierteren Bosheiten. Das war nicht nur ein Mittel, den Mißmut abzureagieren, es war auch eine Kampfmethode, von deren Wirksamkeit Flora überzeugt war. Sie hoffte, ich würde zurückschlagen, damit sie sich dann an die Mutter wenden könnte, die zu ihren Gunsten eingreifen würde.

Oft besorgte sie sich einen kleinen Stock, und mit dem peitschte sie uns die Beine. Eine Weile schwieg ich; dann forderte ich sie auf, damit aufzuhören; dann riß ich ihr das Stöckchen aus der Hand und zerbrach es in viele Stücke. Spürte ich auch das Blut vor Zorn mächtig in mir aufwallen, blieb ich doch nach außen hin ruhig. Nur die Anstrengung des Zerbrechens dieser Holzstückchen, die man, je kürzer und dicker sie waren, um so schwerer brechen konnte, diente mir zur Abkühlung. Soviel Kraft hätte ich in meinen Händen niemals vermutet, wie ich in diesem Augenblick des Zorns hatte.

War eines der Stöckchen zerbrochen, besorgte sich Flora ein anderes. Eine Weile strich sie um uns herum, als ob sie sich um ihre eigenen Sachen kümmerte, vielleicht in der Hoffnung, ich würde ihr zuvorkommen. Aber ich ließ sie machen; erst wenn sie uns wieder zu belästigen begann, entwand ich ihr neuerlich die Waffe. Diese Szene wiederholte sich Dutzende Male am Tag. Doch ich war entschlossen, die Geduld nicht zu verlieren, und verlor sie nicht. Wenn es Flora gelang, sich irgendeinen dickeren Stock zu besorgen oder einen anderen Gegenstand, den ich nicht zerbrechen konnte oder wollte, dann begnügte ich mich damit, ihn ihr aus der Hand zu reißen und über ein Mäuerchen zu werfen, über das sie nicht klettern würde können, oder ihn nach oben, zwischen die Zweige eines Baumes, zu legen, wo sie nicht hinlangen konnte. Sie ließ sich nicht leicht entwaffnen und versuchte mich abzuhalten, indem sie mich mit ihrer ganzen Kraft prügelte, aber ich machte mir nichts daraus. Mit Ausnahme eines einzigen Males, von dem ich gleich erzählen werde, tat ich ihr niemals weh, weil ich Skandale und Vorwürfe fürchtete. Im übrigen hatte ich immer bewiesen, dazu unfähig zu sein, Buben und Mädchen, die kleiner waren als ich, zu schlagen. Ich nahm Abstand davon, Flora die verdiente Lektion zu erteilen, und zwar vor allem deshalb, weil ich wollte, daß das Unrecht ganz auf der ihren und das Recht auf meiner Seite lag.

Nach den Stöcken kamen die Steine. Das war bereits kein geringer Fortschritt. Den Stock konnte ich ihr, nach einer gewissen Zahl von Hieben, aus der Hand reißen. Bei den Steinen dagegen täuschte Flora vor, friedlich mit ihnen zu spielen, und ließ sie dann, wenn sie merkte, daß meine Augen sie nicht fixierten, plötzlich auf uns niederhageln. Ich trachtete also danach, mich mit Alda dorthin zu setzen, wo es keine Steine gab, aber Flora nahm sich eine Handvoll davon mit. Zuerst warf sie ein paar nicht direkt auf uns, sondern ganz in die Nähe, und ich schwieg; dann, wenn sie uns getroffen hatte, schleuderte ich ihren ganzen Satz weit weg. Der Vorrat wurde erneuert, und wiederum ließ sie ihn niederhageln; bis Flora, von meiner Ruhe aufgebracht, zu weinen, zu schreien, mit den Füßen zu stampfen, uns jede Art von Schimpfworten zu sagen begann: Und schlußendlich rannte sie dann zur Mutter, um sich trösten zu lassen.

Eines Tages (wir waren im Garten der kleinen Villa, in der Vera ein Zimmer gemietet hatte) zeigte ich Alda die Illustrationen in einem wunderschönen Zoologiebuch, das ich damals von Mama geschenkt bekommen hatte: Das Buch für die deutschen Gymnasien war nagelneu, gebunden und versehen mit vielen schönen Farbabbildungen und nach der Natur gemachten Zeichnungen von Tieren, die ich überhaupt nicht kannte. Ausgerüstet mit einer ziemlich großen Pappschachtel, ließ Flora Erdschollen, Schlamm und anderen Schmutz auf uns niederregnen. Als ich sah, daß sie auf diese Weise mein schönes Buch verdarb, riß ich ihr die Schachtel aus der Hand und zerfetzte sie ihr. Flora ging zur Mutter, ließ sich einen Topf geben und begann von neuem. Den Topf konnte ich ihr bestimmt nicht zertrümmern, noch konnte ich ihn auf die darunterliegende Straße schleudern, damit er dort sein Ende finde. Ich wand ihn Flora aus der Hand und begab mich mit meiner Trophäe zu Tante Vera, um zu protestieren. Natürlich hatten meine Worte keinen Effekt; doch kurz danach kam das Gespräch, während wir alle gemeinsam einen Spaziergang machten, neuerlich auf die Angelegenheit mit dem Topf, und Vera beklagte, daß wir uns mit ihrer »kleinen Flora« nicht abgeben wollten, die sich langweile und aus diesem Grund die Böse spiele. Da begann ich ruhig, ordentlich, ohne irgendeine Begebenheit auszulassen, aber auch ohne im geringsten zu übertreiben, die ganze Geschichte der zahllosen Übergriffe zu erzählen, die Flora gegen uns begangen hatte. Vera hörte mir einen Augenblick zu, dann lächelte sie erfreut, wie man lächelt, wenn man es mit einem frühreifen Kind zu tun hat, das beweist, es faustdick hinter den Ohren zu haben; daraufhin wandte sie sich Mama und Großmutter zu und fing an, über etwas anderes zu reden. Ich hätte sie am liebsten erwürgt.

Ein anderes Mal hinderte mich Flora daran, den Tisch für das Abendessen zu decken. Das war ein Amt, das ich in langer Tradition ausübte und auf das ich großen Wert legte. Nur aus Lust am Ärgernis und aus keinem anderen Grund riß Flora das Tischtuch, sobald ich es auflegte, wieder weg. Anfangs sagte ich ihr, sie möge Ruhe geben;

dann bat ich Vera, sie dazu zu bringen, Ruhe zu geben; dann, als ich sah, daß Vera mir kein Gehör schenkte, machte ich sie darauf aufmerksam, daß ich mich, wenn sie nicht eingreifen würde, selbst verteidigen würde. Ja, ich sagte ihr sogar ganz ausdrücklich, daß ich noch zweimal Geduld haben würde, aber daß beim dritten Mal das Tischtuch an seinem Platz bleiben müsse. Auch das dritte Mal landete das Tischtuch auf dem Boden. Da hob ich es auf und schmetterte es mit aller Wucht Flora ins Gesicht. So hatte ich beschlossen zu handeln, und so handelte ich.

Zum Unglück war Flora anfällig für Nasenbluten, und auch diesmal trat ihr ein bißchen Blut aus der Nase. Sie begann zu brüllen, als ob ich ihr die Kehle durchgeschnitten hätte; Vera fing an, gegen mich, gegen Mama, gegen alle loszuziehen. Auch ich war außerordentlich erschrocken; doch als ein wenig Ruhe eintrat, so daß meine Stimme gehört werden konnte, sagte ich Vera nochmals, daß es ihre Schuld sei, daß ich sie gewarnt hätte. Die anderen waren alle still, und auch Vera, ich weiß nicht, ob überzeugt oder entwaffnet, beruhigte sich am Ende.

Gelegenheit, mich zu ärgern, hatte Flora besonders dann, wenn ich sie zusammen mit Alda zur Schule begleitete. In Wahrheit war Flora noch nicht alt genug für die Schule, aber auf Grund von Veras Bitten, die sie nicht den ganzen Tag zu Hause aushalten konnte, war sie in die erste Klasse aufgenommen worden.

Die zwei Schwestern besuchten dieselbe Schule wie ich. Jeden Tag wartete ich bei der Gartentür ihrer kleinen Villa auf sie und legte den Weg mit ihnen zurück. Von Zeit zu Zeit tat Flora so, als ob sie nicht weitergehen wollte, und kein Wort, keine Drohung reichte aus, sie davon abzubringen. Obwohl ich von Angst gepeinigt war, zu spät in die Schule zu kommen, war ich gezwungen, mehrere Male eine ziemliche Wegstrecke zurückzugehen, weil Flora sich auch dann nicht von der Stelle rührte, wenn sie sah, daß wir uns entfernten. Und mehr als einmal mußte ich sie auf den Arm nehmen. Sie dann dazu zu bringen, über das »Treppchen« herunterzukommen, war unmöglich, so daß ich sie mühsam hinter mir herziehen mußte. Alda schickte ich voraus. Wenn sie etwas weiter voran war und ihr die Hände froren, fing sie zu weinen an: Dann mußte ich Flora loslassen und zu Alda laufen, um sie zu trösten.

Doch Floras gesamtes Betragen hatte ein fest umrissenes Ziel: Sie wollte uns Zeit verlieren lassen, so daß wir erst kurz vor Unterrichtsbeginn in der Schule ankämen. Dann, im Vorraum der Schule, sagte sie mir, daß sie sich irgendwo weh getan habe oder daß sie sich den Mantel nicht allein ausziehen könne. So erreichte sie es, daß ich mich um sie bemühte, bis sie den Knaben über die Stiege herunterkommen sah, der damit beauftragt war, die Glocke zu läuten. Jetzt schlüpfte sie flink in ihre Klasse, die im Erdgeschoß lag, und ich, der in den ersten Stock hinaufgehen mußte, kam zu spät. Drei- oder viermal ließ sie mich in die Falle tappen. Tatsächlich konnte sie die Komödie so gut spielen, daß ich, der ich mich in meinem Inneren fest dazu entschlossen hatte, ihr keinen Glauben zu schenken, es am Ende dann doch immer tat.

Als ihre List ihr nicht mehr gelang, nahm sie die Gewohnheit an, so lange auf der Straße stehenzubleiben, daß am Ende auch sie sich verspätete.

Von allen Bosheiten Floras war es diese, die mich am meisten traf, ja, es war vielleicht sogar die einzige, die wirklich ihr Ziel erreichte. In allen anderen Fällen vermochte ich mich in einer Position der Überlegenheit zu halten (oder zumindest kam es mir so vor); bei diesen Begebenheiten aber fühlte ich mich wahrhaft gedemütigt. Die Vorstellung, daß man pünktlich zur Schule kommen müsse, war im Innersten meiner Seele verwurzelt. Zu spät kommen stellte für mich eine schwere Verfehlung dar: eine jener Verfehlungen, die einen vor sich selbst und den anderen kleiner machten. Außerdem fürchtete ich die Rügen und Strafen des Lehrers nicht wenig. Und tatsächlich hatte er mir ein- oder zweimal Vorwürfe gemacht, in sehr wohlwollender Form, um die Wahrheit zu sagen: Vielleicht verstand er, daß die Schuld bei meinen beiden Cousinen lag, da ich mich vorher nie verspätet hatte.

Vor allem aber schmerzte mich der Umstand, daß Flora mich gerade deshalb treffen konnte, weil ich eine gute Tat vollbrachte, und daß ihre Bosheit genau daran Gefallen fand. Einem Wesen, das man haßt, Gutes tun, und ihm so Gelegenheit geben, uns Böses anzutun, ist der Gipfel der Demütigung; um so mehr, wenn man sich der Unfähigkeit bewußt ist, anders zu handeln, nämlich die gute Tat zu unterlassen, die dann so schlecht belohnt wird. Wenn ich mich geweigert hätte, meine beiden Cousinen zur Schule zu begleiten, hätte mich sicherlich niemand dazu gezwungen, im Gegenteil, ich wußte sehr gut, daß ich, wenn ich gewollt hätte, sie hätte links liegen lassen können. Ich stellte mir aber vor, daß sie es ohne mich nicht schaffen würden, zur Schule zu kommen, und deshalb brachte ich es nicht über mich, sie im Stich zu lassen.

Darin lag zweifellos viel Dummheit und noch mehr Selbstüberschätzung meinerseits: Genausogut waren es aber mein übertriebenes Pflicht- und Verantwortungsgefühl und ein Instinkt, der stärker war als ich (er hinderte mich daran, etwas zugrunde gehen zu lassen, was mein Wirken hätte retten können), die mich unfähig machten, aus einer Situation herauszukommen, die mich tief verbitterte.

Gott sei Dank dauerte diese Hölle nicht lange. Flora stellte es so an, daß sie wegen ihres Benehmens von der Schule ausgeschlossen wurde, und alles wurde wie früher.

Gegen den Sommer des Jahres 1917 zu erhielt Mama für sich und mich die Genehmigung, nach Triest zurückzukehren, die ihr bis dahin von den österreichischen Behörden verweigert worden war. Sie beschloß, in unserer Heimatstadt zu Papa zu stoßen und Großmutter, Tante Vera und meine beiden Cousinen am Rosenberg zurückzulassen, bis auch sie uns würden folgen können.

Im Verlauf dieser langen und mühsamen Reise hatte ich zum ersten Mal den Eindruck, daß der Krieg etwas Ernstes und Reales war. Unser Zug überholte mehrere Male Militärtransporte, die an die Front geschickt wurden. Die Soldaten waren in Viehwaggons zusammengepfercht und vollkommen betrunken. Sie sangen mit derart verzweiflungsvollen Stimmen, daß ich tief davon ergriffen wurde.

Um die Reise abzukürzen, stiegen wir in Villa Opicina aus dem Zug und nahmen die Elektrische, die direkt nach Triest hinunterfährt. Als ich beim Obelisken nach so langer Zeit von oben das Meer und meine Stadt, die so stark in meinem Gedächtnis eingeprägt war, wiedersah, empfand ich wahre Freude, und zusammen mit der Freude gleichsam ein Gefühl der Sicherheit und Ruhe. Ich spürte, daß ich an meinen Ort zurückgekehrt war, an die Orte, wo sich mein Leben, das jene zwei Jahre der Wanderschaft nahezu unterbrochen hatten, nun wieder abspielen würde.

Zwei Jahre Fernsein sind aber viel, besonders wenn man im Alter von sieben Jahren wegfährt und mit neun wiederkehrt. Man wird groß, und die Welt wird kleiner vor unseren Augen. Ich erinnere mich noch vage an die Zeit, in der ich nicht geringe Anstrengungen unternehmen mußte, um etwas, das am Tisch unseres Eßzimmers lag, herunterzunehmen. Dieser Tisch war die Grenze einer für mich wenig zugänglichen Welt. Jahre danach reichte mir derselbe Tisch kaum höher als bis an den halben Oberschenkel. In den Jahren, in denen man sehr schnell wächst, findet man, wenn man nach langer Zeit einen Gegenstand wiedersieht, der einem teuer war, ihn fast immer kleiner, erbärmlicher geworden.

Triest hatte sich damals für alle verändert; und um so mehr für mich. Nur wenige Menschen zeigten sich auf den Straßen; fast keine Fahrzeuge; sogar die Straßenbahnen waren rar. All diese Dinge bemerkte ich sofort, kaum daß ich aus der Elektrischen ausgestiegen war. Die Plätze erkannte ich sehr gut wieder, so daß ich bestens imstande gewesen wäre (im übrigen war es nicht schwer zu finden), allein bis zu unserem Haus hinaufzugehen. Trotzdem schaute ich manche Häuser verwundert an, die gewiß auch früher dagewesen waren, die aber meinen Augen wie neu vorkamen, weil ich das eine oder andere Detail ihrer Fassade niemals wahrgenommen hatte.

Die Sant'Antonio-Straße, die mir einst ziemlich breit vorgekommen war, erschien mir jetzt fast von all diesen hohen und schweren Gebäuden erstickt, die nur einen schmalen Himmelsstreifen erblikken ließen. Vielleicht habe ich als kleines Kind nahezu nie zum Himmel geschaut und aus diesem Grund jetzt, zum ersten Mal, die Empfindung gehabt, daß Luft und Licht förmlich fehlten. Und wie schnell man von einem Teil der Stadt in den anderen gelangte! Wir legten den ganzen Weg zu Fuß zurück, allein, weil wir nicht die Möglichkeit gehabt hatten, jemanden zu benachrichtigen. Mama ging langsam, wie gewöhnlich; und doch kam mir vor, nur wenige Schritte gemacht zu haben, und schon waren wir am Corso. Der Kai und die Stiegen, die zu unserer Spielwiese führten, kamen mir enger und schmutziger vor denn je. Während mir einst schien, wenn ich unsere Gartentür erreicht hatte, wer weiß welchen Aufstieg gemacht zu haben und gleichsam in der Nähe des Himmels angekommen zu sein, so war mir jetzt zumute, als ob die kaputten Dächer der Häuser von Cittavecchia geradezu auf mir drauf lägen und daß ihretwegen der Horizont schmäler geworden sei. Es war noch schön dort oben, sehr schön: Aber der Raum, der vor mir lag, kam mir nicht mehr so hell und weit vor wie in der Erinnerung.

Mein altes Zuhause machte auf mich einen direkt verheerenden Eindruck: Ich glaubte, daß ich durch die Tür fast nicht würde eintreten können. Und auch Tante Marietta, meine große Tante Marietta, die zufällig zum Eingang kam und die ich umarmen lief, schien mir so viel älter und häßlicher geworden und vor allem kleiner, viel kleiner und gedrungener, als ob jemand sie in diesen Jahren gezwungen hätte, immer gekrümmt dazustehen.

Auf dem Land hatte sich nicht viel verändert: Manche Hecke war zerstört worden, manches Mäuerchen eingestürzt. Auf unserer Wiese hatten sie Kartoffeln und Kohl angepflanzt, und die Kastanienbäume vom Bocciaspielplatz waren derart gewachsen, daß sie das Haus um ein ordentliches Stück überragten. Auch die Leute waren noch immer die gleichen. Es gab in den Familien der Nachbarn zwei Neugeborene, die schon im Garten herumkrabbelten, aber ich kümmerte mich nicht um sie, weil sie für mich zu klein waren.

Nach und nach knüpfte ich die alten Freundschaften wieder an: vor allem die mit den Gallischwestern, besonders mit Dora. Rina war nun ganz verändert: kein kleines Mädchen mehr, sondern ein junges Fräulein. Fast vierzehn, war sie größer als wir alle, und auch ihr Gesicht und ihr Ausdruck waren so anders, daß ich sie zuerst fast nicht wiedererkannte. Außerdem stellte sich heraus, daß sie sehr gern mit den Großen beisammen war. Dieses Verhalten gefiel mir nicht besonders und kam mir bei ihr, die ich so widerborstig und störrisch gekannt hatte, seltsam vor.

Im allgemeinen hegte ich große Abneigung gegen die Leute im Alter zwischen vierzehn und achtzehn. Ihr Überlegenheitsgetue, ihre Geringschätzung der Kleinen, ihr Hang zur Rücksichtslosigkeit gegen sie, ärgerten mich maßlos. Ja, diese Sünden verzieh ich einem Heranwachsenden sogar noch viel schwerer als einem Erwachsenen. Ich fühlte, daß die Jugendlichen nicht viel mehr wert waren als wir Kleinen und daß sie sich auf Grund von Neigungen und Bestrebungen von uns abwandten, die ich zutiefst mißbilligte. Die Heranwachsenden nannte ich Verräter, weil sie meiner Meinung nach die Sache der Kleinen verrieten.

Was Rina betraf, konnte ich nicht sagen, daß ich Abneigung gegen sie verspürte. Dafür hätte ich auch wirklich keinen Grund gehabt. Sie behandelte mich freundlich und war netter zu mir, als sie es früher je gewesen war. Vielleicht hing das mit dem Umstand zusammen, daß sie Zuneigung zu unserer Familie gefaßt hatte, besonders zu Papa, der ihr Unterricht erteilte. Im übrigen gab es an ihr immer irgend etwas, das mir nicht mißfiel. Rina hatte viele Fehler, aber ihre Dickköpfigkeit, ihre Empfindlichkeit, ihre heftigen Antipathien gewissen Leuten gegenüber bewiesen, daß es ihr nicht an Charakter fehlte, und das war etwas, das ich zu schätzen wußte.

Mir war's aber, als ob die Rina von einst, die außerordentliche und unerreichbare Rina, vollkommen gestorben sei: Nicht einmal mehr die Erinnerung daran stellte sich in meinem Kopf ein. Einen einzigen Vorfall hat es gegeben, der mir für kurze Zeit einige der Eindrücke aus alten Zeiten wiedererweckte.

Rina und Dora (Bruna war krank) mußten, nachdem sie das Geschirr vom Abendessen abgewaschen hatten, in der Küche alles auf seinen Platz stellen. Sie waren abwechselnd dran, einen Abend die und einen Abend die andere. Im Hause Galli herrschte peinliche Ordnung, die man aus keinem Grund stören durfte. Die Töpfe zum Beispiel mußten aneinandergereiht auf zwei Holzkonsolen stehen, die an der Rauchkappe des Kamins befestigt waren, und jeder hatte seinen Platz.

Eines Abends stellte Rina einen Topf, der auf der unteren Konsole stehen mußte, auf die obere. Die Mutter sagte ihr, daß sie ihn von dort wegnehmen solle. Rina, die vielleicht schlecht aufgelegt war, antwortete der Mutter ziemlich brüsk. Als diese darauf bestand, kam Rinas Starrsinn durch, und sie erklärte, um nichts in der Welt. Frau Galli wollte ihrer Tochter nicht nachgeben, wollte sich Gehorsam verschaffen. Sie nahm einen großen Holzkochlöffel und fing an, ihr auf die Hände, auf ihre schönen, langen und zarten Hände zu schlagen, wobei sie bei jedem Hieb mit gedämpfter Stimme ihren Befehl wiederholte. Rina schrie laut vor Schmerz, aber sie rührte sich nicht. Sie stand aufrecht, ohne davon abzurücken, vor dem Herd, brachte kein Wort hervor, hob keine Hand zur Gegenwehr, unternahm nichts, das wie ein Akt des Flehens oder der Kapitulation hätte aussehen können.

Es waren Rinas Schreie, die mich, erschrocken und neugierig gemacht, zum Haus Galli hinüberlaufen ließen. Dora hielt mich beim Eingang an und erklärte mir, was vorging. Sie fügte noch hinzu, daß sie versucht habe, die Angelegenheit zu bereinigen, indem sie den Topf richtig hinstellte, daß sie aber schnell hatte weglaufen müssen, weil die Mutter sonst auch auf sie böse geworden wäre. Ich näherte mich der Küchentür, die im Sommer immer offen stand, schaute einige Augenblicke zu und mußte dann weggehen, weil ich mich zu bestürzt fühlte.

Im Garten erzählte mir Dora Einzelheiten von früheren Streitigkeiten, doch ich hörte ihr nicht weiter zu. Ich kapierte nicht. Ich verstand nicht, wie man eines Topfes wegen auf solche Art prügeln und Leid antun konnte; verstand nicht, wie man eines Topfes wegen einen so aussichtslosen und ungleichen Kampf auf sich zu nehmen bereit war.

Rina, die den Schlägen schon seit ungefähr einer halben Stunde standhielt, ohne zu reagieren, ohne einen Versuch, sich zu entziehen, erschien mir, wie einst, in einem Licht der Größe. Meine Überzeugung, daß sie eine Seelenstärke besitzen müsse, die der der anderen, die mich umgaben, überlegen sei, fand vollste Bestätigung. Neuerlich empfand ich für sie lebhafte Bewunderung, die begleitet, beinah überwältigt war vom Gefühl der Bestürzung und dem Bewußtsein meiner eigenen Schwäche. Aufs neue erwachten in mir diese altbekannten Gefühle. Aber ich war nicht imstande, den Grund für Rinas Heldenhaftigkeit zu verdrängen, und der Grund kam mir lächerlich vor. Ich sah keinen Sinn in alledem und schüttelte den Kopf. Einige Jahre früher wäre das nicht so gewesen.

Außerdem war Rina im Unrecht. Ich glaube die Rauchkappe dieses Kamins noch vor Augen zu haben; auf der oberen Konsole sehe ich die Töpfe, die, auf- und übereinandergestellt, innerhalb der Reihe oft vor und zurücksprangen, anstatt in der üblichen schönen Ordnung abgestellt zu sein. Und unten war so viel Platz.

Nach langem gab Rina nach. Sie ließ sich die Hand führen, doch tat sie, was sie beschlossen hatte, nicht zu tun. Auch das war nicht gut. Nicht etwa, daß ich ihr das zum Fehler angerechnet hätte: Ich fühlte, daß ich nicht über den hundertsten Teil ihrer Entschlossenheit und Widerstandsfähigkeit verfügte. Doch hatte ich gewußt, daß es so ausgehen würde, und nahm an, daß auch Rina es gewußt haben dürfte. Warum also hatte sie zu streiten angefangen?

Die alte Rina konnte in meiner Seele also wahrhaftig nicht wieder auferstehen. Ich war zu sehr verändert, und vielleicht war es ein wenig auch sie.

Anita und Vittoria ließen sich lange nicht blicken. Ich hatte sie aber nicht vergessen. Nach der Rückkehr aus Graz, als ich zum ersten Mal wieder die Stufen zu unserer Spielwiese hinaufstieg, hoffte ich bei mir, ich würde sie nach der letzten Kurve wie früher auf dem Mäuerchen neben der Treppe sitzen sehen, die vom Garten der Tommasi zu unserem Garten führte. Überdeckt von den vielen Eindrücken der Rückkehr, war doch diese zugleich angenehme und schmerzliche Unruhe in mir, die ich aus der Zeit vor meiner Reise so gut kannte. Es vergingen jedoch ein paar Monate, ehe ich die Mädchen wiedersah. Umsonst fragte ich die Großmutter der Tommasi nach ihnen, die mir erklärte, daß sie nun selten aufs Land kämen und daß sie keine Nachrichten von ihnen habe. Mit den anderen redete ich nicht über Anita und Vittoria, weil ich mich meiner Gefühle schämte, die – ich wußte es – für lächerlich gehalten worden wären.

Ein einziges Mal, soviel ich mich erinnere, habe ich sie erwähnt. Ich sprach mit Dora über unsere Nachbarn und die Verwandten und Bekannten, die sie besuchen kamen: über die sympathischen und über die unsympathischen. »Die Verwandten der Tommasi sind alle unsympathisch«, platzte ich heraus; weil ich sie aber nicht dadurch beleidigen wollte, daß ich sie verschwieg, fügte ich leiser hinzu: »Außer Anita und Vittoria.« Dora, die mit den Gedanken sicherlich tausend Meilen von den beiden entfernt war, erwiderte prompt: »Die sind ärger als die anderen.«

Nach einiger Zeit erfuhr ich von Frau Tommasi, daß Anita schwer erkrankt war: Sie hatte Diphtherie. Da hielt ich mich jeden Tag über den Verlauf ihrer Krankheit auf dem laufenden, und nach einer Weile hörte ich, daß es ihr besser gehe; dann, daß sie bald gesund sein würde; schließlich, daß sie schon gesund war und, vielleicht binnen kurzem, zu unserer Wiese hinaufkommen würde.

Endlich kam der Tag, an dem Anita bei uns auftauchte. Sie hatte sich sehr verändert, so daß ich, hätte ich nicht gewußt, daß sie es war, sie nicht einmal wiedererkannt hätte. Sie war nicht mehr, wie früher einmal, klein und schmächtig: Sie war fast so groß wie ich und weniger dünn. Auch ihr Gesicht, runder geworden, hatte den schüchternen und freundlichen Ausdruck von einst verloren. Und ich dachte sofort, daß Anita nicht mehr die alte sei. Aber ich wollte es nicht glauben, wollte nicht zugeben, daß sie sich verändert habe, daß sich meine Gefühle ihr gegenüber verwandelt haben könnten, im Lauf von wenig mehr als zwei Jahren, während derer ich sie nicht gesehen hatte. Ich scheuchte die Schüchternheit und ein gewisses Gefühl der Verwirrung von mir, die dabei waren, sich meiner zu bemächtigen, und beschloß, ihr so nah wie möglich zu kommen, so nah wie früher.

Und in der Tat wollte ich eine Zeitlang glauben, meine Anita wiedergefunden zu haben. Es machte den Anschein, daß sie recht gern mit mir zusammen war; sie sprach wenig, leise, wie früher. In ihrer Nähe begann ich aufs neue diese Empfindung von unbestimmter Erregung zu verspüren, die mich antrieb, die schönsten und interessantesten Dinge zu sagen, die ich wußte, und zu tun, was ihr am willkommensten sein mochte und ihr den meisten Spaß machen könnte. Es gab aber noch ein anderes Gefühl, das mich wieder überkam: das Verlangen, Anita möge nur mit mir zusammen sein, nur mit mir sich unterhalten, sich nur für mich allein interessieren. Auch wenn sie nicht da war, vernachlässigte ich alle anderen Freunde; ich meinte, sie zu beleidigen, wenn ich mich in Gesellschaft anderer vergnügte. Ich glaubte, mich gänzlich ihr widmen zu müssen und daß sie dann vielleicht mir so nahestehen würde, wie ich es wünschte.

Dieser Gemütszustand dauerte nicht lange. Nach kurzer Zeit offenbarten sich mir an Anita Eigenheiten und Gefühle, die mir nicht gefielen. Eines Tages erzählte ich ihr von den Schulen, die ich besucht hatte. Sie behauptete, daß ich ein Jahr wiederholt hätte. So eindringlich ich ihr auch darlegte, daß das nicht stimme, wollte sie ihre Meinung nicht ändern, und das kränkte mich; entweder verstand sie nicht, oder sie versteifte sich auf ihren Standpunkt, obwohl sie wußte, daß sie im Unrecht war. Es betrübte mich auch, daß sie sich ein schlechtes Bild von mir machte.

Eines Tages wollte sie ein Armband aus kleinen Glasperlen zum Geschenk, das Dora mir geschenkt hatte. Ich erklärte ihr, daß Dora wütend werden würde. Anita bestand darauf, und ich gab es ihr. Es verdroß mich, daß sie ein derartiges Geschenk wünschte, sich nicht um die Blamage kümmerte, die sie mir damit antat. Dora wurde ernstlich böse auf mich und schmollte ziemlich lang mit mir.

Ein andermal fragte ich sie, wie sie mit Zunamen hieß (ich habe ihn tatsächlich niemals gewußt). Lachend nannte sie mir drei oder vier; dann hielt sie bei einem Namen »Dignanuti«, von dem ich nie gewußt habe, ob es der richtige war. Auch diese Art mißfiel mir, weil ich ihren Worten gern vorbehaltlos hätte glauben wollen. Im übrigen dürfte es eine ihrer Hauptschwächen gewesen sein, von Zeit zu Zeit aus Spaß irgendeine kleine Lüge zu erzählen.

Auch die Umgebung um Anita hatte sich verändert. Vittoria, die einst ihre Schwester und nichts weiter gewesen war und die ich fast als einen Teil von Anita selbst betrachtet hatte, war groß geworden und hatte sich zu einem hochmütigen, unruhigen Fratzen entwikkelt. Sie stritt mit allen, schrie, fügte uns Bosheiten zu. Außerdem war der kleinere Bruder, der »Tonci« hieß, auf der Bildfläche aufgetaucht. Er war drei oder vier Jahre alt. Seine schrille Stimme, die krummen Beine und sein dümmliches Gebaren stießen mich ab.

Ein einziges Mal erinnere ich mich, Anitas wegen Schmerz empfunden zu haben. Es drehte sich um die Entscheidung, was wir spielen sollten, und Dora, die, wenn Anita dabei war, mit allen Mitteln versuchte, mich zu ärgern, schlug ein Spiel vor, mit dem ich nicht einverstanden war und das zu spielen Dora sich normalerweise selbst weigerte. Ich schlug vor, daß Anita entscheide, und sie gab Dora recht. Verzweifelt lief ich nach Hause und warf mich weinend auf das Kanapee im Speisezimmer, zum großen Schrecken Tante Mariettas, die nicht verstehen konnte, was passiert war. Das war für mich der ausschlaggebende Beweis, daß meine Worte keinen Einfluß auf die Seele Anitas hatten, die sich gegen mich und auf die Seite des Unrechts gestellt hatte.

Anitas Besuche hörten nach kurzer Zeit, in der sie ziemlich häufig waren, fast vollkommen auf; und ich, der bald darauf umzog, sah sie nie mehr wieder.

Im September des Jahres 1917 überzeugten sich meine Eltern nämlich davon, daß es gefährlich wäre, weiterhin in unserer alten Kaluppe am San-Giusto-Hügel zu wohnen, die an einer sehr exponierten Stelle gelegen war und bei jeder Bombe und bei jedem Kanonenschuß einzustürzen drohte. So ließen wir uns in einer Wohnung in der Stadt nieder, und obwohl ich danach ab und zu die Familie Galli besuchen ging, verlor ich innerhalb weniger Jahre all die Leute, unter denen ich meine Kindheit verbracht hatte, völlig aus den Augen.

[VORSPIEL]

[I.]

Großmutter, Tante Vera und meine beiden Cousinen waren einige Monate nach uns aus Graz nach Triest zurückgekehrt und hatten sich neuerlich in ihrem schönen Haus im Zentrum der Stadt niedergelassen. Ich sah sie ziemlich oft, und mein Verhältnis zu ihnen war unverändert. Weiterhin ergriff ich Partei für Alda und bekriegte Flora, die, je größer desto ungezogener, überheblicher und aufsässiger wurde: Sie schien geradezu den Teufel im Leib zu haben. Wenn sich die Möglichkeit bot, verabsäumte ich es nicht, auch meinen feindseligen Gefühlen Tante Vera gegenüber freien Lauf zu lassen. Doch sie konnte den Mädchen nicht viel von ihrer Zeit widmen, weil sie tagsüber und abends mit ihrer Schneiderwerkstätte beschäftigt war, die es ihr ermöglichte, den Lebensunterhalt für sich und die Töchter zu verdienen. Es war Großmutter, die auf die Cousinen aufpaßte, und sie hatte, um die Wahrheit zu sagen, Alda lieber als Flora. Aber Großmutter war nicht der Mensch, in so offener und schamloser Weise jemanden zu bevorzugen, wie Vera es tat. Außerdem sprach bei Streitigkeiten in der Familie stets die Mutter das letzte Wort, und Flora verstand es, im geeigneten Moment kurze, aber energische Interventionen Tante Veras zu ihren Gunsten herbeizuführen.

Im Lauf der Zeit wurden die Beziehungen zwischen Alda und mir herzlicher, als sie es in Graz waren. Trotz ihres teilnahmslosen und gleichgültigen Charakters bezeigte Alda mir Zuneigung. Gerne hörte sie meinen Erzählungen und Plaudereien zu und lernte schlecht und recht das wenige, das ich ihr von den Unterrichtsfächern beibrachte. Alda war schlecht in der Schule. Sie ließ sich leicht ablenken, wenn der Lehrer vortrug, entschloß sich schwerlich dazu, sich hinzusetzen, um die Hausaufgaben zu machen, und vertrödelte auf törichte Art ihre Zeit; fing sie dann an zu lernen, verbrachte sie Stunden über den Büchern, ohne etwas zustande zu bringen. Weder durch die Rügen der Lehrer noch durch die Noten ließ sie sich bewegen, noch half der ständige Ansporn der Großmutter, die sie den ganzen Tag überwachte, noch nutzten die Szenen, die ihr die Mutter von Zeit zu Zeit machte.

So mußte ich, war ich zu Besuch bei meinen Cousinen, Alda oft dabei helfen, einige Schulaufgaben zu erledigen, weil sie sonst nie damit fertig geworden wäre. Ich machte mit ihr die Latein- und Mathematikaufgaben, erklärte ihr einiges in Naturgeschichte; und sie, so ausgeschlossen es auch war, daß sie je aktiven Anteil nahm, saß ruhig da und tat, was ich ihr anschaffte. Doch ab und zu begann sie zu lachen, und fragte ich sie nach dem Grund, erwiderte sie mir, daß ihr ich weiß nicht was für ein Unsinn eingefallen sei, der Tage zuvor daheim oder in der Schule gesagt worden war: Es handelte sich immer um Dinge, die überhaupt keinen Bezug zu dem hatten, was im Augenblick gelernt wurde. Rief ich sie dann zur Ordnung, folgte sie wieder, zumindest halb und halb, meinen Erklärungen. Kurz und gut, es gelang mir ein wenig besser als den anderen, sie zum Lernen anzuhalten.

Bisweilen sagte ich ihr im Scherz eine Beleidigung, um sie zu necken: daß sie nie etwas kapiere, mit offenen Augen schlafe, daß sie eine kleine Gans sei. Alda lachte, und manchmal umarmte sie mich. Das war mir lästig, und ich versuchte, dem zu entgehen; aber im Grunde machte es mir auch Vergnügen. Als sie etwas größer wurde, gab Alda diese Angewohnheit, mir die Arme um den Hals zu werfen, natürlich auf.

Trotz alledem interessierte ich mich, bis zum Sommer des Jahres 1920, nicht zu sehr für Alda. In jenem Sommer (ich war damals zwölf und Alda fast elf) befand ich mich auf Sommerfrische in einem Karstdorf, in Cosina, während meine beiden Cousinen in Barcola, einem Vorort von Triest, zum Baden waren. Ich langweilte mich sehr und fing an, ein wenig, um mir die Zeit zu vertreiben, ein wenig von dem Wunsch bestimmt, über mich zu reden und andere für meine Angelegenheiten zu interessieren, Briefe an die Verwandten zu schreiben. Zu Anfang schrieb ich hauptsächlich meinen Onkeln und Tanten. Doch die waren zu sehr beschäftigt, um meine Erzählungen zu schätzen und zu verfolgen und mir anders als mit den üblichen Phrasen, die Interesse bloß vorspiegeln, und Grußformeln zu antworten.

Deshalb vernachlässigte ich Onkel und Tanten und schrieb öfter an meine Cousinen. Ich adressierte die Briefe an beide, weil ich mich geschämt hätte, Alda allein zu schreiben, doch in Wirklichkeit dachte ich beim Schreiben nur an sie, und sie allein war es, die antwortete. Ihre Briefe – auf jeden zweiten oder dritten von mir traf einer ein – waren ziemlich fad. Sie berichteten von Hunderten kleinen Ereignissen von wenig oder gar keinem Belang. Ich schrieb übrigens das gleiche: mit dem einzigen Unterschied, daß, während ich mit allem unzufrieden war und alle kritisierte, Alda alles schön und gut fand. Vielleicht waren ihre Briefe aus diesem mehr als aus irgendeinem anderen Grund noch geistloser als meine. Außerdem fehlte es darin auch nicht an einigermaßen unangebrachten Schulausdrücken, die mich erröten machten. Dennoch war an diesen Briefchen etwas Herzliches, das einen zugleich sehr widerborstigen und nach Zuneigung verlangenden Knaben wie mich nicht gleichgültig lassen konnte. Ich führte damals gerade einen meiner periodischen Feldzüge, um mit dem Spitznamen, den sie mir als Kind gegeben hatten – Mino –, Schluß zu machen und mich von allen bei meinem richtigen Namen rufen zu lassen. Alda schrieb mir, daß ich für sie immer Mino gewesen sei und Mino bleiben werde, weil sie mich niemals bei einem anderen Namen rufen würde. Demnach war für sie, dachte ich, mein Name nicht etwas, das ihr egal war, das man nach Belieben ändern könne. Ja, sie schrieb sogar Minno, mit zwei *n*, und diese Art, die Konsonanten auf kindliche Weise zu verdoppeln, hatte etwas Liebkosendes an sich.

An meinem Geburtstag sollten Großmutter, Alda und Flora uns in Cosina besuchen kommen. In den Tagen, die diesem Besuch vorangingen, war ich sehr unruhig, so unruhig wie seit langem nicht. Ich hätte Alda vieles sagen wollen: über mich, über sie, über die anderen. Manches hätte ich ihr anvertrauen, manchen Zweifel ihr gegenüber zum Ausdruck bringen wollen. Doch ich war mir bewußt, daß das nicht ratsam sein und Alda mich nicht verstehen würde. Dazu fürchtete ich noch, daß ich nicht den Mut haben würde, ihr manches zu sagen, oder daß mir die Gelegenheit dazu fehlen könnte, weil ich nie mit ihr allein sein würde. Tatsächlich wußte ich nicht, wie ich mich verhalten sollte und was ich wirklich wollte. So war ich unruhig und besorgt.

Nach vielem Nachdenken legte ich mir schließlich eine Art Programm zurecht. Außer diversen Nebensächlichkeiten, um ihr mein Leben in Cosina besser verständlich zu machen, wollte ich ihr das sagen, was mir am meisten am Herzen lag: welche ihrer Charakterzüge, ihrer Gewohnheiten und Verhaltensweisen mir mißfielen, und wie ich sie verbessern hätte wollen. Ja, um nicht Gefahr zu laufen, zu viel oder zu wenig zu sagen, und um dafür zu sorgen, daß meine Worte besser in Aldas Gedächtnis eingeprägt blieben (aus langer Erfahrung wußte ich, daß, was man ihr sagte, ihr für gewöhnlich bei einem Ohr hinein- und beim anderen wieder hinausging), wollte ich ihr diese Dinge sogar schriftlich darlegen. Ich nahm ein kleines Blatt Papier und schrieb, gleichsam als Überschrift, darauf: »Alda wäre mir sympathischer, wenn ...« und fügte dann all das hinzu, was ich mir von ihr wünschte.

Es kam mein Geburtstag, meine Cousinen trafen ein, und obwohl sie von allen sehr gefeiert wurden (sie waren damals zwei Mädchen von wahrhaft ausnehmender Schönheit) und sich mit allen schon bekannten oder eben erst kennengelernten Leuten freundschaftlich unterhielten, konnte ich trotzdem ziemlich lange unter vier Augen mit Alda plaudern, ihr das kleine Blatt überreichen, das ich vorbereitet hatte, und sie bitten, ein eben solches über die Eigenschaften, die ihr an mir mißfielen, zu verfassen.

Alda kränkte sich ganz und gar nicht über das, was ich ihr geschrieben hatte (das hatte ich mir im übrigen vorgestellt), und willigte gern darin ein, es mir nachzumachen; sofort füllte sie ein Blatt mit ihren »Wünschen« aus und überreichte es mir. Ich fand ziemlich vernünftige Dinge darauf. Außer über gewisse Kleinigkeiten, an die ich mich nicht erinnere, beklagte sich Alda darüber, daß ich zu viele Geheimnisse hätte, daß ich verlangte, alle Kinder sollten genau so sein wie ich, daß ich ihr und anderen gegenüber zu mäklerisch wäre.

Aldas Blättchen hob ich sorgfältig auf, ohne mich auch nur je im Ernst darum zu kümmern, mich ihren Wünschen gemäß zu bessern. Es versteht sich: Mein Blatt kam mir auf jeden Fall sehr viel wichtiger vor. Im übrigen bezogen sich auch meine Wünsche auf konkrete Dinge: Alda sollte »nicht so geheimniskrämerisch sein« (dieser Wunsch nach größerer gegenseitiger Vertraulichkeit, den es bei ihr wie auch bei mir gab, war seltsam), sie sollte keine dummen Spiele spielen, vor allem, Flora und den anderen bei gewissen Albernheiten nachgeben. Mit anderen Worten, ich wollte, daß sie sich mehr um mich und meine ernsthaften Spiele kümmere und die ständigen Familienstreitereien vermeide, bei denen sie am Ende immer den kürzeren zog. Was ich mir aber am heftigsten von ihr wünschte, hatte ich nicht auf mein kleines Blatt schreiben können, weil ich wußte, es würde absolut sinnlos sein: daß Alda nämlich aktiver Anteil an den Dingen dieser Welt nehme, daß sie ihren Kopf etwas mehr anstrenge, sich ein eigenes Urteil über ihre Umgebung bilde: kurz und gut, daß sie etwas empfänglicher für äußere Anregungen sein sollte, und nachdenklicher.

Dieser Zettelaustausch in Cosina, der in etwa doch so ausfiel, wie ich es mir gewünscht hatte, und der in mir eine angenehme Erinnerung zurückließ, stellte den Beginn einer nur ein paar Monate dauernden Periode dar, in der ich mich mehr als mit allem anderen mit Alda beschäftigte. Ja, ich beschäftigte mich so sehr mit ihr, unternahm so viel, um ihr nahe und mit ihr allein zu sein, daß mir manchmal vorkam, ich könnte sagen, daß, wenn Rina und Anita meine ersten beiden »Lieben« gewesen waren, daß dann Alda die dritte war. Doch in Wirklichkeit lagen die Dinge ganz anders. Ich versuchte, tiefere Gefühle für Alda in mir wachzurufen, spürte im Grunde aber, daß mir das nicht gelingen würde. Ich empfand großes Bedürfnis danach, jemanden gern zu haben und bildete mir ein, Alda gern haben zu können, vielleicht weil ich zu ihr wirklich eine gewisse Zuneigung hatte, die vom Wunsch, sie zu beschützen und ihr zu helfen, begleitet war; aber ich war immer unzufrieden, nicht nur mit ihr, sondern auch mit meinen Gefühlen. Deshalb suchte ich mich selbst dazu zu überreden, die Dinge würden ganz anders liegen, könnte ich auf irgendeine Weise auf ihre Seele einwirken, könnte ich ihren Charakter verändern. Diese dritte Liebe von mir war eine beschützerhafte und – pädagogische Liebe.

Das Milieu in Tante Veras Haus in jenen Jahren werde ich binnen kurzem beschreiben; jetzt will ich noch von Aldas »Geheimnissen« berichten.

Während jenes Sommers fuhr man, um die Monotonie einer außergewöhnlich langweiligen Sommerfrische ein wenig zu unterbrechen, zwei- oder dreimal von Cosina nach Triest hinunter, und dort ging man meine Cousinen in Barcola besuchen. Diese Ausflüge waren für mich ganz besonders wichtig. Ich hatte Gelegenheit, allein lange Spaziergänge mit Alda zu machen, sei es, weil Flora, die fast immer schlecht aufgelegt war, nicht mitkommen wollte, sei es, weil Großmutter, die meine Freundschaft zu Alda gerne sah, sich anderen Angelegenheiten widmete und uns nicht viel Gesellschaft leistete. Ich war es, der redete und Alda einmal dies, einmal das erzählte; gewöhnlich schwieg sie und hörte zu. Vielleicht hörte sie nur halb zu; vielleicht begriff sie gut, was ich ihr sagte, aber maß dem Gesagten keine Bedeutung bei; vielleicht nahm sie meine Worte auf bestimmte Art wichtig, vergaß sie aber nichtsdestoweniger sehr rasch wieder: Es ist mir niemals gelungen, das zu durchschauen. Ich wußte nicht, ob Alda froh darüber war, mit mir allein zu sein, oder ob sie sich nach kurzer Zeit gelangweilt fühlte. Ich habe nie bemerkt, daß sie ausgerechnet meine Gesellschaft suchte, aber andererseits – sie floh sie auch nicht. Ich wußte nicht, waren ihr meine Gespräche nun willkommen oder nicht; ich hatte keine Ahnung, was sie sich über das, was ich ihr sagte, dachte.

Manchmal zeigte sich, daß sie überhaupt nicht auf die Dinge geachtet hatte, denen ich großes Gewicht beigelegt hatte; bei anderer Gelegenheit erinnerte sie sich wieder an Sätze und Worte von mir, die ich vollkommen vergessen hatte. Es machte aber nicht den Anschein, daß sie meine Gespräche einer Kritik unterzog, einige für gut und die anderen für schlecht hielt, es sah nicht so aus, als gäbe sie mir bald recht, bald unrecht: Sie wirkte völlig teilnahmslos. Sie fuhr darin fort, mir, wie früher, ab und zu einige liebevolle Worte zu sagen, machte weiterhin manch zärtlichen Scherz; doch im übrigen ermunterte sie das neue Interesse, das ich ihr gegenüber an den Tag legte, nicht, wies es aber auch nicht zurück: Sie schien es nicht zu bemerken, und manchmal schien sie nicht einmal meine Existenz wahrzunehmen.

Ich konnte mir nicht vorstellen, daß in Aldas Kopf geradezu eine Leere herrschte, daß sie wirklich nicht den Wunsch verspürte, über das nachzudenken, was sie hörte, zu ihrer Umgebung Stellung zu nehmen. Vielmehr vermutete ich, daß sie ihre Gedanken verberge, daß sie Geheimnisse bewahre. Später überzeugte ich mich davon, daß Alda die seltsame Gabe hatte, tatsächlich an nichts zu denken, sich total von der Welt abzusondern: eine Eigenschaft, die man fast als Schwachsinn bezeichnen könnte.

Auch Rina und Anita waren schweigsam gewesen, und darin lag vielleicht einer der Hauptgründe, weshalb gewisse Gefühle ihnen gegenüber in mir erwachten. Bei Alda lag der Fall wesentlich anders. Es mochte daran liegen, daß wir seit langem miteinander vertraut waren, oder daran, daß Alda nicht von Natur aus schweigsam war (im Gegenteil, manchmal begann sie wie ein Wasserfall zu reden und sagte Dinge, die für mich überhaupt nicht von Interesse waren und die ich sogar für dumm hielt), jedenfalls konnte ihr Schweigen nicht die Wirkung auf meine Seele üben, wie das von Rina und Anita.

Wahrscheinlich hatte Alda nicht mehr Geheimnisse als viele andere Menschen, und es geschah aus purer Naivität, daß sie manchmal halbe Worte sagte oder einen Satz in der Mitte abbrach oder ein kurzes Auflachen nicht unterdrücken konnte. Ein anderer an ihrer Stelle hätte sich besser unter Kontrolle gehabt, und keinem wäre irgend etwas aufgefallen. Ich fragte sie, woran sie gedacht habe; aber sie war starrköpfig, und wenn sie etwas nicht sagen wollte, war es unmöglich, es ihr zu entlocken. Ich war sehr begierig, hinter ihre »Geheimnisse« zu kommen, weil ich hoffte, sie dann besser verstehen zu können. Deshalb bedauerte ich, daß sie mir ihre Gedanken verbarg.

Vielleicht wollte mich Alda mit ihren Geheimnissen ein bißchen verrückt machen, und vielleicht war bei dieser Absicht eine Spur von Koketterie nicht unbeteiligt. In jenem Sommer hatte sie in Barcola ein kleines slawisches Mädchen zu ihrer Freundin gemacht, das ungefähr mein Alter gehabt haben dürfte. Es war dann abgefahren, krank geworden und plötzlich gestorben. Über sie sprach Alda ziemlich oft mit mir. Sie erzählte, daß sie viel gemeinsam geplaudert hätten. »Worüber?« fragte ich. »Ach, über vieles«, war die Antwort. Ich wollte mehr darüber wissen und stellte alle möglichen Fragen. Hätte Alda mir den Gegenstand dieser Gespräche verschweigen wollen, sie hätte mir leicht Lügen erzählen oder mir klar und deutlich erklären können, sie wolle mir nicht antworten; ich hätte nicht darauf bestanden. Doch sie zog es vor, still zu sein, vollkommen still, als ob sie nicht hören würde, was ich ihr sagte. Sie ging neben mir entlang der Küste von Barcola einher, ohne ein Wort zu sagen; nur auf ihren Lippen, da lag ein leichtes Lächeln. Diese ihre Art und das Mysterium des Todes, das in unserer Nähe war, verstörten mich dermaßen, daß ich es nach einer Weile aufgab, sie zu befragen, und danach nie mehr den Mut hatte, auf dieses Thema zurückzukommen. Mir blieb aber der Eindruck, daß Alda der Freundin etwas Wesentliches anvertraut haben mußte, etwas, das mir unvermutete Seiten in ihrem Charakter hätte offenbaren können.

In jenem Sommer in Barcola machte ich die erste Erfahrung damit, wie sich die jungen Fräulein benehmen. Eines Tages traf ich bei meinen Cousinen eine gewisse Rita an, die in der Stadt in der Wohnung über ihnen wohnte und die ihre Freundin war. Als Kind war sie mir nicht sympathisch gewesen; später, während des Krieges, hatte sie sich nicht in Triest aufgehalten, und ich sah sie damals zum ersten Mal nach vielen Jahren wieder. Ich interessierte mich nicht besonders für sie; doch nunmehr größer und ein bißchen weniger schüchtern geworden, als ich es als Kind gewesen war, zog ich es eher vor, ein Gespräch mit ihr zu beginnen, als schweigend und schmollend dazustehen, wie ich es früher gehalten hätte. Vielleicht war es auch das Alter, das mich dazu antrieb.

Rita war ein Jahr älter als ich und hielt sich schon ein wenig für ein junges Fräulein. Trotzdem spielte sie Puppen mit Alda. Die dummen Gesichter dieser künstlichen Kinder hatte ich immer gehaßt, und außerdem kam mir vor, daß Rita und Alda schon zu groß dafür waren, um sich mit Püppchen zu vergnügen. Ich sagte ihnen das, und Rita antwortete mir lachend, daß sie Mutter sein lernten: ein alter Gemeinplatz, von dem ich wußte, daß er vollkommen falsch war. Mutter sein bedeutet nicht, Marionetten Kleidchen an- und auszuziehen. Das Puppenspiel ist eine Kinderei – erklärte ich – und noch dazu eine unsympathische Kinderei. Ich sprach ernsthaft: Ich drückte mich in höflicher Form, aber mit einer gewissen Bitterkeit aus, vielleicht weil ich mich verschiedener Fälle erinnerte, wo Alda oder andere Freundinnen die Puppen meiner Gesellschaft vorgezogen hatten. Rita antwortete mir mehr oder weniger unpassend und lachte dann, lachte in einem fort. Ganz plötzlich fiel mir die Seltsamkeit dieses Lachens auf, und ich war so verwundert, daß ich den Satz, den ich begonnen hatte, mittendrin fallen ließ. Welchen Grund konnte Rita haben, derart zu lachen? Trieb sie vielleicht ihr Spiel mit mir? Nein, so sah es nicht aus. Also? Ich kam nicht dahinter.

Mit größerer Bedachtsamkeit, langsam und beinah mit leiser Stimme fuhr ich fort und betrachtete dabei aufmerksam meine Gesprächspartnerin. Sie lachte weiter. Da ging mir ein Licht auf. Rita glaubte, daß ich Witze machte, und sie glaubte sich dazu verpflichtet, zu beweisen, daß sie das zu schätzen wisse und daß auch sie Humor habe. Ich zog daraus den Schluß, daß sie entschieden ein geziertes und affektiertes Mädchen war und daß ich Jahre zuvor nicht unrecht gehabt hatte, als ich gegen sie einen gewissen Widerwillen verspürte. Ich vermutete allerdings nicht, daß meine ernste und aufrichtige Kinderwelt sich bald darauf ganz mit jungen Fräulein bevölkern würde, die sich den anderen, und eben auch mir gegenüber, so dumm verhalten würden, wie Rita sich gerade verhielt.

Nach der Sommerfrische in Cosina ließen wir uns für einige Zeit in unserer Wohnung in Sant'Andrea nieder, wo ich mich sehr wohl fühlte, weil es dort große Balkone mit Aussicht aufs Meer gab. Von dort aus konnte ich die Manöver der Schiffe verfolgen, die im Hafen ein- und ausfuhren. Ja, die Schiffe waren sogar meine Leidenschaft der Saison.

Über uns wohnte eine Familie Guidi. In dieser Familie gab es zwei Knaben, einen älteren und einen mit mir ungefähr gleichaltrigen, und ein Mädchen, Viola, das zirka ein Jahr jünger war als ich: ein schönes dralles Mädchen, groß und kräftig, mit einem runden und rosigen Gesicht, blauen Augen und einem dicken Zopf aus blonden Haaren. Sie war schön, aber ein wenig ausdruckslos. Und sie war es, die sich mit mir zu befassen begann, und das auf ziemlich eigentümliche Weise. Von Zeit zu Zeit warf sie, ohne sich sehen zu lassen, Notizzettel zu mir herunter, auf denen sie mich fragte, wie ich heiße, welche Schulen ich besuche und weiteres mehr. Manchmal stand sie dann lange allein am Fenster, vielleicht erwartete sie, ich würde das Wort an sie richten.

Damals war ich nicht mehr so schüchtern wie in meiner Kinderzeit. Doch war ich an eine andere Art des Vorgehens, ungezwungener und weniger kompliziert, gewöhnt. Diese Blättchen, diese kleinen diplomatischen Kniffe, versetzten mich in Aufruhr, vielleicht auch, weil Viola schon ein einigermaßen großes und verhältnismäßig schönes Mädchen war.

Ich hätte wohl gern ein Gespräch mit ihr angeknüpft und mich vielleicht schon dazu entschlossen, hätten mir ihre Methoden nicht zu verstehen gegeben, daß es sich um etwas Delikates handelte: vielleicht direkt oder doch fast um etwas Unschickliches. Ich wußte deshalb nicht, wie ich mich verhalten sollte. Ich antwortete nicht auf

Violas Schreiben und tat so, als würde ich von ihr und ihren Brüdern keine Notiz nehmen.

Es war zu der Zeit, daß ich begann, ein besonderes Verlangen nach der Unterhaltung mit einer Gleichaltrigen zu empfinden. Dieses Verlangen, das mir ungewöhnlich vorkam und das (ich durchschaute es) von keinem der Gefühle herrührte, die ich in mir gewohnt war, rief in mir etwas wie Schüchternheit und Verlegenheit wach, das von Tag zu Tag zunahm. Und die Schüchternheit und Verlegenheit erweckten in mir am Ende den Eindruck, daß dieses Verlangen doch etwas sein müsse, was sich nicht gehörte. Meine gute Position in der Schule stärkte mir den Rücken; aber dieses neue und unverständliche Gefühl der Anziehung, das nichts mit meinen vergangenen »Lieben« zu tun hatte, fing an, mir peinlich zu werden.

Hätte ein Knabe mir damals jene Zettelchen zugeworfen, ich hätte ihm wahrscheinlich sofort geantwortet. Aber wozu eine solch absurde Hypothese aufstellen? Ein Knabe hätte sich bestimmt nicht auf diese Weise verhalten.

Mein Schweigen hatte sehr bald seine logischen und vorhersehbaren Folgen. Viola, und dann ihre Brüder, fingen an, mich aufzuziehen. Von Zeit zu Zeit lehnte sich einer von ihnen aus dem Fenster und brach in ein Riesengelächter aus. Dann zog er sich schnell zurück und schaute, hinter dem Fensterbrett versteckt, ob ich hinaufgeblickt hätte. Unter den Gesichtern, die ich auftauchen und verschwinden sah, war auch das von einem blonden Mädchen mit Brille, von dem ich nie in Erfahrung bringen konnte, ob es eine Verwandte von ihnen oder Viola selbst war, die sich zu dem Anlaß die Brille aufsetzte. Wenn ich spazierenging oder mit der Straßenbahn aus der Stadt zurückkam, begegnete ich manchmal einem von ihnen, und sie schauten mich mit einem unverhüllt höhnischen Lächeln an. Dann begannen sie, Heftblätter, Seiten mit Zeichnungen jeglicher Art und weiteres mehr auf meinen Balkon zu werfen. Während ich mit einem Marinefernglas die Schiffe beobachtete, ließen sie Gewehrprojektile, von denen sie, wie es schien, einen unerschöpflichen Vorrat besaßen, auf meinen Kopf niederprasseln. Sie taten ziemlich weh, besonders wenn sie mit der Spitze auftrafen.

Es war mir nicht recht, für sie den Hanswurst abzugeben. Gern hätte ich mit ihnen reden mögen, besonders mit dem größeren der beiden Knaben, der sich als der Hartnäckigste erwies. Doch war nichts zu machen. Jetzt blieben sie schon nicht mehr am Fenster stehen: Sie tauchten auf, vollführten einen ihrer Späße und verschwanden. Da hatte ich eine Idee, von der ich einen Moment lang hoffte, sie würde gut sein, doch sie war ganz unglückselig: Ich beschloß, einen Brief zu schreiben. Ich bereitete ihn sorgfältig vor, überarbeitete ihn mehrmals und schickte ihn dann per Post an Cesare, den ältesten von ihnen.

Der Brief war in scherzhaftem Ton abgefaßt. Ich versuchte zu verstehen zu geben, daß mich ihr Gelächter und ihre Zettel nicht berührten; für die Projektile bedankte ich mich bei ihnen und erklärte, daß sie mir fürs Kreiselspielen dienlich seien. Dann führte ich einige Betrachtungen aus, die ich über sie hatte anstellen können, und schloß mit der Bitte, mich ein wenig in Frieden zu lassen. Kurz und gut, ich versuchte, sie davon zu überzeugen, daß ich wirklich kein Dummkopf war.

In dem Brief gab es sicherlich viel ungereimte Sätze, das hätte vielleicht nicht geschadet. Was mir aber schadete – und ich erkannte es sofort, nachdem ich den Brief eingeworfen hatte –, war der Umstand, daß Briefeschreiben unter Knaben ungewöhnlich ist und daß mein Brief ein ungewöhnlicher Brief war. Alles Ungewöhnliche kann lächerlich wirken und sich der Lächerlichkeit preisgegeben finden. Mein Brief konnte einem solchen Schicksal umso weniger entgehen, als er von jemandem geschrieben war, der schon für lächerlich galt.

Der Brief wurde mir retourniert, auf meinen Balkon, in Form einer kleinen Papierkugel. In den nächsten Tagen redete mich dann Cesare ein paar Mal mit ernster und wichtiger Miene an, was mir großen Argwohn erregte. Der andere Bruder, der ein bißchen dümmlich gewesen sein mag, unterdrückte mit Mühe und Not das Lachen. Ich war weiterhin ziemlich reserviert und antwortete nur das Allernötigste. So blieben sich unsere Beziehungen für einige Tage gleich und wurden dann durch meine Abreise in die Stadt abgebrochen. Als wir im folgenden Sommer nach Sant'Andrea zurückkehrten, waren die Guidi nicht mehr da: Sie waren umgezogen.

Ja, dieses kleine Abenteuer von mir (oder besser gesagt, dieses unterlassene Abenteuer) mit der Viola Guidi kam mir, wenn ich in den folgenden Jahren daran zurückdachte, wie eine Art Warnung vor, eine Vorwegnahme der Zukunft. Für Viola interessierte ich mich kaum; wäre es aber nicht so gewesen, wäre alles gleich, wenn nicht schlimmer, verlaufen.

Unter den eigenartigsten Erinnerungen aus jener Zeit finde ich noch ein Phantasiegebilde, eine vollkommen neue und seltsame Träumerei: etwas wie einen Roman oder eine Liebesnovelle, die ich mir ausdachte und mir selbst erzählte. Vielleicht handelte es sich weniger um eine Novelle oder um einen Roman als um einen Traum, der seinen Ursprung in einer unklaren und leisen Sehnsucht hatte, die ich mit meiner Phantasie zu befriedigen suchte.

Ich stellte mir vor, vierzehn Jahre alt zu sein und die fünfte Klasse des Gymnasiums zu besuchen; das heißt, im Traum war ich zwei Jahre älter als in Wirklichkeit. Allerdings weiß ich nicht, ob ich mir wirklich vorstellte, daß »ich« der Protagonist meiner Novelle war. Denn der sollte von mir vollkommen verschiedene körperliche und moralische Eigenschaften haben. Aber in gewissem Sinn war ich wieder der Protagonist, weil ich durch sein Wesen lebte und fühlte, weil ich mit ihm Freuden und Leid empfand. In dem Punkt gab es keinen Unterschied zum König meines Himmlischen Reiches von vor so vielen Jahren. Es wird daher besser sein, wenn ich in der dritten Person erzähle, wie ich es übrigens schon damals in meinen Gedanken tat.

Er war also vierzehn Jahre alt und besuchte die fünfte Klasse des Gymnasiums. Er stammte aus wohlhabender, aber nicht reicher Familie, wohnte in einem kleinen Haus auf dem Land, das unserem auf dem San-Giusto-Hügel ähneln, aber kleiner und weniger baufällig sein sollte und von niemand anders als von seiner Familie bewohnt. Der Vater war sehr beschäftigt; die Mutter krank. Ich stellte sie mir völlig anders als meine Eltern vor. Strenge und unnachsichtige Menschen sollten sie sein und sich sehr wenig um den Jungen annehmen. Das Haus war groß und still; alles war sauber und ordentlich, aber lichtlos, weil schwere Vorhänge überall eine Art Halbschatten verbreiteten. Im Haus durfte man sich nur auf Zehenspitzen bewegen, man durfte keinen Lärm machen, um die Mama nicht zu stören, die fast ständig zu Bett lag und niemanden sehen wollte. Deshalb war der Junge immer allein, meistens im Garten, und lernte, las und dachte nach.

Ich stellte ihn mir größer und robuster vor, als ich damals war, mit dunkleren Haaren und dunklerer Haut, mit blauen Augen. Er sollte einen ernsten, fast ein wenig harten und dennoch seelenruhigen Gesichtsausdruck haben. Er sollte dermaßen intelligent und gut in der Schule sein, daß ich, der ich immerhin damals der beste Schüler meiner Klasse war, niemals hätte hoffen dürfen, mitzukommen; er sollte große Willensstärke und einen nachdenklichen Charakter haben. Darauf legte ich besonderen Wert, weil ich mich im Gegensatz dazu beeindruckbar und verträumt wußte, anfällig für große Stimmungsschwankungen, zu Haß und Liebe, zu Sympathie und unsinnigen Antipathien neigend. Ich verstand schon damals, wenn auch nicht so klar wie später, daß meine Intelligenz, die ich doch für beachtlich und nicht gering hielt, im Grunde nur eine Art intuitiver Gedankenübertragung war. Meinem Denken fehlte es nämlich an solider analytischer Grundlage: Ich traf das Richtige mehr aus Glück und leichtem Zugriff als aus der Fähigkeit, meine Gedanken auf die richtigen Wege zu lenken. Das will nicht sagen, daß ich einen verwirrten Kopf hatte oder zu haben glaubte: Im Gegenteil, die Richtung, der es zu folgen galt, zeigte sich mir meist mit großer Deutlichkeit und Klarheit. Aber welcher Weg einzuschlagen war, das wußte ich sozusagen schon, bevor ich angefangen hatte, das Problem, das ich lösen sollte, zu untersuchen. Ich wußte es dank unbewußter Eingebung, die mir einfach kam – daher ohne Verdienst, wie ich annahm.

Deshalb sollte er einen klaren, geordneten, analysierenden Geist haben. Es gefiel mir, ihn mir oft gedankenvoll vorzustellen, aber ich stellte mir nicht vor, daß er hinter dummen Träumen herlaufen sollte, wie ich es tat. Er sollte über konkrete und wirkliche Dinge nachdenken, die er gesehen oder gehört hatte, sollte entlegene Wahrheiten entdecken und die Gedanken und Absichten der Leute erraten können. In meinen Augen war er auf alle Fälle ziemlich pessimistisch und alles andere als glücklich.

Im oberen Stockwerk des Hauses gab es einige leere Zimmer, zu deren Vermietung sich seine Eltern entschlossen. Dort ließ sich eine Witwe mit einer ungefähr vierzehnjährigen Tochter nieder. Die Mutter stellte ich mir so ähnlich wie Frau Galli vor, mit der sie auch manche Charakterzüge teilen sollte: die Intelligenz, den Ordnungssinn und die Liebe zur Arbeit. Sie sollte aber gesprächiger als Frau Galli sein. Ja, sie sollte sogar ein wenig geschwätzig sein; sie sollte die menschliche Natur kennen und über eine offene und freie Lebensanschauung verfügen.

Der Tochter gab ich Aldas Namen, weil Alda damals der Mensch war, an den ich am häufigsten dachte, und nicht etwa, weil sie ihr ähneln sollte. Im Gegenteil: sie sollte sich noch mehr von Alda unterscheiden, als er sich von mir unterschied. Körperlich sollte sie vielleicht ein wenig Viola wegen ihrer herrlichen goldblonden Haare ähnlich schauen, aber von der Statur her feiner und zarter sein, mit einem weniger runden und ausdrucksvolleren Gesicht, mit aufgeweckteren und strahlenderen Augen, mit lebhafteren und anmutigeren Bewegungen. Ich weiß nicht, ob ich sie wirklich deutlich vor Augen hatte. Das heißt, ja doch, deutlich schon, aber eigentlich nicht immer ganz gleich, denn wenn ich an sie dachte, bemerkte ich oft, daß ich das Bild ihres Gesichtes, wie ich es mir beim vorangegangenen Mal vorgestellt hatte, nicht ins Gedächtnis zurückrufen konnte. Nur eine kleine charakteristische Geste, die ich ihr wer weiß warum zugeschrieben hatte (den Kopf zu schütteln und ein wenig nach hinten zu werfen, um die Haare aus der Stirn zu bringen), sah ich mit solcher Klarheit, daß ich mich manchmal fragte, ob ich diese imaginäre Alda nicht in Wirklichkeit irgendwo kennengelernt und dann vergessen hatte.

Ich erträumte sie mir als ein intelligentes Wesen, von einer aufgeweckten und lebhaften Intelligenz, mit einem offenen und herzlichen Charakter, und sensibel; und als eine, die sich für alles interessiert, die über das Schlechte betrübt ist und sich über das Gute, das sie sieht, freut: und Zuversicht zum Leben sollte sie haben.

Gleichzeitig mit der Wohnung hatte die Heldin meiner Novelle auch die Schule gewechselt. Nun waren meine beiden plötzlich Nachbarn und Schulkameraden. Allmählich nahmen sie die Gewohnheit an, den Schulweg gemeinsam zurückzulegen, zwischen den Unterrichtsstunden während der Pausen zusammen zu sein und mitsammen zu lernen. Mit vielen Einzelheiten beschrieb ich mir das Erwachen ihrer Freundschaft und stellte mir allerlei angenehme und verwirrende Episoden vor. Sie war es, die als erste seine Freundschaft suchte, weil ich mir dachte, daß er ein wenig reserviert, ein wenig schüchtern sein sollte. Dann wurde ihre Freundschaft immer fester und enger; es wurde eine jener wahren Freundschaften, die sich unter allen Umständen offenbaren, die sich vor Fremden nicht verbergen. Bei jeder Gelegenheit verstanden sie es, einander ihre gegenseitige Vorliebe zu beweisen; bei jeder Gelegenheit trat das tiefe Vertrauen, das der eine zum anderen hatte, zutage.

Jeden Tag lernten sie einige Stunden miteinander. Sie war flinker, aber bei den schwierigeren Dingen war er es, der der Sache tiefer auf den Grund gehen konnte. Gab es irgendeine Meinungsverschiedenheit (und nicht nur in Lernfragen natürlich), diskutierten sie so lange, bis der eine sich davon überzeugt hatte, daß der andere recht hatte. Es war unmöglich, daß beide, nachdem sie sich ausgesprochen hatten, bei ihrer Meinung von vorher blieben. In der Schule waren sie sehr viel besser als alle anderen; er aber etwas besser als sie.

Sie lasen Bücher und tauschten ihre Eindrücke aus. Sie erzählten von ihrer Vergangenheit, redeten und diskutierten über tausend verschiedene Dinge. Sie schenkte ihm die Zuneigung, die ihm in der Familie fehlte, linderte den Kummer, der durch seinen Pessimismus hervorgerufen war, erkannte seine Melancholie und wußte sie zu kurieren. Sie hatte eine schwache Gesundheit und war oft kränklich, aber ihre Stimmung blieb immer heiter. Wenn sie krank war, besuchte er sie und leistete ihr Gesellschaft. Sie mußte sich damals einer sehr schmerzhaften Behandlung unterziehen, verstand es aber, den Schmerz heiter zu ertragen, mit einer Seelenstärke, die er bewunderte und als der seinen bei weitem überlegen anerkannte. Ja, das war das letzte Mal, daß ich das Verlangen verspürte, von der Widerstandsfähigkeit dem körperlichen Schmerz gegenüber zu träumen: Später habe ich mich nicht mehr darum gekümmert.

Wenn jemand – und das war oft der Fall – sie hänselte, weil sie immer zusammen waren, verstanden sie es, sich in gegenseitiger Übereinstimmung zu wehren, ohne ihre Freundschaft jemals zu verleugnen, ohne je ihre Liebe zu enthüllen. Besonders die Mama von ihr neckte die beiden wohlwollend wegen ihrer allzu großen Ernsthaftigkeit und der Strenge, mit der sie miteinander umgingen, und weil sie es nicht zugeben wollten, daß zwischen ihnen ein anderes Gefühl bestehen könne als Freundschaft.

Gewiß fehlte es ihrer Beziehung nicht an einer gewissen Koketterie: Bisweilen sagte der eine ein Wort oder machte Bemerkungen, die den anderen in Verlegenheit hätten bringen können, die geeignet waren, das, was verborgen bleiben mußte, aufzudecken. Aber derselbe, der sich auf den gefährlichen Weg begeben hatte, konnte dem anderen dann dabei helfen, aus der Verlegenheit herauszukommen. Es gab auch Momente der Schwäche, Momente, in denen allzu herzliche Worte entschlüpfen konnten, die eine allzu große Bewunderung des einen für den anderen verrieten; und doch verstanden sie immer, sich rechtzeitig wieder zu fangen. Sie lasen einander unzählige Gedanken von den Augen ab, hörten in ihren Worten unendlich viel Unausgesprochenes; aber ihre Liebe blieb, nach außen hin, immer Freundschaft: eine enge und tiefe Freundschaft, die mit Liebe nichts zu tun hatte.

Ich war damals etwas über zwölf und konnte, wenn auch nur verworren, verstehen, daß es eine Anziehung, eine körperliche Sympathie geben kann. Ich brachte sie damals nicht in direkten Zusammenhang mit anderen Dingen, über die ich immerhin Bescheid wußte. Ich ahnte aber, sah es fast voraus, daß diese Anziehung auch Qual sein konnte; daß der Wunsch, die Haare zu streicheln oder die Hände einer Frau zu küssen, manchmal brennend und peinigend sein kann. Ich stellte mir vor, daß ein solches Verlangen meinem Protagonisten nicht fremd sein sollte, und dachte mit süßer Freude und mit Beunruhigung, daß von dort, woher jede Tröstung kommt, auch diese Qual kommen müsse; woher die Qual, auch der Trost und die Kraft zu widerstehen.

Denn ich strebte die reine und geistige Liebe an; vielmehr, die verborgene Liebe, die Liebe, die sich nicht offenbart. Mir kam vor, daß schon Liebesworte die Reinheit der Liebe beflecken, die Klarheit des Gefühls zerstören.

Die Liebe meiner Novelle sollte eine nicht eingestandene Liebe sein: Das ist ihr ganzer Sinn, und so endet sie. Dieses Phantasiegebilde hatte, wie viele andere von mir, auch einen eher beschreibenden als erzählenden Charakter. Ich suchte keinen Ablauf, sondern stellte mir Dialoge und Situationen vor, je nach den Anregungen und Anstößen, die mir das Leben gab. Auf diese Art vertraute ich, mit Hilfe eines von mir phantasierten Ich, meine Seele, meine Gedanken und Gefühle einem anderen und phantastischen Wesen an. Das war alles.

Später beschäftigte ich mich auch mit dem Ausgang der Geschichte, aber es gelang mir nie einen zu finden, der mich zufriedenstellte. Manchmal dachte ich, daß alles auf die glücklichste und natürlichste Weise von der Welt enden würde; daß die nicht eingestandene Liebe ihr Recht auf Bestand habe, solange Alter und Lebensumstände die normale Liebe nicht erlauben. Dann wieder schien mir im Gegenteil die wahre Liebe gerade die zu sein, die ich mir vorstellte, und daß das höchste Streben darauf gerichtet sein müsse, jenen Zustand der Vollkommenheit zu erlangen und sich in ihm zu halten. Ich spürte aber, daß das unmöglich war, und dann dachte ich, daß meine Idylle tragisch ausgehen würde, daß sie sich trennen würden, daß sie sich vielleicht umbringen würden, weil sie nicht imstande waren, in dieser idealen Sphäre zu verbleiben.

Alle meine anderen Phantasiegebilde erloschen nur allmählich. Von dieser Liebesphantasie dagegen finde ich im nächsten Herbst schon keine Spur mehr. Das ist nur zu natürlich: Man kann nicht von einer phantastischen und idealen Frau träumen, wenn die Seele ganz vom Denken an eine wirkliche erfaßt ist.

Diese Phantasie dürfte also etwas völlig Isoliertes in meinem Leben gewesen sein, dafür spricht jedenfalls, daß ich sie in den folgenden Jahren regelrecht vergaß. Doch wenn ich späterhin, sehr viel später daran zurückdachte, meinte ich zu erkennen, daß sie von nicht geringer Bedeutung war, sei es als Merkmal meines Charakters oder wegen ihres unterschwelligen Einflusses auf meine Zukunft. Denn die Ansicht, daß die Liebe verborgen bleiben müsse (eine Ansicht, die vorher nur in sehr verschwommener Form und fast unbewußt in mir vorhanden war), verwurzelte sich gerade dadurch, daß ich lang davon träumte, tief in meiner Seele, tiefer noch, als es mir selbst bewußt war. Und davon wurde, vielleicht zu einem nicht geringen Teil, meine Zukunft bestimmt.

[II.]

Im November 1920 übersiedelten wir in eine häßliche und finstere Wohnung direkt am Rand von Cittavecchia, wo Papa eine Zeitlang eine kleine Reparaturwerkstätte für Schreibmaschinen betrieb. Die Schulen machten wieder auf, aber ich ging nicht hin. Meine Eltern hatten so entschieden, weil ich oft kränklich war und weil sie gesehen hatten, daß mich die Schule im vergangenen Jahr nervös gemacht und zu sehr angestrengt hatte. Sie dachten, daß ich mich, wenn sie mich ein Jahr zu Hause behielten, erholen und vielleicht gesund werden würde. In der ersten Zeit durfte ich nicht einmal lernen; dann sollte ich privat unter der Leitung meiner Eltern studieren, und im Oktober würde ich versuchen, die Prüfungen für den Aufstieg in die vierte Klasse des Gymnasiums abzulegen, um nicht ein Jahr zu verlieren.

Nachdem wir uns endgültig in der Stadt niedergelassen hatten, wurden unsere Beziehungen zur Großmutter, zu Tante Vera und deren Familie enger. Ein- oder zweimal in der Woche oder auch öfter verbrachte man den Abend bei ihnen. Auch sie kamen uns besuchen, wenn auch seltener. Vera hatte, schon im letzten Kriegsjahr, ihre Schneiderwerkstatt für reiche Leute wieder eröffnet, und es hatte ihr nicht an Arbeit gemangelt. Sie verdiente ziemlich gut und führte das Haus mit einem gewissen Luxus. Sie wohnte noch in ihrer großen und schönen Wohnung, genau im Zentrum der Stadt.

Vera hatte den Geschmack der feinen Leute, und Großmutter folgte ihr darin. Obwohl sie ein oder zwei Zimmer vermieteten, hatten sie nicht auf den Salon verzichtet. Vera und die Kinder zogen sich gut an, und das war nur verständlich, da es sich ja um die Familie einer Schneiderin handelte. In Tante Veras Haus gab es aber noch etwas anderes als Feinheit und Eleganz: die Verachtung dem gegenüber, der nicht genauso fein war, und die Bewunderung desjenigen, der es noch mehr war. Vera beurteilte die Leute also nach ihrem mehr oder weniger aristokratischen Aussehen, das sie sich zu geben wußten, und achtete nicht sehr genau auf die geistigen und moralischen Fähigkeiten ihrer Bekannten.

Unter solchen Umständen konnten natürlich leicht Auseinandersetzungen mit meinen Eltern entstehen, die im Gegenteil Wert darauf legten, als äußerst schlichte Leute aufzutreten. Vera betrat unser Haus, und schon rief sie, daß die Luft drückend und stickig sei; dann wunderte sie sich jedes Mal über die Dunkelheit, die drinnen herrschte; sie wiederholte, wenn sie auch wußte, es bereits x-mal gesagt zu haben, daß sie es in einem solchen Haus nicht einmal einen Tag aushalten würde. Außerdem fand sie die alten, nicht zusammenpassenden Möbel, die Mama im Ghetto gekauft hatte, geschmacklos; ebenso die Wachstücher, die wir statt des Tischtuchs oder einer Decke auf dem Tisch hatten, und ebenso einen Großteil der übrigen Wohnungseinrichtung.

Vera sagte, daß ihr, offen gestanden, die plumpen, langen und uneleganten Kleider nicht gefielen, die Mama sich selbst machte; und daß sie einen Sohn nicht so herumlaufen lassen würde, so schlecht angezogen, wie ich es war.

All diese Kritik wäre vielleicht überhaupt nicht von Belang gewesen oder hätte nur ganz wenig ausgemacht, hätte sie Vera nicht in der Absicht geübt, zu beleidigen. Sie besaß einen impulsiven Charakter und war ungeheuer stolz. In unserer Familie, wo das kulturelle Niveau wahrscheinlich etwas höher war als das des durchschnittlichen Bürgers, war Vera die einzige, die nicht studiert hatte: Sie hatte nicht einmal die dritte Volksschulklasse abgeschlossen. Unser Milieu war nicht so, daß eine solche Lücke ins Gewicht hätte fallen können. Trotzdem spürte Vera, daß sie viele Dinge nicht verstand, bei vielen Gesprächen nicht mitreden konnte, und deshalb fühlte sie sich gedemütigt. Sie wollte also beweisen, daß sie, obwohl sie eine Ungebildete war (wie sie sich ausdrückte, förmlich damit prahlend), zu leben verstand und sich mehr Achtung verschaffen konnte als Papa, Mama und andere, die sie, wie sie meinte, wegen ihrer dürftigen Bildung geringschätzten. Deshalb ging sie ans Äußerste, um zu unterstreichen, daß die Dinge, mit denen sich meine Eltern umgaben, erbärmlich, häßlich, lächerlich, geschmacklos, also derart waren, daß jeder Mensch von Lebensart sie verabscheuen mußte.

Aber da war noch etwas. Wie ich gesagt habe, vermietete Vera ein oder zwei Zimmer, aber nur an sehr vornehme und gutgestellte Leute. Außerdem nahm sie ihre Mieter, anstatt sie als solche zu behandeln, in die Familie auf, erging sich in Liebenswürdigkeiten und Zuvorkommenheit. Auf die Art war Tante Veras Salon voll mit Fremden, die wie adelige Besucher oder gar wie Angehörige behandelt wurden. Von einigen Ausnahmen abgesehen, waren die Mieter Tante Veras ungute und gezierte Leute, die gar keinen Wert auf ihre Freundschaft legten, sondern sie nur ausnutzten, um sich bedienen zu lassen und sich überall einzumischen. Es hatte fast den Anschein, als suchte Tante Vera mit Absicht die ärgsten Leute aus. Besonders jene, die weiterhin im Hause verkehrten, auch wenn sie sich längst woanders niedergelassen hatten, waren langweilig, steif und widerlich.

Mir, der an zahlreicher Gesellschaft und fremden Leuten so wenig Gefallen fand, kamen diese Mieter und Exmieter besonders schrecklich vor, und auch zu der Zeit empfand ich, wie schon als Kind, oft ein Mißbehagen, wenn ich mich in Tante Veras Haus aufhielt, obwohl es dort etwas Neues gab – meine Freundschaft zu Alda –, die mich an diese Umgebung fesselte.

Vera war ihren Mietern gegenüber nicht nur voller Komplimente und hilfsbereit: Sie war auch kokett. Nachdem sie sehr jung Witwe geworden war, hatte sie nicht auf das Leben verzichtet: Das konnte auch niemand von ihr verlangen. Sie charmierte jedoch in unmanierlicher und geschmackloser Art mit hundert verschiedenen, fast nur unsympathischen Männern, die sie bloß von einem egoistischen

Standpunkt aus betrachteten. Unfähig, eine ernsthafte Beziehung mit einem anständigen Menschen einzugehen, lief sie bald dem einen, bald dem anderen nach und führte sich, nach außen hin, fast wie eine liederliche Person auf, obwohl sie im Grunde nichts Schlechtes tat, wie ich glaube.

Veras Betragen war so, daß es nicht einmal Papa gefiel, dessen Ansichten auf diesem Gebiet nur allzu frei waren. Um so weniger konnte es Mama passen, die der herkömmlichen Moral viel mehr verbunden war als er. Vera spürte diese Mißbilligung, und sie prahlte damit, unabhängig zu sein, machen zu können, was ihr gefiel.

Eigenartig war Großmutters Haltung. Einerseits hätte sie es nicht gern gesehen, wenn Vera sich ein zweites Mal verheiratet hätte, zumindest nicht wegen der Enkelkinder, die sicherlich mit einem Stiefvater nicht gut ausgekommen wären. Andererseits aber war sie eine durch und durch bürgerliche Frau: Sie billigte viel eher Veras Lebensweise als die meiner Eltern, zweier ungeschickter Idealisten. Deshalb unterließ sie es nie, die Hausgäste gut aufzunehmen und die gebührenden Höflichkeiten zu erweisen. Während aber Vera uns etwas feindselig behandelte, tat Großmutter ihr möglichstes, uns an diese Umgebung zu binden. Auch wir sollten uns an das Gesellschaftsleben und die Besuche gewöhnen. Und das aus zwei Gründen: Einerseits hatte sie vielleicht die Bemühung noch nicht ganz aufgegeben, den Sohn, den Herrn Professor, etwas brillanter erscheinen zu lassen; andererseits nahm sie sich vor, in ihm für die Enkelinnen und für Vera selbst einen Halt zu finden, also eine Stütze für das, was sie allein weiterhin als die eigene Familie betrachtete.

Großmutter und Vera hätten sich verhältnismäßig gut vertragen, da das Taktgefühl und die Intelligenz der einen die Impulsivität der anderen ausglich, wäre nicht die Frage der Kinder gewesen. Vera war, wie ich bereits angedeutet habe, sehr beschäftigt und konnte sich nicht viel um die Töchter kümmern. Deshalb überließ sie sie der Großmutter. Vera hätte die beiden ziemlich streng erziehen wollen; Großmutter jedoch ließ sie gewähren und verzog sie, folgte also darin der in unseren Familien verbreiteten Tradition. Vera bevorzugte Flora, Großmutter Alda. Vera beging Hunderte schwerwiegende, offenkundige Ungerechtigkeiten; Großmutter unterstützte, im verborgenen, ein klein wenig ihren Liebling. Wenn Flora sehr ungezogen war, ging Großmutter sich bei Vera beschweren, vielleicht in der Absicht, sie davon zu überzeugen, daß immer Flora es war, die die schlimmsten Übel anrichtete; Flora selbst wiederum wandte sich, wenn es ihr nicht gelang, von Großmutter zu bekommen, was sie wollte, an die Mama. Vera, die tausend andere Dinge im Kopf hatte, stimmte, wenn sie sie behelligen kamen, ein Riesengeschrei an, teilte den Kindern eine gehörige Tracht Kopfnüsse aus (von denen, wie schon in Graz, neun Zehntel oder mehr Alda abbekam, »die die Größere war und verständiger sein müßte«) und regte sich dann auch über Großmutter auf, vor allem, wenn diese protestierte. So gab es dauernd Streit.

Diese Streitereien sah ich vom Standpunkt der Interessen Aldas aus, und mir schien, daß sie für Alda sehr gefährlich waren. Wäre Vera nämlich der Unannehmlichkeiten, die ihr die Kinder bereiteten, überdrüssig geworden, hätte sie, wie sie übrigens sehr oft androhte, die eine oder andere dieser zwei Maßnahmen ergreifen können: entweder Großmutter aus dem Haus jagen und die Töchter einer Hauslehrerin anvertrauen oder (und ich hielt das für eher möglich und machbar) die Kinder in ein Internat geben. Im ersten Fall wäre Alda in Veras und Floras Gewalt und obendrein in der einer Fremden gewesen, die sich bestimmt nicht Veras Willen widersetzt, sondern ihn vielleicht sogar noch übereifrig ausgelegt hätte. Für Alda wäre selbst die bescheidene Unterstützung Großmutters ausgefallen. Das Internat wäre schließlich noch schlimmer gewesen. Für mich bedeutete Internat Erziehung zur Falschheit, zum Haß für seinesgleichen, zur Abneigung gegen das Leben; es bedeutete Zerstörung jeder Persönlichkeit und hieß für Alda im besonderen die Zerstörung der guten Keime, die ich manchmal in ihr aufzuziehen hoffte. Und außerdem mißfiel es mir, daß sie von Triest weggehen hätte müssen und daß ich sie nur selten sehen würde.

Deshalb versuchte ich, im Haus Tante Veras Frieden zu stiften. Natürlich nicht unter den Großen, das hätte ich nicht geschafft; und hätte ich es auch geschafft, so hätte ich es wahrscheinlich doch nicht getan, weil ich für Tante Vera überhaupt keine Sympathie empfand: Im Gegenteil, es hätte mir gefallen, wenn die Meinigen sie schlecht behandelt hätten, anstatt sich von ihr schlecht behandeln zu lassen. Ich versuchte zwischen Alda und Flora Frieden zu stiften, weil ich wußte, daß dieser Friede im Interesse Aldas lag, der Charakterschwächeren, der weniger Listigen und Ungeschützteren. Zunächst dachte ich mir Spiele und Gespräche aus, von denen ich annahm, daß sie beide Cousinen interessieren konnten und keinen Anlaß zu Auseinandersetzungen geben würden. Dann wollte ich Alda selbst über die Art unterrichten, den Zwist mit der Schwester zu vermeiden. Wenn aber der Sturm losbrach, versuchte ich, der Gerechtigkeit zum Sieg zu verhelfen, begreiflich zu machen, wer unrecht und wer recht habe, Alda vor den Übergriffen, die die anderen auf sie machen wollten, zu verteidigen.

Wie es oft vorkommt, hatte ich ziemlich guten Erfolg in der Sache, die ich für die schwierigere, aber im Grunde weniger wichtige ansah; und stieß statt dessen auf unüberwindliche Hindernisse im Hauptunternehmen, das mir leichter erschienen war. Ich hielt Flora für feindselig, immer dazu bereit, eine Schlacht zu liefern, und besonders gegen mich, den sie als feindselig taxierte und gegen den sie alle möglichen Streitgründe finden würde. Weil sie durchschaute, daß ich den Frieden wünschte, würde Flora sicherlich bis zum äußersten Krieg führen, gegen mich und die Schwester. Außerdem war Flora heimtückisch und verschroben, und man würde wenig Einfluß auf sie ausüben können.

Aber genau das Gegenteil war der Fall. Von immer wieder eintretenden Ausnahmen abgesehen (Flora war oft derart schlecht aufgelegt, daß sie vollkommen unverträglich wurde), gelang es mir tatsächlich, mit meiner Anwesenheit etwas Frieden zu stiften. Alle drei ließen wir uns in einem Zimmer nieder, weitab von dem, in dem sich die Erwachsenen unterhielten, deren unangebrachte Einmischungen ich fürchtete, und dort plauderte und spielte man, ziemlich ruhig und heiter. Abends war es für gewöhnlich schwer, meine Cousinen zum Ins-Bett-Gehen zu bewegen. Mir aber gelang es, indem ich versprach, daß ich in ihr Zimmer plaudern kommen würde. Dann setzte ich mich zwischen ihre zwei Betten und erzählte Dampfergeschichten oder von den Reisen, die ich unternommen hatte, oder von der Schule, und sie hörten mir gerne zu und verhielten sich ruhig.

Aber nicht selten gab es, auch in meiner Gegenwart, schwere Unwetter. Alda, die die großen Ungerechtigkeiten, die gegen sie begangen wurden, nicht bemerkte, der die Tatsache nicht auffiel, daß die Mutter Flora sehr viel lieber hatte als sie, versteifte sich ab und zu wegen Kleinigkeiten. Alda protestierte, Flora antwortete ihr mit Beschimpfungen; dann gerieten sie aneinander und rauften, und alles endete, meistens auf Initiative Floras, vor dem Obersten Gericht der Mutter, die, gewöhnlich zornig darüber, gestört zu werden, ihre Maßnahmen ergriff, nicht ohne das gebührende Gewicht auf den Umstand zu legen, daß Alda die Größere war.

Eines Abends, wie ich mich erinnere, besuchte eine Sängerin Tante Veras Haus. Die Mädchen waren im Bett, aber von ihrem Zimmer aus, das in der Nähe des Salons lag, schrien sie aus voller Kehle, daß der Gast ihnen ein Lied vorsingen möge. Es war Flora, die die Initiative ergriffen hatte. Doch die Sängerin wollte absolut nichts davon wissen, und die Schreie der Mädchen wurden allmählich ungebührlich. Zuerst ging ich in das nahe gelegene Zimmer, dann Großmutter, um die zwei zur Ruhe zu bringen: umsonst. Von hinter der Tür brüllte Vera zwei- oder dreimal, sie sollten doch aufhören: die beiden – besonders Flora – trieben es ärger als zuvor. Jetzt, in einem bestimmten Augenblick, vielleicht ahnte sie, daß das Maß nun voll war, wurde Flora mit einem Mal still; Alda hingegen wiederholte noch zwei- oder dreimal ihre Bitte. Da fuhr Vera wie eine Furie aus ihrem Sessel hoch, stürzte sich auf sie und prügelte sie derart, daß Alda das Blut aus der Nase lief. Dann gab Vera, nur wie um ihre Gerechtigkeit zu zeigen, auch der anderen ein paar Kopfnüsse, schloß die Tür und überließ die beiden ihren Tränen.

Tags darauf sah es so aus, als ob Alda bereits alles vergessen hätte. Im Umgang mit der Mutter war sie heiter und liebevoll wie gewöhnlich. Ich, ich konnte das nicht verstehen, weil ich spürte, daß ich an ihrer Stelle Vera aus dem Tiefsten meiner Seele heraus gehaßt hätte, mein ganzes Leben lang. Ich spürte, daß ich sie auch so haßte, obwohl ich in die Sache nicht direkt verwickelt war.

Bei anderer Gelegenheit, erinnere ich mich, machte man sich zu einem Spaziergang fertig. Flora wollte nichts davon wissen und lief deshalb im Haus herum, die Kleider zum Ausgehen unter dem Arm (sowohl ihre als auch die Aldas), und wollte sich nicht erwischen lassen. Kam jemand ihr nahe, warf sie ihm die Kleider ins Gesicht und entschlüpfte. Nachdem sie mir die Kleider ein paarmal ins Gesicht geworfen hatte, riß ich sie ihr aus der Hand. Völlig erbost lief sie daraufhin aus dem Zimmer, in dem sich die Szene abgespielt hatte.

Wenige Minuten später betrat ich den Salon, ich weiß nicht mehr aus welchem Grund. Dort stieß ich auf Flora, die, sowie sie mich sah, mit einem langen, ganz spitzigen Messer, das zum Brotschneiden diente, auf mich losstürzte. Ich verteidigte mich mit einem Stuhl, und es gelang mir, sie dazu zu bringen, ihre Waffe zu strecken: Aber sie fügte mir einen kleinen Schnitt an der rechten Hand zu. Ich war nicht blind gegen die möglichen Folgen solcher Handlungen und unterließ es nicht, allen zu erzählen, daß Flora die Leute mit dem Messer angehe. Ich erzählte es auch Vera, wobei ich mich fast darüber freute, sie zwingen zu können, sich wieder einmal als ungerecht und parteiisch zu erweisen. Und wirklich lächelte Vera zu meiner Erzählung.

Unzählig waren die Fälle, in denen Flora sich äußerst ungezogen zeigte; und fast ebenso unzählig die Gelegenheiten, bei denen Alda die Schuld an dem, was vorgefallen war, zugeschoben bekam. Erlaubte sich dann Alda, auch sie, ab und zu Ungezogenheiten, wurden sie ihr Monate und Jahre hindurch in Erinnerung gerufen und vorgehalten. Flora aber verstand es, ihre vergangenen Ungezogenheiten mit immer neuen Ungezogenheiten vergessen zu machen.

Nun nahm ich mir vor, unwiderlegbar zu beweisen, daß Alda einen ruhigen Charakter habe, sich mit wenig zufrieden gebe und mit allen auskomme; und daß, wenn sie mit der Schwester nicht auskam, die Schuld ganz bei letzterer lag, die wirklich unverträglich war. Nicht nur um der Wahrheit willen wollte ich es unternehmen und um Vera selbst davon zu überzeugen (vorausgesetzt, daß man mit einem so impulsiven und unvernünftigen Wesen, wie sie es war, überhaupt argumentieren konnte), sondern auch, um zu versuchen, Alda vor dem Internat zu bewahren. Nach meiner Ansicht durfte man ein Kind nur zur Strafe und nicht ohne wirklich triftige Gründe in ein Internat geben.

Das Mittel, das ich wählte, um meinen Vorsatz ins Werk zu setzen, war recht simpel. Zu meiner Entschuldigung sei gesagt, daß ich nichts Besseres hätte finden können. Tatsache ist jedoch, daß ich mir zuviel auf die Wirksamkeit meiner Beweise einbildete. – Ich nahm ein großes Heft, und jedes Mal, wenn wir zu den Cousinen gingen oder sie zu uns kamen, verfaßte ich in diesem Heft ein kurzes Protokoll, in dem ich aufzeigte, wie das Verhalten Aldas gewesen war und wie das von Flora. Ich schrieb die ganze Wahrheit und nichts als die Wahrheit, mit höchster Gewissenhaftigkeit; wenn überhaupt, übertrieb ich zu Aldas Nachteil, um mich gegen jede Beschuldigung der Parteilichkeit abzusichern. Selbst bei einer solchen Vorgangsweise kam klar zum Vorschein, was ich aufzuzeigen wünschte. Ich war mir aber nicht bewußt, daß Vera und die anderen, wenn sie mir nicht glauben wollten, mir in keinem Fall geglaubt hätten, und daß es wenig half, daß ich in vollkommen gutem Glauben schrieb. Ich bildete mir statt dessen ein, daß sich der gute Glauben aus sich selbst heraus offenbart und die Leute dazu zwingt, sich vor ihm zu beugen. Und im übrigen zeigte ich dieses Heft niemals jemandem, denn ich hatte, als meine Cousinen ins Internat gegeben wurden, schon seit langem aufgegeben, mich mit ihnen zu beschäftigen.

Doch, wie gesagt, die Hauptaufgabe, die ich mir vorgenommen hatte, war Aldas Erziehung. Mochte sie auch zuweilen ein bißchen eigensinnig sein, sie war doch ein Mädchen, das sich führen ließ, und ich übte, wollte mir vorkommen, einen gewissen Einfluß auf sie aus. Hatte ich also keine Widerspenstigkeiten von ihr zu befürchten, mußte ich mich doch bemühen, sie aus ihrer Gleichgültigkeit aufzurütteln, sie irgendwie zu beeindrucken.

Ich wollte, daß Alda die Streitereien mit Flora vermeide; außerdem, daß sie etwas mehr lerne, weil ihre schlechten Noten die Mutter aufbrachten. Daß sie Flora in gewissen Kleinigkeiten nachgebe, sich nicht darum kümmere, wenn diese von dem oder jenem etwas mehr oder Besseres habe, und daß sie, wie ich ihr, Alda, schon oft gesagt hatte, sich zumindest mit dem ihr in Cosina überreichten Zettel mehr beschäftigen solle. Jetzt wiederholte ich es ihr in gehöriger Form, in allen Tonarten, bei jeder Gelegenheit, und versuchte, sie mit allen Mitteln davon zu überzeugen, daß das in ihrem eigenen Interesse lag. Ja, ich hatte ihr sogar einen Brief geschrieben, in dem ich ihr die Regeln von Cosina nochmals darlegte, und ich hatte sie gebeten, sie zu befolgen: nicht nur zu ihrem eigenen Wohl, sondern auch »wegen des Wohlwollens, das sie mir entgegenbrachte, und des Vertrauens, das sie zu mir hatte«. Ich hatte ihr geschrieben, daß sie sich in einer sehr schwierigen und gefährlichen Lage befinde, aus Gründen, die ich ihr nicht erklären könne. Es seien Dinge, mit denen ich ihr, wenn ich sie ihr erzählte, Leid antun würde; es sei, im Gegenteil, besser, daß sie von allein darauf stoße, wenn der Moment gekommen sei (ich spielte auf die geringe Liebe der Mutter ihr gegenüber an). Ich empfahl ihr, den Brief gut verborgen zu halten, wie auch einige andere, die ich später schrieb, und mit niemandem über unsere Geheimnisse zu reden.

Diese ganze Atmosphäre des Geheimen hatte ich absichtlich aufgesucht; das nicht nur, weil ich Alda bestimmte Dinge nicht sagen wollte und weil ich es vorzog, daß niemand von diesen meinen Briefen und über meine Gespräche Bescheid wisse. Das Geheimnis sollte dazu dienen, Alda zu beeindrucken; es sollte ihr verständlich machen, daß es sich um etwas Wichtiges handelte und daß sie daher auf mich hören mußte. Die Briefe, die ich ihr überreichte, hob Alda sorgfältig und versteckt auf, womit sie bewies, daß es ihr nicht mißfiel, daß es zwischen ihr und mir Geheimnisse gab, und es ihr nicht unangenehm war, daß ich zu ihr von »Vertrauen« und »Wohlwollen« sprach.

Sie war aber nicht fähig, Ideen miteinander zu verbinden und zu überlegen; sie war nicht fähig, zu denken. Weder war sie von der Nützlichkeit überzeugt, sich so zu verhalten, wie ich es ihr vorschlug, noch vom Gegenteil. Sie handelte, wie der Augenblick es ihr diktierte, und erinnerte sich an nichts. O ja, sie kannte alle meine »Gesetze« auswendig! Um zu erreichen, daß sie sich bei jeder Gelegenheit vor Augen führte, wie ihr Verhalten sein sollte, ging ich so weit, ihr anzuempfehlen, gewisse Regeln zwei- oder dreimal am Tag zu lesen. Ich bin überzeugt, daß Alda es eine Zeitlang nicht unterließ, meine Vorschrift buchstäblich zu befolgen. Aber was half das?

Es war zermürbend und schmerzlich, dieses Gefühl der Ohnmacht, das man empfand, wenn man mit ihr umging. Es war unmöglich, auf ihre Seele einzuwirken; es war unmöglich, ihr Hirn zum Arbeiten zu bringen. Alda war der Nebel, der keinen Widerstand leistet, der aber jeden Klang und jedes Licht verschluckt; Alda war ein sanftmütiges und gutes Wesen, doch in ihr gab es, in anderer Form, die animalische Unvernunft ihrer Mutter.

Gewiß, ich brauchte einige Zeit, ehe ich mich endgültig davon überzeugte, daß mit Alda wirklich nichts anzufangen war. Ich hielt einfach zu viel von meiner Erziehungsarbeit und von meiner Illusion, Alda würde sich eines Tages in ein Wesen verwandeln, das ich gern haben könnte, als daß ich es so schnell vermocht hätte, meine Beschäftigung mit ihr aufzugeben.

Eines Tages, ich lag mit Fieber zu Bett, schrieb ich ihr einen Brief (den ich ihr aber nie überreicht habe), in dem ich ihr zu erklären versuchte, welche Gefühle ich für sie empfand; das war wirklich nicht leicht. Meine Gefühle waren in der Tat verschwommen und komplex. Ich erklärte ihr, daß ich sie jetzt nicht wirklich »gern« hätte, daß ich bloß Sympathie für sie empfinde, sie als die Beste unter all den »Kleinen«, die ich kannte, schätzte. Daß ich aber hoffte, sie würde sich im Lauf der Jahre um vieles bessern, Eigenschaften erworben haben, die ihr nun fehlten: Und so würde ich sie wahrhaft »gern« haben können.

Alda hingegen, obwohl sie sich mir gegenüber meist ziemlich gleichgültig zeigte (ihre natürliche Apathie überwog alles), sagte mir, daß sie mich schon jetzt gern habe. In Wirklichkeit befaßte ich mich unentwegt mit ihr und zog sie allen anderen vor, während sie sich nicht im gleichen Maß um meine Angelegenheiten kümmerte, und oft, wenn andere Leute da waren, schien es, daß sie mich vergaß. Manchmal kamen die Kinder von irgendwelchen Nachbarn oder Verwandten in Tante Veras Haus. Etliche waren mir herzlich unsympathisch; empfand ich auch gegen manche keinen speziellen Widerwillen, hatte ich doch nicht Lust, familiär mit ihnen umzugehen, weil mir ihre Gesellschaft fremd war. Wann immer im Haus meiner Cousinen zahlreiche und heitere Gesellschaft war, fühlte ich mich deshalb recht unbehaglich. Ich setzte mich in einen abgelegenen Winkel, und niemand scherte sich um mich. Sehr oft nahm ich nicht einmal an den Spielen, die man trieb, teil; und beteiligte ich mich doch, redete ich trotzdem so wenig als möglich und ergriff keine Initiative. In Tante Veras Haus gab es große Gesellschaften, insbesondere anläßlich von Geburts- oder Feiertagen. Da hatte ich mich von allem Anfang an damit abgefunden, mich in einen Winkel zu setzen und dort gelassen zu werden. Wenn ich aber manchmal glaubte, meine Cousinen allein anzutreffen und in ihrem Haus statt dessen auf irgendeinen ihrer wenig anziehenden Freunde stieß, fühlte ich mich gereizt und verärgert.

Ich hätte gewünscht, daß Alda sich auch dann mit mir beschäftigte, wenn Leute da waren und ich in einem Winkel blieb. Nicht etwa, daß ich verlangt hätte, daß sie meinem Beispiel folgte und sich von den anderen isolierte. Ich hätte nur gewollt, daß sie zeige, daß sie sich meiner Anwesenheit erinnerte. Es hätte mir auch gefallen, wenn sie darauf bestanden hätte, daß ich zusammen mit den anderen spielte, wenn sie versucht hätte, mich dazu zu bringen, mit ihren Freunden – mit den am wenigsten unsympathischen zumindest – Freundschaft zu schließen und es zu bewerkstelligen, daß sie mich gut aufnähmen. Alda vergaß mich jedoch wirklich vollkommen. Die Sache war so seltsam, derart absurd (ich wußte nämlich, daß Alda wahrhaftig Zuneigung zu mir empfand), daß ich versuchte, sie mir irgendwie zu erklären: Vielleicht dachte Alda, daß ich mich der Gruppe schneller anschließen würde, wenn sie so tat, als ob sie mich vergessen hätte; vielleicht hielt sie es für eine Höflichkeitspflicht, die Gäste freundlich zu empfangen und war aufgebracht über mich, der schmollte.

Doch genügte es zu sehen, wie sie spielte, lachte und plauderte, um zu verstehen, daß sie keine verborgenen Gedanken hegte, keine insgeheimen Absichten verfolgte. Meine Gesellschaft war ihr lieb, aber ich war manchmal etwas langweilig. Die anderen waren ihr weniger lieb, unterhielten sie aber besser. Waren andere Kinder da, blieb sie mit ihnen zusammen, weil ihr das besser gefiel; und von dem Moment an, wo ich mich nicht so verhielt wie sie, war es nur selbstverständlich, daß sie mich vernachlässigte. Nicht einmal der Gedanke ging ihr durch den Kopf, daß ich beleidigt oder betrübt sein könnte. Außerdem war Alda seit langem daran gewöhnt, daß ich ein finsteres Gesicht aufsetzte, wenn Leute kamen: Sie betrachtete das als die natürlichste Sache von der Welt. Sie fragte sich auch nicht, warum ich schmollte und ob sie irgend etwas tun könnte, um mich zu trösten.

Schließlich begann ich mich davon zu überzeugen, daß Alda mich nie verstehen würde, daß sie nie so fühlen würde wie ich und daß es mir nie gelingen würde, sie zu verstehen und mich mit ihrer eigenartigen Gleichgültigkeit abzufinden.

Nichtsdestoweniger fuhr ich noch ziemlich lange in meinem Bemühen fort, ihr zu helfen. Ich erinnere mich, daß ich als Kampfmethode gegen Vera auch die anwandte, meinen Vater über hunderterlei Dinge, die er nicht wissen konnte, zu unterrichten. Mein Vater war Vormund meiner beiden Cousinen, und damals, da noch die österreichischen Gesetze galten, hatte der Vormund, selbst wenn die Mutter der Mündel noch lebte, eine ziemlich weitgreifende Macht: Ich stellte sie mir natürlich noch viel größer vor, als sie in Wirklichkeit war. Ich glaubte zum Beispiel, daß Papa im Haus Tante Veras Vorschriften hätte machen können; und wenn er es zuließ, daß die Schwägerin den Herrn spielte, konnte das meiner Überzeugung nach nur von Schwäche, Trägheit und Verständnislosigkeit auf seiner Seite herrühren. Jedesmal, wenn wir von meinen Cousinen nach Hause gingen, schilderte ich deshalb den Meinen, noch ganz erregt und empört über das, was ich gehört und gesehen hatte, die Gemeinheiten Floras und Veras Ungerechtigkeiten, und bestand darauf, daß Papa eingreife, daß er versuche, dieser unhaltbaren Situation Abhilfe zu schaffen, daß er seine Pflicht tue.

Ich weiß nicht genau, was ich mir vorstellte, daß Papa hätte tun können: vielleicht sogar, Vera ins Irrenhaus oder Gefängnis stekken? – Doch Papa griff nicht nur nicht ein, weil er nichts verstand und verstehen wollte, sondern auch (das wurde mir allmählich klar), weil er in Wirklichkeit nichts machen konnte: Vera war frei und unabhängig; in ihrem Haus wollte sie befehlen und befahl, und selbst angenommen, daß man ihr die Mädchen hätte wegnehmen können, wer hätte dann für sie gesorgt und sie unterhalten?

Gegen Ende jenes Winters reisten Mama, Papa und ich nach Neapel, wo wir einige Monate bleiben wollten, um uns ein wenig zu erholen. In der Zeit, die unserer Abreise unmittelbar voranging, war die Situation in Tante Veras Haus kritisch wie nie, und das Internat schien zu drohen. Dann aber hatte sich eine Lösung gefunden, die mir sehr glücklich vorkam. Sie nahmen eine alte Frau als Hauslehrerin für die Mädchen auf, die ich schon seit Jahren kannte, die mir wirklich gefiel und von der ich eine ungemein hohe Meinung hatte. Ich dachte, sie würde unparteiisch sein und es auch verstehen, Flora zu zähmen und sich gleichzeitig bei ihr beliebt zu machen, um auf diese Weise den Frieden zu bewahren, ohne allzu streng mit Alda zu sein. So reiste ich nach Neapel mit der Aussicht auf eine neue Ära, die dank dieser Hauslehrerin beginnen würde. Ich verabsäumte es nicht, Alda alle Empfehlungen, die ich ihr schon tausendmal gemacht hatte, zu wiederholen, und ich versprach ihr, jeden Tag zu schreiben, ihr aufs genaueste alles, was ich sehen und hören würde, zu berichten. Als letzte Vorsichtsmaßnahme bat ich sie, jedesmal, wenn sie in einem meiner Briefe das Wort »erinnern« unterstrichen vorfinden würde, ein Kärtchen zu lesen, das besondere Ratschläge enthielt.

Während ich in Neapel war, erfuhr ich jedoch, daß die Sache nicht sehr gut lief. Alda, die sich normalerweise mit allen gut vertrug und für jedermann Sympathie hegte (sogar zu große!), hatte die Lehrerin, unerfindlich aus welchem Grund, nicht leiden mögen. Es kam so weit, daß sie ihr eines Tages ein arges Schimpfwort sagte und daß die Lehrerin ausgerechnet Aldas wegen kündigte. Offenkundig, daß Alda wirklich ein Dummkopf war, der aber auch schon gar nichts kapierte: Die Lehrerin dazu zu bringen, aus dem Haus fortzulaufen, war genau, was fehlte, um die Situation zu verschlechtern, sich in den Augen der Mutter in ein noch schieferes Licht zu bringen und sich endgültig ins Unrecht zu setzen: ein wenig zuviel nach all den Ratschlägen, die ihr gemacht worden waren! Ich schrieb Alda, daß ich mich von nun an nicht mehr um ihre Angelegenheiten kümmern würde und es aufgebe, auch die Bestien zweiter Kategorie (die Bestie erster Kategorie war natürlich Flora) zu bändigen. Und so hielt ich es wirklich. Wäre ich in Triest geblieben, wäre es mir vielleicht nicht so leichtgefallen; die Entfernung machte den Schritt für mich einfacher. Doch hatte ich zu jener Zeit noch die wirklich beneidenswerte Fähigkeit, meine Gefühle zwingen zu können, meinem Willen zu gehorchen, und sie zum Verschwinden zu bringen, wenn sie mir unvernünftig vorkamen. Später gelang mir das nicht mehr, und ich gewöhnte mir statt dessen an, die Gefühle in der Tiefe meiner Seele zu begraben, wo sie lebten und brannten, ohne je an die Oberfläche zu kommen.

In den folgenden zwei Jahren war ich mit Alda in fast allen Pausen in der Schule zusammen, und sehr oft legten wir den Heimweg gemeinsam zurück. Doch beunruhigt von ganz anderen Gedanken und abgelenkt durch neue Freundschaften, scherte ich mich nicht mehr um sie und widmete mich ihr nicht.

Dann wurden meine Cousinen ins Internat gegeben. Ich hatte befürchtet, Alda würde sehr unglücklich sein und schlecht behandelt werden; doch ganz im Gegenteil, sie verbrachte im Internat die schönsten Jahre ihres Lebens und gewann die Freundschaft aller. Als letzten Rat hätte ich Alda, wäre sie zwei Jahre vorher ins Internat geschickt worden, den gegeben, sich so weit als möglich von Flora fernzuhalten, um nicht mit ihr streiten zu müssen, um nicht in die Skandale verwickelt zu werden, die sie hervorrufen würde. Doch im

Internat gewöhnten sich die zwei Schwestern an, sich zu vertragen und einander gern zu haben. Ich hatte also unrecht gehabt, und Alda, die nie etwas fühlte und nie etwas verstand, hatte recht gehabt. Ich war im Unrecht gewesen, weil ich nicht daran gedacht hatte, daß »wie's auch sein mag, ein Sattel oder ein Packsattel paßt nicht auf jeden Rücken;/ schlecht kann's die Nachtigall im Käfig aushalten:/ Eher bleibt dort der Stieglitz und eher der Hänfling;/ die Schwalbe stirbt darin vor Zorn an einem Tag«. Ich war die Schwalbe, und ich fühlte mich nicht dafür geschaffen, im Käfig zu leben. Ich begriff nicht, daß Alda weder ein Stieglitz noch ein Fink war, sondern ein Kanarienvogel.

Aufgrund der Tatsache, daß sie sich im Internat wohl fühlten und ich sie nur selten sah, wurden meine Cousinen mir immer fremder und unverständlicher. Heimgekehrt aus dem Internat, wirkte Flora etwas ruhiger, obwohl sie zeitweise sehr schwarze Tage hatte. Alda blieb immer gleich: unbedacht und unempfänglich. Doch war sie heiter und aktiv, schien mit sich selbst zufrieden zu sein und Zutrauen in das Leben und in die Menschen zu haben. Öfters sagte ich zu Großmutter, um sie zu ärgern (aber nicht ohne eine Spur von Überzeugung), daß von ihren zwei Enkelinnen die eine schwachsinnig, die andere verbrecherisch sei. Ich schließlich, der dritte Enkel, sei verrückt.

Doch bevor ich Alda endgültig beiseite lasse, bevor ich von vielen anderen Dingen erzähle, in denen sie nur mehr selten und als einfache Komparsin auftreten wird, will ich noch von einer Erinnerung berichten, die mir in höchstem Maß eingeprägt geblieben ist.

Eines Tages, nach meiner Rückkehr aus Neapel, war Alda bei uns daheim und machte eine Mathematikaufgabe für die Schule. Die Aufgabe war ziemlich schwer, und Alda, die sie nicht schaffen konnte, mußte sie für noch viel schwieriger halten, als sie in Wirklichkeit war. Da es ihr nicht gelungen war, zu einem Schluß zu kommen, hatte sich Alda an mich gewandt, und ich hatte ihr sofort Durchführung und Lösung diktiert. Um besser sehen zu können, was Alda schrieb, hatte ich mich an den Tischrand gesetzt; eine Hand von mir lag nahe bei ihrem Heft. Plötzlich gab Alda, sich gleichzeitig nur ein wenig nach vor beugend, mir einen Kuß auf die Hand, schaute mich einen Moment lang an und schrieb dann, was ich ihr diktierte, weiter. Ich tat, als hätte ich nichts bemerkt, war aber tief verwundert.

Ich wußte schon, zu welcher Art Zuneigung die von Alda gehörte, schon hatte ich es aufgegeben, von ihr wahre Zuneigung zu erwarten. Doch dieser Kuß, dieser demütige Kuß der Bewunderung, dieser Kuß auf die Hand, bewegte und verwirrte mich. Ja, fast betrübte er mich sogar, wie einen das vergebliche Versprechen von etwas sehr Begehrtem betrübt, das aber – man weiß es bereits ganz genau – unerreichbar ist. Ich fühlte, daß ich mit ganzer Seele den lieben würde können, der mir einen Kuß wie diesen gäbe; und ich fühlte, daß ich diejenige, die ihn mir gegeben hatte, nicht lieben konnte, weil es Alda war, die ich schon kannte. Dieser Kuß ließ ein Gefühl des Bedauerns in mir zurück, das um so stärker wurde, je stärker ich in den folgenden Jahren die Liebe herbeisehnte und dabei wußte, daß meine Sehnsucht umsonst war. Man pflegt zu sagen, daß der die Küsse schneller vergißt, der sie bekommt, als der, der sie gibt. Ich bin aber sicher, daß Alda sich nach Jahren überhaupt nicht mehr an ihren Kuß erinnerte, während er mir im Herzen blieb wie ein Dorn, wie ein Vorwurf, wie eine Ermahnung.

[III.]

In der Zeit vor der großen Pubertätskrise war ich, wie ich mich erinnere, nicht nur geistig sehr unruhig, was ja nichts Neues gewesen wäre, sondern auch körperlich. Obwohl ich nicht vollkommen gesund war, spürte ich doch ein starkes Bedürfnis nach Bewegung. Das war für mich, der ich normalerweise eher faul war und mich ungern bewegte, ungewöhnlich. Es gab jedoch eine Zeit, sie dauerte vielleicht ein paar Monate, in der es mir sehr gefiel, mich im Ringkampf zu messen, zu laufen und zu springen, Gewichte zu heben, also auf jede Art meine Muskeln zu betätigen. Ich störte Papa auf, und dann verwendete ich, um mich vor ihm zu schützen, Mama als »Schützengrabensack« – wie ich das damals nannte. Ich gab allen Kopfstöße, boxte, warf Besen weit weg und rezitierte gleichzeitig Verse von Homer in der Übersetzung von Monti: das war »den langen Schatten des Speers zum Schwingen bringen«. Ich belästigte alle, sogar das Dienstmädchen, das wir damals hatten und das sehr fleißig und intelligent, aber immer schlechter Laune war.

Außerdem hatte ich Wutanfälle ohne Grund, die ich am liebsten dadurch abreagiert hätte, alles, was um mich herum war, zu zerschmettern. Nach einem Streit mit meinen Eltern wegen des Lernens wurde ich eines Tages von einem so mächtigen Zorn gepackt, daß nicht viel fehlte und ich hätte die Glasfenster einer Tür mit einem Hammer, der mir irgendwie unter die Hände kam, zerschlagen. Dann ärgerte ich mich über Eisenhaken, die an den Fenstern waren, und bog dermaßen an ihnen herum, daß ich sie ausriß. Ich war sehr dünn und überhaupt nicht muskulös, doch im Zorn hatte ich eine Kraft, die man sich nicht erwartet hätte. Und ich war so wetterwendisch und launisch, daß ich Sachen zerbrach und beschädigte; bei mir eine sehr viel ärgere Bosheit als bei einem anderen, da ich vom Charakter her eher sparsam war und sogar übertriebenen Respekt vor der menschlichen Arbeit hatte. Noch viele Jahre später empfand ich etwas wie Reue, wenn ich diese ausgerissenen Haken wieder sah, und fühlte von neuem diese »verächtliche Freude« an der Bosheit und der Zerstörung, die sich in jenen Tagen meiner bemächtigt hatte.

Ich hatte eine sehr genaue sexuelle Aufklärung erhalten. Es gab nichts oder fast nichts, das ich vom Sexualleben nicht wußte oder mir, hätte ich danach gefragt, nicht hätte erklären lassen können. Papa lehnte jeden Obskurantismus ab und war der Ansicht, man solle den Kindern die ganze Wahrheit sagen. Mama, die man auf gegenteilige Art erzogen hatte, bis fünfundzwanzig und darüber hinaus war sie der Phantasie überlassen, in Ungewißheit und Unwissenheit gehalten worden, hatte wegen dieses Mankos derart gelitten, daß auch sie wünschte, ich möge mit offenen Augen ins Leben gehen.

Aufgrund der Erziehung, die man mir erteilte, hätte mir also das Jünglingsalter keine Überraschungen bereiten dürfen. So weit, so gut: meines war geradezu ein klassisches Beispiel dafür, wie wenig Erziehung nützt. Trotz der vielen Erklärungen, die mir gegeben worden waren, bevor ich noch nach ihnen fragte, und ungeachtet der Tatsache, daß ich selbst großes Interesse für diese Probleme hatte (ich meine ein Interesse, wie es Naturforscher haben mögen), kam ich unwissend und verständnislos ins Jünglingsalter, genauso und schlechter als einer, vor dem alles verheimlicht worden wäre. Und es ist natürlich, daß Kinder gewisse Dinge nicht verstehen können. Der wesentliche Teil des Sexuallebens beruht nicht auf einem physiologischen Phänomen, sondern auf einem Komplex von rein psychischen und daher für denjenigen unverständlichen Vorgängen, der nicht seine unmittelbare Erfahrung damit gemacht hat. Es ist das Entstehen eines neuen Triebes, was die Krise der Jugend verursacht, nicht etwa das Entdecken einer konkreten, vorher unbekannten Wahrheit. Daher kann es nur wenig helfen, vorher auf diese Wahrheit vorzubereiten.

Ich glaube aber, daß es nicht ausreicht, die Krise der Jugend mit dem Entstehen eines neuen Triebes zu erklären. Das Phänomen gewinnt durch den Umstand an Schwere, daß der Trieb in Erscheinung tritt, wenn die menschliche Seele schon zur Genüge entwickelt ist, wenn sich eine Persönlichkeit schon gebildet hat. – Hat man sich nämlich bereits ein klares Bild von der eigenen Persönlichkeit gemacht, versucht man instinktiv, sie unverändert aufrechtzuerhalten und gegen jeden fremden Einfluß zu verteidigen. Wer ein Bewußtsein seiner selbst hat, der will kein anderer werden und will mit neuen Trieben nichts zu schaffen haben.

Es zählte wenig, daß ich wußte, daß in einem bestimmten Alter alle sich in dem seelischen Zustand befinden, in dem ich mich befand. Ich kannte den Trieb nicht aus meiner früheren unmittelbaren Erfahrung, und in meiner Welt konnte ich keinen Platz für ihn finden. Und wenig zählte auch, daß meine Eltern mir alles erklärten, als ob es sich um das natürlichste Vorkommnis von der Welt handelte. Ich fühlte, daß ringsherum die Leute geheimnisvoll taten, und begriff, daß das nicht grundlos war. Ich begriff, daß einem vernünftigen Wesen die Neigung angeboren ist, die eigenen animalischen Instinkte zu verbergen und zu unterdrücken.

Je entwickelter die Persönlichkeit eines Individuums, desto schwerer wird die Krise sein. Deshalb scheint es, so überlegte ich, die Pubertätskrise bei den Tieren nicht zu geben; deshalb gibt es sie nur selten, zumindest in moralisch-psychologischem Sinn, bei den Frauen. Würde der Fortpflanzungstrieb mit fünfundzwanzig anstatt zwischen zwölf und vierzehn in Erscheinung treten, würde die Pubertätskrise wahrscheinlich für die meisten Menschen unüberwindbar werden. Und wenn, nehmen wir an, der Nahrungstrieb mit zwölf Jahren aufkäme, dann würde man heimlich essen, würde man sich schämen zu essen, würde man über den Trieb, Nahrung zu sich zu nehmen, ebensoviel und mehr phantasieren, als man es über den Geschlechtstrieb tut.

Zu meinem Unglück war ich mit dreizehn Jahren schon recht entwickelt. Von Kindesbeinen an hatte ich in der Selbstanalyse einen leider außergewöhnlichen Scharfsinn besessen; von Kindesbeinen an hatte ich mich daran gewöhnt, mich selbst und meine Vergangenheit zu erforschen. Deshalb war es nicht möglich, daß ich die Neuigkeiten, die es in mir gab, erst dann bemerkte, als sie keine mehr waren. Es stimmt, die Natur macht keine Sprünge. Alles beginnt beim Unvernehmlichen und wächst, ohne daß wir uns dessen bewußt werden. Aber ich war daran gewöhnt, mich selbst mit wachsamem und scharfsichtigem Geist zu überwachen, und wenn ich auch die ersten Anfänge nicht wahrnahm, so bemerkte ich doch sehr früh, daß es in mir etwas Neues gab, daß die Gegenwart nicht der Vergangenheit glich.

Vielleicht bin ich nicht weit von der Wahrheit entfernt, wenn ich sage, daß die vollständige und ausreichende Sexualerziehung, die ich erhalten habe, mir eher schadete als half. Die anderen Knaben entdecken, haben sie ein bestimmtes Alter erreicht, allmählich eine neue Welt, erklären sich Rätsel, lüften Geheimnisse gegen den Wunsch der Erwachsenen, spüren, daß sie sich der verbotenen Frucht nähern. In Anbetracht ihrer neugierigen und verschlagenen Natur ist all das für die Knaben sehr angenehm. So freuen sie sich an dem, was sie sonst vielleicht erschrecken würde, und dringen, förmlich ohne sich dessen bewußt zu werden, in die neue Welt ein. Ich dagegen wußte alles; ich hatte nichts Interessantes zu entdecken; für mich gab es keine verbotene Frucht, sondern nur ein physiologisches Phänomen. Gerade weil ich alles wußte, konnte sich mein Geist mit der wesentlichen Seite des Phänomens, das heißt mit dem Trieb, befassen. Und das Rätsel war für mich schwerer, weil ich verstand, daß ich nirgendwo den Schlüssel dazu würde finden können, und mir bewußt war, alles, was man nur wissen kann, bereits zu wissen.

Ich könnte die ersten Träume und die ersten erotischen Phantasien ziemlich eingehend beschreiben, glaube aber, daß das nicht lohnt, weil sie mehr oder weniger bei allen gleich sein dürften. Ich erinnere mich auch deutlich, wann ich zum ersten Mal das Verlangen nach einer vor mir stehenden Frau empfand. Es war eine gewisse Francesca, ein Dienstmädchen, das kurze Zeit bei uns war; sie war schön und elegant. Wir hielten uns allein in der Küche auf, und sie, die in einer etwas freizügigen Pose dasaß, zeigte mehr von ihrem Körper, als sie vielleicht beabsichtigte. Ich, der bis jetzt nur ihr Gesicht angeschaut und betrachtet hatte, spürte plötzlich undeutlich und stark zugleich das Verlangen nach ihrem ganzen Körper, und ich ahnte zum ersten Mal das Vergnügen, das ich empfinden würde, wenn ich sie umarmen und mich mit meiner ganzen Kraft an sie drücken könnte. Nach diesem Auflodern des Verlangens war ich verwirrt, beinahe erstaunt, und obwohl ich vieles wußte, gelang es mir nicht, wirklich sofort zu begreifen, was in mir vorgegangen war. Als ich es klar verstand, als ich begriff, was im Grund mein Verlangen gewesen war, löste das einiges in mir aus.

Nicht etwa, daß ich Abscheu oder Gewissensbisse empfunden oder diesen Impuls für schändlich gehalten hätte. Er kam mir ganz und gar nicht widerwärtig vor; im Gegenteil, das Verlangen, das ich verspürte, war so groß, daß es für mich fast zu einem Genuß wurde. Noch hatte ich moralische Hemmungen: die erhaltene Erziehung hielt mich davon ab. Dennoch empfand ich außer der Verwunderung beinahe Ärger über das, was mir passiert war, und ich hätte mich zu Tode geschämt, wäre jemandem aufgefallen, was ich für eine Schwäche ansah, für eine Schwäche, die nicht zu einem vernünftigen Wesen paßt. Meine Scham wäre gewiß noch größer gewesen, wäre mein Verlangen von der Frau bemerkt worden, nach der ich verlangte. Dann hätte ich mich geradezu gedemütigt gefühlt.

So kam es, daß ich von Anfang an begann, gegen den Geschlechtstrieb anzukämpfen, daß ich seine psychischen Auswirkungen in die Welt der Träume verbannte, unter all jene Dinge, die es in mir gab und von denen ich nicht wollte, daß sie mit der realen Welt in Kontakt kämen. So sehr dieses Verlangen, immer heftiger und immer deutlicher, mich auch überkam, so sehr ich auch zuweilen, ganz mit Absicht, mit lüsternen Gedanken spielte, fiel es mir doch nie und nimmer ein, daß ich etwas hätte unternehmen können, um das Begehrte zu erlangen. Im Gegenteil, hatte ich mit dieser

Francesca zu reden, war meine größte Sorge, sie genau so zu behandeln, wie ich sie behandelt haben würde, wenn mich nichts Besonderes je zu ihr hin gedrängt hätte. Ich könnte fast sagen, ich vergaß meine Wünsche, wenn ich mit ihr sprach, so wie ich meine phantastischen Stimmungen vergaß, wenn ich die politischen Artikel in den Zeitungen studierte.

Diese Reaktion auf den Trieb trat, zumindest in der ersten Zeit, nicht als heftiger und unnachgiebiger Kampf in Erscheinung: Sie manifestierte sich nur in dem Umstand, daß die Verstandes- und Willensseite meines Wesens nicht bereit war, mit dem Instinkt zusammenzuarbeiten und sich in seinen Dienst zu stellen. Haben sie ein gewisses Alter erreicht, empfinden fast alle Knaben aber nicht nur Begehren, sondern unternehmen mit Absicht und sogar mit Gerissenheit das möglichste, um ans Ziel zu gelangen. Ich war dazu nicht fähig. Willentlich und auf Grund eines durchdachten Entschlusses, so fühlte ich, würde ich niemals auch nur ein einziges Wort sagen, keine einzige Geste machen können, um zu erreichen, was mir der Instinkt zu verlangen befahl.

Andererseits erkannte ich, daß es in einem Charakter wie dem meinen, einem kritischen und wenig impulsiven, unmöglich war, daß das Verlangen ausgerechnet den Platz des Willens einnimmt. Es war mir unvorstellbar, daß ich aus einer Art von Automatismus heraus würde handeln können, getrieben nur vom Stachel des Instinkts, gleichsam während einer Verdunkelung meines Willens. Etwas Derartiges war unzulässig, nicht nur in mir selbst, sondern auch in jedem anderen menschlichen Wesen. Ich mußte daher annehmen, daß die anderen sich ihrer eigenen Animalität hingeben, sich daran freuen und daß sie den Gefühlsausbruch und das Vergnügen mit vollem Bewußtsein, aus freien Stücken, suchen. Der Gedanke, daß gerade das im Sexualleben notwendig ist, brachte mich durcheinander und verwirrte mich.

Ich sollte nun wissen, warum mir der Geschlechtstrieb animalischer vorkam, als er es in den Augen anderer war. Gewiß, ich hatte einen sehr beeindruckbaren und zu Manien und Obsessionen neigenden

Charakter. Und es ist auch möglich, daß der Trieb sich in mir in plötzlicherer und heftigerer Form zeigte als gewöhnlich. Doch die Deutlichkeit, mit der sich die animalische Seite des Liebeslebens meinem Geist darstellen konnte, muß noch andere Gründe haben.

In weniger zur Triebhaftigkeit tendierenden Charakteren tritt, glaube ich, das sexuelle Verlangen tatsächlich schon von Anfang an von anderen Wünschen und Sehnsüchten durchmischt und durchdrungen und dadurch gemäßigt auf. Das ästhetische Vergnügen an der Schönheit der Frau, das Verlangen danach, Zuneigung zu empfinden und sie mit Worten und Liebkosungen auszudrücken, das Bedürfnis nach einer sentimentalen Träumerei und weiteres mehr erwachen in der Seele vieler Menschen gleichzeitig mit dem Geschlechtstrieb und vermischen sich mit seiner ersten direkten Äußerung. All diese Wünsche und diese Sehnsüchte, und obendrein die Liebe, die Liebe, wie sie Sappho und Dante beschrieben haben, kannte ich schon seit einiger Zeit. Meine Erziehung erlaubte es mir aber, sicher und nüchtern zu beurteilen, wohin mich der Trieb führen wollte. Deshalb stellte sich mir dieser neue Impuls klar und deutlich als meinem Wesen und meiner Vergangenheit fremd, als in seiner Animalität grausam dar.

Nicht nur, daß ich den Geschlechtstrieb nicht mit Liebe und Zuneigung verwechselte, es gelang mir auch nicht einzusehen, wie diese drei Elemente miteinander auskommen könnten: Ja, je mehr ich darüber nachdachte, um so fester überzeugte ich mich, daß jedes einzelne von den dreien in unheilbarem Widerspruch zu den beiden anderen stand. Die Liebe faßte ich als Bewunderung und Erregung auf, als völliges Sich-selbst-Vergessen in der Betrachtung eines anderen; die Zuneigung, ein Gefühl, das ich trotz allem weiterhin ab und zu für eine meiner Altersgenossinnen empfand, spürte ich in zärtlicher und, ich würde fast sagen, väterlicher Form; das Begehren war für mich einfach das Bedürfnis nach dem physischen Kontakt mit einem Körper. Wie sollten denn drei so verschiedene Elemente nicht untereinander in Widerspruch stehen? Und doch muß die vollständige Liebe, die Liebe des Herzens, des Geistes und des Fleisches existieren, dachte ich. Von ihr sprachen die Bücher, von ihrer Existenz zeigten sich Papa und andere überzeugt. Diese Liebe mußte die vollkommene Liebe sein, das höchste Gut auf Erden. Aber je inständiger ich versuchte, mir ein solches Gefühl vorzustellen, desto deutlicher fühlte ich, daß es nicht existieren konnte. Ja, sogar genau dann, wenn ich glaubte, daß mir gelungen sei, es zumindest vage zu erahnen, bemerkte ich gleich, daß ich mich geirrt hatte; und noch heftiger und zuckender fühlte ich den Widerspruch zwischen den verschiedenen Leidenschaften.

Später, als die Liebe für mich keine Erinnerung, sondern von neuem lebhaft und gegenwärtig war, gab ich den Gedanken, daß sie mit den anderen beiden Phänomenen auskommen könnte, völlig auf. Statt dessen dachte ich manchmal, daß Verlangen und Zuneigung nicht wirklich gegensätzlich sind. Doch so sehr ich auch versuchte, mich zu täuschen, ich fühlte, daß ich im Irrtum war: Zuneigung ist nicht möglich, wo es den egoistischen Vorsatz gibt, ein körperliches Bedürfnis zu befriedigen; und umgekehrt verhält es sich ebenso.

Ich muß sogar noch weiter gehen: Ich empfand tatsächlich kein Verlangen nach Frauen, für die ich gerade ein wenig Zuneigung und Sympathie verspürte. Nicht nur das, normalerweise konnte ich eine Frau nicht begehren, die ich gut kannte, von der ich gewohnt war, sie als menschliches Wesen anzusehen, und zu der ich irgendeine geistige Beziehung unterhielt. Das stärkste, das quälendste Verlangen empfand ich oft nach Unbekannten, nach Frauen, die ich auf der Straße sah, mit denen ich nie gesprochen und die ich nie kennengelernt hatte. Ich begehrte eine Frau nur dann, wenn ich in ihr nichts anderes als den Körper sah. Ausnahmen bestätigten die Regel.

Dieses von jeglichem Gefühl der Zuneigung abgelöste, von jeder Sehnsucht nach dem Schönen und von jeglichem Wohlgefallen an der Anmut abgetrennte Verlangen, diese Begierde, die ich (ich spürte es) niemals würde befriedigen können und wollen, die ich aber nicht unterdrücken konnte, wurde für mich sehr bald zu einer Fessel und Qual, zu einer Demütigung. Allmählich erwachte in mir ein Haßgefühl den Wesen gegenüber, zu denen ich mich, gegen meinen Willen, mit solcher Heftigkeit hingezogen fühlte. Manchmal hätte ich sie am liebsten erniedrigt, hätte ich zeigen wollen, daß ich bei ihnen nur das Vergnügen suchte und daß ich mir dieses Vergnügen auch würde verschaffen können. Aber wenn es sich dann darum drehte, den ersten, kleinen, verborgenen Schritt auf dem langen Weg zu einer solchen Eroberung zu machen, fand ich mich derart erschreckt, nicht von der Sache an sich, sondern von meinen Wünschen und Absichten, daß ich entschlossen den entgegengesetzten Weg einschlug, den, der mich von der Versuchung weit wegführte.

Doch sehr bald begann ich, mir auch über ein anderes Problem, ein ebenso peinigendes und unlösbares, Gedanken zu machen. Denn ich war, so egoistisch die Begierde im wesentlichen auch ist, ein Charakter, der zu sehr danach verlangte, die anderen zu kennen und besser zu verstehen, was um mich herum war, als daß ich mich nicht gefragt hätte – anfangs nur flüchtig, doch dann immer eindringlicher –, welcher Art die Äußerungen des Geschlechtstriebes bei der Frau sein könnten. Und vor allem fragte ich mich, inwieweit die Frau das Begehren bemerken könne, dessen Gegenstand sie ist, und welche Gefühle sie verspüre, wenn sie es bemerkte.

Wenn ich mich von meinem eigenen Trieb erschreckt fühlte, dachte ich, um wieviel mehr hätte mich erst die Vorstellung erschreckt, daß mein Körper der Gegenstand solcher Wünsche war. Wäre ich eine Frau gewesen, dieser Gedanke wäre für mich gewiß zur echten Obsession geworden. Niemals wäre ich mir sicher genug gewesen, daß der, der mich umgab, mich als ein menschliches Wesen ansah und an mich nicht bloß als an eine Frau dachte. Nur eines hätte mich vor dieser Zwangsvorstellung bewahren können: Unkenntnis und Unwissenheit.

Aber ich sah, daß die Frauen, die ich als Objekt meiner Begierde und der Begierden so vieler anderer wußte, fröhlich, ruhig, selbstsicher waren. Wie war so etwas nur möglich? Sicherlich hatten sie keine Ahnung; ansonsten hätte doch, so geschickt sie auch im Sichverstellen waren, so gewandt auch in der Selbstbeherrschung, eine bestimmte Beunruhigung auf ihren Gesichtern durchschimmern müssen. Die Frau hat also die Gabe der Reinheit, aber sie ist kein menschliches Wesen, sie besitzt eine Seele, die der meinen oder einer anderen, die ich mir vorstellen kann, nicht einmal entfernt ähnlich ist. Es ist umsonst, daß ich versuche, mit ihr zu kommunizieren, daß ich versuche, sie zu verstehen und mich ihr verständlich zu machen: Die Frau wird mir immer ein Rätsel bleiben, wird mir ganz nah und doch immer unerreichbar fern und fremd sein.

Dann wieder, beim Nachdenken und aufs neue darüber Nachdenken, schien mir, daß es diese Reinheit absolut nicht geben könne. Wenn ich, trotz allem, große Scham empfand und versuchte, mein Verlangen zu verbergen, so sah ich doch, daß viele andere unverschämt waren, derart unverschämt, daß es wirklich nicht gut möglich war, daß die Frauen sie nicht verstanden. Und das hieß also, daß die Frau die Blicke wahrnimmt; daß sie weiß, was die Hunderte von Scherzen, die Hunderte von Zweideutigkeiten, die ihretwegen gemacht werden, zumindest in ihrer Substanz, in ihrem Kern, bedeuten. Folglich weiß es die Frau und findet Gefallen daran; sie entblößt ihren Körper und bietet ihn den Blicken der Männer dar, dabei vollkommen der Wünsche bewußt, die sie in ihnen erweckt. Sie ist das bösartigste der bösen Geschöpfe, weil ihre Animalität kalt, ruhig, überlegt ist, weil kein Teil ihres Körpers auf den Trieb reagiert.

Und doch sah ich, daß oftmals die einfachsten und dümmsten Frauen, die Frauen, die ich zu jeder versteckten Absicht und jeder niederträchtigen Verstellung unfähig wußte, es waren, die am schamlosesten gekleidet gingen, die am ärgsten, wenn schon nicht mich, so sicherlich viele andere aufreizten. Ich konnte diesen belanglosen Wesen das viehische Vergnügen nicht zuschreiben, das ich der Frau oft zuschrieb.

Ich ahnte schon, daß die Wahrheit zwischen diesen beiden Gegensätzen liegen müßte; daß sie sich, nach der Natur der einzelnen, bald dem einen, bald dem anderen Extrem nähern müßte. Dennoch gelang es mir nicht, mir irgendein Mittelding vorzustellen, und mein Denken schwankte immerfort zwischen der einen und der anderen angsterregenden Auffassung, stand vor einem Rätsel, zu dem ich die Lösung nicht fand.

Unbegreiflich waren mir auch noch andere Dinge. Einen Trieb, der zum Handeln veranlaßt, den verstand ich: Ich spürte ihn in mir und nahm an, daß er sich bei den anderen auf mehr oder weniger die gleiche Art äußern dürfte. Einen Instinkt aber, der zum Erdulden veranlaßt, den konnte ich mir nicht vorstellen, ja, ich hielt ihn sogar für etwas, zu dem mein Verständnis niemals würde durchdringen können. Wenn mir schon die Vorstellung schwerfiel, daß sich der Wille von einem aktiven Trieb besiegen oder führen lassen könne, so war mir geradezu unmöglich, anzunehmen, daß ein zur Passivität veranlassender Trieb in der Lage sei, den Willen zu überwältigen oder ihn fügsam vorzufinden. Ich meinte, das wesentliche Merkmal des menschlichen Willens sei es, die eigene Freiheit zu suchen und gegen jeden äußeren Zwang zu kämpfen. Aus Instinkt fürchtete ich alles, was nicht von mir abhing, alles, was mir zustoßen konnte, ohne daß eine direkte, freiwillige und aus freien Stücken gesetzte Handlung von mir dafür notwendig gewesen wäre. Hätte es in mir also einen Instinkt zum Erdulden gegeben, so wäre, dachte ich, mein Wille sein unversöhnlicher Feind gewesen. Ich stellte mir vor, wie ich, mit Furcht und mit Verachtung, jede kleinste Äußerung dieses Instinktes überwacht und sofort unterdrückt hätte.

Ich wußte aber, daß im Tierleben der weibliche Instinkt genauso notwendig ist wie der männliche. Ich vermutete, daß es sich bei der Spezies Mensch gleich verhalten müsse, und nahm daher an, daß die Frau einen sehr schwachen oder durchlässigen Willen und ein ebensolches Bewußtsein vom eigenen Ich haben müsse; derart mochte der Instinkt, in gewissen Momenten, jeden Willen und jedes Bewußtsein vollkommen aufheben. Dadurch erschien mir die Frau noch mehr als ein unverständliches Wesen, als ein Wesen, in dem in großem Maß der Kampf zwischen dem Fleisch und dem Geist, Basis und Schlüssel des psychischen Lebens der Menschen, fehlt.

Auch diesbezüglich schwankte ich jedoch zwischen zwei gegensätzlichen Überzeugungen. Denn bei anderem Anlaß meinte ich statt dessen, daß die Erziehung den Trieb in der Frau völlig zerstört haben mußte und daß sie sich nur auf Grund einer auferlegten Gefügigkeit, sogar mit Angst und Widerwillen, damit abfindet, zu erdulden. Was bei den Tieren nicht möglich war, konnte es doch wohl, zumindest in vielen Fällen, beim Menschengeschlecht geben, das schon so weit von der Natur entfernt ist. Da verspürte ich dann großes Mitleid mit den Frauen und fühlte sie mir näher, obwohl ich immer überzeugt war, daß sich nur von mir sehr verschiedene Wesen mit einem Zwang abfinden könnten, dem ich mich mit all meiner Kraft widersetzt hätte.

Diese Gedanken, und andere dazu, noch komplexer und unklarer, wollten nicht von mir weichen. So wurden die erotischen Phantasien der Pubertät zum Teil von unnützem Kopfzerbrechen über Probleme sexueller Natur ersetzt. Und allmählich verwandelte sich die von Anfang an in Erscheinung getretene Neigung, den Geschlechtstrieb zu verbergen und zu unterdrücken, in einen klaren und genau definierten Vorsatz der Enthaltsamkeit, der sich in den folgenden Jahren immer mehr verfestigte.

[IV.]

Den Winter 1921 verbrachten wir in Neapel. Nachdem wir uns schlecht und recht in einer Pension eingerichtet hatten, wollten die Meinigen, daß ich zu lernen anfange. Nach fast vollständigem Müßiggang von einigen Monaten (wie gesagt, ich besuchte in jenem Jahr die Schule nicht) war dies das erste Mal, daß man sich ernstlich an die Arbeit machte. Zu feststehenden Stunden wollten Papa und Mama mir Unterricht erteilen; zwischen den Stunden hätte ich dann allein lernen sollen.

Ich wollte vom Lernen nichts wissen. Der bloße Gedanke daran, daß ich von neuem beginnen sollte, die hunderttausend unnützen, konfusen, hassenswerten schulischen Absurditäten in mein Hirn zu stopfen; daß ich mich wieder abmühen sollte mit dem Zusammenbasteln lateinischer Sätze, ohne über die erforderlichen Grundlagen zu verfügen (ich hatte in den vorangegangenen Jahren nämlich ganz schlechte Professoren in Latein gehabt); daß ich wiederum Hunderte Übungen, allesamt gleich, zu Gegenständen machen sollte, die mir selbstverständlich vorkamen; wieder Tausende und Abertausende Namen, Tausende und Abertausende Daten und wieder noch tausend und abertausend Sätze und Regeln, die mich nicht interessierten, auswendig herunterrasseln sollte, schon der Gedanke, mich neuerlich dem schulischen Lernen anpassen zu müssen, machte mich geradezu rasend. Bisweilen kam es vor, daß ich am liebsten mit dem Kopf gegen die Wände geschlagen hätte; den, der in meiner Nähe war, gebissen hätte; alles, was mir zufällig unter die Hände kam, zerfetzt und zerbrochen hätte. Ich begann die Unterrichtsstunden mit der festen Absicht, meine Eltern zu ärgern, passiven Widerstand zu leisten. Jeden Moment sagte und wiederholte ich es, wobei ich die Erklärungen unterbrach, die sie mir gaben, in tausend Tonlagen und auf tausend Arten, daß ich nicht lernen wollte. In der Mitte der Stunde oder wenn ich wußte, daß sie jetzt hätte beginnen sollen, packte ich mich zusammen und unternahm, ganz allein, im Regen, lange Rundgänge durch Neapel. Dann wieder wollte ich nicht antworten; dann wieder stopfte ich mir die Ohren zu und wiederholte wie ein Narr stundenlang immer den gleichen sinnlosen Satz. Oder ich wollte morgens nicht aus dem Bett heraus.

Übrigens wußte ich selber nicht, was ich wirklich wollte. Ich lehnte mich gegen das Lernen auf, konnte mich aber dem Willen der Eltern nicht entschieden widersetzen. Ich fürchtete die Drohung des Internats; ich wußte keine Antwort auf ihre Frage, was ich denn tun würde, wenn sie mir erlaubt hätten, nicht zu lernen. Ich selbst fühlte mich völlig lebensunfähig; ich sah ein, daß ich von meinen Eltern abhing und niemals von zu Hause würde fortlaufen können, daß ich zu einem unabhängigen Leben untauglich war. Der Fluch des Lernens war unabwendbar und ich zu den Zwangsstudien verdammt. Ganz zwecklos, mir einzubilden, daß ich es in der Schiffahrtsschule besser machen würde, daß die beste Laufbahn für mich die des Kapitäns sei. In der Schiffahrtsschule oder auch im klassischen Gymnasium war es notwendig, erst einmal noch fünf oder sechs Jahre lang zu lernen und wieder zu lernen. Im übrigen wäre es mir wahrscheinlich niemals gelungen, Kapitän zu werden. Ich konnte auch nicht daran denken, mich irgendeiner manuellen Arbeit zuzuwenden: Ich fühlte mich schwach und untauglich. Entweder lernen oder krepieren, es gab keinen Ausweg. Entweder lernen oder sich eines schönen Tages allein auf der Welt und ohne Schutz wiederfinden: arm, umherirrend, verachtet. In mir gab es weder den Mut noch die Mittel eines »self made man«. Ich wußte zu gut, daß ich es nur dann zu etwas bringen würde – und nicht einmal das war sicher –, wenn ich mir auf lange Sicht und wohlüberlegt meinen Weg bereiten würde, mir mit unendlicher Mühe, mit einer hundertmal größeren Mühe, als sie den anderen aufgefordert wurde, das Recht eroberte, im Kampf ums Leben nicht beseitigt zu werden. Und es blieb nichts übrig als lernen, lernen, lernen.

Und tatsächlich, am Ende lernte ich. Ich lernte so schlecht, wie ich konnte; ich brachte meine Eltern zur Verzweiflung und stellte ihre Geduld auf eine unglaubliche Probe. Wenn sie aber zu mir sagten: »Na gut, mach, was du willst, wir werden dir nichts mehr beibringen«, dann fühlte ich mich eingeschüchtert; riefen sie mich dann wieder zum Unterricht, war ich zumindest für die ersten fünf Minuten ruhig und nachgiebig.

Gewiß, dieser ohnmächtige Haß gegen das Lernen, diese Unzufriedenheit ohne Ausweg nagten an meiner Seele. Weil ich nicht wußte, worüber ich mich ereifern sollte, ereiferte ich mich über meine Eltern. Es gab Momente, in denen ich sie wirklich haßte.

War ich allein, überkamen mich allerhand düstere und traurige Gedanken. Ich gab mich den finstersten Phantasien hin, dachte mir die katastrophalsten Möglichkeiten aus und erfreute mich dabei an Untergangs- und Zerstörungsbildern. Es gab fast keinen Morgen, an dem ich nicht vor dem Aufstehen gedacht hätte, daß ich mich am Ende noch umbringen würde. Dies war tatsächlich das erste Mal, daß mir der Gedanke an Selbstmord durch den Kopf ging. Und es war seltsam, mit welcher bis ins Detail gehenden Konkretheit, bis in die kleinste Kleinigkeit, ich mir vorstellen konnte, was ich hätte tun müssen, um mich zu töten und was nach meinem Tod passieren würde. Bisweilen ließ mir der Gedanke an den Tod geradezu die Lust zum Weinen hochkommen; doch andererseits gereichte er mir fast zum Trost, weil dann Traurigkeit und Niedergeschlagenheit den Platz jenes Gefühls der Verwirrung und Ohnmacht einnahmen, das immerwährend an mir nagte und mir unerträglich war. Indes war es gerade die Konkretheit meiner Vorstellungen, die mich daran hinderte, irgendeinen Versuch zum Selbstmord zu unternehmen. Die Angst, die ich in den fürchterlichen Augenblicken verspüren würde, während ich in die Leere hinunterstürzte, ehe ich auf den Pflastersteinen unten zerschellte, empfand ich, im bloßen Denken daran, derart lebhaft, daß ich es niemals gewagt hätte, mich zu weit aus dem Fenster zu beugen.

Ich glaube nämlich, daß der größte Teil der Selbstmörder nicht weiß, was er tut, und daß sich die meisten der Unumkehrbarkeit ihrer Handlung nicht bewußt sind. Den anderen Teil stellen die mutigsten Menschen, die man sich vorstellen kann, und wer sie als Feiglinge bezeichnet, ist im Irrtum.

Außerdem sehnte ich mich noch nicht nach dem Tod, nach dem Nichts. Ich empfand noch nicht den Wunsch, wie wenige Jahre später, meine Persönlichkeit, mein Denken, meine Gefühle, meine Erinnerungen zu zerstören. Dachte ich späterhin daran, mich umzubringen, kümmerte ich mich niemals ums »Danach«. In Neapel hingegen dachte ich an den Selbstmord vor allem als an ein Mittel der Auflehnung und der Rache. Meine Phantasie fand Gefallen daran, sich des langen und breiten auszumalen, was »danach« sein würde, was die verschiedenen Leute, die mich kannten, wohl sagen und denken würden.

Meine Eltern, die mich zum Lernen zwangen, gingen sicherlich von einer falschen Auffassung aus. Sie glaubten, das Lernen sei für mich ein Glück, nahmen an, es werde mir in Anbetracht meiner wahrlich außergewöhnlichen Auffassungsgabe vielleicht erlauben, in Zukunft etwas Nützliches zu leisten. Sie durchschauten nicht, daß das Lernen im Gegenteil ein ganz großes Übel für mich war, daß ich mich nicht wegen nichts, nicht aus purer Laune oder bloßem Widerspruchsgeist gegen das Joch der Schule auflehnte. Hätten sie das Lernen als notwendiges Übel angesehen und mich aus diesem Grund dazu gezwungen, aber zugleich versucht, und wäre es auch ohne Aussicht, irgendeine andere Lösung für mein Problem zu finden, so wäre in der Praxis ihr Handeln zwar das gleiche gewesen: Ich aber hätte mich sicher viel weniger gesträubt, mich ihnen gegenüber weniger aufgebracht gefühlt.

Sie jedoch ließen sich von meiner offensichtlichen Begabung für das Lernen blenden und verstanden nicht, daß die Schule am Ende all meine Energie niederschlagen, jede Liebe zum Leben, jedes Streben über das Mittelmaß hinaus in mir zerstören würde. Ärgerte ich mich bereits damals in Neapel darüber, daß sie für ein Gut ausgaben, was wahrscheinlich nur ein notwendiges Übel war, so fühlte ich mich, aus eben dem Grund, auch noch Jahre später gegen sie aufgebracht. Jahre danach dachte ich sogar, hätten meine Eltern wirklich verstanden, was mein Wohl sein konnte, sie hätten mich der Schule entrissen und alles gewagt, was ich selbst nicht wagte, hätten irgendeinen miesen Ausweg für mich gesucht, nur nicht das Lernen. Doch meine Eltern konnten nicht verstehen; wenn sie schlecht handelten, geschah dies ohne ihr Verschulden, und ihr Unverständnis war mehr als natürlich. Es wäre, im Gegenteil, verwunderlich gewesen, hätten sie verstanden. Wenn sie mir gegenüber eine Schuld hatten, war dies eine einzige: eine fundamentale, unverzeihbare, nicht wiedergutzumachende Schuld: die, mich in die Welt gesetzt zu haben.

In Neapel fiel mir das Lernen auch deshalb schwer, weil ich mich nicht wohl befand; das hatte aber nur zweitrangige Bedeutung. Mehr zählte der Umstand, daß mich einige Monate des Müßiggangs dem Lernen entwöhnt hatten. Jene Freunde von uns, die den Eltern rieten, mich das ganze Jahr freizustellen und mich im nächsten die dritte Klasse des Gymnasiums machen zu lassen, waren deshalb im Unrecht. Dann wäre es noch schlimmer gekommen. Im übrigen dachte ich selber gar nicht daran, eine Atempause zu erbitten, die mir vielleicht, hätte ich darauf bestanden, bewilligt worden wäre. Ich wünschte, daß die Frage des Lernens in seiner Gesamtheit angepackt und gelöst werde.

Nach Triest zurückgekehrt, ließen wir uns für den Sommer neuerlich in Sant'Andrea nieder, und das Leben ging nicht viel anders weiter als zuvor. Das Lernen, der Verdruß, die Konflikte mit meinen Eltern dauerten an. Allmählich aber beruhigten die freie Luft und die Einsamkeit von Sant'Andrea meine Nerven. Stundenlang konnte ich allein auf meinem Balkon bleiben und so, fern vom Stachel der Meinigen, fern von jeder Gelegenheit zum Streit mit ihnen, mich ruhig meinen Dampferzeichnungen und Phantasien hingeben, und wenn ich dessen müde war, mich auch für eine halbe Stunde zum Lernen setzen.

In den zwei Wohnungen über uns waren neue Mieter eingezogen. In der von den Guidis wohnte jetzt eine ehemalige Mitschülerin

Floras, in der anderen, deren Fenster und Balkon mit unserer nach Süden gerichteten Terrasse einen rechten Winkel bildeten, eine griechische Familie, die eine Menge Kinder hatte: vielleicht fünf oder sechs, oder sogar sieben. Weil Mama wollte, daß ich mich in der Sonne aufhielt, mußte ich meinen Lieblingsbalkon zum Meer hin verlassen und ausgerechnet unter den Augen all dieser Kinder zum Lernen und Lesen kommen.

Keines von den Kindern war, was ihre Bosheit anging, so gefährlich wie früher Viola und ihre Brüder, und das deshalb, weil alle kleiner waren als ich. Die größten waren Mädchen, und das sorgte dafür, daß ich mich etwas gehemmt fühlte. Ich hörte zum Beispiel oft, wie sie einander leise (aber nicht so leise, daß ich es nicht hätte hören können) fragten, was ich gerade läse oder wie die in meinen Zoologiebüchern abgebildeten Tiere hießen. Es wäre natürlich gewesen, daß ich mit ihnen zu reden angefangen hätte und direkt auf diese indirekten Fragen eingegangen wäre. Doch ein gewisses Gefühl der Verlegenheit hinderte mich bei diesen Gelegenheiten daran, das Wort an sie zu richten, wie auch bei hundert anderen, die sich mir boten. Und, wie es so zu sein pflegt, je länger das Schweigen anhielt, desto lastender wurde die Verlegenheit. Es kam soweit, daß, als mich Onda, die ehemalige Mitschülerin Floras, direkt ansprach (sie war immer die Aufgeweckteste), ich ihr fast nicht antworten konnte und daraufhin beschloß, da ich spürte, daß an meinen wenigen kümmerlichen Worten etwas Lächerliches war, mich von der Terrasse fernzuhalten; vielleicht nicht zu Unrecht fürchtete ich, sie würden sich am Ende noch über mich lustig machen.

Kurz und gut, von einem aufs andere Jahr hatte sich diese spezifische Schüchternheit vor den Mädchen, die ich zuvor nicht gekannt hatte, sehr verschlimmert, wie wenig auch die Veränderungen in mir, von denen ich vor kurzem gesprochen habe, damit zusammengehören (ich meine: in direkter Form, so, daß ich mir dessen bewußt hätte werden können).

Es gefiel mir aber gar nicht, daß ich mich auf diese Art zurückziehen mußte. Die Gespräche und Spiele von einem Balkon zum anderen, dieses kindliche Treiben, das ich nur zerstreut verfolgte, da ich mit meinem Lernen und Lesen beschäftigt war, interessierten mich in Wirklichkeit mehr, als es mir selbst deutlich gewesen wäre. Es machte mir Spaß – dabei blieb ich immer einfacher Zuschauer –, den Charakter jedes einzelnen zu erraten; ich fand Gefallen daran, probeweise vorauszusehen, wie sich der eine oder andere in einer bestimmten Situation verhalten, wie er auf eine von einem Spielgefährten an ihn gerichtete Frage antworten würde.

Nicht alle Mitglieder dieser Runde interessierten mich gleichermaßen. Die Kleinsten, die beachtete ich nahezu nicht. Mehr als alle anderen zog ein Mädchen der griechischen Familie, das neun oder zehn Jahre gewesen sein dürfte, meine Aufmerksamkeit auf sich. Sie war für ihr Alter groß und etwas schmächtig, hatte schwarzes, gekräuseltes Haar und schwarze Augen. Sie hieß Elena. Ich erinnere mich, daß sie selten mitredete; daß sie oft allein auf den Balkon hinausging, während man all die anderen im angrenzenden Zimmer spielen und lachen hörte; dort draußen vertiefte sie sich lange in die Betrachtung der Wolken und träumte. Mich schien sie niemals bemerkt zu haben. Auch wenn die anderen nach draußen spielen kamen, nahm sie nicht aktiv daran Anteil, sondern schaute lieber zu. Manchmal ließ sie eine Bemerkung fallen, die alle zum Lachen brachte. In Wahrheit wäre nichts daran zum Lachen gewesen, doch ihre Worte hatten oft etwas ganz Unerwartetes, das einen fast denken ließ, sie sähe die Welt mit anderen Augen als wir.

Ich empfand deshalb für dieses Mädchen ein lebhafteres Interesse als für die anderen und überlegte, daß es schön für mich sein würde, sie kennenzulernen und etwas besser zu verstehen. Sie war aber die Ungesprächigste von allen und kümmerte sich am wenigsten um mich; es wäre für mich also sehr viel schwerer gewesen, das Wort an sie zu richten als an irgend jemand anderen der Gruppe. Es genügte ja schon dieses vage Gefühl der Sympathie, um mich besonders schüchtern zu machen: und darüber war ich mir völlig im klaren. Um die Verlegenheit, die ich spürte, zu verscheuchen, reichte nicht einmal die Vorstellung, daß ich einige Jahre älter war als das Mädchen, im Vergleich zu ihr fast ein Erwachsener.

Vor den Oktoberprüfungen war mein Seelenzustand, nennen wir es so, fragwürdig. Einerseits hatten sich meine Anschauungen über das Gymnasium und das Lernen nicht verändert; andererseits war ich unfähig, eine Entscheidung zu treffen, die ausschließlich von mir abhing und die in der Frage des Lernens kurzen Prozeß hätte machen können: die Entscheidung, den Prüfern nicht oder mit Dummheiten zu antworten. Einerseits spürte ich, daß ich mich vor meinen alten Lehrern, von denen einige der Prüfungskommission angehörten, schämen würde, und auch vor den ehemaligen Mitschülern, die sich gemeinsam mit mir der Prüfung unterziehen mußten; andererseits hätte es mir gefallen, denen, die mich für einen Büffler hielten, beweisen zu können, daß ich imstande war, die Prüfungen der dritten Gymnasiumsklasse zu bestehen, obwohl ich nur wenig oder nichts gelernt hatte.

All das war aber nur sehr bedingt von Bedeutung. Von größerer Wichtigkeit war der Umstand, daß ich der vielen Kämpfe, der Herumtrotzerei, der vielen Gebote, der zahllosen Diskussionen, der Vorschläge und Gegenvorschläge müde war. Ich hielt dieses Leben der Unruhe und der Verstimmung, das ich seit Monaten führte, wirklich nicht mehr aus und war entschlossen, die Dinge ihren Lauf nehmen zu lassen, nichts zu tun, was mein Schicksal beeinflussen könnte.

Der Ausgang der Prüfung war äußerst zweifelhaft. Während meine Vorbereitung auf der einen Seite enorme Lücken aufwies, waren andererseits meine Kenntnisse in einigen Gegenständen viel größer, als nötig gewesen wäre, um eine Sechs zu kriegen. Der entscheidende Faktor würde also das Glück sein, und daran fand ich fast Gefallen. Ich würde mich dem Schicksal anvertrauen, würde dem Zufall die Entscheidung überlassen, die allein zu treffen ich mich nicht fähig fühlte. So konnte ich, je nach Laune, an den Tagen, wo ich durchzukommen wünschte, hoffen, es würde geschehen, ohne daß ich mich allzu sehr anstrengte; an Tagen, wo ich dagegen wünschte, mit dem Gymnasium Schluß zu machen, mir einreden, daß ich ohnehin sicher durchfallen würde und es daher überflüssig war, mich zu weigern, noch ein wenig zu lernen. Ja, ich bildete mir sogar ein, ich könnte mich im letzten Moment entscheiden: Was offenbar falsch war, denn, wie man sagt, geht man auf den Ball, so muß man tanzen: und ich habe tatsächlich die Erfahrung gemacht, daß man, wird man einmal geprüft, nur ans Antworten denkt. Kurz und gut, in den Wochen, die der Prüfung vorangingen, war ich sehr vernünftig. Ich büffelte durchaus nicht, noch widmete ich mich ausführlichen Wiederholungen, ließ mich jedoch mit relativer Gefügigkeit unterrichten. In der Nacht vor der ersten Prüfung schlief ich fest, am Abend zuvor war ich in Gedanken an bestimmte Dampfschiffe, die meine Phantasie angeregt hatten, und an andere derartige Dinge eingeschlummert.

Die Prüfungen dauerten mehr als eine Woche; in einigen Gegenständen antwortete ich ziemlich gut, in anderen eher schlecht. Und je weiter die Tage voranschritten, desto mehr verstärkte sich in mir die Überzeugung, daß der entscheidende Faktor bei solchen Examen das Glück ist. Sowohl zu Beginn der Prüfungen, wie auch nach ihrem Ende hatte ich den Eindruck, daß mein Schicksal ungewiß sei. Deshalb vertraute ich mich, ohne über die Maßen besorgt zu sein, dem Schicksal und dem Wohlwollen der Professoren an.

Und damit die Zeit, während ich auf das Ergebnis dieser Woche der Mühen wartete, schneller vergehe, erkrankte ich an einer ordentlichen Angina. Das Ergebnis wurde mir von einem meiner Cousins mitgeteilt, der eben aus dem Grund, sich zu informieren, in die Schule gegangen war: man hatte mich durchgelassen, wenn auch mit einigen ungenügenden Noten. Papa schrieb mich sofort in die vierte Klasse des Galileo-Gymnasiums ein. Nach seinem Wunsch sollte ich nicht in dem Gymnasium weiterlernen, das ich bis jetzt besucht hatte, weil er beabsichtigte, mich Griechisch lernen zu lassen; das wurde in meiner alten Schule nicht unterrichtet. Und Mama zeigte sich auch geneigt, mich wechseln zu lassen, weil das Galileo näher zu unserer Wohnung lag: um hinzukommen, würde ich mich der triestinischen Bora nicht so sehr aussetzen müssen.

Das Griechische wurde in den folgenden Jahren zu einem Fach, das mir sehr gefiel; ja, es war sogar der einzige Gegenstand, den ich gut, ohne Mühe und immer mit Freude lernte. Doch später hätte ich gern auf das wenige Griechisch, das ich mir angeeignet hatte, und auf viele meiner Kenntnisse verzichtet, hätte ich zugleich auch auf viele Leiden verzichten können, die mir vielleicht, hätte ich den Unterricht in der anderen Schule fortgesetzt, erspart geblieben wären. Mag sein, daß mein Leben, hätten sie mich nicht im Galileo eingeschrieben, in eine ganz andere Richtung verlaufen wäre und, da das Gegenteil schwer möglich ist, fast mit Sicherheit in eine bessere.

Papa konnte das nicht wissen, und er hatte recht mit seinem Wunsch, mich ein wenig Griechisch lernen zu lassen. Er beging dabei aber auch einen ziemlich schweren Fehler. Nach seiner Art verfolgte er eine vorgefaßte Idee, ohne die Situation zu prüfen und das Pro und Kontra abzuwägen. Er wollte, daß ich Griechisch lerne, und fragte sich nicht, ob das intensivere Lernen mir nicht etwa schaden könnte; ob die Änderung der Methode und des Plans nicht ein allzu großes Durcheinander in meinem Kopf hervorrufen würde; ob es nicht falsch war, mich aus einem Freundeskreis herauszureißen und mich ins Unbekannte zu werfen. Vielleicht hätte er, hätte er all das bedacht, sich trotzdem dafür entschieden, mich die Schule wechseln zu lassen. Doch an all das wollte und konnte er nicht denken.

Daran dachte aber, wahrscheinlich, der Direktor des Galileo, der mich sehr ungern und nur auf wiederholtes Drängen hin einschrieb, wobei er behauptete, es sei immer besser, die Schule womöglich nicht zu wechseln. Von Papa wurde das als eine gegen ihn gerichtete Feindseligkeit ausgelegt.

Was mich betrifft, ich ließ sie machen. Ich hatte bereits die Gewohnheit angenommen, mich dem Zufall anzuvertrauen, ruhig zu leben und zu lernen ... so so. Ich bewahrte mir (leider nur für kurze Zeit) eine gewisse Neigung zu einer epikureischen Lebensauffassung, die die natürliche Reaktion auf all die vergangene Unruhe war.

[BIANCA]

[I.]

Mit meiner Einschreibung im Galileo beginnt wirklich ein neuer Abschnitt meines Lebens. Während der vier Jahre, in denen ich dieses Oberstufengymnasium besuchte, und für ein weiteres Jahr oder auch noch mehr, blieben meine Ansichten, meine Gedanken und Beschäftigungen, mein ganzes Leben sich in den wesentlichen Seiten gleich. Große Ereignisse gab es wenige, hingegen viele Mühen und Betrübnisse. Aber es waren intensiv gelebte Jahre. Später fanden alle Widersprüche dieser Zeit ihren Ausgleich im Nichts, in dem Nichts, in dem ich dann sehr lange Zeit lebte.

Gerade die Widersprüche gaben dieser Periode meines Lebens die charakteristischste Note. – Ich haßte das Lernen und lernte wie ein Besessener, ohne daß mich jemand dazu gezwungen hätte (meine Eltern rieten mir im Gegenteil, ich solle mir die Schule nicht so zu Herzen nehmen), ohne daß ich mir vom Lernen irgendeinen Vorteil, irgendeine Befriedigung, irgendein aufrichtiges Lob dafür erwartete. Soweit, ich will es so nennen, die Absurdität meines öffentlichen Lebens. Dann, absurd vielleicht in noch größerem Maße, die Freundschaft zu einem Menschen, der mir im Grund nicht freundlich gesinnt war. Dann die Misogynie und das Verlangen nach weiblicher Zuneigung. Und schließlich das Wesentliche: die Liebe und die Konflikte, die sie in meiner Seele hervorrief.

Denke ich an die erste Zeit am Galileo zurück, ist mir, als wenn ich einen Traum gehabt hätte, einen jener langen und verworrenen Träume, die ich bisweilen als Kind hatte. Anfangs träumte ich von

Hunderten Menschen und hundert verschiedenen Dingen, sie schienen wie in einer Parade an meinen Augen vorbeizuziehen. Dann war's mir, als hätte ich eine Person oder eine Sache schon einmal gesehen, und meine Aufmerksamkeit wurde von ihr angezogen: Und da, da zeigt sie sich mir wieder, während immer neue Traumbilder einander überlagern, zwei-, drei-, viermal. Dann kommt sie mir nah vor, näher als der Rest, sie nähert sich immer mehr, wird größer, und alles übrige verschwindet, so daß der Traum ganz von ihr allein ausgefüllt, lang, lang und bedrängend weitergeht.

»Neue Qualen und neue Gequälte«: dieser Vers Dantes wäre mir sicherlich eingefallen – hätte ich die *Göttliche Komödie* damals so präsent gehabt wie später –, als ich zum ersten Mal die Vier A des Galileo-Gymnasiums betrat. Es war am dritten oder vierten Schultag, weil ich die ersten Tage wegen der Angina versäumen mußte, und die Glocke hatte vor einiger Zeit geläutet, da mich der Direktor in der Kanzlei aufgehalten hatte.

Die Klasse war eine der wenigen großen und hellen, die es im Galileo gab, und sie war sehr überfüllt. Als ich eintrat, ging ein Ruck des Staunens durch alle, und die Banknachbarn tuschelten miteinander. Der Professor, ein kleiner und fahler Mann, er hielt den Kopf geneigt, schnitt Grimassen und verschluckte beim Reden die Worte, fragte mich, hastig und mit einer so seltsamen Aussprache, daß ich kaum verstehen konnte, nach meinem Begehr. Ich sagte ihm die kleine Rede her, die ich mir vorbereitet hatte: »Ich bin ein neu Eingeschriebener und bin in der Direktion aufgehalten worden.« Und ich nannte ihm meinen Namen.

Ich setzte mich in die erste Bank rechts, gleich neben der Tür. Das war ungehorsam Mama gegenüber, die mir nahegelegt hatte, mich weit weg von Tür und Ofen zu setzen, damit ich mir keine Krankheiten holte: Die Tür hatte ich genau neben, den Ofen zwei Schritt vor mir. Aber ich wollte nicht hinten im Klassenzimmer landen, und in den ersten Bänken gab es keine anderen freien Plätze; außer zwei in der mittleren Bankreihe, die, wie es schien, den Mädchen vorbehalten war. Ich hatte nie eine gemischte Schule besucht, und vor dem Betreten dieses Klassenzimmers wußte ich nicht, daß die Mädchen alle beisammen, von den Knaben getrennt, sitzen. Doch sobald ich es bemerkte, war mir klar, daß ich mich in die Bankreihe der Mitschülerinnen nicht setzen durfte, obwohl ich annahm, daß sie es mir vielleicht nicht verbieten würden. Und fast auf der Stelle stieg in mir der Zweifel auf, ob wahr sei, was Papa sagte, nämlich, daß in den gemischten Schulen Knaben und Mädchen sich daran gewöhnen, gute Freunde und einfach Kameraden zu sein.

All die neuen Gesichter ließen mich beinah schwindlig werden. Deshalb begann ich, nachdem ich den Blick zwei oder drei Mal über die ganze Klasse hatte schweifen lassen, dem Professor zuzuhören. Es war der Mathematiklehrer. Er hieß Stefancich, wie ich später erfuhr, und er erklärte gerade Geometrie. Ich verstand ihn mühelos, und das ließ mich ein wenig sicherer sein. Ich hatte nämlich befürchtet, daß ich nach einem Jahr, in dem ich fast nichts gelernt hatte, Mühe haben würde, dem Unterricht zu folgen, und ständig Angst haben müßte, von irgendeiner Frage überrascht zu werden. Von der Seite her fühlte ich mich schon ruhiger.

Weil ich ein kleines Winkeldreieck brauchte, drehte ich mich um und bat den Knaben, der hinter mir saß, darum. Doch der wollte es mir nicht geben. Mit den Schulkameraden fängt's ja gut an, dachte ich.

An einem der allerersten Tage zeigten mir einige Mitschüler sogar feindliche Mienen. Unter ihnen war eine Gruppe von drei Knaben, die mir zu schaffen gemacht hatten, weil es mir nicht gelang, sie voneinander zu unterscheiden. Alle drei waren eher klein und schmächtig, hatten langes und gekräuseltes Haar, saßen in der linken Bankreihe nebeneinander und kamen mir ziemlich unsympathisch vor. Später, als ich sie besser kannte, sah ich, daß sie sehr verschieden waren. Damals konnte ich noch nicht unterscheiden, wer Borselli, wer Nessich und wer Protti war.

Am Schultor hielten sie und einige andere mich an und fragten mich, ob ich der Sohn vom Professor Zevi sei. Als ich bejahte, fingen sie an, ein Spottlied auf die Sozialisten zu singen, dessen Sinn ich nicht recht verstand. Ich hielt mir die Ohren zu und begann zu lachen. Sie gingen weg, und die Sache hatte kein weiteres Nachspiel.

Wurde auch der Politik nur bedingte Bedeutung beigemessen, so war die Frage der Hosenträger schon sehr viel schwerwiegender. Mama ließ mich etwas seltsam, aber durchaus nicht unschicklich gekleidet herumgehen. Zu jener Zeit trug ich einen schwarzen oder dunkelblauen Pullover, Hosen aus blauem Samt und Hosenträger aus dem gleichen Stoff, über dem Pullover. Diese Art der Kleidung, die ein wenig von der der anderen abwich (sie trugen die Hosenträger unter der Jacke oder, wenn sie im Pullover waren, die Hosen mit einem Gürtel), lenkte das Interesse vieler, vielleicht noch mehr von einigen Knaben der anderen Klassen als von denen aus meiner, auf mich. Besonders drei aus der unteren Klasse hingen mir immer wieder am Hals und stellten mir alberne Fragen, die darauf abzielten, meine Kleidung oder etwas anderes, das mich betraf, lächerlich zu machen. Ich versuchte mich zu wehren; versuchte, gleichgültige oder auch bissige Antworten zu geben: es half nichts. Die Jungen nämlich, und besonders die von mittelmäßiger Intelligenz, ändern, haben sie es sich in den Kopf gesetzt, daß einer ein Trottel ist, nicht so leicht ihre Meinung. Nur Grobheit und Gewalt können sie zum Schweigen bringen. Sowohl zum einen als auch zum anderen war ich aber unfähig.

Die Wellen der Ungunst kamen mir damals besonders gefährlich vor, weil ich fürchtete, sie könnten sich in dieser neuen Umgebung derart ausweiten, daß mir das Leben schwer gemacht würde. Aus dem Grund gingen mir Ruhe und jene Beständigkeit im Sich-gleichgültig-Zeigen ab, die mitunter als Schutz vor dem Spott dienen und später tatsächlich auch mir dienten. Mehr als zwei Jahre waren aber notwendig, damit ich vollen Erfolg hatte und mich unter der Schülerschaft des Galileo genauso wohl fühlte, wie ich mich in der letzten Zeit in meiner anderen Schule gefühlt hatte.

Die Bedeutung, die meinen Hosenträgern beigemessen wurde, ärgerte mich und brachte mich dahin, meine Kameraden vom Galileo für besonders blöd und eitel zu halten. Diese Burschen aus der unteren Klasse (fast alle aus reichem Haus) waren wie junge Herren gekleidet und zeigten, daß sie sehr großen Wert auf Eleganz legten, wenn schon aus keinem anderen Grund als dem, sich von den armen Teufeln zu unterscheiden; sie und viele andere dazu behandelten mich nicht nur als lächerliche Figur, sie waren es anscheinend auch gewohnt, Intelligenz und schulische Fähigkeiten der Kameraden nach der Kleidung zu beurteilen. Eines Tages fragten sie mich, welche Noten ich im Jahr zuvor gehabt hätte. Ich sagte ihnen die schlechtesten Noten, die man mir bei der Prüfung gegeben hatte, und sie wunderten sich darüber, daß ich so gut davongekommen war.

Es paßt wirklich zu Dummköpfen, dachte ich, einen solchen Lärm um ein Paar Hosenträger zu schlagen. Warum ließen sie nicht zu, daß jeder sich so anzog, wie er wollte oder konnte? Ich bemerkte kaum, wie sich die anderen anzogen; mir war es nicht einmal aufgefallen, daß ich mich, was meine Kleider betraf, so sehr von den Gleichaltrigen unterschied. Was war Schlechtes daran, daß ich die Hosenträger über dem Pullover trug? Wäre das die Mode gewesen, hätten alle es so gehalten und vielleicht den für lächerlich befunden, der ohne Hosenträger herumging.

Wäre ich weniger stolz gewesen, weniger dazu disponiert, mich auf mein Urteil mehr zu verlassen als auf das der anderen, ich hätte wahrscheinlich dieses, naja, Schamgefühl überwunden, das mich daran hinderte, Mama zu sagen, daß ich Wert auf meine Kleidung legte; ich hätte sie gebeten, mir diese Hosenträger wegzunehmen. Und sicherlich hätte Mama nach vorübergehendem Widerstand am Ende eingewilligt. Die Hosenträger wären von den Knaben vergessen worden, ich hätte ihre Verhöhnungen vergessen und wäre geworden wie sie.

Doch ich sträubte mich: Wenn alle Esel waren, wollte ich mich ihrer Dummheit nicht beugen. Ein Paar Hosenträger aus Samt hätten übersehen werden müssen. Wurden sie aber beachtet, um so schlimmer für den, der sie beachtete. Ich würde diese Hosenträger weiterhin tragen, wenn ich auch, in der Sache selber, überhaupt keinen Wert auf diesen meinen viel diskutierten Aufputz legte.

Ich wappnete mich mit Geduld, war bemüht, mich den Verhöhnungen gegenüber gleichgültig zu zeigen, und allmählich erwarb ich unter meinen Mitschülern eine bessere Stellung als die vielen anderen Knaben, die für lächerlich befunden werden, weil sie sich von den anderen unterscheiden, aber, einmal ausgespottet, versuchen, sich dem Urteil und Geschmack der Masse anzupassen. Haben sie einen ihrer Fehler ausgemerzt, fühlen sie sich zwischen der einen und der folgenden Neckerei akzeptiert. Auf die Art können sie sich der Illusion erfreuen, normale Individuen zu sein, und nach und nach werden sie es vielleicht. Ich dagegen gewöhnte mich daran, gegen den Strom zu schwimmen, es so anzugehen, daß mich die Kameraden, wenn nicht als Feind, so zumindest als Fremden betrachteten; ich gewöhnte mich daran, für lächerlich zu gelten.

Es war mir auch früher passiert, daß ich aufgezogen wurde, niemals jedoch so wie im Galileo, in dieser besonders bürgerlichen und engstirnigen Umgebung. Mein Stolz hatte immer unter den Spötteleien gelitten, doch damals litt ich darunter stärker als sonst, nicht nur, weil man mir häufiger und ausdauernder zusetzte, sondern auch aus einem besonderen und frischen Grund: unter den neuen Mitschülern gab es Mädchen.

Ich schloß nie Freundschaft mit den Mitschülerinnen. Im Gegenteil, meine Beziehungen zu ihnen, und dann zu allen anderen Mädchen, und zu den Frauen überhaupt, waren vollkommen unnatürlich, anders als die gewöhnlichen; doch unnatürlich waren auch die Beziehungen der anderen Knaben zu ihren Kameradinnen.

Im Galileo bemerkte ich nämlich, daß Schüler und Schülerinnen sich gegenseitig auf falsche und gezierte Art behandelten, und das machte auf mich einen sehr schmerzlichen Eindruck. Ich nahm mir vor, nicht falsch und geziert zu sein wie die anderen, nahm mir vor, mein möglichstes zu tun, damit die Mädchen sich mir gegenüber nicht so verhielten. Es brauchte aber nicht lange, damit ich einsah, daß es mir nicht gelingen würde.

Ich hatte mir seinerzeit vorgestellt, es würde, wie schon auf unserer Spielwiese, auch in der gemischten Schule möglich sein, unter Buben und Mädchen zu spielen und zu plaudern und dabei den Unterschied der Geschlechter völlig zu vergessen. Doch Buben und Mädchen behandelten einander nicht wie Freunde. Die jungen Fräulein saßen nicht nur in einer anderen Bankreihe, sie sonderten sich auch außerhalb der Klasse ab. Nicht etwa, daß sie gänzlich unnahbar waren, was eine radikale Lösung der Frage gewesen wäre. Unter die jungen Fräulein zu treten, brillante Gespräche in ihrer Gruppe zu führen, war nicht unmöglich: aber es war auch nicht das Gewöhnliche. Man konnte sich, je nachdem, rühmen oder schämen, mit Mitschülerinnen gesprochen zu haben, doch es war nicht etwas, das unbemerkt blieb. Die Gespräche zwischen Schülern und Schülerinnen wurden immer in einem falschen Ton geführt, mit übertriebenem Schwung, was die Anstrengung verriet, Figur zu machen. Gezwungen waren die Scherze, aufgesetzt die Fröhlichkeit; und wenn einer zeigte, daß er sich für die Kameradinnen interessierte, insbesondere dann, wenn's eine einzelne betraf – mit ernsthafteren Absichten, galt er für lächerlich und wurde ausgespottet.

Als ich ins Galileo kam, war ich noch sehr weit davon entfernt, die Frauen für minderwertiger zu halten als die Männer (eine Theorie, der ich erst später zustimmte); noch war ich gegen die Kameradinnen aufgebracht, wie manche andere Knaben, weil die Mädchen von den Professoren bevorzugt wurden, oder aus anderen speziellen Gründen. Es kam mir aber sofort unmöglich vor, ein Gespräch mit ihnen anzufangen, sie als Freundinnen zu behandeln. Ich spürte, daß ich, hätte ich mich mit der von mir gewünschten Natürlichkeit verhalten, Erstaunen erweckt hätte und auf die Schaufel genommen worden wäre. Die Mädchen selbst hätten mich mit größerer Bosheit behandelt oder zumindest auf ihre übliche, ein wenig zweideutige Art, die mich verdroß.

Um dieser Verlegenheit aus dem Weg zu gehen, hielt ich mich von den Kameradinnen fern. Ich schwieg, und dann vergrößerte, wie es mir bereits bei anderen Gelegenheiten passiert war, das Schweigen noch mehr das Unverständnis und die Verlegenheit, wenn ich, was selten vorkam, an die Mädchen herantreten wollte. Auf diese Weise verschlimmerten sich die Dinge, und sie verschlimmerten sich noch mehr durch eine Art von Groll, der in mir erwachte, weil ich sah, daß meine Kameraden sich mit Absicht in dieses falsche Spiel eingelassen hatten, allein von dem Verlangen getrieben, die Großen nachzumachen und sich als junge Herrschaften aufzuführen.

Andererseits zogen die Kameradinnen mich an, und ich sah es nicht ohne Bedauern, daß ich mich immer mehr von ihnen entfernte. Derart lebhaft fühlte ich in der ersten Zeit den Wunsch, mit den neuen Mitschülerinnen, auch mit den am wenigsten anziehenden und interessanten, Freundschaft zu schließen, daß ich sie nachts in meinen Träumen sah: Mir war's, als ob ich mit ihnen plauderte und spielte, nicht in der Schule, sondern auf unserer Spielwiese am San-Giusto-Hügel oder sonstwo. Und ich empfand eine ehrliche und unschuldige Freude.

Von nicht geringer Bedeutung war auch meine Angst, die Mitschülerinnen könnten mich auslachen wollen. Fanden schon viele der Kameraden mich lächerlich, dann mußten die jungen Fräulein es um so mehr tun, die, ich wußte es, von noch heiklerem Geschmack sind als die Knaben und eher geneigt, sich haarspalterisch über die Leute lustig zu machen.

Und doch, trotz meiner Hosenträger aus Samt dachte ich bisweilen, daß ich den Mädchen nicht mißfallen dürfte. Mit dreizehn Jahren war ich durchaus nicht häßlich. Ich hatte große blaue Augen, sehr rote Lippen und wunderschöne blendend weiße Zähne, helle, ein wenig blasse Haut, eine hohe Stirn und braunes gewelltes Haar. Später veränderte sich, wie alles übrige meines Wesens, auch das Gesicht sehr, und nicht zum Besseren. Besonders die Nase wuchs mir in unproportionierter Weise und wurde zur Hakennase; die Augen, fast beständig gerötet, blieben klein im länger gewordenen Gesicht; die Stirn entwickelte sich fliehend, und die Haare wurden dunkler, weniger geschmeidig, krauser. Wenn man dem hinzufügt, daß mir sehr früh der Bart wuchs und daß ich nicht die Geduld hatte, mich ausreichend oft zu rasieren, daß ich fast immer Pickel im Gesicht hatte und sehr schlampig gekleidet herumging, versteht man, daß ich bereits mit siebzehn Jahren überhaupt nicht anziehend war. Doch mit dreizehn hatte ich noch ein angenehmes, intelligentes und anmutiges Äußeres. So kam es mir zumindest Jahre danach vor, als ich einige meiner Fotografien aus jener Zeit wieder anschaute.

Wie dem auch sei, zur Zeit meines Übertritts ins neue Gymnasium meinte ich, nicht häßlich zu sein. Ich bildete mir auch ein, abwechslungsreiche und interessantere Gespräche führen zu können als viele andere meiner Mitschüler, und glaubte die Gabe zu besitzen, die Menschen mit außergewöhnlichem Scharfsinn zu begreifen. Was gäb's Besseres, um bei den Mitschülerinnen gut anzukommen? Aber ich fühlte mich befangen und war mir wie gesagt bewußt, in den Augen vieler lächerlich zu erscheinen. Außerdem spürte ich, daß ich einen unentschlossenen, gar zu nachdenklichen Charakter hatte, und ich wußte, weil Weininger, der Philosoph, es mir durch Papas Mund kundgetan hatte, daß die Frauen die entschlossenen und skrupellosen Männer lieben: die ärgsten Schurken. Weil ich mich außerstande fühlte, mit den Mädchen Freundschaft zu schließen, überzeugte ich mich nun dauernd davon, daß Papa im Recht war, daß Weininger eine unbestreitbare Wahrheit ausgesprochen hatte. Ich, ich war ein Schüchterling: Ich fühlte mich ganz und gar nicht als Schurke. Außerdem widerte mich die Vorstellung zutiefst an, daß ich, um die Gunst der Mitschülerinnen zu erlangen, mit den anderen Knaben in Prahlereien und im Zur-Schau-Tragen von leichtfertigen Allüren würde wetteifern müssen. Mich widerte ganz allgemein der Gedanke an, daß man die Freundschaft im Konkurrenzkampf mit Rivalen erobern muß. Ich stellte mir vor, daß die Freundschaft, das Wohlwollen, aus »nicht auf Verdienst gegründeter Gnade« geschenkt hätte werden sollen oder zumindest auf Grund unserer inneren Eigenschaften, unserer wirklichen Verdienste, nicht wegen des gelegentlichen Verhaltens, das wir anzunehmen verstehen, um uns bei irgend jemandem einzuschmeicheln.

Doch selbst wenn ich meine Befangenheit und die Angst vor der Lächerlichkeit zu überwinden vermocht hätte, wenn ich auch gelernt hätte, mich wie die anderen zu benehmen (etwas, das ich nicht tun wollte, von dem ich spürte, es nicht zu können), würden die Mädchen, den Unterbau meines Charakters erahnend, mich trotzdem als mediokre Figur betrachtet und mich sehr viel weniger geschätzt haben als Protti, der ein Dummkopf war, unfähig, dem einfachsten Gedankengang zu folgen, etwas anderes im Kopf zu haben als seine Kleider, den Sport, seine albernen Scherze. Das war ungerecht, und mein Stolz lehnte sich auf. Besser, sich abzusondern oder, gegebenenfalls, offenen Krieg zu führen.

Im übrigen, wenn Weininger in dem recht hatte, was er über die weibliche Natur sagt (ich selbst hatte es wiederholt erfahren können, auch außerhalb der Schule, da ich zwischen den Erwachsenen gewisse Vorgänge beobachtete, die ich unvoreingenommen beurteilen konnte, weil sie mich überhaupt nicht betrafen), was konnte ich mir von weiblichem Wohlwollen, von irgendeiner Freundschaft, irgendeiner großen oder kleinen Zuneigung erwarten außer Verdrießlichkeiten und Enttäuschung?

Derart standen also die Dinge im Galileo, und so war mein innerer Zustand, und durch all das, weil ich mich ständig davon überzeugte, daß jede Freundschaft mit den Mitschülerinnen unmöglich war, daß ich keine Zuneigung zu ihnen würde empfinden dürfen, bemächtigte sich meiner Seele, ohne daß ich es wollte, ein Gefühl, das sich von Freundschaft oder Zuneigung sehr unterschied und etwas weitaus Schwerwiegenderes war.

[II.]

Einige Wochen lang hatte ich als Bankkollegen einen gewissen Stern. Er war kein böser Bub; doch vollkommen unzurechnungsfähig. Er hatte tiefliegende Augen, einen großen Mund, spärliche Zähne und redete immer schreiend. Er war sehr unruhig und unaufmerksam, stellte viele Dummheiten an, mehr aus angeborener Unfähigkeit, sich zu beherrschen und nachzudenken, als in der Absicht, verbotene Dinge zu tun. Wurde er auf frischer Tat ertappt, weinte er »wie ein gutherziges Kalb«, wie der Griechischprofessor sagte.

Stern erzählte mir während der Stunden dauernd kleine Geschichtchen, stellte mir Hunderte Fragen und beharrte darauf, daß ich ihm antworte, nahm mir Bücher und Hefte aus der Hand und kritzelte darauf herum. Außerdem gab er mir hin und wieder Quertritte mit dem Fuß oder stieß mich mit dem Ellbogen in die Seite. Ich schenkte ihm kein Gehör, antwortete ihm nicht, riß ihm meine Sachen wieder aus der Hand; wenn er mir weh tat, täuschte ich vor, mir nichts daraus zu machen. Doch was half es? Er gab nicht auf, und ich fühlte mich immer mehr irritiert, dieses Quecksilber neben mir zu haben. Ein wenig kam ich mir auch gedemütigt vor, weil ich nicht wußte, wie ich mich verteidigen sollte. Spielte ich nämlich hin und wieder den Erbosten und schimpfte ihn aus, lachte Stern und kümmerte sich nicht darum, ja, er amüsierte sich sogar; hätte ich mich beim Professor über ihn beschwert, wäre es zum Skandal gekommen, und ich hätte in der Klasse sicherlich keinen

Frieden mehr gehabt. Am besten, ich hätte ihm eine ordentliche Tracht Prügel verabreicht. Aber Stern, der ziemlich schwach war, hatte doch immer noch zumindest doppelt so viel Kraft wie ich.

Mußte ich mich also so lange quälen lassen, wie es diesem Halbverrückten gefiel? Dieser Gedanke erweckte in mir fast Haß gegen Stern. Ich war mir klar darüber, daß er nicht böse war; ja, er war sogar einer der wenigen, der schon damals offenherzig mit mir plauderte, ohne mir bissige Bemerkungen zu sagen und ohne zu versuchen, mich lächerlich zu machen. Aber er war, obwohl nicht böse, auch fähig, mich über die Grenzen des Erträglichen hinaus zu quälen. Und ich mußte ihn gewähren lassen.

Nach langem Nachdenken fand ich einen Ausweg; besser gesagt, er wurde mir von meinen Eltern empfohlen, bei denen ich mich beklagte und mit denen ich mich beratschlagte. Ich bat den Professor, daß er mich in eine Bank weiter hinten versetze, wobei ich als Grund meiner Bitte die zu große Nähe des Ofens angab.

Eins der ganz seltenen Male in meinem Leben, wo ich es verstand, einer Schwierigkeit aus dem Weg zu gehen. Meine Gewohnheit war, unzählige Male mit dem Kopf gegen die Probleme anzurennen, ob groß oder winzig, die vor mir auftauchten; mit den Gedanken so lange dagegen zu rennen, bis ich mich davon überzeugte, daß sie unlösbar waren, ja, auch dann noch, wenn ich schon längst davon überzeugt war: so lang, bis sie sich von selber auflösten. Dann war ich doppelt verbittert, wegen des Bewußtseins der eigenen Unfähigkeit und wegen der Übel, die die ungewollte Lösung mit sich brachte. Ich hielt mich für einen ganz scharfen Theoretiker des praktischen Lebens und meinte, die Dinge sehr klar und gründlich zu sehen. Ich verstand, wie schwer das Leben ist, wie wenig unser Wille zählt. Deshalb beging ich sehr viel weniger Dummheiten als die Mehrzahl meiner Altersgenossen. Doch denen, die Dummheiten anstellten – aus übertriebenem und ungerechtfertigtem Optimismus, aus Unüberlegtheit, aus Schwerfälligkeit oder aus purer Blödheit –, wurde oft von ihrem guten Glück geholfen; oder sie büßten für ihren Fehler und begannen wieder von vorn: und so setzten sie ihren Weg fort. Für mich dagegen wurden die Probleme chronisch: Waren sie nicht mehr aktuell, wurden sie von historischem Interesse und beunruhigten mich auf die Art weiter durch eine endlose Zeit.

Nachdem ich mich von Stern befreit hatte, geriet ich neben Giustiniani. Sein Äußeres gefiel mir nicht. Er war untersetzt und kräftig, hatte ein breites und knochiges Gesicht, eine ganz niedrige Stirn, kurze Bürstenschnitthaare, trockene und blasse Lippen, kleine, nicht allzu ausdrucksvolle, beinahe scheel blickende Augen. Giustiniani war sehr häßlich, fast grausam häßlich. Und ich wußte, daß er einer Squadristenfamilie angehörte und manchmal auch an faschistischen Aktionen teilnahm. Und doch, in den zwei Jahren, in denen Giustiniani mein Bankkollege war, kamen wir immer gut miteinander aus.

Als Mensch mit gesundem Hausverstand hatte er nämlich den Lebensgrundsatz, sich unnützer aggressiver Aktionen zu enthalten. Bisweilen fand auch er den einen oder anderen lächerlich, besonders wenn die Leute eingebildet und affektiert waren. Dann machte er sich, zu wenig geschmeidig, um zu spotten, in eindeutigen und groben Beschimpfungen Luft. Die Hosenträger über dem Pullover oder irgendeine andere unschuldige Verschrobenheit regten ihn aber nicht auf, noch brachten sie ihn dazu, zur Verteidigung des »Reiches der Vulgarität« anzuschlagen. Er war selber nachlässig gekleidet, und das Bauernleben, das er in seinem Häuschen am Stadtrand gern führte, hatte ihn derb und unelegant gemacht. – Die politischen Ansichten meiner Familie waren ihm sicherlich nicht unbekannt. Doch im Grund scherte er sich nicht um Politik und spielte nur aus Großtuerei ein bißchen den Faschisten. Da er keine feindseligen Absichten gegen mich hegte, war es nur natürlich, daß wir am Ende gut miteinander auskamen.

Ich half ihm übrigens beim Lernen, so gut ich konnte. Er wandte sich ohne demütiges Bitten an mich, doch auch ohne die Dreistigkeit dessen, der das Recht auf einen Gefallen zu haben glaubt. Er zeigte sich mir gegenüber nicht sonderlich dankbar, sagte mir aber auch keine Grobheiten. Bald bewunderte er meine Ausdauer im Lernen, bald wieder meinte er lachend, daß er nicht verstehe, wie man so ein Streber sein könne. Die charakteristische Eigenschaft Giustinianis war eigentlich die, daß er auf alle und alles pfiff. Er lebte sein Leben und ließ die anderen leben, ohne es als seine Pflicht anzusehen, sich als etwas liederlichen jungen Herrn groß aufzuspielen oder sich mit kämpferischer Härte an die landläufigen Kleinlichkeiten zu klammern.

Hinter mir, in der dritten Bank der rechten Reihe, saßen Consigli und Babich, die beiden Knaben unter all denen aus dem Galileo, die dann meine Freunde wurden.

Consigli offenbarte sich mir auf ziemlich seltsame Weise. Am jüdischen Fasttag Jom Kippur, dem Tag, an dem auch die religiös werden, die sich das ganze Jahr über ungläubig gezeigt haben, kam ich, als einziger der neun Juden, die es in der Klasse gab, wie gewöhnlich zur Schule. Am darauffolgenden Tag machte mir Consigli, nachdem er von meinem Verhalten erfahren hatte, die schlimmsten Vorwürfe, wobei er mir erklärte, daß mein Tun schändlich gewesen sei und daß er sich über meine Gottlosigkeit wundere. Ich antwortete ihm ziemlich gereizt, daß ich wirklich ungläubig sei und nicht einsehe, warum ich Glauben hätte vortäuschen sollen. Ja, ich bat ihn, mich in Frieden zu lassen; daß ich mich so verhalten würde, wie es mir am besten passe.

Ich war ganz schön aufgebracht, vielleicht weil ich neue Komplikationen fürchtete, die mir das Leben in dieser Umgebung noch schwerer machen könnten; doch nicht nur verärgert, war ich auch erstaunt. Diese Art, direkte Vorwürfe zu machen, die Dinge von einem moralischen Standpunkt aus zu betrachten, war unter den Knaben des Galileo nicht üblich. Wer sich nicht so aufführte wie die anderen, den ließ man links liegen und verspottete ihn, aber man machte ihm keine Vorwürfe. Und außerdem bewies doch die Schülerschaft, daß sie sich mehr mit der Frage der Hosenträger als mit religiösen Problemen beschäftigte. Es verwunderte mich deshalb, daß Consigli so viel am Jom Kippur lag, daß er bemüht war, mir verständlich zu machen, daß ich schlecht daran tat, wenn ich diesen Tag nicht ehrte.

Kurz darauf mischte sich Consigli neuerlich in meine Angelegenheiten, und zwar auf noch eigentümlichere Weise. In den Griechisch- und Lateinstunden rückte ich, um den Professor besser hören zu können, nach links, näher zum Katheder hin. In denselben Stunden wurde die normalerweise freie erste Bank der Mädchenbankreihe von zwei Mädchen, der Lina Sarfati und der Padova besetzt, so daß die Padova, die schönste oder zumindest die am meisten umschwärmte der Mitschülerinnen, ganz in meiner Nähe war, nur durch dreißig Zentimeter des Ganges zwischen den Bankreihen von mir getrennt. Das Schlimmste aber war, daß mein Versetzungsmanöver so wirken konnte, als ob es zu eben dem Zweck unternommen sei, mich näher zu ihr zu setzen.

Ganz verwirrt und aufgebracht sagte mir Consigli eines Tages mit ziemlich harten Worten, die auf mich aber nicht wie eine Drohung wirkten, daß es viel besser für mich wäre, auf meinem Platz zu bleiben, wenn die Padova sich in die erste Bank setzte. Ich war verwundert und durcheinander.

Giustiniani, der bei unserem Gespräch dabeigewesen war, erklärte mir kurz und bündig, wobei er sein leises, rauhes Lachen von sich gab, daß Consigli in die Padova verliebt sei und deshalb sehr eifersüchtig. Würde ich anfangen, »ihr den Hof zu machen«, so müßte ich mit ihm rechnen.

Daß es schon auffiel, wenn man sich etwas näher zu einer Mitschülerin setzte, und zur Folge hatte, daß einem die Absicht unterschoben wurde, »ihr den Hof zu machen«, und daß diese Absicht mir zugeschrieben wurde und daß man aus diesem Grund eifersüchtig sein konnte, das alles waren Dinge, die mir überaus unangebracht vorkamen, überaus ärgerlich und peinlich. Und auf die Erklärungen Giustinianis hin empfand ich auch ein wenig die Gehässigkeit der Drohung und des Machtwortes in Consiglis Äußerung. Aber beim Nachdenken und wieder Nachdenken über diesen Vorfall, nachdem ich reden gehört hatte, daß Consigli sich sehr ernstlich verschaut hatte, daß die Knaben ihn auf die Schaufel nahmen, daß die Padova ihm kein Gehör schenkte und ihn ausspottete, überzeugte ich mich davon, daß er nicht aus Eifersucht gehandelt hatte, oder zumindest nicht nur aus Eifersucht, sondern auch, um mich vor der Gefahr zu bewahren, ich möchte auch ins Netz der

Padova geraten. Auf die Art wurde die Sache noch unmöglicher, peinlicher, lächerlicher: Ich errötete beim Gedanken daran und fühlte mich fast beleidigt. Ich kam zur Überzeugung, daß Consigli ein eigenartiger Typ war, zwar gefühlsstark und großherzig, aber ohne jeden Sinn für das Angebrachte.

So wurde meine Aufmerksamkeit auf ihn gelenkt, und ich sah sehr bald ein, daß seine Stellung in der Schule wenig glücklich war. Der Griechischprofessor fragte Consigli einmal nach einer sehr einfachen, ich weiß nicht mehr welchen, grammatikalischen Form oder Regel, und Consigli setzte eine des vertracktesten Prozesses würdige Konfusion ins Werk, eine umfangreiche und schwer durchschaubare Unordnung, die nur er allein zu erzeugen fähig war. Seine Gewohnheit war es nämlich, die geraden und leichten Wege immer auszuschließen und, geradezu aus Prinzip, in verschlungenen Labyrinthen von leichten und groben Fehlern voranzuschreiten. Sein kompliziertes Wesen, sein spärlicher analytischer Scharfsinn, seine Unfähigkeit, im geeigneten Moment auf bereits erworbene Kenntnisse zurückzugreifen, die ihm bei der Wahl des richtigen Weges als Wegweiser hätten dienen können, bewirkten, daß er eine wahre Vorliebe für verwickelte und kuriose Irrtümer an den Tag legte.

Der Griechischprofessor, den die Schülerschaft oft nervös machte, liebte es zuweilen, die Schüler aufzuziehen. Gütig, sogar zu gütig und sehr charakterschwach, stellte er sich mit den Schülern auf die gleiche Stufe, und gelegentlich stichelte er dann auf ihnen herum und verhöhnte sie, wie um sich für das Gelächter, das hinter seinem Rücken erscholl, zu rächen.

Als er sah, daß Consigli sich in einen immer größeren Wirbel hineinredete und daß sein Hirn sich weigerte, mit etwas Ordnung und Ruhe zu arbeiten, fragte der Professor plötzlich: »Oder sollte der etwa verliebt sein?« – und ein Riesengelächter brach in der Klasse los. Dann beharrte er, sei es daß irgendein Gerücht auch an seine Ohren gelangt war, sei es, daß er merkte, es getroffen zu haben, weiter auf diesem Thema. Ich drehte mich um, die Padova anzuschauen, die sich, vollkommen ruhig, gerade die Haare mit einem Bleistift zurechtmachte. Ja, ihr ewiges Lächeln wirkte jetzt verächtlich, fast zynisch.

Das stieß mich ab. Selbst wenn die Padova Consigli gegenüber nur Gleichgültigkeit empfand, wäre es trotzdem natürlich gewesen, sich verwirrt und betrübt zu fühlen, weil er auf diese Art verlacht wurde. Es hatte aber den Anschein, daß sie Gefallen daran fand, sich in ihrer Eigenliebe geschmeichelt fühlte. Diese absolute Selbstbeherrschung bewies eine lange Gewöhnung an bestimmte Kunstgriffe, bewies, daß der Padova der Gedanke bereits vertraut sein mußte, daß man in sie verliebt sein konnte. Aus einer Sache, die, wie ich dachte, für sie ein tiefes und schmerzliches Erstaunen hätte bedeuten müssen, verstand sie es, das leichte Vergnügen eines gewohnten Triumphes zu ziehen.

In diesem Moment empfand ich heftigstes Mitleid für Consigli; ja, mehr als Mitleid: Sympathie. So wenig es mich auch direkt oder indirekt betraf, ich fühlte mich beleidigt. Mein Verlangen nach Zuneigung rebellierte beim Anblick der so mißhandelten Liebe. Ich war gegen die Padova aufgebracht, und das Schlimmste war, daß sich mein Groll, gegen meinen Willen, auf alle Mitschülerinnen ausdehnte, die ihr Freundschaft bezeigten, sie als die erste unter ihnen schätzten, als die, die man am meisten bewundern und nachahmen mußte. Ich war auch gegen all die anderen Knaben aufgebracht, denen die Padova gefiel, die sie hofierten und auf die Art sie und die anderen Mädchen dazu verleiteten, immer ärger zu werden.

Ein paar Tage danach wurde die Padova bei einem Ausflug von irgendeiner Studentenvereinigung zur »Prinzessin der Berge« gewählt und ihre Fotografie in der Zeitung veröffentlicht. Die Sache wurde viel glossiert und gab, wie man sich vorstellen kann, Gelegenheit zu manch witzigem Denkspruch und zu kleinen Attacken auf Consigli, den die Mitschüler fragten, was er davon halte, ob er zufrieden sei und so fort. Während einer Pause bemerkte ich, daß eine Zeitung aus seiner Jackentasche herausguckte. Ich dachte mir, daß irgendein Kamerad sie dorthin gesteckt hatte, um dann so zu tun, als würde er sie eben gerade entdecken, und um Lärm zu schlagen. Ich machte Consigli deshalb aufmerksam, und er schickte sich an, die Zeitung wegzuwerfen. Viele Jahre später erzählte er mir, daß er selbst sie eingesteckt hatte.

Obwohl Consigli sehr früh meine Aufmerksamkeit auf sich gelenkt und in gewisser Hinsicht einen günstigen Eindruck auf mich gemacht hatte, versuchte ich in jenem ersten Jahr überhaupt nicht, seine Freundschaft zu gewinnen. Damals hielt ich Ausschau nach intelligenten Leuten, und Consigli war ein ganz schlechter Schüler.

Den intelligenten Jungen, mit dem es sich gründlich zu beschäftigen lohnte, den hatte ich in seinem Nachbarn Babich gefunden. Der Lateinprofessor, er unterrichtete in diesem Jahr zum ersten Mal in meiner Klasse, fragte eines Tages einige Verben ab, die schon im Jahr zuvor bei seinem Vorgänger hätten gelernt werden sollen. Keiner wußte sie, und nicht einmal Babich, ein Knabe, den ich bis dahin nie bemerkt hatte, nannte die richtigen Formen. Da wollte der Professor die Noten der vergangenen Jahre wissen, und Babich begann eine Reihe von Zehnern und Neunern aufzuzählen, eine Serie von so hervorragenden Noten, wie ich sie im anderen Gymnasium nie gehört hatte.

Der Professor fragte ironisch, und Babich antwortete sichtlich überdrüssig, aber doch immer entschieden, mit ruhigem Selbstbewußtsein. Sein Äußeres machte auf mich anfangs einen recht unangenehmen Eindruck. Er war groß und dünn; sogar mehr als dünn, knochig. Seine Haut war von einer Farbe, die eher ins Graue als ins Olive ging. Glattes, dunkelbraunes Haar, intelligente, doch nicht sehr ausdrucksstarke, vielleicht ein wenig melancholische Augen von heller olivbrauner Farbe, eine vorspringende, an der Basis platte Nase, ein breiter und blasser Mund, und die Unterlippe (diese kleine Besonderheit beeinflußte seinen Gesichtsausdruck sehr) war in der Mitte fast nach oben gezogen anstatt herunterzuhängen wie beim Großteil der Menschen. Das ließ auf die eingewurzelte Gewohnheit schließen, den Mund geschlossen zu halten und wortkarg zu sein. Seine Art zu reden war eher unangenehm: Er sprach langsam, wobei er den Mund fast wie mit Anstrengung öffnete. Er dehnte die Vokale ein wenig, entstellte etwas den Ton der »r« und »s«, was wegen der Klangfarbe seiner Stimme noch mehr auffiel, wie bei einem Blechblasinstrument: ein wenig verstimmt oder unrein.

An die große Zahl dieser unliebsamen Kennzeichen gewöhnte ich mich später so, daß ich sie einfach nicht mehr bemerkte. Im übrigen nannte man Babich, Jahre danach, einen schönen Jüngling. Doch zu Beginn fiel mir das gewissermaßen Abstoßende, das in seinem Äußeren und in seiner Stimme lag, auf, und es wirkte, so eigenartig das auch klingen mag, anziehend auf mich. Babich war ein derart vollkommener Schüler, daß er mehr Zehner als Neuner hatte; er war so schweigsam, daß er sich bis dahin nicht einmal mir bemerkbar gemacht hatte, der ich doch auf der Suche nach ernsthaften und schweigsamen Knaben war. Weder von der Meinung der Professoren noch von der der Mitschüler zeigte er sich im mindesten beeindruckt; er fürchtete die Lächerlichkeit nicht; und nie wurde er durch etwas berührt, noch grämte er sich. Ich hatte den Eindruck, daß er derjenige war, der ich vergeblich zu werden wünschte; der ich geworden wäre, das heißt, wenn es mir gelungen wäre, mich von meinem Hang zum Phantastischen, von meinen heftigen Neigungen und Antipathien, von meinen Ängsten, von meinen beständigen Stimmungsschwankungen zu befreien. Daß ein der Vollkommenheit so naher Mensch in einem gewissen Sinn unangenehm wirkt, kam mir natürlich, fast notwendig vor.

Ich versuchte mit Babich ein wenig Freundschaft zu schließen, und wider Erwarten gelang mir das sehr leicht, besonders als ich mich genau in die Bank vor seiner setzte. Dennoch gab es zwischen uns beiden – ich spürte es – keinen Sympathiefluß. Ich brachte ihm Bewunderung entgegen und wollte ihm so ähnlich wie möglich werden. Ihn zog es, vielleicht mehr als aus irgendeinem anderen Grund, aus Neugierde zu mir hin.

In den folgenden Jahren bemerkte ich, daß Babich nicht so vollkommen war, wie ich angenommen hatte. Er hatte etliche Fehler: vor allem eine übertriebene Wertschätzung seiner selbst und der eigenen Intelligenz und eine ungerechte Verständnislosigkeit hinsichtlich der Verdienste anderer. Ich wurde mir auch bewußt, daß das Ideal, das ich anstrebte, nicht erreichbar und vielleicht nicht einmal anstrebenswert war. Im Grund meiner Seele blieb ich mir immer gleich: fähig, mit Ruhe nachzudenken und zu analysieren, doch unfähig, eindeutige und angemessene Gefühle zu empfinden. Das Eigenartige ist, daß ich in den Augen irgendeines oberflächlichen Beobachters fast genauso sachlich und unbeirrbar wurde wie Babich; während ich auf ihn, Babich, zumindest lange Zeit hindurch wie ein Schwätzer, ein Komödiant, wie überspannt wirkte.

Nichtsdestoweniger übte Babich auf mich einen nicht geringen und auch nicht unbedeutenden Einfluß aus. Auch wenn es ihn nicht gegeben hätte, wäre ich wahrscheinlich ein Frauenhasser und ein vom Lernen Besessener geworden: Sein Beispiel und Einfluß bewirkten nur, daß die Entwicklung in mir schneller, entschlossener und tiefgreifender vor sich ging. Zahlreich und vielschichtiger waren die Faktoren, die mich dazu trieben, mit einer von Tag zu Tag wachsenden Ausdauer zu lernen, aber nicht zuletzt war es der Wunsch, mit Babich zu wetteifern, zumindest im Lernen so vollkommen zu werden wie er. Entwickelte sich mein Frauenhaß auch aus einem Komplex von sehr tiefliegenden und unklaren Ursachen, wurde er doch sicherlich durch den Umstand begünstigt, daß ich in meinem Vorbild einen perfekten Weiberfeind sah.

In der Tat, hätte ich mit den Mitschülerinnen zu plaudern angefangen, ich hätte, mehr als alles andere, mich vor Babich schämen müssen und seine Mißbilligung zu spüren bekommen. Babich richtete niemals das Wort an die Mädchen; er war mit der Padova und mit einigen anderen gänzlich übers Kreuz und hatte in einem Italienischaufsatz, den er in der Klasse vorgelesen hatte, maßvolle und würdige, aber harte Worte gegen das Benehmen der Mädchen und die gemischte Schule im allgemeinen geschrieben. Die Padova stellte als Antwort darauf in einem Aufsatz über die Schulkameraden mich und einen gewissen Kahn als die besten heraus und ließ Babich, zum Zeichen der Mißachtung, unerwähnt. Ich war ausgesprochen verlegen darüber, in den Mittelpunkt gestellt und von der Padova ausgezeichnet zu werden.

Allmählich nahmen Babich und ich die Gewohnheit an, ein Stück des Weges von der Schule nach Hause gemeinsam zu gehen. Es wurde fast ausschließlich über Schulbelange geredet. Ja, es hatte den Anschein, als ob Babich mit Absicht jedes Gespräch vermied, das über den sehr konkreten Bereich des schulischen Lebens hinausging und die Vergangenheit, das familiäre Leben, unsere Vorlieben und unsere Absichten betreffen könnte. Sehr oft kam auch Alda mit uns, die ein Weilchen neben uns einhertrottete und fast immer schwieg. Sie störte uns gar nicht: wir nahmen sie sozusagen nicht wahr.

Links, in der ersten Bank der anderen Bubenreihe, genau unter dem Katheder des Professors, saß Kahn. Dieser hatte sich einen guten Ruf als tüchtiger Bursche verschafft. Einige meiner Cousins, die schon seit Jahren das Galileo besuchten, hatten ihn mir gegenüber sogar als den Besten der Klasse bezeichnet, während er in Wirklichkeit nur der Dritt- oder Viertbeste war. Kahn war ein großer, dicker Junge, sehr häßlich und von einem alles andere als intelligenten Aussehen. Er hatte kleine Augen unter den dicken Augenlidern, eine kurze und dicke Nase und vor allem sehr dicke, nahezu mißgestaltete Lippen. Alles in allem hatte er die Gesichtszüge eines Negers.

In Kahns ganzem Gebaren lag etwas von Bedeutsamkeit und Schwere. Seine Sprechweise verriet den Wunsch, sich als Gönner, als intelligente und erfahrene Person groß aufzuspielen. Er redete langsam, wobei er die Konsonanten verdoppelte, die Vokale lang modulierte, zeitweise die Stimme auf eindrucksvolle Art senkte: »Dennn iich, weißßt duu, mache gewissse Diinge duurchaus nichtt.« – Er war bestrebt, sich als einen darzustellen, der weit entfernt ist von der Gemeinheit des niederen Volkes und der Unbesonnenheit der Gassenbuben.

Im Grunde war Kahn kein böser Junge, und es mangelte ihm nicht an einer ordentlichen Portion Naivität. Viele Fehler hatte er aus seinem dünkelhaften und scheinheiligen Familienkreis mitbekommen; andere rührten von seiner allzu großen Eigenliebe her. Die Schulkameraden behandelten ihn im allgemeinen schlecht: einige geradezu feindselig, viele brüsk. Oft verspotteten sie ihn offen heraus. Er verstand nicht, dem Spott die Stirn zu bieten, konnte die Meinung der anderen nicht übergehen, hatte nicht den Mut zum Gegenangriff. Eher versuchte er zu beschwichtigen, versuchte, hier und dort Krümelchen zustimmenden Lobes zusammenzuscharren.

Oft gab er sich mit noch weniger zufrieden: Ihm genügte, wenn die anderen ihn ohne Schroffheit behandelten.

Auch in seiner Rolle als Schüler benahm er sich nicht einwandfrei. Er lernte ausgesprochen viel, war fleißig und ordentlich, verfügte über beträchtliche Intelligenz, so sehr es ihm auch an Intuition und an Scharfsinn mangelte. In allen Fächern war er beschlagen, außer in Mathematik. Aber er verschmähte es nicht, während einer Schularbeit die griechische Grammatik gelegentlich offen unter der Bank zu haben oder sich kleine Ruhepausen zu gönnen, wenn er in einem Gegenstand geprüft worden war. Andererseits hatte er die Gewohnheit, »Beweise seines Fleißes« zu liefern, indem er mehr lernte, als der Professor aufgetragen hatte, Gedichte auswendig büffelte, von denen man nur die Inhaltsangabe wissen mußte, und so weiter. Er ließ es sich nicht entgehen, in der Klasse oder in den Pausen den Professoren abstruse Fragen zu stellen, um sein Interesse für den Gegenstand zu bekunden, oder während des Vortrages aufzuzeigen, um irgendein ausgefallenes Detail hinzuzufügen, das seine profunde Bildung beweisen sollte. Von Zeit zu Zeit erlaubte er sich sogar, während der Prüfungen dreinzureden, um, wenn die Klasse den Geprüften ausbessern sollte, irgendeinen belanglosen Fehler hervorzuheben, der andernfalls dem Professor vielleicht entgangen wäre.

Das Verhalten von Kahn machte auf mich insgesamt einen noch ungünstigeren Eindruck, weil ich es mit dem von Babich verglich, der sich immer absonderte, den Professoren gegenüber ein fast finsteres Gesicht aufsetzte, den Mund nicht auftat, außer wenn es sich gar nicht umgehen ließ, nie ein Wort über das Notwendige hinaus sagte und immer treffend, knapp und umfassend antwortete. Ich nahm mir vor, mich wie Babich zu verhalten; für die kleinen Kniffe Kahns empfand ich nur Mitleid und Abscheu. Eine bestimmte Art von schwankendem und beklagenswert unverschämtem Betragen wurde in der Klasse, und besonders im Kreis von Babich und mir, schlicht als »kahnisch« bezeichnet; und so beschuldigte man sich zuweilen voreinander, in einem »Kahnismus« hineingeschlittert zu sein.

Groß und dünn, mit ernstem, vornehm knochigem Gesicht, saß hinter Kahn Lerroux: ein unruhiger, undisziplinierter und boshafter Kerl. Die Lehrer mußten sich unausgesetzt mit ihm befassen: entweder er fehlte, weil er die Schule schwänzte; oder er kam zu spät; oder ihm ging irgendein Buch ab; oder er hatte eine Aufgabe nicht gemacht; oder er ließ sich unvorbereitet erwischen. Dazu gab er den Professoren von Zeit zu Zeit freche Antworten, fing mit anderen Kameraden Streit an, bemächtigte sich irgendeines Utensils und versteckte es. Kurz und gut, er störte auf jede Art. Sein größtes Vergnügen war, Bergsteigen zu gehen oder Jagd auf Schlangen zu machen und sie dann zerplatzen zu lassen, indem er sie an einem Hahn unter Druck mit Wasser auffüllte. Doch am meisten Spaß machte es ihm, den Leuten lästig zu fallen. Consigli konnte ein Lied davon singen, da er im selben Haus wie Lerroux wohnte. – Ich erinnere mich nicht daran, in diesem ersten Jahr viel mit ihm zu tun gehabt zu haben.

Borselli, den ich in bezug auf die feindlichen Mienen, die mir die Kameraden an einem der ersten Schultage gemacht hatten, schon flüchtig erwähnt habe, war ziemlich lange derjenige in der Klasse, der es am ärgsten auf mich abgesehen hatte und mich am meisten quälte. Er hatte eine mächtige, blonde Löwenmähne, einen großen und verbitterten Mund, der immer zu einer Grimasse von bissigem Lächeln verzogen war, einen verächtlichen und zugleich neidischen Ausdruck in den stechenden Augen. Mehr als alle anderen besaß er die Seele eines Köters, und nicht ohne Befremden bemerkte ich, daß mein ganzes Wesen aufreizend auf ihn wirkte und daß er dieser Erregung freien Lauf ließ, ohne sie zu prüfen, ohne nach ihrem Grund zu fragen. Er machte beständig ironische Bemerkungen über meine Kleidung, und darin war er nicht allein. Doch er äffte mir gegenüber auch meine Gesten und meine Stimme nach, mit einem eigenartigen, wütenden Ausdruck der Verachtung und vielleicht auch des Hasses. Ich erinnere mich zum Beispiel daran, daß er mir höhnisch lachend vorzeigte, wie ich mir, verlegen gemacht, bisweilen auf die obere Lippe biß. Diese meine Eigenheit, auf die ich bis dahin nie geachtet hatte, schien, wenn man ihm dabei zuschaute, geradezu auf Gemeinheit schließen zu lassen.

Wenn auch nicht so sehr wie auf mich hatte es Borselli auch auf Kahn abgesehen und sogar auf Babich, den ansonsten alle in Frieden ließen. Anfangs dachte ich, er sei auf die Besten neidisch. Ich wußte, daß er viel lernte, und sah, daß er, obwohl ein ziemlich guter Schüler, es nicht schaffte, sich über das Mittelmaß zu erheben. Da ich ihn aber beobachtete, erkannte ich, daß sein Gefühl nicht einfach Neid war. Er merkte, daß er beim Lernen nicht ebensolchen Erfolg hatte wie andere und bildete sich ein, daß dies von irgendeiner besonderen Chuzpe abhängen müsse, die ihm fehlte. Dabei war er nicht demütig genug – und wie viele wären es gewesen? –, um anzuerkennen, daß diese Wendigkeit auch eine wirkliche Fähigkeit sein kann. Für ihn war sie etwas Unsympathisches und Hassenswertes: Vielleicht war es Schläue, Heuchelei oder einfach hinterhältige Gerissenheit, was einen die Gunst der Professoren erlangen ließ. Borselli nahm es mit dem Analysieren nicht allzu genau; nicht oder nur schwer konnte er einen Kahn von einem Babich unterscheiden: er fühlte sich gereizt und bellte. In Wirklichkeit war er nicht intelligenter als der Durchschnitt; sein Geist war etwas schwerfällig, und er konnte nicht improvisieren.

Seine Freunde gaben vor, überhaupt nicht zu lernen, und machten deutlich, daß sie sich nicht einmal »darauf einließen«, in der Schule brav zu sein. Borselli gestand, daß er viel lernte, und verheimlichte nicht, daß die eine oder andere Neun im Zeugnis ihm Freude machen würde. Außerdem war er ehrlich und redlich, unfähig zu schmeicheln und nicht imstande, Sympathie für jemanden zu heucheln, der ihm unsympathisch war. Ich weiß nicht, ob er große moralische Grundsätze hatte, doch ein gewisses Moralempfinden besaß er sicher. Er war nicht gewohnt, Kompromisse zu schließen und so zu tun, als würde er für gut gemacht halten, was ihm gelegen kam. In allem urteilte er nach seinen Sympathien und Antipathien, war manchmal auch launisch, aber opportunistisch und berechnend konnte er nie sein.

Borselli traf in jenem Jahr ein schweres Unglück. Er wurde von einem Auto überfahren und mußte sich einen Fuß amputieren lassen.

Im Spital, wohin auch ich ihn besuchen ging (von Consigli ein wenig widerwillig dorthin geführt), fand ich Borselli umgänglicher als üblich, und ich sah, daß er von großer Seelenruhe und tapfer war.

Als er zum ersten Mal wieder in die Schule kam, um den Freunden und Professoren einen Besuch abzustatten (zum Unterricht kehrte er erst einige Zeit danach zurück), umringten ihn die Kameraden und gaben ihm die Hand. Ich weiß nicht, aus welchem Grund mir der Gedanke durch den Kopf ging, ich würde, hätte auch ich ihm die Hand reichen wollen, eine Lächerlichkeit begehen, eine Geste von leerer und unangebrachter Feierlichkeit. Wie so oft in einer ähnlichen Situation, wo ich mir über den Grund einer Vorstellung nicht genau im klaren war, ja meine Vorstellung sogar ungerechtfertigt fand, wollte ich mein Widerstreben aber überwinden und näherte mich der Gruppe Borsellis und seiner Freunde. Dieses Zaudern bewirkte, daß ich hinkam, als Borselli sich schon entfernte, so daß ich ihm fast nachlaufen mußte. Auf diese Art wirkte ich wahrhaft lächerlich. Es hatte förmlich den Anschein, als ob ich öffentlich beweisen wollte, daß ich ihm nicht schmollte, als ob das nicht die natürlichste Sache von der Welt gewesen wäre, oder daß ich ihn, dazu befugt und berechtigt, durch meine Geste für seine Seelenstärke belobigen wollte.

Es mißfiel mir auch, daß mein Besuch bei Borselli im Spital und mein Händedruck wie lächerliche Manöver wirken konnten, ihn zu besänftigen und mich bei ihm einzuschmeicheln. Tatsächlich war Borselli nach seinem Unglück sehr viel freundlicher zu mir, und das war nicht schlecht, wenn auch der einzige Grund für seine Besänftigung in dem Umstand lag, daß er einsah, daß ich ihm freundlich gesinnt war. Was übrigens vielleicht nicht einmal stimmte. Im Gegenteil, es kommt mir jetzt wahrscheinlicher vor, daß Borselli mich von da an hauptsächlich deshalb ziemlich in Frieden ließ (obwohl er mich auch später bei Gelegenheit nicht mit bissigen Bemerkungen verschonte), weil er andere Leute fand, an denen er seine üble Laune auslassen konnte.

Dieser Zwischenfall beim Händeschütteln mit Borselli hatte wohl einen gewissen, wenn auch geringen Einfluß auf meinen

Charakter. In mir verstärkte sich der Eindruck, daß auch das Händedrücken eine jener vielen unsympathischen Gesten ist, an denen die Großen Gefallen finden, eins jener Manöver, reich an vertrackten Hintergedanken und leerer Heuchelei, deren eigentlicher Zweck es ist, die Rangunterschiede herauszustellen und so zu demütigen. Und weil mir diese Schliche der Großen niemals gefielen, auch dann nicht, als ich von den Kleinen und ihrer Welt so weit entfernt war, daß ich sie nicht mehr verstehen konnte, blieb mir das Händeschütteln immer unangenehm. Gab mir jemand die Hand, hatte ich auch Jahre danach den Eindruck, er tue es mit der Absicht, mir meine Besonderheit als Erwachsener in Erinnerung zu rufen, der Kind geblieben und bereits von frühzeitiger Senilität befallen war.

Nessich war blond und zart: ein schöner Knabe. Sanfter als Borselli, verstand und liebte er es, auf subtile Art zu sticheln, und mit Vergnügen machte er sich unter dem Schutzmantel der Naivität lustig. Er war ein richtiger Komödiant. Ich erinnere mich, daß er während einer Griechischprüfung heftig zu weinen anfing, weil er sich eine Fünf eingehandelt hatte. Auf seinen Platz zurückgekehrt, schluchzte er, die Hände vors Gesicht geschlagen, noch geraume Zeit weiter. Als aber der Professor sich umdrehte, deckte er sein Gesicht auf und begann lautlos zu lachen. Er war nicht sympathisch, doch als Typ ziemlich interessant.

Protti war der dünnste, der kleinste und dunkelste der falschen »Drillinge«. Er war auch der Schlechteste, in Hinsicht auf den inneren Wert, obgleich er vielleicht zurückhaltender als die anderen und der Unaggressivste von den dreien war. Auf seinem langen Gesicht lag der Ausdruck anmaßender Dummheit und Dreistigkeit. Sein immerwährendes Lächeln hatte etwas Schwachsinniges und Böses zugleich. Protti war elegant und sportlich. Er lernte wenig und kapierte nichts; verstand es aber, die Professoren hinters Licht zu führen, Aufsätze abzuschreiben, am Jahresende ordentlich zu pauken, zu schwindeln und freche Antworten zu geben. Auf diese Art hat er sich bis zur fünften Klasse durchgewurstelt. Sich mit ihm zu unterhalten, war unmöglich. Er hatte einen stumpfen und zum einfachsten Gedankengang unfähigen Geist, einen jener Köpfe, mit denen man nicht in Verbindung treten kann. Immer wiederholte er die gleichen Phrasen, und nie hörte er zu.

Protti beschäftigte sich eingehend mit den jungen Fräulein. In den Pausen oder frühmorgens, wenn man darauf wartete, in die Schule hineingelassen zu werden, gesellte er sich zu einer der Mädchengruppen. Für gewöhnlich waren es dieselben vier oder fünf, die ihm zuhorchten. Ich habe es sicherlich nicht zu bereuen, diese Gespräche nicht oft und aufmerksam verfolgt zu haben. Aber ich weiß, daß vor allem über Aktualitäten geredet wurde: über Bälle, Wettbewerbe, Ausflüge, Tennis, unter Umständen über Theater oder etwas in der Richtung. Protti kannte sich da aus und gab den Geistreichen ab, obwohl er leicht stotterte und bloß über einen armseligen und plumpen Wortschatz verfügte. Seine Einfälle waren immer ganz abgeschmackt und hatten nicht einmal den Vorzug, allzu gewagt zu sein, wie die von Lerroux: Sie waren einfach kläglich und oft dermaßen unpassend und gezwungen, daß man nicht wußte, ob man lachen oder weinen sollte. Jeder Satz wurde jedoch mit Brio, pompös und selbstgewiß vorgetragen. Elegante Gesten und häufige kurze Lacher, angebracht oder unangebracht, waren die dazu passende Ergänzung.

Das Schlimme war, daß unsere vierzehnjährigen Fräulein – so gewillt, an allem die lächerliche Seite zu sehen, so geneigt, sich über die Leute lustig zu machen – Protti weder lächerlich noch wenig natürlich noch dumm fanden. Sie hörten ihm mit größtem Vergnügen und höchst aufmerksam zu, sie lachten freundlich und vergnügt über seine Scherze. Sie gingen ihm nicht aus dem Weg, im Gegenteil, sie suchten seine Gesellschaft und fanden ihn interessant: die Intelligenten wie die Dummen, die Naiven wie die Boshaften, die Umgänglichen wie die Reservierten. Keiner in der Klasse, weder der kühne Lerroux noch der alberne, amüsante Stern, weder Kahn, der gut erzogene Knabe, noch Consigli, chevaleresk und überschwenglich, noch Borselli, der Ätzende und Aggressive, noch irgendein anderer, der sich auf Grund guter oder schlechter Eigenschaften abhob, stand so hoch in der Gunst der Fräulein wie Protti: dumm, langweilig, bar jeglicher Qualität. Das war für mich unbegreiflich und gab mir Anlaß zu schwerwiegenden und pessimistischen Überlegungen. Nicht einmal der ärgste Schurke war es, der den Frauen gefiel, sondern der Vulgärste. Gab es ein deutlicheres Zeichen für die Unterlegenheit der Frau? Gewiß, es stimmte, daß etliche der Mitschülerinnen sich um Protti nicht kümmerten. Aber keine ließ erkennen, daß sie ihn ablehnte, ihn unsympathisch und lächerlich fand. Die, die sich aus dem einen oder anderen Grund nicht von ihm angezogen fühlten, würden wahrscheinlich für einen ähnlichen Typ Sympathie empfinden.

Man darf aber nicht glauben, daß Protti Leidenschaften erweckte. Nein, er löste nur Sympathien aus, und das kam mir noch schlimmer vor. Nicht das Irrationale in der Frau, dachte ich, strebt zum Mittelmäßigen und Gemeinen, sondern ihr Gusto intellektueller Natur, der eigentlich eher logische und essentiellere Teil ihres Wesens.

Junge Fräulein gab es viele in jener Klasse. Es waren, glaube ich, zwölf an der Zahl. Einige gaben aber bloß ein kurzes Gastspiel bei der Schülerschaft der Vier A und schieden dann aus; andere, die von der ersten Gymnasialstufe an in dieser Klasse gewesen waren, entschlossen sich gerade damals dazu, die Schule aufzugeben.

Die Piemontesi: die bravste, fleißigste, einfachste, die am wenigsten boshafte, die herzlichste, die sympathischste und vielleicht auch die intelligenteste der Mitschülerinnen. Sie war nicht hübsch, im Gegenteil, sie war ziemlich häßlich; doch ihre Häßlichkeit war nicht auffallend, sondern eher schal, was bisweilen nicht besser ist. Sie hatte einen großen und blassen Mund, eine dicke Nase, dichte Augenbrauen, die oberhalb der Nase zusammentrafen, und außerdem hatte sie einen Schnurrbart. In unserer Klasse, in der wir alle unausgewachsen waren, Dreizehnjährige, Vierzehn- und Fünfzehnjährige, war diejenige mit dem stärksten Bartwuchs die Piemontesi: geradezu eine Schande für uns Burschen. Sie hatte schwarze Augen, die viel Intelligenz, Verständnis und Güte ausdrückten; doch nicht einmal ihre Augen, die schön hätten sein können, besaßen jene Anziehungskraft und jenen lebhaften Glanz, den die Augen der jungen Mädchen, auch die der dümmsten, so oft haben. Die Augen der Piemontesi waren im Gegenteil ein wenig umflort, ein wenig erloschen.

Sie gab sich nicht mit den Knaben ab, und die beschäftigten sich nicht viel mit ihr, was übrigens ganz natürlich war. Wenn sie mit einem von uns umzugehen hatte, tat sie es aber ohne Geziertheit oder Keckheit. Ihr Gebaren war schlimmstenfalls, soweit ich es beobachtete, eher drollig. Sie gehörte nicht zu den Ältesten in der Klasse; im Gegenteil, allenfalls zu den Jüngsten. Trotzdem behandelte sie uns ein bißchen wie Kinder, die »Große« spielen wollen und die lächerlich wirken. Man sah, vielmehr man erriet: die Piemontesi spürte, vielleicht ohne sich dessen genau bewußt zu sein, daß in diesen gekünstelten, von vielen in der Klasse angenommenen Umgangsformen eine falsche Note mitklang. Ich empörte mich, sah darin ein großes Übel, sah für die Zukunft schlimmere Übel voraus; die Piemontesi empfand die lächerliche Seite an der Geschichte. Ich grollte und entfernte mich immer mehr von den Kameraden; sie dagegen kam mit allen gut aus, obwohl sich die Mitschüler manchmal über sie lustig machten.

In dem gleichen Italienischaufsatz, in dem die Padova mich übermäßig gelobt hatte (der Aufsatz hatte das Thema: »Meine Schulkameraden«), vergnügte sich die Piemontesi ein bißchen auf meine Kosten. Sie schrieb, daß ich ein braver und tüchtiger Bursche sei, mich jedoch sehr wichtig mache und von Zeit zu Zeit, mit der großen Würde eines Denkers, meine absalonische Mähne mit der Hand wieder in Ordnung bringe. Daß ich zu lange und ungepflegte Haare hatte, stimmte; daß ich aber als Denker posierte, war überhaupt nicht wahr. Selbst wenn ich mir manchmal die Haare mit nachdenklicher Miene zurecht richtete, so tat ich es, ohne mir dessen bewußt zu sein. In dem kleinen Rüffel lag aber etwas Spaßiges und Freundschaftliches und zugleich Aufrichtiges, das Freude machte. Gewiß hätte kein anderes der jungen Fräulein – Meisterinnen in komplizierter Ziererei – es verstanden, einen mit so viel Offenheit und so wohlwollender Natürlichkeit der Affektiertheit zu beschuldigen.

Jetzt, wo ich so gut von der Piemontesi gesprochen und alle ihre vorteilhaften Eigenschaften aufgezählt habe, muß ich gestehen, daß ich in diesem Jahr, in dem wir Schulkameraden waren, mit ihr kaum einige Worte gewechselt habe (im darauffolgenden Herbst verließ sie Triest, und ich habe nichts mehr von ihr gehört). Das kam deshalb, weil die Piemontesi von den anderen Kolleginnen unzertrennlich war. Mit ihr zu reden, hätte bedeutet, mit ihnen zu reden, ihr mehr als das unbedingt Notwendige zu antworten, sich von ihnen anhören und beurteilen zu lassen. Diese unerschütterliche Solidarität zwischen den Mädchen bewirkte, daß die Besseren sich nicht von den Schlechteren abheben konnten und daß die Schlechteren immer den Ton angaben. Nicht unbedeutend war ferner die Tatsache, daß die Piemontesi sympathisch, aber nicht sonderlich attraktiv war. In gewissem Sinn war die Sympathie, die sie in mir hervorrief, ein bißchen theoretisch. Ich war sehr froh, daß es die Piemontesi gab, als ob sie eine gute Einrichtung wäre, aber ich spürte kein wirkliches Verlangen danach, ihre Gesellschaft zu suchen. Es war bequemer und weniger gefährlich, sie beiseite zu lassen, ohne sich der Mißbilligung und der Neckerei auszusetzen. Und außerdem hatte ich an anderes zu denken als an die Piemontesi.

Hinter der Piemontesi saß die Marmori. Sie war blond, hatte schwarze, nicht unhübsche, jedoch von Farbe und Ausdruck her ein wenig eintönige Augen; sie ließen eher an zwei Kaffeesahnebonbons denken als an eine tiefe, in ihnen sich widerspiegelnde Seele. Ihre Gesichtszüge waren etwas derb, aber alles in allem war sie weder häßlich noch unangenehm. Jahre danach wuchs sie zu einem großen, starken, etwas dümmlichen Trampel heran, dick und gesund wie keine andere der Mitschülerinnen.

Die Marmori redete wenig, hatte eine ganz leise Stimme, die man kaum hörte und die in eigenartigem Kontrast zu ihrer hohen und kräftigen Figur stand, und sie lächelte andauernd – mochten die

Professoren sie loben oder mit ihr schimpfen, die Kameraden ihr den Hof machen oder sie aufziehen – mit einem stets gleichen, zwischen dem Schüchternen und dem Vertrauensvollen gelegenen, sehr naiven und im Grund eher etwas dummen Lächeln. Sie war eine tüchtige Schülerin, lernte und begriff ziemlich gut, im wesentlichen gewiß besser als ihre Nachbarin, Freundin und Lehrmeisterin, die Padova, die jedoch einen glänzenderen Eindruck machte und bei weitem bessere Noten bekam.

An der Marmori gefiel mir, daß sie mich eines Tages auf der Straße als erste grüßte. Das war wider die Sitten unserer jungen Fräulein, die bereits die Anstandsregeln gelernt hatten und wußten, daß Frauen immer darauf warten müssen, gegrüßt zu werden. Ich grüßte normalerweise alle zuerst, ärgerte mich aber bei dem Gedanken, daß ich den Mitschülerinnen gegenüber dazu verpflichtet war. Deshalb grüßte ich sie derart ungern, daß ich es, wenn möglich, unterließ; ja, ich ließ es immer öfter sein.

Was zählte es aber, daß die Marmori simpler und weniger hochmütig war als die anderen? Sie lebte im Schatten der Padova; es war offensichtlich, daß sie ihr große Bewunderung entgegenbrachte und sie mit der Unterwürfigkeit dessen behandelte, der sich durch die Freundschaft eines Überlegenen geehrt fühlt. Soweit ihre Schüchternheit und die geringe Geistesgegenwart es ihr erlaubten, versuchte sie sogar, die Freundin nachzuahmen. Die Marmori war ein Dummerchen, und wenn schon nicht direkt dumm, so doch unbedeutend, unfähig dazu, mit dem eigenen Kopf zu denken.

Neben der Marmori saß die Padova, diejenige, in die Consigli sich verliebt hatte. Sie war das am meisten bewunderte von unseren jungen Fräulein und, in gewisser Hinsicht, das Zentrum und der Mittelpunkt der ganzen Klasse. Sie dürfte damals fünfzehneinhalb Jahre gewesen sein, also älter als der Durchschnitt der Mitschüler, war aber eher klein, und man sah ihr ihr Alter nicht an. Sie war wohlgebaut und wirkte, obwohl sie für ihre Statur etwas zu breite Schultern hatte, nicht massig oder gedrungen, weil ihre vielleicht ein wenig zu stark betonten Körperkonturen trotzdem ausgeglichen waren. Obgleich ihr Gesicht nichts besaß, was ausgesprochen schön gewesen wäre, erweckte sie zweifelsohne den Eindruck eines wunderschönen Mädchens. Sie hatte rotblondes und gewelltes Haar, das sie offen trug und das ihr bis zu den Schultern reichte; große Augen von grün-gelber Farbe, eine kleine, freche Nase, einen ziemlich großen Mund und herrliche, blendendweiße Zähne. Ich fand sie schön: allerdings nicht so, daß ich den Wunsch verspürte, sie anzuschauen.

Sicher, auf andere dürfte die Padova einen stärkeren Eindruck gemacht haben als auf mich. Von Zeit zu Zeit löste sie Leidenschaften aus, und wenn sie wollte, hatte sie stets eine stattliche Zahl von Bewunderern um sich, die es als angenehm, schätzenswert und ehrenvoll erachteten, sich in ihrer Nähe aufzuhalten. Höchstwahrscheinlich war es ihre übertriebene Fraulichkeit, die anziehend wirkte, die mich aber (abgesehen vom moralischen Urteil, das ich mir von ihr machte) ein wenig abstieß. Ich suchte in den Mädchen instinktiv etwas Reines und Unbefangenes und fühlte mich ferngehalten, wenn ich bei einer von ihnen das allzu deutliche Bewußtsein der eigenen Anziehungskraft ahnte. Andererseits empfand ich für die Padova keinen glühenden Haß, wie Babich. Sie war mir unsympathisch, aber weckte in mir nicht eine der Antipathien, die einem keinen Frieden lassen: vielmehr empfand ich, wenn ich mit ihr zu tun hatte oder an sie dachte, ein Gefühl des Überdrusses. Insbesondere wenn ich ihr auf der Straße begegnete, so daß meine Aufmerksamkeit unversehens auf sie gelenkt wurde, spürte ich, wie unerfreulich die Tatsache war, daß es auf dieser Welt eine derart affektierte, kokette, egoistische Person gab wie sie. Doch dann kümmerte ich mich nicht weiter um sie. Während die Padova und Babich einander ständig Grobheiten und Kränkungen zufügten, waren meine Beziehungen zu ihr zwar immer eisig, aber korrekt.

Hauptfehler der Padova war, daß sie sich niemals natürlich verhielt. Man merkte, daß sie jede ihrer Gesten, jedes ihrer Worte, jeden Ausdruck ihres Gesichtes einstudiert hatte: aus dem Wunsch heraus einstudiert, auf die Seelen anderer zu wirken. Unsympathisch war ihr wenn schon nicht gerade schamloses, so doch sehr dreistes

Benehmen. Nicht innerer Drang, man sah es, trieb sie zu dieser Freizügigkeit, sondern die Überzeugung von der Zweckmäßigkeit: so, mit einem solchen Benehmen, würde sie ihren Bewunderern gefallen. Die Padova lachte oft, schlug Lärm in den Stunden der Lehrer, die nicht Disziplin halten konnten, erlaubte sich manch kleine Spitzbübereien den Professoren gegenüber, ohne sich je zu stark zu kompromittieren oder auf frischer Tat ertappen zu lassen. Und in all dem bewies sie ein eigenartiges Fehlen von ungekünstelter Spontaneität, von echter Fröhlichkeit. Peinlich war diese ihre ewige und offenkundige Sorge, allen zu gefallen, dieses Bedürfnis, sich Bewunderung zu verschaffen. Man sah, daß sie eine hohe Meinung von sich hatte, sich förmlich für unwiderstehlich hielt und meinte, daß alle in sie vernarrt sein müßten, auch die, die ihr Abneigung bezeigten, auch jene, die gleichgültig blieben.

Bei ihr war die Koketterie eine Art Wahn, ein sinnloser und auch grausamer Wahn, weil bisweilen diejenigen, die sich am schlimmsten in sie verknallt hatten und die sie verächtlich und von oben herab behandelte, wirklich litten. Sie hatte zudem nur sich selber gern, bewunderte nur sich selbst, befaßte sich nur mit dem eigenen Getue und mit den eigenen Triumphen. Mir mißfiel die Koketterie ganz im allgemeinen, weil ich darin etwas Falsches und Gezwungenes sah, weil sie mir eine Unfähigkeit des Fühlens und des deutlichen Wollens zu offenbaren schien. Gefühle verbirgt man entweder oder man äußert sie, dachte ich: Wozu an so vieles denken lassen, wenn man dann in Wirklichkeit kein tiefes Gefühl empfindet?

Es war nicht angenehm, mit der Padova umzugehen. Die einfachsten Dinge (und in der Tat wurde bei den ganz seltenen Anlässen, wo ich mit ihr ein paar Worte wechselte, immer über einfache, konkrete und schulische Dinge geredet) wurden stets mit einem gewissen Lächeln, das in Wirklichkeit nichts dabei verloren hatte, ausgesprochen und angehört. Ihr Blick, auf merkwürdige Art dem einer Katze sehr ähnlich, schmachtend und gierig zugleich, ließ viel Unverständliches anklingen, immer den Fall vorausgesetzt, daß nichts zu bedeuten war. Und sogar in ihren einfachsten Worten schienen zahllose Hintergedanken zu stecken. Es gelang mir nicht, auseinanderzuhalten, ob sie mir, mit ihrem Lächeln, zu verstehen geben wollte, daß sie mich nicht ablehnte, oder ob sie mich lächerlich fand und das nicht verheimlichen konnte oder wollte. Sollte ich annehmen, daß sie auch mir gefallen, sich auch von mir bewundern lassen wollte? In all dem lag etwas Verqueres, Diffuses, das mir auf die Nerven ging, so als würde die Padova eine innere Unzufriedenheit ihrerseits auch auf mich übertragen.

Zu alledem besaß sie eine tüchtige Portion Hochmut. Aus Vorsatz gab sie sich leutselig, doch man merkte, daß ihre Art ausschließlich auf Herablassung beruhte und daß sie sich im Grund ihrer Seele dem niedrigen Volk überlegen fühlte. Sie war verwaist und arm, doch ihre Verwandten gehörten dem Großbürgertum an und waren sehr einflußreich.

Obwohl ich mich für die Padova wenig interessiert habe (ausgenommen vielleicht die allererste Zeit), war sie trotzdem von beachtlichem Einfluß auf mich und meine Ansichten. An ihr hatte ich, übertrieben bis zur Unschicklichkeit, jene Eigenschaften der jungen Mädchen gefunden, die mir immer mißfallen hatten, ohne daß ich mir über den Grund aber genau im klaren gewesen wäre. Die Padova hatte mir gezeigt, wie widerwärtig und abstoßend gewisse Verhaltensweisen sind, und nachdem ich sie kennengelernt hatte, fiel es mir leichter, auch das Benehmen der anderen Mädchen zu beurteilen und zu verstehen, wann sie aufrichtig waren und wann nicht. Sie lehrte mich ferner, daß dieses Benehmen zwischen jungen Männern und jungen Mädchen nicht bloß zufällig ist, sondern, im Gegenteil, der wesentliche Inhalt solcher Beziehungen. Sie wurde nämlich dank ihrer Fehler bei weitem mehr bewundert als die anderen Mädchen; und die wieder strebten danach, zu sein wie sie. Einige Zeit später behauptete ich, daß ich in der Padova so etwas wie ein Paradigma für die Grammatik des Lebens gefunden hätte. Die Muster sind nicht so interessant und oft nicht einmal so wichtig wie die Ausnahmen; doch sie dienen dazu, Licht in verwickelte und unklare Fragen zu bringen.

Hinter der Padova und der Marmori saßen die zwei Cousinen Sarfati. Nora war dick und gedrungen, hatte ein breites, von zwei starken, kurzen Zöpfen aus kastanienbraunem Haar eingerahmtes Gesicht. Sie hatte kleine, schwarze, glänzende lebhafte Augen, eine zugespitzte Nase und ebensolche Lippen. Sie war eine große Plaudertasche, und Lachen und Lärmschlagen gefielen ihr. Die anderen behandelte sie auf brüske, ein wenig aggressive Art, verteilte gerne nicht gerade lobende Komplimente, verstand es, gehörige Antworten zu geben und sich über die Leute lustig zu machen, wobei sie vor ihrem Gegenüber in schallendes und offenes Gelächter ausbrach.

Mit einem Wort, sie legte Wert darauf, sich als Spitzbübin betrachtet zu sehen. Gewiß, die Falschheiten und Geziertheiten der anderen Mädchen waren ihr fremd, aber auch ihre Dreistigkeit kam mir nicht natürlich vor. Im Gegenteil, ich hatte manchmal den Eindruck, daß sie ein Mittel war, um sich interessant zu machen, oder daß sie einem Gefühl der Verlegenheit und der Unruhe entspräche. Doch selbst wenn Nora spontan gewesen wäre, hätte sie mir trotzdem nicht gefallen. Ich mochte ihre Flegeleien nicht; ich hätte mir gewünscht, daß die Mädchen im Umgang mit den Kameraden offenherzig, natürlich, ohne jede Koketterie und Affektiertheit, doch ernsthaft und zurückhaltend sein sollten. Ich wußte, daß die Nora Sarfati in Geschmack und Ansichten der Padova, einer ihrer besten Freundinnen, sehr nahestand. Alles in allem war sie mir damals nicht besonders sympathisch. Mit der Zeit wurde sie dann etwas ernsthafter und weniger dick, und auch ihr Blick wurde stiller und nachdenklicher.

Die andere Cousine hieß Lina. Sie gehörte zu den Ältesten in der Klasse, war groß, gut gewachsen und sehr schön, eine jener vollkommenen und ein wenig kalten Schönheiten, die einen nicht aus der Fassung bringen, aber das Auge gänzlich befriedigen. Sie hatte einen kleinen Kopf, schwarzes und glattes Haar, regelmäßige und anmutige Gesichtszüge, ja derart regelmäßige, daß einen fast die Lust ankam, in ihnen irgendeinen ausgeprägten Zug, vielleicht sogar einen Fehler, zu suchen, um sie sich besser merken zu können.

Sehr schön war sie ja, die Lina, aber sie war auch eine dumme Gans. Sie hatte bereits ein Jahr wiederholt, und selbst jetzt stellte sie sich in der Schule alles andere als gut an. Sie lernte, manchmal; aber selbst wenn sie gelernt hatte, war es leicht möglich, daß sie sich, wurde sie geprüft, massive Dummheiten entschlüpfen ließ, die die Professoren, obwohl sie mit ihr nachsichtig und ihr wohlgesonnen waren, nicht gut übergehen konnten.

Auch Lina war kokett, und sie war eine der größten Bewunderinnen Prottis. Ihre Koketterie war aber von gutmütiger und freundschaftlicher Art, weniger verwickelt, durchsichtig und naiv, so daß sie nicht einmal im entferntesten so aufreizend wie die Padova wirkte. Ich erinnere mich nicht, mich viel mit ihr befaßt zu haben; aber einmal, als ich etwas länger mit ihr zu reden hatte, bemerkte ich zu meinem Erstaunen, daß ich fast nicht verlegen war. So kam es, daß ich hin und wieder Lust hatte, ein paar über das Notwendige hinausgehende Worte mit ihr zu wechseln. Aber der Vorsatz stand in mir bereits fest, mit den Mitschülerinnen so wenig wie möglich umzugehen.

[III.]

Gleichsam im Hintergrund der Klasse saß Bianca Sorani. Unter den vielen neuen Gesichtern, über die meine Augen am Tag meiner Ankunft im Galileo unruhig hinstrichen, wie um herauszufinden, was mein Schicksal in ihrer Mitte sein würde, entdeckte ich ein bekanntes: Ich erinnerte mich an sie, an Graz, an den Besuch bei ihrer Familie und an die Religionsstunden jenseits der Mur. Diese Erinnerung stellte sich unmittelbar und spontan ein, doch anfangs kam sie mir ganz einfach und unbedeutend vor.

Dann erkundigte ich mich bei Alda über sie, ich weiß nicht, ob noch am gleichen Tag oder ein paar Tage später. Zweimal im Leben, nach so langer Zeit und in so verschiedenen Umgebungen einen bestimmten Menschen zu treffen, ist doch etwas, das einen verwundert, besonders wenn man so viele Jahre hindurch nichts mehr voneinander gehört hat. Je dünner das Band, umso unschärfer die Erinnerung: und um so interessanter kommt einem die Entdeckung vor, die man gemacht hat. Es war natürlich, daß ich Alda nach ihr fragte. Ich erzählte ihr also von meiner Erinnerung und fragte sie, ob sie wüßte, wie lange die Sorani nach uns noch in Graz geblieben war, ob sie vor oder nach Kriegsende abgereist sei. Alda wußte es nicht; aber sie sprach mit großer Vertrautheit von ihr, nannte sie einfach Bianca. Ich bemerkte plötzlich, daß auch ich zwanglos von ihr redete, obwohl ich sie kaum vom Sehen kannte und nie ein Wort mit ihr gewechselt hatte. Außerdem wurde mir deutlich, daß ich es war, der dieses Gespräch verlängerte, während Alda offensichtlich das bißchen, das sie mir zu sagen hatte, bereits erzählt hatte; schon fing sie nach ihrer Gewohnheit an, mit den Gedanken abzuschweifen und sich nur mehr halbherzig um mich zu kümmern. Ich war verblüfft, schwieg plötzlich und begriff, daß ich gewünscht hätte, viel mehr zu erfahren. Nachdem ich mir über diese meine unerwartete Neugierde klar geworden war, ließ ich das Gespräch fallen, wie instinktiv reagierend: nicht etwa, daß ich Alda mißtraute, auf deren Blindheit und Diskretion ich mich völlig verlassen konnte, aber mir fiel auf, daß irgend etwas mit mir nicht stimmte.

Warum hätte ich nicht an sie herantreten, warum ihr nicht sagen sollen, daß ich mich an sie erinnerte, sie fragen, ob auch sie noch von mir und von jener Zeit wußte? Wäre mir bei anderer Gelegenheit etwas derartiges passiert, ich hätte mit großem Vergnügen von meiner Erinnerung gesprochen. Bestimmt, zu anderer Zeit, in anderer Umgebung hätte ich sofort Freundschaft zu einem Menschen gefaßt, der auf so unerwartete Weise wieder vor mir auftauchte. Ich hätte den Eindruck gehabt, durch ein gutes und freundschaftliches Band mit ihm verbunden zu sein. Und ich hätte es nicht bezweifelt, daß auch der andere ähnliche Gefühle empfinden müsse.

Nun konnte ich nicht an sie herantreten und ihr sagen, was ich bei anderer Gelegenheit mit einfacher Freude gesagt hätte. Mitschüler und Mitschülerinnen würden mich ironisch beobachten; die meine Worte mithörten, würden denken, der hat einen ziemlich lächerlichen und billigen Vorwand gefunden, mit einem jungen Fräulein ein Gespräch anzuknüpfen; und selbst sie würde vielleicht glauben, daß die Erinnerung und Graz Vorwände waren, daß mir, wie allen jungen Burschen, bloß daran gelegen war, mich mit ihr zu unterhalten. Der Gedanke ließ mich erröten. So war dies eins der allerersten Male, daß ich merkte, daß es wirklich nicht das gleiche ist, mit einem Kameraden oder mit einem Mädchen umzugehen. Ich hatte doch einem gewissen Oldenburger gesagt, daß ich einen Knaben seines Namens gekannt hatte, und er hatte mir erklärt, daß es wohl ein Cousin von ihm gewesen sein dürfte.

Eine Sache, die mit Oldenburger einfach war, war nicht mehr einfach mit der Sorani. Ich wußte nicht, auf welches Thema ich zu sprechen kommen sollte, wußte nicht, welchen Eindruck meine Worte auf sie machen würden, wußte nicht einmal, was ich selbst empfinden würde, hätte ich geredet. Ich war verzagt und schwieg, und nie in meinem Leben kam mir etwas teurer zu stehen als jene Zaghaftigkeit.

Und doch, in der ersten Zeit war dieses Problem für mich nur eins der vielen Probleme meines neuen Lebens. Dann kehrte es immer häufiger wieder; dann bemerkte ich, daß es im Leben kein anderes mehr gab.

Großmutter, die jeden Abend zu uns zum Abendessen kam, erzählte mir eines Tages, nicht lange danach, daß sie die Frau Sorani mit den Töchtern auf dem Pier getroffen hatte und sie ihr gegenüber erwähnt hätten, daß ich jetzt Biancas Klasse besuchte. Großmutter erzählte es mir wieder, ohne der Sache irgendeine Bedeutung beizumessen.

Ich begriff sofort, daß das eine Chance war, viel mehr zu erfahren. Großmutter, dachte ich, wird stehengeblieben sein, um mit ihnen zu plaudern, und wenn sie das Schulthema gestreift haben, werden sie sicherlich etwas über sie, über mich, zumindest über unseren Lernfortgang und unsere schulischen Qualitäten gesagt haben. Wahrscheinlich werden sie sich bei ihr über mich erkundigt haben, und sie wird geantwortet haben, womöglich mit wenigen Worten, mit den üblichen Worten bei solchen Gelegenheiten. Aber diese Worte, die ich mir förmlich Silbe um Silbe berichten lassen konnte (sie wurden vielleicht eine Stunde vorher ausgesprochen), hätten mir, in ihren Nuancen, enthüllt, ob ich auf sie einen günstigen Eindruck gemacht hatte oder nicht; tatsächlich, es wäre mir wahrscheinlich nicht unmöglich gewesen, herauszufinden, ob sie freundlich von mir gesprochen hatte oder mit Gleichgültigkeit, gelangweilt oder sogar mit der Reserve schlecht versteckter Abneigung. Wer weiß, wie viele Dinge ich über sie hätte erfahren können!

Hundert Fragen hätte ich stellen, mir alles bis ins kleinste Detail erzählen lassen wollen. Doch die erste, allgemeine, vorsichtige Frage erstarb mir auf den Lippen. Es war nicht mehr nur meine übertriebene Neugier, die mich verstörte; ich empfand bereits echte und wahrhaftige Angst, eine Angst, die, ich begriff es, sich nicht gut würde verbergen lassen, wenn ich nicht irgendwie reagierte, dem Gespräch keine andere Wendung gab. Großmutter und Mama, die dabei saß, waren nicht Alda. Ich ermannte mich, zwang mich zu einer ruhigen und gleichgültigen Haltung und unterbrach Großmutter, die vielleicht, auch ohne daß ich in sie gedrungen wäre, mehr gesagt hätte, mit einer anderen Frage, die mit dem Thema überhaupt nichts zu tun hatte, so als ob mich diese Erzählung nicht interessiere, als ob es sich um irgendeinen Austausch von Höflichkeiten unter Frauen gehandelt hätte. So ging ich damals vor, und ungefähr auf die gleiche Art verhielt ich mich dann immer, zehn Jahre hindurch und mehr, jedes Mal, wenn von ihr gesprochen wurde.

Aber warum besaß die Sorani diese Fähigkeit, meine Aufmerksamkeit zu fesseln, warum mußte ich immer wieder an sie denken, egal in welche Richtung ich auch meine Gedanken zwingen wollte? Mir kam vor, daß ich nichts begriff und daß ich mich deshalb, mehr als es natürlich gewesen wäre, mit der Sorani beschäftigte. Eben, ich wußte nicht, ob sie sich daran erinnerte, daß wir uns schon in Graz begegnet waren, wußte nicht, ob sie erkannte, daß ich mich daran erinnerte, wußte nicht, welchen Eindruck diese Erinnerung auf sie machen könnte, was sie denken würde, wenn ich sie darauf angesprochen hätte. Das sind kleine Probleme, es stimmt; aber es sind doch Fragen, die eine Antwort verlangen. Werde ich erst eine Antwort haben, so werde ich gleichgültig sein können. Aber auch ohne eine Antwort werde ich mich am Ende beruhigen und zuletzt die Plage, die mir meine absurde Neugier bereitet, vergessen.

Und doch, nein; was ich nicht verstand, war nicht nur das. Sie war es, die ich nicht verstand: ihre Gesten, ihr Verhalten, ihre Worte: alles war mir unverständlich und rätselhaft. Es genügte, daß ich sie einen Moment lang anschaute, und tausend neue, unsinnige und drängende Fragen quälten mein Gehirn, es reichte, daß meine Aufmerksamkeit für einen Augenblick von ihr angezogen wurde: dann konnte ich mich nicht mehr losmachen.

Von den Hunderten guten und schlechten Eigenschaften, die ich ihren Kameradinnen zuschrieb, konnte ich ihr keine einzige mit Sicherheit zuschreiben. Welches Urteil auch immer ich mir über sie machen wollte, ich merkte, daß ich mit genau demselben Recht das Gegenteil hätte denken können. Ich konnte sie nicht schlecht beurteilen, weil ich mich zu stark von ihr angezogen fühlte und weil ich dazu ganz einfach nicht imstande gewesen wäre. Wenn ich dann, auf Grund irgendwelcher Anzeichen, hoffen zu können glaubte, daß in ihr manch gute Seiten stecken müßten, verlor ich mich wieder in tausend Mutmaßungen, in überflüssige und tiefgreifende Analysen, weil ich mich davor fürchtete, ich könnte mir Illusionen machen, weil ich mich an Hinweise von entgegengesetztem Charakter erinnerte.

Ich sah, daß sie nicht zu den Schlimmsten gehörte, was das Benehmen betraf. Etwas abseits saß sie in ihrer Bank im Hintergrund der Klasse und war auch in den Pausen ziemlich ruhig; sie plauderte mit den Kameradinnen, doch gelang es mir nicht zu erkennen, in welchem Ansehen sie bei ihnen stand; mit den Mitschülern ging sie eher selten um, aber ich wußte nicht, ob die sie vernachlässigten oder ob sie es war, die nicht zu viele Vertraulichkeiten erlaubte. Den Eindruck einer Koketten machte sie nicht; doch wäre es mir albern vorgekommen, hätte ich geglaubt, sie sei jeder Ziererei unfähig, gänzlich unbesorgt darum, das junge Fräulein abzugeben, nicht geneigt – warum sie nicht? – einen ihrer Mitschüler auszuspotten, der sich zu sehr für sie interessierte. Ich hatte keine Beweise dafür, daß sie hochmütig und herzlos wie die Padova war; und ich konnte sie auch nicht für naiv und offenherzig, dabei wenig tief im Fühlen wie die Marmori halten. Und ich erkannte nicht einmal, ob sie intelligent war oder nicht, ob sie fürs Lernen Interesse hatte. Sehr bald begriff ich, daß sie eine mittelmäßige Schülerin war; dennoch kam mir vor, sie verstehe gewisse Dinge mit größerem Scharfsinn und tiefgründiger, als man es von der großen Masse der Mittelmäßigen hätte erwarten können.

Kurz und gut, ich durchschaute sie nicht, und deshalb war mein Denken von ihr angezogen. Ich war es gewohnt, mit leichtsinniger

Entschiedenheit vorschnell zu urteilen und dann, obwohl ich mich oft täuschte, im großen und ganzen mit dem Urteil zufrieden zu sein, das ich auf Grund meines ersten Eindrucks gefaßt hatte. Ich weiß nicht, ob das mit dickköpfiger Blindheit oder mit vom Glück begünstigter Intuition zusammenhing: Jedenfalls war ich gewohnt, mich für einen guten Psychologen zu halten, der selten ratlos und nicht sehr oft vor den Kopf gestoßen oder überrascht war. Eben weil der Charakter der Sorani etwas Widersprüchliches und Rätselhaftes hatte, verbiß ich mich jetzt in die Analyse; weil es mir nicht gelang, zu irgendeinem Ergebnis zu kommen, fühlte ich mein Denken angezogen und gefangen.

Verstand ich denn die anderen Mitschülerinnen? Begriff ich vielleicht die Nora Sarfati oder die Piemontesi? Mit glücklicher Einfalt schrieb ich ihnen die eine oder andere Eigenschaft zu, und meine Urteile waren wahrscheinlich richtig, doch sie konnten, das wußte ich nur zu gut, auch vollkommen falsch sein. Darüber ging ich hinweg; ich fand sogar Gefallen daran, jeden Zweifel zu verscheuchen, und wollte mich der Illusion hingeben, auf dem Feld der psychologischen Untersuchungen meiner selbst noch sicherer zu sein, als ich es in Wirklichkeit war. Es machte mir in jenen Jahren förmlich Vergnügen, in meinen Urteilen ein wenig freihändig zu sein, weil ich dann eine um so größere Befriedigung fühlte, wenn ich es erraten hatte; und irrte ich mich einige Male dabei, kümmerte mich das kaum.

Die Sorani hatte, so glaube ich, wirklich einen schwer zu fassenden Charakter: widersprüchlich oder zumindest unausgeglichen. Trotzdem hätte ich über sie eines meiner üblichen globalen Urteile äußern können, wenn mir nicht zuviel daran gelegen gewesen wäre, sie wirklich zu begreifen, wenn mich die Möglichkeit nicht zu sehr irritiert hätte, ich könnte mich täuschen. In vielen anderen Fällen hätte ich meinen ersten oberflächlichen Eindruck für bare Münze genommen; was sie betraf, meinte ich, niemals bedachtsam genug sein zu können. Ich dachte über sie mehr nach als über die anderen, mit skrupelhafterem Interesse und mit größerer Ängstlichkeit, und deshalb konnte ich mir keinen Reim auf sie machen. Der größte

Fortschritt, den der menschliche Intellekt erlangen kann, ist der, das eigene Unvermögen zu erkennen, wurde einmal gesagt.

Es war also nicht so, daß ich mich von einem psychologischen Rätsel intellektuell angezogen fühlte, sondern vielmehr, daß ich dieses Rätsel spürte und darunter litt, weil etwas Unklares und Undefinierbares mein ganzes Wesen zu ihr hinzog.

Bianca war damals ziemlich dünn und fast ein bißchen zu groß und hatte eine richtige Jungmädchenfigur. Doch zugleich lag etwas Reifes, beinahe liebevoll Mütterliches in ihren etwas langsamen, ein wenig lässigen Bewegungen. Dann gab es in ihren Gesten plötzliche Ecken, als ob sich ihr auf einmal völlig neue Gedanken zeigten, als ob sie eine lästige Idee verscheuchen wollte, als ob eine plötzliche Lebhaftigkeit ihre normalerweise ruhige Seele erschütterte oder eine unterdrückte Nervosität in ihr rebellierte. Ich beobachtete sie, wenn sie sich mit den Freundinnen unterhielt, und spürte, daß diese abrupten Gesten, diese »Ecken«, die sich dann sogleich wieder im beinahe feierlichen Rhythmus ihrer üblichen Gestik auflösten, etwas ihr zutiefst Eigenes waren, ein unendlich wichtiges, aber für mich uninterpretierbares Indiz ihrer wahren Natur. Oder war, ganz anders, nicht einmal diese Gestik, nicht einmal ihr lebhaftes und heiteres Plaudern mit den Kameradinnen natürlich an ihr, die ich so oft ernst und nachdenklich, vielleicht ein wenig traumverloren sah? Gab sie sich lebhaft, um den Freundinnen besser zu gefallen, ihnen und auch den anderen? Oder war diese Lebhaftigkeit an ihr spontan, und gewannen nur von Zeit zu Zeit Träume und tiefere Gedanken über sie Oberhand? Diese Stimmungsschwankungen hatten für mich etwas Geheimnisvolles. Mir kam vor, daß sie eine komplizierte und zarte Seele erahnen ließen, große Sensibilität, und vielleicht auch inneren Kampf. Aber war das nun wahr oder bloße Einbildung von mir?

Die blendende Weiße ihres Gesichtes stand in seltsamem Kontrast zu ihrem schwarzen und krausen Haar, das, fest im Nacken zusammengebunden, um ihren Kopf herum einen weichen und dunklen, von schwachem, bronzefarbenem Widerschein schimmernden Rahmen bildete. Diese so schöne und reiche Haartracht, derartig üppig, obwohl dazu gezwungen, den kleinsten Platz einzunehmen, verlieh Bianca ein fast kindliches Aussehen: es war eine anmutige und wilde Natürlichkeit in dieser Mähne, an dieser Pracht, die mißachtet und von ihr fast als störend angesehen zu werden schien.

Ihr Gesicht, von ovaler und regelmäßiger Form, fast ein wenig weich, wirkte noch weicher, liebenswürdiger und nachdenklicher und auch noch weißer in jenem Rahmen aus schwarzem Haar. Ihre zarte Nase, ihre ein wenig vollen, doch blassen Lippen trugen noch mehr dazu bei, ihrem Gesicht einen reinen, ernsten, fast strengen Ausdruck zu verleihen, besonders wenn sie, die Augenlider und die langen Wimpern gesenkt, vor sich hin in ein Buch schaute.

Doch wenn Bianca die Augen hob, dann änderte sich ihr Ausdruck wieder, wurde neuerlich unbeständig und unbegreiflich. Sie hatte wunderbare Augen, derart schön, wie ich niemals mehr ihresgleichen gesehen habe. Sie waren groß und sehr dunkel, jedoch nicht tiefschwarz; ihre große Regenbogenhaut hatte eine dichte und samtartige Farbe, und sie waren voller Licht: sie leuchteten geradezu, strahlten nicht nur. Und wie ausdrucksstark sie waren! Wie differenziert und schwer verständlich ihre Sprache, die zu begreifen ich mich mühte, indem ich alle Kräfte meines Intellekts und meines Spürsinns schärfte, und die zu begreifen mir niemals gelang. Jene Augen sagten mir einmal dies, einmal das genaue Gegenteil. Nie wußte ich, ob sie aufrichtig waren, niemals konnte ich die beständige Angst, mich zu täuschen, loswerden. Sie waren ein unlösbares Rätsel und besaßen eine unbesiegbare Anziehungskraft: Ich vermochte es nicht, meine Augen von den ihren zu lösen, konnte keine Ruhe finden, den Schmerz meiner Ungewißheit, meines Verlangens nach Begreifen nicht besänftigen.

Manchmal schweiften ihre Augen langsam und nachdenklich oder vielleicht auch gelangweilt umher. Ein eigenartiger Ernst lag in ihnen, ein Ernst, der im Widerspruch stand zu dem naiven Ausdruck, wie ihn alle sehr großen Augen haben, die an die Augen von Kindern denken lassen. Manchmal schienen sie fixiert zu sein, dann bewegten sie sich ruckartig, nervös; und dann fixierten sie wieder etwas in ihrem Blickfeld.

Ich begriff bisweilen, daß die Sorani bemerkte, daß ich sie anschaute und sie beobachtete, obwohl ich versuchte, so vorsichtig zu sein, wie ich konnte. Aus der Art, wie sie auf meinen Blick antwortete, hätte ich doch viele Dinge herauslesen können, dachte ich. Deshalb besiegte mein Wunsch zu wissen ab und zu meine Schüchternheit, und meine Augen wichen nicht immer aus, wenn sie ihren begegneten. Da waren sie dann förmlich betäubt. Doch was konnte ich schon erkennen, war doch der Ausdruck ihrer Augen jedesmal anders? Manchmal erhoben sie sich für einen Moment zu mir und senkten sich dann sofort wieder, als würden mein Wesen und mein Blick in ihr bekannte und lästige Gedanken hervorrufen, die vorbeigehen und keine andere Spur hinterlassen als ein intensives Gefühl des Überdrusses. Bisweilen wirkten sie schüchtern, ihre schwarzen Augen: sie erhoben sich zu mir, flohen dann in einer schnellen, aber kaum wahrnehmbaren Bewegung; dann kehrten sie wieder zum Buch zurück, wandten sich aufs neue mir zu, wandten sich wieder zur Flucht. Diese schüchterne Unsicherheit kam mir süß und gut vor; mir kam fast vor, als wolle sie mich freundschaftlich anschauen, fühle sich aber verwirrt, oder flößte ich ihr eine Art Scheu ein? Dann wieder schauten mich ihre Augen fest an, hielten, kalt und selbstsicher, meinen Blick und waren erfüllt von einem stechenden, harten, bösen und feindseligen Ausdruck: es hatte den Anschein, daß sie brannten und Funken sprühten. Und wenn ich den Blick senkte und ihn dann, da ich nicht widerstehen konnte, wieder zu ihr hob, sah ich, daß sie mich ernst und nachdenklich fixierte: Ihre Augen drückten Verwunderung aus, als fragte sie mich mit bekümmerter Offenheit nach dem Grund dieser meiner Blicke und dieser Verstörung, als ob sie zu verstehen wünschte, was ich von ihr dachte und was in meiner Seele vor sich ging. Wieder bei anderer Gelegenheit bewegten sich ihre Augen schnell und funkelnd, mit der Sicherheit einer bewußten Macht, und warfen mir plötzlich einen Blick zu, der ein Pfeilschuß war, voller Ironie und Spott.

Ganz anders war der Eindruck, den Bianca auf mich machte, wenn ich sie von der Seite ansah. Ihre Lippen sprangen vor, ihr ganzes Profil war etwas fliehend, was noch dadurch betont wurde, daß sie ein bißchen eine »Spitznase« hatte. Von der Seite betrachtet war Biancas Ausdruck nicht von sanftem Liebreiz, sondern frech und gequält, der Ausdruck eines unruhigen und wankelmütigen Wesens.

Im Profil war die Sorani nicht schön; sie hatte die Gesichtszüge einer Negerin oder Araberin, und das stand in seltsamem Gegensatz zur blendenden Weiße ihrer Haut. Von vorn, ja, da kam sie mir schön vor, sehr schön, besonders wenn ihre Augen mich fixierten. Sie ähnelte der Giuditta von Cristofano Allori: die Gesichtszüge waren weniger perfekt, doch ihr Ausdruck bisweilen beeindruckend ähnlich: kindlich und rein, aber verschleiert vom Schatten eines alles andere als kindlichen Gefühls.

Biancas Stimme war weich und wohlklingend, nicht allzu eindringlich oder schallend, im Gegenteil, vielleicht ein wenig dumpf, aber voll nuancierter Ausdruckskraft. Wenn sie in der Klasse laut vorlas (insbesondere Professor Toller ließ sie, in den Italienischstunden, ziemlich häufig vorlesen), fühlte ich mich wie im Traum, kam mir vor, daß mein Gehirn nicht mehr fähig sei zu denken; daß mein ganzes Wesen sich mit nichts anderem beschäftigen könne als mit dem Klang ihrer Stimme. Da war dann eine große Sanftheit in mir und auch eine fast schmerzliche Verwirrung.

Eigenartig war ihr Lächeln, kurz und zurückhaltend, fast schüchtern, ähnlich einem leichten Windhauch, einer kindlichen Grimasse. Wenn sie lächelte, wirkte sie immer verlegen, und ich begriff nicht, war dieses Lächeln nun aufgesetzt oder vielmehr unterdrückt. Die anmutige Schüchternheit des kleinen Mädchens unterstrich den reifen Ausdruck, den ihr Gesicht manchmal hatte, noch mehr. Lachte sie aber, kam mir Bianca beinahe häßlich vor. Das hing vielleicht mit einem Zahn zusammen, der ihr im Oberkiefer links ein wenig schief gewachsen war. Vielleicht war es nicht einmal dieser Zahn, der sie beim Lachen häßlich aussehen ließ, sondern das Zusammenziehen des Gesichts, um die Lippen zu zwingen, den kleinen Fehler nicht zu enthüllen. Und war auch ihr unterdrücktes

Lächeln voller Anmut, so drückte ihr jenes unterdrückte Lachen einen unnatürlichen Zug auf, der mir mißfiel und geradezu weh tat. Ich erinnere mich, sie in jenem ersten Jahr nur selten lachen gesehen zu haben.

Nie jedoch empfand ich die Verwirrung, die aus ihrer Betrachtung herrührte, so lebhaft, als wenn ich sie sich bewegen und gehen sah. Ich mußte zugeben, daß sie sich etwas plump und ohne Anmut bewegte. Sie hatte nicht den sicheren und elastischen Schritt der anderen Mädchen; im Gegenteil, beim Gehen streckte sie den Kopf ein bißchen nach vorn, und sie wackelte hin und her wie ein unartiges Kind, das in den Wolken schwebt und seinen Gang in der Bemühung, schön und elegant zu wirken, noch nicht zu beherrschen versteht. Ich spürte, daß mir diese Unart unendlich lieb war, mehr noch als alles andere an ihr. Oft, wenn ich sie anschaute, war ich voll Kümmernis, voller Zweifel und Verzweiflung. Wenn ich sie aber mit jener kindlichen Unbeholfenheit und doch mit einer gewissen weiblichen Schmiegsamkeit gehen sah, fühlte ich mein Herz erfüllt von Ruhe und Süßigkeit, fühlte, daß meine Erregung nicht länger qualvoll, sondern vermischt war mit einem Gefühl von demütiger Bewunderung. Vielleicht erregte mich gerade die sanfte und glutvolle orientalische Majestät, die es in Bianca gab, sie zog mich an und erweckte in mir, einem Bewunderer der kalten Perfektion, atavistische Gefühle, deren ich mir selbst nicht bewußt war, deren Stärke und Macht ich nicht einschätzen konnte.

Dann kam ich mir verhext vor, und ich wünschte diese Leidenschaft zu verjagen, so wie ich mich früher gegen Einflüsse aufgelehnt hatte, die meine Natur verändern und meinen Intellekt hätten verwirren können. Doch die Macht, die auf mich wirkte, die empfand ich zu stark, zu tief in meinem Wesen, als daß mein schwacher Wille einen Sieg hätte erhoffen dürfen, als daß ich nicht verstanden hätte, daß jeder Kampf vergeblich sein würde, absurd, fast unmenschlich. Deshalb beugte ich den Kopf und kehrte wieder zu meinen Gedanken und zu meiner Qual zurück.

So erschien mir Biancas Äußeres. Über ihre moralischen Qualitäten habe ich in langen, schmerzlichen Jahren viel phantasiert und viele Vermutungen angestellt, und nie konnte mein Denken bei einem Urteil haltmachen. Ich wußte nie, was an ihr echt, was gekünstelt und was einfach von meiner Phantasie erzeugt war.

Gewiß, Bianca kam mir nicht gleich so vor, wie ich sie jetzt beschrieben habe. Mehrere Wochen vergingen: von dem Tag, an dem ich mich zum ersten Mal für sie interessierte, bis zu dem, wo ich mir selbst eingestehen mußte, daß ich wirklich in sie verliebt war. Das erklärt sich aus dem Umstand, daß das viele Neue im Galileo mich derart ablenkte, daß ich weniger Zeit als üblich fand, mich selbst zu analysieren.

Eines Abends ging ich vom Haus Tante Mariettas, wo ich fast alle Nachmittage verbrachte, heim. Mein Onkel begleitete mich, weil er Mama, die kränkelte, besuchen wollte. Wir gingen über den zu dieser Stunde von eleganten Leuten überfüllten Corso. Nach drei oder mehr Stunden äußerst intensiven Lernens war ich ziemlich müde, und das Kommen und Gehen so vieler Menschen hinderte mich daran, meine Gedanken auf etwas Bestimmtes zu konzentrieren oder ein Gespräch mit dem Onkel anzuknüpfen. Deshalb schritten wir still voran, und meine Augen richteten sich zerstreut auf die vielen unbekannten Gesichter, die uns entgegenkamen. Aus diesen Gesichtern zog ich ein vages Gefühl des Überdrusses und des Unbehagens. Ohne daß ich wirklich ein klares Urteil formuliert hätte (mein Hirn war träge, und ich hatte keine Lust zu denken), spürte ich dennoch hinter den Gesichtern dieser gut gekleideten Leute eine abstoßende Vulgarität durchschimmern. Die vielen groben Gesichtszüge, denen meine Blicke begegneten, ließen mich denken, ich würde dazu verdammt sein, unter Menschen zu leben, die nicht zu mir paßten, unter Leuten, die, träte ich an sie heran, mir sicherlich wenig wohlgesinnt, vielleicht sogar schlecht gesinnt sein würden. Die Tristesse dieser übrigens äußerst vagen Betrachtungen machte mich gegen meine Umgebung noch unaufmerksamer und verstärkte noch mein Gefühl der Müdigkeit.

Und da, unter den vielen Gesichtern, die mein Blick streift und überfliegt, ein Gesicht, das auf mich einen ganz anderen Eindruck macht: das Gesicht eines kleinen Mädchens, zart und ernst, auf sanfte Weise nachdenklich; das erste nicht vulgäre Gesicht, dem ich begegne, das erste Gesicht, das mich an eine empfindliche und wohlgesinnte Seele denken läßt. Das ist nur ein Eindruck, weil kein klarer Gedanke durch meinen Kopf geht. Doch bevor es mir gelingt, meine Trägheit abzuschütteln, senkt sich jenes ernste Gesicht leicht, ohne seinen sanften und nachdenklichen Ausdruck zu verändern, und grüßt mich.

Ein Ruck: sofort verschwindet meine Trägheit, und ich erlange wieder volle Bewußtheit. Mein Herz zuckt zusammen, eine plötzliche und heftige Erregung bemächtigt sich meiner: Verwirrung und Verwunderung. Ich wundere mich, sie nicht wiedererkannt zu haben (vielleicht wegen eines hohen, fast zylindrischen Hutes, den sie damals trug); ich wundere mich über den mir so spontan eingekommenen Gedanken, über das förmlich unbewußt abgegebene Urteil und über den sanften, ernsten Gruß, den sie mir als erste entboten hat. Meine Verwirrung ist derart, daß ich diesen freundschaftlichen und höflichen Gruß nicht einmal erwidern kann. Ich spürte nämlich, daß nur die Taubheit es mir erlaubte, mein Gleichgewicht zu halten. Hätte ich gegrüßt, wäre ich sicher rot geworden, hätte mich ihr gegenüber verraten, aber auch meinem Onkel gegenüber, der mich begleitete und der mich hätte fragen können, wer sie sei.

Es war das Schicksal selbst, das mir bedeutete, daß ich sie würde lieben müssen; es war der Ausdruck ihres Gesichtes, der als einziger unter Tausenden zu meinem Herzen gesprochen hatte. An jenem Abend kehrte ich mit dem Kopf voller Träume heim und mit dem Bewußtsein, daß die Barriere, die zwischen uns stand, wieder höher, um vieles höher geworden war.

So erkannte ich, daß ich wirklich in sie verliebt war, und ich begann mich zu fragen, wie ich mich verhalten sollte, was ich tun müsse.

Eben, wenn alles gewesen wäre, wie ich es wünschte, wenn im Leben, und besonders in der neuen Schulumgebung, ich noch nicht auf Unerfreuliches und Angsteinflößendes gestoßen wäre, wenn ich nicht Erfahrungen gemacht hätte, die mir nahelegten, auf der Hut zu sein, hätte ich träumen können, hätte Zukunftspläne schmieden und glauben können, daß ich mich daran halten würde. Ich aber träumte, und zugleich glaubte ich nicht an meine Träume.

Und wenn ich selbst hätte hoffen dürfen, daß meine Träume eines Tages Wirklichkeit werden würden: einstweilen würde ich Bianca beobachten und schweigen. Ich würde versuchen, sie kennenzulernen, ihre Gespräche mit anzuhören, in Erfahrung zu bringen, was die anderen von ihr dachten, würde trachten, Informationen über sie zu sammeln. Und so durch einige Zeit. Dann, allmählich, würde ich mich ihr nähern, würde mit ihr reden, anfangs über schulische Dinge, über unbedeutende konkrete Angelegenheiten, dann über hundert andere Themen, über all das, was mich interessierte und mich beunruhigte. Ich würde versuchen, ihr Vertrauen einzuflößen, würde sie freundschaftlich und schlicht behandeln, ihr meine Ansichten sagen und ihre hören wollen, würde ihr beim Lernen helfen, würde immer häufiger mit ihr zusammensein, würde sogar versuchen, Bekanntschaft mit ihren Familienangehörigen zu schließen, um ihr nicht nur in der Schule nahe zu sein. Dann, eines Tages, würde ich es ihr sagen. Im Gang unserer Schule, zwischen zwei Säulen der Balustrade, vor allen (die uns im großen Pausenlärm allerdings nicht würden hören können) würde ich eine Hand auf die ihre legen; sie würde mich anschauen, und ich würde ihr sagen: »Bianca, ich hab dich gern.« So, ganz einfach, würde ich es ihr sagen; ja, sogar noch ungezwungener, in unserem bescheidenen und vertrauten Dialekt: »Te voio ben.« Dann würden wir Freunde sein, und für viele Jahre würden wir zusammen arbeiten, bis andere Zeiten kommen würden und sie meine Gefährtin sein würde für das ganze Leben.

Vorderhand schwieg ich, und ich schwieg dann dieses ganze Jahr, in dem es mir noch relativ leichtgefallen wäre, zu reden. Aber weshalb schwieg ich?

Sehr frühzeitig, noch in demselben vierten Gymnasialjahr, begann sich in mir die Meinung zu bilden, daß ich diese Liebe bekämpfen müsse: ich meine, die Liebe als möglichen Antrieb zu irgendeiner Handlung, nicht das bloße Gefühl, ich spürte das Gefühl stärker als meinen Willen. Mir kam nämlich vor, daß es widersinnig und schlecht sei, mich ihr zu nähern, wenn eine so unlogische und unmäßige Leidenschaft mich dazu anspornte. Hätte ich nämlich gedacht, daß ich schlecht daran tat zu schweigen, daß mein Benehmen absurd und unmoralisch war, daß man, wenn man verliebt ist, es zu verstehen geben muß und versuchen muß, glücklich zu sein, hätte ich mich zumindest bemüht, meine Schüchternheit zu besiegen, wenn auch, höchstwahrscheinlich, ohne Erfolg. Ich sah die Dinge allerdings anders. Jene nicht meinem redlichen Urteil entspringende Leidenschaft erschien mir sofort eher tadelnswert als billig; und andererseits empfand ich auf Grund einer alten, kindischen Anschauung das Bedürfnis, gewisse Gefühle zu verbergen.

Außerdem fing ich an, mich darüber zu grämen, daß Bianca nicht so war, wie ich sie gewollt hätte; begann zu wünschen, daß sie Eigenschaften besitze, die sie nach meinem Wissen nicht haben konnte, mit schmerzlicher Unruhe immer neue Ursachen für trübe Gedanken in jedem ihrer Worte zu suchen, in jeder ihrer Regungen, die in mir den Verdacht aufkommen ließen, daß ihr die eine oder andere der mir unangenehmen Eigenschaften nicht fremd war, jene, die ich an den anderen jungen Mädchen entdeckte. Gewisse Fehler, die mir bei den anderen bereits als natürlich und logischerweise mit ihrem weiblichen Wesen verknüpft vorkamen, verursachten mir, entdeckte ich sie an ihr, einen stechenden, beständigen Schmerz.

Ich glaube daher, daß der Umstand, daß ich mir über sie niemals etwas vorgaukeln wollte und konnte, wirklich von einiger Bedeutung war; daß ich sie, so teuer es mir auch zu stehen kommen konnte, immer mit kritischem Geist, mit dem Vorsatz, sie unvoreingenommen zu beurteilen, betrachtete. Hätte ich mich statt dessen trügerischen Hoffnungen hingegeben und sie, zum Unterschied von den anderen, als ein vollkommenes und ideales Wesen angesehen, wäre in meiner Seele nur Anbetung und kein Schmerz gewesen, so hätte ich das nicht zu rechtfertigende Mißverhältnis zwischen den Gefühlen, die ich für sie, und denen, die ich für ihre Genossinnen empfand, nicht derart nachdrücklich gespürt.

Zu Zeiten, in denen ich die Schwere meines Schweigens und der Barriere, die mich von ihr trennte, stärker spürte, sah ich die Dinge von einem anderen Gesichtspunkt und zog aus meinen Analysen Schlüsse, die mir nicht zur Ehre gereichten; ja, die mich sogar mit stillem Groll gegen mich selber aufbrachten. Ich wollte mir keine Illusionen machen, und mir kam vor, daß die Rechtfertigung meines Handelns aus ideellen und moralischen Gründen, oder jedenfalls der Glaube, es sei von freiwilliger Entscheidung bestimmt, nichts anderes war als unbewußte Heuchelei, die zum Ziel hatte, meiner Eigenliebe eine allzu harte Lektion zu ersparen.

Es geschah nur aus Schüchternheit, aus einfacher, unsinniger, absurder Schüchternheit, daß ich schwieg und mich von ihr fernhielt. Alles übrige war bloße Vorspiegelung, war nur Methode, meine absolute Unfähigkeit vor den eigenen Augen zu verschleiern, die heftige und krankhafte Erregung zu besiegen, die mir ihre Anwesenheit hervorrief, das Nennen ihres Namens, jeder Gedanke an sie. Ich war ein Kranker, und noch dazu ein Feigling, weil ich versuchte, mich selbst hinters Licht zu führen. Die Lage, in der ich mich befand, war folgerichtig und unvermeidbar, weil ich ein unglückseliger Krüppel war, der sich vom Leben nichts erhoffen durfte. Wenn ich mich anstatt in Bianca, die ich nicht begriff, in ein augenscheinlich nicht mit diesen schwerwiegenden Fehlern behaftetes Mädchen verliebt hätte, wenn ich mich statt in jenem bürgerlichen, affektierten und feindseligen Milieu unter offenen und wohlgesinnten Leuten aufgehalten hätte, wäre deshalb nichts anders gewesen: Ich hätte dieselbe Schüchternheit empfunden, hätte es zugelassen, daß sich zwischen mir und dem geliebten Wesen dieselbe Barriere des Schweigens aufbaute. So dachte ich mehr als einmal, und es gab etliche Hinweise, die mich zu dem Glauben veranlaßten, daß ich mich nicht irrte, wenn ich so dachte.

Sicher, das lange Schweigen hatte meine Schüchternheit vergrößert. Je näher man einem Menschen ist, ohne mit ihm zu reden, und auch wenn man zu verstehen gibt, wenigstens mit Blicken, daß man ihn beobachtet und sich für ihn interessiert, um so schwieriger wird es dann, das Schweigen zu brechen, um so eingeschüchterter fühlt man sich, besonders wenn man es von Natur aus ist. Ich mußte mich also nicht wundern, dachte ich, wenn ich jetzt, nach einer so langen Zeit des Schweigens, nicht mehr fähig war, das Wort an sie zu richten; es war nicht zwingend, daß ich, aus dem Grund, wirklich ein psychisch erblich belasteter Mensch war. Doch warum hatte ich in der allerersten Zeit nie mit ihr gesprochen, nicht einmal auf die vorsichtigste Art, nicht einmal über die gleichgültigsten Dinge? Dafür sah ich bisweilen einen besonderen Grund. Es war ein Grund, der ungereimt wirkte, geradezu paradox, der aber letzten Endes stimmte, zumindest auf eine andere Seite der Wahrheit hinwies. Ich war nicht nur ein Unglücksmensch und ein Feigling, sondern auch ein Idiot; aus einem psychologischen Irrtum war ich in dieser Sackgasse gelandet, weil ich mich zum Gefangenen einer Situation gemacht hatte, die ich selbst hatte erzeugen wollen und die ich dann nicht zu beherrschen vermochte.

Das Schweigen war, mehr oder weniger unbewußt angewandt, das Mittel gewesen, ihre Aufmerksamkeit auf mich zu lenken; ihr den Gedanken einzugeben, daß ich anders, besser als die anderen war. Und außerdem war es auch ein Vorwurf gewesen (ein stummer Vorwurf, der mir wirksamer erschien), weil sie nicht so war, wie ich sie wollte, weil sie ihr Benehmen nicht änderte, um mir angenehmer zu sein, um meine Anerkennung zu erlangen.

Ich hatte nicht verstanden, daß in diesem Milieu, unter diesen Leuten, Schweigen bedeutet, links liegen gelassen zu werden, zu verschwinden; ich hatte mir nicht bewußt gemacht, daß Bianca nicht sein konnte wie ich, meine Manien nicht mit mir teilen konnte. Für mich war unter neunundneunzig, die redeten, der Interessanteste der hundertste, der schwieg: Der Schweigsame wurde für mich zu einem Problem und daher der beständige Gegenstand meiner Aufmerksamkeit. Bianca hingegen wird, wie viele andere, gedacht haben, daß ich aus Schüchternheit oder aus Hochmut oder aus Armseligkeit des Geistes und Ideenmangel schwieg oder, wenn sie es wirklich gut mit mir gemeint haben sollte, aus einer harmlosen Verschrobenheit, auf Grund eines leichten Dachschadens.

Ich schließlich habe es arg übertrieben, habe den Bogen überspannt, bis er riß, habe mich in meinem Schweigen begraben. So hat sich Nemesis, die Göttin, die aus der Schuld die nämliche Bestrafung für den Schuldigen macht, an mir gerächt. Für meine lange Qual, für meine tiefe Liebe, wollte mich kein Gott entschädigen.

Oft, wenn ich an diesen Beweggrund meiner Geschichte dachte, empfand ich ihn als so zutreffend, daß ich beinahe glaubte, die Wahrheit gefunden zu haben, die ich suchte, endlich klar zu sehen. Dies war in der Tat die für mich entehrendste Interpretation. Auf dieser Welt irrt man sich aber manchmal sogar, wenn man das Schlimmste denkt. Ich irrte gewiß, als ich das für die ganze Wahrheit hielt. Es war nur ein kleiner, ein sehr kleiner Teil der Wahrheit.

Was mein Verhalten sicherlich am stärksten beeinflußt hatte (es handelte sich allerdings eher um die Auswirkung zweiter Gründe als um eine wirkliche und eigentliche Ursache), war, daß ich mißtraute. Ich mißtraute, wie ich gesagt habe, meiner Umgebung, mißtraute den Mitschülern: Ich fürchtete ihre Boshaftigkeit, ihre Spötteleien. Ich fürchtete sie vielleicht nicht so sehr, weil ich meine Eigenliebe keiner Demütigung aussetzen wollte (bei anderen Gelegenheiten konnte ich das ziemlich gut), als vielmehr deshalb, weil ich mich dieser so tiefen, dunklen und meinem vernünftigen Wesen fremden Gefühle gleichsam schämte. Eigenartig: einerseits hätte ich mich gedemütigt gefühlt, wenn jemand vermutet hätte, daß ich verliebt war; andererseits dachte ich, daß diese Gefühle Anzeichen für eine edle Seele sind. Deshalb wollte ich nicht, daß meine Gefühle beleidigt würden, daß man sie brutal ans Licht holte.

Auch ihr mißtraute ich. Ich fürchtete, daß sie Gefallen daran finden würde, mich auszulachen, wie mich sicherlich viele andere Mädchen bei der Gelegenheit aufgezogen hätten (übrigens vergaß ich nie, daß ich in den Augen der meisten Mitschüler lächerlich wirkte); oder daß Bianca, meine Gefühle erratend, diese unangemessen und unangebracht finden, sich ihrer schämen würde und davon verlegen gemacht. Ich fürchtete sogar, daß sie sie als Anzeichen für einen anomalen, schwärmerischen und überspannten Charakter mißbilligen könnte.

Ich hatte die Gewohnheit, mir von jeder Schwierigkeit ein übertriebenes Bild zu machen. Deshalb wurde mein Mißtrauen für mich zu einem unüberwindbaren Hindernis, und die Unannehmlichkeiten, die ich fürchtete, erschienen mir als unvermeidliche und gewaltige Übel, denen zu trotzen ich nicht den Mut hatte. Andererseits war ich unfähig, Hilfsmittel zu finden; nicht einmal die Möglichkeit tauchte vor meinen Augen auf, mich ihr zu nähern und dabei Gleichgültigkeit vorzutäuschen oder sogar nur jene Art des Interesses, das die Burschen den jungen Mädchen gegenüber an den Tag legen. Ich hätte vorsichtig und reserviert sein wollen, zumindest in der ersten Zeit; aber es wäre mir unredlich vorgekommen, ein gespieltes Verhalten anzunehmen, um Verdächtigungen abzuwenden. Und wahrscheinlich wäre es mir nicht einmal gelungen.

Der erste Schmerz, den Bianca mir zufügte, der erste Anlaß zur Betrübnis: Sie war keine gute Schülerin. In der Schule fand eine Preisverteilung an die Vorjahrsbesten statt. Es ging um Bücher, und die Preise waren in zwei Kategorien eingeteilt. Die der höheren Kategorie hatten Babich, Kahn und die Padova für sich errungen; die restlichen die Piemontesi, die Marmori, Borselli und einige andere. Und sie hatte nicht einmal einen schäbigen zweiten Preis bekommen, den sogar die Marmori zu ergattern verstanden hatte. Die Wirklichkeit trat so zum ersten Mal in direkten Widerspruch zu meinen Träumen. Tief in meiner Seele gab es den Wunsch, die beste Gefährtin, die einzig wahre Freundin möge mir in schulischen Dingen eine intelligente Hilfe sein; sie sollte förmlich mit mir wetteifern und mir Ansporn sein, es immer besser zu machen; durch Wetteifer und den Wunsch, in ihren Augen besser dazustehen, sollte sie neue und unerwartete Geisteskräfte in mir wecken.

Jetzt, wo ich wünschte, in Bianca die gesuchte Gefährtin zu finden, mußte ich bemerken, daß ich mich über diesen so wichtigen Punkt keinen trügerischen Hoffnungen hingeben konnte. Andere Zweifel und andere Befürchtungen hatten mich bereits gepeinigt, doch hier handelte es sich um Gewißheit: Es war Tatsache, daß die Sorani eine mittelmäßige, eine sehr mittelmäßige, fast schlechte

Schülerin war. Mir blieb nichts anderes übrig, als zwischen den zwei Seiten eines Dilemmas zu wählen: Entweder hatte sie eine ziemlich bescheidene Intelligenz, oder sie hatte wenig Lust zum Lernen, wenig Pflichtgefühl. Ich kann nicht sagen, wie sehr mir dieser Gedanke auf der Seele brannte, wie schmerzlich mir diese Überlegung war. Anstatt zu folgern, daß ich mich in ihr getäuscht hatte, und mich nicht mehr um sie zu kümmern, empfand ich großen Schmerz, konnte weder Frieden finden noch mich begnügen, wünschte ich sehnlich und qualvoll, daß etwas, von dem ich wußte, daß es stimmte, nicht wahr sei.

Je mehr ich darüber nachdachte, desto schmerzlicher waren die Schlüsse, zu denen ich kam. Eine alte Theorie von mir besagte, daß diejenigen, die wirklich intelligent sind, lernen und in der Schule bestehen. Obwohl ich die umworbenen Lorbeeren eines ausgezeichneten Schülers wenig schätzte, kam es mir dennoch absurd vor, daß ein Mensch, der die Möglichkeit dazu hatte, sich nicht bemühte, sie zu erlangen.

Das will nicht meinen, daß ich die Sorani für dumm hielt. Ein Urteil solcher Art kann man über ein Wesen, das einen dermaßen fesselt und verwirrt, nicht fällen: Zu viele und allzu komplizierte Gedanken hatte ich in ihren Kopf hineingehofft und hineingefürchtet. Doch war ich ihr und mir selbst gegenüber unerbittlich. Hatte ich bei anderer Gelegenheit jemand für wenig gescheit gehalten, nur weil er in der Schule nicht gut war, wollte ich nun keinen anderen Maßstab anlegen, wenn es sich um sie drehte. Nein: es war sehr wahrscheinlich, mehr, es war sicher, daß auch die Sorani keine Intelligenz ersten Ranges hatte. Schon damals, glaube ich, hatte ich gelernt, der Intelligenz keine übertriebene Bedeutung beizumessen und auch weniger gescheite Menschen zu schätzen. Doch an Bianca war mir zu viel gelegen, als daß ich mich leicht damit hätte abfinden können, sie für mittelmäßig anzuschauen.

Ich hielt sie dennoch (und ich glaube, nicht zu Unrecht; und ich bemühe mich, objektiv zu sein) zumindest für so intelligent, daß sie, hätte sie gewollt, besser bestehen hätte können, sehr viel besser, als sie tat. Ich sah mich daher zu der Einsicht gezwungen, daß sie wohl keine große Lust zum Lernen hatte, daß die Pflicht sie nicht so drückte, wie es bei mir war. Ich hatte keine Freude am Lernen; ja, nur wenige Monate zuvor hatte ich sogar daran gedacht, zu rebellieren. Ich liebte aber meine Unnachgiebigkeit, meinen Entschluß, bis zur Vollkommenheit zu lernen oder überhaupt nicht, meinen moralischen Absolutismus. Mußte ich auch sie in die große Schar derjenigen einreihen, die, unfähig, sich gegen die Schule aufzulehnen, versuchen, deren Gesetze zu umgehen, versuchen, sich zu drücken und den Tribut nicht zu leisten, versuchen, herumzuhandeln und zu begaunern? Gerade jetzt wollte ich mir vor Augen halten, daß ich für diese Leute immer Verachtung empfunden hatte, sie stets für prinzipienlos, unredlich und ohne Würde gehalten hatte. Ich konnte nicht umhin, auch Bianca dazu zu zählen, wollte ich mich nicht in wenig ehrenhafte Illusionen flüchten.

Ferner wußte ich, daß diejenigen, die lernen, und jene, die nicht lernen, in der Schule zwei oft im Streit liegende Parteien bilden, weil sie einander entgegengesetzte Anschauungen vertreten. Mir war klar, daß die, die nicht lernen, auf die Büffler herunterschauen, daß sie sich fast immer irgendeines kleinen Betruges bedienen müssen, irgendeines Kniffs, irgendeines der üblichen, armseligen schulischen Tricks, wußte, daß sie sich ihrer bedienen und sich dessen rühmen und denjenigen für dumm und untüchtig halten, der nicht so vorgeht wie sie. Bianca konnte, weshalb auch, nicht anders denken, konnte sich der Notwendigkeit, sich mit den gewohnten, unsympathischen Mittelchen herauszuwinden, nicht entziehen. Gewiß, auch sie wird sich mehr als einmal in der demütigenden Situation befunden haben, von irgendeinem unter der Bank versteckten Buch abschreiben zu müssen, im Bewußtsein, daß, würde sie entdeckt, der Professor sie zu Recht ausschelten und bestrafen würde; auch sie wird sich mehr als ein Mal geringschätzig und spöttelnd über irgendeinen Streber geäußert haben. So würde sie sich wohl auch über mich auslassen, würde ich diesen Wesenszug deutlich hervorgekehrt haben. An diesem einfachen Umstand des Lernens begann ich zu merken, daß wir uns in zwei entgegengesetzten und feindlichen Lagern befanden, daß die Barriere, die mich von ihr trennte, nicht nur die des Schweigens war.

Allerdings bestand eine letzte, geringe Hoffnung: Bianca würde sich vielleicht bessern, würde meine Mißbilligung erkennen, würde sich schämen, würde den Wunsch empfinden, so zu handeln wie ich, zu tun, was ich für gut hielt. Bianca aber zeigte, sowohl in dem Jahr als auch in den folgenden, daß es sie überhaupt nicht dazu drängte, mehr zu lernen, daß sie nicht einmal im entferntesten daran dachte. Im Gegenteil, es machte den Anschein, daß sie mit den erlangten Resultaten höchst zufrieden war, ihr Gewissen ruhig, ihr Ehrgeiz gestillt, weil sie ohne Prüfungen aufstieg, weil sie, wenig lernend und sich durchaus nicht beunruhigend, davonkam. Es hatte den Anschein, soviel ich über Dritte wußte, daß auch ihre Familienangehörigen zufrieden waren und beinah stolz auf sie. Nicht nur Bianca mangelte es an Selbstachtung und nicht nur sie fühlte nicht, wie armselig es ist, sich häufig in der demütigenden Lage dessen finden zu müssen, der wenig gelernt hat; eine andere Überzeugung bildete sich in mir heraus: daß ihr Milieu von dem meinen von Grund auf verschieden sein mußte, daß die Ziele, die Prinzipien, die Sitten der Menschen, die sie umgaben, großteils denen meines Milieus entgegengesetzt waren. Und ich erfuhr sehr bald, daß die Familie Sorani zu der Bürgerschicht gehörte, die mein Vater ablehnte und der er feind war.

Obwohl alles andere als entschlossen, Möglichkeiten zu suchen, mit der Sorani in Verbindung zu treten, beschäftigte ich mich sehr bald (getrieben von Neugierde und von jener Anziehungskraft, die alles, was sie betraf, für mich hatte) mit den Menschen, die ihr nah standen und mit denen ich leichter würde Freundschaft schließen können.

In der Klasse neben der unseren, der Zwei B, saß ihr Bruder. Ich sah ihn nie mit ihr zusammen und erinnere mich auch nicht daran, wie ich erfahren habe, daß er ihr Bruder war. Ich erinnere mich nur, daß er sich manchmal mit den anderen Mitschülerinnen aus meiner Klasse unterhielt und daß er mir aus diesem Grund auffiel. Es war nicht üblich, daß unsere jungen Fräulein sich herbeiließen, mit Knaben zu plaudern, die jünger waren als sie.

Er war ein kleines und schmächtiges Bürschchen und redete fast immer mit jener sprunghaften Hast, die ich zeitweise auch an ihr beobachtet hatte. Er kam mir ziemlich schüchtern vor, hatte schwarze, weder pfiffige noch durchdringende, im Ausdruck eher freundliche Augen, und er war nicht hübsch, im Gegenteil, eher häßlich, zu blaß und dünn, mit einem ein wenig stark profilierten Gesicht. Mit jedem, der sich ein bißchen mit ihm abgab, schien er geneigt, Freundschaft zu schließen, sein Geplauder sollte ihn offensichtlich angenehm und interessant machen, und er schien keine Neigung zu Beleidigung oder Spöttelei zu haben, wie sie so viele andere hatten. Ich sah, daß er um den einen oder anderen aus meiner Klasse herumschwirrte, daß er sich manchmal bei den Aufgaben helfen ließ, und dachte mir, vor allem aus letzterem Grund, daß es nicht einmal für mich schwierig sein würde, mich mit ihm anzufreunden: Doch ich fürchtete, sie könnte mich durchschauen, und das hätte mich unheimlich geniert. Dieses Gefühl der Scham hielt mich auch von ihrem Brüderchen zurück. Ja, mir kam sogar vor, daß das Weitergehen auf dieser Nebenstraße ein Beweis für wenig Mut und eine Lächerlichkeit sein würde. Trotzdem gab ich es nicht auf, ihn zu beobachten, in der Hoffnung, irgend etwas zu entdecken, das eine Antwort auf die eine oder andere der vielen Fragen wäre, die ich mir über sie stellte.

So erfuhr ich, daß Biancas Bruder der Busenfreund eines gewissen Musatti, eines Mitschülers von ihm, war. Das war ein unsympathischer Junge, der mich ein finsteres Gesicht aufsetzen ließ, wenn ich ihn im Haus meiner Cousinen antraf. Außerdem erfuhr ich, daß Bianca eine Freundin jener Rita gewesen war, mit der ich im Jahr zuvor wegen der Puppen gestritten hatte. All das konnte, in gewisser Hinsicht, ein Weg sein, um an sie heranzukommen. Doch in Wirklichkeit stellten sich diese Freundschaften Biancas und der Ihren (die Familie Sorani war sehr gut mit der Familie Musatti, und mit den Verwandten Ritas, die nach Rom übersiedelt waren, waren sie noch besser gestanden) als ein neues Hindernis für mich heraus. Ich war nicht mehr Kind genug, um zu glauben, daß sich die Menschen in zwei Kategorien einteilen: in die guten und in die schlechten; ich war nicht mehr naiv genug, um all ihre nahen und fernen Bekannten mit den Musatti und Rita in einen Topf zu werfen. Aber daß Bianca und ihr Bruder sich ihre besten Freunde ausgerechnet in dem Milieu gewählt hatten, daß ihre Familie derart eng mit jenen verbunden war, wollte doch etwas besagen.

Diese Leute hatten, ich wußte es, allesamt einen armseligen Stolz, den ich besonders haßte. Sie fühlten sich als überlegene Rasse und mißachteten die Armen, die Erniedrigten und jeden von geringer Herkunft. Mußte ich annehmen, daß auch Bianca solche Gefühle hegte, daß auch sie diese affektierte und abschätzige Bosheit hatte, die ich an fast allen Kindern aus guter Familie beobachtete? Mußte ich annehmen, daß ihr die Kunst, mit leichtem Spott zu demütigen, worin sie Meister waren, nicht fremd sei? Auch sie wird höchstwahrscheinlich an den dummen, die Mode und die Kleider betreffenden Gesprächen Gefallen finden, an den kleinen Bösartigkeiten und dem leeren Geschwätz. Auch sie wird es verstehen, sich selbst Leuten gegenüber, die ihr gleichgültig oder unsympathisch sind, herzlich zu geben; sie wird heucheln können, weil es die gute Kinderstube und der Anstand so gebieten. Auch sie wird, wie all die anderen Kinder aus gutem Haus, die ernsten Gespräche und Auseinandersetzungen geschmacklos finden, und statt dessen darum besorgt sein, bei jeder Gelegenheit sicher zu wirken, allen zu gefallen, selbst auf die Gefahr hin, unehrlich und gespreizt zu sein.

Ich mußte ihr ungeschliffen und lächerlich vorkommen, wie ich es in den Augen jener anderen war, die ich als ihre Freunde kannte. Sie rümpfte wohl ebenfalls die Nase über meine ärmliche Kleidung, über mein verlegenes Gebaren, über meine zu ernsthaften und komplizierten Gespräche. Gewiß mußte ich ihr langweilig vorkommen; sicher wäre ich ihr lästig gewesen, hätte ich versucht, mich ihrer Gesellschaft anzuschließen. Ja, sie hielt mich vielleicht sogar für etwas viel Schlimmeres als für einen Langweiler und lästigen Kerl. Vielleicht war ich für sie der uneheliche Sohn, der Sohn des Sozialisten, der Feind all dieser schönen und guten Dinge, die sie umgaben, die ihre Welt und ihr Leben ausmachten.

Was hätte ich damit erreicht, hätte ich versucht, mich im Haus der Musatti oder von Ritas Tanten dulden zu lassen, Leuten, von denen ich mich bis jetzt mit höchstem Bedacht, ich brüstete mich dessen geradezu, ferngehalten hatte? Was würde es mir nützen, wollte ich versuchen, auf diese Art, in einer Umgebung, die nicht die Schule war, ihr nah zu sein? Ich würde mich noch mehr quälen, Stunde um Stunde, Tag um Tag, wenn ich sähe, daß sie wie alle anderen war und nicht so, wie ich sie mir wünschte; selber würde ich für sie im ungünstigsten Licht dastehen, mürrisch und fehl am Platz, möglicherweise sogar ausgespottet oder zumindest links liegen gelassen und von allen vergessen. Wozu dann versuchen – vergeblich, mit aller Wahrscheinlichkeit – sie in mein Milieu zu ziehen? Schon mein häßliches und dunkles Zuhause in Cittavecchia würde sie beleidigen, würde Abscheu in ihr erwecken, oder, wenn schon nicht gerade Abscheu, so doch Gedanken, die sie unrettbar von mir entfernen würden.

Auch wir zwei befanden uns in feindlichen Lagern: Der Klassenkampf, der überall tobte, trennte uns unvermeidlich. Ich versteifte mich auf meine Grundsätze, schloß mich in meinem Schweigen ein. Ich tat es nicht aus Heldentum, aus Liebe zu den Prinzipien meines Vaters, von denen ich aufrichtig glaubte, sie seien auch die meinen. Ich tat es, weil ich spürte, daß etwas anderes unmöglich war.

Aber warum kam nicht sie zu mir? fragte ich mich manchmal. Warum begriff sie nicht, daß ich recht hatte, daß meine Welt besser, aufrichtiger war als ihre? Warum verlangte es sie nicht danach, mich zufrieden zu machen; es so anzustellen, daß ich sie anbeten konnte, wie ich gewollt hätte? Warum liebte sie mich nicht? Doch warum hätte sie mich lieben sollen? Bianca war ein Mädchen aus gutem Haus, wie viele andere; in einigem vielleicht besser, in manchem vielleicht auch schlechter als die anderen. Sicher sah sie keine Notwendigkeit, aufzubegehren, unbekannte Wege einzuschlagen. Verrückt war ich, wenn ich nach ihr verlangte, und daran hatte sie keine Schuld. Sie war nicht schuld, daß ihr Äußeres mich dermaßen verwirrte, daß der Gedanke an sie jeden anderen Gedanken aus meinem Kopf vertrieb, daß ich verliebt war.

[IV.]

In den allerersten Wochen im Galileo lernte ich nicht viel. Nach den Ungewißheiten und Kämpfen des Vorjahres war ich noch nicht recht entschlossen, ob ich mit dem Lernen wieder anfangen oder weiterhin passiven Widerstand leisten sollte. So wollte ich mich weder durch zu viel noch durch zu wenig Lernen kompromittieren und versuchte, mich auf einem Mittelweg zu halten. Ja, Mama bemühte sich sogar, mich zu überzeugen, daß ich wohl lernen mußte, aber weder büffeln noch mich um die Noten bekümmern. So – sagte sie – würde ich dieses verfluchte Gymnasium ohne irgendwelche Mühe beenden, und ich würde zufrieden sein.

Sicherlich fiel es Mama leichter, diese Ratschläge zu geben, als mir, sie zu befolgen. Nach zwei oder drei Monaten fand ich mich neuerlich im alten Gleis. Es war vergeblich: ich konnte nichts halb machen. Überzeugt davon, daß es sich erübrigte, auf passivem Widerstand zu beharren, begann ich jeden Tag ein bißchen mehr zu arbeiten. Mir kam nicht in den Sinn, daß ich einen Teil des Pensums weglassen, und schon gar nicht, daß ich bestimmte Gegenstände einfach überfliegen könnte, um mich dann dem Glück anzuvertrauen und zu hoffen, daß der Professor mich nicht aufrufen oder daß ich schon irgendwie davonkommen würde. Aus diesem Grund, und um mich von dem unangenehmen Gefühl der geistigen Verwirrung zu befreien, das ich empfand, wenn ich die Materie nicht gut beherrschte, nahm ich nur allzu bald die Gewohnheit an, mich noch mehr abzuplacken als in der anderen Schule.

Auch aus anderen Gründen begann ich mehr zu lernen, als vernünftig gewesen wäre. Vor allem, weil ich es Babich gleichtun wollte und weil ich mich sehr bald in Konkurrenz mit ihm befand. Außerdem steckten zweierlei polemische Absichten in meinem besessenen Lernen: gegen die Professoren einerseits, gegen die Kameraden andererseits.

Nach Mamas Wunsch hätte ich in gewisser Hinsicht die Fehler der Schule korrigieren sollen, die Verantwortung auf mich nehmen, weniger zu lernen, als vorgeschrieben war, wenn die Professoren zu viel verlangten. Davon wollte ich absolut nichts wissen. Mir lag am Begriff der Pflicht, und es kam mir nicht richtig vor, die eigene Pflicht zu vernachlässigen, um zu vermeiden, daß ein anderer Schlechtes tue auf Grund seiner geringen Einsicht und seiner mangelhaften Gewissenhaftigkeit. Ich, ich war Schüler: ich wollte lernen, was mir vorgeschrieben wurde, und ich wollte bis aufs letzte Tüpfelchen lernen. War es zuviel, lag die Schuld ganz bei den Professoren, bei der Schule, beim Lehrplan.

Vor allem regte ich mich natürlich über die Professoren auf, weil sie in Fleisch und Blut vor mir standen und weil ich überzeugt war, daß wenige von ihnen ihre Pflicht wirklich erfüllten. Ich polemisierte gegen sie mit wahrer Bitterkeit, wobei ich Gefallen daran fand, ihre Fehler so deutlich wie möglich herauszustellen, die Unsinnigkeit ihrer Forderungen ins schärfste Licht zu rücken. Ich war verbittert, weil ich absurden Befehlen gehorchen mußte, und es war mir förmlich Erleichterung, aufzeigen zu können, wie dumm, nachlässig und ungerecht die waren, die befahlen. Meine Auflehnung bestand im Gehorchen: auf diese Weise verurteilten sich meine Peiniger von selbst.

Ich lernte auch der Mitschüler wegen, nicht um mich von ihnen bewundern zu lassen, sondern gleichsam als Provokation. Auch in meiner früheren Schule lernte natürlich die Mehrheit der Schülerschaft nicht viel. Nur ganz wenige allerdings prahlten damit, nichts zu lernen, oder legten geradezu Verachtung dem gegenüber an den Tag, der lernte. Man lächelte über die Büffler, doch zum Großteil verhielt man sich so, wie sich im Galileo mein Banknachbar Giustiniani verhielt: Man behauptete, keine Ausdauer fürs Lernen zu haben; die zu viel lernten, wurden als Einfaltspinsel angeschaut; doch letzten Endes sah man darüber hinweg.

Im Galileo war die Lage ganz anders. Die Mehrzahl der Klasse lernte wenig oder nichts, aber dann, zum Trimesterende hin, büffelten sie immens und kamen schlecht und recht davon, weil die Professoren ihr schnell angelerntes und schnell wieder vergessenes Wissen für profund hielten. Um die Noten kümmerten sie sich wenig. Im Gegenteil, ein paar Fünfer im Zeugnis der ersten Trimester zu haben, war förmlich eine Auszeichnung. Was ihnen besonders am Herzen lag, war, bei den anderen den Eindruck zu erwekken, daß sie kaum etwas lernten, glauben zu machen, daß sie sich beinah mühelos das wenige angeeignet hatten, das sie wußten; daß sie durch Schlauheit davongekommen waren, auch wenn sie in Wirklichkeit ihre wenig verdienten Sechser dank ihrer ausgedehnten Büffeleien am Trimester- oder Jahresende erhalten hatten. Worauf es ankam, war, für geschickt und gerissen zu gelten, den eigenen Mut zur Schau zu stellen, indem man den Zorn der Professoren herausforderte und leichten Herzens das Durchkommen aufs Spiel setzte. Ja, dieser Wunsch, sich zu brüsten, indem man die Wahrheit verfälschte und die eigene Tendenz zu wenig korrekten und wenig ehrenhaften Anschauungen und Handlungen ins Licht rückte, war in dieser Umgebung sogar fast allen gemein. Meine neuen Mitschüler waren bereits keine Knaben mehr, die aus Faulheit oder Leichtsinn nicht lernten; es waren junge Burschen, die Wert auf ihre Liederlichkeit legten, weil sie wußten, daß sie, unter anderem, das beste Mittel darstellt, sich bei den jungen Fräulein Bewunderung zu verschaffen. Man darf sich also nicht wundern, daß das Lernen förmlich als Schande betrachtet wurde.

Es dauerte nicht lange, bis einer aus dem Kreis der unverfrorensten Jünglinge begann, mich aufzuziehen, weil ich offensichtlich zu viel lernte, zu gut vorbereitet war, meine Pflicht zu gewissenhaft erfüllte, Angst vor den Professoren und ihren Noten hatte. Wie bereits in der Frage der Hosenträger konnte ich, obwohl ich mich von diesen Verhöhnungen beleidigt und gedemütigt fühlte, mich auch hier nicht beugen, konnte und wollte ich nicht so handeln wie die anderen oder auch nur etwas weniger lernen und dann vorgeben, daß ich überhaupt nicht lernte. Im Gegenteil, aus Trotz fing ich an, immer mehr zu büffeln und sagte offen heraus, daß ich nie unvorbereitet sein wolle, und gab zu verstehen, daß ich eben einer der wenigen sein würde, die Wert auf die Noten legten und an die Pflicht glaubten.

Ich erinnere mich, daß man oftmals, wurde ich geprüft, da und dort in der Klasse über mich schmunzelte. Da begann ich dann, so recht aus Provokation, schnell und mit monotoner Stimme zu sprechen, wie um zu beweisen, daß ich mich nicht schämte, das Pensum gründlich auswendig gelernt zu haben. Die Herausforderung war an Protti, Nessich, Lerroux und die anderen ihresgleichen gerichtet, aber im Grund galt sie auch ihr. Ich wußte nicht, ob sie mich bewunderte (vielleicht auch nur, sagen wir, auf vollkommen platonische Weise) oder ob sie mich wegen meiner Eigenschaft als guter Schüler verachtete: auch in diesem Punkt blieb ich immer in Ungewißheit. Doch in den Augenblicken, wenn ich spürte, daß die Klasse mir feindlich gesonnen war, und ich deshalb dazu neigte, das Schlimmste anzunehmen, war ich sicher, daß sie mir ebenso feindlich gegenüberstand: und zusammen mit der der anderen, und noch mehr, forderte ich auch ihre Feindschaft heraus. Tatsächlich forderte ich nicht so sehr Bianca als meine Gefühle für sie heraus. »Ich weiß, mein Lieber«, sagte ich zu mir selbst, »daß du dir gerne ersparen möchtest, dich in ihren Augen lächerlich zu machen, daß du gern irgendeinen prächtigen Intelligenzbeweis liefern möchtest, um ein klein wenig fragwürdige Bewunderung zu erbetteln. Aber es ist umsonst, daß du daran denkst.«

Ich schaute allerdings nie in ihre Richtung, wenn ich abgefragt wurde. Gewiß glitten meine Augen etliche Male die Mädchenbankreihe hinunter, doch ich konnte sie immer zum Halten bringen, bevor sie bei ihrer Bank anlangten. Nur wenn es zwischen einer und der nächsten Befragung ein paar Minuten Gefechtspause gab, machte ich mir Mut und wandte, nach einem Moment des Zögerns, die Augen zu ihr hin. Selten begegnete ich ihrem Blick: Fast immer sah ich sie mit irgendeinem Buch oder Heft beschäftigt und las einen Ausdruck der Langeweile von ihrem Gesicht. Da hatte ich, für einen Augenblick, die Gewißheit, daß sie mich weder für intelligent noch für einen Büffler hielt, sondern sich überhaupt nicht darum kümmerte, was ich sagte und was ich wert war, daß sie sich um meine Prüfungen nicht mehr scherte als um die irgendeines anderen. Später überlegte ich natürlich, hinter dieser Gleichgültigkeit möge sich entweder die Absicht verbergen, mich zu kränken, oder der Wunsch, ein Gefühl zu verschleiern. So verwirrte sich mein Geist wiederum zwischen Nachforschung und Grübelei, in diesem ewigen Zweifel.

Gewiß, ich war ein Büffler, aber ich war nicht nur ein Büffler. Abgesehen davon, daß ich viele Stunden lang lernte, lernte ich sehr intensiv, trotz der Plaudereien und Ablenkungen im Hause Tante Mariettas, wohin ich weiterhin jeden Nachmittag ging. Nach einer bestimmten Zeit, nach drei oder höchstens dreieinhalb Stunden, fühlte ich mich derart müde und zerschlagen und auch gereizt, daß ich nicht mehr weitermachen konnte. Aber diese drei Stunden wandte ich gut an.

Den größten Teil der Gegenstände schaffte ich mir sehr schnell vom Hals: Fast immer war es ein einziges Fach, das mehr als die Hälfte meiner Zeit in Anspruch nahm, weil es in jedem Jahr Professoren gab, die übertriebene Forderungen stellten; und ich beeilte mich, sie mit der größten Gewissenhaftigkeit zufriedenzustellen.

Wären nicht diese verrückten Professoren gewesen, ich hätte das Gymnasium und später das Oberstufengymnasium mit unendlich geringerer Mühe beenden können. Tatsächlich war mein Gedächtnis damals ausgezeichnet, und es mangelte mir nicht an einer Auffassungsgabe, die beachtlich war. Nur ganz selten mußte ich mich damit zufriedengeben, zu lernen, ohne verstanden oder nur zur Hälfte begriffen zu haben. Ich wäre also ein fast perfekter Schüler gewesen, hätten mir nicht in manchen Fächern viele der Grundkenntnisse durch das Verschulden von gewissen Lehrern aus dem anderen Gymnasium und der wenig regelmäßigen Studien des Vorjahres gefehlt; und, darüber hinaus, hätte ich nicht Momente von fast krankhafter Zerstreutheit gehabt.

Manchmal las und überprüfte ich eine Schulaufgabe drei-, viermal, ohne daß mir aufgefallen wäre, daß ein Fehler darin steckte. Dann, sofort nach dem Abgeben der Aufgabe, fiel mir plötzlich eine bestimmte Stelle ein, und ich erkannte, daß ich mich geirrt hatte. Ich sah ganz deutlich vor mir, was ich, um's zu treffen, hätte schreiben müssen, und konnte nicht verstehen, wie es denn nur dazu gekommen war, daß ich im rechten Augenblick nicht daran gedacht hatte. Ja, ich erinnerte mich sogar, früher, vor der Aufgabe, diesbezüglich überhaupt keinen Zweifel gehabt zu haben. Mir kam gleichsam vor, als hätte eine fremde Kraft auf mein Gehirn gewirkt, als wäre ich in der Verfassung eines jener griechischen Helden gewesen, denen Minerva »den Geist raubte«, damit sie wie Dummköpfe handelten, wenn ihr das gelegen kam.

Ungünstig wirkte es sich für mich auch aus, daß ich, fragten die Professoren mich ab, ein dem Groll verwandtes Gefühl für sie empfand. Ich wollte weder Freiheiten einräumen noch mir welche herausnehmen: Ich wünschte, daß der gebührende Abstand eingehalten werde, wie um zu beweisen, daß, wenn ich auch ihre jahrhundertealte Autorität erdulden mußte, ich trotzdem meine Würde bewahren konnte und ihnen keine moralische Autorität über mich zuerkannte. Sicher ließ mich diese Verachtung nicht immer die besten Noten bekommen.

Ich erinnere mich nicht genau an mein Zeugnis im ersten Trimester. Ich weiß nur, daß ich nach Babichs Statistiken Drittbester der Klasse war, nach ihm und der Piemontesi. Professor Toller, unser Italienischlehrer und Klassenvorstand, lobte mich sehr, mehr vielleicht als die übrigen besseren Schüler. Er war mir offensichtlich besonders wohlgesonnen. Zweifelsohne bereiteten mir dieses Zeugnis und die Lobeshymne Freude: Sie steigerten mein Selbstvertrauen, brachten mich zur Überzeugung, daß Babich mir etwas mehr Beachtung würde schenken müssen, und gaben mir den Gedanken ein, der Klasse würde klar werden müssen, daß ich wirklich kein Kretin war: Wenn ich auch büffelte, so konnte ich die Dinge doch auch im Ernst bestehen. Außerdem war ich mir sicher, in Biancas Augen wichtiger geworden zu sein. Ich wußte nicht, wurde ich jetzt mehr bewundert oder mehr verachtet; ich überlegte mir aber, daß Bianca nach diesem Erfolg und diesen Lobeshymnen meine Existenz nicht mehr vollständig ignorieren konnte. Letzten Endes verdroß es mich und machte ich mir Sorgen, weil ich spürte, daß die Feindseligkeit der Klasse infolge der Worte des Professors angewachsen war. Nie bedrückt einen die Einsamkeit so wie im Augenblick des Sieges: Vorher, während des Kampfes, vergißt man oft, daß man allein ist.

Mehr als an alles andere dachte ich, während Professor Toller sprach, an den Eindruck, den seine Worte auf sie machen mußten. Kurz vor mir, ich war als letzter aufgerufen worden, hatte auch sie ihr Zeugnis bekommen, und es war alles andere als gut, ja, es war sogar derart schlecht gewesen, daß der Professor sie getadelt hatte. Bianca hielt es, wie ich später erfahren habe, wie viele andere: Sie lernte in den ersten Trimestern kaum etwas und bekam nicht wenige unzureichende Noten. Dann widmete sie sich ein wenig mehr dem Lernen und schlüpfte ohne Prüfungen durch, allerdings nur mit Müh und Not und vor allem dank der besonderen Nachsicht, die die Professoren den Mädchen gegenüber übten. Diese Bevorzugung der Mitschülerinnen hatte mich immer geärgert. Doch daß man ihr gegenüber parteiisch war, schmerzte mich besonders. Ich hätte gewünscht, daß Bianca sich die besseren Noten verdiene, und sie ließ sich die Sechser schenken: der pure Hohn! Mag sein, daß an meinem Schmerz auch die Eifersucht nicht ganz unbeteiligt war.

Die Sorani hatte also mehrere Fünfer bekommen, begleitet von manchen Vorwürfen. Wie wird ihr Seelenzustand sein, fragte ich mich. Fühlt sie sich gedemütigt, oder ist sie zornig, oder hat sie Gewissensbisse, oder ist sie einfach beunruhigt vom Gedanken an die praktischen Folgen, die diese Noten haben können? Oder lacht sie vielleicht in sich hinein, ruhig und ihrer Sache gewiß, überzeugt, sich weiter auf bewährte Weise und mit der geringstmöglichen Mühe herauswinden zu können? Vielleicht ist sie mit sich zufrieden, weil sie gewagt hat, die Dinge bis zu diesem Punkt zu treiben; zufrieden damit, in der Achtung vieler gewachsen zu sein? Und was denkt sie von mir? Vielleicht lächelt sie über meine Erfolge, wie eine weltläufige Person über das vergebliche Sichabmühen eines Einfältigen lächelt? Oder verspottet sie mich bei sich und verachtet mich? Oder aber hat sie, da sie sich erniedrigt fühlt, für mich jetzt ein Gefühl echter Feindschaft, von Haß beinahe, das sie schwer wird verbergen können?

Ich konnte mich nicht zurückhalten: Ich drehte mich um und fixierte sie derart lange, daß sie denken mußte, ich wollte ihr irgendeine Frage stellen und von ihr nicht etwa ihre Gedanken und Gefühle erfahren, sondern etwas Bestimmtes und Konkretes. Sie schaute mich einen Moment völlig gelassen an, sozusagen in Erwartung, und dann machte sie, da sie nicht begriff, was ich wollte, mit dem Kopf ein kleines Zeichen und verlieh ihrem Gesicht einen flüchtigen, fragenden Ausdruck, wie um zu sagen: »Was willst du?« oder »Na, sag schon, was willst du denn?« Ich drehte mich weg, beinahe erschrocken.

So erkannte ich, daß Bianca weder meinen noch ihren Noten großes Gewicht beilegte, daß sie sich wegen ihrer Mißerfolge nicht allzusehr beunruhigte und es nicht für ihre Pflicht ansah, zu meinem Triumph irgendeine Stellung zu beziehen. Und ich erfuhr auch, daß sie mir gegenüber überhaupt keine Schüchternheit empfand. Ich begriff, daß sie nichts von dem bemerkt hatte, was in mir vorgegangen war, wie sie wohl auch den vielen anderen Blicken, die ich an sie gerichtet, gar keine Bedeutung beigemessen hatte, den vielen anderen Gelegenheiten, bei denen meine Augen geflüchtet waren, wenn sie ihren begegneten. Bianca hatte nicht einmal verstanden, daß mein Blick vor allem tadelnd sein sollte, und nicht einmal geahnt, daß ich Gründe haben könnte, ihr Vorwürfe zu machen.

In dem Moment sah ich alles mit außerordentlicher Deutlichkeit, und die Lektion war derart gut, daß sie mir für einige Zeit wieder zu einer realistischen Sicht der Dinge verhalf. Noch Jahre danach schien mir, erinnerte ich mich jener Episode, meine damalige Einschätzung richtig gewesen zu sein. Allerdings kam mir vor, daß ich auch zu anderen Malen im Recht gewesen war, wo ich das genaue Gegenteil angenommen hatte. Aber können sich ihre Gefühle während dieser vier Jahre, in denen wir Schulkameraden waren, nicht mehrmals geändert haben?

Professor Toller war ein ausgezeichneter Mann, und er hegte großes Wohlwollen für mich. Wenige Professoren behandelten mich damals so liebenswürdig wie er. Nichtsdestotrotz war er für mich eine große Plage und Italienisch in diesem und im folgenden Jahr das Fach, das mir am meisten zu schaffen machte.

Professor Tollers Fehler bestand darin, daß er eine gänzlich absurde Anschauung davon hatte, was es heißt, ein italienisches Textzitat zu lernen. Er verlangte, daß der Schüler Zeile um Zeile, Vers um Vers erzählen könne, was er zu Hause gelesen hatte; kurz und gut, er verlangte, daß man fast alles auswendig wußte. Nicht ein Name durfte vergessen werden, nicht ein einziges Detail; kein Adjektiv oder Adverb durfte man auslassen, das, seiner Meinung nach, dem Satz Farbe verlieh. »Prima, tüchtig, Sie schaffen sich das ja schnell vom Hals!« sagte er. »Sie haben mir vier Verse weggelassen! Was macht Achill, bevor er auf den zweirädrigen Wagen springt? Er legt sich sein Schuhwerk an, nicht wahr? Wie sagt Homer? Das goldene Schuhwerk, stimmt's? Sehen Sie, Sie wissen's nicht. Sie haben's nicht gelernt. Das nennt man doch nicht etwa lernen. Das ist zu wenig.« Er hatte, natürlich, das Buch offen vor sich liegen.

Der Lehrplan war umfangreich, und so gab es genug, woran man sich ergötzen konnte. Ich lernte gewissenhaft alles, was uns aufgetragen wurde; lernte so lange, bis ich sicher war, daß ich sogar Professor Toller zufriedenstellen würde. Meinen Ärger ließ ich aus, indem ich gegen Schule und Professoren wetterte: gegen den Umstand, daß niemand unsere Lehrer kontrollierte, daß keine genauen Richtlinien existierten, denen im Unterricht zu folgen war, daß jeder machte, was er wollte, daß in der Schule große Unordnung und ein Riesendurcheinander herrschten, die Lehrer uns sinnlos büffeln ließen. Diejenigen, die mir zuhören, die versuchen mußten, mich zu trösten, und die meine Anschnauzer abbekamen, weil ich mich nicht trösten ließ, waren natürlich meine Eltern, über die ich mich gelegentlich auch direkt aufregte, weil sie es waren, die wünschten, ich möge dieses verdammte Gymnasium beenden. Fest steht, diese unnützen und mühsamen Studien waren für mich eine wahre Qual.

Auf diese Art entwickelte ich nicht, sondern schädigte ich mein Gedächtnis. Nichts von dem, was ich las, genoß ich und eignete ich mir an, weil ich, wenn ich an die Seiten zurückdachte, mit denen ich mich derart abgeplagt hatte, echten Widerwillen empfand. Ich hatte die *Promessi Sposi* geliebt und sie mehrere Male von mir aus gelesen und wiedergelesen. Nachdem ich sie bei Professor Toller studiert hatte, nahm ich sie für mindestens zehn Jahre nicht mehr zur Hand. Um es kurz zu sagen, ich plackte mich ab und verbrauchte mich, und wenn es viel Italienisch zu lernen gab, war in meinem Innern eine Lustlosigkeit und Gereiztheit, die mir die Freude an allem nahmen, außer am Herumstänkern.

Wie sich die anderen verhielten, kann ich nicht mit Sicherheit sagen. Einige werden wie ich gebüffelt haben, und vielleicht noch mehr, wenn sie nicht mit einem wahrhaft exzellenten Gedächtnis begabt waren. Andere – und ich glaube, nicht wenige – werden nur von Zeit zu Zeit gelernt haben. Toller hatte die Angewohnheit, mit einer gewissen Regelmäßigkeit zu prüfen, niemals nach etwas anderem als der letzten Lektion zu fragen und mit einer gewissen Großzügigkeit die früher gegebenen ungenügenden Noten durchzustreichen, wenn man einmal gut vorbereitet war. Deshalb spekulierten viele – wie das im Schuljargon heißt. Sie lernten also nur, wenn sie annahmen, sie würden geprüft werden, und kamen mit einer hundertmal kleineren Anstrengung davon als ich. Ich beneidete sie nicht und wünschte ihnen auch kein Pech. Doch nicht ohne tiefe Bitterkeit dachte ich, daß es auf dieser Welt keine Gerechtigkeit gibt, daß die Schwindler immer Oberhand behalten; daß ich, der fleißig und gewissenhaft war und den Vorschriften und Befehlen der Vorgesetzten gehorchte, gleichviel galt wie irgendein schlauer Spekulierer, ja, daß ich sogar für dümmer und weniger geschickt angeschaut wurde.

Mich betrübte, und zugleich ärgerte es mich, daß die Institution Schule sich auf diese Weise betrügen ließ, daß Unsinniges verlangt und ein Hundertstel von dem, was gefordert worden war, für gut durchgelassen wurde. Die Schule, die, meiner Meinung nach, in die Seelen der Schüler vor allem die Neigung zur Pflicht, die Ordnungsliebe, das Gefühl für und das Verlangen nach Gerechtigkeit hätte einflößen sollen, lehrte statt dessen, daß es auf der Welt nichts Eindeutiges und Geordnetes gibt, daß es im Lebenschaos, im Konflikt der Widersinnigkeiten und der Eigenliebe notwendig ist, sich arrangieren zu können. Die Schule war wirklich eine »magistra vitae«. Das mochte einem Gentile schön vorkommen, der damals, zum Glück, seinen ruchlosen Auftritt im schulischen Leben noch nicht hingelegt hatte, und mit seinem Grundsatz mochte es übereinstimmen, daß auch das »Sich-herauswinden-Können« Verdienst ist: ein Verdienst, das damit belohnt wird, daß man bei den Prüfungen besteht. Mir jedoch erfüllten diese Betrachtungen die Seele mit Bitterkeit.

Das Ärgste allerdings waren die Italienischaufsätze, sowohl die wöchentlichen Hausaufgaben als auch die monatlichen Schularbeiten.

Die ersteren mußten am Montag abgeliefert werden. Ich, der gewohnt war, die anderen Aufgaben immer rechtzeitig zu erledigen, hob mir diese für Sonntagabend auf, und dann jammerte ich und tobte, bis Mama sich entschloß, mir zu helfen oder mir zu versprechen, daß sie mich am nächsten Tag nicht zur Schule schicken würde. Letzteres, eine schwere Überschreitung der Moralgesetze – dieser Verstoß gegen den Moloch Schule –, wurde insgesamt drei- oder viermal begangen; freilich empfand ich große Gewissensbisse und geriet außer mich, wenn ich daran dachte, wie weit mich meine Folterknechte gebracht hatten. Andere Aufgaben ersparte ich mir, zu meiner großen Genugtuung, weil ich krank war. Meine üblichen Fieberanfälle zwangen mich auch in dem Jahr oft ins Bett. Das diente mir als Erholungspause und war eine große Erleichterung für mich. Dafür büßte ich dann natürlich, weil ich mich vor die Notwendigkeit gestellt sah, vier oder fünf Lektionen auf einmal lernen zu müssen.

Den Schularbeiten aber konnte man weder entkommen, noch konnte man sich dabei helfen lassen. Fürchterlich waren die Stunden, wenn ein Heft vor mich hingelegt wurde und man gnadenlos verlangte, ich solle meine Meinung über nie von mir in Betracht gezogene Fragen vorbringen, nie Vorgefallenes erzählen, nie gesehene oder nie beachtete Dinge beschreiben. Mir mangelte es gewiß nicht an Phantasie und an Vorstellungskraft: im Gegenteil, ich hatte davon mehr als genug. Doch was den »Dialog zwischen dem Ochsen, der Kuh und dem Esel« betraf oder das Thema »Mein erster Flug aus dem Nest«, so wußte ich wirklich nicht, was erzählen. Mein Fehler war, daß ich voller Skrupel steckte. Ich wollte keine unwahren und nicht empfundenen Dinge schreiben. Die gewohnten, schulmäßig hergebrachten Sätze verwenden, mit denen sich die Seiten der Hefte füllen, wollte und konnte ich auch nicht. Für mich war es etwas Falsches und Ungutes, menschliche Gespräche in den Mund eines Ochsen oder eines Esels zu legen, ihnen die üblichen beschränkten Einfälle aus den Lesebüchern der Volksschulen zuzuschreiben. Andererseits verstand ich nicht die Kunst, die ich später erlernte, das Hindernis zu umgehen, indem ich mir eigene Betrachtungen zu Papier brachte, die gerade nur irgendwie im Zusammenhang mit dem Thema standen. Ich wollte den Aufsatz nach der Intention des Professors machen, der ihn mir aufgetragen hatte, doch zugleich wollte ich mich nicht selbst verraten, Dinge sagen, die zu meiner Gesinnung in Widerspruch standen, die mich als einen anderen hätten erscheinen lassen, als ich war. Umsonst zerbrach ich mir den Kopf und versuchte, zwei Seiten Geschriebenes aus ein oder zwei armseligen Ideen, die nichtssagend waren und weder ganz von mir noch ganz von anderen stammten, zusammenzustoppeln. Ich schlug mich mit langen, komplizierten Sätzen voller Gerundien und Einfügungen herum, mich vergeblich mühend, den Mangel an Inhalt durch ausführliche Genauigkeit zu ersetzen; wo ich gleichsam versuchte, Saft aus diesen leeren Gedanken zu pressen, indem ich sie um und um stülpte. Abscheulich waren sie, diese kurzen und doch langweiligen, im Stil armseligen, aber mit großer Anstrengung vollendeten und korrekten Aufsätze von mir.

Als wäre all das noch nicht genug gewesen, hatten meine Italienischaufsätze auch noch einen anderen, viel schwerwiegenderen Makel: Sie waren mit etlichen Rechtschreibfehlern verziert. Obwohl mit einem ausgezeichneten Gedächtnis begabt, war ich trotzdem nicht fähig zu lernen, ohne eine kleine Anstrengung zu unternehmen, um in meinem Kopf zu speichern, was ich behalten wollte. Mein Geist hatte ein extremes Bedürfnis nach Ordnung und Klarheit, und es war daher unerläßlich, daß meine Kenntnisse auf solider Grundlage ruhten. Um mich sicher zu fühlen, mußte ich wissen, wo und wann ich bestimmte Kenntnisse erworben hatte, in welchem Zusammenhang sie zu bestimmten anderen standen. Konnte ich den Ursprung meines Wissens nicht deutlich ausmachen, blieb ich über die Richtigkeit meiner Meinungen immerzu im Ungewissen, kam schließlich durch die Suche nach Bezügen, die mich vom Zweifel hätten befreien sollen, oft völlig aufs Glatteis.

Die italienische Rechtschreibung und ihre nicht wenigen Widersprüche und Widersinnigkeiten lernt man nicht durch systematisches Studium: Man lernt sie durch Übung. Deshalb machte ich ziemlich häufig Fehler. Eigenartig war, daß ich im Griechischen oder in Latein keine Rechtschreibfehler machte und auch nur äußerst wenige in Deutsch und Französisch. Das lag daran, daß ich diese Sprachen Wort für Wort habe lernen müssen.

Insgesamt waren die Noten, die ich auf die Italienischaufgaben bekam, alles andere als gut: Manche ganz seltene Achter, etliche Siebener, einige Sechser und einmal sogar einen Fünfer. Und das trotz der Nachsicht Professor Tollers, der versuchte, meine Fehler und meine Trockenheit zu entschuldigen, und der kopfschüttelnd sagte, die Rechtschreibung ist keine Ansichtssache und daß man nicht zu »tacitianisch« sein darf, wenn man Tacitus im übrigen nicht wenigstens ein bißchen nahekommt.

Daß ich diese oft so läppischen, kindischen Aufgaben nicht ausführen konnte, war mir fast angenehm, obwohl mich die schlechten Noten störten. Für die Rechtschreibfehler aber schämte ich mich, weil ich wußte, daß sie allgemein für das schlimmste Zeichen von Unwissenheit gelten. Mir war klar, daß für das Erlernen der Orthographie nur Gedächtnis erforderlich ist, die simpelste und mechanischste Art von Gedächtnis. Ich ahnte auch, daß ein gehöriger Teil des Werkes der Grammatiker und Puristen mehr oder weniger unbewußt dafür bestimmt ist, all jene, die nicht bei ihnen in die Schule gegangen sind und sich ihrer Autorität nicht gebeugt haben, von dem Privileg auszuschließen, die eigenen Ideen schriftlich niederlegen zu können. Doch mir war auch bewußt, daß viele gelacht hätten, hätten sie von bestimmten meiner Rechtschreibfehler erfahren, und ich argwöhnte, daß auch Bianca mitlachen würde – und das würde der Meinung, die sie von mir haben mochte, nur abträglich sein. Daß sie mich vielleicht als einen Büffler verachtete, bedauerte ich; daß sie aber, zu alledem, denken könnte, ich sei ein Musterschüler zweiter Kategorie, war weit schmerzlicher.

Der Geschichts- und Geographieprofessor, Meravigli, war ganz jung und hatte erst vor kurzem sein Studium abgeschlossen. Er wäre kein schlechter Professor gewesen, hätte er nicht den Fehler gehabt, launisch zu sein. Wahrscheinlich war es sein Charakter, der ihn einerseits Scherz treiben ließ, und dann die bei einem Neuling natürliche Angst, die Kontrolle über die Klasse zu verlieren, die ihn andererseits veranlaßte, die Zügel ordentlich straff anzuziehen. Diese Stimmungswechsel ließen ihn ein bißchen verrückt erscheinen. Eine eigenartige Besonderheit an Meravigli war, daß er die Mädchen nicht bevorzugte. Etliche Male brachte er einige der Mitschülerinnen zum Weinen, und einmal gab er sogar der Lina Sarfati, der alle Professoren wohlgesinnt waren, eine saftige Strafe. Und wußten unsere jungen Fräulein die Lektion nicht, so schimpfte er gehörig mit ihnen, wenn er schlecht aufgelegt war.

Ein solches Mißgeschick widerfuhr Bianca, gerade bei der ersten Gelegenheit, wo ich Meravigli brüllen hörte. Ja, was sie betraf, war es sogar die erste katastrophale Prüfung, bei der ich zuhörte und zusah. Ich hatte noch ein paar Illusionen, manchen Hoffnungsschimmer, daß sie eine ziemlich gute Schülerin sei oder zumindest daß sie sich bemühte, sich zu verbessern. Jetzt aber stand Bianca vor der Alpenkarte und erinnerte sich nicht an die Namen der wichtigsten Gebirgsketten, konnte die am auffälligsten gekennzeichneten Täler nicht finden. Wie alle Schüler, die ihre Geographielektion nicht wissen, beging auch sie den Fehler, allzu nah an die Landkarte heranzutreten, in der Annahme, das vom Professor gefragte Tal sei so klein, daß man es, aus der Nähe schauend, leichter würde finden können. Statt dessen war es außerordentlich gut zu sehen, doch es lag nicht dort, wohin der Prüfling seinen Blick richtete. Dieses Spiel hatte ich früher schon beobachtet, und damals hatte ich über die naive Anmaßung der Kameraden gelächelt, die, obwohl sie überhaupt nichts gelernt hatten, nicht zugeben wollten, daß sie wichtige Dinge nicht wußten. Jetzt lächelte ich gewiß nicht, ich war von Bitterkeit erfüllt, weil ich dachte, daß Bianca sich ebenso verhielt wie die, über die ich gelächelt hatte.

Meravigli schlug schreiend mit der Handfläche auf die Landkarte; er unterbrach sie, wenn sie sich zu irren begann, und er selbst rief, rasch und verärgert, die richtige Antwort. Er behandelte sie genauso wie man einen gewohnheitsmäßig faulen Schüler behandelt, der sich, wie vorauszusehen, wieder einmal hat erwischen lassen. Meravigli kannte sie bereits vom Vorjahr: Ich konnte also nicht daran zweifeln, daß Bianca sich schon früher unvorbereitet hatte überraschen lassen, daß sie schon früher auf die Art behandelt worden war. Also wußte sie auch, was ihr bevorstand, und trotzdem wollte sie nicht lernen.

Und doch war sie ganz rot im Gesicht; und doch erkannte ich an ihren kurzen, überstürzten, immer wieder unterbrochenen Worten, daß sie nervös war und sich gedemütigt fühlte; ich sah, daß sie auf dem Rücken die Hände wand (eine ihr eigene Geste, wenn sie geprüft wurde und sich ihrer selbst wenig sicher war), als würde sie die Schande lebhaft empfinden. – Vielleicht wird sie weinen, dachte ich. Ich mochte die Schüler nicht, und noch weniger die Schülerinnen, die, nachdem sie nicht gelernt haben, zu weinen anfangen. Doch wenn Bianca geweint hätte, hätte ich vielleicht ein Gefühl der Erleichterung gespürt. Ich hätte gemeint, zumindest einen Beweis dafür zu haben, daß sie keine eingefleischte Faulenzerin war, durch nichts zu rühren, gleichgültig gegen jede Demütigung. Bianca aber weinte nicht: Auf ihren Platz zurückgekehrt, kam sie mir blasser vor als gewöhnlich, und mir schien, daß die kleinen, plötzlichen Bewegungen ihrer Augen Nervosität und Bekümmerung verrieten. Ihr Gesichtsausdruck dagegen war ruhig und, wie gewohnt, für mich unerklärbar.

Am Nachmittag, während wir darauf warteten, zur Französischstunde in die Schule eingelassen zu werden, beobachtete ich sie aufmerksam. Sie kam mir erregt und verärgert vor. Wahrscheinlich wird sie das Weinen während der Prüfung zurückgehalten haben, dachte ich, um nicht schwach zu wirken und um den Eindruck zu vermeiden, sie wolle um Mitleid betteln. Hinterher wird sie aus Scham, vor Zorn und aus Reue geweint haben. Ich hatte ein zu großes Bedürfnis nach Tröstung, um die Illusion verscheuchen zu können, daß sie später, allein, als niemand ihr zusah, geweint hatte. Einen Moment lang glaubte ich daran und meinte, daß das ehrenwert und edel von ihr war, und abermals klammerte ich mich an die Hoffnung, daß ihr Verhalten sich ändern könnte. Dann schämte ich mich meiner Rührseligkeit und dieser sinnlosen Phantasiererei, und mein Herz war neuerlich erfüllt von Trauer, Groll und Verzweiflung.

Im Galileo konnte man zwischen Deutsch und Französisch wählen. In meiner früheren Schule aber war Französisch Pflicht, und in den höheren Klassen begann man mit dem Studium einer zweiten modernen Sprache, wahlweise Deutsch oder Englisch. Da ich mit Französisch begonnen hatte, mußte ich es fortsetzen, obwohl die nachmittäglichen Unterrichtsstunden für mich unbequem waren, und ich mich langweilte, wenn ich während der Deutschstunden untätig in der Klasse sitzen blieb.

Es gab jedoch einen Grund, warum ich den Deutschstunden ein bißchen sehnsüchtig, mit einem leisen, zarten Verlangen entgegensah. Vielleicht in der trügerischen Hoffnung, besser Disziplin halten zu können, setzte nämlich der Professor diejenigen, die normalerweise hinten in der Klasse saßen, in die vorderen Bänke. Bianca mußte sich in die zweite Bank der mittleren Reihe setzen, von Giustiniani nur durch den Gang getrennt, ganz in meine Nähe. Ich durfte hoffen, irgendeines ihrer Gespräche mit der Banknachbarin, der Piemontesi, mitzuhören; ich konnte annehmen, daß sie hören würde, was ich zu Giustiniani sagte. In Wirklichkeit erhaschte ich nie auch nur ein einziges Wort von ihr in dem Gebrumm dieser

Deutschstunden; und ich bemerkte auch nie, daß sie aufhorchte, wenn ich gezwungen war, ein Wort, meistens Schulfragen betreffend, mit meinem Nachbarn oder mit anderen zu wechseln. Doch die dürftige Aussicht, daß sie hören könnte, was ich sagte, reichte aus, daß ich etwas unruhig war, mich in eine ungewohnte Stimmung versetzt fühlte. Außerdem konnte ich sie, so aus der Nähe, besser beobachten, gelassener, bei geringerer Gefahr, von ihr dabei entdeckt zu werden. Ob sie jetzt mit der Nachbarin tratschte oder den Worten des Professors folgte, Bianca wandte sich fast nie in meine Richtung, und ich, der das wußte, schaute sie mit größerer Ruhe an als in den anderen Stunden, wo ich, um sie zu sehen, den Kopf fast ganz herumdrehen mußte.

Es war seltsam, wenn ich sie so aus der Nähe anschaute, welch eigentümliche, ganz ungewohnte Gefühle ich empfand. Ihre zarte Figur, die ein wenig gekrümmte Pose über der Bank, das schwarze Schulgewand, die dicken Baumwollstrümpfe, die Schuhe, die gar keinen Anspruch auf Eleganz machten und einfach und ein wenig plump waren, wie die Mädchen sie damals trugen, all das ließ mich denken, daß Bianca wirklich noch ein Kind war, ließ mich fast glauben, daß zwischen ihr und meinen alten Spielgefährtinnen überhaupt kein Unterschied bestehen könne. Da meinte ich denn, daß die neue und feindselige Einstellung, die ich der Umgebung zuschrieb, die Schwierigkeit, das lange Schweigen zu brechen, die Unmöglichkeit, einander zu verstehen, die Gefahr, von ihr ausgespottet zu werden und auf sie einen komischen und lächerlichen Eindruck zu machen, nichts anderes als Hirngespinste waren, krankhafte Einbildungen von mir. Schau, binnen kurzem wird die Unterrichtsstunde aus sein, die Glocke wird läuten, wir alle werden aufstehen, und ich werde zu ihr hingehen und ihr, ohne Dreistigkeit und ohne Schüchternheit, ruhig in die Augen schauen können und mit ihr über irgend etwas zu reden anfangen, vielleicht über das Thema Graz oder über Grimms Märchen, die sie Giustiniani geborgt und die ich in den Buchhandlungen nicht hatte finden können. Sie würde mir freundlich zuhören, wie fast alle kleinen Mädchen bis vor einigen Jahren, mit denen ich gesprochen hatte; sie würde aus meinem Blick, aus dem Klang meiner Stimme herauslesen, daß ich sie gut leiden konnte, ja, sogar viel mehr als das; vielleicht würde sie das ein wenig durcheinanderbringen, aber es würde sie auch freuen, und sie würde mir vertrauensvoll und freundschaftlich antworten und mich gleichzeitig fühlen lassen, daß sie mir nicht böse war, im Gegenteil, daß sie mich gern hatte. Sie betrachtend, empfand ich jetzt mehr denn je Anbetung. Die Qual, die Unruhe der Leidenschaft schienen vergessen. Statt dessen spürte ich neben der Bewunderung ein neues und süßes Gefühl, beinahe Liebe, als ob Bianca wirklich schon meine Freundin sei, als ob ich sie fast als Schwester hätte betrachten dürfen.

Wenn dann die Glocke läutete und wir alle aufstanden und ich mich wahrhaftig vor ihr befand, ganz in ihrer Nähe (Giustiniani hatte die Angewohnheit, länger als die anderen sitzen zu bleiben, weil er unter seinen Büchern eins heraussuchte, aus dem er während der Pause lernen würde, und so stand er nicht sofort auf), spürte ich neuerlich – sei es, daß sie mich überhaupt nicht anschaute, sei es, daß ihr ernster und strenger Blick einen Moment lang auf mir ruhte –, daß meine Schüchternheit plötzlich, stärker als gewöhnlich, wieder erwacht war, daß sie mir so fern stand, wie ich es mir nicht einmal vorstellen konnte. Ich fühlte mich fast wie betäubt nach diesen Stunden, wo sie mir so nah vorgekommen war; mir schien, als ob ich aus einem langen, tiefen Traum aufwachte, aus einer Art Trunkenheit.

Wenig angenehm waren die Französischstunden am Nachmittag. Der Kurs war zahlreich besucht, aber aus meiner Klasse waren wir nur wenige: ich und Lerroux von den Burschen, dann die Padova, die Piemontesi, die Marmori und die Sorani. Die Mehrheit wurde von den Jungen der Parallelklasse gebildet, die ich nicht kannte und mit denen es mir in jenem ganzen Jahr nicht gelang, jemals vertraut zu werden. Unter ihnen gab es, wie ich in den folgenden Jahren bemerkte, auch ausgezeichnete Leute. Etliche allerdings – und das begriff ich sofort – waren dicke Freunde von Lerroux und den anderen unserer liederlichsten Gesellen und wenig empfehlenswert.

Schon diese Viertelstunde oder mehr, die ich vor der Schule zubrachte (ich kam, wie gewöhnlich, zu früh zum Unterricht), war für mich recht unangenehm. Unter unbekannten und großteils übelwollenden Menschen mußte ich Wunder an Ausgeglichenheit vollbringen, um das richtige Verhalten anzunehmen. Ich mußte darauf achten, mich von den lärmenden Gruppen fernzuhalten, wo Hüte, Taschen und Bücher herumgeschleudert wurden, als ob man noch in der Volksschule wäre, wo Fangen und Schubsen gespielt wurde. Andererseits mußte ich mich davor hüten, mich allzu sehr abzusondern, weil sie mir keinen Frieden mehr gegönnt hätten, hätten sie bemerkt, daß ich von ihnen zu verschieden war, wäre ihnen bewußt geworden, daß ich sie fürchtete. Ich kam schlecht und recht davon, und mir widerfuhr niemals schlimmes Ungemach. Sie rannten höchstens ein paarmal mit meinen Büchern davon und versteckten sie mir, wenn ich die Unvorsichtigkeit begangen hatte, sie, wie man es häufig tat, auf einer Art mannshohem Sims liegen zu lassen, der in der Halle der Schule war.

Diese und ähnliche Scherze ertrug ich mit Gleichmut, ließ zu, daß sie sich abreagierten, und geriet nach außen hin niemals in Zorn. Die Taktik war gut und von Nutzen. In meinem Innersten aber empfand ich die Notwendigkeit arg erniedrigend, mich den Schlägen zu unterwerfen, den Hindernissen aus dem Weg zu gehen und zwischen den Klippen manövrieren zu müssen. Ein ständig wachsender Zorn erwachte in mir gegen diese dummen, boshaften und armseligen Kreaturen, die Gefallen daran fanden, den Mitmenschen zu ärgern und ihm Leid anzutun. Ich dachte, daß sie mich, wäre ich groß und stark gewesen und hätte ich sie mit Faustschlägen traktieren können, in Ruhe gelassen hätten. Denn sie peinigen tatsächlich immer die Schwächeren, diejenigen, die sich nicht wehren können: das ist ihr Heldentum, auf die Art können sie sich brüsten. Und es war seltsam, wie in mir aus der Erniedrigung der Hochmut erwuchs. Im allgemeinen neigte ich dazu, allen mehr Verdienste zuzuschreiben, als sie hatten, und mir kam, wenn ich deutlich sah, daß ich in irgendeiner Hinsicht einem anderen überlegen war, immer der Verdacht auf, daß das sehr wenig zähle und daß ich umgekehrt in anderen, sehr viel wichtigeren Belangen unterlegen sei. Aber wenn ich mich auch fügen und zu diesen dummen Scherzen hatte schweigen müssen, so fühlte ich mich doch als Riese inmitten kleinkarierten Gesindels und meinte, daß alle miteinander nicht ein Zehntel so viel taugten wie ich.

Der Französischprofessor beherrschte sein Fach gut, doch mangelte es ihm an Methode, und fast alle hatten schlechte Noten bei ihm. Der Beste war ein Knabe aus der Parallelklasse; dann gab es noch drei oder vier ziemlich Gute, zu denen ich zählte; gut schaffte es auch die Sorani, ja, am Anfang sogar besser als wir, weil sie, allem Anschein nach, privat ein wenig Französisch gelernt hatte. – Überflüssig zu sagen, daß ich darüber froh war.

Auch in den Französischstunden hatte ich Gelegenheit, sie in Ruhe zu beobachten. Wir saßen ziemlich weit auseinander: ich in der linken Reihe, sie in der rechten; ich fast ganz hinten in der Klasse, sie in einer der ersten Bänke. Die mittlere Reihe war jedoch beinahe leer, und ich hatte sie direkt vor Augen, wenn ich zum Katheder hinschaute. Am Nachmittag trug Bianca nicht die schwarze Schulkleidung. Sie war verhältnismäßig einfach, aber doch ein bißchen wie ein junges Fräulein angezogen, manchmal mit bis zum Ellbogen entblößten Armen. Es war eigenartig: Ich, für den bei anderer Gelegenheit der Gedanke, Bianca sei noch ein Kind, tröstlich war, fand nun Gefallen an der Vorstellung, daß sie bald eine junge Frau sein würde, daß man nunmehr erwachsen wurde. In diesen Momenten (mein Kopf steckte voller Träume, und ich verlor das Gefühl für die Wirklichkeit) wollte ich beinah meinen, das Leben sei voller Verheißung, die Jugend, die uns bevorstand, sei vielversprechend. Ich glaubte mich freuen zu dürfen, weil nur noch wenige Jahre bis zum Erwachsensein fehlten; als ob das ein Ziel gewesen wäre, zu dem man schon unterwegs war. Nicht viel später hatte ich allerdings Grund dazu, wegen derselben Feststellung traurig zu werden: weil Bianca ein junges Fräulein wurde.

In der anderen Schule war ich aus Gesundheitsgründen immer vom Turnen befreit gewesen. In dem Jahr nun, was auch unternommen wurde und so sehr man sich auch bemühte, gelang es nicht, die Befreiung zu erhalten. So mußte ich, der ich von Natur aus oder wegen meiner instabilen Gesundheit äußerst schwach war, mit all den anderen zu turnen anfangen, nachdem ich es drei Jahre hindurch nie getan hatte. Ich fand mich in einer ziemlich schwierigen Situation. Meine Einstellung zum Gehorsam und meine Schüchternheit hinderten mich daran, um spezielle Behandlung zu bitten, so daß ich mich bisweilen über die Maßen ermüdete, besonders bei den Gemeinschaftsübungen. Darüber hinaus erwies ich mich immer als ungeschickter und untauglicher Turner und brachte die anderen oft dazu, hinter meinem Rücken zu lachen, was meine Beziehungen zur Schülerschaft nicht unkomplizierter machte. Bekanntlich wird es in der Schule als ein Vergehen betrachtet, zu lächeln, wenn ein Schüler, der nicht hat lernen wollen, beim Versuch, sich bei einer Prüfung herauszuwinden, irgendeine groteske Dummheit von sich gibt; aber nicht zu lachen und keinen Lärm zu schlagen, weil ein armer Kerl, der nicht springen kann, die für ihn zu hohe Schnur zum Herunterfallen bringt, das hieße, wenig Humor zu beweisen.

Der Zufall wollte es, daß der Turnlehrer recht menschlich war und, zum Unterschied von vielen seiner Kollegen, nicht auf die Schwachen losdonnerte, als ob sie Sünder wären. Außerdem war er von den Vorbereitungen für ein Turnerfest sehr in Anspruch genommen und hatte so nicht viel Zeit, sein Augenmerk auf mich zu richten.

Wenige Tage vor dem Fest wurden die Generalproben abgehalten. Der Unterricht fiel aus, und man führte uns alle – die Knaben – in die Gemeindeturnhalle. Ich und Stern durften bloß zuschauen, weil wir die schlechtesten Turner der Klasse waren. Mit uns kam Bianca, die die Übungen am Klavier begleiten sollte.

Wie langweilig waren die drei oder vier Stunden, in denen ich meinen Kameraden zusah, wie sie sich dauernd auf die gleiche Art und Weise rhythmisch bewegten! Gewiß, die Musik und die Spielerin waren für mich außergewöhnlich, aber nichtsdestotrotz nahm mein Interesse nach kurzer Zeit ab. Das Klavier war schrecklich, sie spielte schlecht (ich bemerkte, daß sie nicht Takt hielt), und das

Stück war immer dasselbe: ein Walzer, dessen Motiv mir, was für mich ungewöhnlich ist, derart eingeprägt blieb, daß ich es mir noch heute ins Gedächtnis zurückrufen könnte.

Stern unterhielt mich, indem er ohne Unterlaß über Dinge plauderte, die mich nicht interessierten und auf die ich nicht hörte. Mein Sinn schweifte weit fort, verlor sich in einer Art von Phantasterei. Ich dachte an die Musik, an die musikalischen Studien Biancas, an die Liebe, die Bianca zu diesen Studien haben mochte. Ich konnte das Herumgeklimper nicht leiden und stellte mir vor, daß auch sie, wie manchmal meine Cousinen, sich ans Klavier setzte, um Schlager und Hymnen zu spielen. Der Gedanke war mir unangenehm, weil eine solche Stümperei meines Erachtens auf Grobheit im Geschmack und Nachgiebigkeit gegen das Gemeine hindeutete.

Oder liebte Bianca die Musik tatsächlich, wie einige unserer Verwandten, die sich hinsetzten, um stundenlang laute und abstruse Werke zu spielen? Das war schon eine bessere Aussicht; aber wie, dachte ich, würde ich dastehen, der nichts begreifen und beim Zuhören verlegen und gelangweilt sein würde? Sicherlich würde sie mich dafür verachten. Ich selbst empfand für Laien auf anderen Gebieten bisweilen ein Gefühl, das zwischen Verachtung und Gereiztheit lag. Oder war vielleicht richtig, was Papa sagte, daß nämlich das Fehlen des musikalischen Gehörs bei mir nur eine Art Musikphobie sei, die sich schon von klein auf entwickelt hatte? Wer sonst würde in mir die Liebe zu dieser Kunst wecken können, wenn nicht sie; wem sonst würde ich mit dem Wunsch, zu verstehen und zu lernen, zuhören können? Außerdem, meinte ich (und ich schrieb mir dabei, wer weiß wieso, eine Art Instinkt zu, der es mir möglich machte, die wahrhaft schönen von den mittelmäßigen Dingen zu unterscheiden), außerdem würde ich selbst auf sie einwirken können, würde sie vom Gewöhnlichen abbringen und ihren Geschmack verbessern.

Auf diese Art dahinphantasierend (später hörte ich sie nie mehr spielen, und um so weniger hatte ich Gelegenheit, mit ihr über Musik zu reden), verlor ich mich immer mehr in meine Träume, bis plötzlich unter den Hunderten Klatschereien Sterns eine die Macht hatte, mich dazu zu bringen, die Ohren ganz weit aufzusperren und den Nebel aus meinem Kopf zu verscheuchen.

»Die Sorani tanzt sehr gut«, sagte Stern. »Diese Musik macht mir Lust auf Tanzen. Es wäre schön, statt sich hier zu langweilen, miteinander ein paar Runden zu drehen. Ich habe schon zwei- oder dreimal mit ihr getanzt. Sie tanzt wirklich gut.« Darauf wechselte er wiederum das Thema.

Da hatte ich allerdings etwas Neues erfahren, etwas, das mich nicht erfreuen konnte. Von den vagen und süßen Phantastereien von vorher wechselte ich zu sehr ernsten und schmerzlichen Erwägungen.

Bianca ging also auf Bälle; Bianca vergnügte sich dort, jedenfalls sprach dafür, daß sie häufig hinging, daß sie sehr gut tanzen gelernt hatte. Unter ihren Gewohnheiten und denen ihres Milieus gab es also auch die, Ballveranstaltungen zu besuchen.

Ich war, natürlich, niemals auf einem dieser Feste gewesen, doch machte ich mir, da ich etliche Schilderungen gehört hatte, ein äußerst lebhaftes und, wie ich glaube, hinlänglich genaues Bild davon. Frivoles Geschwätz, affektierte Scherze, unaufrichtige Komplimente: das ist es wohl, woraus die Ballsaalgespräche bestehen. Falschheit über Falschheit: verlogene Reden, ausgesprochen im Bewußtsein, daß sie verlogen sind, im Bewußtsein, daß derjenige, der sie anhört, sie ebenso auffaßt und auf die gleiche Art antwortet. Der Wunsch, jeden ernsthaften Gedanken zu verscheuchen, sich selbst zu verfälschen, den anderen um jeden Preis zu gefallen, ist forciert bis zu einem unangenehmen und schamlosen Überschwang. Eine überdrehte Scheinfröhlichkeit, die das Gefühl zurückläßt, Albernheiten hergesagt, die eigene Persönlichkeit entwürdigt zu haben.

In einer solchen Umgebung hielt sich Bianca häufig auf, und sie tat es, ohne zu rebellieren. Sie machte es wie die anderen Mädchen, hörte den gleichen Gesprächen zu wie sie. So wie sie besser als viele von ihnen tanzte, wird sie es auch verstanden haben, mehr als die anderen aufzufallen. Sie wird von dieser Art Taumel gepackt worden sein, der in meinen Augen Selbstverrat war, Erniedrigung der eigenen Menschenwürde. Und sie wird nicht begriffen haben, daß sie

Schlechtes tat, dem Falschen und Kleinlichen immer mehr auf den Leim ging. Mochte sie auch manchmal Gewissensbisse verspürt haben (dessen war ich fast sicher, weil ich es nicht unterlassen konnte, ihr, trotz allem, eine gewisse Gefühlstiefe zuzuschreiben), welcher Vorteil konnte schon darin liegen? Das Bewußtsein, schlecht zu handeln, konnte sich, wenn es nicht ausreichte, sie zum Widerstand anzustacheln, sie der Verlockung dieses Taumels zu entreißen, nur in der Hinsicht auswirken, daß das Schlechte tiefere Spuren in ihrer Seele hinterließ.

Wenn sie auf Bälle ging, so hieß das, daß die Ihrigen sie hinführten. Ich wußte, warum die Mütter wollen, daß ihre Töchter die Festlichkeiten aufsuchen: damit sie junge Männer kennenlernen. Auf dem Ball finden sich die Ehepartner, und man fängt, um die Töchter an die Gesellschaft zu gewöhnen, früh damit an, sie zur Schau zu stellen.

Bianca durchschaute dieses Spiel und gab sich dazu her. Spürte sie nicht, daß es entwürdigend war, sich für alle schönzumachen? Begriff sie nicht, daß sie nur dem zu gefallen hätte versuchen sollen (und zwar auf ganz andere Art), der ihr gefiel? Verstanden sie nicht, sie und die Ihrigen, daß die Menschen einander im richtigen, im ernsthaften Leben kennenlernen, daß dort die Gefühle auf die Probe gestellt werden, man Verzweiflung oder Glück finden kann: nicht im falschen und dummen Leben der Ballsäle?

Mir war auch klar, warum sich die jungen Männer auf den Ball begeben, welche Art von Vergnügen sie daran finden; und ich wußte, daß in diesen Vergnügungen sehr oft etwas nicht leicht Einzugestehendes liegt. Auch ihre Verehrer, dachte ich, werden aus solchen Motiven mit ihr getanzt haben. Und wird sie es bemerkt haben? Sollte sie sich etwa nicht abgestoßen gefühlt haben? Sollte sie nicht das Bedürfnis verspürt haben, sich zu widersetzen? Das war ein altes, ein peinigendes Problem, das peinigender denn je wieder aufkam. Aber mein Verstand getraute sich nicht, diese Abgründe zu erkunden, und ich hatte förmlich Angst davor, mir eindeutige Fragen zu stellen. Vielleicht wurde gerade deshalb der Gedanke, daß Bianca Bälle besuchte, für mich zu einem der größten Betrübnisse.

Sicherlich spielte bei meiner Qual auch die Eifersucht eine Rolle, und zwar keine geringe. Die Vorstellung, daß Bianca sich von jedermann hofieren ließ, war für mich zu schmerzlich, daß sie mit jedermann tanzte, sogar mit diesem Wirrkopf Stern, zum Beispiel. Ich dachte daran, daß ich ihr nicht einmal nahezukommen wagte, davor zurückschreckte, das Wort an sie zu richten oder sie anzuschauen; und meine Liebe zur Reinheit fühlte sich von all diesen Berührungen verletzt und den unzüchtigen Gedanken, die ich um sie herum vermutete. Die Vorstellung war mir geradezu unerträglich, daß sie sich, vielleicht mit Wohlgefallen, von diesem feinen Netz aus nicht sehr Eindeutigem und wenig Lauterem umgarnen ließ, daß sie sich einer Umgebung anpaßte, wo es soviel Heuchelei gab, so viele Absichten und nicht eingestandene Gefühle.

Es kam der Tag des Turnfestes, das nichts Besonderes war. Ich setzte mich unter die Zuschauer auf der Galerie der Turnhalle, und dort langweilte ich mich. Auch die Mädchen nahmen an manchen Übungen teil. Sie trugen alle ein himmelblau eingefaßtes weißes Kleid und ein himmelblaues Band auf der Stirn. In dieser Tracht, mit den offenen Haaren und den geröteten Wangen, war Bianca fast nicht wiederzuerkennen, und sie gefiel mir nicht. So, dachte ich, mag sie wohl sein, wenn sie sich auf einen Ball begibt.

Mir gegenüber, auf der Galerie, saßen einige ihrer Angehörigen: die Mama und zwei Schwestern. Sie waren es, mehr als die Turner der Aufführung, die ich beobachtete.

Auf den Turnlehrer, von dem ich ausgegangen bin, muß ich noch einen Moment zurückkommen, um zu sagen, daß zu den vielen seiner guten Eigenschaften auch die gehörte, im Notengeben sehr gewissenhaft und gerecht zu sein. Etliche seiner Kollegen hätten mir, an seiner Stelle, eine Sieben oder vielleicht sogar eine Acht ins Zeugnis geschrieben, um es mir nicht zu verderben. Er gab mir eine Sechs und entschloß sich erst dann dazu, mit der Note hinaufzugehen, als er zu der Überzeugung gekommen war (leider zu einem großen Teil fälschlicherweise), daß ich Fortschritte gemacht hatte.

Diese schlechten Noten waren von großer Bedeutung in der Beziehung zwischen Babich und mir.

Babich legte, wie ich angedeutet habe, äußerst gewissenhaft die Durchschnittszensuren fest. Das heißt, er informierte sich über die Noten aller besseren Schüler, zählte sie zusammen, dividierte durch die Anzahl der Gegenstände und verkündete dann, wer Klassenbester war, wer Zweiter, wer der Dritte und so weiter. Auch im Lauf des Trimesters schrieb er die Noten eines jeden auf, wie sie eben ausgeteilt wurden. Er versuchte, die Schularbeiten einzusehen, nach einer mündlichen Prüfung zu erraten, welche Note der Professor in sein Büchlein geschrieben hatte; und dann machte er Kalkulationen, Vergleiche, Statistiken und Diagramme, wobei er auf all das die peinlichste Sorgfalt verwandte.

Im ersten Trimester kümmerte ich mich nicht allzu sehr um den von Babich erstellten Notendurchschnitt, sei es, weil ein zu großer Unterschied zwischen uns bestand, sei es, weil diese für mich neuen Berechnungen mein Interesse noch nicht zu erwecken vermochten. In der anderen Schule maß man nämlich den Noten eine viel geringere Bedeutung bei. Ich muß aber hinzufügen, daß die Durchschnittszensuren Babichs zu meinem Charakter sehr gut paßten und daß sie es nicht verfehlen konnten, große Anziehungskraft auf mich zu üben. Vergleiche anzustellen, sich genau über den Wert jedes einzelnen im klaren zu sein, kämpfen, um einen oder zwei Zehntelpunkte mehr zu haben, das gefiel mir. Es hätte mir noch besser gefallen, wären die Beurteilungen nach bestem Gewissen gerecht gewesen, hätten die Professoren darauf geachtet, die Noten nach Verdienst zu vergeben und nicht nur so ungefähr, der momentanen Laune folgend. Die pedantische und sorgfältige Arbeit Babichs schien mir die geringe Ernsthaftigkeit und die Leichtfertigkeit der Lehrer an den Tag zu bringen und dazu beizutragen, zumindest in dem engen Kreis derer, die sich zusammen mit ihm für den Notendurchschnitt interessierten, jenes Reich der Gerechtigkeit zu gründen, das ich in der Schule gerne gesehen hätte.

In seine Durchschnittszensuren bezog Babich auch die Turnnote mit ein, und deswegen haben ausgedehnte und harte Diskussionen ihren Anfang genommen, die zwei Jahre lang dauerten und immer heftiger wurden, je geringer sich der Unterschied zwischen uns beiden darstellte.

Am Ende des zweiten Trimesters, als wir das Zeugnis bekamen, war ich, Turnen inbegriffen, der Klassendritte, nach Babich und der Padova (die Piemontesi, die im ersten Trimester viel Glück gehabt hatte, war in der Rangliste ziemlich zurückgefallen); ohne Turnen war ich aber Zweiter, zwei Punkte hinter Babich.

Während darüber diskutiert wurde, ob man das offizielle Resultat in der ersten oder in der zweiten Form verkünden sollte (ich vertrat die Auffassung, daß Turnen nichts mit Wissen, Intelligenz oder Fleiß zu tun habe, den einzigen Qualitäten, die in der Schule in Betracht gezogen und belohnt werden sollten; Babich hielt dem entgegen, daß man, da es die Turnnote im Zeugnis gab, sie ebenfalls berücksichtigen müsse und daß auch die Fähigkeit, Turnübungen gut auszuführen, verdienstvoll sei, ein Faktor, um die Tüchtigkeit eines Schülers zu bewerten), kam die Padova zu uns her, fragte nach unseren Noten und antwortete dann mir, als ich ihr sagte, sie sei die Zweite und ich komme nach ihr, es ist umgekehrt: ich sei Zweiter, sie Dritte. »Und Turnen?« fragte ich. »Das zählt nicht«, erwiderte sie mit einer ihrer üblichen gezierten Mienen.

Diese Antwort verwandte ich als Argument zu meinen Gunsten. Sogar die Padova, die die Padova war und die ein noch größeres Interesse als Babich daran hätte haben müssen, die Note in Turnen, einem Gegenstand, in dem sie ausgesprochen gut war (sie hatte eine Zehn), zu berücksichtigen, zeigte sich vernünftiger und nachsichtiger als er.

Die Durchschnittszensuren waren ein wichtiges Element der Verbindung zwischen mir und Babich, weil sie ein weites Feld gemeinsamer Interessen darstellten, ein Thema, über das man sich unterhalten konnte. Allerdings wurden sie schließlich auch zu einem Anlaß der Uneinigkeit, und das aus wahrscheinlich schwerwiegenderen Gründen als der Turnfrage. Ich hatte mir zwei Dinge vorgestellt: zunächst, daß der Kampf ganz ritterlich sein müsse, daß man sich, trotz allem, gegenseitig helfen sollte und daß jeder die Qualitäten des Rivalen anerkannte und würdigte; dann, daß Babich wahrlich unvoreingenommen und vollkommen war und daß er sich auf jeden Fall in irgendeiner wesentlichen Sache als mir überlegen erweisen würde. In Wirklichkeit wurden beide Erwartungen enttäuscht.

Sicher, in der ersten Zeit war Babich fair und großzügig. Ich erinnere mich noch, daß er einige Male meine Italienischaufsätze lesen wollte (er saß genau hinter mir) und daß er mir ein paar Rechtschreibfehler ausbesserte. Es brachte mich aber immer mehr auf, daß ich schlecht verborgene Triumphallüren bei ihm witterte, wenn ich eine gute Mathematikschularbeit mit ein paar Additionsfehlern verdarb oder eine ziemlich gute Lateinarbeit mit einigen durch Zerstreutheit verursachten Fehlern. Babich schien meinen Verdruß als kindisch anzusehen. Es sah aus, als wollte er mir zu verstehen geben, daß es töricht ist, als Verlierer vom Sieger Rücksichten zu verlangen, die man, hätte man selbst gewonnen, gewiß nicht gekannt hätte. Im Grund genommen sagte er mir niemals ein Wort von alledem, doch das Lächeln, mit dem er mir zuhörte, wenn ich über meine Zerfahrenheit in Rage geriet, ließ mich deutlich erkennen, daß er der Meinung war, ich führte lächerliche Komödien auf, um meine Unterlegenheit zu maskieren.

Prüfte ich dann mein Gewissen, indem ich mich fragte, ob ich auch gelegentlich die gleichen erbärmlichen Gefühle hegte, mußte ich mir eingestehen, daß ich mich schon freute, wenn meine Überlegenheit im Griechischen zutage trat. Das war aber, kam mir vor, etwas anderes. Ich hatte es wie kein zweiter in unserer Klasse verstanden, an die griechische Grammatik (eins der schwierigsten Gebiete), so heranzugehen und sie derart zu beherrschen, daß ich alle Schularbeiten, die wir in diesem und im folgenden Jahr machten, ohne den geringsten Fehler bewältigen konnte. Babich dagegen fehlte es an Lust und Willenskraft, wenn nicht auch an innerer Fähigkeit, das Griechische genauso gut zu erlernen wie ich. Wenn er allerdings, weil er ein Synonym für einen »Sprachzweifelsfall« nicht wußte, einmal bei einer mündlichen Italienischprüfung eine Neun oder eine Acht statt seiner üblichen Zehn bekam, empfand ich durchaus keine Freude, ja ich nahm förmlich keine Notiz davon. Ich übertreibe nicht, wenn ich sage, daß ich darüber sogar ein bißchen verärgert war. Dieser Punkt, so meinte ich, würde die Glaubwürdigkeit meines Erfolges zweifelhaft erscheinen lassen, falls sich mein Notendurchschnitt in diesem Trimester dem seinigen noch mehr annähern würde.

Allmählich wurde mir klar, daß man gar nicht darum kämpfte, zu größeren Höhen vorzustoßen; daß es in dem ganzen Schulstudium eigentlich nichts gab, dessentwegen es notwendig war, die Intelligenz zu forcieren, und fast nichts, in dem sich der eine als scharfsichtiger und profunder als der andere hätte erweisen können. Die schwierigsten Dinge begriffen und wußten wir im allgemeinen gleich gut (so gut es eben für Schüler möglich war, denen in der gegebenen fürchterlichen Art etwas beigebracht wird), ohne unsere Köpfe übermäßig anstrengen zu müssen. Statt dessen ging es darum auf den Gebieten Ausdauer und Fleiß zu kämpfen: einen Zweifelsfall oder ein Datum nicht zu vergessen, drehte es sich hauptsächlich darum, sich vorzusehen, um nicht in mehr oder weniger gefährliche Zerstreutheiten hineinzuschlittern. Für diesen Kampf fühlte ich mich wenig geeignet. Vielleicht hätte ich, wäre mir all das von Anfang an klar gewesen, überhaupt nicht damit angefangen, mit Babich wettzueifern. Doch jetzt hatte ich mich darauf eingelassen. Meine Selbstachtung und der Wunsch, alles bis zum Ende durchzuziehen, den Beweis für Beharrlichkeit und Dickköpfigkeit zu liefern, hielten mich vom Aufhören ab. Wie es den Spielrausch gibt, so gibt es den Rausch des Notendurchschnitts, auch wenn der Rausch des Ruhmes ganz und gar nichts damit zu tun hat.

Das Eigenartige ist, daß Babich offensichtlich erst dann bemerkte, daß ich ein gefährlicher Gegner sein konnte, als ich ihn im darauffolgenden Jahr schlug und auch unter Berücksichtigung der Turnnote einige Punkte mehr hatte als er. Er hatte grenzenloses Vertrauen zu sich selber, war sich der eigenen Überlegenheit absolut sicher und verkannte in unerschütterlicher Weise die Leistungen der anderen. Auch als der Unterschied zwischen uns nur mehr ganz gering war, ließ er noch erkennen, daß er mich nicht ernst nahm.

Ich erinnere mich sogar daran, daß er den Fall eines anderen Rivalen anführte, der nur ein Jahr an der Schule gewesen und ihm ein Trimester lang sehr nahe gekommen war; schließlich aber hatte Babich ihn um fünf Punkte oder mehr geschlagen. Er schien ganz sicher zu sein, daß es sich mit mir genauso zutragen würde, und schien es so zu sehen, daß ich großes Glück hatte, aber früher oder später würde es mir untreu werden, für längere Zeit würde ich die Rolle des Gegners nicht spielen können.

All das mißfiel mir. Ich hätte es vorgezogen, daß Babich mir klarer überlegen gewesen wäre, mir jedoch die Qualitäten, über die ich verfügte, eingeräumt hätte, meine Zerstreutheiten gebührend einzuschätzen gewußt und mich ebenfalls für fähig gehalten hätte, es gut – bestmöglich – in der Mehrzahl der Gegenstände zu schaffen.

Babich bemerkte nicht einmal, wie fragwürdig das Verdienst war, auf das er den größten Wert legte: die Italienischaufsätze so gut zu machen. Ich erinnere mich seiner damaligen Aufsätze: voll von manierierten Sätzen, voll von Sachen, die nur hingeschrieben waren, um dem Professor Freude zu machen. Ich erinnere mich an die Spinne, die die Moral in dem »Dialog zwischen dem Ochsen, der Kuh und dem Esel« ausspricht, erinnere mich an das schöne Geschichtchen im Zusammenhang mit der »Geschichte einer Uhr«, würdig des Abdrucks im »Giornalino della Domenica«. Sich dafür herzugeben, solche Albernheiten zu schreiben, sich solcher Einfälle zu bedienen, ist das vielleicht verdienstvoll? Mir kam vor, daß Babich mit diesen Aufsätzen, die ihm oft eine Zehn einbrachten, seine Würde kompromittierte, und ließ dabei außer acht, daß er seine Gedanken oder die der anderen korrekt, deutlich und ohne Rechtschreibfehler auszudrücken verstand: das war wirkliches Vermögen, eines von nicht geringer Bedeutung, über das ich, nebenbei, sicherlich nicht verfügte.

Wenn ich all das gegen die Erfolge Babichs einwenden konnte, hätte er gegen meine einwenden können, daß sie mich bisweilen weniger Mühe kosteten, als gerecht gewesen wäre. Tatsächlich bekam ich bei mündlichen Prüfungen oft genauso gute Noten wie er, obwohl ich etwas weniger minuziös in den Details, etwas weniger genau in der Schilderung war. Spielte ich auch manchmal den Büffler, der mechanisch wiederholt, was er auswendig gelernt hat, machte ich doch auf die Professoren oft einen besseren Eindruck als Babich, und das, darüber war ich mir im klaren, auf Grund von rein äußerlichen Qualitäten, ohne reellen Wert. In Babichs Ausdrucksweise, in seiner Stimme, lag ein farbloser, gleichmäßiger, wenig überzeugender Ton, so daß die Professoren, bevor sie sich dazu entschlossen, ihm eine Zehn zu geben, sich überzeugen wollten, daß er die Lektion bis ins kleinste kannte. Bei mir hingegen erwachte während der Prüfungen manchmal der Instinkt des Lehrers, und war der Inhalt eher bescheiden, so die Form besonders lebendig, weil ich oft unbewußt versuchte, deutlicher zu sein, bündiger, und ... pädagogischer, als der Professor es bei seinen Erklärungen gewesen war.

Ich weiß nicht, ob Babich diese Bevorzugung durch einige unserer Lehrer bemerkte; ob er sie eventuell dem Umstand zuschrieb, daß ich der Sohn eines Professors war, ein Fakt, mit dem andere, ganz oder zum Teil, meine Erfolge erklärten. Fest steht, daß er dieses Thema niemals streifte. Vielleicht tat er es nicht, weil er in seinem Formalismus äußerst korrekt und ehrenwert war. Für ihn war der Notendurchschnitt etwas Absolutes, das an und für sich Wert hatte und nicht in Diskussion zu ziehen war. Wenn ich argumentierte, daß das Turnen überhaupt keine Bedeutung habe oder daß es in unserer Schule sehr viel schwieriger sei, eine gute Note in Französisch zu bekommen als eine in Deutsch, schenkte er mir kein Gehör; aber er hätte sich niemals damit verteidigt, von Parteilichkeit oder von Ungerechtigkeiten der Professoren zu sprechen.

In vielem war Babich für mich eine Enttäuschung: Ich hatte ihn mir im Wetteifer um das Studium sehr viel überlegener vorgestellt, als er sich in Wirklichkeit erwiesen hat, und sehr viel unbefangener. Dennoch blieb er für mich der Schulkamerad, mit dem ich mich am liebsten unterhielt, mit dem ich in der Gewißheit, verstanden zu werden, reden konnte, dem ich, ohne befürchten zu müssen, ihn zu langweilen, Ernstes und Interessantes erzählen, von dem ich viele neue und scharfsichtige Betrachtungen hören konnte. Außerdem gefiel mir an ihm eine Art natürliche und instinktive Geradheit, die ihn absolut daran zu hindern schien, etwas zu tun, das ihm sein Instinkt als unedel angezeigt hätte. Anziehend war für mich selbst sein Dünkel und die Verkennung der anderen. Trotz vieler Kleinlichkeiten und etlicher Schwächen war Babich in meinen Augen ein ernsthafter Bursche, ganz aus einem Guß gemacht, der war, wer er war, wollte, was er wollte, sich in Schweigen hüllte, die anderen beurteilte und nicht glaubte, irgend jemanden nachahmen zu müssen. Mir – immer unschlüssig, beständig auf der Suche nach einem Vorbild und einer Fahne – gefiel es, wie Babich seinen moralischen Impulsen mit der unnachgiebigen Geradlinigkeit dessen folgte, der sich nach starken Sympathien und instinktiven Antipathien richtet: ohne sie in Frage zu stellen, förmlich ohne sich bewußt zu werden, daß er über sie verfügt.

Vor allem zog mich seine Verschwiegenheit an: Ich fühlte mich beurteilt und empfand den Wunsch, seinem Urteil entgegenzutreten, zu beweisen, daß ich es nicht fürchtete, zu zeigen, daß seine Verschlossenheit und seine kleinen Lächler mich ganz und gar nicht auf der Hut sein ließen, wenn ich mich mit ihm unterhielt. Im Gegenteil, in der Bemühung, frei und ungezwungen zu erscheinen, erregte ich mich, redete zu viel, trug manchmal die Farben zu dick auf, und auf diese Weise bestätigte ich ihm sein Urteil, daß ich ein Komödiant und Scharlatan sei. Diesen Gedanken las ich von seinen Augen und aus seinem Schmunzeln ab, doch ich wollte ihn ignorieren: Ich wollte nicht zulassen, daß zwischen uns etwas Störendes auftauchte. Auf die Dauer schließlich ärgerte ich mich doch über diese nicht ausgesprochenen Urteile und betrachtete sie am Ende als ein Zeichen von wenig Aufrichtigkeit und geringer Freundschaft: und deshalb begannen zwischen uns lange und polemische Diskussionen.

Ich legte allerdings immer den größten Wert auf Babichs Freundschaft. Mir war es nur recht, daß die anderen Kameraden merkten, daß ich mich einzig mit ihm gern unterhielt und er sich mit mir. Daß sie uns für enge und treue Freunde hielten, womöglich sogar für sehr viel enger und treuer, als wir es in Wirklichkeit waren. Diese unsere Freundschaft, die die anderen ausschloß, kam mir vor, müsse uns an Bedeutung gewinnen lassen und bewirken, daß man uns hohen gegenseitigen Respekt und ritterlichste Großzügigkeit in dem Wettkampf zuschrieb, der zwischen uns in Gang war. Der Gedanke, daß die anderen unsere Beziehung so sehen mußten, freute mich wahrscheinlich mehr als aus jedem anderen Grund deshalb, weil ich in den »anderen« vor allem »sie« sah.

Waren Babich und ich auch viel zusammen und uns über vieles einig – ganz besonders in der strengen Beurteilung der Lehrer und Mitschüler –, so gab es zwischen uns doch niemals wahre Zuneigung und wirkliches Vertrauen. In vielem verstanden wir es, uns wie echte Freunde zu verhalten, doch im Ganzen war unsere Freundschaft recht befremdlich und widerspruchsvoll.

[V.]

Für eine gewisse Zeit nahm ich die Gewohnheit an, bei schönem Winterwetter um zwei Uhr nachmittags mit Mama einen Spaziergang auf den Molen und entlang der Kais zu machen, bevor ich zum Lernen in Tante Mariettas Haus ging, wo es heller war als bei uns daheim. Auf der Audace-Mole begegnete ich oft Bianca oder einem der Ihren. Ich erkannte sie von weitem, sogar unter dem Gedränge, das zu jener Stunde entlang der Kais herrschte. Ich weiß nicht wie, aber manchmal sah ich sie schon vom anderen Pier aus, über zwei-, dreihundert Meter Entfernung, und ohne mir darüber im klaren zu sein, wie ich sie unter den übrigen ausgemacht hatte, war ich sicher, ganz sicher, sie erkannt zu haben.

Auch Mama wird auf die Audace-Mole gehen wollen, dachte ich, und ich verspürte Angst, eine derart entsetzliche Angst, daß ich am liebsten davongelaufen wäre. Aber ich ließ nichts verlauten, widersetzte mich nicht, weil ich fürchtete, Mama möchte mich nach irgendeiner Erklärung fragen, und ich wußte, daß ich nicht fähig gewesen wäre, ihr zu antworten. Außerdem wünschte ich mir im Grunde, nahe an ihr vorüberzugehen, sie zu sehen, zu sehen, wer mit ihr war, sie auch außerhalb des Schulmilieus zu beobachten. Ich hoffte und fürchtete mich zugleich, und kaum näherten wir uns, wuchsen meine angstvolle Unruhe und meine Furcht. Ich verstand nichts mehr von dem, was zu mir gesagt wurde, und ließ jegliches Gespräch fallen. Ich hörte ein starkes Dröhnen in meinem Kopf, alles, was ich vor Augen hatte, kam mir blaß und verschwommen vor, ich hatte das Gefühl, mich nicht mehr bewegen zu können, nur mechanisch dahinzugehen. Mein Herz schlug: Ich glaubte, mir würde übel.

Und da, jetzt war sie ganz nah. Was hätte ich tun sollen? Sie anschauen, sie grüßen? Ich fand noch die Kraft, mich auf die andere Seite zu Mama hinzuwenden, als würde ich gerade mit ihr plaudern. Bianca ging vorüber, und ich würde sie nicht gegrüßt haben. Was tun? Es war besser so. Konnte ich etwa meine Mütze herunternehmen, eine so schwierige und komplizierte Handbewegung ausführen, vor ihr, den Ihrigen, vor Mama, den Leuten? Mama würde mich fragen, wen ich gegrüßt hatte, und ich hätte antworten müssen. Ich hätte die Fassung verloren, hätte mich verraten. Es war zwecklos, ich konnte sie nicht grüßen.

Danach fühlte ich mich mit einem Mal ruhig und zutiefst traurig. Ich fühlte, wie betrüblich es war, daß ihre Anwesenheit mich in einen derart schrecklichen Zustand versetzte. Ich fragte mich, was sie denken mochte, wenn sie sah, daß ich sie nicht grüßte: vielleicht, daß ich ein Flegel, vielleicht, daß ich ein Narr war. Ich fühlte mich wie unter der Last einer Schuld, und zugleich war mir, als wäre ich mit einem unabwendbaren Übel beschwert, gegen das mein Wille nichts unternehmen konnte. So lagen die Dinge, und so würde es auch späterhin sein, dachte ich, Jahr um Jahr, bis alles aus sein würde: Ich würde mich gequält haben, würde geträumt und gebangt haben und würde dabei nicht einmal imstande gewesen sein, sie zu grüßen.

Unterdessen brachte ich es doch einmal fertig, sie zu grüßen, mehr als zwei Jahre nach meinem Eintritt ins Galileo, als ich ihr wie gewöhnlich auf der Mole begegnete. Es war ein heißer Tag, und ich spazierte ohne Mütze. Der Pier war überfüllt, und da mir vorkam, sie sei nicht da, plauderte ich ruhig mit Mama über irgend etwas, das mich sehr interessiert haben muß, weil ich mich nicht einmal umschaute. Auf einmal, ich hob gerade die Augen, erblickte ich sie unvermutet ganz in meiner Nähe, und ich war wie betäubt. Sie schaute mich ebenfalls an, ernst und ruhig. Als sie bemerkte, daß ich sie gesehen hatte, wandte sie den Blick ab, vielleicht in der Annahme, ich würde sie nicht grüßen. Sie wollte mich wohl nicht die Rolle des Ungezogenen spielen lassen. Ich schaute sie an, und sie kam mir ein wenig betroffen, ein wenig traurig vor, als bedauerte sie mein Verhalten. Verstimmt oder verärgert schien sie aber nicht zu sein, wie es natürlicher gewesen wäre. In diesem Blick von ihr, der sich abwandte, anstatt mir zu trotzen, lag etwas wie ein trauriger Vorwurf.

Mit einer jähen, heftigen Willensanstrengung brachte ich es fertig, mich zu überwinden: Ich neigte den Kopf ein wenig, und sie antwortete auf meinen Gruß. Zu beschreiben zu versuchen, welcher Art an diesem Abend meine Gedanken waren, wäre zwecklos. Was wird sie über diesen Gruß von mir gedacht haben, was über die anderen Gelegenheiten, wo ich sie nicht gegrüßt habe? Welcher Art werden ihre Gefühle für mich gewesen sein? Wie wird sie mich beurteilt haben?

Wie ich sie während eines jeden Gespräches erwartete, erwartete ich sie auch an jeder Straßenbiegung. Kein einziges Mal stand sie wirklich plötzlich völlig unerwartet vor mir, und doch verspürte ich jedesmal, wenn ich sie sah, die gleiche Erregung. Doch, gut oder schlecht, man paßt sich jeder Situation an, wenn sie sich nur oft genug wiederholt und man nichts tun kann, um sie zu ändern. So gewöhnte selbst ich mich an diese Begegnungen, an diese Erregung, und lernte, Bianca mit einer gewissen Geschicklichkeit aus dem Weg zu gehen, mit einer gewissen Natürlichkeit so zu tun, als würde ich sie nicht sehen. Bei einigen ganz seltenen Gelegenheiten, unter besonders günstigen Umständen, konnte ich sie sogar grüßen.

Oft sah ich irgendeinen ihrer Verwandten eher als sie, und auf diese Art konnte ich mich, je nachdem, einrichten. Selbstverständlich interessierten mich ihre Familienangehörigen heftig, und ich wußte sehr bald, wie sie aussahen.

Außer dem Bruder, von dem ich bereits gesprochen habe und der selten mit ihr ausging, hatte Bianca noch drei Schwestern. Die größere (sie mochte ungefähr ein Jahr älter gewesen sein als Bianca) war hochgewachsen und dünn und auf Grund ihrer dichten und langen, frei über den Rücken fallenden Haare leicht erkennbar. Sie sah ich oft, noch ehe ich Bianca erblickte.

Fast jeden Morgen begegnete ich ihr auf dem Schulweg, weil sie zur Lehrerbildungsanstalt ging, die nicht weit von mir daheim entfernt lag. Wenn ich sie traf, schaute ich sie immer an: Vor ihr hatte ich keine Angst, und außerdem war ich durchaus nicht dazu verpflichtet, sie zu kennen und zu grüßen. So, wie sie mich anschaute, vermutete ich, daß sie wußte, wer ich war, doch weder meiner Person noch dieser gewissen starren Eindringlichkeit meiner Blicke große Bedeutung beimaß. Auch sie hatte schöne, schwarze Augen, weniger groß, weniger tiefgründig als die von Bianca, ein bißchen umflort vielleicht, wie es manchmal die Augen von intelligenten Menschen sind, die vieles begreifen, aber zugleich auch ungeschickt und naiv sind. In ihrer Magerkeit, in ihren feinen, doch allzu ausgeprägten Gesichtszügen lag etwas Scharfes und Stechendes. Im großen und ganzen gewann ich den Eindruck (vielleicht aus der Art, wie sie mit den Freundinnen, die sie begleiteten, sprach, aus der Art, wie sie gestikulierte, was ein wenig einstudiert und unbeholfen wirkte; aus den kleinen Grimassen, die sie beim Aussprechen der Worte mit dem Mund machte), daß sie einer jener Menschen war, die zu großes Gewicht auf das Urteil der anderen legen und beständig darum besorgt sind, das richtige Benehmen zu treffen, ohne es aber intuitiv zu erkennen; wenn sie sich dann irrte und einen dem beabsichtigten entgegengesetzten Eindruck erweckte, wurde sie sich dessen wohl nur mit Mühe bewußt.

Ein so ausführliches Urteil über einen Menschen abzugeben, den man nur auf der Straße getroffen hat, ist sicherlich gewagt. Doch mein Eindruck war klar: Und ich war sicher, daß er Bianca, hätte ich ihn ihr dargelegt, über meine Genauigkeit im Urteil in Erstaunen versetzt hätte. Es gefiel mir, an diese Verwunderung zu denken, und ich verlor mich in Phantastereien.

Biancas Mutter war noch jung und schön; nur etwas zu dick und eher plump in der Art, sich zu bewegen. Vom Schritt her ähnelte sie Bianca, doch bei ihr war das Hin- und Hergewackel sehr viel ausgeprägter und unangenehm. Ihre Haut war ebenfalls ganz weiß, sie hatte blasse und volle Lippen und große, schwarze Augen, die für gewöhnlich halb geschlossen waren, als ob sie kurzsichtig wäre; doch von ihrem Blick las man ab, daß sie trotz ihres molligen Aussehens bestimmt recht energisch war. Ja, in ihren Augen saß oft sogar etwas Entschlossenes und Strenges, etwas Ironisches und beinah Böses. Manchmal meinte ich aus der Art, wie sie mich, immer nur einen Moment lang, ansah, zu erkennen, daß sie sich über mich lustig machte und mich geringschätzig anschaute, wie Erwachsene Knaben anzuschauen pflegen, die sich aufspielen.

Dann gab es noch die zwei kleineren Schwestern, denen ich oft mit der Mutter zusammen begegnete, auch wenn Bianca nicht mit dabei war. Beide waren noch Kinder. Die Größere sah der Erstgeborenen ähnlich, die andere Bianca. Die erstere war schön, hochgewachsen und schlank, aber nicht so dünn und mager wie die größere Schwester; sie hatte ein stolzes und selbstsicheres Aussehen, einen schnellen und entschlossenen, gleichsam strengen Gang. Von Bianca war sie recht verschieden, trotzdem erinnerte sie mich in mancher flüchtigen Gebärde an sie. Eines Tages hörte ich sie mit einer Freundin reden, mit der sie auf der Sant'Andrea-Terrasse spielte. Sie sprach kurz angebunden, fast im Befehlston. Als sie größer wurde, kam mir vor, daß sie mich mit ihren großen und schönen Augen, die etwas heller waren als die der Schwestern, beobachtete, als würde sie mich kennen. Ihr trauriger und ruhiger Blick drückte mäßiges Interesse für mich aus, das jedoch frei von Ironie und Spott war.

Die Kleinere war weniger schön. Sie hatte prächtige goldblonde Haare, aber ein allzu vorspringendes Gesicht und etwas zugespitzte Lippen. Sie bewegte sich aber anmutig, und man sah aus der Art, wie sie redete und sich bewegte, daß sie verhätschelt sein mußte. Sie ähnelte Bianca sehr stark, besonders um Stirn und Augenbrauen und im Profil.

Begegnete ich ihr (wenn nicht die Schwester sie begleitete, deren Abbild sie für mich darstellte), kam mir ein Vers Dantes in den Sinn, und ein wenig mich selber verulkend und für dieses einem echten Verliebten würdige Spintisieren auslachend, nannte ich sie bei mir

»la Brina« – »der Rauhreif«. Dann sagte ich auch den Vers vor mich her: »Wenn der Rauhreif auf der Erde das Abbild nachformt seiner weißen Schwester ...«

Nicht lange Zeit danach erfuhr ich (ich glaube aus dem Programm einer Musikaufführung, bei der sie gespielt haben mochte), daß sie Bruna hieß, und es gefiel mir, daß ihr Name nur so wenig anders klang als der, den ich ihr zugedacht hatte. Nachdem ich ihren Namen erfahren hatte, begriff ich auch, daß gewisse Inschriften, die ich an den falschen Marmorsäulen eines Hotels am Kai gesehen hatte, an sie gerichtet waren: »Sorani, Sorani, Sorani« und dann noch: »Brunetta mein, im Frühling wird die Liebe wiederkehren, mag sein«. Dieses plumpe, wirklich geschmacklose, auf so einfältige und untaugliche Art rhetorische Verslein kam mir – und womöglich war es nur ein Scherz – geradezu ergreifend vor. Ich empfand Sympathie für diesen kleinen Verliebten, den ich mir, ich weiß nicht warum, schmächtig und blaß vorstellte, häßlich, mit schwarzen Augen und durchscheinenden leichten »Segelohren«. Ich freute mich darüber, nicht der einzige zu sein, der verhext worden war, und ich wünschte ihm, daß die »Brunetta« von ihm Notiz nähme, daß er mutiger und vom Glück begünstigter wäre als sein Kollege.

Biancas Vater sah ich erst viele Jahre später, als Bianca und ich nicht mehr Schulkameraden waren: ein schöner Mann, groß und stark, mit schwarzem, graumeliertem Bart, dichten Augenbrauen, einer faltigen Stirn, tiefliegenden und dunklen Augen. Trotz seines strengen und beinahe finsteren Aussehens schien er mir keine ausgeprägte Persönlichkeit zu besitzen. Im Gegenteil, ich muß sagen, daß er mich gar nicht beeindruckte und mir ziemlich gleichgültig war. Auch stellte ich bei ihm überhaupt keine Ähnlichkeit mit Bianca oder den anderen Familienmitgliedern fest. Später erfuhr ich, daß er einen sehr einträglichen, aber äußerst undankbaren Beruf ausübte: Organisationsleiter bei einer Versicherungsgesellschaft. Ich dachte, daß ich mich nie damit abfinden würde, herumzulaufen, um die Leute zu überreden, sich versichern zu lassen. Im Grunde mißfiel es mir, daß Bianca einen Vater mit einem solchen Beruf hatte.

Zu jener Zeit verkehrten wir mehr als mit jedem anderen Verwandten oder Bekannten mit der Familie eines Kollegen und besonders guten Freundes von Papa, dem Professor Vivan. Außerdem gingen wir oft zu einer Cousine von Mama, zu Piera Coen. Sowohl die Vivan als auch die Coen wohnten in der Gegend um den Hauptbahnhof, und genau vis-à-vis vom Bahnhof wohnte auch Bianca, so daß wir ziemlich häufig an ihrem Haus vorbeigehen mußten.

Professor Vivans Frau, eine Pariserin, klatschsüchtig und neugierig, interessierte sich einigermaßen für alles, obwohl sie drei Kinder und viele Sorgen hatte. Sie fand sogar Zeit, mich nach meiner Schule auszufragen, über die Professoren, die Mitschüler und besonders nach meinen Mitschülerinnen, von denen sie viele vom Sehen her kannte, weil diese manchmal, nach der Schule, in den Bahnhofspark gingen, den auch Frau Vivan mit den Kindern aufsuchte.

Vor allem erkundigte sie sich bei mir nach der Padova, die ihr aufgefallen, aber nicht sympathisch war. »Sie ist zu unverschämt, sie benimmt sich nicht so, wie es sich gehören würde«, sagte sie. Ich antwortete auf die Fragen der Vivan; sprach schlecht, jedoch in Maßen, über die Padova; ich war etwas unlustig, ein wenig zerstreut und wartete, ich wartete darauf, daß das Gespräch eine andere Wendung nähme, ahnte, welche es nehmen würde, sperrte die Ohren gut auf, versuchte mich vorzubereiten und begann, mich unruhig zu fühlen. »Und diese andere, diese Dunkelhaarige, mit den schwarzen Augen, wie heißt die?« »Sorani.« »Ja, Sorani. Ich hab's gewußt. Ich habe einmal mit ihrer Mutter geredet. Die scheint etwas besser zu sein, ja, die ist anständiger, stimmt's?« Ich antwortete weder ja noch nein, machte nur ein unbestimmtes Zeichen mit dem Kopf und schaute meine Gesprächspartnerin an, als ob ich sie mit den Augen verschlingen wollte. Ich hätte noch gerne gehört, gewußt, was ihr Biancas Mutter gesagt hatte; doch ich erkannte intuitiv, daß Frau Vivan das Thema neuerlich wechseln würde, und war nicht fähig, irgend etwas zu unternehmen, um darauf zu insistieren. Wenn ich es auch später bereute: In jenem Moment versuchte ich mit großer angstvoller Unruhe, mich von diesem Alptraum loszureißen. Manchmal war ich selbst es, der das Gespräch, das mich doch dermaßen interessierte, in eine andere Richtung lenkte.

In der Tat hatte Frau Vivan kein großes Interesse an der Sorani und kam auf die Padova zurück oder informierte sich kurz über die anderen Mädchen, über die zwei Sarfatis oder die Marmori. Sogar in meinem Verdruß, wiederum eine Gelegenheit versäumt zu haben, bei der ich vieles über sie hätte erfahren können, war ich froh, daß Bianca den Eindruck eines anständigen Mädchens erweckte. Ich wußte, daß Frau Vivans Urteil nicht allzu viel wert war und daß es wahrlich wenig bedurfte, um seriöser als die Padova zu sein: Trotzdem kam ich mir durch die Tatsache, daß ein anderer Mensch ein gutes Urteil abgab, besser dazu berechtigt vor, auch selber Bianca gut zu beurteilen und meine Zweifel zu verjagen.

Eines Tages jedoch schien Frau Vivan ihre Meinung geändert zu haben. Als sie sich mit Mama gerade über die modernen Mädchen ausließ (dies war eins ihrer Lieblingsthemen), kam sie auch auf meine Schulkameradinnen zu sprechen, die, obzwar alle aus gutem Haus, oft ein Benehmen an den Tag legten, das ihr mißfiel. Dann, und dabei wandte sie sich plötzlich an mich, erklärte sie, daß auch diese eine da, von der sie mir gut gesprochen habe, daß auch diese Sorani alles andere als manierlich sei. Und sie berichtete mir, daß Bianca, nachdem sie ein Geschäft betreten hatte, ihre Wünsche mit einer so arroganten und präpotenten Miene vorgebracht habe, als ob nur sie allein auf der Welt, als ob der Kaufmann bloß ein Dienstbote von ihr wäre. Auf der Stelle nahezu war ich von einer großen Last befreit, weil ich eigentlich Schlimmeres befürchtet hatte. Als ich später darüber nachdachte, kam mir vor, daß das, was Frau Vivan erzählt hatte, von großer Bedeutung und ein gar schlimmes Indiz sei. Da siehst du, dachte ich, auch Bianca hat den Hochmut ihres Milieus; auch sie glaubt, daß die Anspruchslosen brüsk und von oben herab behandelt gehören, daß es notwendig ist, sich mit Anmaßung Geltung zu verschaffen.

Doch während ich Überlegungen dieser Art anstellte, sah ich, gleichsam im Widerspruch dazu, das Bild ihres schneeweißen und sanftmütigen Gesichtes vor mir, über ein Buch gebeugt; ich sah ihren ernsten und demutsvoll nachdenklichen Gesichtsausdruck und meinte, daß, nein, es war nicht möglich: Bianca konnte nicht mit Absicht böse sein, sie konnte nicht herunterschauen wie ein kleinbürgerliches Frauenzimmer. Nein: Bianca wollte ich für schüchtern und taktvoll halten; ich glaubte, daß ihr süßes und ein wenig trauriges Gesicht sich allen mit einem seelenruhigen und gütigen Ausdruck zuwenden müsse. Wer weiß? Vielleicht spielte sie die Überhebliche aus Schüchternheit; vielleicht wollte sie freundlich sein und glaubte, dies mit einer etwas brüsken Behandlung zu erreichen; vielleicht fühlte sie sich verlegen und wollte das nicht zeigen. Und da: mir war, als ob ich sie vor mir sähe, während sie mit anmaßender Miene mit dem Kaufmann redete, und mir schien, daß diese offensichtliche Präpotenz der aufgezwirbelten Fröhlichkeit ähnlich wäre, die sie manchmal an den Tag legte, wenn sie mit den Freundinnen sprach. Da dachte ich dann, daß ich, ich allein, ihr würde beibringen können, ruhig und ihrer selbst und ihrer Gefühle sicher zu sein, mit den Leuten ungezwungen umzugehen, ohne um das eigene Verhalten und das Urteil anderer besorgt zu sein. Ich würde sie zu der machen können, die ich wollte, und weiter würde ich auf dieser Welt nichts mehr wünschen.

Dann wurde mir bewußt, daß ich träumte, und ich bemühte mich, die Dinge von einem objektiven Standpunkt aus zu betrachten, wiederholte mir die Worte der Frau Vivan, die, wie ich dachte, unvoreingenommener sein mußte als ich und zu einem richtigen Urteil eher imstande. So kämpfte ich mit der Illusion, und zugleich sträubte ich mich gegen das, was mir zu arg weh getan hätte.

Im Haus Coen langweilte ich mich. Es wurde tarockiert, die Piera spielte lange Sonaten am Klavier, und die Gespräche drehten sich immer um die Kindererziehung. Während ich die Bücher ihrer schönen Bibliothek durchblätterte und in ihnen las, horchte ich dem Geplauder zu. Eben wurde über Kinder und über Krankheiten geredet. Mama erzählte oft von meinen fortwährenden und hartnäckigen Fieberanfällen, und die Cousine meinte, daß sie rheumatischen Ursprungs sein dürften: »Auch die Frau Sorani, die ich häufig im Bahnhofspark sehe, hat mir erzählt, daß sie lange Zeit hindurch leichtes Fieber gehabt hat, das vom Rheuma herrührte.« »Welche Frau Sorani?« fragte Mama, die nicht mitbekommen hatte, um wen es sich drehte, während ich es nur zu gut begriff und aufmerksamst zuhörte. »Giulios Gattin, eine sympathische Frau, die, die so viele Mädchen hat. Du kennst sie, nicht wahr? Es sind hübsche Mädelchens.« »Ja«, sagte Mama, »ich kenne sie vom Sehen. Eine von ihnen muß mit ihm in die Schule gehen.« (Ich war vollkommen in die Lektüre vertieft.) »Sie sind allerdings nicht hübsch. Sie sind zu blaß, sie schauen ein bißchen ungesund aus.«

Auf diese Weise erfuhr ich, daß die Familie Sorani Piera Coen gefiel, und ich war froh darüber. Ich erfuhr aber auch, daß Mama sich an sie aus der Grazer Zeit erinnerte, und das war etwas, das ich nicht erwartet hätte und das mich beunruhigte. Also erkannte Mama sie, wenn sie nahe an uns vorbeigingen, und merkte, daß ich nicht grüßte. Warum sagte sie nichts? Ich begriff, daß dieses Schweigen nichts Gutes bedeutete. Vielleicht wollte sie an ein heikles Thema nicht anstreifen, vielleicht wollte sie vermeiden, mich in Verlegenheit zu bringen.

Daß Mama sie kränklich fand, beunruhigte mich nicht. Bianca fehlte fast nie in der Schule, sie schien ihrer Mutter nachgeraten zu sein, die, wenig unter vierzig und obwohl sie fünf Kinder hatte und an Rheuma litt, noch jung aussah.

Ich bedauerte allerdings, daß ich, eher aus dem Ton als aus den Worten von Mama, erkennen mußte, daß sie wenig Sympathie für die Familie Sorani empfand. Einmal, nicht lange danach, sagte sie sogar offen heraus, daß ihr diese Leute nicht gefielen, weil sie zu viele »Allüren« hätten. Eine Tante von Bianca, die Mama manchmal mit ihnen zusammen gesehen haben mochte, war in der Jugendzeit ihre Freundin gewesen und tat jetzt so, als ob sie Mama nicht kennte, und grüßte sie nicht. Wahrscheinlich hatte sie damit angefangen, nachdem Mama sich mit Papa zusammengetan hatte ohne zu heiraten. Mama, die sehr leicht verletzlich war, zeigte sich darüber beleidigt und noch mehr verärgert. Ja, ich erinnere mich sogar, daß sie mir eines Tages sagte – und ich hörte es mit großem Entsetzen –, daß ich trotzdem hätte grüßen sollen. Später kam sie nicht mehr darauf zurück, doch dessen ungeachtet erkannte ich deutlich, daß sie keine Freude gehabt hätte, hätte ich mich für die Familie Sorani interessiert.

Spät abends oder am späten Nachmittag ging ich, wenn ich von diesen Besuchen heimkehrte, wieder unter Biancas Zuhause vorbei und sah die Fenster ihrer Wohnung erleuchtet.

Diese Fenster zogen meinen Blick und mein Denken an. Hinter ihnen war sie, ihre Familie, die Umgebung, in der sie den größten und wichtigsten Teil ihres Lebens verbrachte. Vielleicht saß Bianca hinter einem dieser Fenster und studierte. Sie lernte womöglich dasselbe Gedicht auswendig, das mich am Nachmittag so angestrengt, mühte sich mit denselben Mathematikaufgaben ab, die ich vor kurzem gelöst hatte. Wäre es nicht schön gewesen, gemeinsam lernen zu können? Ich würde ihr helfen, würde ihr das Gedicht weniger lang, die Probleme weniger verworren, den ganzen Schulstoff weniger lästig und fremd vorkommen lassen. Sie würde staunen, wenn sie sähe, wie schnell ich alles kapierte; wie einfach und klar ich erklären konnte. Außerdem hätten wir uns, zwischen einer Lektion und der nächsten, über vieles unterhalten können.

Statt dessen lernte ich allein, voller Empörung und erfüllt vom Wunsch nach Auflehnung. Und sie, die sich mit Langeweile und Überdruß und damit, vieles nicht zu verstehen, abgefunden hatte, lernte ebenfalls. Mochten auch unsere Bemühungen weit auseinander liegen und ungleich sein, die Resultate, die wir erreichten, sich unterscheiden, zählte es doch viel, dieses Mitschüler-Sein. Letzten Endes beschäftigten wir uns viele Stunden am Tag mit denselben Dingen, machten uns mit den gleichen Gedanken vertraut, nahmen dieselben Ansichten in uns auf. Vielleicht redeten wir, weil wir dasselbe lasen, auch eine ähnliche Sprache. Dieselben Sätze, dieselben Verse werden uns eingeprägt geblieben sein. Wer weiß, wie oft unser Denken, wenn wir uns in vergleichbaren Situationen befanden, zum gleichen Bild geeilt sein wird, das auf dem gemeinsamen Studium beruhte, oder zum selben Vorfall aus dem schulischen Leben. Nein, Bianca war für mich keine Fremde: Sie war mir nah wie ganz wenige andere Wesen auf dieser Welt, weil sie lange Stunden hindurch in derselben Umgebung wie ich gelebt, sich lange über derselben Arbeit abgemüht hatte. Die gemeinsame Erziehung, die gemeinsamen Kenntnisse würden uns verbinden. Ich würde sie verstehen können, würde von ihr verstanden werden wie von wenigen anderen Menschen. Wir würden uns niemals wirklich fremd fühlen können, wo wir uns doch so häufig in für die anderen unverständlichen Dingen verstehen würden.

Und doch wußte ich nichts von dem, was hinter diesen Fenstern vor sich ging. Ich wußte damals nicht, welches Gesicht ihr Vater hatte; wußte nicht, welchen Charakter diejenigen hatten, die sie umgaben, wie sie redeten, wie sie mit ihr umgingen. Auch von ihr wußte ich nichts. Ich wußte nicht, ob sie freundlich zu den Ihren war, ob sie sie liebte; wußte nicht, wem sie sich mehr verbunden fühlte und wem weniger, wer ihre echten Freundinnen waren und welche Gefühle sie für sie hegen konnte. Ich wußte nicht einmal, ob sie unbeschwert oder besorgt war, heiter oder melancholisch, ob sie sich gern in Gesellschaft aufhielt oder die Einsamkeit liebte, ob sie den Menschen in ihrer Nähe sympathisch war oder gleichgültig oder sogar unsympathisch. Nichts wußte ich von ihrem Leben: ob sie eine strenge Erziehung genossen hatte oder ein bißchen verzogen worden war; ob sie bequem lebte und in allem bedient oder ob sie dazu gezwungen wurde, sich alles allein vom Hals zu schaffen; ob sie die Lieblingstochter war oder irgendeine der Schwestern besser behandelt wurde als sie und sie sich darüber grämte. Und ich wußte nicht einmal, ob sie viele Bücher besaß, ob sie viele Spielsachen gehabt hatte; ob sie wie eine Große behandelt oder, im Gegenteil, als Kind von den Erwachsenen ferngehalten worden war; ob man sie fast immer gewähren ließ oder ihr, anders, oft Schwierigkeiten in den Weg legte. Auch wußte ich nicht, wie ihr Zuhause beschaffen, ob es schön und gemütlich war, oder allzu kleinräumig für die so zahlreiche Familie; ob sie ein Zimmer für sich hatte und sich manchmal absondern konnte oder genötigt war, immer mit den anderen zusammenzuleben. Nichts wußte ich von den Beziehungen der Sorani: Ich wußte nicht, mit wem sie verkehrten, wie sie mit den anderen standen und wie sie behandelt wurden.

In dem Moment fiel mir ein, wie oft ich schon festgestellt hatte, daß die Schulkameraden, sah man sie in der familiären Sphäre, vollkommen anders wirkten. Ich war sogar zu der Überzeugung gekommen, daß sich der wahre Charakter niemals in der Schule unter den Mitschülern offenbart, weil man, womöglich unbewußt, in der Schule immer eine Maske aufsetzt. Und kannte ich Bianca etwa als Mitschülerin? Nein, nicht einmal das: Ich hatte nie mit ihr geredet, hatte nie eines ihrer Gespräche mit angehört. Was wußte ich über sie? Nichts, wirklich nichts. Sie war mir absolut fremd, fremd und fernstehend, unendlich fern. War es nicht absurd, daß ich mich wegen eines unbekannten Menschen derart abquälte, der für mich nur wie ein Bild existierte, hinter dem es gar keine Wirklichkeit gibt? Ja, es war absurd, sie war eine Verrücktheit, diese meine Liebe. Ich hatte mich trügerischen Hoffnungen hingegeben, war Sklave meiner rührseligen Phantastereien geworden, die sich der Kontrolle des Geistes, der sie erschaffen, entzogen hatten. Jetzt allerdings durchschaute ich das seelische Phänomen, das in mir entstanden war. Ich würde wieder alles auf seinen Platz verweisen können. Ich würde mich überzeugen, daß Bianca für mich nicht mehr existierte als irgendein anderer der vielen Menschen, die man zufällig sieht und nicht kennt, mit denen man nichts gemein hat und nichts gemein haben will.

»Bianca, Bianca«: Es reichte schon, daß ich bei mir ihren Namen wiederholte, daß ich ihn irgendwo geschrieben sah, damit sich das Universum um mich drehte, die Erde unter meinen Füßen nachgab.

Nein, Bianca war mir nicht fremd, sie war nicht ein Bild, dem meine Phantasie einen nicht existierenden Körper verliehen hatte. Irgendeine mysteriöse und tiefe Verwandtschaft zog mich zu ihr: Es war vom Schicksal bestimmt, daß ich sie liebte. Nicht ich war schuld an meinem Übel, und es lag auch nicht bei mir, mich davon zu befreien. Doch wie fern war sie mir, unendlich und schmerzlich fern! Mir war, als ob sie in einer anderen Welt lebte, in einer unerreichbaren Welt.

Und doch ... und doch ... diese mysteriöse und unbesiegbare Kraft, diese Affinität, die mich zu ihr zog, warum hätte sie nicht auch sie zu mir hinziehen sollen? Warum hätte nicht auch sie das Verlangen verspüren sollen, zu lieben und geliebt zu werden? Einen Freund zu haben, einen Vertrauten, einen Menschen, den sie allen anderen vorzog? Erkannte Bianca nicht, daß ich sie liebte? Erkannte sie nicht, daß es nichts auf der Welt gibt, das so wertvoll ist wie die Liebe? Erkannte sie nicht, daß niemand sie so lieben würde, wie ich sie liebte? Wußte sie denn nicht, daß ich sie anbeten, für sie alles andere vergessen würde, mich ununterbrochen und ausschließlich mit ihr befassen, daß ich das Glück, in ihrer Nähe zu sein, zu schätzen verstehen würde, daß ich nicht überdrüssig werden, daß ich sie immer mehr lieben würde, weil ich in meiner Seele treu war und wußte, was die Liebe wert ist?

Ich würde ihr all meine Gedanken anvertrauen, alle von ihr hören wollen, würde sie dazu bringen, das Leben mit neuen Augen zu sehen, würde ihr eine wahrere, an tiefen und aufrichtigen Gefühlen reichere Welt offenbaren, als ihre es war. Ich würde sie führen und ihr behilflich sein, ihre Wünsche und ihren Seelenzustand erraten, ihren Vater ersetzen und mich ihr wie ein Kind anvertrauen. Wußte Bianca das nicht? Wußte sie nicht, was es heißt, geliebt zu werden und zu lieben?

Und da, von neuem kam sie mir fern vor, so fern: fast irreal wie ein Bild. Ich dachte, von seiten dieses unbekannten Wesens, das ich nur von weitem sah, könne meine Liebe keinen Widerhall finden. Vielleicht wird Bianca gar nichts aufgefallen sein, vielleicht wird sie von mir nicht einmal mehr Notiz genommen haben als von vielen anderen, wird bestimmten Verhaltensweisen von mir keine Bedeutung beigemessen und sie gleichzeitig als Verschrobenheiten betrachtet haben, nach deren Grund sich zu fragen es sich nicht lohnt. Vielleicht wird sie nur flüchtig an mich gedacht haben, zufällig, in langen Abständen. Neuerlich fühlte ich meinen ganzen Mut schwinden, dachte, daß ich, wenn ich versuchte, ihr nahezukommen, nur Enttäuschungen und Leid finden, kein anderes Resultat erzielen würde, als dieses, ihr, ihren Leuten, allen lächerlich vorzukommen.

So nahmen meine Gedanken immerzu denselben Lauf, kehrten stets zu dem Punkt zurück, von dem sie ausgegangen waren. So inständig ich auch zu erkennen suchte, so sehr ich mich auch mühte, die Dinge mit neuen Augen zu sehen, meine Lage von neuen Gesichtspunkten aus zu betrachten, ich kam aus diesem ewigen Zweifel nicht heraus. Mein Denken war gefangen: Ich mußte beständig an sie denken, unaufhörlich einen Ausweg suchen, selbst in der Gewißheit, daß ich ihn niemals finden würde.

Bianca war überall, in all meinen Gedanken, in allen Gesprächen, auf allen Straßen. Das ganze Universum war für mich nur soweit von Bedeutung, als es sie betraf.

Manchmal ging ich mit Tante Marietta nach Barcola, zu ihrer Nichte Emma. Die war eine gute Bekannte der Soranis; zu ihrer Zeit war sie, wie ich zu verstehen glaubte, die Verlobte, oder doch fast, von Biancas Vater gewesen, über den sie mit Marietta oft redete, wobei sie ihn einfach Giulio nannte. Was hätte ich nicht alles erfahren können, wäre ich fähig gewesen, sie geschickt auszufragen! Die Soranis kamen häufig zum Tennisspielen nach Barcola. (Auch noch Tennis? Mir gefiel Tennis ebenfalls nicht. Auf jeden Fall war es besser als Bälle.) Als Emma mich dann fragte, wie man so tut, ob ich mit einer gewissen Bianca Sorani in der Klasse sei, sagte ich ja und wechselte das Thema, erzählte von den anderen Mitschülerinnen, fand Mittel und Wege, über die Piemontesi zu reden, die sympathischste meiner Kameradinnen, die Tante Mariettas Nichte sehr gut kannte, weil sie dort ganz in der Nähe wohnte. Ich machte mich also daran, einen Lobgesang auf die Piemontesi anzustimmen, und dieser – im übrigen ehrliche – Lobgesang war schmerzlich, unsäglich schmerzlich. Jedes Wort, das ich sagte, brachte mich weiter von dem Thema ab, das mich interessierte, und verfestigte meine Überzeugung, daß ich niemals imstande sein würde, das Wort an Bianca zu richten und sie als Freundin zu behandeln: Ich war nicht einmal in der Lage, über sie zu reden.

Mein Vetter und meine Cousine, Gino und Lea, mit denen ich damals häufig spazierenging, interessierten sich sehr für Bianca und ihre Familie, und das ärgerte mich. Ihr Interesse war in der Tat dumm und klatschsüchtig, es widerstrebte mir um so mehr, als ich den Anlaß dafür nicht einsah. Begegneten wir, wenn wir zusammen waren, Bianca mit irgendeinem der Ihren, verabsäumte Lea es nicht, mich mit dem Ellbogen, deutlich sichtbar, zu stoßen und mir leise zu sagen: »Schau, die Sorani.« Trotz all meiner Verwirrung, trotz der Verlegenheit, die mich überkam, fiel mir ein, daß Bianca nach diesen Zeichen nicht mehr würde glauben können, ich hätte sie nicht gesehen; manchmal brachte ich noch die Kraft auf, mich über Leas Blödheit zu ärgern und ihr zu sagen: »Na und, so laß sie doch.« Leas Mutter ließ dann noch die Bemerkung fallen, daß Bianca sehr blaß sei und ihre Frisur sie wie eine Bucklige aussehen lasse. Gino fügte hinzu, sie sei häßlich, geradezu eine Mißgeburt, trage aber einen schönen Namen, zu schön für ein solch häßliches Mädchen. Schließlich hielt er es für seine Pflicht, mich zu fragen, was ich davon dachte. »Bianca, Bianca, ja, es ist wirklich ein schöner Name«, antwortete ich. Und neuerlich war mir, als ob ich mich vor etwas Übernatürlichem befände. Sowie ich diesen Namen aussprach, schien mir, daß die Welt um mich herum ihre reale Konkretheit verlor.

Es brauchte übrigens nicht von ihr geredet zu werden, damit ich an sie dachte. Was immer ich auch tat, ich fragte mich, was sie davon halten würde; all meine Gespräche waren an sie gerichtet. Oft sagte ich etwas zu Babich, zu meinem Cousin Gino, zu anderen, ohne daß es mich im geringsten interessierte, daß sie es hörten, nur weil ich meinte, es würde ihr gefallen. Oder ich ereiferte mich in Beschimpfungen, in kritischen Ergüssen, die sie direkt oder indirekt hätten treffen sollen, wobei ich mich fast der trügerischen Hoffnung hingab, daß meine harte Mißbilligung sie mit Schmerz erfüllen und so über das Schlechte aufklären würde, das in vielen der Dinge lag, die ihr gefielen oder zumindest harmlos vorkamen.

Etliche Male, besonders auf der Straße, merkte ich, daß ich die Stimme stärker erhob, als nötig gewesen wäre; fragte ich mich nach dem Grund, entdeckte ich in mir die unklare Hoffnung, daß Bianca mich hören könnte, daß sie sich hier in der Nähe befände und dem zuhörte, was ich sagte; daß hier in der Nähe, wenn schon nicht sie, so zumindest irgendeiner wäre, der ihr mein Gespräch würde hinterbringen können. Da lachte ich dann über mich selber, senkte die

Stimme, redete aber weiter; und fragte ich mich nach einer Weile neuerlich, warum ich redete, obwohl mir überhaupt nichts daran lag, daß mein Gesprächspartner mir zuhörte, wurde mir klar, daß ich etwas wie eine Redeübung machte und die Themen vorbereitete, die ich ihr hätte darlegen wollen. Am Ende schwieg ich, nannte mich einen Dummkopf, ärgerte mich über mich selbst; doch nach kurzem verwandelte sich mein Zorn in eine große Traurigkeit, und ich kehrte wieder zu den gewohnten, düsteren Gedanken zurück.

Ich träumte jedoch in jener Zeit nie von ihr, und das war, in gewisser Hinsicht, eigenartig. Zwar träumte ich überhaupt weniger von den Dingen, die ich während des Tages gegenwärtig hatte, als vielmehr von denen, an die ich durch eine Zeit gewöhnt gewesen war und die mir dann abgingen. Ich erinnere mich zum Beispiel daran, daß ich, als wir übersiedelten, dann in den Träumen mit unserer alten Behausung äußerst beschäftigt war. In jener Periode träumte ich übrigens im allgemeinen wenig. Ich war eine große Schlafmütze und blieb es auch später. Vielleicht waren es die geistige Müdigkeit und die geringe Lust am Handeln, die mich für das lange Schlafen empfänglich machten. Auf jeden Fall war der Schlaf das letzte der irdischen Glücksgüter, das zu genießen mir noch geblieben war.

Unterdessen wachte ich manchmal, ganz plötzlich, in der Stille der Nacht auf. Mein Verstand war sofort vollkommen klar, und ich fühlte mich ruhig: Ich hatte kein Herzklopfen und nicht dieses Gefühl der Angst, das man normalerweise empfindet, wenn man aus dem Schlaf auffährt. Meine Gedanken eilten zu ihr, und ich spürte sie, wer weiß warum, mir nahe; ich meinte, daß in dem Moment auch sie an mich denken müsse, freundlich, beinahe mit Liebe. In dem Augenblick war in mir eine große Gelassenheit, und seelenruhig schlief ich wieder ein, als ob sie wirklich bei mir wäre, als ob ich sie wirklich als die Meine betrachten könnte. Dennoch gab es eine gewisse Traurigkeit, eine abgeklärte Traurigkeit in meinem Herzen. Ich hatte förmlich den Eindruck, daß sie nicht mehr dieser Welt angehöre, daß sie vielleicht gestorben, daß ihre Seele mir nahe und wohlgesonnen sei, aber zugleich, daß ich mit schmerzlicher Erinnerung an sie denken müsse.

Dieses seltsame Aufwachen wiederholte sich oft und ließ in mir einen Schatten von Traurigkeit zurück, die für mich weniger schmerzlich war als mein gewohntes, peinigendes, fortgesetztes Grübeln, die ich aber unsinnig fand und aus meiner Seele zu verjagen vermochte.

Schließlich kam nach Gottes Ratschluß auch das Ende dieses Schuljahrs. Die übliche Liste mit allen Noten wurde draußen an der Klassentüre angeschlagen, und die Schüler zogen daran vorbei und erfuhren ihr Schicksal. Nach so vielen Erörterungen, so vielen Kämpfen und Intrigen, nach so vielen Vermutungen, so vielen Hoffnungen und Ängsten, nach so vielen Kalkulationen und Vergleichen hatte diese nüchterne Liste mit ihren Noten etwas Entsetzliches und Ehrfurchtgebietendes. Darüber konnte man nun nicht mehr diskutieren, weder mit Bitten noch mit Argumentieren etwas ändern, und es half nichts, wenn man bereute oder für vergangene Verstöße Buße tun wollte. »Die Gerechtigkeit ist vollzogen«: Der Akt des Urteilens hat immer etwas Gewaltiges an sich, selbst wenn nicht nach Recht und Billigkeit geurteilt wird; und ich, der die Professoren blind, oberflächlich und ungerecht wußte, spürte trotzdem die ganze Erhabenheit dieses Dekretes, das ohne Berufungsmöglichkeit verdammte und auszeichnete.

Durchgefallen waren nur zwei: Stern und noch einer; und der Wettkampf zwischen Babich und mir endete auf sehr fragwürdige Weise: Babich hatte zwei Punkte mehr als ich, aber einer stammte vom Turnen, der andere resultierte aus dem Umstand, daß Babichs Note in Deutsch besser war als meine in Französisch. Einen Vergleich hätte man in Wirklichkeit nicht anstellen dürfen. Ich war der Ansicht, ihn eingeholt zu haben, und dachte, wenn auch im Bewußtsein, Zeit und Mühe vergeudet zu haben, das war bei mir in den letzten Tagen eines jeden Jahres üblich, daß ich mir nicht vorwerfen könne, mich nicht tapfer geschlagen zu haben. Bianca kam ohne Prüfungen durch.

[VI.]

Jenen Sommer – wir schrieben das Jahr 1922 – verbrachten wir im deutschen Österreich. Wir hatten in einem Gasthof Wohnung genommen, wo ich ein schönes Zimmer zu meiner Verfügung hatte und eine große Terrasse, die auf den Garten hinausging. Nachmittags, während Papa und Mama sich ausruhten, hielt ich mich ganz allein dort auf, um zu lesen und zu lernen. In jenem Sommer las ich unter anderem Kiplings *Kim*, der mir sehr gefiel, obschon ich bei der Lektüre oft instinktiv begann, die bereits hinter mich gebrachten Seiten durchzublättern, wobei ich mich fragte, ob ich mich an all diese komplizierten Ereignisse erinnern würde und ob ich sie würde nacherzählen können. Da erst wurde mir bewußt, daß meine Sorge absurd war, daß ich *Kim* nicht für Professor Toller lernen mußte. Doch die Gewissenhaftigkeit, in die ich mich der Schule wegen immer mehr hineintrottelte, vergällte mir zum Teil das Vergnügen am Lesen.

In diesem Sommer brachte ich es auch fertig, zum ersten Mal einigermaßen ernsthaft die lateinische Grammatik zu wiederholen, etwas, das mir wirklich not tat. Der schlechte Unterricht und die unregelmäßigen Studien der vorangegangenen Jahre hatten immense Lücken zurückgelassen, die ich nur teilweise auffüllen konnte.

Zwischen der Lektüre und einer Wiederholung ließ ich die Gedanken schweifen und schlenderte dabei auf die Terrasse oder, wenn regnerisches Wetter war, in meinem Zimmer auf und ab, wo ich frei und ungestört war. Natürlich träumte ich von ihr. Nun, da sie mir fern war und da ich sie nicht sah, niemanden über sie reden hörte, nichts, was mich mit Schmerz erfüllen konnte, ahnte oder erfuhr, konnte ich mich den Träumen hingeben, ohne befürchten zu müssen, die Wirklichkeit werde sie mir als schmerzlich unbegründet erweisen. Jetzt konnte ich mir in einem ersonnenen Leben aufs schönste jenes Glück erschaffen, das ich so herbeisehnte.

In meiner Phantasie waren wir im selben Ort auf Sommerfrische, und sie hatte im Oktober Prüfungen. Ihre Eltern würden um meine Hilfe bitten, ich würde nicht ablehnen können und ihr Stunden geben müssen. Bianca würde etwas verlegen und vielleicht in der ersten Zeit auch ein wenig verärgert sein; ich halb ängstlich, halb argwöhnisch. Wir würden ganz ernsthaft lernen und nur wenige Worte wechseln.

Später allerdings würden wir allmählich größeres Zutrauen zueinander fassen: Wir würden zu plaudern anfangen, dann zu diskutieren, einander von unserer Vergangenheit erzählen, unsere Ansichten und Empfindungen gegenseitig offenbaren. Ich stellte mir vor, wieviel Schönes ich ihr würde sagen können, wieviel Willkommenes ich an ihr würde entdecken müssen. Wundern würde ich mich über die unverhoffte Übereinstimmung unserer Meinungen, unserer Hoffnungen und Sympathien, unserer Urteile über viele Menschen, womöglich sogar unserer Vorlieben in den beiläufigen alltäglichen Dingen. Sie würde sich mir anvertrauen und würde mir gestehen, daß sie sich in ihrer Umgebung nicht wohl fühlt, daß sie vieles von dem mißbilligt, was dort vor sich geht, daß sie sich unter den Ihren ein wenig einsam fühlt.

Wenn mein Denken sich in derart befremdliche, von jeglichem Funken von Wahrheit so entfernte Vorstellungen flüchtete, geschah das nicht nur, weil ich mich von meinen alten sentimentalen Neigungen beherrschen ließ. In Wirklichkeit kamen mir diese Träumereien, nach denen ich bisweilen echtes Verlangen spürte, zeitweise farblos und albern vor. Ich bemerkte, daß sich der Dialog nicht zwischen mir und ihr abspielte, sondern zwischen mir und mir: Ihrem Abbild konnte ich nur meine Ansichten, nur meinem Kopf entsprungene Gedanken verleihen. Da fühlte ich, daß ich es notwendig hatte, irgend etwas von ihr zu erfahren; irgend etwas Gerechtes,

Wahres, Menschliches, Gutes von ihr zu hören, das mir niemals eingefallen wäre. Mir war klar, daß ich vor allem wünschte, ihren wahren Charakter zu begreifen, der mir derart rätselhaft erschien. Es half wenig, daß ich ihn mir, träumend, nach meinem Geschmack beschrieb. Meine Phantasie konnte gewiß nicht *ihren* Charakter ersinnen, in dem – ich wußte es – Wesenszüge vorhanden sein mußten, die zu verstehen ich niemals imstand sein würde. Eben deshalb versuchte ich vergebens, mich selbst mit eigenartigen und oft absurden Einbildungen förmlich zu überraschen.

Ein gemeinsames Merkmal aller Phantastereien jener Zeit war, daß ich mir vorstellte, gleichsam gezwungen zu sein, mich mit ihr zu unterhalten. Während des Schuljahres, wo ich sie jeden Tag sah und mir um hundert reale Angelegenheiten Sorgen machen mußte, war meine Einbildungskraft nicht fähig zu komplizierten und ausführlichen Konstruktionen; trotzdem fragte ich mich fortwährend, wie ich es anstellen sollte, mit ihr ein Gespräch anzufangen: und ich spürte, daß ich dazu nicht imstande sein würde, wenn der Zufall mich nicht in eine Lage versetzte, in der es geradezu unmöglich war, zu schweigen. Ich stellte mir zum Beispiel vor, mit ihr zusammen ins Schulsekretariat gerufen zu werden und lange, sehr lange warten zu müssen, ohne eine Ahnung zu haben, weshalb man gerufen worden war. Auf diese Weise hätten wir unsere Mutmaßungen austauschen, hätte sich der eine beim anderen über die möglichen Gründe dieser Vorladung erkundigen müssen.

Oder ich dachte mir aus, ich würde sie eines Tages, vielleicht wegen eines argen Unwetters, nach Hause begleiten müssen; oder daß wir, zufällig, einander bei irgendeinem gemeinsamen Bekannten begegneten, wo ich absolut nicht umhin könnte, ein paar Worte mit ihr zu wechseln. Ich stellte mir sogar vor (und ich lachte selbst über diese meine so groteske und unsinnige Einbildung), daß ein Erdbeben käme und die Trümmer uns zusammen in einem Keller einschließen würden. Ich begriff, daß diese Hoffnungen unhaltbar waren; auf alle Fälle bereitete ich auch für eine solche Eventualität Sätze vor, wie für viele andere, ähnliche, die vielleicht doch ein bißchen weniger ausgefallen waren.

Auf wie unwahrscheinlich viele verschiedene Arten ich das Wort an sie zu richten imstande gewesen wäre! Wie ich es doch verstanden hätte, gleichzeitig ernst zu sein und dennoch zu beweisen, daß ich das Gespräch auf jene ein wenig scherzhafte Art führen konnte, die Anzeichen für eine ausgereifte und umfassende Weltanschauung ist; wie ich es doch verstanden hätte, liebenswürdig zu sein, ohne auf den Knien zu rutschen, ohne auf die allerhöchste Offenherzigkeit zu verzichten; wie ich ihr doch meine Gefühle in ihrer ganzen Tiefe hätte offenbaren können, auch ohne überflüssige und gewöhnliche Worte herzusagen, ohne mich zu erniedrigen, im Gegenteil, ihr sogar bedeutend, daß ich nicht bereit wäre, mich zu unterwerfen, daß ich wollte, sie hörte auf mich, weil meine Liebe mich dazu berechtigte! Wie schön, tiefgegründet, aufrichtig, voller Bedeutung und verborgenem Feuer sie waren, diese Worte, von denen ich mir einbildete, ich würde sie ihr sagen können, und die ich ihr niemals sagte! Ich sagte sie ihr nicht, weil ich nicht gezwungen war, sie ihr zu sagen, wie es nötig gewesen wäre; weil jenes Erdbeben nicht kam, das ich mit so gutem Grund erwartete.

Und schließlich, hätte es denn etwas genützt? Vielleicht hätte es sich so zugetragen, wie ich eines Nachts träumte, in einer Art Alptraum. Wir waren zusammen, ich weiß nicht mehr wo; Bianca ging unruhig hin und her, ohne von mir Notiz zu nehmen; ich schaute sie mit weit aufgerissenen Augen an, und mir war, als ob ich versteinert wäre, unfähig, mich zu bewegen, gänzlich erfaßt von einer großen Angst. Höchstwahrscheinlich wäre ich, hätte sich mir eine passende Gelegenheit geboten, Bianca anzureden, nicht imstande gewesen, sie wahrzunehmen; und hätte Bianca begonnen, sich mit mir zu unterhalten, würde ich ihr derart gezwungen geantwortet haben, so kurz und bündig, daß sie sich verärgert oder eingeschüchtert gefühlt hätte.

Aber vielleicht täuschte ich mich; vielleicht war es nicht so, daß die Geschichte meiner Liebe notwendigerweise ein Ende nehmen mußte, daß es für mich keine Hoffnung gab, daß meine Leidenschaft nur Wahn, eine Form von Geistesgestörtheit war. Vielleicht irrte ich mich nicht, wenn ich dachte, daß, würden wirklich günstige Umstände eintreten, ich allmählich Schüchternheit und Verlegenheit überwinden könnte, mich von meinen Gefühlen hinreißen lassen würde. Konnte es nicht sein, daß auch sie sich instinktiv ein wenig zu mir hingezogen fühlte? Und war, wenn ich das merkte, es nicht möglich, daß meine Leidenschaft viele ihrer kranken Wesenszüge verlieren, daß meine Liebe auch Zuneigung und Freundschaft werden würde, nicht nur Qual und Furcht? Ich spürte, wie ich sie bisweilen wie eine kleine Schwester liebte, wie eine Tochter; ich spürte, daß sie noch ein kleines Mädchen war, so viel weniger reif, so viel weniger lebenserfahren als ich. Mir kam vor, daß ich ihr übers Haar streichelte, leicht, ein bißchen im Scherz, ein bißchen, um ihr zu zeigen, daß ich sie gern hatte und daß ich es erreichen würde, daß sie mir gehorchte, mir vertraute, wo ich doch intelligenter war, »größer«. Lohnte es sich nicht, es zu versuchen? Aber ich war gewohnt, die Wirklichkeit als etwas immer und notwendigerweise in klarem Widerspruch zu meinen Luftschlössern Stehendes anzusehen: So fehlte mir der Mut.

Schließlich kam der Tag, wo man wieder zur Schule mußte. Wir waren alle in einem Alter, in dem man sich im Aussehen von Monat zu Monat verändert, so daß ich, als ich meine Schulkameraden nach den langen Ferien wiedersah, sie alle gewachsen und mehr wie junge Männer vorfand. Doch noch stärker verändert hatten sich die Mitschülerinnen. Als ob sie es sich ausgemacht hätten, zogen sich jetzt alle wie junge Fräulein an. Sie trugen feine Strümpfe, elegante Damenschuhe mit hohen Absätzen, vergaßen das schwarze Schürzenkleid, das ihr Gewand hätte verdecken sollen, gern zu Hause, und all das hatte ein gewisses Etwas, das neu und auf unangenehme Weise verführerisch war. Nur die Marmori blieb noch dabei, in kurzen Socken und in Sandalen herumzulaufen. Ich schaute sie an und spürte in meinem Herzen etwas wie Bedauern; ich spürte, daß die vertraute und unverfälschte Kindheit nunmehr vorbei war und daß ich mich in der neuen Welt stets unbehaglich fühlen würde.

Auch Bianca hatte sich verwandelt. Gerade in jenem Sommer hatte sie sich entschlossen, groß zu werden. Mir war, als ob ich nicht bloß wenige Monate, sondern Jahre von ihr weg gewesen wäre, und ich wunderte mich fast darüber, daß ihr Gesicht, ihre Bewegungen, ihr Blick doch noch immer wie früher waren. Jetzt erkannte ich, daß ich es nicht als ein Glück für mich ansehen konnte, daß sie ein junges Fräulein geworden war. Wenn sie groß geworden war, so sicherlich nicht meinetwegen. Im Gegenteil, sie würde sich, wenn das überhaupt möglich war, noch mehr von mir entfernen. Die anderen Burschen würden sich noch mehr für sie interessieren, als sie es jetzt schon taten; sie würde sich darüber freuen, würde gefallen wollen und sich nicht um mich und um den Schmerz von einem, der schwieg und sich abseits hielt, kümmern.

Sie, Bianca, kam mir in ihren neuen Kleidern nicht mehr schön vor. Im Gegenteil, mir schien, daß sie sich schlecht anzog: Ich fand in ihrer Kleidung immer irgendeinen kleinen Mißton. Wenn die Frauen bunte Kleider anziehen, um schöner auszuschauen, so meinte ich, daß Bianca schlecht daran tat, es ihnen gleichzutun. Denn das hochgeschlossene, schlichte und einfache, dunkle und einfärbige Schürzenkleid hob das süße, reine Weiß ihres Gesichtes und die Leuchtkraft ihrer schwarzen Augen besser hervor als jeder Zierat, so schön er auch sein mochte.

Wir wurden in eine kleine Klasse gesetzt, wo wir unser wenige waren. Eine Atmosphäre von Vertrautheit herrschte in diesem Klassenzimmer, so daß mir vorkam, wir würden alle Freunde werden und uns besser vertragen.

Doch die Vertrautheit währte nicht lange: ich glaube, nur einen einzigen Tag. Plötzlich wurde uns mitgeteilt, daß die beiden Parallelklassen zusammengelegt und ungefähr zwölf Schüler ins andere Gymnasium versetzt werden würden. Einige Tage lang wußte man die Namen der Vorherbestimmten jedoch nicht. Ich, der aus dem anderen Gymnasium gekommen und eher mit Müh und Not im Galileo aufgenommen worden war und genau an der Grenze der Zugehörigkeitsdistrikte zu den beiden Schulen wohnte, war mir fast sicher, daß ich zu den Unterrichtsveranstaltungen zurückgeschickt werden würde, von denen ich herkam.

Ich versuchte mich zu überzeugen, daß es besser so wäre. Ich würde diese Zwischenzeit von einem Jahr meines Lebens in einer Umgebung, die mir nicht entsprach, beenden; würde unter bekannte Menschen zurückkehren, in eine Schule, wo ich es nicht nötig haben würde, dermaßen viel zu lernen, wo ich ruhig und ein bißchen indifferent würde leben können. Und ich würde auch sie vergessen; sie würde aus meinem Leben und aus meinem Denken verschwinden; ich würde sie auch nicht mehr nennen hören – dessen war ich gewiß –, wenn ich sie einmal nicht mehr jeden Tag in meiner Nähe hätte. Diese Leidenschaft, diese Art von geistiger Verwirrung würde sich in nichts auflösen, wie sie aus dem Nichts gekommen war; ich würde mich danach dieser seltsamen Liebe wie einer unwirklichen Geschichte erinnern, wie eines Traums oder einer Phantasie. Ich mußte also wünschen, vom Galileo abzugehen.

Statt dessen wünschte ich zu bleiben; ich wünschte es mit ganzer Seele, mit all meinen Kräften. Zwecklos war, daß ich mir vernünftig zuredete und mit mir argumentierte: Ich wollte nicht endgültig von ihr getrennt sein; ich wollte ihr so nah wie möglich sein und, wenn mir auch der Mut und die Entschlossenheit, an sie heranzutreten, fehlten, sie zumindest sehen, ihre Stimme hören.

Niemals hatte ich so klar wie in diesem Moment den Eindruck, daß ich dann, durchschnitte ich ohne Umschweife diese Fessel, überhaupt keine Verbindung mehr mit dem Leben hätte. Ich ahnte damals – und durchschaute es endgültig erst sehr viel später –, daß, würde diese so qualvolle und an Hoffnungen so arme Liebe aus sein, alles für mich aus sein würde, weil ich nicht der Mensch war, ein neues Leben anzufangen, einem Gefühl, oder sei es auch nur einer Erinnerung, untreu zu sein.

Auf einmal erkannte ich auch, daß es in mir noch einen Hoffnungsschimmer gab, an den ich mich hartnäckig klammerte, wenn mich auch meine Überlegungen jegliche Hoffnung für gänzlich absurd halten ließen. Dieser Hoffnungsschimmer war es, der meine Moral ein wenig hob und mich daran hinderte, das Interesse am Leben völlig zu verlieren. Entfernte ich mich aus dieser Umgebung, würde der Schimmer erlöschen, das Band reißen.

Ich war nicht unter denjenigen, die zum anderen Gymnasium überwechseln mußten. Als wir alle in einem Klassenzimmer versammelt wurden und der Direktor anfing, die Namen derer vorzulesen, die gehen mußten, war ich so sicher, unter ihnen zu sein, daß ich mich freute, als ich die Namen einiger Burschen hörte, die mir ziemlich sympathisch waren. Die Aufzählung, die mir endlos vorkam, nahm ein Ende; und ich sah mich wie durch ein Wunder gerettet, war wieder Schüler des Galileo, Mitschüler von Bianca Sorani.

Die überwiegende Mehrheit derjenigen, die ins andere Gymnasium geschickt wurden, bestand aus Schülern der Parallelklasse. Trotzdem war unsere Klasse, die neuerlich sehr groß geworden war, geradezu nicht wiederzuerkennen, so viele neue Mitschüler gab es. Ich fand mich nicht zurecht: Ich fühlte mich gestört durch das Riesendurcheinander, das da herrschte, und es tat mir leid, daß die Atmosphäre der Vertrautheit, die ich mit dem neuen Jahr in der Klasse zu finden geglaubt, sich verflüchtigt hatte. Außerdem wußte ich aus den in den Französischstunden gemachten Erfahrungen, daß die Gruppe der jungen Herren und die der Unruhestifter gewiß beträchtlich an Verstärkung gewonnen hatte. Ich kannte fast alle aus der Parallelklasse: Im großen und ganzen, so dachte ich, hatten wir kein gutes Geschäft gemacht. Den wenigen schließlich, die ich nicht kannte, mißtraute ich.

Ich setzte mich in die zweite Bank der mittleren Reihe und neben mich setzte sich wiederum Giustiniani. Vor uns war Kahn und hinter uns Lerroux. Babich und Consigli richteten sich in der ersten Bank der linken Reihe ein, und so war ich von ihnen getrennt.

Der größere Teil der neuen Kameraden saß in der rechten Bankreihe. Groß und dick, wuchtig und vierschrötig, stets damit beschäftigt, Schiffe zu zeichnen, Schreibfedern abzunagen, Schnitzereien in die Bank zu machen und sich in die vom vielen Rudern schwieligen Hände zu stechen, saß, in der ersten Bank, Claudio Natoli. Er hatte ein breites und offenes großes Gesicht, sehr dicke Lippen, schwarze und kleine Augen. Obschon er ein wenig das Äußere von einem Muskelprotz mit Spatzengehirn hatte, bemerkte ich nach einiger Zeit, daß er ein guter Junge war, einfach und reich an Gefühlen und alles andere als dumm.

Hinter ihm saßen Grandi und Gozzi. Grandi war ein schöner Jüngling, schneeweiß und leicht mollig, mit regelmäßigen Gesichtszügen, schmucker und eleganter Kleidung, gewähltem und feinem Sprechen und Gestikulieren. Er ähnelte auf eigenartige Weise der Padova, als ob er ihr Bruder wäre, und wirklich war er, in gewisser Hinsicht, ihr geistig verwandt. Wie sie war er ein wenig affektiert, wie sie verkörperte er, in dieser ohnehin allzu bürgerlichen Umgebung, die Vorlieben und Denkungsart des eleganteren und einflußreicheren Bürgertums.

Gozzi war gescheit und ernst. Eher klein und schmächtig, hatte er im Gang etwas nicht genau definierbar Aufrechtes und Gewandtes, was ihm ein vornehmes Aussehen verlieh. Er hatte regelmäßige Gesichtszüge, hellblonde Haare und graue, klare und kluge Augen. Es reichte, ihn zu sehen, um zu erkennen, daß er ein höflicher und anständiger Junge war. Er redete nicht viel, ereiferte sich selten, war jedoch kein Phlegmatiker: Seine Ausdrucksweise war nüchtern, aber entschieden.

Ich überzeugte mich sehr bald davon, daß er ein sehr netter Kerl war, dem Spott ebenso wie der Schmeichelei abhold, fern jeglicher Neigung zu dummer Rankünе, nicht engstirnig, flink im Auffassen, ein Liebhaber insbesondere der unkomplizierten Ansichten und klaren Ideen.

In jenem Jahr, wir besuchten die fünfte Gymnasialstufe, steckte Gozzi ziemlich viel mit den jungen Herren zusammen. Man sagte, daß er in die Padova verknallt sei und sich bemühe, ihre Gunst zu erringen. Ich weiß nicht, ob das stimmte. Gewiß hatte ihn die neue Umgebung vom Lernen abgelenkt und in ihm die Lust aufkommen lassen, den jungen Herrn zu spielen, sich in den Dingen hervorzutun, in denen die Mehrheit sich auszuzeichnen wünschte.

Ollendorf saß in der dritten Bank. Sein Gesicht machte gewiß keinen guten Eindruck: Er war so häßlich, wie man Jungen in diesem Alter nur selten sieht. Sein großer Mund mit der dicken und herunterhängenden Unterlippe blieb immer halb offen, und die ein wenig vorspringenden und geröteten Augen waren fast immer aufgerissen und starr. Schaute man ihn an, sah er wirklich wie ein Idiot aus. Ein Genie war er tatsächlich nicht. Im Gegenteil, er war leidlich dumm, nicht allerdings dermaßen, wie man hätte glauben können.

Auch sein Nachbar Navarra machte auf den ersten Blick keinen günstigen Eindruck. Nach einer Ohrenentzündung war er ein wenig taub geblieben, so daß er den erstaunten Gesichtsausdruck eines Schwerhörigen zurückbehielt. Außerdem fand er ein bißchen zu viel Gefallen daran, Lärm zu schlagen und den Hanswurst abzugeben. Wenn ihm vorkam, daß irgendein Narrenstreich ihm gut gelungen war, brach er in ein ganz bestimmtes lautes Gelächter aus, das ihn wie ein Dummkopf aussehen ließ. In Wirklichkeit war er mit einer wahrlich beachtlichen Intelligenz ausgestattet; das merkte ich in den folgenden Jahren, als er die Gewohnheit annahm, mich in schulischen Belangen öfter um Hilfe zu bitten.

Die hintersten Bänke nahmen die Mädchen ein, sehr vermindert an der Zahl, nicht jedoch an Bedeutung. Die Padova saß mit der Lina Sarfati zusammen, die Marmori mit der Nora und dann, in der letzten Bank, die Sorani neben der Zuccolin: der einzigen Schülerin, die aus der Parallelklasse gekommen war.

Daß die Zuccolin auf dieser Welt existierte, hatte ich bereits im Vorjahr bemerkt. Eines Tages nämlich, als wegen der Krankheit eines Professors die beiden Parallelklassen zusammengezogen worden waren, hatte Bianca sie in ihre Bank genommen und ihr einen überaus warmen Empfang bereitet. Aus diesem Grund hatte ich die Zuccolin mit besonderer Aufmerksamkeit beobachtet und festgestellt, daß sie um vieles jünger ausschaute und daß sie ziemlich häßlich war, weil sie ein allzu großes Kinn hatte und allzu kleine Augen. Allerdings hatte ich den Eindruck gehabt, daß sie unkompliziert und nicht unsympathisch sein mochte. Ich war es jedenfalls zufrieden, daß Bianca sich ihr wohlgesonnen zeigte, da ich daraus folgern zu können glaubte, daß sie die kleineren Mädchen nicht verachtete und nicht nur die Gesellschaft jener suchte, die junge Fräulein spielten.

Nachdem ich sie als Mitschülerin besser kennengelernt hatte, offenbarte die Zuccolin etliche gute Eigenschaften. Vor allem schien mir, schaute ich sie richtig an, daß sie nicht ausgesprochen häßlich war, sondern nur ein bißchen häßlich, von einer ans Herz gehenden und anmutigen Häßlichkeit. Später kam ich darauf, daß sie eine ausgezeichnete, fleißige, disziplinierte, nicht dumme Schülerin und daß sie ernsthaft und schweigsam war. Ich betrachtete sie mit einem gewissen Wohlwollen, doch befaßte ich mich wenig mit ihr, und ihr Vorhandensein kam mir nur selten in den Sinn.

In Latein hatten wir einen neuen Professor, der Klausner hieß. Er war mir als sehr vornehm, äußerst brillant und als in den mondänen Kreisen bekannt und gern gesehen beschrieben worden. Die aus der Parallelklasse gekommenen Schüler, wo er Jahre hindurch unterrichtet hatte, waren von ihm begeistert, und etliche empörten sich sogar, wenn sie schlecht über ihn reden hörten. Sein Ruf als Mann von Welt stimmte mich nicht sehr freundlich, und sein Äußeres machte mir keinen guten Eindruck. Er war hochgewachsen und dünn und äußerst häßlich. Er hatte einen großen, blutleeren Mund, die Stirnknochen ragten derart heraus, daß sein Schädel an den eines Neandertalers erinnerte; er hatte eine totale Glatze und schien keine Stirn zu haben, weil sein Kopf in einer einzigen Krümmung von den Augenbrauen bis zum Hinterhaupt verlief. Nur seine Augen, die einen klugen und ruhigen Ausdruck hatten, korrigierten zum Teil den unangenehmen Eindruck, den sein Gesicht hervorrief.

Auch seine Unterrichtsmethode gefiel mir nicht. Mir kam vor, daß er zu sehr auf den historischen Kenntnissen bestand, Übersetzungen in ein allzu gewähltes Italienisch verlangte und es andererseits unterließ, sich zu vergewissern, ob die Schüler den Sinn dessen, was sie lasen, wirklich verstanden hatten, die grammatikalischen Konstruktionen der Satzgefüge, die sie übersetzen mußten. Er gewöhnte die Schüler ans Leichtfertige und ans Gewäsch.

Ich erinnere mich an den besonders schlechten Eindruck, den eine gute Note einmal auf mich machte, die der Padova gegeben wurde, die offensichtlich nicht vorbereitet war und die Stelle, die sie übersetzen mußte, nicht verstanden hatte. Mit viel Geistesgegenwart und dabei mit ausgesuchter Schnelligkeit redend, begann sie den

Inhalt des ihr zugewiesenen Abschnittes ungefähr nachzuerzählen (sie hatte ihn sich kurz vorher von einer Mitschülerin übersetzen lassen), und Klausner schien damit zufrieden. Er achtete nicht besonders auf die Genauigkeit, und es machte den Anschein, als würde er dem Geprüften bisweilen recht unaufmerksam zuhören.

Klausner belebte sich nur, wenn er über die Sitten der Römer oder über die Geschichte ihrer Literatur zu reden begann. Seine kleinen Vorträge – die, das mußte ich zugeben, sehr gut gemacht und auch interessant waren – brachten mich auf. Meiner Meinung nach waren diese Erzählungen der Ernsthaftigkeit des Studiums und der Schule nicht angemessen und gaben den ärgsten Scharlatanen und den Oberflächlichsten Gelegenheit, auf wohlfeile Art gut abzuschneiden; sie würden, meinte ich, dazu beitragen, das wahre Verdienst desjenigen herabzuwürdigen, der sich bemühte und dabei den eigenen Verstand anstrengte und schärfte, um die komplizierten und dunklen grammatikalischen Konstruktionen zu durchschauen. Grandi und Kahn waren von Professor Klausner begeistert, und sie konnten sich glücklich preisen, daß bei ihm ihre geistige Unterlegenheit nicht an den Tag gebracht, daß sie ihnen wie eine Unzulänglichkeit von geringer Bedeutung verziehen wurde.

Im Lauf der Zeit konnte ich Klausner aber mit mehr Gelassenheit und mit größerer Unvoreingenommenheit beurteilen. Ich erkannte, daß er wirklich intelligent war, einen weiten Horizont hatte, die Welt kannte, über viel gesunden Menschenverstand verfügte, daß er aber unfähig war, Leidenschaften und Meinungen zu haben, für die er unnachgiebig hätte eintreten können. Sein einziger Ehrgeiz bestand darin, der Welt zu gefallen, und da er gewohnt war zu tun, was der Beliebtheit nützt, wollte er nicht einmal den Schülern mißfallen. Er war nicht pflichtvergessen, und man konnte auch nicht sagen, daß er es den Schülern erlaubte, ihrer Pflicht nicht nachzukommen. Doch verstand er es, mit sich selbst und den anderen nachgiebig zu sein, und vermied es, uns allzu sehr mit der schwierigen lateinischen Grammatik zu belästigen, wollte unseren Hirnen keine allzu ernsthafte und allzu beschwerliche Arbeit abverlangen. Er kannte die Vorlieben und Schwächen der Schülerschaft und hielt es für unangebracht, Dinge zu tun, die sie verstimmen oder beunruhigen hätten können. Wozu sich unbeliebt machen? Wozu sich und den anderen das Leben erschweren? Er zog es vor, seine Stunden wie geschmiert ablaufen zu lassen, und verstand es so einzurichten, daß alle mit ihm zufrieden waren und trotzdem ihn keiner der Nachlässigkeit beschuldigen konnte.

Außerdem hegte er gegen mich überhaupt keine Abneigung. In seiner edlen Nachsichtigkeit konnte Klausner auch die übertriebene Reizbarkeit eines zu nervösen und allzu schüchternen Burschen verzeihen. Gewiß hatte er ganz und gar kein wirkliches Verständnis für einen solchen Charakter; er wußte aber, daß es solche Wesenszüge nun einmal gibt, daß man auch den leben lassen muß, der so ist. Seine lange Erfahrung hatte ihn darüber hinaus gelehrt, wie man sich so einem gegenüber am besten verhält. Behandelt man auch absonderliche oder psychisch kranke Leute gut, so verliert man nichts, im Gegenteil, man erweckt den Eindruck, ein gescheiter, sensibler und verständnisvoller Mensch zu sein.

Da er überzeugt war, ich würde ihm, trotz meiner zornigen Mienen, meiner feindseligen Blicke und meiner herausfordernd wortgetreuen und analytischen Übersetzungen keine Scherereien machen, und eingesehen hatte, daß er, behandelte er mich schlecht, etwas offenkundig Unangemessenes tun würde, zögerte Klausner nicht, mich mit der Freundlichkeit zu behandeln, die man einem hervorragenden Schüler in jedem Fall entgegenbringen muß. Vermöge seiner Höflichkeit betrachtete er mich am Ende als lobenswerte Einrichtung. Sollte unter den vielen seiner guten Eigenschaften womöglich auch die gewesen sein, daß er einen widerspenstigen Geist zu schätzen wußte?

Jedenfalls muß ich sagen, daß ich mich über sein Verhalten mir gegenüber nicht beschweren kann. Unsere Beziehungen als Lehrer und Schüler verliefen ohne Zwischenfälle. Viele andere Professoren, denen ich mich geistig viel näher fühlte, bereiteten mir bei weitem größere Unannehmlichkeiten als Klausner und bewiesen, mich nicht so zu schätzen, wie er es tat – zumindest nach den Noten zu urteilen, die er mir gab.

Die Unterrichtsstunden Klausners waren aber, von einigen Ausnahmen abgesehen, ziemlich langweilig, besonders in diesem Jahr, wo wir Sallust und Cicero mit ihm lasen. Die Langeweile war noch größer, weil die Lateinstunden, vier von fünfen, die letzten am Tag waren, die von Mittag bis eins. Da ich mich langweilte, fühlte ich mich noch unruhiger als gewöhnlich, und mein Kopf, der sich wenig anstrengen mußte, um den zusammenhanglosen Dingen, die gesagt wurden, zu folgen, eilte zu seinen üblichen Gedanken, ohne sich allerdings vollkommen vom Latein ablenken zu können. Ich war weder imstande, auf den Unterricht achtzugeben, noch an etwas anderes zu denken. Deshalb fühlte ich mich nach kurzer Zeit müde und gereizt und wünschte sehnlich, diese Stunden mögen bald ein Ende nehmen.

Zu meiner Rechten, eine Bank weiter hinten, saß Ollendorf, der eine große, leicht sichtbare Armbanduhr trug. In einer Stunde drehte ich mich wahrscheinlich zehn-, zwölfmal oder öfter nach seiner Richtung hin um. Hatte ich die Zeit auf der Uhr abgelesen oder, je nach der Stellung, in der Ollendorf seinen Arm hielt, nicht gesehen, schaffte ich es nicht, mit dem Blick sofort zum Katheder zurückzukehren, sondern ließ, beherrscht von dem Gedanken, der nie gänzlich von mir wich, die Augen die Klasse hinuntergleiten, hinunter, bis sie auf die immer übereinandergeschlagenen und in ihren feinen Strümpfen aufreizend leuchtenden Beine der Padova trafen; dann auf das ruhige und ausdruckslose Gesicht der Marmori und am Ende auf die Augen von Bianca, die sehr oft in meine Richtung schauten.

Da wandte ich sofort den Blick ab; doch nach wenigen Minuten drehte ich den Kopf neuerlich zu meiner Rechten, weil ich mich nicht zu erwehren wußte, weil ich wünschte, sie nochmals zu sehen, zu verstehen, was dieser in meine Gegend gerichtete Blick bedeuten könnte. Ich bereute es, kehrte mit den Augen zum Professor zurück, ohne sie überhaupt gesehen zu haben, versuchte, mein Denken auf etwas ganz Bestimmtes zu konzentrieren, nahm mir vor, um jeden Preis ruhig sitzen zu bleiben; aber dann, nach einer gewissen Zeit, hielt ich es nicht mehr aus, und ich wandte mich wiederum nach hinten, um sie anzuschauen, und fühlte mich unsäglich unruhig und nervös.

Ich schämte mich dessen, was sie über diesen halb verstohlenen Blick von mir denken mochte: Neben allem anderen befürchtete ich, sie amüsiere sich bei dem Gedanken, daß ich Angst vor ihr hatte. Ich schämte mich vor dem Professor, dem meine Unruhe auffallen mußte, der mich früher oder später vielleicht ausschelten würde, weil ich keine Ruhe gab und nicht aufpaßte. Ich schämte mich vor den Kameraden die etwas hätten bemerken können (niemand bemerkte jedoch je irgend etwas), besonders vor Babich, der diese meine Schwäche äußerst streng würde beurteilt haben. Trotzdem war ich nicht imstande, ruhig zu bleiben. Es mangelte mir nicht an Willenskraft, besonders nicht dann, wenn es darum ging, nur gegen mich selbst zu kämpfen. Ja, ich glaube sogar, daß die übertriebene Willensstärke, mit der ich meinen Kopf zwingen konnte, mehr zu arbeiten, als er hätte müssen, und meinen Mund, zu schweigen, wenn er hätte reden wollen, mir nicht wenig schadete. Trotzdem waren die Unruhe und diese Anziehung stärker als ich: Ich konnte mich nicht beherrschen, konnte nicht umhin, mich in ihre Richtung zu drehen.

Ich tröstete mich mit dem Gedanken, daß Ollendorfs Uhr, wie sie mich ja auch in Versuchung geführt hatte, eine ebenso gute Ausrede abgeben würde, falls irgend jemand mir gegenüber eine Bemerkung fallen lassen würde. Außerdem: Schauten nicht selbst Babich – ich hatte ihn beobachtet – und viele andere in der Klasse öfter in Richtung der Mädchen, als sie hätten müssen? Ich konnte mir allerdings nicht verhehlen, daß, zumindest insoweit Babich betroffen war, die Sache einen völlig anderen Charakter hatte. Er drehte sich langsam nach hinten, heftete einen Moment den Blick auf sie alle; dann wandte er langsam den Kopf ab und dann, noch langsamer, seine Mißbilligung ausdrückend, die Augen.

Warum schaute Bianca in meine Richtung? Eben das war es, was mich mehr als alles andere beunruhigte, sehr viel mehr als die Gefahr, entdeckt und von den anderen ausgespottet zu werden. Gewiß, ich befand mich genau zwischen ihr und dem Katheder, wo der Professor thronte. Es war also möglich, daß sie dem Unterricht gewissenhaft folgte und den Professor anschaute. Doch konnte man annehmen, daß sie derart angestrengt diesen Unterrichtsstunden folgte, die so langweilig waren, daß sie nicht einmal die interessierten, die, wie ich, ihres Zeichens fleißige Schüler waren? Weshalb also schaute sie so häufig zum Katheder hin und so selten – zumindest nach dem, was ich hatte beobachten können – zum Geprüften, auf den, im allgemeinen, die Augen der Mitschüler viel eher gerichtet waren als auf den Professor? Zudem schien mir ihr manchmal ein wenig traumverlorener Blick nicht jene Art von Aufmerksamkeit auszudrücken, die es braucht, um einer Lateinstunde zu folgen.

Durfte ich daraus folgern, daß sie mich anschaute? Das war zeitweise meine Überzeugung, so wenig ich es mir auch eingestehen wollte. Ich war argwöhnisch, weil ich theoretisch und auch aus der Praxis wußte, daß ich nicht der Typ war, der den jungen Fräulein gefiel, und im besonderen, weil ich mich ihr gegenüber als Schüchterling, als Dämlack und als Flegel verhalten hatte. Ich wußte, daß die Mädchen Spaß daran haben, die Verliebten zu hänseln, und ich, hätte man mich als solchen identifiziert, wäre ein Typ gewesen, über den man sich ausgezeichnet hätte lustig machen können. Ich war zu schüchtern, zu ernsthaft, zu respektvoll: genau das, was es brauchte, um einen Heranwachsenden zu belustigen. Und in Biancas Augen gab es bisweilen ein Aufblitzen, das mich denken ließ, ihr dürfte, in bestimmten Dingen, der den Fünfzehnjährigen eigene Spürsinn nicht fehlen und auch nicht deren Lust, auf Kosten anderer zu lachen.

Obschon ich aus Veranlagung und mit Absicht mißtrauisch war, schien mir doch kein Spott in ihrem Blick zu liegen, der ruhig und unbeweglich blieb, auch wenn meine Augen es nicht wagten, ihn zu erwidern. Mir kam vor, daß Bianca meine Erregung und meine Verlegenheit nicht merkte; es schien ihr durchaus nicht einzufallen, mich lächerlich zu finden.

Hätte ich meine Phantasie arbeiten lassen, hätte ich, wie bei anderen Gelegenheiten, auf meine Eingebung vertraut, wäre ich zu dem Schluß gekommen, daß ihr Blick etwas Sanftes und Liebevolles hatte, vielleicht sogar zärtlich und verlegen war. Ich aber fürchtete mich vor Illusionen: Ich hatte einen wahren Horror davor. Um jeden

Preis wollte ich meine eigenen Angelegenheiten nach meiner allgemeinen Theorie beurteilen: Und diese Theorie lautete, daß die Menschen von sich eingenommen zu sein pflegen und sich leicht irren; ist man optimistisch, irrt man sich beinah immer, ist man pessimistisch, fast nie. Ich wollte mir selbst nicht glauben und schaute mich um, damit ich, gleichsam vorsätzlich, Anlässe zum Zweifel fände. Ich wollte noch argwöhnischer sein, als ich es von Natur aus schon war.

Bei meinem Umschauen machte ich bald eine Entdeckung. Genau hinter mir saß Lerroux. Er war ein schöner Jüngling, abenteuerlustig und liederlich. War er es, den Bianca anschaute?

Ich kann nicht sagen, daß ich fest daran glaubte. Ich legte mir diese Möglichkeit jedoch als geistige Reserve zu, um mich zu hindern, an etwas anderes zu glauben. So überredete ich mich selber, daß die Dinge ganz anders liegen konnten, als ich zeitweise anzunehmen versucht war.

Ein kleiner, an sich bedeutungsloser Vorfall bestärkte mich in meinem Verdacht und ließ für mich plötzlich zur Gewißheit werden, was bis jetzt nur Hypothese gewesen war: Eines Tages, während ich gerade mit Babich auf dem Schulkorridor plauderte, bemerkte ich, daß er mir nicht sehr aufmerksam zuhörte, sondern hinaufschaute, zur Stiege hin, die zum oberen Stockwerk führte, und daß er dabei lächelte. Babichs kleine Schmunzler waren für mich nichts Neues; im Gegenteil, normalerweise fragte ich ihn sogar, warum er lächelte, was ihn bei Gelegenheit aufbrachte. Bevor ich ihm meine Frage stellen würde, wollte ich jedoch seinem Blick nachgehen, und zu meinem großen Erstaunen stießen meine Augen auf Bianca, die in der Mitte der Stiege stand und lachend und die Arme ausbreitend auf den letzten Stufen ein kleines Mädchen aus den unteren Klassen, Lerroux' Schwester, aufhielt.

Komisch, daß Bianca mit der da spielte, wie ich sie niemals mit anderen scherzen gesehen hatte; daß sie die Kleinere zurückhalten wollte, während für gewöhnlich die Kleineren die Gesellschaft der Größeren suchten. Hatte Bianca vielleicht die Absicht, sich einzuschmeicheln, sie zu ihrer Freundin zu machen? Und wenn diese Absicht bestand, weshalb denn? Es war wirklich nicht nötig, daß mein Denken lange Wege zurücklegte, um dieses Vorkommnis mit bestimmten Verdächtigungen von mir in Zusammenhang zu bringen; um so weniger, als ich selbst seinerzeit daran gedacht hatte, mit Biancas Bruder Freundschaft zu schließen. Außerdem bestätigte mich Babich mit seinem zurückhaltenden Schmunzeln in meiner Annahme. Warum hätte er lächeln sollen, wenn er nicht daran gedacht hätte, woran ich dachte?

Auf diese Weise entstand in mir unversehens die Überzeugung, daß Bianca in Lerroux verliebt war, und die Illusionen, die in mir aufgekommen waren, obwohl ich mich bemüht hatte, sie zu erstikken, fielen auf einmal in sich zusammen. Meine Seele wurde von großer Traurigkeit erfaßt, aber auch von einer merkwürdigen Ruhe. Ich, der so eifersüchtig war, daß ich die Vorstellung nicht ertragen konnte, daß Bianca auf Bälle ging und sich von den jungen Herren hofieren ließ, verspürte nun fast keine Eifersucht. Das quälende Hoch und Tief von Hoffnung und Gram war plötzlich beendet, um einem resignierten Schmerz Platz zu machen. Ich empfand starkes Mitleid mit mir selbst; doch noch mehr schmerzte mich der Gedanke, daß sie viel zu leiden haben würde, weil Lerroux ein egoistischer, flatterhafter, ungezogener Bursche war, unfähig, tiefe Gefühle zu empfinden. Außerdem betrübte es mich, daß Bianca sich von einem solchen Typ angezogen fühlte; daß auch sie die gleiche Natur hatte wie die anderen Mädchen. Und mir schien, daß ich ein Dummkopf gewesen war, daß ich nicht von Anfang an durchschaut hatte, wie die Dinge lagen. Es kam mir gleichsam passend vor, daß Lerroux mehr Glück hatte als ich, obwohl ich ihm nur geringe Geistesgaben und überhaupt kein Gemüt einräumte. Logisch, es mußte so sein, und alles übrige war nur Traum und Wahn gewesen.

Lerroux, um den ich mich bis dahin nicht gekümmert hatte, erlangte für mich, indirekt, große Bedeutung, und ich begann, gleichsam ohne mir dessen bewußt zu sein, gleichsam gegen meinen Willen, Vergleiche zwischen mir und ihm anzustellen. Seine großen Qualitäten bestanden aus Unverschämtheit und Geistesgegenwart.

Er log mit unwahrscheinlicher Ruhe, auch wenn er arg in der Patsche saß. Er blieb in seinem Benehmen herrlich zwanglos, wenn er geprüft wurde und nichts wußte, wenn sie mit ihm schimpften und ihn bestraften. Er gab zu erkennen, daß ihm an niemandem etwas lag, daß er kein moralisches Empfinden, keine Gewissensbisse hatte. Lernen machte ihm keinen Spaß, und also lernte er nicht; er verstand es, seinen Willen durchzusetzen, verstand, zu wollen, was er wollte. Ohne Skrupel konnte er das Geld beim Fenster hinauswerfen, das sein Vater verdiente, indem er die Stadt abklapperte, um kleine Geschäfte zu machen; er verstand sich darauf, Schlangen zum Platzen zu bringen und den Kameraden Kränkungen zuzufügen, ohne jedes Mitleid; die Gefahren von Bergtouren konnte er auf sich nehmen, ohne allzu viel darüber nachzudenken, vielleicht ohne sich ihrer genau bewußt zu werden. Er war egoistisch, unüberlegt, ein Triebmensch und unfähig, irgendwelche Zügel zu ertragen: Was konnte es Besseres geben, um es in der Welt zu etwas zu bringen, sich im Leben einen Platz zu erobern und um den Frauen zu gefallen? Wie mußte wohl ich im Vergleich zu ihm dastehen, mit meinem traurigen, schüchternen, zweifelnden Wesen?

Nach und nach, wie die Zeit verging und ich keine Gelegenheit hatte, irgend etwas zu bemerken, das mich in meinem Verdacht bestärken konnte, sah ich ein, daß ich mich auch diesmal getäuscht hatte, und ich kam zu dem Schluß, daß Bianca niemanden anschaute, oder vielleicht den Professor ... oder vielleicht sogar mich. Wiederum überließ ich mich dem Zweifel. Im übrigen schien mir, daß Bianca nach einiger Zeit die Gewohnheit verlor, mit einer gewissen Regelmäßigkeit in meine Richtung zu blicken.

Monate später hatte ich diese Episode beinah vergessen; mir war nur eine große Neugierde zurückgeblieben, nämlich zu erfahren, was Babich damals dachte, als er gelächelt hatte; und zu erfahren, was er im allgemeinen von Bianca hielt.

Babich redete gerne über die jungen Fräulein, besonders wenn er über sie herziehen konnte. In meiner Gesellschaft mangelte es nicht an solchen Gelegenheiten, und wir unterhielten uns oft über das Problem der Mitschülerinnen, sei es im allgemeinen, sei es über einzelne. Alle Kameradinnen lenkten mehr oder weniger unsere Aufmerksamkeit auf sich; selbst die Marmori wurde manchmal erwähnt, und sei es nur, um die gewohnte Bemerkung zu machen, daß es über sie wirklich nichts zu sagen gab. Und ausgerechnet über Bianca, die mir trotzdem, so sehr ich mich auch bemühte, objektiv zu sein, nicht unbedeutend vorkam, ausgerechnet über sie war es ausgeschlossen, daß man je ein Wort verlor. Ich konnte mir dieses Phänomen nicht recht erklären, obwohl mir klar war, daß Babich, wortkarg von Natur aus, gleichsam immer mir die Initiative überließ, das Thema unserer Gespräche zu bestimmen: Und ich war nicht fähig, über Bianca ein Gespräch anzufangen.

Bei meinen Spaziergängen mit Babich oder einem anderen meiner Freunde begegneten wir des öfteren Bianca oder einem der Ihren. Ich grüßte natürlich nicht und tat so, als ob ich sie nicht sähe. Doch plötzlich eilten alle meine Gedanken davon; ich verlor den Faden des Gesprächs und war nicht in der Lage, etwas anderes zu tun, als zwei- oder dreimal dasselbe Wort zu wiederholen. Später lächelte ich bei der Erinnerung, daß unsere Überlegungen, die so gründlich und schwierig waren, daß sie Bianca sicherlich erschreckt hätten, sich durch ihre bloße momentane Anwesenheit hatten durcheinanderbringen lassen, durch die bloße Anwesenheit eines Menschen, der mein Denken wieder auf sie hinlenken konnte. Ich fühlte mich aber auch besorgt, besonders wenn ich in Babichs Gesellschaft war, den ich als äußerst scharfäugigen Beobachter kannte. Meine Erregung kam mir allzu offensichtlich vor, um unbemerkt bleiben zu können. Allerdings sah ich, mit einer gewissen Verwunderung, daß nichts an Babich erkennen ließ, daß er irgend etwas bemerkt hatte. Nicht einmal der übliche kleine Lächler lag auf seinen Lippen, der so vieles bedeutete.

Das Leben in jener großen und chaotischen Klasse war nicht so schwer, wie ich es erwartet hatte. In der Regel wurde meine Existenz ignoriert, man ließ mich in Frieden. Die neuen Mitschüler machten mir noch weniger zu schaffen als die alten. Da sie sahen, daß die

Professoren mich gut behandelten, daß manche der alten Kameraden sich als meine Freunde herausstellten und die übrigen mich nicht zuviel quälten, hielten sie es für klug, mich nicht zu belästigen. Gewiß, manchmal sangen sie Liedchen zu Ehren meiner zu üppigen und ungepflegten Haare; oder sie fischten die große Aluminiumdose, in die Mama die Jause tat, aus meinem Bankfach heraus, ließen sie durch Fußtritte in der Klasse hin und her rollen und stellten sie am Ende feierlich auf dem Katheder auf. Das waren allerdings Kleinigkeiten.

Auch für Bianca schien sich keiner zu interessieren, und darüber war ich natürlich recht froh. Ich erinnere mich an ein einziges Mal, wo sich die Aufmerksamkeit der ganzen Klasse auf sie richtete. Ein Bursche, der sich auf humoristische Zeichnungen spezialisiert hatte, entwarf auf der Tafel eine Skizze von ihr, wobei er ihre Frisur wie eine »Pinze« darstellte: das Osterbrot, das bei uns gebräuchlich ist; dann schrieb er noch drumherum ihren Namen und ein griechisches Verb, das wir gerade zu der Zeit gelernt hatten: πυνθάνομαί τινος.

Klausner, der die Stunde danach zu halten hatte, sah diese Zeichnung. Er erkundigte sich, was sie bedeuten sollte, und fragte, nachdem er es erfahren, spaßig und galant wie üblich, die Sorani, ob sie vielleicht eine Bäckerin, die »Fornarina« sei, da ihr die Form dieser »Pinzen« zugeschrieben wurde. Stehend, sich auf der Bank aufstützend, schüttelte Bianca den Kopf und sagte nein; und sie lächelte auf ihre seltsame unverständliche Art, so daß ich, wie gewöhnlich, obwohl ich sie anschaute und jede ihrer Gesten und jede Miene beobachtete, nicht in der Lage war auszumachen, ob sie verlegen und vielleicht auch verärgert war und es nicht zeigen wollte oder ob ihr, im Gegenteil, diese Scherze schmeichelten und sie amüsierten und sie es sich nicht anmerken ließ, um nicht unmanierlich zu wirken, oder ob sie sich aus Koketterie so verhielt.

Klausners Galanterie hatte mir mißfallen. Trotzdem war ich froh, nun denken zu können, daß Klausner, wäre Bianca so häßlich gewesen, wie mein Cousin und meine Cousine es von ihr behaupteten, dieses Wortspiel nicht gemacht hätte, weil es ihm nicht eingefallen oder beleidigend vorgekommen wäre. Mir persönlich gefiel Raffaels »Fornarina« nicht, mit ihrem zwischen dem Groben und dem Scheinheiligen liegenden Gesicht: Doch ich wußte, daß sie von vielen als eine große Schönheit angesehen wurde. Zudem war ich froh darüber, daß offensichtlich keiner in der Klasse das Wortspiel verstanden hatte.

Auch in dem Jahr schleppte Bianca sich zwischen Fünfern und Sechsern bis zum letzten Trimester, und dann gelang es ihr, unverdienterweise, ohne Prüfungen durchzukommen. Eins ihrer Zeugnisse war besonders schlecht gewesen, und Klausner erkundigte sich scherzend (doch was gab's da zu scherzen, fragte ich mich), ob man zu Hause mit ihr schimpfen würde, ob sie Angst vor den Vorwürfen von Papa habe. Bianca antwortete, daß Papa gütig, die Mama aber streng sei.

Mehr brauchte ich nicht, um mir einzubilden, daß sie daheim Vorhaltungen bekommen und erniedrigt werden würde, und um bei diesen Gedanken betrübt zu werden. Noch mehr betrübte mich die Vorstellung, daß Bianca gegen diesen Sachverhalt nicht rebellierte, daß sie sich Vorwürfe machen ließ, mit den Achseln zuckte und fortfuhr wie vorher. Mich verdroß es, daß sie keinen Stolz und keine Willensstärke hatte; daß sie keinen Wert darauf legte, zu zeigen, daß niemand das Recht habe, sie zu tadeln. Ich spürte diesen Dämon in mir sehr stark und war, vielleicht aus diesem Grund, bereit zu glauben, daß Stolz ein Anzeichen für einen unabhängigen und mannhaften Geist ist. Deshalb rebellierte ich gegen die Vorstellung, daß der Geist von Bianca nicht so sei.

[VII.]

Den Sommer 1923 verbrachte ich in Villa Opicina, in der Nähe von Triest, und ich langweilte mich sehr. Die einzige Abwechslung stellten die seltenen Besuche Babichs dar, der, auch wenn er es nicht mit Absicht war, mir noch wortkarger als gewöhnlich vorkam. Er beschäftigte sich hauptsächlich mit der Jagd nach Käfern, wovon er eine schöne Sammlung hatte; er weihte auch mich in die Geheimnisse der Insektenkunde ein. Unter der Sonne gebückt streiften wir durch die Wiesen und an den Hecken entlang und wechselten dabei nur ab und zu ein Wort, unsere Jagd betreffend.

Dies war eine überaus melancholische Beschäftigung. Das Käfersammeln zog mich wahrscheinlich vor allem deshalb an, weil es aufs neue den mir eigenen Klassifizierungstrieb weckte. Es gab derart viele Tierchen, in Farbe und Charakter so unterschiedlich, und doch konnte man sie in Gruppen einteilen, sie auf dem Korkholz eines neben dem anderen aufreihen, einer genau festgelegten Ordnung entsprechend. In der Praxis kam es jedoch vor, daß mein Kopf, schweifte ich allein auf den Feldern umher, Phantastereien nachjagte, mehr und eher als den Insekten. Welcher Art in Wahrheit meine Beschäftigung war, bemerkte ich oft erst dann, wenn ein schönes Exemplar mir genau vor der Nase davonflog.

Es fiel mir auch schwer, meine Opfer nach den Regeln der Kunst zu präparieren. Mit diesen Gliedmaßen, mit diesen allzu zarten Fühlern umzugehen, mit diesen allzu winzigen Papierstückchen, mit den Klebstofftröpfchen, die niemals klein genug waren, mit Nadeln, die sich krümmten, mit den viel zu kleinen Täfelchen (was hätte ich nicht alles draufschreiben wollen), das alles machte mich nervös. Meine Hände begannen zu zittern, die Arbeit gelang mir schlecht, und ich war mit mir selber ganz unzufrieden.

Es mißfiel mir auch, all diese kleinen Wesen töten zu müssen. Ich durchschaute aber, daß es in mir kein vernünftiges Mitleid gab. Im Grund genommen, sagte ich mir, waren alle zu einem viel grausameren Tod verurteilt gewesen, als der es war, den sie durch meine Hände erlitten, und ich tat, verkürzte ich ihnen das Leben, nichts anderes als ihren Aufenthalt in einer Welt abzukürzen, die auch für sie ein »Tal der Tränen« war. Es handelte sich weniger um Mitleid als um instinktiven Abscheu. Ich wollte mich deshalb überwinden, auch um nicht vor Babich als zu schwächlich und beeindruckbar dazustehen, der von Benzin und Schwefel mit der allergrößten Gleichgültigkeit Gebrauch machte.

Allerdings kam der Moment, da der Abscheu stärker wurde als ich. Ich hatte (möglich, daß sich das erst im nächsten Sommer ereignete) einige große Rüsselkäfer gefangen; hatte sie in dem üblichen Benzinbad baden lassen, um sie zu töten, und hatte sie dann mit der Nadel durchbohrt. Nach zwei Tagen öffnete ich die Schachtel, in die ich sie gelegt hatte, um sie mit einem vor kurzem erbeuteten Exemplar zu vergleichen. Einer meiner Rüsselkäfer streckte, aufgerammt wie er war auf seiner Nadel, langsam ein Bein und zog es dann langsam an sich, mit einer regelmäßigen und stetigen Bewegung. Ein Schauer lief mir über den Rücken, und ich empfand dasselbe Gefühl des Grausens, das mir, als Kind, beim Anblick eines Eidechsenschwanzes kam, der sich, vom Rumpf abgetrennt, hin und her bewegte, oder eines Regenwurms, der weiterlebte, auch wenn er zerstückelt worden war. Etwas Banges und Übernatürliches lag in diesen Bewegungen eines Tieres, das tot hätte sein sollen und statt dessen seit Tagen litt. Ich schloß die Augen, warf den Käfer mitsamt seiner Nadel neuerlich ins Benzin und ließ ihn für eine Woche dort.

Danach gab ich es auf, meine Sammlung noch zu erweitern. Ich hatte den Eindruck, daß alles Erwägen unnütz und trügerisch ist, daß ich mit dem Kopf niemals würde durchschauen können, ob ich gut oder schlecht handelte. Mein Abscheu war doch real, das war unbestreitbar. Auf diese Weise lernte ich, nachdem ich mich derart darum besorgt hatte, daß mein richtiges Urteil nicht vom Instinkt überwältigt würde, daß der Instinkt sich im praktischen Handeln meldet und daß man das rechte Urteil nicht einmal dann findet, wenn man es sucht. Wer weiß, ob die Käfer, trotz aller Erwägungen, nicht ein viel größeres Vergnügen empfanden, zu leben, als ich daran, sie zu katalogisieren?

Es geschah aber nicht aus Gutherzigkeit – darüber war ich mir im klaren –, daß ich mich entschloß, die Käfer, die mir auf meinen Wegen begegnen würden, ruhig leben zu lassen. Ich verzichtete keineswegs auf ein Vergnügen, damit diese Wesen größeres Glück genießen konnten. Die Art von Beschäftigung wurde mir einfach unerfreulich, statt angenehm. Natürlich erzählte ich Babich nichts von diesen Skrupeln und Schwächen, sondern ließ ihn in dem Glauben, ich hätte die Sammlung nur deshalb aufgegeben, weil mir die Beharrlichkeit fehlte, sie fortzuführen.

Die Käfer trugen auf alle Fälle dazu bei, die Freundschaft zwischen Babich und mir zu festigen. Bis zu jenem Sommer war er mir nur ein *Schulfreund* und kein *Hausfreund* gewesen. Gewiß, ich war zwei- oder dreimal zu ihm nach Hause gegangen, um die Lektionen abzuholen, wenn ich gefehlt hatte. Es hatte sich jedoch immer um Kurzbesuche gehandelt, ich hatte nicht den Mut gehabt, wiederzukommen. Vielleicht weil er sich selber verlegen fühlte, vielleicht aus anderen Gründen, empfing Babich mich immer an der Tür mit der Frage, was ich denn wolle, so daß es mir unmöglich war, ihn aufzusuchen außer irgendeiner ganz bestimmten, praktischen Notwendigkeit wegen.

Bei mir war Babich niemals gewesen: Und ich hielt es auch nicht für angebracht, ihn einzuladen. Ich fürchtete, daß mein dunkles, stickiges und immer unordentliches Zuhause peinlich auf ihn wirken könnte. Nicht etwa, daß ich mich wirklich unserer Wohnung schämte: doch ich wollte mir die Enttäuschung ersparen, ihn die Nase rümpfen zu sehen. Fest steht, daß unser Haus dazu beitrug, mich wenig gesellig zu machen, und daß es mich in eine düstere Stimmung versetzte. Papa hatte es ausgewählt und liebte es, weil er, indem er es bewohnte, beweisen konnte, daß es ihn ganz und gar nicht interessierte, ein bürgerliches »schönes Häuschen« zu besitzen. Das lag ihm derart am Herzen, daß er darüber außer acht ließ, daß unsere Wohnung ungesund und trübsinnig war. Er umgab sich ja mit Freunden, brach große Streitgespräche vom Zaun, reparierte die Füllfederhalter der einen, die Uhren der anderen und fand Gefallen daran, mit der unpassenden Umgebung Anstoß zu erregen. Ich, der ich einen anderen Charakter hatte, allen mißtraute und mich ziemlich schwer dazu entschloß, neue Beziehungen anzuknüpfen, fühlte mich isoliert, um nicht zu sagen: wie in einer Höhle eingeschlossen.

Es war nicht nur mein Zuhause, von dem ich fürchtete, es könnte Babich mißfallen. Bei uns konnte man schwer allein sein, und ich wußte, daß Babich ziemlich schüchtern und widerborstig war. Ich fürchtete, ihm eine Unannehmlichkeit zu bereiten, wenn ich ihn unter fremde Leute brachte, fürchtete, daß er verlegen sein würde, falls die Meinen das Wort an ihn richten sollten, und ich nahm an, daß wir auf keinen Fall unter vier Augen würden reden können, wie wir es bei unseren Spaziergängen nach Schulschluß taten.

Die Käfer gaben einen guten Vorwand ab, ihn zu besuchen und zu mir kommen zu lassen. Sein Zuhause war nicht so ernst und streng, wie ich mir gedacht hatte, daß es sein müßte: Die Mutter, seit kurzem Witwe, war eine große und stattliche Frau, verhältnismäßig jung, nicht schön, was die Gesichtszüge anlangte, doch vom Äußeren her insgesamt sympathisch. Sie war sehr redselig und umgänglich und flößte einem überhaupt keine Scheu ein. Im Gegenteil, von meinen ersten Besuchen an unterhielt ich mich mit ihr über Schule, Lehrpläne, Professoren und Mitschüler. Aus dem, was sie sagte, glaubte ich heraushören zu können, daß sie intelligent war und einen gesunden Menschenverstand hatte. Dann gab es noch Babichs kleineren Bruder und seine Schwester, zwei fröhliche und ziemlich laute Kinder. Um sie kümmerte ich mich allerdings kaum.

Auch bei mir zu Hause wirkte Babich nicht verlegen. Meine Eltern ließen ihn in Frieden, und wir konnten uns, dank der Käfer, absondern und für uns allein arbeiten. Babich, der ein Faible für Absonderlichkeiten hatte, sagte mir sogar, daß ihm unsere so weitläufige und labyrinthische Wohnung gefalle.

Während wir in Villa Opicina waren, vergrößerte sich unsere Familie: Sie wuchs um eine Adoptivtochter. Emilia, unser Dienstmädchen, die in der Stadt geblieben war, nahm ein vor kurzem geborenes Kätzchen auf. Sie hatte es in einem der vielen Höfe unseres Hauses gefunden, die vielleicht einmal im Jahr gekehrt wurden und wo zahlreiche und bunte Katzen ihre Wohnstätte hatten. Vor die vollendete Tatsache gestellt, bereiteten wir der Neuangekommenen einen freundlichen Empfang.

Das Kätzchen war äußerst zierlich und hatte ein schönes, gestreiftes, perlgraues Fell; sie wuchs jedoch kaum, vielleicht weil sie allzu früh von der Mutter fortgenommen worden war. Lebhaft und umgänglich wie alle Katzen, wurde sie sehr bald Herrin des Hauses.

Als ob es so sein müßte, offenbarte unser Kätzchen, einmal erwachsen geworden, einen anomalen Charakter. Sie war vor allem außerordentlich gescheit. Sie konnte allein die Türen von beiden Seiten aufmachen, indem sie auf den Griff der Klinke sprang und dann die Tür, je nach Notwendigkeit, nach draußen oder zu sich her aufschob; sie wußte, daß sie sich, wenn das Dienstmädchen in der Küche ihr nichts zu fressen geben wollte, an Mama wenden und sie womöglich sogar in einem anderen Zimmer suchen mußte, sehr weit von dem entfernt, wo das Futter aufbewahrt wurde; sie wußte, daß es, wenn jemand an der Tür läutete, nötig war, irgend jemanden vom Haus aufzustöbern, damit er öffnete; sie fand heraus, daß man die Hände von Papa und meine nach Belieben zerkratzen und beißen konnte, daß die von Mama aber sakrosankt waren: Wenn Mama sie ärgerte, schlug sie mit der Pfote auf ihre Hand, allerdings ohne die Krallen auszufahren.

Wie alle Katzen liebte sie Baumwollknäuel, die sie sich mit großer Sorgfalt aus dem Nähkorb aussuchte, und Radiergummis, die sie fest zwischen den Zähnen hielt und im Laufschritt von einem Eck der Wohnung zum anderen transportierte. Dazu hatte sie ihre besonderen Vorlieben. Es machte ihr zum Beispiel viel Freude, sich auf der Oberkante irgendeines offengebliebenen Türflügels zusammenzukauern und ganz reglos mit aufgerissenen Augen dort sitzen zu bleiben, daß sie wie ein Käuzchen aussah. Wenn sie Papa auf irgendeine Leiter geklettert oder auf einem Tisch oben sah (was oft vorkam, weil er beständig neue Teilstücke an der elektrischen Installation anflickte), stürmte sie eiligst an ihm empor und setzte sich triumphierend auf seine Schulter.

Außerdem hatte sie auf manches einen unversöhnlichen und wütenden Haß: Sie konnte Besen nicht ausstehen, und oft trieb sie sich unruhig und aufgeregt vor der Tür der Besenkammer herum, um die Besen am »Ausreißen« zu hindern. Sie blies alle Streichhölzer aus, die sie angezündet sah, und wurde, wenn sie zu schrille Töne hörte oder wenn Mama das Miauen eines Katers nachmachte, geradezu rasend, und manchmal stürzte sie sich auch auf die Fremden, die sie bei uns daheim sah.

Sie war im allgemeinen jähzornig und launisch und wurde es noch mehr, als wir, nachdem Emilia weggegangen war, andere Dienstmädchen hatten, von denen manche sie vielleicht heimlich schlugen. Ab und zu sprang sie plötzlich vom Diwan, auf dem sie still gelegen war, um zu ruhen, und kratzte und biß jeden, der in ihre Nähe kam. Mag sein, daß Consigli sie aufbrachte, der sie oft neckte, oder auch Papa, der es liebte, mit ihr zu rangeln und sie zu ärgern.

Ich hingegen behandelte sie immer freundlich: Ich hatte Freude daran, wenn sie ruhig neben mir lag, und empfand eine seltsame Zärtlichkeit bei dem Gedanken, daß ein so andersartiges Wesen, ein so kleines und wehrloses Tierchen einen Riesen, wie ich einer war, nicht fürchtete und so viel Zutrauen hatte, neben ihm zu schlafen. Bisweilen sagte ich ihr einschmeichelnde Worte, als ob sie mich verstehen könnte; und ich dachte wirklich, zu keiner Zuneigung mehr fähig zu sein, außer zu der für ein Tier. Das machte mich melancholisch, erweckte in mir ein Gefühl der Einsamkeit; und so wurde ich noch sanfter und zärtlicher. Ich beklagte mich bei ihr über die Niederträchtigkeit der Welt und fing beinahe zu weinen an, wie Sancho Pansa bei seinem Esel.

Ich behandelte sie mit derselben Achtung, mit der ich als Kind die Menschen behandelt hatte, deren Freundschaft mir viel bedeutete. Ich war förmlich darum besorgt, sie nicht zu beleidigen, ihr nicht unangenehm zu sein; ich bildete mir ein, daß meine Gutherzigkeit sie zahmer machen würde. War ich traurig, von irgendeinem Zweifel oder Kummer gepeinigt, ging ich und fragte Mumma (so nannten wir sie), was sie davon denke; ich lehnte meine Stirn gegen ihre und wartete auf eine Antwort in ihren großen, runden, immer ernsten und verwunderten Augen.

Aber auch zu mir war Mumma böse, auch an mir ließ sie ihre plötzlichen und unverständlichen Zornanfälle aus. Wenn sie mich kratzte und biß, ging ich erschrocken und erstaunt gleich wieder hin, um sie zu streicheln, weil mir vorkam, ihr so beweisen zu können, daß sie nichts zu fürchten hatte, daß niemand ihr weh tun wollte. Ich hoffte, daß meine sanfte Zärtlichkeit sich auf sie übertragen und sie besänftigen würde. Natürlich erhielt ich meist weitere Kratzer und noch mehr Bisse, und ich war davon recht erschüttert. Ich vermutete, daß irgendein Traum oder irgendeine fürchterliche Erscheinung sie erschreckte und leiden machte, und mich schmerzte der Gedanke, daß ich sie auf keinen Fall würde verstehen können, daß ich mich ihr nicht würde verständlich machen und sie nicht würde trösten können. Ich hatte eine übertriebene Liebe zu Tieren, und deshalb fühlte ich mich von dem Gedanken gedemütigt, daß ich mit ihr nicht reden konnte, daß wir vollkommen verschiedene Wesen waren. Dieses schmerzliche Gefühl der Ohnmacht empfand ich nicht nur Mumma gegenüber.

Mumma nahm ein tragisches Ende. Im vierten Jahr ihres Lebens rannte sie von zu Hause fort, und einen Monat lang konnte sie nicht aufgespürt werden. Eines Tages entdeckte ich sie in einem Hof, der durch eine Gittertüre, zu der niemand einen Schlüssel hatte, abgeschlossen war. Ihr Zustand war entsetzlich, und sie versteckte sich, vollkommen verängstigt, in einem weit entfernten Winkel. Ich rief sie immer wieder und sah, daß sie ganz langsam zu mir herkam. Schließlich stieg sie durch die Gittertüre durch, ließ sich fassen und nach Hause tragen, ohne daß sie versucht hätte, auf dem langen

Heimweg zu entwischen. Wir pflegten sie, und sie erholte sich ziemlich gut. Nur eine Wunde, die sie unter dem Auge hatte, wollte nicht vernarben. Wir ließen sie von einem Tierarzt untersuchen, der erklärte, daß es nicht möglich sei, sie zu heilen. Deshalb tötete er sie mit Chloroform.

Die Schule begann wieder, und ich mußte die erste Klasse des Lyzeums besuchen, die bei uns aus konservativer Gesinnung noch Sechste Gymnasium genannt wurde.

Es war die Zeit der Gentile-Reform, in der unter anderem beschlossen worden war, daß für alle Schulstufen eine feststehende Zahl von Parallelklassen in jeder Schule einzurichten war, unabhängig von der Anzahl der Schüler. Außerdem gab es die Bestimmung, daß, wenn sich auf diese Weise eine höhere Schülerzahl als fünfunddreißig pro Klasse ergab, die Schlechtesten ausgeschlossen werden mußten. Das Galileogymnasium sollte zwei Parallelklassen führen, sowohl in der ersten Schulstufe, wo es etwas unter hundert Eingeschriebene gab, als auch in der achten, wo nicht mehr als zwanzig Schüler waren. Unsere Klasse schließlich, die erst im Vorjahr durch Zusammenlegung der beiden Parallelklassen gebildet worden war, hätte neuerlich getrennt werden müssen.

Offen gestanden glaubten weder ich noch viele andere daran, daß eine derart widersinnige Maßnahme wirklich durchgeführt werden würde, zumal wir gehört hatten, daß sie in der ersten Gymnasialklasse sehr viele Schüler wegen Platz- und Lehrermangel abweisen wollten. Daran zu glauben entschloß ich mich erst dann, als ich sah, daß ein Klassenzimmer an der Tür die Aufschrift »I liceo A« trug und eine andere »I liceo B«.

Sogleich fragte ich mich, was mit uns passieren würde, nach welchen Kriterien sie die Schülerschaft auf die zwei neuen Parallelklassen aufteilen, wer meine Kameraden sein und wie ich mich unter ihnen fühlen würde.

Das Kriterium war sehr einfach. Alle jene, die seinerzeit die Vierte B besucht hatten, wurden der I-liceo-B-Klasse zugewiesen, und zu ihnen wurden, um die Anzahl zu vervollständigen, nur zwei der ehemaligen Schüler der Vierten A dazugegeben: Bianca Sorani und ich, die wir in der Vierten A die letzten auf der Klassenliste gewesen waren.

Als ich erfuhr, wer meine Klassenkollegen in der Ersten Lyzeum sein würden, hatte ich einen Moment der wahren Freude. Ich meinte, daß Bianca und ich, als alte Mitschüler, nun leichter einen Grund finden würden, einander näherzukommen, in jener Umgebung, die uns noch fremd war. Ich bedauerte auch nicht, von den Freunden der A-Klasse getrennt zu sein. Im Gegenteil, ich war froh, nicht mehr mit Babich in einer Klasse und also nicht mehr gezwungen zu sein, mit ihm zu wetteifern. Selbstverständlich aber hatte ich nicht vor, auf Babich als Freund zu verzichten: In den Pausen und nach der Schule waren wir weiterhin sehr häufig zusammen.

Ein wenig mißfiel mir, daß bei uns viele Repetenten und einige Neue waren. Besonders mißtrauisch war ich den beiden neuen Mitschülerinnen gegenüber. Es hätte mir besser gefallen, wenn außer Bianca nur die Zuccolin bei uns geblieben wäre. Wenn bloß zwei Mädchen unter uns gewesen wären, dachte ich, hätten sie sich von der übrigen Klasse nicht abschließen können. Darüber hinaus hätte die Freundschaft mit der Zuccolin einen günstigen Einfluß auf Bianca gehabt – oder zumindest keinen verderblichen.

Nachdem die ersten Schultage vorbei waren und ich die neuen Mitschüler kennengelernt hatte, bemerkte ich, daß meine Sorgen so grundlos wie meine Hoffnungen unbegründet waren. Die jungen Fräulein sonderten sich nämlich weiterhin ab, und zwar auf diese eigentümliche Art, die zur Folge und vielleicht auch zum Ziel hat, anzulocken und nicht zurückzustoßen. Bianca nun, das war klar, ging lieber und mit viel größerer Vertraulichkeit mit irgendeinem der Burschen um, die nur ein Jahr lang ihre Schulkollegen gewesen waren, oder auch mit einem der Neuen, als mit mir.

Dies Jahr war ein in jeder Hinsicht vom Glück ausgesprochen begünstigtes. Ja, es war sogar das beste der Jahre, die ich am Galileo zubrachte. Die Mitschüler behandelten mich gut: viele freundschaftlich, einige förmlich mit gewissem Respekt. Das Lernen bereitete mir Überdruß, aber nicht mehr als gewöhnlich. Auch Bianca schien mir ruhiger zu sein, einfacher, und vielleicht auch ein bißchen weniger fern.

Ich setzte mich in die erste Bank der rechten Reihe und hatte als Nachbarn den liebenswürdigen Claudio Natoli, der mir ein sehr angenehmer Schulkamerad war. Hinter uns saßen Gozzi, mein Lernrivale (ein äußerst korrekter und fairer, doch weniger gefährlicher Rivale als Babich), und Grandi, der vielleicht einzige in der Klasse, der mich von Zeit zu Zeit nicht mit irgendwelchen Sticheleien verschonte.

Noch weiter hinten, in den letzten Bänken meiner eigenen Reihe, hatten sich die Mädchen niedergelassen, sicherlich in der Absicht, etwas außerhalb der Blickweite des Professors zu sein. Das war ein Glück für mich. Selbst wenn ich mich umgedreht hätte, um geradezu hinter mich zu schauen, hätte ich Bianca nicht erblicken können. Da ich das wußte, versuchte ich auch nicht, sie zu sehen, und so war ich ruhiger, konnte besser auf den Unterricht aufpassen und mich in Frieden langweilen.

Während der Mathematikstunden setzte sich Bianca, um besser zu sehen, in die erste Bank der mittleren Reihe, ganz in meine Nähe, so nah, daß ich, den Arm über den Gang, der mich von ihr trennte, ausstreckend, ihre Bank hätte berühren können. Ich wagte nicht, sie anzuschauen, wenn sie so in meiner Nähe saß. Ich meinte, irgend etwas intensiv anstarren zu müssen, um zu verhindern, daß meine Augen und mein Geist abgelenkt, ja geblendet würden. Ich betrachtete jedoch aufmerksam die Gegenstände, die auf ihrem Tisch lagen, und bemerkte, daß ihre Bücher in einem schlechten Zustand waren, daß auf ihr Federpennal und die darin enthaltenen Dinge nicht einmal entfernt so gut geachtet wurde wie auf die der Zuccolin, die die Ordnung in Person zu sein schien.

Es machte mir nichts aus, daß Bianca schlampig war. Diese Unachtsamkeit nahm ich für ein Zeichen der Empfindsamkeit, vielleicht auch für eins der Herzensgüte oder zumindest der Nachsicht. Ich verspürte ein starkes Verlangen, sie für nachsichtig zu halten: Ich begriff nämlich, daß, wäre sie es nicht gewesen, und zwar über das Maß hinaus, das ich für richtig hielt, ich mich als be- und verurteilt würde ansehen müssen wegen meines dummen, widerspruchsvollen Verhaltens. Da ich mich schwach fühlte, unendlich schwach, sah ich es förmlich als wünschenswert an, daß auch sie irgendeine Schwäche habe.

Ihre Hefte allerdings waren verhältnismäßig gut geführt. Ich konnte nicht umhin, den Unterschied zwischen ihren Gewohnheiten und den meinen festzustellen: Ich schonte die Bücher mit großer Sorgfalt und zerknitterte und beschädigte die Hefte. Diese Sorgfalt dem eigenhändig Geschriebenen gegenüber schien mir zu beweisen, daß Bianca mit sich selber ziemlich zufrieden war, daß sie sich, ungeachtet ihrer Stimmungsschwankungen und ihres nervösen Gestikulierens, auf dieser Welt wohl fühlte und sich selbst mochte. Auch darin lag für mich Trost. Ich gab mich gleichsam der trügerischen Hoffnung hin, daß ich an ihr einen Halt finden würde, und ich spürte, wie notwendig das für mich gewesen wäre, weil ich schon damals begann, mir allein auf der Welt vorzukommen, ohne Ziel, ohne Glauben an irgend etwas.

Trotz meines Stolzes, trotz meines Wunsches, unter den Ersten zu sein, trotz der hohen Meinung, die ich von meinen intellektuellen Fähigkeiten hatte, und der Tatsache, daß ich mich berechtigt fühlte, Menschen und Dinge streng zu beurteilen, mochte ich mich selbst nicht. Meine Gedanken, mein Kummer, mein Äußeres, meine Schrift kamen mir (besonders dann, wenn ich schlecht gelaunt war) geradezu widerlich und empörend, schmerzlich langweilig vor. Aus diesem Grund zerknautschte ich die Hefte, in die ich mit meiner Hand geschrieben hatte, deshalb vernachlässigte ich meine Kleidung. Manchmal meinte ich, daß an mir überhaupt nichts Gutes sei; daß alles, was mit meiner Person zu tun hatte, unvollkommen sei, schlecht, kleinlich, langweilig. Und diese Empfindung machte mich leiden.

Die Vorstellung, daß Bianca – obschon nicht übertrieben ordentlich – Freude daran hatte, mit Sorgfalt aufzuheben, was sie geschrieben hatte, was von ihren Händen stammte, verlieh mir deshalb ein Gefühl der Gelassenheit und der Zuversicht. Und ferner vielleicht, weil ich nicht umhin konnte, sie und alles, was mit ihr zusammenhing, zu lieben, war es mir angenehm, daß auch sie selbst sich liebte.

Bianca hatte eine leidlich schöne Schrift, großlettrig, vielleicht geziert in manchen Einzelheiten, wie es die Schrift von Frauen oft ist, und ich kam zu dem Urteil, daß sie einen ziemlich entschlossenen und willensstarken Charakter offenbarte, dem es an Tatkraft und einer bestimmten Klarheit in den Absichten nicht mangelte. Das stand seltsamerweise im Widerspruch zu dem sanften, ernsten und ein wenig weichen Ausdruck ihres Gesichtes und zu vielen anderen kleinen Merkmalen, die mich bisweilen hatten vermuten lassen, daß sie ein nervöses, beeinflußbares Wesen sei, anfällig für Zaghaftigkeit und Stimmungsschwankungen.

Eines Tages, als die Zuccolin fehlte, bat Bianca mich um ein Löschblatt, und auf diesem blieb ein Abdruck ihrer Schrift zurück. Ich erinnere mich, daß ich mich eine Zeitlang vorsah, dieses Stück Löschpapier nicht zu beschädigen und es nicht mit anderen Spuren zu beflecken; bis ich es, als mir klargeworden war, wie dumm ich mich verhielt, verärgert wegwarf.

In den Physikstunden gingen wir in einen eigenen Saal, wo die Bänke in drei abfallenden Rängen hufeisenförmig angeordnet waren. Die seitlichen Bänke hatten dadurch andere Bänke gegenüber, und der Zufall wollte, daß ich mich oft genau vis-à-vis von Bianca befand, so daß es reichte, daß ich die Augen vom Heft emporhob, um sie zu sehen. Man kann sich ja vorstellen, ob ich imstand war, zum Demonstrationstisch zu schauen oder anderswohin, wenn mein Blick als erstes auf ihr Gesicht fiel. Und wenn ich sie anfangs gleichsam wie zufällig sah, endete es dann immer damit, daß ich sie eindringlich fixierte, das unbesiegbare Verlangen verspürte, sie wieder und wieder anzuschauen, als ob ich aus ihren Augen und aus ihrem Gesicht ihre Seele hätte ablesen können.

Bianca bemerkte, daß sie angestarrt wurde; sie war sich wahrscheinlich darüber im klaren, daß dieser Blick von mir nicht einer von den üblichen Blicken der Burschen war. Sie durchschaute wohl auch, daß dieses derart eindringliche Fixieren etwas äußerst Eigenartiges an mir war, da ich normalerweise erkennen ließ, daß ich mich ganz und gar nicht für die jungen Fräulein interessierte und ihnen eher zu mißfallen als zu gefallen wünschte.

Manchmal meinte ich, daß Bianca ein bißchen kokettieren wollte, daß sie froh war, die Gelegenheit wahrzunehmen, das gewohnte Spiel der Blicke zu beginnen, das den Mädchen so gut gefällt. Mir kam vor, daß ihre Augen mir auswichen und daß in ihnen ein etwas ironisches, vielleicht einfach lustiges Lächeln läge; mir schien, daß sie mich beobachtete, ohne sich dabei sehen zu lassen, um sich zu vergewissern, ob meine Augen noch immer auf sie gerichtet waren; daß die kurzen plötzlichen Blicke, die sie mir zuwarf, den Zweck verfolgten, dieses Spiel, das sie amüsierte, in die Länge zu ziehen.

Öfters allerdings erhoben sich ihre Augen, wenn sie sich beobachtet fühlte, mit gelassenem Staunen zu mir hin, und ihr reiner und bewegungsloser Blick nahm mir den Atem. Ich schaute sie noch einige Augenblicke lang an, bis ich, beschämt über meinen ekstatischen und dann verschüchterten Blick, die Augen auf einmal senkte und mich nicht einmal mehr darum kümmerte, so zu tun, als ob ich sie zufällig angeschaut hätte, mit einer gewissen Ruhe die Augen abzuwenden oder irgend etwas in ihrer Nähe zu fixieren. Womöglich begriff sie, daß ich wirklich sie anschaute und ihrem Blick nicht standzuhalten vermochte; womöglich hielt sie mich für albern und lächerlich!

Dann wieder fand ich, wenn ich nach kurzer Zeit die Augen abermals hob, ihren Blick merkwürdig ernst und gleichsam forschend auf mich gerichtet. Sie schien sich zu fragen, warum ich sie auf diese Art anschaute, was ich von ihr wollte, schien sich, indem sie mich beobachtete, zu erkennen zu bemühen, ob meine Gefühle freundschaftlich oder feindselig waren. Wahrscheinlich konnte sie zu keiner rechten Überzeugung kommen, ob ein bestimmter Verdacht, der in ihrem Kopf aufgetaucht, richtig war. Etwas Zwangloses und Freimütiges lag in dieser unausgesprochenen Frage, und es hatte den Anschein, daß der Wunsch, zu begreifen, Bianca jede List und jede Verstellung vergessen ließ.

Wenn sie merkte, daß es mir aufgefallen war, daß sie mich beobachtete, schlug sie langsam und ruhig die Augen nieder und kehrte sie mir nicht mehr zu, ob ich sie nun wiederum fixierte oder ihr kurze ängstliche Blicke zuwarf. Ich hatte nur den Eindruck, daß ihr über das Buch gebeugtes Gesicht ernster als sonst war, daß auf ihrem Antlitz ein betroffener, bisweilen geradezu trauriger Ausdruck lag.

Da zerbrach ich mir dann den Kopf mit Vermutungen und Zweifeln, Hoffnungen und Ängsten. Vor allem meinte ich, daß Bianca unmöglich nicht begreifen könne. Gegen meinen Willen sprachen meine Augen eine klare, eine allzu klare Sprache: Und ich wußte, daß es in diesen Belangen den Mädchen an einem äußerst feinen Spürsinn nicht mangelt; im Gegenteil, ich wußte, daß ihr Stolz und der Wunsch, hofiert zu werden, sie zu dem Glauben veranlaßt, daß die Burschen sich noch mehr mit ihnen befassen, als sie es in Wirklichkeit tun. Und doch mußte ihr mein Benehmen ganz sonderbar vorkommen! Vielleicht hätte Bianca, wäre ich noch zurückhaltender gewesen, hätte ich mich mehr zu beherrschen vermocht und meine Gefühle noch besser verborgen, leichter verstanden. Mein Vorgehen kam ihr wohl derart absurd vor, daß sie nicht wußte, was sie davon denken sollte.

Wie konnte sie annehmen, sie, die an die leichten und oberflächlichen Beziehungen von den Ballsälen, den Tennisplätzen, den Familienbesuchen unter Bekannten gewöhnt war, gewöhnt an junge Männer, die sich einem x-beliebigen Mädchen, das ihnen gefällt, »vorstellen lassen«, wie konnte sie annehmen, daß ich sie liebte und doch floh, daß ich mich von ihr angezogen fühlte und zugleich ihre Umgangsformen, ihr Gehabe, die Welt, in der sie lebte, ihre eigenen Gedanken mißbilligte?

Und was dachte sie von mir? Vielleicht sah sie mich, wie andere Mädchen, mit jener hochmütigen und gleichgültigen Verachtung an, die die Frauen den Weiberhassern entgegenbringen? Vielleicht hielt sie mich für ans Abnormale grenzend schüchtern, für geisteskrank? Und fühlte sie sich durch diesen Gedanken von mir abgestoßen oder bedauerte sie, daß ein »anständiger Kerl« von solchen Marotten zerrüttet wurde, von einem derartigen Unvermögen, auf der Welt zu leben, wie die anderen lebten? Oder empfand sie vielleicht wirklich Mitleid, wünschte sie vielleicht wirklich und aus Herzensgüte, daß ich anders wäre, als ich war; fühlte sie sich vielleicht beunruhigt und schmerzerfüllt wegen meiner Qual, wegen der Gegensätze, die sie in mir ahnte?

Oder aber versuchte sie, mich zu begreifen, und hatte, da es ihr nicht gelang, ein wenig Angst vor mir, wie man vor einem Wesen Angst hat, dem man dem eigenen Verständnis überlegene Gedanken zuschreibt? Vielleicht fühlte sie sich geneigt zu glauben, daß ich böse auf sie war, daß ich sie verachtete? Und falls in ihr tatsächlich diese Befürchtung bestand, falls sie tatsächlich vor einem allzu strengen Urteil von mir Angst hatte, welcher Art konnten ihre Gefühle mir gegenüber dann sein? Wünschte sie vielleicht, mich zu besänftigen, mir nicht allzu sehr zu mißfallen, oder aber fühlte sie sich gereizt und verärgert und sah sich veranlaßt, meine Handlungen und Gedanken zu kritisieren, mich eingebildet, überheblich, lächerlich und kleinlich zu finden?

Und hielt sie mich denn wirklich für intelligent? Räumte sie mir einen gewissen Wert ein – mochte er auch beeinträchtigt oder völlig getrübt sein durch schwerwiegende negative Eigenschaften? Hielt sie mich nicht vielleicht nur für einen langweiligen Büffler, einen peniblen und pedantischen, aus Kleinlichkeit pflichtgetreuen Menschen, für einen Burschen, der aus Angst vor den Professoren lernt, der versucht, in der Schule unter den Ersten zu sein, weil er keine andere Befriedigung für seinen von der geringen Achtung und den Verhöhnungen der Kameraden beleidigten Stolz zu finden vermag?

Wenn ihr Urteil über mich so beschaffen war (und höchstwahrscheinlich war es das), und selbst wenn es weniger streng, aber von dieser Art war, konnte ich sicher sein, daß meine Zurückhaltung, meine Blicke voller Vorwürfe und voller Leidenschaft, sogar meine Liebe, falls sie sie bemerkt hatte, ihr nur lächerlich vorkommen konnten. Und trieb sie nicht ihr Spiel mit mir, mochte das allein von dem Umstand herrühren, daß ich ihr selbst dafür zu gleichgültig und zu unsympathisch war.

Vielleicht aber hielt sie mich im Gegenteil für einen tüchtigen und liebenswürdigen Burschen, recht lobenswert in jeder Hinsicht, aber wenig gefühlsstark, unfähig dazu, an anderes zu denken als an Lern- und Schulfragen. Sah sie mich in einem solchen Licht, dann war es natürlich, daß ihr mein Weiberhaß als eine bedeutungslose Schrulle vorkommen mußte, als etwas für Burschen Typisches; und mochte ihr auch manchmal der Verdacht gekommen sein, daß ich in sie verliebt war, wird sie mich eines derartigen Gefühls für unfähig gehalten und diesen Gedanken sofort verscheucht haben, ohne ihm irgendein Gewicht beizulegen.

So stellte ich mir Hunderte verschiedene Fragen, eilte in Gedanken von einem Extrem zum anderen und versuchte meine widersprüchlichen Ahnungen irgendwie in Einklang zu bringen. Bisweilen erinnerte ich mich plötzlich eines bestimmten Vorfalls, einer Geste oder eines bestimmten Wortes von ihr, und da formte sich, für einen Augenblick, eine bestimmte Überzeugung in mir, so daß ich meinte, endlich die Wahrheit entdeckt zu haben; dann ließ mich eine neuerliche Erinnerung das genaue Gegenteil denken, und so blieb ich, zwischen einer Überzeugung und der anderen, in ewigem Zweifel.

Klausner unterrichtete nicht mehr Latein: In diesem Jahr war er unser Philosophielehrer geworden, aber er stellte sich in dem neuen Gegenstand, mit dem er betraut worden war, als nicht sehr sattelfest heraus. Allerdings fehlte es ihm nicht an einer gewissen Kultur und einem gewissen Geschick, zu Hilfsmitteln zu greifen. Er diktierte Zusammenfassungen der Philosophiegeschichte des Altertums, die er, als Philologe, besser kannte als jeder andere; er ließ uns einige Autoren lesen, wobei er sich darauf beschränkte, den wortwörtlichen Sinn des Textes beziehungsweise nicht viel mehr zu verdeutlichen. Man lernte Philosophie nach Richtlinien, die für die Naturwissenschaften nutzbringend gewesen wären: Wie wir gelernt hatten, daß der Elefant zwei Stoßzähne und das Faultier nur drei Finger hat, so lernten wir nun, daß Anaxagoras die Homöomerien *hat* und Empedokles die vier Elemente.

Womit sich die Philosophie in Wirklichkeit befaßt, was ihre eigentlichen Grundfragen sind, warum solche Fragen existieren, welchen Wegen das menschliche Denken in dem Versuch, sie zu lösen, gefolgt war, sagte uns niemand. Auch das Studium, das von uns verlangt wurde, bestand nur wieder darin, daß man die Abschnitte und Zusammenfassungen, die uns zum Lernen gegeben worden waren, mehr oder weniger gut nacherzählen konnte.

Manchmal hielt uns Klausner die üblichen Vorträge. Doch ausgenommen dann, wenn er über Syllogismen und Logik redete (dies waren Dinge, die der Klasse ziemlichen Spaß machten und dem Geist der meisten zugänglich waren), war er im großen und ganzen langweilig und kläglich. Die Frage der Unsterblichkeit der Seele löste er, indem er behauptete, daß unser Nicht-glauben-Wollen an die vollkommene Zerstörung des eigenen Wesens durch den Tod eine natürliche Konsequenz des Erhaltungstriebes sei, den es in jedem Lebewesen gebe. Das Seltsame aber war, daß er sich anmerken ließ, an die Unsterblichkeit der Seele zu glauben. Was die Einheitlichkeit des Geistes anbelangt, trug er vor, daß nur die Verrückten in sich keine Einheitlichkeit verspüren können und daß man, nimmt man die Einheitlichkeit des eigenen Wesens an, wohl auch eine Einheitlichkeit im Universum annehmen müsse.

Ich, der von klein auf wegen des Umstandes beunruhigt war, daß es wahrscheinlich nicht von mir abhing, wenn mein Denken in einem bestimmten Augenblick eher auf die eine Sache gerichtet war als auf die andere, der ich meine Triebe geradezu als etwas mir selber Fremdes betrachtete, nahm gerne an, ein Verrückter zu sein, doch konnte ich nicht umhin zu bemerken, daß die ausgeglichenen Menschen ganz oberflächlich und beschränkt sind, wenn sie außerhalb ihrer Ausgeglichenheit nichts zu sehen vermögen.

Am schlimmsten aber war es, als mit dem Studium der Patristik und der Scholastik begonnen wurde, bei denen Klausner sich, wobei er seiner Zeit vielleicht voraus war, lange aufhielt, sicherlich um den vorgesetzten Behörden damit zu gefallen. Man lernte etliche Namen von Werken und Autoren von Schulen und Strömungen, aber die Hauptfragen wurden im dunklen gelassen. Daß in der vom allmächtigen und gütigen Gott erschaffenen Welt das Böse existieren konnte, war etwas, das man nicht zu verstehen vermochte, das aber trotzdem allem Anschein nach niemand je angezweifelt hatte. Daß ein von Gott erschaffenes Geschöpf, dessen Eigenschaften alle von ihm herstammten, dann von Gott selbst auf die Probe gestellt und für die eigenen schlechten Handlungen zur Verantwortung gezogen werden konnte, daß es für diese bösen Handlungen – dem allwissenden Gott übrigens schon vor ihrer Ausführung bekannt – bestraft werden konnte, war ebenfalls schwer zu begreifen. Eine wahrhaft seltsame Persönlichkeit, dieser Gott, der daran Gefallen findet, Automaten zu konstruieren und sie dann, obschon er a priori weiß, wie sie funktionieren werden, von seinem Ingenieur, dem Teufel, auf die Probe stellen läßt, um sie zuletzt in seinem Zorn zu zerstören, wenn sie nicht taugen.

Doch über all das wurde geschwiegen. Vielmehr duldete man anscheinend absichtlich eher, daß die heiligen Augustin, Anselm und Thomas wie hohle Schwätzer wirkten, wie Leute, die mit inhaltslosen Phrasen spielten, als daß man die Grundsätze selbst, von denen sie ausgingen, einer Kritik unterzog, und sei sie auch sehr nachsichtig.

Obwohl ich diesem Unterricht gegenüber ablehnend eingestellt war, lernte ich ohne große Schwierigkeiten das wenige, das es zu lernen gab. Doch eigenartig: Wenn Klausner sich, während er Philosophie dozierte, seiner Gewohnheit nach vor dem Aussprechen der letzten Worte eines Satzes unterbrach, und er sich dann, vielleicht öfter als den anderen, mir zuwandte, damit ich seinen Satz zu Ende spräche, so schaffte ich das normalerweise recht gut. Seine Erörterungen kamen mir vollkommen überflüssig und von ihrem tiefliegendsten Ansatz her unrichtig vor, und viel eher, als daß ich ihnen folgte, zerbrach ich mir den Kopf, wobei ich mich umsonst bemühte, mir selbst den fundamentalen Fehler klarzumachen, der in dem philosophischen System liegen mochte, das uns der Professor gerade darlegte, in all denen, die er uns zuvor auseinandergesetzt hatte, in all den anderen möglichen, die ich mir auszudenken imstand war, in der philosophischen Untersuchung an sich. Obwohl meine Gedanken niemals denen von Klausner folgten und obwohl seine Worte oft nicht klar bis zu meinem Hirn vordrangen, gelang es mir trotzdem ziemlich häufig, seine Sätze zu vervollständigen, wie er es wünschte: Und darüber wunderte ich mich.

Vielleicht half mir eine gewisse Gewöhnung an die formale Logik, vielleicht eine Art Fertigkeit im Voraussehen der Entwicklungen – immer falschen und gekünstelten, doch herkömmlicherweise systematischen – aller möglichen »scholastischen Phänomene«, denen ich auf meinem Weg begegnete. Zuweilen wurde mir allerdings bewußt, daß ich geantwortet hatte, ohne überhaupt wirklich nachgedacht zu haben, daß ich geredet hatte, ohne von dem überzeugt zu sein, was ich sagte, und auch nicht vom Gegenteil und auch nicht von irgend etwas anderem, das in irgendeiner Beziehung zu dem stehen konnte, was ich gesagt. Mein Gehirn war untätig geblieben, unbeteiligt an den Erwägungen, die vollzogen wurden, und doch hatte ich richtig geantwortet.

Das Merkwürdige ist, daß Klausner früher, als ich nicht ohne ein gewisses Geschick versucht hatte, Ovid zu übersetzen und mich dabei so treu wie möglich an den Text zu halten, den Eindruck gehabt hatte, ich verfügte über eine äußerst bescheidene Begabung zum Lernen. Nun überzeugte er sich ständig davon, daß ich eine überdurchschnittliche Intelligenz besäße, bloß weil ich manchmal richtig antwortete, ohne nachzudenken, ohne von dem durchdrungen zu sein, was ich sagte.

Der naturwissenschaftliche Unterricht litt an vielen Fehlern und Unvollkommenheiten. Vor allem zeichneten sich die Schulbücher durch eine erschreckende Weitschweifigkeit aus: In drei Wochenstunden hätten im Lauf von drei Jahren sechs dicke Bände, die zusammen mehrere Kilo wogen, durchgeackert werden sollen. Außerdem wurden, wie übrigens von Gentiles Unterrichtsprogrammen vorgeschrieben, Richtlinien befolgt, die auf entsetzliche Weise jeder Realitätsbezogenheit entbehrten. Zum Beispiel wurde, als man von den Krustentieren sprach, nicht auch der Einsiedlerkrebs und seine Gewohnheit, mit einer Seerose zusammenzuleben, erwähnt und hinzugefügt, daß dieses Lebenssystem üblicherweise als »Symbiose« bezeichnet wird und auch bei etlichen anderen Tieren beobachtet werden kann; statt dessen befaßte man sich mit der Symbiose in abstrakter Form, als ob es sich dabei um eine Institution aus dem römischen Recht handelte; sie wurde gründlich erläutert, und dann ließ man sich noch herab, einfach so nebenher einige Beispiele zu zitieren, wie das des Einsiedlerkrebses oder anderer Tiere, die man nie kennengelernt oder vergessen hatte. Und so machte man es mit allem. Kurz und gut, die Schule war in einem solchen Grad von Gentiles Ideen verdorben, daß selbst ein so lebhafter und leichter Gegenstand wie Naturgeschichte in eine abstruse Nomenklatur von Phänomenen verwandelt wurde, der die reale Dimension, an deren Existenz man beinah zu zweifeln veranlaßt wurde, entglitt.

Bondich, genannt »Küchenschabe«, unser Professor, war voller Eifer und kannte sich in seinem Fach sehr gut aus. Allerdings hatte er unter anderen den schweren Fehler, daß er von der Aussicht auf die in jenem Jahr eingeführte Staatsprüfung, die wir am Ende der drei Lyzeumsklassen würden auf uns nehmen müssen, geradezu terrorisiert war. Der ungeheure Umfang der Schulbücher erschreckte ihn, und noch mehr verwirrten ihn die von Gentile festgesetzten Unterrichtsprogramme, Lehrpläne, die nichts anderes leisteten, als das Wissen in Kapitel zu unterteilen, ohne etwas zu spezifizieren, und die so die Ungewißheit bestehen ließen, daß die Kandidaten bei der Abschlußprüfung nach allerlei unbedeutenden Einzelheiten würden gefragt werden können.

Bondich hatte aber nicht den Mut, irgend etwas von dem auszulassen, was in den Büchern stand: und das war schon viel zuviel. Weil ihm aufgefallen war, daß darin zahlreiche Kenntnisse fehlten, die er von sich aus als wichtig ansah, und er sich bewußt wurde, daß das Buch den Anforderungen des Lehrplans nur unvollkommen entsprach (ja, manchmal kam es ihnen sogar überhaupt nicht nach), fügte er dann noch viel Eigenes hinzu, so daß daraus ein riesiges Durcheinander erwuchs. Seine Methode bestand in nichts anderem, als die Tafel mit Skizzen und Plänen vollzuschmieren, von denen man nicht begriff, worauf sie sich bezogen, er tat nichts anderes, als eine ununterbrochene Reihe von Ausdrücken der verschiedensten Art zum besten zu geben. In der immerwährenden Angst, es nicht rechtzeitig zu schaffen, das Unterrichtsprogramm zu Ende zu führen, und mit der Befürchtung, dann gezwungen zu sein, irgend etwas wegzulassen, was die Prüfer hätten fragen können, ging er, eine gepeinigte Seele, von einem Unterrichtssystem aufs andere über.

Bondich nahm sich den Unterricht jedenfalls sehr zu Herzen und wäre ein guter Professor gewesen, wenn er nicht ein Wirrkopf und zudem ein wenig lächerlich gewesen wäre. Aus seiner Heimat im Friaul gleich in Schulen und vielleicht sogar in deutsche Internate übergewechselt, hatte er niemals gut Italienisch sprechen gelernt und machte Fehler, die die Schüler amüsierten. Aus diesem Grund und weil er obendrein leicht in Wut geriet, schließlich wegen komischer Ansichten und Ausdrücke wurde er ziemlich bald zu einem Original, auf das der Spitzname »Küchenschabe« sehr gut paßte. Er ging in der Tat immer schwarz gekleidet herum, und sein ein wenig gedrungener Körper und die kurzen, stets beschleunigten Schritte ließen an eine Schabe denken, an einen Käfer oder etwas Ähnliches.

Er hatte gewiß kein leichtes Leben in der Schule, mit seinem allzu skrupelhaften und zu pflichtgetreuen Charakter; und die Schüler taten ihr Bestes, es ihm noch unleidlicher zu machen.

Es war nicht nur der Mißbrauch des Verbs »eruieren«, das für ihn alle möglichen Bedeutungen hatte (»Na, sagen Sie schon: wenn wir Zinnober stark erhitzen, eruieren wir Quecksilber, nicht wahr?«), oder des Ausrufs »Mensch Meier!« (»Denken Sie doch an Malpighi, Mensch Meier!«), der die Klasse belustigte. Seine plötzlichen Anfälle kamen noch dazu: Wenn er, wollte er jemanden aus der Klasse rausschmeißen, sich gezwungen sah, sich an einem Ärmel desjenigen anzuklammern, um ihn unter Kraftaufwand vom Sessel herunterzuzerren und ihm dann mit beiden Händen einen ordentlichen Stoß in den Rücken zu versetzen, daß der Ausgewiesene sich genötigt sah, die offene Tür im Laufschritt zu passieren. Am schlimmsten waren seine Erörterungen: »Die Neurasthenie«, erklärte er, »ist die ungenügende Verbindung zwischen dem Kleinhirn und den Hemisphären des Großhirns. Wenn Kinder neurasthenisch sind, muß man zur *Peitsche greifen,* damit sie lernen, die Verbindung zwischen dem Kleinhirn – (und in dem Augenblick ein Schlag mit der offenen Hand auf die an der Tafel gemachte Skizze) – und den Hemisphären – diesen da, seht ihr? – herzustellen. Wenn die Eltern zu umgänglich sind, werden die Kinder bösartig, ja, bösartig werden sie.«

Dazu muß man noch sagen, daß der gute Bondich *die Peitsche* bei launischen Kindern nicht anwandte und auch nicht beabsichtigte, sie anderen zu empfehlen. »*Peitschen*« bedeutete bei ihm »haut ihnen den Hintern aus«, ein Wort, von dem er nicht Gebrauch machen wollte, weil es ihm zu vulgär vorkam.

Der neue Italienischprofessor kam etwas später im Jahr. Er war ganz jung und hatte eben die Eignungsprüfungen abgelegt: ein untersetzter Mann, der viel älter ausschaute, als er war. Sein Name war Terni, und er ähnelte auf merkwürdige Art Napoleon. Die Stirn bedeckte ein Haarbüschel, er hatte eine Hakennase und einen gerade geschnittenen Mund, bei dem die Oberlippe ganz schmal war, die untere aber ein wenig vorsprang.

Von Anfang an machte er auf mich einen eher ungünstigen Eindruck. Mir gefielen die plumpen Männer nicht, die ich mir wenig subtil, was die Gefühle anlangt, gewalttätig und präpotent vorstellte, unbeirrbar in ihren unvermuteten und oft unvernünftigen Willenseruptionen, wenig geneigt, sich zu fragen, ob ihr Vorgehen die Empfindlichkeit, die Wünsche oder Rechte anderer verletzte. Ich hatte Napoleon nie gemocht und auch nicht seine modernen Nachahmer.

Mein erster Eindruck war nicht falsch. Terni erwies sich als despotischer und jähzorniger Professor. Er gab uns zuviel zu lernen auf, verlangte, daß man jede Kleinigkeit wußte, schlug Riesenkrach, wenn jemand nicht hundertprozentig vorbereitet war. Bisweilen begann er allerdings familiär mit uns zu reden, auf triestinisch zu plaudern und uns, Zigaretten rauchend, Histörchen aus seinem Studentenleben zu erzählen. Da ließ er es dann zu, daß man ganze Stunden nach Belieben lachte und Lärm schlug. Dann wieder, urplötzlich, fuhr er einer Nichtigkeit wegen auf, betäubte uns mit seinem Gebrüll, überhäufte uns mit Drohungen und gab uns strafweise mehr zu lernen auf, als ein Mensch bewältigen konnte.

Und doch war Terni kein gewöhnlicher Mann. Manchmal hielt er Stunden über Dante, die wahrhaft schön waren: ein wenig chaotisch vielleicht, ein bißchen zu dramatisch, aber sicherlich voll von Gefühl. Terni gestikulierte, schrie, wand sich auf seinem Sessel, verdrehte die Augen und rief von Zeit zu Zeit wie in Ekstase: »Herrgott, wie schön! Kinder, Kinder, wie herrlich!«, aber diese Schönheit empfand er und ließ sie auch uns empfinden. Manchmal jagten uns Dantes Verse, mit wildem Impetus gegen unsere Köpfe geschmettert, nach einem Vortrag in gedämpfter Stimmlage plötzlich zur Explosion gebracht, wahre Schauer ein.

Gewiß, meine Liebe zur Zurückhaltung und zum Maß bewirkte, daß ich mich manchmal von bestimmten Schauspielerattitüden Ternis abgestoßen fühlte. Ich hätte einen nüchterneren Vortrag, einen geregelteren Unterricht vorgezogen, ohne Wutausbrüche und ohne Plaudereien. Während aber Toller mir die *Promessi Sposi,* die ich doch so geliebt hatte, vergraulte, gelang es Terni, und das ist Tatsache, in mir wieder die Liebe zu Dante zu wecken, die ich seit einiger Zeit außer acht gelassen hatte. Nach diesem Jahr las ich die *Göttliche Komödie* unzählige Male wieder und noch einmal, und ich konnte mich an sie wenden, wenn Mißvergnügen und Überdruß an jeder anderen Lektüre mein Gemüt dermaßen niedergeschlagen hatten, um mich an jeglicher Hoffnung auf Heil verzweifeln zu lassen. Wie ohne mir dessen bewußt zu sein, lernte ich zahlreiche Verse, oft ganze Gesänge, auswendig, und sie wieder ins Gedächtnis zurückzurufen war für mich in den folgenden Jahren ein großer Trost, wenn ich, auf meinen einsamen und melancholischen Spaziergängen, meinte, daß mein Geist unfähig sei, einen Gedanken zu finden, der nicht betrüblich oder schmerzlich wäre.

Terni lag nicht nur daran, die Klasse zu terrorisieren, er wollte auch mit ihr Freundschaft schließen und hatte, so seltsam das auch klingen mag, mit beiden Absichten Erfolg. Es ist ja bekannt: Mit Zuckerbrot und Peitsche gewinnt man das Herz der Kinder, wie auch jenes der Hunde, der Frauen und leider auch das der Menge.

Ich, der sich Mühe gab, mannhaft zu urteilen (oder litt ich vielleicht nur unter dummem und übertriebenem Stolz: Wie soll man die guten von den schlechten Eigenschaften unterscheiden?), schmollte mit Terni, obwohl mir von ihm viele Schmeicheleien und keine Peitschenhiebe zuteil wurden. Ich fühlte mich durch sein Tyrannenverhalten in meiner Würde als Schüler beleidigt: Wenn ich schon Professoren wünschte, die die Schulvorschriften streng anwendeten, wollte ich erst recht nicht solche, die je nach Laune Regen oder Sonnenschein sein lassen.

Terni war zu mir sehr freundlich, schätzte mich als Schüler (mehr, als ich es verdiente) und konnte mich, vielleicht weil ihm meine zur Schau getragene und feindselige Reserviertheit nicht auffiel, offensichtlich sogar gut leiden. Ein äußerst philosophischer Aufsatz über die menschliche Undankbarkeit, den ich mit überzeugtem Pessimismus ausführte, brachte mir einiges Lob und die beste Note in der Klasse ein, obwohl ich mich, meiner Gewohnheit nach, in komplizierte Sätze verwickelt hatte, die meine Meinung nicht ausdrücken konnten und die, je mehr ich sie verbesserte, umso komplizierter wurden und mich noch weniger befriedigten.

So wurde ich wie durch ein Wunder unangefochten der beste »Schriftsteller« der I liceo B und bekam auch auf die Italienischschularbeiten Neuner und Zehner. Dessen eingedenk, was ich in den Vorjahren ausgestanden hatte, fürchtete ich, von einem Moment auf den anderen von diesem neuen Postament heruntergestürzt zu werden. Doch hielt ich meine Stellung, zum Teil, weil die Schularbeitsthemen, die Terni uns gab – obschon bisweilen verstiegen und zu schwierig –, auf jeden Fall solcherart waren, daß sie, hatte man nur irgendeine Vorstellung, erlaubten, sich gut oder schlecht darüber zu verbreiten; zum Teil, weil das Glück mir bei der Rechtschreibung gnädig war; Ternis Unaufmerksamkeit besorgte dann das übrige.

Terni liebte es, Urteile über seine Schüler abzugeben und so seinen psychologischen Scharfsinn zu beweisen. Eines Tages sagte er von mir: »Seht, Zevi ist zu tüchtig. Er ist in allen Gegenständen gut, und das ist ein ganz schlimmes Zeichen. Wüßte ich zum Beispiel, daß er die

Mathematik nicht versteht, daß er eine Abneigung gegen Chemie oder Philosophie hat, könnte ich, als Italienischlehrer, wenn ich sehe, wie tüchtig er in meinem Fach ist, sagen: Er wird ein guter Philologe werden, vielleicht ein Literat, ein Schriftsteller. Aber so ... nein, offen gesagt, ich glaube, daß Zevi sich für nichts wird entscheiden können und es in seinem Leben zu nichts Ordentlichem bringen wird.«

So sprach Terni, halb zum Scherz, wobei er vielleicht hinter dieser Prophezeiung, der er wahrscheinlich nur geringe Bedeutung beimaß, ein allzu übertriebenes Lob für das verbarg, was er meinen »Eklektizismus« nannte. Weder er noch ich, der ich doch immerhin seinen Worten größeren Wert beilegte, als er es tat, konnten uns allerdings vorstellen, wie sehr er den Nagel auf den Kopf getroffen hatte. War auch das Resultat so, wie Terni prophezeit hatte, die Gründe dafür waren doch ganz andere.

Unsere jungen Fräulein konnten, überflüssig, es zu erwähnen, Terni sehr gut leiden oder fanden ihn zumindest interessant. Manchmal lachten sie über ihn, aber in ihren Blicken lag doch Bewunderung. Einmal wollte die Zuccolin wegen seiner absurden Anforderungen protestieren und fragte sogar mich um meine Meinung (dies war ein Zeichen dafür, daß es sich um etwas Ernstes handelte, weil sie sich nicht gerne an mich wandte). Selbst die Zuccolin hatte, als sie mir sagte – sie redete dabei wie gewöhnlich ganz, ganz schnell, ohne sich je zu unterbrechen und doch dabei die Worte mit ihrer hohen und ein wenig harten Stimme übertrieben skandierend –, daß wir alle zusammen irgendeine Protestaktion unternehmen müßten, selbst sie hatte ein kleines Lächeln auf den Lippen, als ob sie dächte: »Welch außerordentlicher Mann!«; als fände sie, anstatt Terni gegenüber feindselig und über seine Art indigniert zu sein, ihn auch lustig, vielleicht sogar sympathisch, zu guter Letzt.

Tatsache ist, daß, wenn er scherzte, die ersten Lacher von den Mitschülerinnen kamen; wütete er, waren sie es, die ihn mit bewunderndem Erschrecken anschauten. Das reichte hin, zu bewirken, daß es unmöglich war, ihm verständlich zu machen, daß wir ernster behandelt sein wollten, daß uns sein Geplauder nicht interessierte und wir seine ungerechten Rüffel ablehnten. Und dann waren es immer die Mitschülerinnen – am schlauesten und verschlagensten, wenn wir es mit nachsichtigen Professoren zu tun hatten –, die den größten Eifer an den Tag legten, die größte Skrupelhaftigkeit, wenn es darum ging, Terni zufriedenzustellen.

Sogar Bianca, die immer nur das Allernotwendigste oder noch weniger lernte, wußte jetzt Einzelheiten, die der fleißigste Schüler für überflüssig gehalten hätte. Das gefiel mir wenig, und ich dachte bekümmert daran, daß Bianca, hätte sie in den anderen Fächern nur die Hälfte von dem gelernt, was sie jetzt in Italienisch lernte, sich viele Erniedrigungen und Rügen erspart hätte und aus der grauen Mittelmäßigkeit herausgeragt wäre. Mich betrübte auch der Gedanke, daß sie sich von einem Mann wie Terni beeindrucken ließ, daß er ihr gefiel. Ich war eifersüchtig, sehr eifersüchtig, und meine Eifersucht wurde umso peinigender, je klarer ich begriff, daß auch Bianca dem Zauber jener ungestümen und unvernünftigen Charaktere erlag, die ich so verabscheute.

Terni benahm sich den Mädchen gegenüber nicht als Galan. Er ging mit ihnen genauso familiär um wie mit den Burschen, redete auch sie mit Du an und rief sie oft beim Vornamen; allerdings befaßte er sich häufiger und auf persönlichere Art mit ihnen. »Die Cleva ist immer fröhlich, die Ridolfi immer beleidigt, die Zuccolin immer gesetzt, und die Sorani ist immer verträumt«, sagte er. Diese Definitionen trafen, selbst in ihrer übermäßigen Oberflächlichkeit, ziemlich genau ins Schwarze und waren auf einprägsame und wirksame Weise gemacht. Trotzdem kamen sie mir unpassend und, darüber hinaus, plump vor.

Gewiß hatte Bianca durch ihr Hin und Her zwischen einem allzu verträumten und dann wieder zu lebhaften Gehabe manchmal eine Art von Angeregtheit an sich, die lächerlich wirken und andererseits auch zu denken geben konnte. Doch warum es ihr auf diese Weise sagen? Um sie durch eine gewagte Unverschämtheit durcheinanderzubringen? Um ihr zu schmeicheln? Um zu bewirken, daß sie sich späterhin affektiert benimmt oder, noch ärger, daß sie, verlegen gemacht, sich unter Kontrolle zu halten versucht?

Mir war, als ob Terni eine Profanierung vollzöge. Wenn er sich wirklich mit ihr befassen wollte, mußte er versuchen, ihr Vertrauen zu erlangen und sie zu verstehen, und nicht sie mit verwirrenden und abgeschmackten Phrasen blenden. Wenn er tatsächlich glaubte, daß es die Aufgabe eines Professors sei, Ratschläge auch in Dingen zu geben, die die Schule nicht betreffen (dies war eine Meinung, die er oft wiederholte), dann hätte er mit einem ganz anderen Zartgefühl vorgehen müssen. In dieser seiner Plumpheit im Umgang mit den Frauen, in diesem Wunsch, Anstoß zu erregen, zu verwirren (in dem Sinn, den das Wort im Evangelium hat), erinnerte Terni mich an meinen Vater, und ich empfand das gleiche Gefühl von Verlegenheit und Scham, das ich, Jahre zuvor, daheim verspürt hatte, wenn ich gewisse Gespräche und Diskussionen mitanhören mußte.

Eines Tages, als er in der Stimmung war, seine Blitze zu schleudern, machte sich Terni daran, ausgerechnet Bianca zu prüfen. Obwohl sie sogar überaus gut vorbereitet war, beschimpfte er sie wüst und ausgiebig und drohte ihr dabei eine Wiederholungsprüfung aus Italienisch für den Oktober an. Man sah, daß Terni sie zum Weinen bringen wollte, und aus einem Aufleuchten von Schläue in Biancas Augen vermutete ich, daß wohl auch sie das begriffen hatte. War sie im Lauf der Zeit auch mit etlichen Schimpfkanonaden und zahlreichen schlechten Noten bedacht worden, geweint hatte Bianca, solang sie am Galileo war, niemals. Bei Prüfungen hatte sie sich oft nervös und verwirrt gezeigt, aber geweint hatte sie nie. Nach meiner Lesart bewies das, trotz allem, daß es ihr nicht an einer gewissen Würde und einer Portion Stolz mangelte: Sie wollte nicht die Komödie spielen, derer ihre Kolleginnen sich häufig bedienten, um die Professoren mitleidig zu stimmen, und sie wollte auch nicht allzu betroffen erscheinen durch ein Pech, das zu vermeiden in ihrer Macht gestanden wäre.

Diesmal schossen echte Tränen aus ihren Augen. Ich weiß nicht, ob diese Tränen ehrlich waren, ob Terni in der Tat einen solchen Einfluß auf sie ausübte, daß er sie mit einem nicht verdienten Tadel verletzen konnte, oder ob Bianca, andersherum, bei seinem Spiel hatte mitspielen wollen. Fest steht, daß sie weinte, daß sie ihm diese

Genugtuung gewährte, während ich mir gewünscht hätte, daß sie ernst und gelassen blieb, sich nicht zu einer solchen Posse hergab, daß sie sich indigniert zeigte über die dumme und beleidigende Absicht des Professors.

Die Eifersucht und der Zorn regten mich dermaßen auf, daß ich anfangs, hätte ich die Möglichkeit dazu gehabt, mit Bianca geschimpft, ihr harte und äußerst entrüstete Worte gesagt hätte. Dann riefen das Gefühl meiner Ohnmacht, der Schmerz, die Scham in mir eine große Lust zu weinen hervor, die Lust, ihr die Hände zu küssen, um Verzeihung zu bitten für mich, der ich ein Schwächling war, der ich ihr nicht beistehen und zu Hilfe kommen konnte, wie ich hätte müssen – für Terni, für die ganze Welt, die die falschen und schlechten Dinge liebt und nicht versteht, daß das allerhöchste Gut die Reinheit ist und die Liebe. Und ich hätte gewünscht, daß Bianca einsähe, unrecht gehandelt zu haben, daß sie weine, aus Scham und zur Tröstung.

Während mein Gemüt, das für einen Augenblick die Kontrolle über sich selbst verloren hatte, so seine alte sentimentale Natur wiederfand, schickte Terni mit einem leichten Lächeln auf den Lippen, befriedigt und vergnügt (wie mir schien), Bianca auf ihren Platz und sagte ihr, daß er so gütig sein würde, sie nochmals zu prüfen. Tatsächlich prüfte er sie nach kurzem wieder und gab ihr, obwohl sie da viel weniger wußte als beim ersten Mal, im Zeugnis keine Sechs, sondern eine Sieben.

Terni legte, wie ich gesagt habe, Wert darauf, uns ein geistiger Vater zu sein, ein richtiger Vertrauter. Weil während der Unterrichtsstunden zu wenig Zeit war, plante er Zusammenkünfte in irgendeinem Gasthaus in der Umgebung von Triest, um frei mit uns plaudern zu können und uns bestimmte Referate, die er uns aufgegeben hatte, vortragen zu lassen. Jedesmal, wenn die Rede auf diese Zusammenkünfte kam, zitterte ich. Ich fürchtete den Krach, der da gemacht werden würde, die Galanterien, die geschmacklosen Scherze Ternis. Trotzdem war ich fest entschlossen, um jeden Preis dabeizusein. Ich wollte sehen, wollte hören; wollte mich bemühen, auf meine Umgebung im Guten einzuwirken, soweit es mir möglich war, wollte wenigstens mit dem Professor ein Gespräch über ernste Dinge anfangen.

Andererseits fürchtete ich meine Schüchternheit und meine Verlegenheit; ich hatte Angst davor, daß ich mir dann meinen Geltungsdrang vorwerfen würde, meine Neigung, von mir selbst zu sehr eingenommen zu sein. Doch was mich am meisten antrieb und beunruhigte, war, daß eine eigenartige und unlogische Gewißheit sich wieder neu belebte: Ich meinte, daß ich einen Weg finden würde, mit ihr zu reden, ja, daß ich sogar gezwungen sein würde, es zu tun, daß die Barriere des Schweigens würde gebrochen werden. Vielleicht würde gerade ich mit ihr eines dieser Streitgespräche austragen müssen, die es in Ternis Plänen gab; vielleicht würde ich sie nach Hause begleiten dürfen. Ich fühlte mich derart beunruhigt, daß ich es beinahe lieber gehabt hätte, wenn diese Zusammenkünfte überhaupt nicht stattgefunden hätten. Und sie blieben tatsächlich immer im Projektstadium.

Referate über einen Schriftsteller oder über ein Werk hatte Terni etliche zugeteilt, fast genauso viele, wie es Schüler in unserer Klasse gab. Mir trug er auf, eine kleine Abhandlung über Oriani zu schreiben. Ich hatte große Mühe, alle seine Bücher zu finden, die Biographien und die Kritiken; ich vergeudete eine Unmenge Zeit, arbeitete viel und äußerst widerwillig. Oriani mochte ich nicht, weder seine apodiktische, eines Dilettanten würdige Philosophie noch seine rohen, kahlen, intellektuellen Romane bar jeder psychologischen Feinheit.

Schlecht und recht setzte ich ein Referat von ungefähr hundert Seiten auf und übergab es Terni am Beginn des zweiten Semesters. Der nahm es mit nach Hause, gab es mir am nächsten Tag zurück und erklärte, dabei den Kopf hin und her bewegend und die Lippen zusammenpressend, als ob er ein köstliches Sorbett genossen hätte: »Kinder, was für ein schönes Referat mir der Zevi da gemacht hat, was für ein schönes Referat!« Aber ich habe es niemals in der Klasse vorgelesen, und darüber war ich, offen gestanden, froh.

Auch Bianca bekam ihr Referat: über die *Francesca da Rimini* von d'Annunzio, ein Referat, das sie ebenfalls nie vortrug und das sie, wie ich glaube, nicht einmal vorzubereiten die Klugheit besaß. Die schwülstige Tragödie, die d'Annunzio aus dem einfachen, natürlichen Gram der Danteschen Episode abgeleitet hatte, schien mir nicht geeignet dafür, von einem Mädchen gelesen, studiert und analysiert zu werden, besonders nicht von Bianca, die ich mir sehr empfindsam vorstellte und sehr wenig lebenserfahren.

Und Terni hatte ausgerechnet ihr dieses Referat zugewiesen, und zwar nicht aus Notwendigkeit, sondern mit Absicht: »Auch du mußt uns ein Referat machen, Bianca«, hatte er ihr gesagt. »Was werden wir dir geben? Was werden wir dir geben? ... Ah, ein herrlicher Einfall! Ja, natürlich, das ist es, wirklich schön, wirklich geeignet für dich: *Francesca da Rimini.*«

In der Auswahl, in den Worten, die sie begleitet hatten, sah ich neuerlich böse Absicht: die Absicht, zu verwirren, zu verderben; und ich verzehrte mich vor Neid. Ich durchschaute, daß das, ich würde fast sagen atavistische Gefühl, das mich dazu trieb, in der Frau eine in unseren Zeiten unmögliche Arglosigkeit zu suchen, eins der vielen absurden Gefühle war, die im Grund meiner Seele nisteten, mir war klar, daß sie unvernünftig war, beinah sträflich, meine übertriebene Eifersucht, die mich nicht nur Menschen gegenüber feindselig stimmte, sondern auch Büchern gegenüber, gegen Vorfälle, die auf ihre Seele hätten einwirken können, förmlich so, als ob ich Anspruch erheben wollte, allein von ihr gehört zu werden, ihr ganz allein alle Geheimnisse der Welt zu offenbaren. Die Vernunft sagte mir, daß Erfahrungen nützlich sind, bisweilen auch die schlechten Erfahrungen; daß es notwendig ist, das Gute und das Böse zu kennen, die Lauterkeit und die Unreinheit. Ja doch – aber es geht auch auf andere Weise: »Magna debetur pueris reverentia«, dachte ich, und mir kam vor, daß für Bianca die »reverentia« niemals groß genug hätte sein können. Gewiß, man konnte sie auch mit d'Annunzio Bekanntschaft machen lassen, mit seinem großen Talent, mit seinem vorsätzlich niederträchtigen Charakter. Wollte man allerdings, daß die berauschende Schändlichkeit, die jedes seiner Werke ausströmt, sie nicht verdarb, dann war es notwendig, ihr ganz andere Hilfestellung, einen ganz anderen Beistand für diese Lektüre zu geben.

Viele andere Pläne schmiedete Terni, aber nur ein einziger, sehr bescheidener, wurde in die Realität umgesetzt: der Besuch in der Biblioteca civica, wo uns die Manuskripte Petrarcas gezeigt wurden. Keiner fehlte, doch das Interesse war mäßig. Danach sollten wir, auf Ternis Aufforderung hin, alle zusammen einen Spaziergang machen. Terni war in Fahrt: Er plauderte, scherzte, besonders mit den Mädchen, die sich enger um ihn scharten, als es der Knigge will. Nach kurzer Zeit hatte ich nicht mehr die Kraft, ihm zuzuhören. Nachdem ich hinter seinem Rücken in seine Richtung hin lautlos den Hut gezogen hatte, lautlos, um seine Aufmerksamkeit nicht auf mich zu lenken und um zu vermeiden, daß er darauf bestehe, daß ich den Spaziergang mit ihnen fortsetzte, blieb ich als letzter der Gruppe zurück und bog dann in eine Seitenstraße ein.

Um nach Hause zu gelangen, mußte ich einer Straße folgen, die zu der parallel lag, die sie entlanggingen; und so, wenn eine Querstraße meine mit der ihren verband, sah ich sie von weitem, zwei oder drei Mal, und ich hörte das dumpfe Gewirr ihrer Stimmen. Ich kann mich nur an wenige Anlässe erinnern, wo ich so gelitten habe wie an jenem Tag. Ich litt, weil Bianca dort mit den anderen war, weil ich mich vollkommen ohnmächtig fühlte, weil ich nicht einmal den Mut gehabt hatte, dort zu bleiben und zuzuhören; weil niemand – sie schon gar nicht – mein Fehlen bemerkt haben dürfte. Ich fühlte mich unglücklich, schwach, allein, von allen verlassen. Und ich erkannte besser denn je, daß, würde ich nicht fähig sein, mich den Mädchen gegenüber so zu verhalten, wie die anderen sich verhielten, wollte ich nicht gemeine Scherze machen, lachen, mit vorgespieltem Brio über Albernheiten plaudern, nicht haltlos und ordinär daherreden, mich alle vergessen würden, einerlei, ob ich anwesend wäre oder nicht, ob ich meine Mißbilligung hinunterschluckte oder zeigte, ob ich schwieg oder zu reden versuchte.

[VIII.]

Am Donnerstag hatten wir den ganzen Vormittag Turnen, und deshalb gingen wir nachmittags, allerdings nur für drei Stunden, zum Unterricht. Die Müdigkeit, die Faulheit, die uns überfielen, die Stille, die in der Schule herrschte (wir waren wenige, weil die unteren Klassen weiterhin vormittags kamen), bewirkten es, daß die Atmosphäre ruhiger war, friedlicher als sonst. Keiner hatte Lust, Lärm zu schlagen, keiner begann in den Pausen zu brüllen oder laut zu lachen. Man tratschte ein wenig träge, beinahe leise, ungezwungen, ich würde fast sagen, mit einer gewissen Vertraulichkeit. Deshalb war mir an diesen Nachmittagen unverhofft wohl zumute, ich fühlte mich unbeschwert und gelassen wie nie in der Schule. Beinahe vergaß ich darauf, dort zu sein, wo jeden Moment irgend etwas Unangenehmes passieren kann.

Es machte sogar den Anschein, daß unsere jungen Herren es außer acht ließen, sich als geistreich und brillant aufzuspielen, und daß sich Kameraden und Kameradinnen miteinander in unverstellter Natürlichkeit unterhielten.

Bianca erzählte während der Pausen Ollendorf, oder irgendeinem anderen, belanglose Dinge: daß sie nichts von dieser neuen Art von Mathematik verstand, mit deren Studium wir in jenem Jahr begonnen hatten; daß es morgens ziemlich kalt war; daß sie zeitig aufstehen mußte, um ihre Schuhe zu putzen; daß ihre Schwester immer bis zum Abend zuwartete, ehe sie zu lernen anfing. Sie plauderte lebendig, familiär, spaßig; bald spielte sie ein bißchen das kleine Mädchen, dann wieder den Fratz.

Auf dem Schreibpult der Bank sitzend, mit dem Rücken zur Tafel, hörte ich ihr traumverloren zu, ohne jedoch ein Wort zu verlieren. Ich wunderte mich nahezu darüber, daß ich nicht aufgeregt war und überhaupt keine Angst empfand, wenn ich daran dachte, daß sie wohl bemerkte, daß ich ihr zuhörte. Es gefiel mir, sie so plaudern zu hören, ich fand sie anmutig, wenn ich mir auch darüber klar war, daß sie ein wenig die Anmutige spielte.

Selbstverständlich hütete ich mich sehr davor, mitzureden und sie wandte sich an jeden anderen eher als an mich. Dennoch schien mir, daß ihre Augen, die sich unbeständig bewegten, wie ja auch die Worte auf wechselhafte Weise aus ihrem Mund kamen, mich von Zeit zu Zeit streiften, speziell dann, wenn sie einen Scherz machte, wenn sie einen etwas gewagten, frechen Satz sagte. Mir kam vor, als läge in diesen Blicken eine spaßhafte Herausforderung. »Warum schaust du mich denn an wie ein seltsames Tier?« schien sie mich zu fragen. »Warum sitzt du sauertöpfisch dort oben herum? Hören wir uns an, was du uns erzählen kannst, der du ein ernster Mensch bist!«

Ich dachte mir, daß sie es, hätte ich geredet, sicherlich nicht verabsäumt haben würde, sich über mich lustig zu machen, sobald sich die Gelegenheit dazu geboten hätte; daß sie aber wohlwollend lachen würde, freundschaftlich, daß sie mich als Kind behandeln würde. Ich schwieg, weil ich eine bestimmte eigenartige Trägheit nicht von mir abzuschütteln vermochte, weil ich mich zu faul fühlte, Thema und Ton zu suchen, die notwendig gewesen wären. Ich hatte aber den Eindruck, daß ich leicht würde reden können, daß es sich im Grund um eine Sache von geringer Bedeutung handelte; und diese Illusion war mir sehr angenehm, wie mir auch die bescheidenen Themen dieser Gespräche gefielen, die sie mir ein wenig näher brachten.

Man beschäftigte sich an diesen Nachmittagen auch viel damit, die Aufgaben für den nächsten Tag zu vergleichen, besonders die aus Mathematik. Ja, einmal bat mich Bianca, der es nicht gelungen war, ein Algebraproblem zu lösen, auch im Namen der Zuccolin, es ihr in ihrem Notizbuch vorzuexerzieren, da ich es für mich noch nicht gelöst hatte und sie nicht wie bei anderen Gelegenheiten abschreiben lassen konnte (es handelte sich tatsächlich um eine verzwickte Aufgabe, deren Schwierigkeit wahrscheinlich von einem Druckfehler im Übungsbuch herrührte).

Nicht ohne eine gewisse Erregung machte ich mich daran, in ein Heft Biancas zu schreiben, und war auch die Zeit kurz und die Aufgabe langwierig und schwer, konnte ich es mir doch nicht verkneifen, die vollgeschriebenen Seiten aufmerksam zu untersuchen, in der Hoffnung, dort irgend etwas Interessantes zu finden: Wer weiß, vielleicht fand sich etwas Analoges zu den ewigen Schlangen und Merkurstäben, mit denen ich meine Hefte anfüllte, und die nichts anderes waren als Maskerade der Initialen S und B, die ich beständig nachzog, wie ohne mir dessen bewußt zu sein.

Doch ich fand nichts dergleichen; dafür gelang es mir, wenn ich es in der kurzen Zeit von zwei Pausen auch nicht schaffte, alles zu Ende zu führen, die vorgelegten Probleme mit etlichen und umwegigen Kniffen zu lösen. Mit mir selber recht zufrieden, gab ich das Notizbuch an Bianca zurück und dachte, nun einen Anhaltspunkt dafür zu haben, um beurteilen zu können, ob ich oder mein »Werk« irgendein Interesse bei ihr erweckten. Wenn ja – so erwog ich –, würde sie mein Gekritzel sorgfältig prüfen und mich dann nach weiteren Erklärungen fragen. Und vielleicht würde sie mich, wenn sie mir ein bißchen schmeicheln wollte, fragen, wie es mir denn nur eingefallen sei, gerade diesen so gewundenen und schwierigen Weg einzuschlagen, der mich in die Nähe der Lösung geführt hatte.

Überflüssig zu bemerken, daß ich vollkommen enttäuscht wurde. Bianca sagte mir nicht nur nichts; als wir am nächsten Tag die übrigen Aufgaben verglichen, bemerkte ich, daß sie die von mir angegangene nicht einmal ausgeführt hatte; es war ihr beim Abschreiben entgangen, daß das Ende fehlte!

Wenn Bianca meine Mathematikaufgaben nicht abschrieb, kam sie oft zu mir, um die Ergebnisse zu vergleichen. Diese Vergleiche waren in wenigen Augenblicken erledigt, ohne ein überflüssiges Wort, gerade so, als hätte es sich um eine bürokratische Formalität gehandelt. Es kam vor, daß wir zu unterschiedlichen Ergebnissen gelangt waren; da lag die Schuld häufig bei mir, weil ich die Angaben der Aufgabe falsch abgeschrieben hatte.

Weil sich das ziemlich oft wiederholte, konnte ich mich eines Ausdrucks des Ärgers und der Betrübtheit nicht entschlagen, konnte ich's mir nicht verkneifen, mich einen Idioten zu nennen.

Bianca lachte über meine Zerstreutheit und über meinen Verdruß, und mir kam vor, daß ihr Lachen jetzt nicht unangenehm überdreht war, was mich in anderen Fällen so schmerzlich getroffen hatte. Sie schien vergnügt darüber zu sein, einen so genauen und perfekten Schüler wie mich auf frischer Tat ertappt zu haben. Sie lachte maliziös und ein bißchen verschüchtert, wie ein kleines Mädchen, das, nachdem es sich eine kleine Ungezogenheit erlaubt hat, weiß, reizend zu sein, aber doch Angst davor hat, ausgeschimpft zu werden.

Dieses Lachen mißfiel mir nicht: Mir kam vor, daß Bianca froh darüber war, menschliche Schwächen an mir zu entdecken, die mich in ihren Augen weniger hart und weniger schulmäßig erscheinen ließen.

Wenn sie so lachte, erinnerte sie mich an meine Cousine Alda, die, früher einmal, auf ähnliche Art gelacht hatte, über irgendeine meiner Unbeholfenheiten, über irgendeine Zerstreutheit. Da war's mir dann, als sähe ich alles mit neuen Augen: Ich war doch dumm, daß ich mich so gequält hatte. Wenn ich sie liebte, wenn ich mich so von ihr angezogen fühlte, tat ich doch schlecht daran, mich zu sträuben und das Unmögliche von ihr zu verlangen. Auch Bianca war ein gutes Kind, wie Alda: vielleicht ein bißchen gescheiter und sensibler, aber auf jeden Fall ein kleiner Dummkopf; sie war vielleicht ein bißchen kokett, von den Gewohnheiten und Anschauungen ihres Milieus verdorben, aber gewiß nicht aus Absicht böse. Wenn es, aus welchen Gründen auch immer ein solch großes Glück für mich war, dieses Mädchen betrachten, es lachen, ihm beim Reden zuhören zu dürfen, warum sollte ich mir dieses Glück verderben, weshalb sollte ich darauf verzichten? Würde ich mit ihr zu plaudern anfangen wie alle anderen (ohne deren Faxen und Gokkelei natürlich), würde sie mich sicherlich nicht schlecht behandeln, würde – wer weiß – am Ende vielleicht sogar Zuneigung zu mir empfinden.

Doch die Trägheit, die Gewohnheit, viel und lange und immer wieder zu überlegen, ehe ich auch nur unmerklich mein Verhalten änderte, bewirkten es, daß ich immer hinter meinem Schweigen verschanzt blieb, umso mehr, als die guten Eindrücke sich mit unangenehmen Episoden abwechselten, die meine ewigen Zweifel stets erneuerten.

In dem Jahr war ich auf jeden Fall sehr viel weniger griesgrämig als in den zwei vorangegangenen: Ich war vielleicht sogar kühn. Eines Tages, als einige meiner Nachbarn ihre Heldenstücke im Turnen rühmten und Bianca zuhörte, mischte auch ich mich ins Gespräch und begann, natürlich ohne mich direkt an sie zu wenden, von meinen Mißgeschicken zu sprechen.

Früher hätte ich mich arg davor gehütet, den Mund aufzumachen. Wenn ich jetzt redete, so tat ich das unter dem Druck verschiedener und komplexer Gefühle; vor allem spielte der Stolz eine Rolle: Da meine turnerische Untauglichkeit allen bekannt war und so gewiß auch ihr, meinte ich mich, wenn ich schwieg, während die anderen mit ihrer Bravour protzten, in den Anschein zu bringen, als würde ich meine Unterlegenheit verbergen oder die wenig erfreuliche Haltung des Überlegenen einnehmen wollen, der Verachtung dafür zeigt, wozu er nicht imstande ist. Erzählte ich statt dessen, auf leicht spaßige und karikierende Art, von meinem Fiasko, ohne der Sache übertriebene Bedeutung beizumessen, doch gleichzeitig spüren lassend, daß mein Mangel mich aufrichtig betrübte, so schien mir, würde ich einen sympathischeren Eindruck erwecken.

Außerdem hoffte ich aus der Art, wie Bianca mir zuhören würde, heraushören zu können, daß sie mich nicht verachtete, weil ich körperlich schwach und wenig gewandt war; vielleicht würde sie wieder so lachen wie über meine Fehler bei den Mathematikaufgaben, amüsiert und nachsichtig zugleich, würde mir so zu verstehen geben, daß auch sie diesen meinen Mangel als belanglos einschätzte.

Ich hoffte vielleicht auch auf ein Wort des Mitleids, das mich für die vielen des Turnens wegen erlittenen Demütigungen entschädigen würde. Dabei erlag ich ungefähr dem Gefühl, das ein Kind zur Mutter laufen läßt, wenn ihm ein Spiel mißlungen ist: es weiß, daß die Mutter über sein Mißgeschick lächeln und dem überhaupt keine Bedeutung beilegen wird; sie wird es streicheln, ihm ein Trostwort sagen. Und ich empfand das Bedürfnis, ihr gegenüber das Kind zu spielen, auf scherzhafte Art getröstet zu werden, in mütterlicher Weise liebkost.

All das wallte in meinem Sinn durcheinander. In Wirklichkeit wurden meine Worte kaum vernommen und sogleich von denen der anderen zugedeckt, die von irgendwelchen Unternehmungen erzählten. Bianca lächelte, und mir schien, daß es ein freundliches Lächeln war, frei von Ironie und Verachtung; doch sie kümmerte sich nur einen Augenblick um mich und wurde dann von den Gesprächen der Kameraden abgelenkt. Ich spürte, daß es lächerlich gewesen wäre, allzu viel Nachdruck auf meine Geschichte zu legen, und so schwieg ich, bereits wieder von Reue über mein Reden bestimmt und beschämt, weil ich mich von so wenig vernünftigen Gefühlen hatte leiten lassen.

Dieses war das Jahr der Schwächen und der Illusionen. Ein andermal, auch während dieser Nachmittage, verglichen wir unsere Aufgaben. Sie und ich waren allein in der Klasse, weil die anderen bereits alle auf den Gang gegangen waren. Da sie meine schreckliche Schrift nicht entziffern konnte, beugte sich Bianca über mein Heft, wobei sie ein wenig über diese unförmigen Zeichen lachte, und ihr Haar und ihr schneeweißes und seelenruhiges Gesicht waren ganz nahe bei meinem.

Als ich sie so nah spürte, vernebelte sich mein Verstand, und ich konnte an nichts mehr denken. Alles verschwamm mir vor Augen in einem süßen und zugleich schmerzlichen Zauber, und mir war, als zwinge mich eine sanfte, aber unwiderstehliche Macht dazu, allmählich den Kopf zu beugen, so daß sich meine Lippen immer mehr ihren Haaren näherten. Sicherlich hätte ich sie geküßt, wenn mich nicht die Stimme eines, der in die Klasse trat, aufgerüttelt hätte.

Diese Erinnerung an einen Kuß, den ich nicht gab, ist die vielleicht süßeste Erinnerung meiner Jugend; und, so eigenartig es auch klingen mag, dieser Moment der Hingabe rief in mir nicht die übliche Reaktion hervor, sondern ließ mich im Gegenteil voller Hoffnungen und vorsatzgestärkt zurück. Ich meinte, in gewisser Hinsicht den Beweis geliefert bekommen zu haben, daß das, was mich zu ihr hinzog, natürliche Anziehungskraft war, der ich weder widerstehen konnte noch sollte, und nicht eine Form von Geisteskrankheit. Außerdem sagte ich mir, wenn ich ihr um ein Haar meinen Kuß nicht gegeben hatte, so bedeutete dies, daß am Ende die Liebe meine Schüchternheit besiegen würde.

Gewiß, ich hatte geradezu Angst davor, mich zu fragen, was sie davon halten, was sie erwidern, was passieren würde ... doch ich bedauerte, daß ein Eingriff von außen mich davon abgehalten hatte, eine große Dummheit zu begehen, die jedoch, auf die eine oder andere Art, diese quälende und ausweglose Situation gelöst hätte.

Tatsache ist, daß ich mich eine Zeitlang, mit etlicher Entschlossenheit, auf die Suche nach einer Möglichkeit machte, mein Verhalten zu ändern, ihr irgend etwas begreiflich zu machen. Aber wie den Weg finden? Selbst ohne meine Hirngespinste war die Sache äußerst schwierig. Meine Gefühle und Absichten waren derart außergewöhnlich, dermaßen unangebracht in dieser Umgebung, daß ich mich, je mehr ich darüber nachdachte, umso fester davon überzeugte, daß es unmöglich war, sich einer dieser drei Möglichkeiten zu entziehen: entweder nicht aufrichtig sein, oder nicht bemerkt werden, oder lächerlich sein.

Hier, bei uns, wurde es nicht einmal zugestanden, daß man verliebt sein, eine ernsthafte Zuneigung zu einer Kameradin empfinden könnte. Wer solche Gefühle argwöhnen ließ, wurde unzweifelhaft als lächerlicher Irrer angesehen. Nicht zulässig waren Beziehungen, die nicht von der üblichen funkelnden Frivolität durchdrungen waren, deren einziges Ziel darin liegt, dem Stolz eine Befriedigung zu finden. Jegliches andere Verhalten den Mitschülerinnen gegenüber wurde bemerkt und ironisch kommentiert, besonders dann, wenn man eine Note von übertriebener Ernsthaftigkeit daran ausmachen konnte.

Und so – mich vergeblich damit abplagend, einen Ausweg zu suchen – schwieg ich, wenn nicht aus Skrupeln jeglicher Art, so aus Furcht, alles zu zerstören.

Auch bei anderen Gelegenheiten machte Bianca auf mich den Eindruck eines guten, einfachen Mädchens und ließ mich ihre erschreckende Unbegreifbarkeit vergessen. Bondich ging mit uns eine Seifenfabrik besuchen, zusammen mit den Schülern aus der Parallelklasse. Zu zweit gehend, klapperten wir die verschiedenen Abteilungen ab: ich war neben Babich; vor uns Bianca und die Padova. Ich war zerstreut und etwas düster gestimmt: Es gelang mir nicht, mich für die Tatsache zu interessieren, daß Seife eher in der einen als in der anderen Art hergestellt wurde; ich konnte nicht sehen, was an diesem niedrigsten Detail menschlicher Gebräuche im mechanischen Zeitalter wichtig sein sollte.

Die Padova vor uns machte von Zeit zu Zeit einen Scherz und warf Blicke um sich, um zu sehen, ob jemand lachte. Bianca schien sich sehr zu amüsieren: Sie plauderte, fragte nach Erklärungen, gab Kommentare ab und lachte. Mich setzte es in Erstaunen, daß sie sich dermaßen für die Seifenerzeugung interessierte. Trotzdem hatte ich nicht den Eindruck, daß sie sich aus Ziererei so aufführte; nein, es schien mir, daß sie, wonach sie fragte, wirklich zu wissen wünschte, auf Grund der natürlichen Neugier eines Mädchens, das an allem, was sich rundherum abspielt, teilnehmen will.

Ihre Gleichgültigkeit dem Lernen gegenüber hatte mich des öfteren befürchten lassen, daß sie ihre Gedanken auf nichts anderes richten könne als auf die alltäglichen Erbärmlichkeiten des bürgerlichen Milieus. Nun erlaubten es mir all diese Fragen über Maschinen, Zutaten und Heizkessel, zu meiner großen Freude, meine Meinung zu ändern und anzunehmen, daß sie einen wachen Geist habe, sich für alles interessiere, was sie umgab, zumindest aus dem Bedürfnis, sich das Leben abwechslungsreicher zu gestalten.

Daß sie sich nicht um das Lernen scherte, kam mir jetzt beinah logisch vor. War die Schule nicht eine falsche, beschränkte, langweilige Welt, die auch ich mit allen Kräften meiner Seele haßte? Wenn überhaupt einer, so war ich abnormal, der ich mich aus Überheblichkeit, aus erbitterter Lust an der Kritik, aus mißverstandenem Pflichtgefühl Hals über Kopf in diesen Schlamm stürzte, gleichsam um so seine ekelerregende Nähe besser zu spüren.

Selbst ihre Art zu fragen, wobei sie ihre Worte durch ein kurzes Lachen begleitete, mißfiel mir nicht, obwohl ich mir nicht verhehlte, daß ich, wäre eine andere so aufgetreten, mit der Folgerung nicht gezögert hätte, ihr einziges Ziel sei wohl, die Anmutige zu spielen. Bei Bianca hingegen folgerte ich, daß sie lache, weil sie ahnte, daß die anderen sich über diese Neugier und ihr Interesse sonst gewundert hätten.

Da ich hinter ihr ging, sah ich ihr Profil nur in perspektivischer Verkürzung, wenn wir, beim Herumgehen durch die verschiedensten Fabriksabteilungen, nach rechts oder links abbiegen mußten. Bianca machte auf mich jetzt einen völlig neuen Eindruck, und ich war geradezu erstaunt bei dem Gedanken, wieviel ich gelitten hatte, weil mir vorgekommen war, sie nicht zu verstehen. Sie erschien mir als einfaches, redseliges, recht heiteres und allen gegenüber herzliches Mädchen, gutartig und sensibel, aber nicht zu sparsam mit ihrer Zuneigung, unfähig, für ihresgleichen Verachtung zu empfinden. Fast fühlte ich mich nicht einmal aufgeregt, wenn ich sie anschaute, sondern fand sie sehr interessant, verspürte starkes Verlangen danach, sie zu kennen, wie man einen Menschen zu kennen wünscht, von dem man hofft, man könnte sich mit ihm befreunden, von dem man sich Gutes erwartet.

Sogar ihre Gesichtszüge kamen mir anders vor als sonst; ein kleiner Fleck, den sie unter dem Auge hatte, ließ ihren Blick anmutiger wirken, weniger ernst und streng, und ich wunderte mich, daß mir diese kleine Sommersprosse nie aufgefallen war, obwohl ich ihr Gesicht so oft angestarrt hatte.

Aber auch der Besuch in der Seifenfabrik endete nicht ohne eine für mich unangenehme Note: Während ich mich mit Babich entfernte, zogen fast alle anderen (und unter ihnen Bianca) geschlossen zur Mole und begannen dort, wobei sie die Seifenstücke, die sie zum Geschenk erhalten hatten, herumschwenkten, einen Riesenkrach zu schlagen. Ja, einige Burschen hielten vor der Menge sogar Reden, in denen sie die Vorzüge dieses Produktes anpriesen. Davon erzählte man mir am nächsten Tag, und es verdroß mich, daß Bianca an solchem Unfug teilgenommen und sich darüber amüsiert hatte.

Im übrigen veränderten die Betrachtungen, die ich an diesem Vormittag anstellte, durchaus nicht meine Stimmungen und auch nicht meine Einstellung ihr gegenüber. Weiterhin tat es mir weh, wenn sie in der Schule die Lektion nicht wußte, weiterhin gab ich meist vor, sie nicht zu sehen, wenn ich ihr auf der Straße begegnete, weiterhin quälte ich mich mit allen möglichen Fragen und Zweifeln.

Kurz darauf war Schulschluß. So endete auch dieses Jahr, das mir Gelegenheit gegeben hatte, mehrmals mit ihr umzugehen, in dem ich mich von Augenblicken der Hingabe hatte überraschen lassen. Dieselben Episoden, von denen ich erzählt habe – machten sie auf mich auch im Moment einen angenehmen Eindruck, ließen sie mich auch für gewisse Zeit geneigter sein, mich von der Liebe verführen zu lassen –, am Ende hatten sie einen ganz entgegengesetzten Einfluß. Durch Nachdenken und immer wieder Nachdenken empfand ich zuletzt Ärger und Scham über mein Betragen, über meine Schüchternheit und Unfähigkeit; schließlich, gewissermaßen als Reaktion darauf, überzeugte ich mich, daß meine Unentschlossenheit, meine Befangenheit davon herrührten, daß mein Verlangen absurd und verwerflich war. Zu meinen natürlichen Widerständen kam auf diese Weise beständig ein Wille zum Widerstand, der jeden Tag klarer wurde, ein immer festerer Vorsatz, diesen Anwandlungen nicht nachzugeben, die ich als dem widersprechend ansah, was mein Charakter war, oder was ich dafür hielt.

Außerhalb der Schule änderte sich mein Leben in diesem Jahr beträchtlich, besonders nach dem Tod von Tante Marietta, in deren Haus ich für gewöhnlich fast alle Nachmittage zugebracht hatte. Marietta litt an einer schlimmen Art von Asthma, und wie schon in vorangegangenen Jahren, fing es im Herbst an, ihr schlechter zu gehen, und sie konnte das Haus nicht mehr verlassen. Im Februar verschlimmerte sich der Zustand, und ich reduzierte meine Besuche, um nicht im Weg zu sein, auf ein kurzes, tägliches Vorbeischauen, lediglich um mich über ihre Gesundheit zu unterrichten und sie von der Tür ihres Zimmers aus zu grüßen, in das man mich nicht mehr eintreten ließ.

Dann sagte Mama zu mir, daß es besser wäre, wenn ich eine Zeitlang nicht hinginge, und ich gehorchte. Ich glaubte allerdings nicht, daß die Krankheit besonders schlimm sei: Schon etliche Male hatte ich Marietta wochenlang im Bett gesehen, und immer wieder war sie davongekommen.

Nachdem ich aus der Schule heimgekehrt war, bedeutete mir Mama eines Tages, daß sie eine schlechte Nachricht für mich hätte. Sie fügte ein paar andere Worte hinzu und sagte mir dann, daß Marietta gestorben sei. Ich hatte es nicht erwartet: dennoch empfand ich keinen Schmerz und nicht einmal Verwunderung. Es war etwas, das ich für unwahrscheinlich, aber doch für möglich angesehen hatte; und außerdem hatte in meinem Denken bereits die Vorstellung Wurzeln geschlagen, daß der Tod eher etwas Gutes als ein Übel sei. Trotzdem hatte ich den Eindruck, was passiert war, nicht ganz zu verstehen.

Ich begriff es nicht einmal dann, als ich, nach einigen Tagen, in das Haus Tante Mariettas ging und dort ein Riesendurcheinander und den scharfen Geruch von Desinfektionsmitteln vorfand. Das Zimmer Tante Mariettas war abgeschlossen, wie öfter in der letzten Zeit, als sie noch lebte, doch konnte ich die Bedeutsamkeit des Umstandes nicht erfassen, daß hinter dieser Tür niemand mehr war. Die Menschen im Haus weinten, und das machte auf mich einen schmerzlichen Eindruck, erweckte in mir jedoch kein Gefühl echten Leids.

Als ich, kaum ein paar Tage später, ein Bild bewunderte, das im Speisezimmer aufgehängt worden war (die Vergrößerung eines Portraits, auf dem Marietta sehr ähnlich und lebhaft getroffen war), verspürte ich einen Stich, ein Bedauern, wie man es bei der plötzlichen Erinnerung an eine Einzelheit aus der Kindheit empfindet, wenn es den Anschein hat, daß man ein Gut verloren hat, das man nicht zu schätzen verstand.

Ich erinnerte mich des Vertrauens, das ich einst zu ihr gehabt hatte, und dachte, daß es von Übel gewesen sei, daß dieses Vertrauen dann ständig kleiner geworden war. Mir kam vor, daß Marietta allein es verstanden hatte, mir zuzuhören und mich zu begreifen, mir beizustehen und mir den Weg zu weisen, ohne vorgefaßte Meinungen, ohne Theorien aufzustellen, ohne sich in Analysen zu verlieren, mit dem gesunden Hausverstand eines einfachen Menschen, der weiß, was er will, weil er sich niemals fragt, was man wollen müßte. Und auf einmal entstand in mir die Überzeugung, daß Marietta mir selbst in der langen Qual dieser letzten Jahre, selbst in diesem Kummer, über den ich nie mit ihr gesprochen hatte, Trost und Hilfe hätte sein können. Sie allein wahrscheinlich unter all denen, die mir nahestanden, hätte es nicht für schlecht angesehen, mir eine Möglichkeit zu weisen, aus dieser Sackgasse herauszukommen, und hätte meinen Willen ein bißchen gestärkt, wie sie es früher getan hatte, als ich noch ein Kind war, indem sie über meine Schüchternheit lächelte.

Jetzt meinte ich, einen großen Verlust erlitten zu haben, daß ich ein Dummkopf gewesen war, daß ich mich nicht, nicht wenigstens, ihr anvertraut hatte. Verärgert dachte ich daran, daß Papa sich nichts Besseres wußte, als Theorien herauszubrüllen und grobe Witze zu reißen, während Mama mich mißtrauisch anschaute, als wäre ich ein seltsames Tier.

Meine Beziehungen zu Babich machten in diesem Jahr eine Art Stockung durch. Viermal in der Woche, wenn wir zur gleichen Zeit Unterrichtsschluß hatten, warteten wir in der Halle aufeinander, um gemeinsam einen Spaziergang entlang des Meerufers zu unternehmen, bevor wir heim mittagessen gingen. Auch während der Pausen in der Schule sahen wir einander oft, wenn wir nicht von Kameraden umlagert waren, die um Erklärungen und Beistand baten.

Weil wir nicht mehr in derselben Klasse saßen, hatten wir jedoch, auch wenn es viel mehr zu erzählen gab, viel weniger zu diskutieren: Das machte unsere Gespräche noch kühler und wohlüberlegter.

Er kam mir, mit jedem Tag mehr, als ein ungewöhnlich egozentrischer Mensch vor. Alle strengeren Professoren, alle verzwickteren Aufgaben und Übersetzungen, alle langwierigeren und unangenehmen Arbeiten kamen stets ihm und seiner Klasse zu. Wenn Bondich, unterrichtete er in unserer Klasse, ein Detail ausließ, so war, was er ausgelassen hatte, eine fundamentale Sache, und dies ein Beweis dafür, daß er uns nach weniger strengen Maßstäben unterrichtete; geschah die Auslassung aber in ihrer Klasse, dann handelte es sich gewiß um etwas Belangloses. Ihr neuer Griechischprofessor war verrückt und fürchterlich; doch wenn ich von Terni und seinen Absurditäten erzählte, lächelte Babich, offensichtlich im Glauben, daß ich Schnickschnack redete oder mich zumindest von diesem Hang zur Übertreibung verleiten ließ, den er mir zuschrieb.

Beklagte ich mich darüber, daß die nach neuer Methode gelehrte Mathematik schwer verständlich wurde, so ließ Babich, in dessen Klasse der Professor die Methode noch nicht geändert hatte, erkennen, daß er annehme, ich schaffe mir die Schwierigkeiten selber, und wollte mich dann, beim Spaziergang entlang des Ufers, wie um mir Unterricht zu erteilen, die Probleme lösen lassen, die er als Aufgabe bekommen hatte. Er setzte sie mir mit jenem Lächeln auseinander, das einer lächelt, der dabei ist, einen Prahlhans zu entlarven, und er konnte, schaffte ich es, sie zu lösen oder zumindest zu entwirren, seine Verwunderung nicht verbergen, was ihn allerdings nicht hinderte, wieder von vorn anzufangen.

Eines Tages ging er sogar so weit, mich in griechischer Grammatik zu prüfen, weil er sich versichern wollte, ob mein Ruf als Griechischkenner nicht nur angemaßt sei. Er fragte mich nicht einmal nach schwierigen Dingen, sondern nach Grundformen und Grundregeln, die einem jeden hätten bekannt sein müssen. Da wurde ich zornig und prüfte ihn meinerseits in Griechisch, und auf die Art wies ich ihm nach, daß er diesen Stoff nicht allzu gut gelernt hatte. Ich sah, daß er ihn für wenig wichtig hielt. Nicht etwa, daß er es aussprach, um sich zu entschuldigen; im Gegenteil, er sagte nichts, gab aber zu verstehen, tief davon überzeugt zu sein, daß die griechische Grammatik nicht einmal entfernt so wichtig sei wie die lateinische, die er besser kannte als ich.

Kurz und gut, Babich fing an, mich aufzubringen. Trotzdem fühlte ich mich weiterhin von ihm angezogen und war geneigt, ihm zu verzeihen, weil ich mir sagte, daß seine bessere Seite sich nicht auf dem Gebiet des Studiums offenbaren würde, sondern irgendwo anders. Meine ewige, von Zweifeln genährte Unruhe besänftigte sich unter dem Einfluß seiner enormen Selbstsicherheit, und ich hoffte, wahrscheinlich unbewußt, daß sein Beispiel – würden wir früher oder später einmal Gelegenheit haben, auf irgendeinem Gebiet einverständig zu handeln – es mir ermöglichen würde, meine Zweifel zu ersticken: etwas, das für mich wichtiger war als alles andere.

Consigli, ebenfalls der Parallelklasse zugeteilt, war neben Babich der einzige Schulkamerad, der mein Zuhause aufsuchte. Ja, ich steckte ausnehmend viel mit ihm zusammen, und er zeigte sich mir gegenüber sehr zugetan. An schönen Tagen gingen wir gemeinsam auf die Sant'Andrea-Promenade und lernten dort, auf einer kleinen Bank sitzend, jeder für sich. Ich hatte allerdings Gelegenheit, etliche Fragen von ihm zu beantworten und ihm manche Erklärungen zu geben. Schaffte ich es zudem, vor ihm fertig zu werden, verbesserte ich ihm manche Aufgaben oder half ihm, sich irgendein Problem oder eine Übersetzung vom Hals zu schaffen.

Mama wollte diese Freundschaft ausnützen, um mich, gleich nach Schulschluß, mit ihm zusammen von Triest wegzuschicken. Sie und Papa würden zu uns stoßen, wenn er seine Prüfungen abgeschlossen hätte. Sie schickten uns in ein kleines, nicht weit vom Orta-See gelegenes Dorf, wo er beschlossen hatte, den Sommer zusammen mit einigen Verwandten aus Mailand zu verbringen.

Das Experiment verlief allerdings nicht glücklich. Consigli langweilte sich sehr mit mir. Er hätte die Tage gern am See verbracht und wäre gern mit dem Boot gefahren: aber nicht allein. Ich weigerte mich, ihn zu begleiten, weil am See zuviel Leben war, viel elegante Leute, viele junge Herren und Damen, und weil mir das Bootfahren als ein Vergnügen für diejenigen vorkam, die sich zur Schau stellen wollen. Deshalb verließ mich Consigli, ehe noch meine Eltern ankamen. Auch wir kehrten noch vor Wiederanfang der Schule nach Triest zurück, und ich nahm, lediglich zum Zeitvertreib, die Gewohnheit an, den Cousins in Villa Opicina häufige Besuche abzustatten.

Eines Tages traf ich bei ihnen eine gewisse Frau Zeller, eine entfernte Verwandte von uns, eine recht häßliche und furchtbar geschwätzige, doch gutartige und herzliche Frau: einen jener Menschen, die alle kennen, alles wissen, sich für alles interessieren. Sie fragte mich lächelnd: »Raten Sie, wer mir vor einiger Zeit von Ihnen erzählt hat?« »Ich wüßte nicht«, antwortete ich ihr. »Eine Mitschülerin von Ihnen«, fuhr Frau Zeller fort; und da wollte ich dann entgegnen, daß ich deren nicht viele hätte, gleichsam um zu verstehen zu geben, daß das Raten für mich nunmehr leicht sein würde. Denn die Ridolfi und die Cleva konnte ich ohne weiteres ausschließen, weil sie neu in Triest waren und nicht einmal Frau Zeller sie kennen konnte; und zwischen der Zuccolin und der Sorani lag die größere Wahrscheinlichkeit bei letzterer, da sich die triestinischen Juden untereinander fast alle kennen.

Frau Zeller ließ mich aber nicht zu Wort kommen und erzählte mit der ihr eigenen Eile, daß es sich um die Bianca Sorani handle, die ihr gesagt habe, daß ich in der Schule so gut sei, ja, nicht nur das, sondern sogar außergewöhnlich. »Auch sie ist ziemlich tüchtig und macht es in der Schule recht gut, nicht wahr?« fragte sie mich, »sie ist all die Jahre ohne Prüfungen durchgekommen. Sie muß ein intelligentes Mädchen sein.« Ich erwiderte ganz trocken, daß sie als Schülerin nicht besonders viel tauge; daß sie sich die Prüfungen immer nur mit Mühe erspart habe, und auch das manchmal unverdient.

Frau Zeller, die gerne ein Kompliment zurückgetragen hätte und sich überhaupt nicht hätte bitten lassen, alles, was sie über Bianca und ihre Familie wußte, zu erzählen, war etwas unangenehm berührt und wechselte das Thema.

Daß mir ein Urteil Biancas über mich hinterbracht würde, war etwas, das ich lange gewünscht, mir in meinen Phantasien in tausend verschiedenen Formen ausgemalt hatte. Ja, in letzter Zeit hatte ich es mir mehr denn je gewünscht, weil mir in diesem Sommer eins ihrer Urteile über einen anderen Menschen zu Ohren gekommen war: ein Urteil, das mich hatte denken lassen, daß ihr eine gewisse, ein wenig bissige Offenheit nicht fremd sein mochte.

Die Erzählung der Frau Zeller war für mich eine Enttäuschung. Daß ich in der Schule außergewöhnlich war, brauchte ich mir nicht von Bianca über Dritte sagen zu lassen; das wußte ich selber. Es war ein allzu verdientes Lob, als daß es auch nur die geringste Würze gehabt hätte: Im Gegenteil, mir kam sogar vor, daß es geradezu die Absicht verbarg, gut und billig davonzukommen, ohne die eigenen Gefühle zu verdrehen und ohne zu beleidigen, indem es sich darauf beschränkte, über mich etwas Wohl- und rundherum Bekanntes zu statuieren. Bianca, die auf schulische Tüchtigkeit überhaupt keinen Wert legte, mußte wohl lächeln, wenn sie mir ein Lob nachsagte, das sie so wenig kostete. »C'est un grand homme, n'en parlons plus«, mochte sie über mich sagen, so wie es Balzac über, ich glaube, Victor Hugo gesagt hat.

Daß sie sich schließlich als ganz gute Schülerin ausgab, daß sie es für einen Lobestitel hielt, ohne Prüfungen durchgekommen zu sein, brachte mich direkt in Rage. Ist es möglich, daß sie die klägliche und demütigende Figur, die sie so oft in der Schule abgibt, überhaupt nicht stört?

Die Worte, mit denen ich Frau Zeller beschied, sprach ich voll tiefempfundener Bitterkeit aus. Bildete ich mir etwa ein, daß Bianca meinen Vorwurf verstehen, daß mein strenges und aufrichtiges Urteil ihr begreiflich machen würde, wieviel mir an ihr lag? Sicherlich brauchte ich nicht viel dazu, mir klar zu werden, daß, was ich gesagt hatte, ihr wahrscheinlich nicht hinterbracht werden würde; doch ich durchschaute auch, daß, im entgegengesetzten Fall, meine Worte nur Böses anrichten und sie noch mehr von mir abbringen konnten. Jedes bißchen Zuneigung, das Bianca für mich gehegt hätte, wäre wohl angesichts der Tatsache verschwunden, daß ich sie beleidigte; oder aber, wenn das schon nicht geschehen wäre, hätte Bianca geglaubt, daß ich sie verachtete, und sie wäre mir immer genauer aus dem Weg gegangen. Später empfand ich sogar Reue und Scham, dachte ich wieder an diese meine Antwort zurück: Konnte ich nämlich in gewisser Hinsicht noch vor mir selber entschuldigen, daß ich Bianca nicht grüßte und jedes Gespräch abschnitt, das sie betraf (ich wäre tatsächlich zu nichts anderem imstande gewesen) – diese Antwort an Frau Zeller schien mir eine ausgesprochen verächtliche Seite meines Charakters zu offenbaren, eine Seite, die ich manchmal als weibisch definierte: Es war doch so, als verlangte ich förmlich, Bianca möge mir gegenüber freundliche Gefühle hegen, ungeachtet der Tatsache, daß ich ihr gegenüber brüsk und rüpelhaft war.

Ein Zweifel peinigte mich zusätzlich: Konnte es eigentlich nicht sein, daß Bianca sich anders, mit mehr Sympathie, mit größerer Achtung ausgedrückt hatte, und daß es Frau Zeller gewesen war, die alles mit diesem blöden *außergewöhnlich* zusammengefaßt hatte?

Besser als alles andere wäre gewesen, Frau Zeller zu fragen, zu versuchen, von ihr zu erfahren, welche Worte Bianca wirklich verwendet hatte. Doch: »Mut kann man niemandem einimpfen«. Es reichte der Gedanke daran, was ich hätte sagen müssen, damit ich mich durcheinander fühlte; schon die bloße Anwesenheit von Frau Zeller verwirrte mich, obwohl es an ihr doch wahrlich nichts Verwirrendes gab.

Von dieser Seite hörte ich über Bianca nichts mehr. Bloß eines Tages, als wir am Kai spazieren gingen, sagte Mama mir plötzlich (und sie kam mir ein wenig besorgt vor), daß Frau Zeller ihr einiges, was von der Sorani über mich erzählt worden war, hinterbracht hatte. »Was denn?« fragte ich, mich wie gewöhnlich bemühend, ruhig zu erscheinen. »Ach, nichts; daß du außergewöhnlich gut in der Schule bist.«

Wieder lugte dieses *außergewöhnlich* hervor! War es möglich, daß Frau Zeller sich etliche Monate später noch daran erinnerte? Oder hatte sich Bianca des öfteren wirklich genau so ausgedrückt? Oder war es die freundliche Botin, die aus mehreren verschiedenen Gesprächen keinen anderen Sinn herausholen konnte? Lag es vielleicht an Mama, die mir, zufällig oder absichtlich, nichts anderes mitzuteilen hatte? Die Pflastersteine, die ich fragend anstarrte, darauf bedacht, den Fuß nicht in die Zwischenräume zu setzen, gaben mir keine Antwort.

[IX.]

Nachdem Babich aus seiner Sommerfrische in Österreich nach Triest zurückgekehrt war, fand ich sofort wieder wichtige Beschäftigung und langweilte mich nicht mehr. Wir widmeten uns unverzüglich der Gründung einer Gesellschaft mit moralischen Zielen. Dies war der letzte meiner jugendlichen Fehlschläge und das einzige große Vorhaben meines Lebens; und es war auch einer der vertracktesten und dunkelsten psychologischen Momente meiner Jugend, und auch der, wie ich glaube, meines Mitarbeiters, oder meines Opfers, wenn man so sagen will.

Da mir bewußt ist, daß ich mich auch bei der Beschreibung von recht einfachen psychologischen Phänomenen sehr verbreite, nehme ich, nicht ohne Furcht, die Darstellung zahlreicher und subtiler, zweifelhafter und verwickelter Absichten in Angriff. Jedenfalls, da auch die Akademie der Reinen ihre Bedeutung in meinem Leben gehabt hat, kann ich mich vor der schwierigen Aufgabe, davon zu reden, nicht drücken, und beginne deshalb den Bericht mit dem, wie ich annehme, leider vergeblichen Vorsatz, mich kurz zu fassen.

Zunächst ein paar Worte zu den Präliminarien: Meine Streitereien mit Consigli hinsichtlich der Bootsausflüge wurden brieflich Babich mitgeteilt, der Consigli recht gab und schrieb, er solle zusehen, mich dazu zu bringen, die griechische Grammatik zu vernachlässigen und mich heitereren Dingen zuzuwenden. Im darauffolgenden Brief, den ich Babich schrieb, protestierte ich gegen einen solchen Ratschlag und wies darauf hin, daß der Zeitvertreib auf einem Boot eine Zerstreuung für elegante Leute, für junge Herren sei. Ich fügte noch hinzu, daß ich beabsichtigte, mit ihm eine Akademie zu gründen, deren Ziel darin bestehen sollte, den Jungherren-Snobismus zu bekämpfen und, vor allem, festzusetzen, von welchen Handlungen einer Abstand nehmen muß, der wie wir von solchem Laster rein sein wolle.

Babich antwortete, daß ich in der Frage des Sees recht hätte. Es handle sich um ein Mißverständnis, weil er sich eingebildet habe, der See in der Nähe unseres Dorfes sei ein abgelegener Teich, den bloß Consigli aus Großtuerei als See bezeichnete. Er riet mir aber, während der Ferien auf keinen Fall zu lernen, allein schon deshalb, weil er dorthin, wo er sich aufhielt, keine Bücher hatte mitnehmen dürfen, da seine Mutter es ihm verboten hatte. Würden im nächsten Schuljahr, wie das Gerücht ging, die beiden Parallelklassen neuerlich zusammengelegt, so würde er, ohne sein Verschulden, solcherart in einem Zustand der Unterlegenheit sein.

Dann fügte er noch an, daß die Frage des Jungherren-Snobismus in meinem Mund das zu werden drohe, was der Patriotismus für die Faschisten sei (ein System moralischer Erpressung), daß er aber, wie dem auch sei, darauf eingehe, mit mir zusammen die Akademie zu gründen, die ich ihm vorschlug; er bereite sogar das Statut vor, indem er das einer anderen Vereinigung leicht modifiziere, die er seinerzeit beim Spiel mit seinen Brüdern gegründet hatte.

Dieser Brief Babichs, und so auch einige seiner vorangegangenen, hatte in mir tatsächlich den Eindruck erweckt, daß er beginne, ein wenig den lockeren Burschen zu spielen und, angestachelt von seiner Mutter, die ihn allein in die Welt hinausgeschickt und ihm gleichzeitig verboten hatte, Bücher mitzunehmen, dazu tendiere, von seiner damaligen extrem strengen Haltung abzuweichen; daß er sich, zumindest teilweise, an das anpassen wollte, was die anderen taten.

Mir kam vor, daß Babich eine gewisse Neigung bekundete, nachsichtig zu sein und sich selbst gegenüber Nachsicht walten zu lassen; daß er sich nun, wo er erwachsener wurde, des Abscheus schämte, den er gehegt, als er ein Knabe war. Sicherlich wird schon damals seine Mama versucht haben, ihn zu überzeugen, und zum Teil wird es ihr vielleicht auch gelungen sein, daß sein glühender Weiberhaß, seine Grobheit, Dummheiten waren, die zu Knaben paßten; und sie wird ihm gesagt haben, daß es, will man in der Welt überleben, will man ein Mann sein, notwendig ist, sich darüber klar zu werden und sich danach zu richten, was alle tun, weil es gewiß richtig und gut ist, aus dem einfachen Grund, weil es alle so halten.

Und Babich fing an zu begreifen, lächerlich zu sein, überheblich und kindisch, mit seinem gegenwärtigen Betragen sogar dumm und schüchtern zu wirken, sodaß er, ohne sich zu entschließen, dies Betragen zu ändern, versuchte, nicht aufzufallen, in gewissen kleinen Belangen gesunden Menschenverstand, Anpassungsfähigkeit zu zeigen.

Eine Tendenz zur Normalisierung (ein Wort, das damals in Mode war) konnte ich schon daraus erkennen, wie er über das Verbot, Bücher mitzunehmen, redete. Ich bezweifelte, daß es sich um ein echtes und wirkliches Verbot von seiten seiner Mutter handeln konnte, weil er es allzu diszipliniert ertrug. Wäre er, so dachte ich, der Meinung gewesen, es sei Pflicht, während der Ferien das eigene, durch die Unzulänglichkeit der Professoren, der Bücher und Lehrpläne unzureichende Wissen zu vervollständigen, hätte er mir sicherlich nicht angeraten, einen Stein um meine griechische Grammatik zu binden und sie in den See zu werfen; statt dessen hätte er sich über dieses Verbot betrübt gezeigt und es sich, aller Wahrscheinlichkeit nach, nicht auferlegen lassen.

Dieses Verhalten spornte mich an, ihn, ich werde es so nennen, zur Ordnung zurückzurufen, und ihm, fast schon in Form einer Drohung, meinen Plan kundzutun, eine Akademie zu gründen. Er würde sich eben entscheiden müssen, entweder offen von seinen ehemaligen Vorstellungen abzufallen oder zuzugeben, mit bestimmten der neuerdings eingenommenen Standpunkte unrecht gehabt zu haben. Die Frage des Sees wurde geklärt, aber neue Zweifel stiegen in mir auf wegen seines Satzes über den Patriotismus der Faschisten. Es war klar, daß er ein Attentat auf seine Handlungsfreiheit geahnt hatte und daß er darauf reagierte. Doch weshalb hätte er reagieren sollen, wenn er in seinen Anschauungen unerschütterlich gewesen wäre, wenn er nicht die zumindest vage Absicht gehabt hätte, von dieser Freiheit Gebrauch zu machen, um seinen Kurs zu korrigieren?

Sicherlich wäre er seinerzeit, als er mich mißbilligend anschaute, als ich mit der Padova zwei Worte in bezug auf die Noten wechselte, nicht vor der Idee zurückgeschreckt, uns an gemeinsame Verhaltensregeln zu binden, im Gegenteil, er hätte einen solchen Vorschlag ausgenutzt, um mich zu seiner Unnachgiebigkeit zu zwingen.

Und außerdem, warum mußte man meinen Vorschlag von der lächerlichen Seite nehmen? Lag darin nicht die Absicht, meine Akademie scheitern zu lassen, noch ehe sie geboren war? Versuchte er nicht auf diese Weise zu verhindern, daß ich ihn auf frischer Tat ertappte? Hätte er an seinen Anschauungen und Vorsätzen von einst festgehalten, so hätte er wünschen müssen, sich mit mir, und eventuell mit noch einem Kameraden, zusammenzutun, um jede Schwäche zu überwinden (zumindest die beständige, latente Angst vor der Lächerlichkeit, die den, der anders ist als die Menschen, unter denen er lebt, niemals verläßt), um die eigenen Ideen den Gleichgültigen und den Gegnern besser begreiflich zu machen. Statt dessen zog er Kraft aus der Angst vor dem Spott und verspottete seinerseits mich und meine Pläne.

Gewiß, zum Teil war ich für die Tatsache verantwortlich, daß Babich meine Akademie sofort ins Lächerliche hatte ziehen können. Als ich ihm schrieb, hatte ich einen unglückseligen Satz verwendet: Ich hatte die Absicht bekundet, »die Akademie, oder die Partei, oder die religiöse Sekte der Reinen« zu gründen. In solcher Verwendung pompöser und großartiger Begriffe steckte ein Scherzen über die Kläglichkeit unserer Kräfte. Babich hatte jedoch die Eigenart, nicht zu kapieren, daß man auf scherzhafte und paradoxe Weise im Grund ernste Dinge sagen kann. Außerdem brachte ihn die schlechte Meinung, die er von mir hatte, zu dem Glauben, daß ich mich tatsächlich als Gründer einer religiösen Sekte aufspielen wollte, der ich, in meiner überheblichen Phantasie, womöglich seitdem wirklich große Erfolgsmöglichkeiten zuschrieb. Deshalb machte er sich über mich lustig und konnte, von seinem Gesichtspunkt aus, nicht ganz unrecht haben (von seinem falschen Gesichtspunkt aus).

Er hatte aber auf jeden Fall damit unrecht, sich darüber zu freuen, daß ich, seiner Meinung nach, Dummheiten treiben wollte. Hätte er Begeisterung und Liebe für den »Purismus« gehabt (ich werde unsere Haltung nunmehr mit dem Namen bezeichnen, den wir ihr damals gaben), hätte er gegen meine Absichten protestieren und mir vorschlagen müssen, etwas Ernsteres zu unternehmen; oder mich, wenn er es für besser gehalten hätte, davon überzeugen müssen, nichts zu tun.

Eigenartig ist, wie ich selbst mich in meinen Ansichten und Absichten meiner Akademie gegenüber veränderte. Zunächst glaubte ich überhaupt nicht daran, daß wir sie gründen würden; ich hielt es sogar für wahrscheinlich, daß Babich sich offen dagegenstellen und daß es zwischen uns zum Bruch kommen würde. Nach langem Nachdenken und Herumphantasieren gefiel mir die Idee aber immer besser, und immer bestimmter wünschte ich, sie zu realisieren.

Miteinander diskutierend würden wir, so dachte ich, unsere Ansichten klären. Indem wir uns einvernehmlich auf eine Verhaltensrichtlinie festlegten, würden wir sicherer sein, uns im kritischen Augenblick nicht vom rechten Weg abbringen zu lassen, weder von der Angst, lächerlich oder übermäßig unhöflich zu wirken, noch von der momentanen Einbildung, nichts Schlechtes zu tun, noch von der Versuchung. Allein der Umstand, daß wir eine Akademie gegründet hätten, würde dann die anderen überzeugen, daß wir uns nicht nur deshalb anders benahmen, weil wir einen eigenartigen Charakter hatten, schüchtern waren oder uns für andere Dinge interessierten, sondern daß wir uns an genau definierte Verhaltensregeln hielten. Auch ohne besonders auffällige Tat von unserer Seite, ohne Krach, ohne daß wir uns als Apostel oder Propheten aufspielten, würde unser Verhalten bemerkt und diskutiert werden; und vielleicht würde am Ende irgendeiner begreifen, daß bestimmte Geziertheiten, gewisse beinah universelle Falschheiten, schließlich gar nicht so harmlos sind, wie sie offensichtlich angesehen werden, und auch nicht so unvermeidbar, wie alle es zu glauben bewiesen.

So stimmte mich der Wunsch, aus meiner Akademie etwas zu machen (vielleicht nur unter Teilnahme von Babich allein; vielleicht, für gewisse Zeit, überhaupt im geheimen), optimistisch und veranlaßte mich dazu, Babichs seltsamen Worten mit Nachsicht zu begegnen. Ich nahm an, er scherze, und zweifelte nicht daran, daß er nicht auf sich warten lassen würde, das Problem der Akademie mit seiner gewohnten Ernsthaftigkeit in Betracht zu ziehen. Ja, meine niemals ausreichend enttäuschte Bewunderung für ihn ließ mich sogar hoffen, daß er radikaler und konsequenter sein würde als ich, entschlossener, wenn auch weniger reich an Ideen und unbegabter. Ich erinnerte mich seiner ehemaligen Standhaftigkeit und vergaß geradezu die Zweifel von kurz zuvor.

Das erste, was sofort nach der Rückkehr Babichs nach Triest unternommen wurde, war, den Entwurf des von ihm vorbereiteten Statuts zu prüfen. Und so begannen wir, durch die Straßen der Stadt spazierend oder auf einer Bank in Sant'Andrea oder im Botanischen Garten sitzend, zu diskutieren.

Ich hatte gleich den klaren Eindruck einer Schwindelei. Babichs Statut sah viele Arten von Versammlungen vor, viele Wahlen und Ämter, einen »Großinquisitor«, Bestimmungen für Untersuchungen und Prozesse und schließlich, daruntergeflochten und begraben unter allem übrigen, einige Lebensregeln, wie zum Beispiel die, das Wort nicht an das weibliche Menschengeschlecht zu richten. Und auch diese Regeln noch waren auf eine Art formuliert, daß sie lächerlich und verrückt wirkten.

Ich war nahe daran, wütend zu werden (und Babich muß das bemerkt haben) und mich in die unausweichliche Auseinandersetzung zu stürzen, die an den Tag gebracht hätte, daß wir uns über diese Fragen nicht mehr einig waren. Es wäre gut gewesen, wenn ich es getan hätte, aber mein von der Verhöhnung verletzter Stolz brachte mich dazu, die Herausforderung anzunehmen. »Du glaubst, mich mit der Lächerlichkeit zu schrecken«, sagte ich bei mir zu Babich, »ich werde aber trotzdem die Akademie der Reinen gründen und daraus eine ernsthafte Sache machen. Und du wirst, wenn du nicht den Mut haben wirst, offen deine Ansichten von einst zu verleugnen, deinem Witzstatut verpflichtet bleiben.« Bestimmt, nach einiger Zeit, würde ich selber die Sache klarstellen.

Deshalb protestierte ich nur schwach gegen diese ganze Bürokratie, indem ich weismachte, daß sie mir zwar überflüssig vorkomme, ich aber im Grunde nicht glaube, sie könne schaden: Wenn ihm diese Albernheiten gefielen und er sie für lauter hielt, dann störten sie mich nicht. Darauf begann ich sogleich, in einem einzigen Artikel, den ich an die zweite Stelle zu setzen wünschte (im ersten Artikel war von der Bezeichnung und den Zielen der Vereinigung die Rede), die verschiedenen puristischen Grundsätze zusammenzufassen: Ich erörterte sie, arbeitete sie aus, machte sie deutlicher und fügte, am selben Tag und auch noch an den folgenden, etliche neue hinzu.

Und da passierte das Wunder. Babich, der, da er mit dem Höhnen einmal begonnen hatte, darin hätte fortfahren müssen zu spotten, auf seine gewohnte Art zu lächeln und sich über meine Bemühungen, Ordnung in sein Statut zu bringen, lustig zu machen, wurde urplötzlich ernst, hörte mir aufmerksam zu, gab mir ausgezeichnete Ratschläge, schlug selbst Ergänzungen und Verbesserungen vor.

Was war geschehen? Hatte er einfach gescherzt, ohne jegliche böse Absicht, ohne meine Pläne über den Haufen werfen zu wollen, hatte auch er an bestimmten, auf kindische Weise grandiosen und prunkvollen Formen Gefallen gefunden? Oder hatten ihn meine Sicherheit, die feste Überzeugung von der Nützlichkeit unseres Projekts, die ich an den Tag legte, dazu gebracht, zweiflerische Anwandlungen zu überwinden und seinen Spott zu bereuen? Oder genierte er sich vor mir, getraute er sich, weil er mich so unnachgiebig sah, nicht, seine beginnende Abtrünnigkeit zu zeigen?

Bestimmt hätte ich, hätte ich gewußt, wie die Geschichte unserer Akademie nach einigen Monaten aussehen würde, die erste Annahme ohne weiteres verworfen und wäre auf der Hut gewesen. Doch wieder einmal trieb mich der Wunsch, mich trügerischen Hoffnungen hinzugeben, in den Irrtum. Die Bürokratie, die in manchen Details überarbeitet worden war, funktionierte schließlich dank unserer Geduld und peinlichen Genauigkeit, und sie wurde für mich zum angenehmen Spiel sowie eine Gelegenheit, zu beweisen, daß wir uns der Spärlichkeit unserer Streitkräfte nicht schämten (wir waren niemals mehr als vier), sondern, im Gegenteil, uns darüber lustig machten. Sogar die Bezeichnung: weibliches Menschengeschlecht gefiel mir zuletzt wegen dieses Anflugs von Geringschätzung, dem Karikaturhaften, das darin lag, und mir kam vor, daß das dazu beitrage, unserer Akademie ein wenig von der allzu schweren und grauen Färbung zu nehmen, die sie durch ihre ureigenste Zielsetzung bekommen mußte.

Als ich dann Babich, förmlich um die Wette mit mir, immer strengere Lebensregeln vorschlagen sah, zweifelte ich nicht mehr daran, daß er bereit sei, sich »coram populo« als der Härteste der Reinen zu erweisen; ich bezweifelte auch nicht, daß er es nicht weniger sein würde als ich; vielleicht auch mehr, vielleicht noch besser als ich. Ja, die Achtung, die ich vor ihm hatte, das Bedürfnis, immer ein Vollkommeneres zu suchen, dem ich nacheifern und das ich anstreben konnte, bewirkten es, daß ich ihn tatsächlich für fester und unnachgiebiger in unseren Ansichten hielt, als ich selbst es war, Dachte ich zum Beispiel an die Zeit zurück, als er sich von der Nora Sarfati einen Flegel hatte heißen lassen, weil er seine Unterschrift nicht in ein Album von ihr hatte setzen wollen, und stellte ich dem gegenüber, wie ich unterschrieben hatte, um keinen Ärger zu bekommen, so war ich unfähig, Verdächtigungen zu hegen, und ich schämte mich beinah, wenn mir manchmal wieder die jähe Erinnerung an eine der Episoden, die ich erzählt habe, ein Gefühl der Kälte und des Unbehagens aufsteigen ließ.

Weil ich so viel über unsere Lebensregeln gesprochen habe, über diese »Gesetze«, die den wesentlichen Teil der Akademie der Reinen ausmachten, wird es nicht schlecht sein, wenn ich bei ihrem Inhalt und dabei verweile, was, in meinen Augen, ihr Ziel hätte sein sollen.

Vor allem verbot die Akademie, das Wort an das weibliche Menschengeschlecht zu richten (mit einigen genau festgelegten Ausnahmen), ihnen mit mehr Worten Antwort zu geben, als notwendig war, mit ihnen über dritte Personen in Verbindung zu stehen. Wollte ich also eine Schwäche von mir zum Gesetz erheben, versuchte ich, mich davon zu befreien, mich dafür bloßzustellen, indem ich in alle Winde ausposaunte, daß es willentlich, aus moralischem Prinzip geschah, daß ich handelte, wie ich handelte? Im Grund drehte es sich vielleicht nur eben darum, weil die menschlichen Unternehmungen, wie ich glaube, sehr oft derartige Triebfedern haben.

Das will aber nicht sagen, daß ich nicht in vollkommen gutem Glauben handelte. Ich war aufrichtig, zutiefst, und bereits unwiderruflich davon überzeugt, daß die Frauen minderwertige Wesen sind, daß sie im Mann, aus einer ihnen natürlichen Neigung, in moralischer Hinsicht nicht die schönen Eigenschaften suchen, daß man, um ihnen zu gefallen, nichts anderes tun kann, als in Verlogenheit, in Affektiertheit und Oberflächlichkeit zu wetteifern. Ich war auch überzeugt, daß wir es, auf Grund des Verhaltens, das die Frauen uns gegenüber annehmen, auf Grund der Schwere unseres männlichen Stolzes niemals zustande bringen können, ehrlich, natürlich und würdig mit einer Frau umzugehen. Um würdig und aufrichtig zu bleiben, um dem moralisch verderblichen Einfluß aus dem Weg zu gehen, gab es nur ein Mittel: sich von jeglichem Kontakt mit ihnen fernzuhalten.

So lagen die Dinge für mich. Allerdings bliebe noch übrig zu erklären, wie es denn nur dazu kam, daß ich das Verlangen verspürte, mir Zügel anzulegen, wenn ich es schon aus Instinkt vermied, mit ihnen umzugehen; und ich mied sie jeden Tag mehr, weil die wachsende Distanz und die immer größere Schüchternheit, die daraus erwuchs, mir die kurzen Gespräche immer unangenehmer werden ließen, die der Anstand oder schulische Angelegenheiten notwendig machten.

Ich habe aber bereits gesagt, daß ich die Schwächen fürchtete, und ich kann hinzufügen, daß ich auch darin aufrichtig war. Man muß bedenken, daß ich verschiedenartige Schwachstellen fürchtete, vielleicht mehr als alles andere die Angst vor der Lächerlichkeit, die plötzlichen Aufwallungen des Stolzes, wenn man dazu gezwungen wäre, allzu klägliche Figur zu machen, und die Furcht davor, auf ungeziemende Art zu handeln. Und außerdem spürte ich in mir wahrhaftig einen Kampf, weil das weibliche Menschengeschlecht nicht aufhörte, anziehend auf mich zu wirken. In klarsichtigen Momenten durchschaute ich, daß dieser Kampf stets von meiner Schüchternheit und vom Gefühl der Verlegenheit gewonnen werden würde, auch ohne die Zügel meiner Gesetze, wahrscheinlich auch ohne die Mitarbeit meines Willens. Aber man neigt immer dazu, wenn sich in der eigenen Brust ein Kampf abspielt, an seinem Ausgang zu zweifeln, selbst wenn er in Wirklichkeit längst entschieden ist; man gibt sich immer der trügerischen Hoffnung hin, unser Wille könnte in der einen oder anderen Hinsicht Einfluß üben, man bildet sich ein, das Ergebnis früherer Vorfälle könnte anders sein, als es ist, wenn man nur wirklich gewollt hätte.

Selbst wenn man nur die Frage der direkten Anziehungskraft, die das weibliche Menschengeschlecht weiterhin auf mich ausübte, in Betracht zieht, konnten die Gesetze der Akademie der Reinen also nur ein Übermaß an Vorsicht bedeuten, nicht aber, von meinem Standpunkt aus, gänzlich absurd oder offenkundig unnütz sein.

Vorausgesetzt also, daß Babich entschlossen war, im Ernst ein Reiner zu sein, war es natürlich, daß ich annahm, er müsse die Dinge so sehen wie ich und deshalb dieselben Notwendigkeiten empfinden. Ja, weil ich ihn, was Instinkt und Nerven anlangte, für gesünder hielt als mich, weil ich wußte, daß sein Stolz sehr ausgeprägt war, konnte ich unmöglich nicht auf den Gedanken kommen, daß die Kandare der Gesetze ihm hilfreich und wünschenswert sein mußte, mehr noch als mir selber.

Für mich gab es allerdings spezielle Verlockungen, von denen ich annehmen mußte, daß sie ihm vollkommen unbekannt waren: die Verlockungen, sich der Liebe zu ergeben. Ich schicke voraus: Bianca hatte mit der Frage der Akademie der Reinen überhaupt nichts zu tun. Im Gegenteil, schlug ich die Gesetze vor, sprach ich vom weiblichen Menschengeschlecht, schrieb ich, später dann, über die

Frauen sehr feindselige Dinge, dachte ich niemals an Bianca. Mir war klar, daß ich kein Urteil über sie haben konnte, weil ich in sie verliebt war; und deshalb versuchte ich auch nicht, wenn ich mich mit generellen Fragen beschäftigte, ihren besonderen Fall zu überdenken.

Allein die Tatsache, daß ich die Akademie der Reinen begründen wollte, beweist, daß während der drei oder vier Ferienmonate in mir der Entschluß herangereift war, nunmehr definitiv die Liebe zu bekämpfen, mich von Momenten der Schwäche nicht mehr unterkriegen zu lassen wie im vergangenen Jahr, mich nicht mehr mit vergeblichen Hoffnungen zu täuschen. Wäre es nicht so gewesen, hätte ich mir gewiß nicht jede Möglichkeit versperrt, mich an sie zu wenden, mit ihr auch manches »nicht notwendige« Wort zu wechseln. Ich war also bereits überzeugt, daß meine Liebe verurteilt war, hatte die Erniedrigungen und das Schwanken über, kurz, ich war vollkommen enttäuscht.

Die Akademie der Reinen sollte auch dazu dienen, meiner Unsicherheit ein Ende zu machen. Ich meinte, hätte ich mich einmal den Regeln der Akademie unterworfen, würde ich nicht mehr anfangen können, das Problem zu untersuchen, und immer wieder von vorn, wie ich mich Bianca gegenüber verhalten sollte. Zu meiner angeborenen Handlungsunfähigkeit würde ein fester Wille zum Verzicht hinzutreten: Und auf diese Weise würde ich früher oder später dieser langen Pein entkommen, die bereits von keiner Hoffnung mehr aufgehellt war.

Es lag jedoch auch eine kuriose Seite in der Frage der Vorschrift, sich von den Frauen fernzuhalten. Diese bis zu den extremsten Folgen getriebene Keuschheit gefiel mir auch deshalb, weil mir vorkam, daß sie eine Huldigung sei, die ich meiner Liebe darbrachte. Mag man es für befremdlich und verrückt halten, soviel man will, ich wollte wirklich nichts mit den Frauen zu tun haben, wollte mich nicht als junger Schnösel aufführen, auch deshalb, weil ich der Geliebten keinen Tort antun wollte, von der ich mir außerdem vornahm, sie zu behandeln wie alle anderen.

Der zweite Artikel umfaßte zahlreiche andere Gesetze, von denen aber keines so wichtig war wie das erste, von dem ich bereits berichtet habe.

Es handelte sich im allgemeinen um Regeln, wie man den Kameradinnen und solchen Umgebungen aus dem Weg gehen konnte, wo man in Versuchung geführt wird. Ein einziges Gesetz – ich glaube, das letzte – hatte einen vollkommen anderen Charakter: Es trug auf, »den Oberen der menschlichen Gemeinschaft zu gehorchen«.

Wollte ich auch damit eine meiner Schwächen zur Lebensregel emporstilisieren? Hielt ich in Wirklichkeit meine Skrupel hinsichtlich der *Pflicht* nicht für absurd? Sicher ist, daß ich bereits zu dieser Zeit für die *Pflicht* nicht mehr jenen blinden Fanatismus empfand wie zwei oder drei Jahre zuvor. Nichtsdestotrotz haßte ich die Liederjane, die Burschen, die mit unmoralischen Theorien prahlen, um sich interessant zu machen. Unerträglich waren mir die Jungen, die versuchen, ihrer trottelhaften Unrast freien Lauf zu lassen und gleichzeitig die kindische Eitelkeit zu befriedigen, indem sie sich eines Verhaltens befleißigen, von dem sie hoffen, es sei skandalös, und die statt dessen nur lächerlich und langweilig sind.

Solche wollte ich nicht unter den Reinen. Ich wünschte sogar, unsere Absicht, moralisch orthodox zu sein, und insbesondere auf dem Gebiet des Lernens und der Arbeit, möge ganz deutlich proklamiert werden. Auf die Art, dachte ich, würden wir nicht mit denen vermischt werden können, die auf der ständigen Suche nach Extravaganzen sind. Denn ich wünschte, daß man uns unser Verhalten nicht vorwerfen konnte, daß alle Reinen Musterknaben seien, so daß niemand sagen konnte, unsere Theorien seien die unmoralischer Menschen.

Ich mußte es allerdings bereuen, dieses Gesetz ins Statut der Akademie der Reinen aufgenommen zu haben. Babich, der seine Mutter in die Kategorie der »Oberen der menschlichen Gemeinschaft« aufnahm (ich hatte nur Professoren, Bürovorsteher und ähnliches im Sinn gehabt), nutzte den Umstand aus, um ihr gegenüber nie Einwände zu erheben, wenn sie ihn zwang, eins unserer

Gesetze zu übertreten, während häufig wohl ein kleiner Widerstand genügt hätte, sie dazu zu bringen, von ihrem Vorschlag abzusehen.

In der ersten Zeit brachte Babich sehr viele Anregungen ein. Ja, es geschah sogar auf seinen Rat hin, daß wir für eine Zeitlang seinen Bruder in die Akademie aufnahmen, und später einen Schulkameraden von uns. Diese Experimente glückten allerdings nicht sehr und dauerten nicht lange an. Doch die wichtigste Initiative Babichs war die Gründung der »Zeitschrift der Akademie der Reinen«. Diese Zeitschrift sollte monatlich erscheinen und einen Bericht über die Aktivität der Akademie, Artikel von Mitgliedern und Nichtmitgliedern über Themen, die die Ziele der Akademie betrafen, und eventuell auch Artikel über andere Themen enthalten.

Seit der Gründung der Akademie hatte ich die Absicht gehabt, der Öffentlichkeit unsere Ideen durch ein paar Schriften kundzutun. Ja, mein Wunsch war es sogar gewesen, daß Babich eine Broschüre vorbereitete, die unsere Prinzipien erläutern sollte. Weil mir aber die Akademie noch nicht richtig geordnet und auch die Mitglieder in ihren Ideen noch nicht vollkommen übereinstimmend vorgekommen waren, hatte ich gedacht, es würde besser sein, noch zuzuwarten. Babichs Vorschlag, der, wie ich meinte, ein Anzeichen seiner großen Ungeduld war, den Kampf aufzunehmen, bewirkte es, daß auch ich mich davon überzeugte, es sei an der Zeit, zur Tat überzugehen.

Babich beteuerte außerdem des öfteren, daß die Zeitschrift für ihn das Wichtigste an der Akademie war und daß er der Gründung letzterer beigepflichtet hatte, eben um die Herausgabe der Zeitschrift möglich zu machen. Im übrigen maß auch ich ihr sofort große Bedeutung bei. Das Schlimme aber war, daß unsere Absichten differierten und wir einander nicht verstanden. Ich sah die Herausgabe der Zeitschrift für eine alles andere als angenehme Aufgabe an: Wir würden einen Feldzug beginnen müssen, der geringe Erfolge zeitigen, uns aber statt dessen viel Ärger und Lächerlichkeit bescheren und die Ruhe unseres Schullebens in ernste Gefahr bringen würde. Immer wieder würde man auf die gleiche Sache zurückkommen müssen, mit dem Ergebnis, daß wir einen oder zwei der Besseren zu uns herüberziehen (oder zumindest vom extremsten Jungherren-Snobismus abbringen) und den Zorn der anderen gegen uns entfesseln würden, die uns jetzt wenigstens außer acht ließen.

Babich schlug demgegenüber die Herausgabe der Zeitschrift mit Absichten vor, die sich wahrscheinlich nur wenig von denen unterschieden, die Burschen dazu antreiben, die zahlreichen kleinen Zeitungen zu redigieren, die von Zeit zu Zeit in den Schulen verbreitet werden. Die Zeitschrift sollte also dazu dienen, zu beweisen, daß wir gut schreiben konnten, daß wir Interessantes zu sagen hatten. Vor allem sollte sie bei den Kameraden Anklang finden; später vielleicht würde man, da die Akademie der Reinen existierte und die Zeitschrift ihr Organ war, auch einige Artikel veröffentlichen, in denen man die allzu albernen Übertreibungen der jungen Herren ins Lächerliche zog.

Kaum war die Sache beschlossen, drang ich darauf, daß Babich den ersten Artikel schreibe, über Jungherren-Snobismus und über den Purismus, sein Gegen- und Heilmittel. Weshalb beauftragte ich damit Babich und wollte mich nicht selber ans Werk machen? Vor allem weil ich, mit einer in meinen Augen derart wichtigen Sache, keine persönlichen Fragen abwickeln wollte: Keinesfalls wollte ich den Anschein erwecken, daß ich Wert darauf legte, als Seele der Akademie aufzutreten, als ihr »Theoretiker«. Und weiters, weil Babich im Ruf stand, besser zu schreiben als ich. Um die Wahrheit zu sagen, ich glaubte nicht mehr an diese Überlegenheit, ich wußte, daß wir beide ziemlich schlecht schrieben: ich auf wirre und fehlerhafte Art, mit vielen Wiederholungen, jedoch nicht ohne einzelne Stellen von einer gewissen Eindringlichkeit; er dagegen in glatter und flüssiger, aber sehr oft affektierter Manier, mit zu vielen Zitaten, zu vielen gebräuchlichen Redewendungen, seine Gedanken – meiner Ansicht nach – oft in recht flauer Weise ausdrückend.

Trotzdem wollte ich mich, da es sich um eine Wahl handelte, die ich für sehr wichtig hielt, nicht auf mein Urteil verlassen, das mir sagte, daß meine Art zu schreiben für unser spezifisches Thema angemessener wäre. Ich suchte einen objektiven Faktor, der es ermöglichte, festzustellen, welcher Stil den besseren Eindruck auf die anderen machen würde, und ließ es, weil die Professoren seinerzeit gezeigt hatten, daß sie seine Aufsätze den meinigen vorzogen, ohne weiteres zu, daß er der offizielle Schriftsteller der Akademie werde.

In mir bestand vielleicht auch die Absicht, ihn auf die Probe zu stellen und ihn durch seine eigenen Schriften an die Sache des Purismus zu binden. Jedenfalls erwartete ich, daß er sich seiner Sache gut entledigen und wir, wenn überhaupt, wegen ein paar einzelner Sätze diskutieren würden, die mir allzu gemäßigt vorkamen.

Babich nahm den Auftrag an und schien geschmeichelt. Während ich aber, von der Idee der bevorstehenden Publikation befeuert, für meinen Teil an einem »Innenbericht« über den Jungherren-Snobismus schrieb, mit der Vorstellung, ihm ein paar Stichworte zu überlassen, die mir gut vorkamen, blieb er vollkommen inaktiv und ließ den für die Abgabe des Artikels festgesetzten Termin herankommen, ohne eine Zeile geschrieben zu haben. Warum verhielt er sich so? Aus bloßer Faulheit, wollte er mich glauben machen. Und vielleicht sagte er die Wahrheit. War es aber vorstellbar, daß ein Bursche wie Babich, so aktiv, so genau, so stolz, sich von Faulheit überwältigen ließ, wenn er ein Werk vollenden sollte, das er für gut und wichtig hielt?

Babich hätte sich gewiß nicht von der Trägheit besiegen lassen, wenn ihm nicht mulmig gewesen wäre. Damals hatte ich den Verdacht (obwohl er immer das Gegenteil behauptete), daß der Auftrag ihm nicht willkommen war. Weil ich mich aber darauf versteifte, ihn von denselben Gefühlen beseelt zu sehen wie mich, konnte ich mir über seine Gründe natürlich nicht klar werden. Erst später meinte ich zu verstehen: Im Bewußtsein, daß ich ihn nichts veröffentlichen lassen würde, was nicht eindeutig und kategorisch war, fühlte Babich sich nicht in der Lage, etwas Vorführbares zu schreiben, ein Stück, mit dem er gut oder nicht allzu kläglich dastehen würde. Deshalb lockte ihn die Vorstellung, den Artikel zu schreiben, nicht mehr, im Gegenteil, sie war ihm fast lästig. Bei einer solchen inneren Einstellung war es nicht verwunderlich, daß er die Sache auf die lange Bank schob.

Doch zu diesem Schluß kam ich erst später. Damals war ich nur ungeduldig und unterließ es nicht, ihn anzutreiben, ihn zu stoßen, etwas zu tun. Und nach kurzer Zeit begann ich zu fragen: Wenn Babichs Artikel sich nicht sehen ließ, warum nicht, in der Zwischenzeit, meinen Bericht veröffentlichen, der, gut oder schlecht, zumindest den Vorteil hatte, daß es ihn gab, daß er fertig war? Babich äußerte sich ablehnend, und ich, irritiert durch diese Ablehnung, die mir tyrannisch vorkam (ich dachte nämlich, daß er nicht das Recht habe, sich zu widersetzen, angesichts dessen, daß er sich nicht entschloß, zu schreiben), ich neigte jetzt dazu, meinen Bericht für besser zu halten, als er war, und glaubte, es wäre für die Akademie von Schaden, wenn er nicht in der Zeitschrift erscheinen würde.

Unvoreingenommen urteilend, hätte ich hingegen sagen müssen, daß er recht medioker war. Ich begann damit, die ersten Schritte, die Jungen und Mädchen, zur Adoleszenz herangereift, in Richtung auf den Jungherren-Snobismus tun, kurz zu beschreiben, versuchte dann, die jungen Leute in ein paar Kategorien einzuteilen, und das hauptsächlich zu dem Zweck, Typen zu skizzieren; ich zählte die moralischen Schäden auf, die die beschriebenen Verhaltensweisen herbeiführen können, und stellte zuletzt schematisch dar, welcher Art die Pläne der Reinen waren und die Mittel, die anzuwenden sie beabsichtigten, um ihre Ziele zu erreichen.

Als erste Kategorie der jungen Leute, womit ich meine Ansichten ziemlich verfälschte, hatte ich die Verliebten angegeben, weil mir daran lag, verständlich zu machen, daß wir keine Sentimentalisten und Gefühlsdusel waren, daß wir auch die Liebe geringschätzten, nicht als Gefühl an sich, sondern weil es in ihr darauf hinausläuft, daß ein minderwertiges Wesen überschätzt wird.

Diese Schrift, oder zumindest Teile von ihr, hätte im Verlauf einer Diskussion vielleicht wirkungsvoll sein können. Als Eröffnungsartikel war sie jedoch schwach, weil unvollständig und außerdem viel zu kategorisch in ihren Behauptungen. Über Jungherren-Snobismus wurde gesprochen, und er wurde verdammt, ohne daß unsere Gesamtauffassung, unsere Sicht auf die Dinge, unsere Moralvorstellungen, unsere Aspirationen zur Diskussion gestellt worden wären. Hätten wir aufmerksame und kritische Leser gefunden, diese Auslassungen hätten für uns ein Element der Schwäche dargestellt.

Ich weiß nicht, ob Babich die Mängel bemerkte. Jedenfalls sagte er kein Wort, vielleicht weil er den Artikel bei sich übertrieben und lachhaft fand. Er behauptete, daß er sich nur deshalb einer Veröffentlichung widersetzte, weil er mir nicht das Vorrecht einräumen wollte, unser Kampfprogramm zu schreiben.

Um sich gegen mein Insistieren abzusichern, schlug er mir für die erste Nummer der Zeitschrift eine Studie von mir über die Reformen Gentiles vor. Ich widersetzte mich voller Empörung: Es wäre doch geradezu ungeheuerlich, wenn die Akademie der Reinen den Lesern ihrer ersten Nummer offensichtlich nichts anderes zu bieten hätte als eine Kritik an einer Schulreform, als wäre es Zweck der Akademie, sich mit Schulprogrammen und ähnlichem Zeug zu beschäftigen! Trotzdem legte ich anfänglich diesem Geistesblitz Babichs keine große Bedeutung bei. Ich nahm nämlich an, das sei für ihn ein Vorwand wie jeder andere, um endlich seinen Artikel vorbereiten zu können und so den schlechten Ruf der Untätigkeit loszuwerden.

Erst viel später sah ich in diesem merkwürdigen Vorschlag Babichs ein wichtiges Indiz. Ihm mußte die Veröffentlichung meiner Studie über Gentiles Reform wünschenswert erscheinen: Auf diese Art würde unserer Akademie über ihre Zeitschrift der Aspekt einer Verbindung mit kulturellen Zielen verliehen werden, an denen niemand etwas auszusetzen finden würde, umso mehr, als unsere Neigung zur Pedanterie in Schulbelangen bekannt war.

Nach langen Streitereien erreichte ich schließlich, daß mein Aufsatz über den Jungherren-Snobismus veröffentlicht werden sollte, wobei man ihm eine Anmerkung nachstellen würde, die Absicht eines anderen Mitglieds bekannt zu machen, das Thema in einer der folgenden Nummern länger abzuhandeln. Babich wirkte allerdings verschnupft, und als ich ihm den Artikel in der von mir vorgesehenen Endfassung vorlas, kommentierte er wenig und lächelte viel, auf seine übliche zurückhaltende und geheimnisvolle Art. Ich gewann so den Eindruck, daß ihm viele Stellen lächerlich oder geradezu unschicklich vorkommen mußten. Er gab es mir aber nicht deutlich zu verstehen, zumindest nicht mit Worten, und das vielleicht nicht nur deshalb, weil er fürchtete, ich würde ihn mit Beschuldigungen der Lauheit, der Feigheit überschütten. Mir kam vor, daß es ihm auch taugte, mich dabei zu sehen, mir einen ordentlichen Schwung Lächerlichkeit und etlichen Ärger einzuhandeln; daß er mit einiger Freude vorhersah, daß ich bestraft werden würde, weil ich meinen Plan hatte durchsetzen wollen.

Solche Gedanken gingen mir durch den Kopf, doch auch diesmal konnte ich mich nicht dazu entschließen, eine Erklärung herauszufordern. Ich wollte mich unerschrocken zeigen und Babichs Lächler nicht zur Kenntnis nehmen. Und wieder einmal war sein Verhalten dann solcherart, daß es den momentanen Eindruck in mir löschte. Gerne bereitete er ein paar einleitende Zeilen zu meinem Artikel vor, in denen er unter anderem erklärte, weshalb wir unsere Akademie als Akademie der Reinen bezeichnet hatten. Eines Tages hatte Borselli, als er Oldenburger zu sich rief, der gerade mit uns plauderte, zu diesem ironisch gesagt: »Na, kommst du nicht? Was machst du dort mit diesen Reinen?«; wir hatten den Schimpfnamen angenommen, umso mehr, als bei uns auch der rein genannt wird, der in einer Gesellschaft von Besoffenen sich nicht betrunken hat. Babich bereitete außerdem einen Holzschnitt für die Kopfzeile der Veröffentlichung vor und setzte darein die Schrift: »Zeitschrift der Akarein«, auf die Art den dezenteren Namen Akarein an die Stelle des ein wenig verfänglicheren Akademie der Reinen setzend.

Nachdem die Zeitschrift auf der Maschine in vier oder fünf Kopien abgeschrieben worden war, konnte sie also dergestalt erscheinen und durch unsere Klassen zirkulieren, was etwa einen Monat nach dem Wiederöffnen der Schule geschah.

Die Zeitschrift hatte weder die guten Auswirkungen noch jene bösen, die ich mir erwartet hatte: sie hatte einfach überhaupt keine Folgen. Unsere Jugend war dermaßen entfernt von jeglicher Sorge moralischen Charakters, daß es ihr nicht einmal der Mühe wert schien, sich über einen lustig zu machen, der sein Hirn mit solchen Problemen abmarterte. In der Parallelklasse wurde ein bißchen Lärm geschlagen: Die Padova las den Artikel laut vor. »Das sind ja schöne Sachen«, sagte sie zum Schluß, verzog mißbilligend den Mund und gab die Zeitschrift ohne weiteren Kommentar dem zurück, der sie ihr gegeben hatte. Bei uns lief die Sache noch glatter ab. Grandi machte ein paar bissige Scherze; Gozzi lobte mich beinahe und sagte mir, daß ich meine Typen gut studiert habe. Er wurde allerdings rot, als wir ein paar Worte über das Thema wechselten, und man sah deutlich, daß er im Grund der Meinung war, man dürfe solche Sachen nicht schreiben. Die anderen gaben mir die Zeitschrift ohne oder fast ohne Kommentar zurück. Sie wirkten verstimmt, als hätte es sich um etwas Unschickliches gehandelt, das man besser schnell totschwieg.

Damals wurde mir klar, daß sich unsere Kameraden im Lauf der Jahre verändert hatten; daß sie das Riesengelächter und die Skandale nicht mehr liebten wie früher einmal: Im Gegenteil, sie hatten sich genau die Psychologie der Gesellschaftsmenschen zugelegt, die den »Fauxpas« fürchten und ihn zu vertuschen suchen. Und ich wurde mir bewußt, daß Babich und ich uns allmählich eine gewisse Autorität ihnen gegenüber erworben hatten, die größer war, als wir selbst vermuteten. Aus diesem Grund zeigten sie sich vielleicht nicht geneigt, sich über uns lustig zu machen. Wenn die Zeitschrift trotzdem keinerlei Echo gehabt hatte, mußte man wohl zu dem Schluß kommen, daß sie wirklich ganz unempfindlich waren.

Ich glaube nicht, daß die Zeitschrift in die Hände meiner Klassenkameradinnen gelangt ist. Es wäre mir sicherlich nicht schwergefallen, zu bewerkstelligen, daß sie sie erhielten. Ich unternahm nichts. Ich wollte nämlich vermeiden, daß man annehmen könnte, ich hätte für sie geschrieben, und wollte der Notwendigkeit aus dem Weg gehen, an sie denken zu müssen, wenn ich mich wieder ans Schreiben setzte.

Natürlich hätte ich mir stark gewünscht, daß Bianca meinen Artikel über den Jungherren-Snobismus las. Mir lag daran, daß sie wußte, wie ich über sie dachte und aus welchen Gründen ich mich anders verhielt als die übrigen. Besonders wünschte ich, daß ihr klar würde, daß ich argumentieren und kritisieren konnte, daß ich nicht – wie ich bisweilen fürchtete, daß sie annahm – nur einer dieser üblichen und langweiligen Musterknaben war, die aus Charakterschwäche und Mangel an eigenen Ideen dem Willen der Mutter oder des Professors ehrfurchtsvoll gehorchen.

Einen solchen Wunsch hielt ich jedoch für verwerflich, für schnöselhaft beinah, und ich versuchte, ihn zu unterdrücken. Darin wurde ich durch die Tatsache unterstützt, daß es mir, von verschiedenen anderen Gesichtspunkten aus, unangenehm gewesen wäre, wenn Bianca meinen Aufsatz gelesen hätte. Ich meinte, daß der grobe Stil, die brutale Art, bestimmte Wahrheiten zu sagen, die, wie mir vorkam, zu den jungen Herren paßten, auf sie einen traurigen Eindruck hätten machen können. Was ich über die Liebe schrieb, dünkte mich außerdem unehrlich, wenn ich mir vorstellte, sie würde es lesen; denn ich hatte, wenn ich in so vielen Jahren der Analysen und des Zauderns auch nicht fähig gewesen war, irgend etwas zu unternehmen, um ihr meine Gefühle zu offenbaren, sie doch niemals enttäuschen wollen, hatte in keiner Weise eine Handlung wie die jetzt gesetzt, die, in meinen Augen, ein Verleugnen und Beleidigen der Liebe war.

Schließlich muß ich noch sagen, daß ich, obwohl dazu entschlossen, das möglichste zu tun, um die Kette meiner Liebe zu zerbrechen, trotzdem jedesmal einen Stich verspürte, wenn ich merkte, daß ein neu hinzugekommener Umstand die Distanz, die es zwischen ihr und mir gab, noch vergrößerte. Dieser Artikel, in dem ich mich so offen frauenfeindlich zeigte, wo ich verkündete, den Frauen aus dem Weg gehen zu wollen, wo ich so schlecht über sie sprach, konnte sie ärgern, konnte ihr vielleicht weh tun: Auf jeden Fall mußte er mich in einem befremdlichen und feindseligen Licht erscheinen lassen, und auf diese Weise jedes noch so dünne Band durchschneiden, das sie an mich binden mochte.

Unser Wunsch war, daß irgendeiner der jungen Herren eine Antwort auf meinen Artikel schreiben möge. Ein Widerspruch würde noch interessanter sein, und die Dummheiten, die die Antwort fast sicher enthalten würde, hätten uns gute polemische Stichworte geliefert. Wir wurden allerdings enttäuscht und waren in den folgenden drei Monaten gezwungen, das Gemunkel, das da und dort laut wurde, zu sammeln und antworteten dann in unseren monatlich erscheinenden Nummern auf Einwendungen und Kritiken, die uns gegenüber nur in sehr vager Form gemacht beziehungsweise uns gegenüber oft überhaupt nicht ausgesprochen worden waren.

Ich schrieb Verschiedenes in Form von Pressenotizen oder kurzen Artikeln: Ich verteidigte die Reinen vor der Beschuldigung, mit ihrer Originalität die Aufmerksamkeit auf sich lenken zu wollen; verteidigte sie vor dem Anwurf, der unausbleiblich war, mit ungebräuchlichen Mitteln die Gunst der jungen Fräulein gewinnen zu wollen; ich erklärte nochmals unsere Meinungen über die Frau und über die Liebe und legte meine alte Theorie dar, daß die gespreiztesten und gewöhnlichsten jungen Herren, jene, die sich auf alberne Scherze und auf die Schleifen bei den Fliegen spezialisieren, mehr Glück haben als die aufrührerischen und abenteuerlustigen Wagehälse; ich machte darauf aufmerksam, daß sich die jungen Herren gegenseitig sehr stark beeinflussen, daß sie sich verstellen, wenn sie sich in zahlreicher Gesellschaft befinden, um dann wieder einfach und menschlich zu werden, wenn sie mit einem von uns unter vier Augen zu reden haben; ich kritisierte den Ball, das Tennisspiel und anderen ähnlichen Zeitvertreib und äußerte mich ferner über ein paar zweitrangige Dinge.

Auch Babich schrieb ein bißchen für die Zeitschrift; aber wenig und ungern: insgesamt drei oder vier Artikel, in einem eigenartig harten, schulmeisterlichen Predigerstil, ein wenig ähnlich dem einiger Schriften Mazzinis (Babich nannte sich in der Tat einen Mazzini-Anhänger). Einer der Artikel handelte von den Erziehungsmethoden gewisser Mütter, die, seiner Meinung nach, einer der stärksten Antriebe zum Jungherren-Snobismus waren; ein anderer forderte auf, die Zeitschrift nicht an die jungen Fräulein weiterzugeben, wodurch er bewies, daß uns nichts daran lag, daß sie uns läsen; ein dritter versuchte zu erklären, warum wir die Notwendigkeit verspürt hatten, die Akademie zu gründen und uns so viele sonderbare Lebensregeln aufzubürden.

Daran ist nichts verwunderlich, daß Babich für die Zeitschrift schrieb, und es stellt auch keinen Widerspruch zu der Tatsache dar, daß er diese Publikation bereits gar nicht mehr leiden konnte, der ich, gegen seine Absichten, den von mir gewünschten Charakter aufzuprägen vermocht hatte. Selbstachtung und Stolz erlaubten ihm nicht, schweigend die Rolle dessen zu spielen, der sich ins Schlepptau nehmen läßt, der stillschweigend die Ideen anderer gutheißt. Und er konnte auch nicht zulassen, daß man argwöhne, er habe sich in der Akademie auf Grund seiner Schwäche und weil er es nicht wagte, seine Zweifel kundzutun, einspannen lassen. Die Akademie existierte, die Zeitschrift erschien: Sein Ansehen hätte gelitten, wenn nicht alle geglaubt hätten, daß dies mit seiner vollen und freien Zustimmung geschehe, ja, daß es durch seinen Willen geschehe, und sogar mehr noch als durch meinen. Deshalb versuchte er zu beweisen, daß er genauso rein war wie ich, ja noch reiner; deshalb gab er seinen eher inhaltsarmen Artikeln diesen aufgebrachten und unnachgiebigen Ton.

Die Zeitschrift hatte im Hause Babich keine gute Presse, wie auch die Akademie zuvor keine gute gehabt hatte. Frau Babich gab uns offen zu verstehen, daß wir lachhaft und mit unseren Artikeln, die immer das gleiche Thema abhandelten, langweilig waren. Wäre Frau Babich irgendein dummes Weibsstück gewesen, hätte mich eine solche Einstellung nicht gewundert. Doch ich wußte, daß sie außerordentlich gescheit war. Ich werde lediglich zwei aus der großen Zahl von Beweisen anführen, die ich für ihren Scharfsinn besaß. Von Anfang an hatte sie in mir, einem gescheiten und fleißigen, ernsten und sittsamen Burschen, eine für ihren Sohn gefährliche Gesellschaft auszumachen vermocht und hatte es nicht unterlassen, ihn so oft wie möglich auszuschicken, um Besuche oder Einkäufe zu machen, die nicht immer unbedingt notwendig waren, wenn er sich mit mir hätte treffen sollen; und genau zu jener Zeit hatte sie, nachdem sie Babich erlaubt hatte, alle Bücher aus der von seinem Vater hinterlassenen Bibliothek zu lesen (es gab in ihr Bücher von Zola, naturgeschichtliche und medizinische Werke), ihm ein einziges, im Grunde hochmoralisches entzogen, die *Kreutzersonate* von Tolstoi, weil sie exakt begriffen hatte, daß der Sohn darin eine maßgebliche Bestätigung für die Richtigkeit von gewissen seiner Ideen würde finden können, von denen sie sich vorgenommen hatte, sie ihm als absurd und von niemandem, außer von einem unzurechnungsfähigen Menschen, wie ich einer war, geteilt darzustellen.

Es war sicher nicht die Feindseligkeit Frau Babichs den puristischen Ideen und der Akademie gegenüber, was mich erstaunte. Nach der körperlichen Gesundheit des Lieblingssohnes waren, was Frau Babich am meisten am Herzen lag, seine Erfolgsaussichten in der Welt. Sie konnte es daher nicht gerne sehen, daß sich in ihm Ansichten entwickelten, in denen der Keim der Unzufriedenheit und des Widerstandes dieser Welt gegenüber lag, in der er sich hätte hervortun sollen. Und es konnte ihr auch nicht gefallen, daß er Verhaltensweisen annahm, die die meisten mißbilligten und lächerlich fanden, daß er, weil er sich nicht anerkannt fühlte, argwöhnisch und seiner selbst unsicher würde, daß er dahin kam, die Meinung seiner Mitmenschen geringzuschätzen.

Was mich wirklich verwunderte, war, daß Frau Babich sich darauf beschränkte, über unser Verhalten zu lachen, daß sie sich, mehr oder weniger, so benahm wie unsere Mitschüler, während ihr Verstand es ihr erlaubt hätte, vernünftig zu diskutieren, unseren Argumenten, statt Gelächter, Argumente entgegenzusetzen und, wenn es solche gab, gute Argumente. Ich war mir darüber im klaren, daß eine erwachsene und erfahrene und noch dazu vielbeschäftigte Frau (die Last, die Frau Babich, seit ungefähr zwei Jahren Witwe, auf sich hatte, war nicht leicht), daß eine solche Frau sich nicht daran machen konnte, Artikel für die Zeitschrift zu schreiben, um damit auf die unsrigen zu antworten. Doch hätte sie mit ihrem Sohn vernünftig reden können, wäre sie davon überzeugt gewesen, ihm so die Grillen aus dem Kopf zu scheuchen.

Wenn sie das sein ließ, wenn sie sich damit begnügte, sich über die Ansichten des Sohnes lustig zu machen, nur die lächerliche Seite an dem herauszustreichen, was er unternahm und sagte, bedeutete das, daß sie dieses Verfahren für das wirksamste hielt. Und sie täuschte sich nicht. Sie kannte Babichs Schwächen gut, wußte, wie wenig gefestigt seine Überzeugungen waren und wie groß seine Angst vor der Kritik. Hätte sich meine Mutter mir gegenüber ähnlich verhalten, sie hätte nichts anderes erreicht, als mich zu ärgern und noch unnachgiebiger zu machen. Mama wußte das, und sie drückte ein Auge zu, ließ die Sache auf sich beruhen. Frau Babich dagegen vernichtete, durch Gelächter und Scherz, den Purismus des Sohnes gänzlich und viel trefflicher, als sie es mit guten Argumenten hätte tun können, die mir hinterbracht worden wären und auf die ich, wie ich glaube, nicht gefehlt hätte, eine Antwort zu finden.

War außerdem die Tatsache denn nicht bezeichnend, daß Frau Babich sich bemühte, ihrem Sohn und, indirekt, auch mir verständlich zu machen, daß wir langweilig waren? Langweilig oder nicht, in Anbetracht des Programms, das wir uns vorgenommen hatten, konnten wir nicht umhin, immer auf das gleiche zurückzukommen: Frau Babich mußte das sehr gut verstehen. Dazu hatte ich beobachtet, daß unsere Schriften, wenn sie auch die Jungen, die in allen anderen Angelegenheiten so vielbeschäftigt waren, langweilten, den Leuten der älteren Generation meist Spaß machten, die sich zumindest für die Sonderlichkeit dieses Zeitvertreibs von uns Burschen interessierten. Jedenfalls war es nicht Langweiligkeit, was an unserer Zeitschrift dem, der unsere Ideen mißbilligte, am meisten tadelnswert war.

Stellte dieses Beharren auf dem Nachweis, daß wir langweilten, nicht einen geeigneten Kniff dar, auf unseren Stolz einzuwirken und uns dazu zu bringen, das Thema zu wechseln? Frau Babich, die als praktische Frau für kein anderes Streben auf dieser Welt Verständnis hatte als dafür, unter den Ersten zu sein und sich durchzusetzen, hatte vielleicht begriffen, daß ich ein derart verschrobener Kauz war, daß es mir nichts ausmachte, als lächerlich zu gelten, doch konnte sie sich wohl nicht vorstellen, daß ich mich auch damit abfinden würde, mich wegen meiner Langweiligkeit links liegen gelassen zu sehen.

Der Anstoß, die Akademie zu normalisieren, der anfangs von Babich selber gekommen war, ging jetzt von seinem Zuhause aus. Babich hatte nämlich, als er meine Hartnäckigkeit erkannte, nicht mehr den Mut, auf Normalisierung zu dringen, sondern beschränkte sich darauf, das Sprachrohr abzugeben (obwohl er im allgemeinen niemals darüber redete, was seine Familienangehörigen sagten, weil er aus Instinkt allem Tratsch abhold war). Weder machte er deutlich, mit der Mutter übereinzustimmen, noch stellte er klar, daß er von ihrem Unrecht überzeugt sei. Und vielleicht hoffte er, diese Urteile von seiten einer intelligenten und objektiven Person, die überhaupt kein Interesse daran haben konnte, unsere Pläne zu begünstigen oder zu bekämpfen, würden mich schließlich umstimmen.

Schließlich traf eine Antwort auf unsere Artikel über den Jungherren-Snobismus ein. Ein gewisser Romanin hatte sie verfaßt, ein intelligenter, aber etwas exaltierter Bursche, der in dem Jahr aus Venedig zugezogen und ein Mitschüler Babichs war. Wie wir vorhergesehen hatten, schrieb unser Gegner etliche Dummheiten. Er unterschob uns Absichten und Ansichten, die wir nicht hatten, interpretierte auf seine Weise – vielleicht weil er sie nicht oder bloß flüchtig gelesen hatte – einige unserer Artikel. Er behauptete, daß wir den Regeln der Stoiker folgten, daß wir uns vornähmen, uns gänzlich von der menschlichen Gesellschaft abzuwenden; mit mir nahm er's auf, weil ich, seiner Meinung nach, die Kunst als »Frucht eines hysterischen Anfalls« definiert hatte, während mein Diktum bloß gewesen war, daß die Liebe, auch wenn sie die höchsten künstlerischen Schöpfungen inspiriert hat, doch nicht zu entschuldigen ist, so wenig wie die Trunkenheit, mag auch der eine oder andere Poet seine besten Gedichte im Vollrausch geschrieben haben. Außerdem verteidigte er den Sport und die elegante Kleidung, warf sich für die Frau in die Bresche, die, nach seiner Sicht der Dinge, dem Mann durchaus nicht unterlegen war, und er gestand uns, daß sein einziger wahrer Freund weiblichen Geschlechtes sei. Ja, er betonte sogar nachdrücklich, daß er gerade den Frauen gegenüber das beste Verhalten annehme, zu dem er fähig sei.

Romanins Brief weckte Babich aus seiner Lethargie, und so wurden zur Veröffentlichung in der Zeitschrift zwei Antworten vorgelegt, eine von ihm und eine von mir. Babich schrieb wie gewöhnlich in strenger und schulmeisternder Manier; diesmal aber, wo es sich darum handelte, sich an eine ganz bestimmte Person zu wenden, wirkte er geradezu unhöflich. Im Grund war seine Antwort unschlüssig und arm an Argumenten.

Ich war gelassener, war ernst und höflich. Was Romanin schrieb, wollte ich aufmerksamer Betrachtung unterwerfen, ich wollte demonstrieren, daß die Gegner mit höchstem Respekt behandelt würden: Wir waren nicht abgeneigt, im Gegenteil, wir waren froh, mit jedem x-beliebigen zu diskutieren, über jegliches Thema, das die Akademie betraf. Mir schien nämlich, daß wir uns aus einer gelassen geführten Diskussion alle Vorteile und keinen Schaden zu erhoffen hätten. Da ich von der Richtigkeit meiner Ideen überzeugt war und meiner dialektischen Gewandtheit vertraute, war ich sicher, daß die Reinen in jeder Diskussion, die sich um allgemeine Belange drehte, Oberhand behalten würden. Deshalb wünschte ich eine harte und unmanierliche Polemik voll persönlicher Angriffe zu vermeiden, aus der für uns überhaupt kein Nutzen entspringen konnte, auch wenn wir schließlich als Sieger dagestanden wären.

Ich begann damit – wider besseres Wissen, um die Wahrheit zu gestehen –, daß ich mich offen über den Erfolg unserer Kampagne freute: Wir hatten die Figur des jungen Herren so unsympathisch gemacht, daß niemand Lust verspürte, seine Generalverteidigung zu übernehmen. Das war ein Vorteil, weil sich der Jungherren-Snobismus vor allem durch den Geist des Nacheiferns verbreitet. Wenn jeder junge Herr die Verhaltensweise der anderen mißbilligt, obwohl er die eigene nicht für sträflich hält, so hat man bereits ein vorzügliches Ergebnis erzielt.

Ich wog dann eins nach dem anderen die Argumente Romanins, bewies ihm, daß er sich mehr als einmal in der Beurteilung unserer Absichten getäuscht hatte, behauptete wieder die Unterlegenheit der Frau und erlaubte mir schließlich einen Scherz: Wenn es stimmte, daß Romanin das beste Verhalten, dessen er fähig war, gerade dann annahm, wenn er sich in Gegenwart einer Frau befand, so konnten wir ihm nur unser Beileid aussprechen. Das war ein Pfeil, der ins Schwarze traf, weil jedem bekannt war, daß Romanin den Mädchen in lächerlicher Art den Hof machte, weil er sich bemühte, so viel Lärm zu schlagen wie möglich, so viel Blödheiten von sich zu geben, wie nur irgendwie anging.

Nach zahlreichen Auseinandersetzungen und vielen Abstimmungen (wir waren damals zu viert in der Akademie) erwies sich mein Standpunkt als überlegen: Nur eine Antwort an Romanin sollte veröffentlicht werden. Und da zwischen der Antwort Babichs und meiner gewählt werden mußte, wurde meine vorgezogen.

Der Eindruck, den die fünfte Nummer unserer Zeitschrift – und das war die letzte – auf unsere Leser machte, war mäßig. Romanin protestierte mit dem Hinweis, daß wir ihn nicht verstanden hätten, hielt es aber nicht für angebracht, sich besser zu erklären. Er war vielleicht ein wenig verärgert wegen der nicht allzu brillanten Figur, die wir ihn hatten machen lassen. Zu allem anderen war sein Brief gegen meinen Willen mitabgedruckt worden, unter unveränderter Beibehaltung der fehlerhaften Interpunktion und Satzbildung, die Romanin vielleicht nur in der Eile des Entwurfs unterlaufen waren. Jedenfalls blieben wir gute Freunde.

Die seit einiger Zeit in der Akademie latent vorhandene Krise kam kurz nach der Veröffentlichung der fünften Nummer zum Ausbruch und wurde sowohl durch den Mißerfolg Babichs in der Frage der Entgegnung auf Romanin wie auch durch den Umstand beschleunigt, daß er die Akademie beinah auf Null zusammenschrumpfen sah, weil ihm der Ausschluß der anderen beiden Mitglieder, die beigetreten waren, bereits unvermeidlich erschien.

Es war ein interner Bericht Babichs, der die Diskussion lostrat, in deren Folge die Akademie liquidiert wurde. Der Titel dieses Berichtes lautete: »Die Ketten des Gewissens«.

»Die Ketten des Gewissens«, gegen die er loszog, waren die »Gesetze« des zweiten Artikels unseres Statuts. Babich behauptete, daß diese kategorischen Vorschriften, die unser Verhalten regelten, unvollkommen waren und als Garantie nicht ausreichten, daß wir uns, befolgten wir sie, auch richtig verhielten. Andererseits verboten sie uns durch ihre Unvollkommenheit oft ganz unschuldige Handlungen, und das war von Nachteil. Und weiters schläferten sie im großen und ganzen unser Bewußtsein ein, machten uns unfähig, Gutes von Schlechtem zu unterscheiden. Man möge doch die Gesetze aufheben, wir würden dann freier sein. Wir würden uns auch moralischer verhalten, nach dem Gebot des richtigen Urteils, während es jetzt öfter vorkam, daß wir manche Jungherrenschnöselei begingen, nur weil sie nicht ausdrücklich von unseren Gesetzen verboten war. Zum Abschluß forderte Babich, daß man keine Versammlungen, Abstimmungen und Prozesse mehr abhalte, weil dieser Unfug der Ernsthaftigkeit der Akademie gefährlich werden könne.

Diese plötzliche Empörung, diese »antinomistische Fronde« (die Bezeichnung erklärt sich aus dem Umstand, daß wir in der Schule damals den *Brief* des heiligen Apostels Paulus *an die Römer* lasen) mißfiel mir sehr. Alle Verdächtigungen erwachten wieder lebhafter denn je in mir, und ich war überzeugt, daß Babich mit geringer Aufrichtigkeit gehandelt hatte und handelte. Warum entschloß er sich jetzt zu dieser unerwarteten Kehrtwendung, während er vor zwei Monaten aus eigenem Willen selber einen Artikel zur Verteidigung unserer Gesetze für die Zeitschrift geschrieben und entschlossener als ich auf die Übertretungen eines der ausgeschiedenen Mitglieder reagiert hatte? Ich konnte nicht annehmen, daß sein jetziger Bericht nur Zweifel ausdrückte. Der Titel, der Ton waren derart, daß sie nur von einem seiner selbst ganz sicheren Menschen herstammen konnten, der lange nachgedacht hatte. Was er nun schrieb, mußte er schon seit einiger Zeit denken, vielleicht von Anfang an. Jedenfalls war der Prozeß dieser Entwicklung wohl eher lang gewesen. Es bestand kein Zweifel, daß er mir sein wahres Denken immer verborgen hatte, ja, daß er sogar Ansichten vorgetäuscht hatte, die er überhaupt nicht vertrat. Und jetzt kam er mir mit diesem aufgeblasenen, hochnäsigen Ton, mit diesen Allüren eines Überlegenen, eines Helden, der mit den »Ketten des Gewissens« Schluß machen will.

Für mich war es sonnenklar, daß Babich durch seinen Antinomismus die Akademie liquidieren oder sie zumindest unschädlich machen wollte. Nach der Aufhebung der Gesetze würde er es als seine Pflicht betrachten, all unsere »lächerlichen Übertriebenheiten«, all unsere »unschicklichen Verhaltensweisen« zu vermeiden. Kurz und gut, er würde sich benehmen wie alle anderen (oder ein bißchen ernsthafter als die anderen, in Anbetracht seines Charakters); er würde sich wohl binnen kurzem in einen jungen Mann voller gesundem Menschenverstand verwandeln, der sich, theoretisch, zu ein paar gemäßigt antifeministischen Ansichten bekennt. Von dem Punkt, da man es vermeidet, mit dem eigenen Purismus Anstoß zu erregen, da man ihn verhehlt, zu dem anderen, wo man ihn schließlich vergißt, ist ein kurzer Schritt, und Babich würde nicht darauf warten lassen, diesen Schritt zu tun.

Konnte ich ihn davon abhalten? Gewiß nicht; ich hatte aber das Recht, ihm zu zürnen, weil er, anstatt sein Unbehagen einzugestehen, anstatt seine Zweifel und seinen Hang zur Normalisierung kundzutun, sich darauf versteifte, sich öffentlich als rein, als vollkommen rein und orthodox, wie ich es war, und mehr als ich, zu erklären, und weil er sich als erleuchteten Menschen aufspielte, als weisen Reformer, als Antinomisten.

Wo lagen übrigens diese großen Nachteile, die uns unsere Gesetze brachten? Gewiß, sie ließen uns lächerlich erscheinen, zwangen uns zu ein paar kleinen Unhöflichkeiten. Für Babich wog das schwerer als alles andere. Ich dagegen bekundete, daran festzuhalten, daß das ein Vorteil war, und er lenkte, weil er nicht als Schwächling erscheinen wollte und noch immer Wert darauf legte, für rein zu gelten, seine Kritik nicht in diese Richtung. Abgesehen davon waren die Nachteile äußerst gering: Unsere Gesetze zwangen uns, einige Schritte mehr zu tun, um die eleganten Spazierwege und Promenaden zu vermeiden, hielten uns an, auf ein paar Arten bedeutungslosen Zeitvertreibs zu verzichten. Ein wahrlich kleines Opfer, ein Opfer, dessen ich, der ich ein echter Reiner war, mir nicht einmal bewußt wurde.

Sicherlich waren die Vorschriften des zweiten Artikels unseres Statuts unvollkommen, wie ja, notgedrungenermaßen, jede Gesetzgebung, jede Kasuistik unvollkommen ist. Aber man konnte sie ja auch verbessern, und so wie ich daran dachte, sie beständig zu perfektionieren, hätte auch Babich Reformen vorschlagen können. Diese Vorschriften waren jedenfalls sehr viel perfekter als die vagen und wandelbaren Lebensregeln, zu deren Anwendung uns unsere Ansichten schon vor Gründung der Akademie veranlaßt hatten. In der Tat, seit es die Gesetze gab, fühlte ich mich ruhiger, meiner selbst sicherer und weniger unentschlossen, weniger ausgesetzt dem Wechsel von Schwächen und Gewissensbissen.

Schließlich meinte ich, daß selbst der Ausgangspunkt der antinomistischen Argumentation Babichs falsch sei. Genau festgelegte Lebensregeln sind notwendig, besonders da man vorhersieht, daß in unserem Herzen ein Konflikt zwischen mancherlei Neigungen stattfinden wird. Man muß a priori bestimmen, was zu tun ist, man muß, so weit wie möglich, bei nüchternem Verstand festsetzen, was gut und was schlecht ist. Nur so wird der Wunsch, sich selbst getreu und nicht schwach zu sein, bewirken können, daß die Überzeugung auch in den kritischen Momenten meist Oberhand über die Versuchung behält.

Scheut man dagegen, förmlich mit Absicht, jede apriorische Entscheidung, verläßt man sich nur auf das eigene richtige Urteil, dann wird es vorkommen können, daß das rechte Urteil, im kritischen Augenblick, kein rechtes mehr ist, daß sich das Gewissen, unter dem Druck einer momentanen kritischen Situation, einschläfern läßt, und man in etwas hineinschlittert, das man, bei nüchternem Verstand, als Vergehen beurteilt hätte. Um nicht eingestehen zu müssen, daß man schwach gewesen ist (stets eine bittere Sache, besonders für stolze Charaktere), überredet man sich nachher, daß das Vergehen kein Vergehen war, daß man eigentlich nicht schlecht gehandelt, daß es keinen echten Widerspruch zu den Vorsätzen der Vergangenheit gegeben hat; so rutscht man immer tiefer, und selbst die Zweifel und Gewissensbisse reichen nicht aus, um einen wieder auf den rechten Weg zu bringen.

Daß man sich Moralgesetze auferlegen muß, erschien mir menschlich und unausweichlich. Schon die bloße Ansicht über etwas ist in gewisser Hinsicht ein Gesetz.

Indem ich mein Gesetz verkünde, es aufschreibe, mich ihm nicht mehr allein, sondern zusammen mit anderen Kameraden unterwerfe, stelle ich es außer Frage, verleihe ihm mehr Gewicht; in Augenblicken der Verwirrung werde ich nicht mehr überlegen, ob das Opfer unnütz oder übertrieben ist. Den Wert eines solchen Vorgehens nicht zu verstehen, was kann das anderes bedeuten, als wenig Wert auf die eigenen Ansichten zu legen?

In der Frage der Versammlungen, der Abstimmungen, der Urteile hätte ich Babich sehr wohl recht geben können. Aber ich wollte mich auch darüber auf keine Diskussion einlassen, damit das Hauptthema nicht aus dem Blickfeld geriet. Ich muß, zu meiner Schande, gestehen, daß meine konservative Gesinnung mich dazu veranlaßte, jegliche Veränderung zu fürchten, und daß ich diese Albernheiten auch ein wenig liebgewonnen hatte. Die Entschlossenheit und Standhaftigkeit, mit der Babich verkündete, daß dieser Überbau gefährlich war und die Ernsthaftigkeit der Akademie arg aufs Spiel setzte, erstaunte mich jedoch. Hatte nicht er selbst ihn geschaffen? Welche Absichten hatte er also gehabt? Selbst unter der Annahme, daß er zunächst nicht begriffen hatte, was er später durchschaute, und vorausgesetzt, daß er den Überbau anfangs für ungefährlich gehalten hatte, war es denn möglich, daß die Schädlichkeit sich ihm so plötzlich geoffenbart hatte, just in dem Augenblick des jähen Erwachens seiner antinomistischen Überzeugungen? Wenn er, jetzt, tatsächlich glaubte, daß Richtersprüche und Versammlungen gefährlich waren, so hieß das, daß er es schon seit einiger Zeit vermutete. Warum hatte er nicht versucht, die Schäden, die sie mit sich brachten, auszumerzen? Warum hatte er, im Gegenteil, unsere Bürokratie immer mehr aufgebauscht?

Außerdem konnte ich nicht glauben, daß Babich ehrlich war, wenn er über unsere Gesetze mit dem gleichen Maßstab verhandelte wie über unsere Bürokratie, als ob er gleichsam eine Sache mit der anderen verwechsle. War das nicht ein Trick, der mir unsere Lebensregeln lächerlich erscheinen lassen sollte, indem Babich sie mit unseren Kindereien gleichstellte? War es nicht eine List, um mich dazu zu bringen, an der Ernsthaftigkeit unserer Vorsätze zu zweifeln und selbst an der Fähigkeit, uns wohlbegründete Meinungen zu bilden? Ich aber wollte nicht zweifeln; und ich wollte auch nicht zugeben (und auch darin war ich aufrichtig), daß die Bürokratie der Akademie Schaden würde zufügen können, wenn nur alle Mitglieder in ihren Überzeugungen fest waren und das Ernste vom Spaßhaften hätten unterscheiden können.

Kurz und gut, das gesamte Verhalten Babichs brachte mich auf, und ich hätte große Lust gehabt, mir kein Blatt vor den Mund zu nehmen, ihm ohne Umschweife zu sagen, was ich von ihm dachte, vielleicht sogar zu streiten. Statt dessen hielt ich mich zurück und begann eine Diskussion auf der Grundlage von niedergeschriebenen Abhandlungen, ernst und feierlich im Stil, wie er in unserer Akademie obligat war. Zwei einander entgegengesetzte Hoffnungen veranlaßten mich zu dieser Mäßigung: die äußerst schwache, es könnte mir gelingen, Babich noch einmal auf meine Seite zu ziehen, und die weit stärkere, klar beweisen zu können, bis zu welchem Punkt er unrecht hatte, ihn auf frischer Tat zu ertappen, indem ich ihm seine eigenen Argumente zurückgab – dies konnte mir sicherlich nicht gelingen, wenn ich allzu heftig über ihn herzog und mir so jede Möglichkeit zur Debatte versperrte.

Die Diskussion kam nur mühsam voran, sie verlor sich dauernd in Nebensächlichkeiten. Babich antwortete auf meine Anwürfe, indem er ständig auf tausenderlei Arten die gleichen Dinge wiederholte, ohne zu bemerken, daß ich ihm schon zu beweisen versucht hatte, daß seine Behauptungen falsch waren, und daß er jetzt meine Beweise widerlegen mußte.

Eine meiner Abhandlungen, in ironischem Stil abgefaßt, wurde mehr als einen Monat nach Beginn der Diskussion mit der Absicht niedergeschrieben, zu endgültigen Erklärungen zu kommen. Mit zahlreichen und ausgeschmückten Sätzen versuchte ich eine einzige Sache zu beweisen: Nur ein Größenwahnsinniger kann der Meinung sein, überhaupt keiner Hilfe zu bedürfen, um die eigenen Schwächen zu besiegen; nur ein Größenwahnsinniger kann die Widervernunft der antinomistischen These nicht erkennen. Babich, der nicht größenwahnsinnig sein wollte (das war eine Anschuldigung, die wir uns bisweilen an den Kopf warfen, wobei jeder von uns versuchte, sie zurückzuweisen), hätte nachgeben, hätte die Notwendigkeit einsehen müssen, entweder auf die extremsten seiner antinomistischen Forderungen zu verzichten oder zuzugeben, daß er bereits nur mehr wenig Wert darauf legte, seinen Idealen als Reiner treu zu sein.

Doch leider drückte ich mich nicht mit genügender Klarheit aus, Babich ging nicht ins Netz, er merkte nicht einmal, daß ich es ihm aufgespannt hatte. Er fand, wohl zu Recht, meinen Stil lachhaft, machte sich wegen meines Machiavellismus, dessen Zweck er nicht sah, über mich lustig. Er schrieb Glossen zu meiner Abhandlung, ich Anmerkungen zu seinen Glossen, und es wäre bis in alle Ewigkeit so weitergegangen, hätte die Diskussion nicht glücklicherweise eine andere Wendung genommen.

Nachdem ich ihm in klarerer Form meine Alternative noch einmal auseinandergesetzt hatte, antwortete Babich mir auf die unerwartetste Weise: daß er keines Zügels bedürfe, weil er eher aus Instinkt, denn aus Überlegung rein gewesen sei. Es habe nichts gegeben, das ihn zu den Frauen trieb: So war es nicht nötig, daß er sich zum Befolgen von Gesetzen verpflichte, um ihre Anziehungskraft zu fliehen.

Ich glaubte ihm selbstverständlich nicht und hätte es ihm sagen müssen. Ich war sicher, daß es auch in ihm einen Widerspruch zwischen zwei entgegengesetzten Tendenzen geben müsse. Diese meine Gewißheit hätte ich ihm offenlegen müssen, und ich hätte auch, ein altes Argument von mir unterstreichend, hinzufügen können, daß die Gesetze nicht nur dazu gut waren, uns die, ich werde sie so nennen, direkten Versuchungen besiegen zu lassen, sondern auch und noch viel mehr, uns daran zu hindern, opportunistisch zu sein, uns stark zu machen gegen die Angst vor der Lächerlichkeit und der Unschicklichkeit.

Die Gereiztheit, der Wunsch, die Sache zu einem Abschluß zu bringen, veranlaßten mich jedoch dazu, die Behauptung Babichs polemisch auszunutzen, ihn mit nicht ehrlich gemeinten Vorwürfen hart anzufahren, mit Vorwürfen, von denen ich im Grund nicht glaubte, daß er sie verdiente und ich berechtigt war, sie ihm zu machen.

Rein sein aus Instinkt, sagte ich ihm, bedeutet, überhaupt nicht rein zu sein. Man muß es aus Überzeugung sein, gegen den Instinkt ankämpfend. Wenn dies bei Babich nicht der Fall war, wenn er einfach an irgendeiner nervösen Erscheinung litt, dann sollte er sich nicht als rein hinstellen, die anderen nicht auf sein Niveau herunterziehen, indem er auch für sie jede Zügelung als überflüssig ansah, die für ihn ja wirklich überflüssig war.

Der Ton, den ich anschlug, war absolut fehl am Platz. Ich hätte bestimmt nicht schwören können, daß ich nur aus Überlegung und nicht auch ein wenig aus Instinkt, durch nervliche Gestimmtheit bedingt, rein war. Ich hätte nicht einmal mit Sicherheit behaupten können, daß die Vernunftgründe in meinem Fall größeres Gewicht hätten als der Instinkt: Bisweilen kam mir, umgekehrt, das Gegenteil als ganz sicher vor.

Was meine guten Argumente gegen den Antinomismus nicht hatten erreichen können, erreichte nun meine Unlauterkeit. Babich war von meinen Beschimpfungen getroffen und antwortete nicht. Glaubte er tatsächlich an die intellektuelle Reinheit meines Purismus und daran, daß ich über seine instinktive Schwäche entrüstet war? Ich könnte es nicht sagen. Sicher ist, daß er, nachdem er über acht Monate lang vorgetäuscht hatte, rein zu sein, rein wie ich, ja reiner als ich, nun durch sein Stillschweigen zuzugeben schien, daß ich rein war und er nicht, oder zumindest, daß er es nicht in so vollkommener Form war wie ich.

Während der letzten Phasen dieser sich hinziehenden Auseinandersetzung versuchte ich verschiedentlich, Babich dazu zu bringen, aus der Akademie auszutreten, und meine Ungeduld ließ mich etliche große Dummheiten begehen. Ich hielt es zum Beispiel für angebracht, selbst auszutreten, und dann mußte ich mich wieder aufnehmen lassen, weil ich sonst alle Rechte auf die vielen Schriften der verschiedensten Art verloren hätte, die im Archiv der Akademie aufbewahrt waren und an denen mir sehr viel lag. Babich nahm mich wieder auf, ohne Schwierigkeiten zu machen, während er mich für meinen Fehler hätte büßen lassen können. Er war ein Charakter, bei dem nicht einmal die Härten einer langen Auseinandersetzung gewisse Grundregeln des Anstands in Vergessenheit bringen konnten: Weil er meine Rechte auf das Archiv der Akademie anerkannte, wäre es ihm mies vorgekommen, diese Gelegenheit auszunutzen, um mir das Archiv vorzuenthalten.

Nach meiner Wiederaufnahme verhielt er sich im allgemeinen einsichtiger, sodaß in mir die Hoffnung wieder auflebte, die Angelegenheiten in Ordnung bringen zu können. Ich bereitete sogar einen neuen Statutsentwurf vor, wobei ich das alte Statut und die zahlreichen späterhin anerkannten Gesetze und Vorschriften in einem einzigen Korpus vereinigte. Dieser Entwurf, so stellte ich mir vor, würde als Basis für eine eventuelle Diskussion über die Reformen dienen können, die nötig waren, um die Akademie vom Gesichtspunkt der Ernsthaftigkeit aus und auch formell einwandfrei zu machen.

Babich aber fand es nicht zweckmäßig, wieder eine Diskussion zu beginnen. Er erneuerte seinen Beitritt bei der Akademie nicht und blieb draußen, wobei er mir das ganze Archiv, inbegriffen seine Schriften, und auch den Ruhm überließ, der letzte Getreue dieser großen und glorreichen Institution gewesen zu sein.

Er wollte allerdings niemals zugestehen, daß der Antinomismus eine wenig originelle Idee gewesen war und daß keine Möglichkeit bestand, rein zu sein, ohne die Autorität genau festgelegter Gesetze zu akzeptieren. Allmählich wich er aber nicht nur von den Lebensregeln, sondern auch von den Theorien der Reinen völlig ab. Deshalb fiel es ihm schwer, meine Behauptung zu widerlegen (es wurde noch lange mündlich und brieflich über Fragen, die die verblichene Akademie betrafen, diskutiert), daß der Antinomismus ihn auf jeden Fall vom Purismus hätte abbringen müssen.

In der gesamten Frage der Akademie der Reinen machte Babich sicherlich eine recht klägliche Figur. Der Stolz und die übermäßige Beeinflußbarkeit, das ungerechtfertigte Mißtrauen mir und allem, was ich sagte und tat, gegenüber, die eingewurzelte Gewohnheit, die eigenen Gedanken und Gefühle zu verheimlichen, und der geringe Wunsch, sie zu analysieren, verleiteten Babich zu einem schwankenden, unschlüssigen, widersprüchlichen und – sagen wir es ruhig – manchmal wenig ehrlichen Verhalten. Ich dagegen war konsequent bis zum Exzeß und wollte nicht einmal von irgend etwas reden hören, das vom Standpunkt des Purismus aus nicht hundertprozentig rein war.

Darf ich mir also ein belobigendes Zeugnis ausstellen und Babich eines des Tadels? Vom Gesichtspunkt der Akademie der Reinen aus, von der gemeinsamen Plattform, die Babich und ich im September des Jahres 1924 akzeptierten, darf ich es gewiß; doch will ich die Dinge von einer allgemeineren Warte aus sehen, muß ich sehr viel vorsichtiger sein.

Einige Jahre später sagte mein Vater, mit dem ich oft über die Frauen rechtete, zu mir (ich hatte behauptet, daß die Menschheit sich viele Kämpfe und Leiden erspart hätte, wenn die Frauen nicht existierten; er hatte erwidert, das wäre im Gegenteil jammerschade und daß sie das Licht und die Süße des Lebens darstellten): »Du weißt, daß du unrecht hast; du durchschaust ganz gut, daß das Leben so, wie du es gerne hättest, nicht möglich wäre, daß es kein Ziel hätte und auch keine Freude. Aber du beharrst auf deinem Standpunkt aus Dickköpfigkeit, aus Stolz, weil du deinen Irrtum nicht zugeben willst.«

Handelte es sich bei mir also um Konsequenz und Beständigkeit oder doch nur um Halsstarrigkeit?

Lohnt es, auf das Leben zu verzichten, um bestimmten Prinzipien oder bestimmten moralischen Bestrebungen nicht untreu zu sein? Das ist die Frage, die ich mir letztendlich stellen mußte. Ich entschied sie mit ja. Aber warum? Aus moralischer Empfindlichkeit oder aus Herzenskälte und allzu geringer Liebe zum Leben? Vom brennenden Wunsch bestimmt, meinen Grundsätzen treu zu bleiben, oder aus dummem Stolz, der mich dazu brachte, im Irrtum zu verharren? Oder einfach aus Schwäche, weil ich nicht anders gekonnt hätte? Ich glaube nicht, daß es möglich ist, eine endgültige Antwort auf diese Fragen zu geben.

Im Gegensatz zu mir antwortete Babich auf die Frage mit nein: Und da liegt der Unterschied. Der Instinkt trieb mich an, zu theoretisieren und an meinen moralischen Theorien festzuhalten, veranlaßte mich dazu, die törichte und niederträchtige Welt zu hassen und ihr Urteil zu verachten, mich um das Lob der Leute nicht zu scheren und mich zu bemühen, gleichgültig zu bleiben, auch ihrem Tadel gegenüber. Babichs Instinkt bestimmte ihn dazu, zu versuchen, sich unter den Menschen hervorzutun, und jede theoretische Behauptung anzuzweifeln. War ich also besser als er?

Doch man muß auch die Kehrseite der Medaille sehen. In mir blieb nur eine Anstrengung lebhaft: die vernichtende Kritik; und nur ein Gefühl: Groll und Gereiztheit gegen alles, was mich umgab. Babich, dabei von einer gewissen, ihm natürlichen Rechtschaffenheit geleitet, versuchte sich hervorzutun, nicht etwa auf dem Gebiet der Geschäfte oder der Politik, sondern auf dem der Laborforschung: Er gab sich dem Studium hin, der ernsten und beständigen Arbeit, und verlegte sich, indem er eine bestimmte Anzahl von Kompromissen mit seinem Gewissen akzeptierte, nicht die Möglichkeit, etwas Nützliches und Gutes zu schaffen, in den Grenzen seiner vielleicht bescheidenen, vielleicht tatsächlich beachtlichen Fähigkeiten. Nützliches und Gutes nach landläufiger Ansicht, meine ich; ob man nämlich auf dieser Welt überhaupt etwas wirklich Gutes ins Werk setzen kann, ob es, zum Beispiel, gut ist, die ansteckenden Krankheiten zu bekämpfen, die Agonien von alten und gebrechlichen Menschen zu verlängern, ist eine andere Frage.

Muß ich also zu dem Schluß kommen, daß Babich ein junger Weiser war, der es verstand, klar zu sehen, mit ausgewogenem Geist zu entscheiden und sich so zu verhalten, daß er das geringstmögliche Übel und das größtmögliche Gute verursachte? Daß ich mir dagegen den Kopf mit überspannten und verrückten Ideen vollstopfte und mich daran machte, den Moralisten zu spielen, um in meinen Augen, wenn auch nicht in denen der anderen, Bedeutung zu erlangen?

Im Grund handelt es sich nur um eine Frage des Instinkts. Es ist wahrlich nicht leicht, Unterscheidungsmarken auf der endlosen Skala der Instinkte festzulegen, die vom brutalsten Raubwunsch bis zur selbstlosesten Gerechtigkeitsliebe reicht, wo der Impuls, die Menschen dem eigenen Willen zu unterwerfen, der andere, sich unter ihnen hervorzutun, der dritte sich Bewunderung zu verschaffen, und schließlich jener, sich Liebe zu verdienen, indem man den anderen Wohltaten erweist, nichts anderes als Zwischenstufen sind. Sicher ist aber, daß ich mich in einem entwickelteren Stadium befand als Babich, ich weiß nicht, ob zum Fortschritt hin oder zur Degeneration. Es ist daher nicht verwunderlich, wenn ich konsequenter, er im Leben wirkungsvoller sein konnte.

Man kann Babich nicht zur Last legen, daß er in Widersprüche und zu unaufrichtigem Verhalten getrieben wurde, und mir nicht, daß ich ein vom Leben Besiegter war. Ihn trifft keine Schuld, wenn er, um zu leben, in gewisser Hinsicht unmoralisch sein mußte; und mich trifft auch keine, wenn ich mich, um moralisch zu sein, in einen lebenden Toten verwandeln mußte. Bereits in diesen Jahren bildete sich in mir die Überzeugung, daß die moralischen und die vitalen Instinkte in unheilbarem Widerspruch zueinander stehen. Mir kam vor, daß man, will man dem Wunsch folgen, unter den Ersten zu sein und sich den anderen gegenüber durchzusetzen, notwendigerweise darauf verzichten muß, moralisch rein zu sein; wie man, will man den eigenen moralischen Neigungen gehorchen, darauf verzichten muß, sich hervorzutun, das heißt, zu leben, wenn Leben nur darin besteht, den anderen gegenüber die eigene Persönlichkeit durchzusetzen.

Würde ich nicht befürchten, dann allzu apokalyptisch zu sein, ich würde behaupten, daß schon damals das »Gute« für mich synonym zu werden begann mit »Tod«. Ich pflegte zu sagen: Möge jeder von uns das eigene Gewissen prüfen und erklären, ob es nicht wahr ist, daß er, hätte er bis zum Äußersten moralisch sein wollen, nicht schon »aussortiert« worden, nicht schon vom Erdboden verschwunden wäre. Er möge sagen, ob es nicht wahr ist, daß er all seine Erfolge erzielt hat, indem er mit seinem Gewissen handelte, und daß er ohne diesen Umstand nichts erreicht hätte. Doch weil es, um sich moralisch verhalten zu können, vor allem notwendig ist »zu sein«, so folgt daraus, daß das Gute zu sich selbst genauso und mehr als zum Bösen im Widerspruch steht. Und man kann auch nicht von der Nützlichkeit des Opfers, von den Früchten des guten Beispiels reden. Solange der Selbsterhaltungstrieb der stärkste Instinkt eines Menschen ist, wird das Beispiel derjenigen, die »aussortiert« worden sind und in der Welt nicht den Platz eingenommen haben, der ihnen zugestanden wäre, die anderen immer von der Moral abstoßen. Sollte es dagegen stimmen, daß die Menschheit in endlosem Auf und Ab zu einer immer höheren Moralität strebt, dann darf man vermuten, daß der Selbsterhaltungstrieb, der Wunsch, sich durchzusetzen, und die Genußsucht immer mehr abnehmen müssen, bis die Menschheit zuletzt ausstirbt.

So war damals meine Überzeugung; und obendrein dachte ich überhaupt nicht an die Möglichkeit eines zukünftigen Lebens, an eine Belohnung im Jenseits. Und doch legte ich Wert auf meine moralischen Instinkte: Mir lag daran, weil ich ihre Kraft kannte und auch die relative Schwäche der anderen Instinkte in mir, weil ich wußte, es würde unnütz sein zu versuchen, mich gegen das aufzulehnen, wozu mich mein moralischer Sinn zwang. Ich behauptete, nicht mehr an das Gute zu glauben, aber noch immer an das Böse; oder besser, zu wissen, was gut sei, aber nicht zu glauben, daß darin das Gute beschlossen liege.

[X.]

Während die Akademie der Reinen entstand, gedieh und wieder einging, setzte ich meine Studien im Galileo fort, ich besuchte die Zweite liceo B. Die Schülerschaft war kaum anders als im Vorjahr: Vier oder fünf Mitschüler waren abgegangen, und an Neuen gab es nur zwei, beides »Repetenten«, die wir aus der höheren Klasse geerbt hatten. Von diesen war der eine wortkarg und still, und es fiel schwer, seine Anwesenheit zu bemerken; dafür war der andere, Sandrin, ein beunruhigendes Wesen.

Nicht daß an ihm irgendein gänzlich spezieller Zug gewesen wäre oder daß ich persönlich seine Feindseligkeit hätte fürchten müssen: Er beunruhigte mich, weil ich in ihm, auf seltsame Weise vereinigt, Charaktereigenschaften fand, die ich gewohnt war, als gegensätzlich zu betrachten. Ich konnte mir deshalb nicht klar darüber werden, wie ich ihn hätte nehmen, welche Meinung ich mir über ihn hätte machen sollen.

Obwohl er Repetent war, lernte Sandrin nämlich viel, und ihm lag offensichtlich daran, ein guter Schüler zu sein: Wenn er auch nicht glänzte, so gelang es ihm doch, sich von der Mittelmäßigkeit abzusetzen. Man sah, daß er ein Büffler aus Profession war, der, aus dem einen oder anderen Grund, nur in einem einzigen Jahr wenig gelernt hatte und nun zu seinen normalen Gewohnheiten zurückkehrte. Schwach in Mathematik, schaffte er es aber gut in den Gegenständen, die Eifer, viel Fleiß erforderten, und es zeigte sich, daß er im großen und ganzen stets gut vorbereitet war, wenn er auch nicht immer die nötige Intelligenz aufbrachte, den besten Gebrauch davon zu machen. Sandrin war den Professoren gegenüber ehrerbietig, aufmerksam und ruhig während des Unterrichts. Er hatte kein Faible dafür, sich über andere Kameraden lustig zu machen, und stand sich mit allen gut. Für schulische Belange zeigte er nur mäßiges Interesse und verfügte über eine gewiß nicht ausgesprochen brillante, doch klare und analytische Intelligenz. Er war unsportlich; mehr, im Turnen war er noch schlechter als ich, und das bei weitem, und er ließ es gleichmütig zu, daß man sich über ihn lustig machte.

Trotz all dieser, nennen wir es so, negativen Eigenschaften war Sandrin ein junger Herr von allerersten Durchschlagskraft. In den Pausen und bevor man in die Schule hineinging, stand er fast immer bei unseren jungen Fräulein herum, unterhielt sich mit ihnen öfter noch als mit den Kameraden, erzählte, plauderte, scherzte, ohne je irgend etwas Besonderes zu sagen, ohne sich übertriebene Freiheiten herauszunehmen, wobei er sich jedoch immer in diesem gewissen galanten Ton hielt, der, in meinen Augen, nichts anderes als ein Mittelding zwischen Falschheit und Einfältigkeit war. Sehenswert, wie unsere jungen Fräulein, obwohl recht gescheit und entwickelt, sich um ihn kümmerten, wie sie ihn höflich und freundschaftlich behandelten, wie sie stets auf ihn zurückgriffen, wenn sie einer Auskunft oder Hilfestellung bedurften.

Mir war diese Gewogenheit ein Mysterium. Bemerkten unsere feinfühligen Kameradinnen denn nicht, daß Sandrin der verachteten Rasse der Pauker angehörte, daß er die Professoren fürchtete wie der erbärmlichste Musterknabe, sich in jeder seiner Bewegungen als schwach und schlapp entpuppte? Empfanden nicht auch sie, wie ich sie empfand, eine Art körperlicher Abstoßung ihm gegenüber? Sandrin war tatsächlich alles andere als anziehend. Er hatte glatte, schwarze, von Brillantine glänzende Haare, ein breites, weiches, unangenehm blasses Gesicht, mattblaue und erloschene Augen; einen schlaffen, fahlen, von einem müden Lächeln umspielten Mund, das seine häßlichen, schwärzlichen und von Karies befallenen Zähne entblößte. Besonders seine Art zu sprechen, das monotone Geleier seiner Stimme und mehr noch sein ein wenig hin und her wackelndes Gehen, das einen denken ließ, er habe weder Knochen noch Nerven, machte auf mich einen sehr unangenehmen Eindruck.

»Die Frauen wollen vor allem, daß man sich mit ihnen beschäftigt«, sagte mein Vater oft; und der Fall von Sandrin, bei dem ich nicht in der Lage war, ein anderes Verdienst zu finden als eben dieses, schien mir diese Theorie zu bestätigen. Hingen also meine Enttäuschungen und infolgedessen mein Purismus und mein Unglück nur vom Stolz oder von der Schüchternheit ab, also besser gesagt davon, daß ich es nicht ein bißchen gekonnt oder gewollt hatte, mich bescheiden und einfach mit den gleichaltrigen Mädchen im allgemeinen zu unterhalten, und mit der, die ich liebte, im besonderen? Aber nein doch: Ich war sicher, daß ich, hätte ich ihnen den besten Teil meiner Seele geoffenbart, hätte ich sie behandelt, wie ich meine besten Freunde zu behandeln wünschte, hätte ich nur die wichtigsten und für mich interessantesten Themen gestreift, langweilig und, mehr noch, lächerlich gewesen wäre, hoffnungslos lächerlich.

Gewiß, um den Frauen zu gefallen, muß man sich mit ihnen beschäftigen; doch das genügt nicht: Es bedarf auch des richtigen Tons, jenes – siehe Sandrin – ein bißchen schmeichlerischen, ein bißchen scherzhaften, ein bißchen gewöhnlichen Tons. Meine Theorien über die Minderwertigkeit der Frau, über ihre Vorliebe für die Schlechtesten, über die Unmöglichkeit eines gradlinigen und würdigen Benehmens, will man ihnen gefallen, wurden mehr denn je von dieser neuen Erfahrung bekräftigt, die sich zu der gesellte, die ich drei Jahre zuvor mit Protti gemacht hatte.

Nicht darüber wollte ich allerdings reden. Ich habe mich so lange mit Sandrin aufgehalten, weil sein Eintritt in die Klasse eine fühlbare Verschlechterung des gesamten Milieus verursachte oder zumindest mit dieser Verschlechterung zusammenfiel. Und das darf einen nicht wundern. Die zwanglose Natürlichkeit, die ich, zu meiner großen Freude, im Vorjahr in unserer Klasse zeitweilig feststellen zu können geglaubt hatte, konnte es jetzt nicht mehr geben. Es genügte, daß ein einziger den geschniegelten und affektierten Ton annahm, damit der Zauber ruiniert war und alle anderen, dem einen nacheifernd, anfingen, sich so zu benehmen wie er. In der Tat, wenn Sandrin die jungen Fräulein zum Lachen brachte und erreichte, daß sie ihm mit Wohlgefallen zuhörten, konnten die anderen ihm nachstehen? Bestimmt nicht. Und wie konnten sie mit ihm gleichauf kommen, wenn nicht dadurch, daß sie sich aufführten wie er? Kurz und gut, die besondere Antipathie, die ich gegen Sandrin hegte, der mir wirklich gar kein Leid antat, hing mit dem Umstand zusammen, daß ich ihn ein wenig als den Zerstörer meiner Freude ansah.

Auch Bianca war in jenem Jahr ganz anders als im vorigen. Sogar körperlich kam sie mir verändert vor. Die Ruhe der Ferien, die Sommerfrische und das Baden waren ihrer Gesundheit zuträglich gewesen, und niemals hatte ich sie so blühend gesehen. Sie kam mir sogar ein bißchen zu dick geworden vor, und die gesunde Farbe, die die Sonne ihren Wangen verliehen hatte, schien sie mir weniger schön zu machen als die Blässe von einst. Ganz anderer Meinung waren hingegen die jungen Herren: Sie hatten, unglücklicherweise, schon seit einiger Zeit bemerkt, daß Bianca kein Kind mehr, daß auch sie ein junges Fräulein geworden war; und nun schien ihnen aufzufallen, daß sie schön war. Und wenn sie sie auch zuvor umschwärmt hatten, als hätten sie es gleichsam für ungerecht gehalten, ihr gänzlich den Segen ihrer Galanterien zu entziehen, so ließen sie jetzt erkennen, für sie jene besondere Vorliebe zu hegen, die sie den schönsten und interessantesten Mädchen vorbehielten. Die Padova, deren Ansehen damals allerdings schon ein wenig zurückging, konnte sich keiner größeren Zahl von Verehrern rühmen.

Zu Beginn des Jahres war Bianca stets ausgesprochen unruhig, später wurde sie allmählich stiller und ernster. Nach einigen Wochen Sommerfrische unter besonders eleganten und glänzenden Leuten, unter neuen Bekannten, die sie mit der scherzhaften und schmeichlerischen Höflichkeit behandelt haben mochten, mit der man ein hübsches junges Mädchen umgibt, mußte Bianca wohl den Wunsch verspüren, sich noch immer bewundern und umschmeicheln zu lassen, noch immer ein wenig die Kokette zu spielen.

Während des zweiten Lyzeumjahres hatte es jedoch den Anschein, daß ihre Unruhe tiefergehender sei und, wohl auch infolge der besonderen Aufmerksamkeit der Kameraden, dauerhafter.

Bianca lachte tatsächlich häufiger auf diese exaltierte und gekünstelte Art, die mir gleichsam einen Stich ins Herz versetzte; öfters scherzte sie und schlug Lärm in den Stunden der milden, nachsichtigen Professoren; häufiger noch überflog sie die Klasse mit ihren lachenden und spöttischen Blicken, die, da sie mir den Gedanken eingaben, daß ihre Augen wunderbar schön waren, mich auch davon überzeugten, daß Bianca sich dieser Schönheit nur allzu gut bewußt sein mußte.

Aber auch mein Verhalten, auch meine Gefühle hatten sich verändert. Die Akademie der Reinen begann ihren Einfluß spürbar zu machen. Ich dachte in diesem Jahr nicht mehr daran, wie ich ihr meine Gefühle verdeutlichen, wie ich mich ihr vorsichtig nähern sollte. Durch mich selbst hatte ich mich verpflichtet, niemals das Wort an sie zu richten, ihr nur das Notwendigste zu antworten, die Liebe als ein vernunftwidriges Gefühl zu bekämpfen. Ich hatte alle Brücken abgebrochen, alle Hoffnungen aufgegeben und mich, in gewisser Hinsicht, von den beständigen und schmerzlichen Aufschwüngen und Einbrüchen der drei langen vergangenen Jahre befreit.

Tatsächlich stellte ich mit Erstaunen fest, daß ich diesen stechenden Schmerz, diesen Wunsch nach Protest nicht mehr verspürte, wenn Bianca irgend etwas tat, das mir nicht paßte, und das geschah sehr oft in diesem Jahr. Man gerät nicht mehr in Verzweiflung über eine schon allzu oft erfahrene Unbill, über ein hoffnungsloses Leid, dem man (man weiß das bereits) noch unzählige Male auf dem eigenen Weg begegnen wird. Ich kannte diese schmerzlichen Gefühle von mir zu gut, als daß ich sie noch immer in ihrer ganzen Eindringlichkeit hätte empfinden können. Ich hatte mich gleichsam bereits gefügt, nichts war mir neu, und wenn sich mein Herz abermals angesichts irgendeiner allzu schmerzlichen Wahrheit auflehnen wollte, sagte ich mir, daß ich schon hätte wissen müssen, daß die Dinge nicht anders kommen konnten. War es vielleicht Müdigkeit, was diesen Seelenzustand bestimmte? Ich hatte mich zu viel gequält, hatte mich gleichsam verbraucht. Mein Kopf konnte nicht mehr denken, mein Herz nicht mehr fühlen. Ich wollte nichts sehen, nichts begreifen, wollte zu nichts mehr Stellung nehmen.

Ich meinte sogar, daß ich sehr viel weniger an Bianca dachte. Ja, ausgenommen die wahrlich zahlreichen Gelegenheiten am Tag, wo ich eben diese Feststellung traf, kam es selten vor, daß sich mein Denken wirklich explizit mit ihr befaßte, war es selten, daß ich, wie einst, in ihre Betrachtung derart versank, daß ich die Existenz von allem übrigen vergaß. Nein, jetzt beschäftigte sich mein Denken mit anderem: mit dem Studium, mit der Akademie der Reinen, der Gentile-Reform, den kleinen Problemen des täglichen Lebens. Es gab jedoch einen gleichsam unbewußten Teil meiner Seele, wo Bianca immer gegenwärtig war, und auch die Tatsache, daß sie nicht so war, wie ich sie gewollt hätte, und meine Absicht, mich von ihr fernzuhalten. Was immer ich auch tat, welchen Weg auch immer meine Gedanken einschlugen, stets gab es diese Hintergedanken. Das Auf und Ab von früher hatte sich so in einen beständigen, undeutlichen Gram verwandelt, in die ununterbrochene und unklare Empfindung meines Unglücks.

Es ging mir nicht viel besser als früher, es ging mir vielleicht sogar schlechter. Weil es aber notwendig ist, sich trügerischen Hoffnungen hinzugeben, bildete ich mir jetzt, wo mir andere Illusionen unmöglich waren, sogar ein, daß ich auf dem besten Weg sei, mich von dieser Drangsal zu befreien, wollte ich mich überreden, daß mir Bianca innerhalb von nicht allzu langer Zeit gleichgültig sein würde. Es war eigenartig: Diese Aussicht machte mir alles andere als Freude. Ich hatte Zuneigung zu dieser meiner Liebe gefaßt, die mich so viel leiden gemacht hatte; ich empfand eine Art von Bedauern bei dem Gedanken, daß sie, binnen kurzem, im Nichts enden würde. Und ich meinte auch, wenig Beständigkeit, wenig Ernsthaftigkeit in meinen Gefühlen zu zeigen; mir kam beinah vor, die Liebe zu verraten, was mich dazu brachte, meinen alten, sentimentalen Aspirationen Ewigkeit und Heiligkeit zu wünschen.

Die Frauenfeindlichkeit, die ich unermüdlich und enthusiastisch in Tat und Wort verteidigte, die ich beinah mit Stolz als das bedeutendste Ergebnis meiner unvoreingenommenen und mutigen Weltsicht betrachtete, lastete bisweilen wie ein Fluch auf mir. Nicht einmal in diesen Momenten der Schwäche hielt ich es für möglich, mein Verhalten zu ändern: Daß ich mich von den Frauen fernhalten müsse, war für mich bereits Axiom. Jedoch erwachten in mir wieder, und stärker denn je, das Verlangen nach Zuneigung und die unklare Sehnsucht nach einer unbekannten Süße.

Bisweilen spürte ich eine seltsame Mattigkeit und meinte, die Welt wie durch einen Nebel zu sehen. Meine üblichen Gedanken schienen ihre Konkretheit und ihren Wert zu verlieren, mir war, als ob ich aus einem Traum oder Alp aufwachte, als hätte ich immer ein künstliches Leben gelebt, das nur auf Vorschriften basierte, auf leeren Konventionen.

Was war denn an meinem Weiberhaß dran, was selbst an meiner Liebe? Nichts und wieder nichts: Das waren lauter Hirngespinste. Das Leben ist ziemlich schwer: Weshalb es sich noch schwerer machen, wozu sich Phantome erschaffen? Was ich als Manko empfand, war eine ganz einfache und natürliche Sache: Ich wollte nichts anderes als die Liebe erfahren. Ich wünschte mir, ein junges Mädchen würde neben mir plaudern und lachen – für mich; daß sie mich freundlich, ein bißchen bewundernd, ein bißchen spöttisch anschaue. Was ging es mich an, daß sie jetzt eine auserwählte Seele war, statt, als Frau, minderwertig zu sein? Ich wollte ganz albern und kindisch lieben. Ich wollte lieben, um zu lieben, und mich um nichts anderes kümmern. So dachte ich bisweilen und fühlte mich dann zerknirscht und betrübt, weil mir bewußt war, daß ich von dieser allen gewährten Freude für immer ausgeschlossen sein würde.

Ich habe gesagt, daß meine Gefühle für Bianca sich während des zweiten Lyzeumjahres sehr verändert hatten. Ja, tatsächlich; doch man darf nicht glauben, daß die Gefühle von einst wirklich nie wieder auferstanden. Was mein Gleichgewicht auf eine harte Probe stellte, waren meine Gespräche mit ihr. In diesem Jahr gab es keine Mathematikaufgaben mehr zu vergleichen, aus dem einfachen Grund, weil Bianca die Gewohnheit angenommen hatte, sie fast alle abzuschreiben; und um ihr mein Heft zu geben, bedurfte es keiner Worte. Bisweilen jedoch kam sie, mich um ein paar Erklärungen zu bitten: nicht sehr oft, um die Wahrheit zu sagen, aber doch stets ein- oder zweimal im Monat.

Mir kam vor, daß ich über die Gabe verfügte, diese Befragungen im voraus zu ahnen, und ich konnte mir nicht klar darüber werden, ob ich sie mit dem Verstand vorhersah oder dank einer Art Instinkt. Tatsache ist, daß fast immer, wenn Bianca sich an mich wenden mußte, ich schon etliche Zeit früher eine gewisse Unruhe in mir verspürte. Begann sie mit mir zu reden, kam ich mir wie betäubt vor: Ich fühlte mich unfähig, die geringste Bewegung zu machen, fühlte, daß ich nicht würde denken können, daß die Stimme nur mühsam aus meiner Kehle kommen würde. Ich versuchte, ein Buch oder Heft auf der Bank vor mir zu fixieren, doch ich merkte, daß meine Haltung verkrampft war und daß ich mich, würde ich mir das klar machen, immer mehr verkrampfen würde. Wenn es darum ging, nur ein paar wenige Worte zu sagen, verharrte ich trotzdem in dieser Büßerhaltung, mit niedergeschlagenen Augen, ohne Bianca anzuschauen. Öfters jedoch, wenn ich dachte, ich müsse ihr einen kurzen Vortrag halten, machte ich mir Mut und schaute ihr gerade in die Augen. Ich konnte meine Augen nicht mehr von den ihren lösen, und ich schaute Bianca dann so eindringlich an, daß ich nicht einmal ihr ganzes Gesicht sah. Ich schaffte es trotzdem, zu reden, aber ein wenig mühsam, mit gemessener Langsamkeit, meine Worte wägend und darauf achtend, daß sie klar, präzis und kurz bemessen waren. Ich sprach mit leiser, aber fester Stimme, und mein Verhalten mußte den Eindruck erwecken, daß ich kein Wort zuviel zu reden, keine Minute zu verlieren wünschte, daß ich weiteren Fragen abgeneigt sei. Und für gewöhnlich war es auch nicht nötig, weiterzufragen, denn ich hatte bei den anderen Schulkameraden große Übung in derlei kurzen Erklärungen erworben.

Bianca bedankte sich bei mir und ging weg; vielleicht hatte sie begriffen, vielleicht hielt sie es nicht für taktvoll, mehr zu fragen. Das entsetzliche Gefühl der Anspannung verschwand auf einmal, und zunächst fühlte ich mich fast erleichtert. Dann folgte der Rückschlag, und ich wurde bekümmert und bedauerte. Mir kam vor, ganz schlecht daran getan zu haben, daß ich ihr in keiner Weise das Interesse, das ich für sie hegte, gezeigt, daß ich ihr nicht wenigstens verständlich gemacht hatte, wie sehr mir daran lag, daß sie etwas mehr lernte. Ich grämte mich darüber, ihr gar keine wirkliche Hilfe geleistet, nichts unternommen zu haben, um zu verstehen, welcher Art die Schwierigkeiten waren, die sie allein nicht hatte überwinden können. Ich nannte mich einen Trottel, vergaß meine Akademie der Reinen, vergaß alle meine Vorsätze, es tat mir leid, nicht mehr geredet, diese Gelegenheit nicht ausgenützt zu haben, ich wünschte, daß Bianca noch einmal meiner Erklärungen bedürfe.

Gewiß, beim nächsten Mal verhielt ich mich ganz genau gleich. Dieser Augenblick der Aufwallung war vergessen; meine weisen Vorsätze hatte ich mir hingegen noch tausendmal wiederholt; und außerdem hätte ich mich, auch wenn ich gewollt hätte, nicht anders verhalten können. Das will aber nicht sagen, daß ich unter diesen Aufwallungen nicht sehr litt.

Doch unter den vielen Gelegenheiten, wo Bianca sich in diesem Jahr so verhielt, daß es mich verdroß, gab es einige, die in mir, zumindest für einen Moment, den angenehmen Eindruck erneuerten, den sie auf mich während des vorangegangenen Jahres so oft gemacht hatte. Eines Tages wurde in der Klasse zum Beispiel über Zähne und Zahnärzte gesprochen. Die einen sagten, daß sie gute Zähne hätten, die anderen, daß die ihren schlecht seien und sie ihretwegen sehr viel gelitten hätten; die einen freuten sich, schöne zu haben, die anderen beklagten sich über ihre häßlichen. Auch Bianca nahm an der Unterhaltung teil, aber ich hörte, weil sie ein wenig weitab von mir stand, in dem üblichen Pausenlärm nicht, was sie sagte. Ich sah nur, daß sie auf ungewohnte Art lächelte, vielleicht nicht frei von einer gewissen Traurigkeit, und daß sie auf einmal mit dem Finger auf den Zahn klopfte, der ihr schlecht gewachsen war und sie, wenn sie lachte, häßlich aussehen ließ. Mir war auch, als ob sie bemerkt hätte, daß ich sie beobachtete; als ob ihre Augen mich suchten.

Ich wußte, mit welcher Ausdauer und wie unvernünftig die Frauen versuchen, selbst die körperlichen Mängel, die am stärksten ins Auge fallen, zu verbergen, und sich einbilden, es gelänge. Und wie aufgebracht sie sind, wenn irgend jemand sie ihnen in Erinnerung ruft oder auch nur spüren läßt, daß er sie bemerkt hat. Deshalb schien mir die Natürlichkeit, mit der Bianca auf ihr kleines Gebrechen aufmerksam machte, das ihr doch unangenehm sein mußte, auf eine Offenherzigkeit hinzudeuten, die mich rührte. Noch besser gefiel mir dieser Blick. Ich hatte förmlich den Eindruck, daß sie sich gerade von mir erwartete, ich würde sie in ihrer Offenheit billigen und, wer weiß, ihr vielleicht auch ein Trostwort sagen. Ich schwieg natürlich, doch ich konnte nicht umhin, sie mit Sympathie und Zärtlichkeit anzuschauen. Wenn wirklich ich es war, an den sie dachte, mußte sie begreifen, daß ich ihr sagte, daß sie mir, selbst mit diesem schlecht gewachsenen Zahn, sehr gefiel und daß sie mir selten so lieb gewesen war wie in jenem Augenblick.

Es mag unglaubwürdig erscheinen, doch ein Vorfall wie dieser genügte, um mich für etliche Tage durcheinanderzubringen. War es nicht möglich, daß ich in meinem Urteil über sie zu streng, daß meine Absicht, ihr aus dem Weg zu gehen, töricht und feig war und mein ganzes neues Lebenssystem bloße Tollheit?

Doch nein, die Umgebung um uns herum war wirklich verändert, und das nicht wenig, und begünstigte Träume und Schwachheiten nicht mehr wie im Vorjahr. Alle Kameraden, auch die besten, auch die, die mir am nächsten standen, spürten, daß sie in einer anderen Atmosphäre lebten, und änderten, sei es absichtlich, weil sie sich nicht blamieren wollten, sei es gleichsam unbewußt, unter dem Druck der Verhältnisse, allmählich ihr Benehmen. Und alle richteten, vielleicht weil es keine große Auswahl gab, vielleicht weil sie sich von ihr angezogen fühlten, ihr Augenmerk auf Bianca und ließen die übrigen drei Mitschülerinnen ein wenig beiseite.

Da haben wir zum Beispiel Natoli, der im Vorjahr um nichts anderes besorgt war als um seine Bootszeichnungen, um seine Schnitzereien auf der Schulbank, um seine Chemieversuche. Bestenfalls hatte er noch in den Naturgeschichtsstunden mit dem guten Bondich ein bißchen Lärm geschlagen. Jetzt erzählte er Bianca von seinen Seemannstaten, setzte sie über seine Kraft in Erstaunen, brachte sie zu einem anmutig erschrockenen Lachen, wenn er die Wogen beschrieb, die Windstöße in den Segeln, von der Angst derjenigen erzählte, die an Bord eingeladen worden waren, von ihren Protesten, wenn sie mit Gewalt in den Kielraum hinuntergesperrt werden sollten. Dazu schnitt Natoli, um seine Erzählungen noch wirksamer, noch ausdrucksvoller zu gestalten, Grimassen, stieß Schreie aus: Und Bianca amüsierte sich. Als er eines Tages, nachdem er in der Schule gefehlt hatte, ein Heft brauchte, verstand er es, sich dieses Heft, als ob kein anderer in der Klasse gewesen wäre, der es ihm hätte borgen können, ausgerechnet von Bianca anbieten zu lassen; und weil sie an dem Tag das Heft nicht in der Schule mithatte, ließ er sich sagen, daß er es zu Hause abholen könne. Ich wunderte mich über Natolis Dreistigkeit und darüber, wie einfach ihm solches gewährt wurde, und mir fiel auf, daß ich, selbst wenn ich es gewollt, das Unternehmen niemals hätte so gut zu dem Ende bringen können, mich in Biancas Haus einzuführen, nicht einmal unter Mithilfe irgendeines der vielen gemeinsamen Bekannten. Verlegenheit und Schüchternheit hätten mich dazu gebracht, stets zwei Schritte zurück zu tun für einen einzigen, den ich in Richtung aufs Ziel gewagt hätte.

Bisweilen überlegte ich, daß Natoli sich etwas ausführlicher mit der Sorani beschäftigte, als natürlich gewesen wäre; mir kam das umso mehr so vor, als ich wußte, daß Natoli die Anwandlungen eines Lebemanns nicht kannte und er unfähig war, zu versuchen, sich in einer Sache hervorzutun, die nicht von Natur aus zu seinem Charakter paßte. In Anbetracht meines besonderen Seelenzustandes fiel es mir nicht schwer, von dieser Erwägung zu der Schlußfolgerung überzugehen, daß ihm vielleicht wirklich etwas an Bianca lag, daß er möglicherweise in sie verliebt war. Und ich brauchte nicht lange, um hinzuzufügen, daß Bianca, die ihn so gut behandelte, seine Liebe vielleicht erwiderte oder ihn zumindest gern hatte. Was war daran im übrigen seltsam? Natoli war ein anständiger Bursch, einfach und liebevoll, und seine Courage und seine körperliche Stattlichkeit konnten ihn vielleicht Glück haben lassen.

Meine Gefühle ähnelten damals denen von vor zwei Jahren, als ich mir eingeredet hatte, Bianca sei in Lerroux verliebt. Mein Schmerz war jedoch geringer, weil ich viel resignierter war und Natoli für unvergleichlich besser hielt als den anderen. Nach kurzer Zeit durchschaute ich allerdings, indem ich genauer beobachtete, daß ich mich, was Bianca betraf, sicherlich täuschte und daß ich mich höchstwahrscheinlich auch in Hinsicht auf den guten Claudio irrte.

Auch Gozzi war sehr verändert. Nicht etwa, daß er das Lernen vernachlässigte, im Gegenteil, er plackte sich sogar zu viel ab, denn er mußte sich, gegen Jahresende, einen Monat Erholung ausbedingen, so müde und erschöpft fühlte er sich. Ich wunderte mich sogar darüber, daß ein so ausgeglichener Mensch wie er bis zur Erschöpfung lernen konnte und daß er seine Anstrengungen nicht bei den ersten ernsten Anzeichen von Übermüdung gemäßigt hatte. Trotzdem gelang es mir, obwohl er eher bedrückt war, in diesem Jahr nicht mehr, ihn dazu zu bewegen, schlecht über die Frauen zu reden. Gewiß kam ihm der Weiberhaß abgeschmackt vor, und er bemühte sich, weil er spürte, daß seine schöne Unbefangenheit ihn bisweilen verließ, wohl über Gebühr, den Unbefangenen zu spielen.

Auch Gozzi trieb manchmal mit Bianca Scherz, auf eigenartige Weise, indem er den ernsthaften Mann spielte und sie als kleines Mädchen behandelte. »Sei still! Marsch, zurück auf deinen Platz!« schimpfte er manchmal zum Spaß mit ihr, wenn Bianca in den Naturgeschichtsstunden, den Heidenlärm ausnützend, versuchte, aus ihrer Bank in die einer Kameradin zu schlüpfen: »Sei ein artiges Kind!« Dann wurde er selbst bis über die Ohren rot wegen dieser Scherze. Und tatsächlich brachte einen seine Art zum Lachen, weil er trotz allem noch ein Junge war, während Bianca, so viel weniger intelligent und gebildet als er, unerfahren in den Dingen des Lebens, ohne jeden Durchblick, in ihrem Verhalten doch ein gewisses Etwas hatte, das sie bisweilen schon als Frau erscheinen ließ.

Navarra spielte weiterhin den Hanswurst. Zwar schlug er keinen Krach mehr wie in der Fünften Gymnasium, doch erfreute er sich an witzigen Wortgefechten mit dem Geschichtsprofessor, dessen Lieblingsschüler er war, und erzählte in den Pausen ich weiß nicht welche Spitzbübereien und Tölpelstücke, die die Klasse zum Lachen brachten. Bianca unterhielt sich und stellte, um ihn zum Weitererzählen zu bringen, Fragen, wie man sie einem Knaben stellt, über dessen Ausrutscher man lachen will, an dessen sonderlicher und wundersamer Gabe man sich erfreut. Ließ er sich auch nicht bitten und erzählte flott und aufgeweckt weiter, so zeigten Navarras Mienen doch eine gewisse Verlegenheit, als wäre er ertappt worden, er glich einem Jungen, der aufgefordert wird, seine Heldentaten vor einer Respektsperson auszubreiten, und der sich nun ein wenig geschmeichelt und verängstigt zugleich der Sache entledigt. Mir kam diese Verlegenheit recht eigenartig vor: Sie schien mir ein Beweis dafür zu sein, daß Bianca tatsächlich etwas Verwirrendes an sich hatte, das auch den anderen auffallen mußte – ausgenommen natürlich die Fachleute für Galanterie und Oberflächlichkeit, für die alle Frauen gleich sind.

Bianca war eine der ersten in unserer Schule, die die Mode der kurzen Haare übernahm. Der Zufall wollte es, daß sie just an dem Tag mit der neuen Frisur in der Schule auftauchte, wo ich mir meine Haare hatte ganz abscheren lassen, wie ich es jedes Jahr zum Sommer hin tat. Das Zusammentreffen wurde von der Klasse bemerkt, und man lächelte. Ich wurde gefragt, warum ich mich so kahlgeschoren hätte, und ich antwortete, ich hätte es der Hitze wegen getan. Bianca behauptete dann, wobei sie sich ausgerechnet mir zuwandte, daß auch sie ihre Haare hatte schneiden lassen, weil sie ihr zu warm waren. Schmollend gab ich vor, ich hätte sie nicht gehört. Ich wußte, daß es nicht stimmte, und daß sie ein modernes Mädchen hatte sein wollen. Es mißfiel mir und ärgerte mich, daß sie es mit so wenig Verstand unternommen hatte, und weil ihr die kurzen Haare überhaupt nicht standen. Sie waren derart dicht und borstig, daß sie an die Haartracht eines Zulu-Kriegers erinnerten und ihr einen überspannten, hemmungslosen Ausdruck verliehen. Ist es möglich, daß sie nicht begriffen hatte, wieviel Liebreiz in ihrer anliegenden und mädchenhaften Frisur von einst gelegen war? Überflüssig zu bemerken, daß alle sie zu ihrem vorteilhaften Unterfangen beglückwünschten.

Grandi schlug naturgemäß über die Stränge, indem er mit den jungen Fräulein über die mondänen Neuigkeiten, über die Bälle und über Schick sprach; und er legte Wert darauf, zu beweisen, daß er mit ihnen einen sehr vertrauten und freien Umgang pflegte. Eines Tages fand er unter Biancas Pult, das er durchstöberte, vielleicht um zu zeigen, daß er gar keine Rücksichten zu nehmen brauchte, ein Buch, das augenscheinlich nichts mit der Schule zu tun hatte. Während er es der ganzen Klasse zeigte, begann er, um den Witzigen zu spielen, zu schreien: »Schaut, was für schöne Bücher die Sorani liest! Wirklich schöne Bücher, passend für junge Fräuleins!« Bianca, die sich nicht weit entfernt aufhielt, rannte hin, um ihm das Buch lachend aus der Hand zu reißen, aber sie wurde ganz rot. Ich hatte nicht Zeit, den Titel zu lesen, doch ich begriff, aus den lebhaften Farben des Umschlages und durch das Format, daß es sich um ein Werk von Pitigrilli oder etwas Ähnliches handeln mußte. Und das verdroß mich sehr.

Ollendorf schließlich fand geradezu hervorragende Gelegenheiten, den jungen Herren zu spielen. Bianca war unterm Lauf dieses Jahres oder vielleicht während der Ferien umgezogen. Mir war das durch den Umstand aufgefallen, daß man sie nicht mehr in der Gegend sah, wo ich zuvor gewohnt war, ihr zu begegnen, und daß sie statt dessen, zusammen mit den Ihrigen, viel öfter in Sant'Andrea, entlang der Riva Grumula, in der Via Lazzaretto Vecchio, mit anderen Worten in einem Viertel auftauchte, das sehr weitab lag von dem, wo sie einst wohnte. Eines Tages schließlich, als ich um Viertel vor acht in der Früh aus dem Haus trat und mich auf den Weg zur Schule machte, sah ich sie wenige Schritte vor mir, wie sie ausgerechnet den gleichen Weg zurücklegte wie ich, was nicht hätte vorkommen können, wenn sie von ihrer alten Wohnung weggegangen wäre, die in Hinsicht auf die Schule genau in der entgegengesetzten Richtung lag.

Ich nahm allmählich die Gewohnheit an, nicht mehr so früh aufzustehen, und Bianca die, nicht mehr so spät. So legte ich fast jeden Tag den Weg ein paar Schritte von ihr entfernt zurück. Bianca ging langsam, ein bißchen auf ihre übliche, seltsame Art hin- und herschlenkernd, und ich, der lange Beine hatte und gewohnt war zu rennen, hatte Mühe, meinen Schritt dem ihren anzupassen. Obschon ich es nicht wollte, kam ich immer mehr an sie heran. War ich in der Nähe der Schule angekommen, hielt ich dieses langsame Gehen nicht mehr aus und fürchtete, irgend jemandem könnte auffallen, daß ich ihr folgte. Da bog ich dann in eine Seitenstraße ein, beschleunigte mein Tempo und kam einige Sekunden vor ihr in der Schule an.

Ging ich ganz langsam zwanzig Schritte hinter Bianca, dachte ich natürlich weder an Algebraprobleme noch an Übersetzungen aus dem Griechischen. Ich war aber auch nicht in jener kontemplativen und verzückten Gemütsverfassung, in der ich mich so oft überrascht hatte, besonders einige Zeit zuvor, wenn ich mich in ihrer Gegenwart oder in der von irgend etwas, das mit ihr zusammenhing, befand. Sah ich sie so vor mir dahintrippeln, hatte Bianca nichts Beängstigendes an sich; im Gegenteil, mir kam vor, daß an ihr dieses gewisse Etwas von Anmutigkeit und zugleich eine Spur von Lächerlichkeit sei, was den Mädchen eigen ist, die kleine Frauen sein wollen.

Ich behielt sie im Auge und unterhielt mich mit mir selbst oder ich tat so, als würde ich mit ihr reden, ihr vielfältige Fragen stellen. Ich trieb das, wie um mir selbst zu beweisen, daß ich mich überhaupt nicht befangen fühlte. Mein Ton war immer ein bißchen ironisch: Ich machte mich über mich lustig, über meine Schüchternheit, über die seltsamen Manöver, die ich gerade vollführte; und auch über sie, über ihre Allüren als Dame von Welt, über ihre kleinen Durchtriebenheiten. Ich fragte sie, warum sie so früh aufgestanden sei, die früher erst im letzten Moment in der Schule angekommen war, warum sie diese Straße und nicht statt dessen am Meerufer entlangging: Die Strecke war schöner, und sie wäre früher angekommen. Ich fragte sie, warum sie vor dem Überqueren der Straße so lange stehenblieb und so lange nach rechts und links schaute, wo man doch, bekanntlich, auf einer Geraden die Autos von weitem hört und sieht, ob sie etwa bemerkte, daß ich ihr folgte, ob sie nicht etwa beobachten wollte, ohne es zu zeigen, wie ich mich verhalten würde.

Dann fragte ich mich selber, mit einem Schuß von bitterem Hohn, zu welchem Schluß ich kommen, was ich mir einbilden wollte. Nichts Schlechtes, nichts Außergewöhnliches, versicherte ich mir. Ich stellte mir nur vor, daß sie sich ein wenig über mich amüsierte. Gewiß bin ich – sagte ich mir – ein ziemlich kauziges Wesen: Manchmal muß ich ihr als ein allzu ernsthafter Bursche vorkommen, der alles weiß, sich durch nichts aus der Fassung bringen lässt, der niemals ein Wort zuviel sagt; bei anderer Gelegenheit als ein lächerlicher Wirrkopf, der keinen Finger rühren kann, ohne etwas Verschrobenes oder Unbeholfenes anzustellen. Bianca argwöhnt wahrscheinlich nichts und denkt sich, daß ich mich ihr gegenüber nur deshalb so merkwürdig benehme, weil der Dachschaden, den ich habe, sich jetzt in einem wilden Weiberhaß äußert, der mich dazu bringt, sie zu fürchten und zu fliehen, allein auf Grund der Tatsache, daß sie eine Frau ist. Ist es nicht kurios, zu beobachten, wie sich ein solches Lebewesen bewegt? Ist es nicht belustigend, sich gefürchtet zu wissen wie der Teufel?

Quasi um mich besser davon zu überzeugen, daß die Gefühle und Absichten Biancas solcherart sein mußten, fragte ich mich selbst, ob es von mir sehr schlau und raffiniert war, stehenzubleiben, um eine Spielzeugauslage anzuschauen oder ganz aufmerksam die neuen Anordnungen des Bürgermeisters für die Müllabfuhr zu lesen, wie ich es tat, wenn ich meinte, zu nahe an sie herangekommen zu sein, ob es denn zwanglos und natürlich war, vor mich hinzustarren wie einer, der Halluzinationen hat, schnurstracks dahinzugehen, wenn ich, vor ihr bei der Schule anlangend, die Straße überquerte, auf der sie daherkam.

Manchmal, wenn ich ein wenig schlaftrunken von zu Hause wegging, passierte es, daß ich die Gespräche mit ihr nicht in dem gewollten Ton halten konnte und daß ich ins Pathetische abglitt. Dann sagte ich zu ihr, in der Gewißheit mit ihr redend, daß sie mich nicht hören konnte, und obwohl ich den scherzhaften Stil nicht aufgab und es nicht unterließ, mich wegen meiner so außerordentlichen Gewandtheit über mich selbst lustig zu machen, oft allzu ernste Dinge. Ich nannte sie Bianca, Bianchina, Biancolina, und ich fragte sie, warum die Welt so schlecht sei, warum auch sie so vieles tat, das mir mißfiel, warum sie mich nicht einmal ein bißchen gern habe, weshalb ich mich grämen und darauf verzichten müsse, glücklich zu sein, wo es doch so schön sein würde, gut Freund miteinander zu sein. Nahmen meine Gedanken diese Wendung, versuchte ich mich zu überzeugen, daß ich die letzte Geschichtslektion nicht gut in Erinnerung hatte, und begann sie im Geist zu wiederholen. Auf die Art entstand zwischen Namen, Daten und anderen nicht gerade geschichtlichen Erwägungen in meinem armen Kopf ein solches Durcheinander, daß ich dem Himmel dankte, daß die Schule nicht weit von meinem Zuhause entfernt war.

Nicht immer aber konnte ich meine Manöver programmgemäß abwickeln. Es kam bisweilen vor, daß ich Bianca in dem Moment, wo ich das Haustor öffnete, gerade vor mir fand. Da mußte ich dann vortäuschen, sie nicht zu sehen, weil ich sie wirklich nicht grüßen konnte. Nachdem wir uns begrüßt, wäre es allzu lächerlich gewesen, wenn jeder für sich allein den Weg zurückgelegt hätte. Deshalb blieb ich ein paar Augenblicke im Haustor stehen, wartete, daß sie vorüberging und sich ein wenig entfernte; oder ich lief ganz schnell davon, als würde ich glauben, spät dran zu sein und nicht einmal Zeit dazu zu haben, mich umzusehen.

Dann wieder kamen wir recht früh bei der Schule an. Sie war noch geschlossen, und vor dem Eingang war niemand, weder aus unserer noch aus der Parallelklasse. Bianca stellte sich still in ein Eckchen des Gehsteigs. Ich ging mit großen Schritten hin und her, wobei ich mich jedoch immer in einem Respektsabstand von ihr hielt, und ich empfand ein unbeschreibliches Verlegenheitsgefühl. Manchmal wußte ich, daß Bianca mein Mathematikheft oder irgendeine Erklärung brauchte. Es hätte genügt, daß ich mich ihr ein bißchen genähert hätte, und sie hätte die Gelegenheit genutzt, mich um das zu bitten, was sie brauchte. Dann wäre es überhaupt nicht schwer gewesen, ein Gespräch anzuknüpfen. So unter vier Augen, von einem ganz konkreten Anlaß wie einer Hausaufgabe ausgehend, meinte ich zuweilen, ich würde fähig sein, ein paar Worte zu sagen, ohne allzu sehr in Verwirrung zu geraten. Aber es gab bereits die mir von der Akademie der Reinen auferlegten Hindernisse. Sie vor allem waren es, die mich dazu brachten, mich bei diesen Gelegenheiten von ihr fernzuhalten, wenn es mich auch schmerzte, eine derart jämmerliche Figur abgeben zu müssen, mir einen so alten und lebhaften Wunsch nicht erfüllen zu können, machte ich mir doch klar, daß es besser war, wenn ich es so hielt. Wäre ich auch gut davongekommen, was hätte ich davon gehabt, hätte ich von ihr irgendein freundliches Wort gehört, einen Satz, der mich in ihr gute und sympathische Seiten hätte ahnen lassen? Noch mehr hätte ich mich gegrämt, hätte sich Bianca auf eine Art verhalten, die mir mißfiel.

Und Ollendorf? Ich wollte von ihm erzählen und ließ ihn beinahe außer acht. Ollendorf also wohnte zu jener Zeit ungefähr halbwegs zwischen meinem Zuhause und dem von Bianca. Bis zur Hälfte des Schuljahres hatte er seinen Weg am Meer entlang genommen; dann begann er, ich weiß nicht aus welchem Grund, denselben Weg einzuschlagen wie wir. Manchmal sah ich ihn schon zusammen mit Bianca, wenn ich aus dem Haus trat, dann wieder, daß er sie einholte und grüßte und neben ihr zu gehen anfing. Es kam auch vor, daß Ollendorf, der sich zunächst hinter mir befunden hatte, mich überholen mußte, um sie einzuholen, und so tun mußte, als sähe er mich nicht, um nicht gezwungen zu sein, in meiner Gesellschaft weiterzugehen. Der Wahrheit zuliebe muß ich sagen, daß er mir von Zeit zu Zeit die Ehre erwies, sich mit mir aufzuhalten, und so zuließ, daß Bianca ihren Weg allein fortsetzte.

Ich muß gleich klarstellen, daß ich nicht so weit ging, auf Ollendorf eifersüchtig zu sein. Er kam mir zu unbedeutend vor, und sein halbidiotischer Gesichtsausdruck konnte, wie ich dachte, nichts Anziehendes für ein junges Fräulein haben. Und außerdem verfügte er über eine ausgezeichnete Eigenschaft, die mich seine Gesellschaft für Bianca als harmlos betrachten ließ: Er war so tief und unerschütterlich von seiner Gabe zu dem, was man ein interessantes Gespräch nennt, überzeugt, daß er gar nicht darum besorgt war, den Witzbold zu spielen oder sich als Galan zu gebärden.

Und doch, ging ich mit einigen zehn Schritten Abstand hinter ihnen her, empfand ich ein besonderes, ganz eigenartiges Gefühl, das nicht Eifersucht war, sondern viel eher eine Art von Neid oder undefinierbares Bedauern. Zu jener Zeit war ich in die griechischen Lyriker vernarrt, von denen ich jeden Vers auswendig lernte, den ich in unserer Schulanthologie fand; und mir kam vor, genau dieses Gefühl in der berühmten Ode von Sappho ausgedrückt zu finden:

Φαίνεταί μοι χῆνος ἴσος θέοισιν ...

(Glücklich wie die Götter kommt mir der Mann vor, der vor dir sitzt und dich aus der Nähe süß sprechen und lieblich lachen hört; und das verstört mein Herz in der Brust, denn, sobald ich dich sehe, versagt meine Stimme, meine Zunge ist gelähmt, und ein leises Feuer läuft mir unter der Haut, meine Augen sehen nichts mehr und meine Ohren dröhnen. Der Schweiß bricht mir aus, und ein Beben erfaßt mich gänzlich, ich bin grüner als das Gras, und es hat den Anschein, daß wenig mir fehlt, und ich sterbe.)

[XI.]

Auch das Lernen machte mich in jenem Jahr verrückt. Nicht weil es zu schwer gewesen wäre, sondern wegen der Professoren. Terni war im Italienischunterricht von Klausner abgelöst worden, und das war ein Vorteil, vom Gesichtspunkt eines ruhigen Lebens aus. Aber Orsi, unser gütiger Latein- und Griechischprofessor, unterrichtete uns in dem Jahr nur in Griechisch. In Latein wurde uns ein gewisser Professor Salvadori vorgesetzt, der im Ruf stand, erbarmungslos zu sein, und bei dem ich mich ziemlich lang werde aufhalten müssen.

Orsis schon seit einiger Zeit schwache Gesundheit verschlechterte sich ständig. Um die Disziplin, die in seinen Stunden immer alles andere als perfekt gewesen war, stand es in dem Jahr ärger denn je. Ganz wenige gab es, die nicht schwätzten oder Aufgaben für andere Gegenstände machten, während Orsi prüfte; etliche erlaubten sich auch halblaute Scherze oder ließen kleine Zettel mit witzigen Bemerkungen oder Zeichnungen herumgehen, die da und dort ein kaum verborgenes Gelächter auslösten. Auch Bianca war oft sehr damit beschäftigt, sich nach hinten zur Zuccolin umzudrehen, sich rechts und links aus der Bank zu lehnen, um zu schwätzen, zuzuhören und zu lachen.

Ich schaute sie verärgert und unzufrieden an (dies Jahr saß Bianca nicht mehr in der letzten Bank meiner Reihe, sondern in der Reihe neben mir, zwei Bänke weiter hinten), doch sie schien nichts zu bemerken. Im Grund trieb Bianca es nicht schlimmer als viele andere; doch Orsi (kam mir zumindest vor) wies sie öfter zurecht als diese, mit einer Miene von trauriger Mißbilligung, als ob ihm ihr Nichtstillsitzenkönnen in besonderer Art mißfiele. Und ich bildete mir ein, daß er sie manchmal ermahnte, nachdem er zuvor in meine Richtung geschaut hatte; vielleicht war ihm meine Unzufriedenheit aufgefallen, und er hatte durchschaut, an wen meine vorwurfsvollen Blicke gerichtet waren.

Wie auch immer, ich war ihm dankbar, weil er Bianca deutlich machte, daß es nicht schön war, wenn sie sich so verhielt, daß es schlecht getan war, die Nachsicht eines Professors derart auszunutzen; daß diese quirligen und ungezogenen Manieren nicht zu ihr paßten, einem jungen Mädchen, dessen Gesicht doch sonst einen so ernsthaften und liebenswürdigen Ausdruck hatte. Ich wußte, daß ich mich täuschte und daß ich phantasierte: Dennoch erfreute ich mich an der Vorstellung, daß Orsi, der Schweigsame, mit seinen kurzsichtigen Augen, die den Anschein erweckten, als könnten sie nie bei irgend etwas haltmachen, mehr sähe als all die anderen, daß er mich verstehen, mir entgegenkommen könnte, daß er, vielleicht, ein bißchen Mitleid mit mir hätte.

Als zu Anfang des Schuljahres der schreckliche Salvadori unerwarteterweise in unserer Klasse erschien, wobei er von einem sofort unterdrückten Gemurmel des Erstaunens und der Auflehnung empfangen wurde, fühlte ich mich zwar von dem Gedanken an die Mühen, die mir bevorstanden, beunruhigt, aber nicht unzufrieden. Ich dachte mir nämlich, daß er uns wahrscheinlich in Griechisch unterrichten würde, einem Gegenstand, der mir sehr gefiel und dem ich gern ein paar halbe Stündchen mehr widmen würde. Im Griechischen fühlte ich mich außerdem ziemlich gut vorbereitet, unendlich besser als alle anderen Kameraden. Als ich aber begriff, daß er uns in Latein unterrichten würde, wurde ich, weil ich um meine ungenügenden Kenntnisse wußte, von einer Art Panik erfaßt.

Die erste Unterrichtsstunde ließ mich Gutes hoffen und gab mir wieder ein bißchen Mut. Ich muß sagen, daß Salvadori über wahrlich hervorragende Eigenschaften als Lehrer verfügte: und das fiel mir sofort auf. Er war eher klein, doch mit seinem aufrechten und kerzengeraden Gang ein stattlicher Mann. Er trug einen schönen weißen Bart, der die Würde seines Äußeren vergrößerte, hatte dicke Lippen, eine etwas krumme Nase und, hinter den fein eingefaßten Brillen, schwarze, ein wenig hervorspringende Augen. Seine Stirn war hoch, er hatte ziemlich große Geheimratsecken und trug die spärlichen und fast ganz weißen Haare sehr kurz. Immer sprach er leise, langsam und ruhig und ließ, während er redete, oft das große Schlüsselbündel klingeln, das er auf dem Katheder liegen hatte. Bisweilen verstand man seine Worte kaum, und dieses Geklingel, das von Zeit zu Zeit seine Stimme übertönte, reizte auf eigenartige Weise meine Nerven. Auf Salvadoris Lippen lag gleichsam immer ein leichtes ironisches Lächeln. Er gab die Fünfer mit einem Lächeln, schickte einen mit einem Lächeln auf den Platz, gab die Lektion für das nächste Mal immer lächelnd auf. Wenn er lachte, und er lachte selten, so geschah das auf seltsame und unangenehme Art. Sein Lachen hörte man kaum: Man bemerkte es nur an einem gewissen Gurgeln in seiner Kehle, und an seinen Lippen, die ein bißchen mehr als gewöhnlich seine herrlichen, blendend weißen und perfekten Zähne entblößten. Im übrigen blieben seine Augen, seine Miene ernst und gravitätisch starr. Es sah weniger aus, als lachte er, sondern als sei er von einem nervösen Zittern befallen und versuchte, sich zu beherrschen.

Sein Äußeres flößte Achtung ein, erweckte aber keine Sympathie. Salvadori hatte ein Air von Reserviertheit, von Undurchdringlichkeit an sich; und bestimmte zärtliche Blicke von ihm, die mit einem plötzlichen Aufblitzen endeten, ließen einen denken, daß er kein aufrichtiger Mensch sein mochte. Obschon er zu den Schülern immer höflich war, übertrieben höflich sogar, hatte man, ging man mit ihm um, den Eindruck, mit eben der aus Verachtung und Gleichgültigkeit herrührenden Feindseligkeit betrachtet zu werden, mit der hochgestellte, von ihrem Verdienst überzeugte Menschen die Untergebenen behandeln, die sich für mehr ausgeben wollen, als sie sind.

Der einigermaßen ungünstige Eindruck, den der Professor Salvadori auf mich machte, wurde durch den Umstand gemildert, daß ich sogleich die wahrhaft perfekte Art bewundern mußte, mit der er die Klasse und den Stoff im Griff hatte. Er wußte alles, erinnerte sich an alles, sah alles. Er betrat die Klasse, und schon bewies er, uns alle namentlich zu kennen, über die schulische Vergangenheit jedes einzelnen von uns vollkommen im Bild zu sein. Es hatte den Anschein, als trüge er in seine gewissen Büchlein alle falschen Antworten ein, als machte er vielleicht auch Notizen über die intellektuellen Fähigkeiten der einzelnen. Später schien er niemals in ihnen nachzuschauen, in diesen Büchlein; aber wenn einer das Pech gehabt hatte, sich zu Beginn des Jahres bei einer Verbalform zu irren, konnte er sicher sein, mit dem entsprechenden Zeitwort bis zum letzten Schultag nicht in Ruhe gelassen zu werden. Die Disziplin war perfekt. Salvadori mußte kein lautes Wort sagen, keinen Tadel aussprechen. Wenn irgend jemand sich bewegte, runzelte er höchstens die Stirn, mit einem eher gelangweilten als strengen Ausdruck, und ließ seine Schlüssel etwas lauter klingeln.

Man hütete sich übrigens sehr davor, sich in seinen Stunden zu regen. Es reichte, daß man ein Heft aufschlug, einen Bleistift in die Hand nahm oder weglegte, um sein Augenmerk auf sich zu lenken, um ein: »Sie, Zevi, sagen Sie mir *lieber,* was bedeutet ...« abzubekommen. Im allgemeinen freute ich mich darüber, wenn ich in der Bank eine Frage gestellt bekam. Die Untätigkeit in den langen Prüfungsstunden war mir manchmal eine Qual, und andererseits konnte ich, zumindest in der Mehrzahl der Fälle, hoffen, eine gute Antwort zu geben. Doch die Fragen Salvadoris freuten weder mich noch irgend jemanden sonst. Sie waren nicht gestellt, damit man antwortete, sondern damit man nicht antwortete. Und wenn er, einmal auf tausend, wirklich nichts auszusetzen fand, dann schien er zu denken: »Du hast es richtig erraten, dies eine Mal; das Glück ist dir beigestanden« oder: »Ich hätte sehen wollen, daß du mir nicht einmal das gewußt hättest!« Deshalb machte man sich winzig klein, versuchte, sich in Luft aufzulösen, nahm man sich sehr davor in acht, auch nur einen Finger zu bewegen.

Am ersten Tag also ließ er uns jene Kapitel von Livius wiederholen, die wir im Vorjahr mit Orsi studiert hatten. Mit dem aufgeschlagenen

Buch vor sich mußte jeder von uns, der Reihe nach, eine kurze Inhaltsangabe eines Kapitels machen. Ich war der einzige der Klasse, der ehrenvoll davonkam. Diejenigen, die nach einer Schimmelübersetzung gelernt hatten (sie stellten allein in unserer Klasse vier Fünftel; im Durchschnitt der italienischen Schulen mußten es gewiß neun Zehntel sein), erinnerten sich nahezu an nichts von dem, was sie viele Monate zuvor auswendig gelernt, und fanden sie in ihrem Gedächtnis noch eine, von ihren schon damals so brillanten Übersetzungen losgelöste Stelle, wußten sie nichts Besseres, als sie wortwörtlich herzusagen und sich dabei sofort vom unerbittlichen Salvadori unterbrechen zu lassen. Die Zusammenhänge entglitten ihnen, und sie waren nicht imstand, aus dem bereits fehlerhaft Memorierten eine Inhaltsangabe herauszuschlagen. Der Text schließlich sagte ihnen ganz und gar nichts. Bestenfalls konnte irgendeine Stelle sie an den einen oder anderen Satz aus der Schimmelübersetzung, die bereits halb vergessen war, erinnern, mehr aber nicht.

Die den Text studiert und versucht hatten, ihn zu verstehen, ohne allzusehr darum besorgt zu sein, elegant zu übersetzen, fanden sich nun in einer besseren Lage. Aber sei es, daß ihnen die Interpretation des Textes auf Grund ihrer geringen Kenntnisse nur unter Aufwand beträchtlicher Mühe gelingen konnte, daß sie, weil sie um die Nachsichtigkeit Orsis wußten, recht oberflächlich und unregelmäßig gelernt hatten, sich um den eigentlichen Sinn des Gelesenen nicht kümmernd, sich damit zufrieden gebend, den Sinn jedes einzelnen Satzes wortwörtlich zu verstehen, Tatsache ist, daß auch sie beim Überfliegen des Textes keine kurze und klare Zusammenfassung zu improvisieren vermochten.

Als alle bei der Prüfung versagt hatten, legte Salvadori die Stirn in Falten: »Schlecht, sehr schlecht«, sagte er. »Ich sehe, daß ihr äußerst ungenügend vorbereitet seid. Keiner erinnert sich an das, was vor einigen Monaten gelesen worden ist.« Und mehrere Male kam er auf unser unzureichendes Wissen zurück. Es war ein versteckter Hieb gegen unsere früheren Professoren: Und das machte einen schlechten Eindruck auf mich. Salvadori war im Recht; aber er hätte noch mehr recht gehabt, wenn er versucht hätte, die Vergehen seiner Kollegen wiedergutzumachen, ohne sie allzu sehr zu betonen. Ich schaute ihn verwundert an: Warum verhielt er sich so? Und weshalb tat er so, als ob er vergessen hätte, daß einer in der Klasse, und wenn's auch nur ein einziger war, ihn hatte zufriedenstellen können? Warum erstreckte er den Vorwurf, den ich nicht verdiente, auch auf mich? Außerdem war ich überzeugt davon, daß Orsi in Wirklichkeit kein so schlechter Professor war, wie Salvadori ihn jetzt hinstellen wollte. Ich hatte bei ihm sehr viel mehr gelernt als bei anderen Lehrern, und mir lag daran, es zu zeigen.

Vielleicht wäre niemand anderem aufgefallen, daß ich die Brauen hochzog. Doch Salvadori sah alles und durchschaute die Dinge im Nu. Mit ihm konnte man ganze Streitgespräche nur mit Blicken ausfechten. Sehr wohlbedacht fügte er, gleichsam gedämpft, hinzu: »Nur Zevi hat es gekonnt« und warf mir einen überdrüssigen und mißgünstigen Blick zu. Ich wurde rot, weil ich dachte, meine Eitelkeit hätte ihm mißfallen. Ich durchschaute allerdings gleich, daß es sich nicht darum handelte: Nicht meine Eitelkeit im Drängen auf ein Lob hatte ihm mißfallen, sondern der Umstand, daß er mich für dermaßen eingebildet hielt, daß ich denken mochte, mir stünden auch von ihm, gleichsam von Rechts wegen, Lobsprüche zu. »Wegen einer solchen Lappalie brauchst du dich nicht so zu brüsten«, sagte mir sein Blick. »Wir werden sehen, werden schon sehen, was du wert bist.«

Der Lehrstoff, der in Latein durchgenommen werden sollte, war sehr umfangreich, und außerdem war auch einiges vom Vorjahr übriggeblieben. Und darüber hinaus wollte Salvadori immer eine Ode oder einen Abschnitt mehr behandeln, als vorgeschrieben war, statt eine Ode oder einen Abschnitt weniger. Kurz und gut, es war keine Zeit zu verlieren, wir mußten uns so weit wie möglich allein behelfen. Salvadori würde uns sicherlich nicht jede Stelle übersetzen und erklären, ehe er sie uns für zu Hause auftrug, wie Professor Orsi es gehalten hatte.

In jedem Fall hielt ich es für logisch, daß auch Salvadori uns die zweifelhaften und schwer begreifbaren Stellen, die kompliziertesten

Satzkonstruktionen erklären würde, kam es mir selbstverständlich vor, daß er uns dazu Erklärungen über geschichtliche und mythologische Bezüge, über Sitten und Gesetze, deren Kenntnis der Text voraussetzte, würde geben müssen. Bestimmte Dinge konnten wir allein nicht erraten; es war notwendig, daß jemand sie uns sagte, umso mehr, als Salvadori, während wir Livius und Horaz studierten, nur Texte duldete, die von Anmerkungen und Erklärungen absolut frei waren.

Statt dessen sagte er am Ende der Stunde: »Für das nächste Mal werdet ihr mir diese und jene Kapitel lernen, diese und jene Oden!« und Punktum. Natürlich wird er, dachte ich, beim nächsten Mal nur verlangen, daß man die Vokabeln gewissenhaft herausgesucht hat, daß man sein Bestes getan hat, um die grammatikalische Konstruktion und den Sinn zu begreifen: Das übrige wird er uns erklären. Vielleicht erklärt er lieber, wenn die Schüler in den Abschnitt schon eingelesen sind: eine Methode, über die man streiten, die aber gewiß auch ihren Vorteil haben kann.

Doch auch damit irrte ich mich, wie ich sehr bald merkte. Wenn Salvadori die Abschnitte abprüfte, die er uns für daheim zur Vorbereitung aufgetragen hatte, wehe, wenn man eine Stelle falsch interpretierte, wehe, wenn man nicht wußte, wer Ilitia oder Aulo war, was das »lex maritima« vorschrieb oder zu welcher Gelegenheit eine bestimmte Ode verfaßt worden war – alles Dinge, die uns in unserm Leben nie einer gesagt hatte. Was tun? Es gab nur eine einzige Möglichkeit, das Problem zu lösen: eins dieser weißen Büchlein kaufen, in denen man eine schöne Übersetzung und mehr oder weniger ausreichende Anmerkungen fand, und auswendig lernen.

Wer sich nicht dazu entschloß, auf dieses Hilfsmittel zurückzugreifen (ich spreche natürlich von den wenigen, die es nicht schon seit Jahren anwandten), hatte es zu bereuen. Ich erinnere mich, daß die Zuccolin eine der letzten in der Klasse war, die daran festhielt, sich allein vorzubereiten. Als sie einmal geprüft wurde, übersetzte sie einen ziemlich langen Abschnitt halbwegs gut. Bei einer schwierigen Stelle zeigte sich, daß sie den Text falsch aufgefaßt hatte.

»Gehen Sie dorthin«, sagte Salvadori zu ihr, wobei er mit seinem Bart zur Bank hindeutete. Das war ein an ihm vertrauter Ausdruck. Und die Zuccolin kehrte lächelnd mit einer Geste an ihren Platz zurück, wie um zu sagen: »Was kann ich dafür: Ich hab mein Bestes gegeben; wenn ich es nicht kapiert habe, hab ich's eben nicht kapiert.«

Grandi und Sandrin hingegen, Spezialisten im Hersagen von Auswendiggelerntem – sie schauten aus dem Fenster, wenn sie die Übersetzungen aus den weißen Büchlein rezitierten –, wanden sich etliche Male heraus. Sie hatten sicherlich nur halb so schwer geschuftet wie die Zuccolin und hätten ohne das Büchlein nicht einmal die Hälfte von dem verstanden, was sie begriff. Ich runzelte die Stirn, und Salvadori sagte mir sehr freundlich und wie um sich zu rechtfertigen: »Sie zeigen zumindest Fleiß.« Mit anderen Worten, es kam so weit, daß auch ich, nicht ohne ein wenig Bedauern und recht zornig, für Horaz auf die Anmerkungen von Pascoli zurückgreifen mußte.

Ich wollte aber nie etwas davon wissen, die Schimmelübersetzungen anzuwenden, auch wenn es bei Salvadori wirklich notwendig gewesen wäre. Das Höchste, was man von einem Schüler verlangen kann, ist, daß er begreift, was er gelesen hat; daß er es, mit gehöriger Unterstützung, wirklich recht versteht und das mit einer einfachen, wortgetreuen Übersetzung beweist. Gut Übersetzen ist sicherlich nicht etwas, das man von Sechzehnjährigen verlangen kann; als Beweis dafür möge dienen, daß gute Übersetzer äußerst selten sind, sehr viel seltener noch als gute Schriftsteller. Salvadori forderte statt dessen, daß man im Handumdrehen übersetzte, in gutes Italienisch ohne Latinismen, und hatte noch dazu etliche Eigenheiten. Wehe, man sagte ihm: »jene Sache«, »jener Umstand«, »das, was«. Nein; man mußte stets übersetzen: »jene Sachlage», »jene Lage der Verhältnisse«, »der Grund, der bewirkte«, je nach dem Sinn. Wehe, man übersetzte mit demselben Wort, das im Text vorkam, oder mit einem, das dieselbe Wurzel hatte. Stand im Text »absurdus«, mußte man es mit »abgeschmackt, ungereimt« übersetzen oder mit einem anderen Synonym, auch wenn dieses »absurdus«

wirklich genau »absurd« und nichts anderes bedeutete; auch wenn man es auf keine Art besser wiedergeben konnte als mit »absurd«. Wenn wir auf ein »melodico« stießen, durften wir es weder mit »melodisch« wiedergeben noch mit »melodiös« noch mit »voll Melodie«, denn »das nennt man Faulheit«. Wir mußten uns irgend etwas anderes ausdenken, ein »wohlklingend« zum Beispiel. Dieser Zwang zur fortwährenden, mühsamen und unnützen Suche nach Synonymen war eine echte Tortur; unsere ganze Aufmerksamkeit wurde beansprucht, so daß wir uns nicht einmal fragten, ob der gelernte Text zufällig etwas Interessantes oder künstlerisch Schönes enthalte.

Und außerdem war Salvadori nie zufrieden. Übersetzte man wörtlich, machte er darauf aufmerksam, daß man so im Italienischen nicht sagen könne; erlaubte man sich eine freiere Übersetzung, hielt er einem entgegen, daß der Text anders laute. Geben wir ruhig zu, daß die von ihm gewünschte Übersetzung die bei weitem beste aller möglichen Übersetzungen sein sollte. Aber wie konnte er verlangen, daß wir gerade diese herausbekämen? Warum derart die Stirn in Falten werfen, warum den Beleidigten spielen, wenn wir nicht fähig waren, seine Gedanken zu erraten? Wenn ihm wirklich daran lag, daß wir diese seine fabelhaften Übersetzungen lernten, sollte er sie uns hören lassen, sie uns womöglich diktieren; er sollte es jedenfalls lassen, uns auf diese Art zu unterbrechen, als ob wir Unsinn geredet hätten, selbst wenn wir den Text begriffen hatten und versuchten, seinen Sinn mit Worten wiederzugeben, deren Bedeutung sich nicht groß von dem jener unterschied, die er bevorzugte.

Mir schließlich gefielen seine Übersetzungen durchaus nicht. Sie waren in einem modernistischen Stil abgefaßt, waren zu reich an Redewendungen und steckten voller Gemeinplätze, verknüpft mit dem Leben und der Psychologie von heute. Sein Stil paßte nicht zur Aufgabe, umso weniger, als jedes Wort mit pedantischer Gewähltheit gesucht war, die dem eigen ist, dem es an Einbildungskraft und Spontaneität mangelt, der sich aber einbildet, gut schreiben und formulieren zu können. Ich hätte, wenn ich schon fähig gewesen wäre, treffliche Übersetzungen zu machen, nicht danach gestrebt, daß der neue Text seinen Charakter einer Übertragung aus dem Lateinischen gänzlich verliert, im Gegenteil, ich hätte mich bemüht, den Klang jener Zeit so gut als möglich zu bewahren, die Redewendungen und die dem Schriftsteller eigene Psychologie.

Sonderbar war jedenfalls, daß Salvadori bisweilen die oratorischen Ausbrüche Sandrins oder Grandis über sich ergehen ließ. Er lächelte zwar ironisch, gleichsam um zu zeigen, daß er durchschaute, woher ihr Wissen kam. Er spielte aber den Nachsichtigen und schien zu sagen: »Wie? Ihr sagt, daß man mich nie zufriedenstellen kann? Seht ihr denn nicht, wie wenig mir genügt? Ich gebe mich damit zufrieden, daß man mir eine schäbige Übersetzung auswendig lernt. Aber die anderen sind ja nicht einmal dazu imstand.«

Kurz und gut, Salvadori verlangte das Unmögliche und überhäufte uns, ohne jeden Unterschied, mit seiner Mißbilligung, weil wir das Unmögliche nicht schafften. Diejenigen, die bis zur Erschöpfung lernten, wie auch die, die, ebensogut, überhaupt nicht lernten, alle lebten unter dem Eindruck, ihre Pflicht versäumt zu haben. Man sah sich auf den Gedanken gebracht, daß Salvadori, wenn es uns, nehmen wir es verbotenerweise an, gelungen wäre, zu erfüllen, was seiner Meinung nach unsere Pflicht war, das heißt, wenn es uns gelungen wäre, uns die Abschnitte im Alleingang perfekt vorzubereiten, die er uns auftrug, daß er dann nichts mehr zu tun gehabt hätte. Gewiß muß der Professor notgedrungen seine Untergebenen manchmal auch mit übermäßiger Strenge behandeln. Unterstreicht man aber die Tatsache, daß der Professor nur ein Kerkermeister ist, und mag er auch rechtschaffen, gewissenhaft und aktiv sein, so viel man will, bewirkt man, daß im Kopf des Schülers die Ansicht entsteht, daß der Lehrer nicht helfen und führen muß, sondern nur kontrollieren und korrigieren, so ist das ein Fehler, ein gravierender Fehler, sowohl vom moralischen als auch vom pädagogischen Gesichtspunkt aus. Diesen Fehler beging Salvadori, der nur, wenn er ausbesserte, erklärte, und auf die Art erkennen ließ, daß er einzig aus dem Grund gezwungen war, zu erklären, weil wir uns nicht vorbereitet hatten, wie es unsere Pflicht gewesen wäre.

Gozzi und ich, die keine Dummköpfe waren, die in lateinischer Grammatik, trotz unserer gewaltigen Lücken, mehr wußten als viele andere, die jeden Tag zwei Stunden, zweieinhalb Stunden und auch mehr nur Latein lernten, wir hatten den gleichen Erfolg wie die Faulsten, die Dümmsten, die Unwissendsten. Ich verlangte gewiß keine Lobeshymnen: Ich wußte, was sie wert waren. Ich wußte, daß der Direktor, der mir in Kunstgeschichte (dem Fach, das er in unserer und der Parallelklasse unterrichtete) stets eine Zehn gab und mit schönen Worten nicht knauserte, im Grunde dachte, daß ich über weniger künstlerisches Gefühl verfügte als ein Lerroux oder ein Giustiniani, aus der einfachen Tatsache, weil sie nicht lernten und ich schon. Mir war klar, daß heutzutage nicht nur die Schülerschaft, sondern auch ein Großteil der Lehrer davon überzeugt ist, daß der fleißige Schüler notwendigerweise dumm sein muß. Loben einen die Professoren, tun sie es meist wider ihr besseres Wissen, rein aus beruflicher Pflicht. Trotzdem meinte ich auf irgendeine Anerkennung ein Recht zu haben. Salvadori hätte sagen oder zumindest deutlich machen müssen, daß er, konnte er mit meinen Vorbereitungen auch nicht zufrieden sein, trotzdem überzeugt war, daß ich mich angestrengt, daß ich mein Bestes getan hatte. Er hätte mich nicht behandeln müssen, als ob ich meinen elementarsten Pflichten nicht nachgekommen wäre.

Es stimmt, daß er dann in den Zeugnissen, während er den Schlechteren Vierer oder Fünfer gab, Gozzi und mir eine Sechs oder sogar eine Sieben austeilte. Er tat es, um die Kollegen zufriedenzustellen, die bei den Schulkonferenzen wahrscheinlich Druck in dieser Richtung auf ihn ausübten; er tat es, um uns das Zeugnis nicht allzu sehr zu verderben, vielleicht auch, um sich als einsichtig hinzustellen, als guten Psychologen, der durchschaute, daß Gozzi und ich, wider allen Anschein, etwas mehr wert waren als Sandrin, als Grandi und ihresgleichen. Diese Geschenke brachten mich noch mehr auf. Ich wußte nichts anzufangen mit der erhabenen Gunst Seiner Majestät des Professors. Angenommen, daß ich kein ausgesprochener Esel war, hatte ich einmal meine Pflicht und mehr als meine Pflicht getan, hatte ich einen Anspruch darauf, gute Noten zu bekommen. Wenn meine früheren Professoren mir keine profunden Kenntnisse vermittelt hatten, war sicherlich nicht ich es, der als Schuldiger verdammt oder, schlimmer noch, durch herrscherliche Nachsicht begnadigt werden mußte.

Salvadori verlangte unter anderem, wir sollten uns intensiv dem Studium der lateinischen Literaturgeschichte widmen. Wir hatten ein recht gut gemachtes, aber allzu weitschweifiges Buch. Bis zur Perfektion, ohne die kleinste Kleinigkeit außer acht zu lassen, alles zu lernen, was in diesem Buch enthalten war, stellte bereits ein sehr schwieriges Unterfangen dar. Ich erinnere mich an die Riesenpaukereien Sonntag nachmittags, während ich in meinem Zimmer auf und ab ging: Namen, Namen und wieder Namen, nichts anderes als Namen, Namen, die uns nichts sagten, die niemals etwas bedeuten würden: die Komödien von Terenz und Plautus, die kleineren Werke von Cicero und Varro, und dann noch, Gipfel der Gräßlichkeit, die unbedeutenderen Poeten der Goldenen Zeit. Von vielen wußte man nicht einmal, was sie geschrieben hatten: Sie waren bloß bei einem ihrer größeren Kollegen als Versedrechsler erwähnt. Wir mußten sie alle in schöner Reihenfolge nennen können. Es war zum Tollwütigwerden.

Was dachte sich denn Salvadori? Wollte er sich an uns rächen, weil wir es manchmal wagten, ihm anzudeuten, daß wir seine Methoden nicht guthießen? War er aufgebracht gegen Gentile und seine »Eingliederungen« und historischen »Fortschritte«? War er verrückt? Fühlte er sich vom Himmel gesandt, um uns unsere Sünden büßen zu lassen? Wollte er sich an uns für das Unrecht rächen, das die Welt ihm angetan hatte? Ich konnte meinen Ärger nicht anders ablassen, als gegen ihn und gegen Gentile zu wettern und mit Papa zu streiten, der sie, mit nicht allzu viel Nachdruck und Überzeugung, verteidigte.

Natürlich wurde über Salvadori gemurrt, weil er uns diese ganze Literaturgeschichte lernen ließ. Doch er kümmerte sich nicht darum, im Gegenteil, er erhöhte noch die Dosis. Deshalb kam ich zur Überzeugung, daß man eine einigermaßen ernste Aktion gegen ihn unternehmen mußte. Sich beim Direktor zu beschweren, hätte wenig genützt: Er war ein willensschwacher Mensch, und vor Salvadori zitterte er geradezu. Ich dachte an eine vollkommen legale Aktion, die ein bißchen Aufsehen erregen und vielleicht auf die höheren Würdenträger und auf Salvadori selbst Wirkung zeigen würde. Wir mußten unsere Eltern dazu bewegen, alle miteinander Anträge einzureichen, damit wir in ein anderes Gymnasium versetzt würden.

Daraus wurde nichts. Bei den ersten Versuchen einer Fühlungnahme erklärten die Faulsten, daß sie niemals imstande sein würden, so etwas durchzusetzen. Bei ihnen daheim war man gewöhnt, in den Zeugnissen Fünfer zu sehen, aufgebrummt auch von den nachsichtigsten Professoren. Deshalb würden ihre Eltern nicht glauben, daß diesmal das Recht wirklich auf ihrer Seite war. Außerdem merkte ich, daß die Kameraden, mit ganz wenigen Ausnahmen, vor Salvadori Angst hatten, sich vor ihm zu schützen versuchten, daß sie im Grund aber sich von seinen Umgangsformen überwältigen ließen und weder ein allzu reines Gewissen noch ein so unabhängiges Urteil hatten, um sich zu der Behauptung berechtigt zu fühlen, daß er unrecht habe, daß sein Handeln tadelnswert war.

Nichts zu machen: Führe Salvadori so fort, ja, triebe er es noch ärger, würde ich mich zu Tode arbeiten, all die geringen Kräfte, die ich noch hatte, in der Gewißheit vergeuden müssen, nichts zuwege zu bringen. Oder sollte ich ihn hintergehen? Hätte ich meinen Vorsatz, »den Oberen der menschlichen Gemeinschaft gewissenhaft zu gehorchen«, nicht brechen sollen? Sollte ich mich auf die Seite des Unrechts stellen, seinetwegen Verwerflichkeiten begehen?

Disziplin ist eine wunderschöne Sache, dachte ich; und ich tadle den als ersten, der sich ihr nicht unterwirft. Aber wenn mein Vorgesetzter in keiner Weise kontrolliert wird, wenn keine Möglichkeit zur Beschwerde besteht, dann wird die Disziplin zu einem Joch, zu einem Folterinstrument. Wer garantierte mir, daß Salvadori nicht verrückt oder ein Bösewicht war? Selbst wenn er es gewesen wäre, niemand wäre eingeschritten; sie hätten ihn ungestört wüten lassen.

Ich schmiedete weiter Kampfpläne, obwohl ich davon überzeugt war, daß sie zu nichts gut sein würden. Mir war vielmehr klar, daß ich am Ende dann sehr wahrscheinlich schutzlos der Bedrohung durch die Rache Salvadoris ausgeliefert sein würde. Alt ist die Geschichte, daß es einem Untergebenen, streitet er mit einem Vorgesetzten, vielleicht einmal auf hundert gelingt, sich sein Recht zu verschaffen, wenn er im Recht ist; und daß dann der andere auf jeden Fall einen Weg findet, sich zu rächen. Ich wollte trotzdem protestieren, nur um zu zeigen, daß ich nicht zugab, im Unrecht zu sein: Ich wollte zumindest, daß Mama hinging und mit ihm redete.

Doch Salvadori fuhr nach Rom, wie er es häufig tat (er war, glaube ich, Prüfer in irgendeiner Wettbewerbskommission), gerade als dieser Schritt hätte getan werden sollen. Wegen seiner Abreise wurde alles verschoben und schließlich, da die Gelegenheit für ein Eingreifen von Mama fehlte, bis auf weiteres eingestellt. Es war gegen Ende des Schuljahres, und ich dachte, daß ich ja im folgenden Jahr Gelegenheit haben würde, eine Schlacht zu liefern. Und außerdem war ich müde und niedergeschlagen: Ich fühlte mich nicht mehr dazu imstand, so intensiv zu lernen, und überlegte, daß es wohl lächerlich und fruchtlos wäre, würde ich mich darauf versteifen, mich mit einer vereinzelten und so winzigkleinen, unbedeutenden Aktion dem natürlichen Schlendrian und Lauf der Dinge entgegenzustellen. Deshalb ging ich einen Kompromiß mit meinem Gewissen ein: Ich würde alles lernen, was Salvadori uns auftrug, allerdings auf meine Art, nicht auf die seine.

Ich nahm also Catull (den Autor, der damals gelesen wurde und der mein Liebling unter allen lateinischen Schriftstellern war, obwohl Salvadori sein Bestes tat, ihn uns zu verleiden), ein Heft und ein Wörterbuch und begab mich nach Sant'Andrea, wo ich mich auf eine Bank setzte. Ich las und machte, wenn ich begriffen hatte, weiter. Ich suchte mir die neuen Vokabeln heraus, schrieb sie ab und lernte sie; und ich schaute die Anmerkungen nur dann an, wenn ich die Notwendigkeit verspürte, über einen mir unbekannten Umstand belehrt zu werden. So schaffte ich mir, in drei Viertelstunden oder höchstens einer Stunde, alles vom Hals, was uns Salvadori, da er den im voraus bestimmten Lehrstoff zu Ende durchnehmen mußte, an Arbeit aufbürdete.

Als ich geprüft wurde, schnitt ich natürlich noch schlechter ab als gewöhnlich: Die Übersetzungen waren besonders schmucklos, die kulturgeschichtlichen Kenntnisse ausgesprochen kümmerlich. Salvadori schaute mich argwöhnisch an; ich antwortete ihm mit einem harten, zornigen und feindseligen Blick. Vielleicht durchschaute er, daß, wenn er mir gegenüber eine Bemerkung hätte fallen lassen, ein Sturm entfesselt worden wäre. Er schwieg jedenfalls, und ich bedauerte, keine Gelegenheit zu haben, meinem Ärger Luft zu machen und sofort nach Kräften die Klingen zu kreuzen. Andererseits rechnete ich damit, daß diese schlecht bestandenen Prüfungen die Sieben, die Salvadori mir im letzten Zeugnis zu schenken geruht hatte, wieder auf eine Sechs reduzieren würden, und ich bemühte mich, in den anderen Gegenständen, wie im Vorjahr, wieder Zehner zu bekommen, um den Sechser Salvadoris in gute Gesellschaft zu bringen. In Wirklichkeit liefen die Dinge anders ab, als ich es mir vorgestellt hatte, weil Salvadori, ich weiß nicht warum, sich entschlossen hatte, mir nichts Geringeres als eine Acht im Schlußzeugnis zu schenken, während Orsi mir wegen einer Schularbeit, die ich gegen Jahresende verpatzt hatte, in Griechisch eine Neun geben mußte.

[XII.]

Mir scheint, daß ich ausreichend über Salvadori berichtet habe. Vielleicht sogar zuviel: Jetzt reicht's. Die schlechten Noten, die er mir öfter auf die Lateinaufgaben gab, erinnern mich an eine Episode, die ich erzählen will.

Ich bekam also auf eine Schularbeit eine »5/6« (die gebrochenen Noten, die »plus«, die »minus«, die »?«, waren häufig und von Salvadori mit feiner Nuancierung angewandt), und Bianca hatte die gleiche Note wie ich. Es war Pause. Bianca war fröhlich und spaßte mit der Zuccolin, die eine ganz schlechte Zensur, vielleicht eine Vier, abbekommen hatte. Beide lachten über diese Umkehrung der Wertigkeiten. Als die Zuccolin sich dann wieder, ein wenig schmollend, daran machte, die bunten Seiten ihres Heftes zu studieren (Salvadori verwendete zum Ausbessern der Aufgaben nicht nur den Rotstift, sondern auch blaue und grüne Stifte, je nach Schwere der Fehler), erkundigte sich Bianca nach den Noten der anderen Kolleginnen und einiger Kameraden, die in Latein nicht für die Schlechtesten galten. Alle waren schlechter weggekommen als sie. Immer vergnügter darüber, sich auf so unerwartete Weise über alle anderen erhoben zu sehen, kommentierte Bianca die Sache noch in scherzhaftem Ton, wobei sie sich bald diesem, bald jenem zuwandte; dann, mit einem Mal, tat sie einen Schritt zu mir hin und fragte mich nach meiner Note. Ich sagte sie ihr. Kurz auflachend fügte sie hinzu: »Dann können wir uns ja die Hand reichen!«, und sie streckte mir ihre Hand tatsächlich hin. Ich drehte mich um, wobei ich sehr ungeschickt vortäuschte, weder gehört noch gesehen zu haben; ich wandte mich brüsk ab, beinah erschrocken.

Gleich begriff ich, daß ich mich, wenn das überhaupt möglich war, noch dümmer verhalten hatte als gewöhnlich. Biancas Geste war aber derart unerwartet auf mich zugekommen, daß ich wirklich nicht gewußt hätte, wie mich verhalten. Gewiß trieb Bianca Scherz und wollte mir, indem sie es auf die Art tat, ein Kompliment machen, wollte mir zeigen, daß sie auf ihr gutes Glück nicht stolz war. Auch ein Funken von Koketterie schien mir in ihrer Geste zu stecken. Vielleicht wollte sie mir zu verstehen geben, daß meine griesgrämige Art und der Anschein von Reserviertheit, den ich mir gab, sie überhaupt nicht einschüchterten, daß sie trotzdem vertraut mit mir umzugehen vermochte. Vielleicht vergnügte sie sich ein wenig damit, mich in Verlegenheit zu bringen; vielleicht wollte sie mich aus meiner düsteren Verschlossenheit aufrütteln.

Ich hatte sie jedenfalls beleidigt, und es tat mir sehr leid. Mich quälte der Gedanke, daß sie würde glauben können, ich hätte ihr nicht aus Schüchternheit, sondern aus Hochmut die Hand nicht hingestreckt, um sie den Unterschied spüren zu lassen, den es im Lernen zwischen uns gab, daß ich nicht einmal im Spaß bereit war zu akzeptieren, daß wir in schulischen Dingen auf gleichem Fuß stehen könnten.

Andererseits, was hätte ich tun sollen? Auf diesen Scherz hätte ich mit einem Scherz antworten können, aber ich hatte nicht die nötige Geistesgegenwart, um passende Worte zu finden, und wollte auch nicht, aus den üblichen Gründen, mehr mit ihr reden, als notwendig war. Ihr stillschweigend die Hand zu geben und sie dabei verlegen anzuschauen, das wäre so lächerlich gewesen, daß ich bis unter die Haarwurzeln hätte erröten müssen.

Bianca hingegen schien offensichtlich nicht beleidigt zu sein. Ich glaube nicht, daß sie die Gründe dieser Unhöflichkeit, die ärger war als alle anderen, wirklich durchschaute. Sie wird mir wohl verziehen haben, weil sie mein Verhalten als logische Folge meines harmlosen Dachschadens betrachtete.

Klausner war in jenem Jahr unser Italienisch- und Philosophieprofessor. Zu meinem Erstaunen fühlte ich mich immer befangen, wenn ich mit ihm zu tun hatte. Oftmals schwieg ich, auch wenn ich in einer Diskussion über Philosophie oder über italienische Literatur manch gutes Argument zugunsten meines Standpunkts hätte ausbreiten können; und schließlich überraschte ich mich, wie es vorkommt, dabei, ihm meine Argumente auseinanderzusetzen, indem ich mich in Gedanken an ihn wandte.

Auf jeden Fall war ich in Klausners Achtung eine Stufe höher gestiegen, weil ich manchmal der einzige in der Klasse war, der ihm leidliche Italienischaufgaben vorlegte. Aus der Kategorie des Büfflers war ich für ihn in die des bizarren Kritikers hinübergewechselt, der mit einer für sein Alter beachtlichen Originalität der Gedanken begabt war. Er allerdings schien der Existenz des inneren Lebens überhaupt keine Bedeutung beizumessen. Die verschiedenen Individuen, denen er auf seinem Weg begegnete, behandelte er, als wären sie die Figuren eines komplizierten Intrigenstücks: Er bemühte sich, die Rolle jedes einzelnen zu begreifen und sich gut vor Augen zu halten, aber er kümmerte sich nicht darum, den Darsteller kennenzulernen, der sich hinter dieser Figur verbarg. Ich war in der Komödie des Lebens ein angesehener und überflüssiger Komparse: der des Burschen von Verdienst. Das begriff Klausner gut, und er bedachte es: Er tat seine Schuldigkeit meinem Verdienst gegenüber und behandelte mich als Nebenfigur. Mehr konnte ich nicht verlangen, ich interessierte mich auch für nichts anderes. Doch war das so natürliche Zusammengehen von Lob und überheblichster Nichtbeachtung für mich in höchstem Maß verwirrend und trug vielleicht dazu bei, mich derart verlegen zu machen.

Was mich an Klausner am meisten störte, war der leicht schnöselhafte Ton, den er manchmal im Umgang mit den Schülerinnen annahm. Wie er es niemals außer acht ließ, nicht einmal wenn er den Faulsten in der Klasse die Leviten las, daß er es mit unbesonnenen Lausbuben zu tun hatte, von denen man nicht viel verlangen kann, so war es offensichtlich, ging er mit unseren Kameradinnen um, daß er sehr wohl daran dachte, daß sie junge Mädchen waren,

Frauen, denen gegenüber ein bißchen Galanterie nicht unpassend ist. Er behauptete zum Beispiel, nicht fassen zu können, daß die kleine Zuccolin so groß geworden war, und fragte sie, ob sie sich an Genel erinnere, einen Professor, den sie in der Dritten Gymnasium gehabt und der sie »Lin« genannt hatte. Nichts Schlimmes war daran, doch in mir riefen diese Gespräche das Unbehagen hervor, das man empfindet, wenn neben uns jemand etwas Unangebrachtes sagt oder tut. An diesem »groß« war ein Hintergedanke allzu offensichtlich: der von »schön« (die Zuccolin, die mir einst ein wenig häßlich vorkam, war tatsächlich ein wunderschönes Mädchen geworden); und was mich betrifft, hätte ein Professor gewisse Äußerungen nicht machen dürfen.

Mit Bianca schließlich blödelte Klausner, indem er zu ihr sagte, daß sie einen Bräutigam habe. Ein oder zwei Monate vor Ende des Schuljahres ging das Gerücht, daß Bianca in der Dritten Lyzeum nicht mehr bei uns sein, daß sie die Schule aufgeben würde. Da begann dann Klausner mit dem Gerede, daß sie sich verlobt habe.

Ich glaubte nicht daran: Ich dachte, daß Klausner nur Scherz treiben wollte. Sicher, es lag im Bereich des Möglichen; doch mir – vielleicht auch von der Überzeugung meines Vaters beeinflußt, der allen Mädchen von sechzehn Jahren aufwärts predigte: »Ihr Armen, es ist umsonst, daß ihr euch anstrengt, in Zeiten wie diesen findet man keinen Mann!« –, mir kam es unmöglich vor, daß Bianca den Ehemann schon gefunden hatte. Nein: Ich war überzeugt, daß die Ihrigen sie aus der Schule nahmen, weil sie, da deutlich war, daß Bianca ungern lernte und für keinen Gegenstand ausgesprochene Vorliebe an den Tag legte, zu dem Schluß gelangt waren, es sei unnütz, sie die Studien fortsetzen zu lassen. In der Tat hatte Bianca in dem Jahr noch weniger gelernt und gekonnt als in den vorangegangenen.

Trotz dieser meiner Überzeugung beunruhigten mich Klausners Scherze. Bianca wurde ganz rot und wirkte, obschon sie lächelte, verlegen und verwirrt. Auch ich errötete förmlich wie ein Spiegel, als ob die Worte des Professors in irgendeiner Weise auch mich betroffen hätten.

Gewiß war auch Eifersucht daran beteiligt, daß ich ein solch ungutes Gefühl empfand: Mir mißfiel, daß Klausner mit Bianca scherzte, daß er sie in Verlegenheit brachte, daß er sich zu viele Freiheiten ihr gegenüber erlaubte. Außerdem ärgerte es mich, daß er, gerade wenn er sich an sie wandte, mit einer solchen Leichtfertigkeit und einer Spur von Bosheit eine Frage behandelte, bei der Diskretion, Ernst und Taktgefühl niemals zuviel sein können.

Ich lehnte diese Reden auch aus einem anderen Grund ab. Die jungen Fräulein, die das Gymnasium oder das Lyzeum nicht aus Neigung zum Lernen besuchten oder weil sie sich einen Titel verschaffen wollten, sondern nur, um sich eine oberflächliche Bildung zuzulegen, um sich auf irgendeine Art die Zeit zu vertreiben, und die dann bereit waren, die Studien hinzuwerfen, sobald sie etwas Besseres gefunden hatten oder einfach, wenn sie ihrer überdrüssig geworden waren, beleidigten meiner Meinung nach die Ernsthaftigkeit der Schule und waren ein schlechtes Beispiel für die Kameraden. Ich will gewiß nicht behaupten, daß ich, in dem besonderen Fall, vor allem dieser Beleidigung wegen besorgt war, die einer Institution widerfahren mochte, die ich nicht liebte: Doch konnte ich um den Gedanken nicht herum, daß Klausner nicht so zustimmend, in diesem Ton über eine Abtrünnigkeit hätte reden dürfen, die in jedem Fall, was auch immer ihr wahrer Grund war, die Tatsache ans Licht brachte, daß der, der sie beging, die Schule niemals ernst genommen hatte.

Also würde Bianca im nächsten Jahr nicht mehr bei uns sein. Ich habe es beinah beiläufig erzählt, und doch handelte es sich um etwas, das für mich von grundlegender Bedeutung war. Wie schon zu Beginn der Fünften Gymnasium, als ich geglaubt hatte, das Galileo verlassen zu müssen, versuchte ich auch jetzt, mich davon zu überzeugen, daß die bevorstehende Trennung ein Vorteil sein würde: und es gelang mir sehr viel besser als drei Jahre zuvor. Die Überzeugung stand in mir bereits fest, daß jede Hoffnung erstorben war, daß auch meine Liebe im Sterben lag. Warum mich wegen der Tatsache grämen, daß diese Agonie verkürzt wurde?

Was mir mehr als alles andere Kummer bereitete, war das Wissen, daß Bianca sich dem unmoralischen und demoralisierenden Treiben eines Fräuleins aus gutem Haus widmen würde, einer heiratsfähigen jungen Dame, die sich ein bißchen ums Haus kümmert, ein bißchen studiert, vielleicht Musik oder irgendeine moderne Sprache, und die im Grund während ihres ganzen Tages nichts Ernstes tut, Bälle und elegante Gesellschaften besucht und bloß um Nichtigkeiten besorgt ist. Bianca zu einem Leben solcher Art zu nötigen, kam mir geradezu als Verbrechen vor. Es war genau das Gegenteil von dem, was ich gewünscht hätte, ich, der so oft davon geträumt hatte, sie zu einer ernsten Lebensauffassung erziehen zu können, zur Liebe zu Arbeit und Pflicht.

Weiters wußte ich, daß die jungen Fräulein aus gutem Haus, weil sie sich zu einem unabhängigen Leben nicht fähig fühlen und manchmal auch einsehen, ihren Eltern zur Last zu sein, die erste Heiratschance, die sich ihnen bietet, übereilt ergreifen, besonders dann, wenn sie nicht mehr ganz jung sind, wie es bei Mädchen, die arbeiten und sich den Unterhalt verdienen, gewiß seltener vorkommt. Und für mich war eine Ehe ohne Liebe etwas Entsetzliches. Einen solchen Fehler zu begehen, in solches Unglück zu stürzen, würde wahrscheinlich früher oder später auch Biancas Geschick sein.

Ich wollte nicht daran denken, und tatsächlich dachte ich, als einige Zeit vergangen war, fast nicht mehr daran. Selbst die Vorstellung, daß Bianca ein junges Fräulein im Heiratsalter werden würde, hörte auf, mein Denken ausdrücklich zu beschäftigen; statt dessen wuchs meine innere und geheime Qual, das fortwährende Empfinden, mit einem Übel beladen zu sein, gegen das ich nicht ankonnte.

Mir bleibt noch übrig, von der letzten Erinnerung aus den vier Jahren zu erzählen, in denen ich Biancas Mitschüler war. Wir hatten den vorletzten oder vorvorletzten Schultag und gerade eine Philosophiestunde bei Klausner. Zwischen zwölf und eins war es sehr heiß, und Klausner prüfte lustlos diejenigen, die noch nicht abgefragt worden waren (gewiß würde er in Philosophie niemanden durchfallen lassen), und ließ es dabei zu, daß die Klasse gemächlich vor sich hindöste. Bianca hatte sich zur Zuccolin in die Bank gesetzt und den Kopf an die Schulter der Freundin gelehnt. Ich bemerkte auf einmal, daß sie mich anschaute – daß sie zumindest in meine Richtung schaute –, mit einem eigenartigen, sanften Gesichtsausdruck, der mir neu an ihr war. Sie wirkte ein wenig traumverloren, ein wenig traurig, und doch lag auf ihren Lippen und in ihren Augen ein leichtes Lächeln, als würde sie voll Zärtlichkeit und Schmerz an etwas Begehrtes und Teures denken. An ihrem Blick war sogar eine gewisse Starrheit: Und sie schien nicht einmal zu bemerken, daß ich sie angeschaut und die Augen dann sofort abgewandt hatte.

Dachte sie wirklich an den Gemahl, von dem Klausner kurz zuvor gesprochen hatte, an den Gemahl, der, wenn nicht in der Wirklichkeit, so vielleicht in ihren Träumen existierte? Waren diese Hingabe, dieser Blick von zärtlicher Traurigkeit vielleicht für die Freundin bestimmt, der sie von nun an nicht mehr so nah sein würde? ... Aber vielleicht war ihr Denken auf mich gerichtet, wie ihre Augen auf mich gerichtet schienen?

Überflüssig, daran zu denken, sagte ich mir noch einmal. Wie es auch immer sein mochte, nun war alles dabei, zu Ende zu gehen. Die endgültige Trennung stand kurz bevor: Danach würde ich, und hätte ich es auch gewollt, mich ihr nicht mehr nähern können. Und außerdem war ich müde, unendlich müde. Ich hatte nicht mehr die nötige Energie, mich noch einmal der gewohnten, unnützen Analyse zu widmen, die mich quälend von einer Vermutung zur anderen trieb und mich in jeder, der überlegtesten wie der gewagtesten, immer neue Elemente des Zweifels entdecken ließ. Mein Denken floh erschrocken vor dieser Frage, wie meine Augen vor ihrem Blick geflohen waren. Ich war zu sehr erschöpft, um mich zu beunruhigen, um noch immer zu hoffen. Ich wollte diesen Blick vergessen, und tatsächlich vergaß ich ihn für einige Zeit.

Da haben wir den letzten Tag des Schuljahres. Beim Verlassen der Schule schickten sich etliche Kameraden an, einen kleinen Spaziergang entlang des Meeres zu machen. Zu ihnen gesellte sich auch

Bianca, die vielleicht auf diese Weise denen Lebewohl sagen wollte, die nun nicht mehr ihre Mitschüler waren. Irgend jemand beharrte darauf, daß auch ich mitkomme. Ich lehnte ab. Wozu noch Unruhe suchen?

Ich machte mich, allein, langsam auf den Weg nach Hause. Das war das letzte Mal, dachte ich, daß wir beide, Bianca und ich, uns von einer Umgebung entfernten, wo wir Beschäftigung, gemeinsame Interessen gefunden hatten. Also war es, jetzt, wirklich aus; wir würden uns nicht mehr sehen, außer vielleicht zufällig, auf der Straße, flüchtig.

Ich empfand weder Schmerz noch Erleichterung, sondern nur ein starkes Gefühl der Leere, des Todes. Die Liebe zu Bianca würde bald aus meinem Herzen verschwinden; mir war sogar, als ob sie schon mit dieser letzten Trennung verschwunden wäre. Aber in meinem Herzen blieb sonst nichts zurück.

[VON WEIT WEG]

[I.]

Bloß um mich an irgend etwas anzuklammern, begann ich Überlegungen über die künftigen Streitereien anzustellen, die ich in der Dritten Lyzeum mit Salvadori würde eröffnen müssen; und ich kam zu dem Schluß, daß ich mich sofort daran machen mußte, Latein zu lernen, weil mir schien, daß ich, je besser ich fachlich vorbereitet wäre, desto größere Aussichten auf Erfolg haben würde. Deshalb fing ich an, die Grammatik zu wiederholen, und beschloß, diesmal wirklich auf den Grund zu gehen, nie zu einem neuen Kapitel vorzurücken, bevor ich mir nicht tatsächlich sicher war, daß ich den Inhalt des vorangegangenen nicht mehr vergessen würde. Ich nahm mir also Seneca vor (Salvadori hatte uns für das nächste Jahr große Abschnitte von diesem Autor zur Vorbereitung aufgegeben) und begann, alles schriftlich zu übersetzen, wobei ich grammatikalische und kulturgeschichtliche Anmerkungen, Vokabeln und Varianten hinzufügte.

Nachdem ich dieses Programm einige Tage ausgeführt hatte, im Vertrauen darauf, daß der Haß auf Salvadori und die Schule mich bis zuletzt unterstützen würde, erschien Babich und zerstörte mein Gleichgewicht. Er hatte sich plötzlich entschlossen, im nächsten Herbst zur Staatsprüfung anzutreten, wobei er sich die Bewilligung zunutze machte, die Studien um ein Jahr zu verkürzen; diese Bewilligung wurde von Gentile denen erteilt, die einen höheren Notendurchschnitt als Acht im Zeugnis der Zweiten Lyzeum hatten. Als Babich seinen Entschluß gefaßt hatte, kam er zu mir und riet mir, den »Sprung« ebenfalls zu versuchen.

Um die Wahrheit zu sagen, ich fand den Erlaß Gentiles nicht gut. Mir kam vor, daß er jene, die ohnehin schon mehr als die anderen lernten, dazu verleitete, sich zuviel abzurackern, daß er auch die Ernstesten zu einem Risiko verführte, auch die Gewissenhaftesten dazu, rasch Kenntnisse anzuhäufen mit dem einzigen Ziel, bei einer Prüfung durchzukommen.

Nichtsdestoweniger ließ ich mich dazu überreden, die nötigen Schritte zu unternehmen, um mich im Oktober der Prüfung für Abiturienten stellen zu können. Anfänglich hatte ich den Verdacht, daß ich mich darauf nur einließ, weil ich Babich nicht unterlegen sein wollte. Doch unglücklicherweise stimmte das nicht. Jeden Tag mehr wurde ich zu einem Menschen von schwachen Instinkten, arm an Antrieben und Leidenschaften. So seltsam es auch klingen mag, tatsächlich hatte ich kein Interesse mehr daran, mich mit meinem alten Rivalen zu messen.

Der ausdrückliche und eingestandene Grund, ich würde sagen: der offizielle Grund, weshalb ich mich entschloß, Babichs Beispiel zu folgen, war, daß ich versuchen wollte, mich den Quälereien Salvadoris zu entziehen. Ein Grund, dem tatsächlich einiges Gewicht zukam. Ich hatte absolut keine Lust, noch ein ganzes Jahr lang zu büffeln und darüber den Verstand zu verlieren, und wenn ich mich anschickte, mit Salvadori zu streiten, so tat ich dies sicherlich nicht, weil ich dachte, daß ich daraus Befriedigung würde ziehen können. Alles mit einem Sprung hinter sich zu lassen, wäre eine kleine, recht gut maskierte Feigheit.

Viel vermochte auch meine Müdigkeit über mich. Ich hatte den Eindruck, daß mein nervlicher und geistiger Zustand sich langsam, aber unerbittlich verschlechterte. In dieser Verfassung würde ich es wohl nicht einmal schaffen, das Lyzeum zu beenden, und deshalb wollte ich mich beeilen. Mit anderen Worten, ich handelte aus dem gleichen Antrieb, der mich an manchen Abenden, wenn ich todmüde nach Hause zurückkehrte, dazu veranlaßte, das letzte Stück gleichsam zu laufen, weil ich meinte, sonst mitten auf der Straße zusammenbrechen zu müssen.

Außerdem, so dachte ich, würde ich mich in der Schule sehr

allein fühlen ohne Babich, mit dem ich gewohnt war, fast alle Pausen zu verbringen, und der mich zumindest viermal in der Woche nach Hause begleitete. Mit den Kameraden meiner Klasse stand ich kaum auf vertrautem Fuß, und gewiß würde ich Mühe haben, an ihren Gesprächen teilzunehmen. Ich wußte, daß ich in der Klasse nunmehr ziemlich anerkannt war und daß die Erläuterungen während der Pausen in jedem Fall eine Möglichkeit darstellten, um den Kontakt aufrechtzuerhalten. Andererseits sagte mir die Erfahrung, daß, sondern zwei oder drei sich von den anderen ab, sie zumeist außer acht und in Frieden gelassen werden; fängt aber einer allein an, durch die Gänge auf und ab zu spazieren, ohne sich irgendeiner Gruppe anzuschließen, fällt er meist auf und wird für lächerlich befunden. Ich hatte keine Lust mehr, auf unsicherem Boden zu wandeln.

Allein würde ich mich auch aus einem weiteren Grund fühlen, dachte ich: Außer Babich würde noch ein anderer Mensch in der Schule fehlen. Konnte ich mich gleichgültig unter diese Leute mischen, in die Klassenräume gehen, wo ich gewohnt war, sie zu finden, wo sie das Wichtigste für mich gewesen war? Es hätte gleichsam eine Untreue, eine Respektlosigkeit einer teuren Erinnerung gegenüber dargestellt. Es wäre qualvoll gewesen, weil alles mich an sie erinnert hätte, mich ihr nachweinen hätte lassen. Besser, sich völlig aus dieser Umgebung zu entfernen, um frei zu sein, um leichter vergessen zu können. Da haben wir einen weiteren Grund, weshalb ich die Schule verlassen wollte: ein Grund, der eher bewirkte, daß mir ein Hindernis aus dem Weg geräumt war, als daß er mir einen Anstoß gegeben hätte. Ich will damit sagen, daß wahrscheinlich auch ich, wäre Bianca in der Schule geblieben, dort geblieben wäre. Die Hoffnung vermag manchmal, selbst noch in ihren letzten Zuckungen, sehr viel mehr als zahlreiche Überlegungen und Interessen.

Ich beschloß also, die Prüfung im Oktober zu versuchen. Den Seneca und die lateinische Grammatik legte ich beiseite und schleppte ungefähr einen Doppelzentner Bücher mit mir nach Opicina, wo wir auf Sommerfrische waren (das heißt, die unbedingt notwendigen Bücher), und nahm unter der Hitze und den Fliegen das Studium in

Angriff. Ich erstellte mir ein sehr genaues und detailliertes Programm, an das ich mich gewissenhaft hielt; ich arbeitete jeden Tag, eingeschlossen die Sonntage, zwischen sieben und acht Stunden.

Wenn ich daran denke, daß ich bereits sehr müde war, als ich begann, muß ich zugeben, daß ich damals über eine außergewöhnliche Willensstärke verfügte. Gewiß, unter meinen vielen guten Eigenschaften war die Willensstärke eine der wertvollsten: Sie schaffte es tatsächlich, mich vollständig zu ruinieren. Faulheit und Trägheit sind, allem Anschein nach, notwendige und vorzügliche Verteidigungsmittel für schwache Organismen. Wenn sie mir fehlten, so bedeutete das wahrscheinlich, daß mein Körper derart schwach war, daß er sich nicht einmal so zu schützen vermochte.

Das Studium kam jedenfalls recht gut voran. Ich lernte mit der gewohnten Leichtigkeit, das heißt, ich konnte mit ausreichender Genauigkeit und Klarheit den Inhalt auch ziemlich schwieriger Abschnitte darlegen, die ich nur ein- oder zweimal durchgelesen hatte. Doch hatte ich den Eindruck, daß meine neuen Kenntnisse, um es einmal so zu nennen, provisorisch waren; daß sie sich meinem Hirn nicht so tief und dauerhaft einprägten wie die in der Vergangenheit erworbenen. Mir schien, und nicht zu Unrecht, wie ich später feststellen konnte, daß diese neuen Schulsachen, diese neuen Komplexe von Namen und Bezeichnungen höchstens einige Monate in meinem Gedächtnis bleiben und dann völlig verschwinden würden. Ich begann den Eindruck zu haben, der in den folgenden Jahren immer lebhafter und störender wurde, daß mein Hirn vollkommen besetzt, daß unter meinem Schädeldach kein Platz mehr für neue Gäste war. Fast brachte es mich auf, wenn ich merkte, wie fest die selbst vor langer Zeit erworbenen Kenntnisse saßen. Mir kam vor, daß sie im Weg waren und keinen Platz für das Neue ließen, das für mich nützlicher gewesen wäre. Ich hatte etwas wie eine zerebrale Verdauungsstörung und empfand ein großes Verlangen nach Vergessen.

Diese zwei Monate der intensiven Arbeit waren sehr monoton. Nur an einem einzigen Tag wurden meine Gedanken von ihrem üblichen

Lauf abgelenkt. Bei der Rückkehr aus der Stadt, wo ich gewesen war, um einige Bücher zu holen, fand ich die Straßenbahn sehr überfüllt und mußte auf der hinteren Plattform stehen bleiben. Nach einer Weile bemerkte ich, daß Bianca und ihre größere Schwester auf der anderen Plattform standen. Zweifelsohne fuhren sie nach Opicina, um Verwandten einen Besuch abzustatten, die auch Sorani hießen und eine Villa besaßen, nicht weit weg von dort, wo wir wohnten.

Als es ans Aussteigen ging, fand ich sie genau vor mir. Ich grüßte sie, indem ich den Kopf neigte, und sie antwortete mir auf die gleiche Art. Ich ging weiter, während sie auf ihre Schwester wartete. Langsam, langsam machte ich mich auf den Weg nach Hause, und eine Zeitlang erkannte ich an ihren Stimmen, daß sie der gleichen Straße folgten wie ich. Ich wunderte mich ein wenig darüber, daß sie sich so laut unterhielten. Obwohl ich nichts von dem erhaschen konnte, was sie redeten, meinte ich mitzubekommen, daß Bianca ihre Schwester nicht einmal auf mich hingewiesen hatte. Hätte sie es getan, so hätten sie wohl leiser gesprochen. War ich ihr also dermaßen gleichgültig? Oder aber schwieg sie aus Gründen, die sich nicht ganz von denen unterschieden, aus denen heraus ich geschwiegen hätte, wäre ich ihr im Beisein eines Freundes begegnet?

»Du lieber Himmel, du bist ja noch immer der gleiche!« sagte ich ein wenig aufgebracht zu mir selbst; gepackt von einem vagen Gefühl der Unzufriedenheit und des Überdrusses, beschleunigte ich meinen Schritt. Ähnliche Gefühle mag zu Anfang ein lasterhafter Mensch empfinden, fällt er wieder in das Laster zurück, von dem er fest entschlossen war, sich zu befreien: Überdruß und Unbehagen, noch vor der Reue.

Doch abends, als ich mit Mama den üblichen obligatorischen Gesundheitsspaziergang machen mußte, war mir, als ob sich ganz Opicina verändert hätte. Die Ecken der Häuser, diese Hecken, die Mäuerchen, auf denen mein Auge so oft zerstreut und gelangweilt geruht war, befragte ich nun mit ungeduldigen und forschenden Blicken. Aus jedem schmalen Seitengäßchen, aus jeder Straßenbiegung konnte mir plötzlich Bianca auftauchen. An dem Abend spürte ich in mir drinnen nicht die gewohnte Langeweile, sondern ein altes und immer neues Gefühl: ein starkes Verlangen und schmerzliche Unruhe.

Bianca ließ sich jedoch nicht mehr sehen, und die von dieser Begegnung wieder aufgescheuchten Gedanken versanken sehr schnell in der Monotonie des Lernens.

Die Prüfung verlief nicht ohne Zwischenfälle, aber im großen und ganzen kamen wir recht gut davon, Babich und auch ich. Ich war einen Tag früher fertig als er, und am nächsten Morgen ging ich mit Consigli zusammen zur Schule, um Bescheid über die letzten Prüfungen Babichs einzuholen. Wir begegneten ihm auf halbem Weg, und er sagte uns, daß alles gut gegangen war. Er erzählte dann von verschiedenen Leuten, die ihn beim Verlassen der Klasse, wo die Kommission amtierte, ausgefragt und über den Ausgang seiner und meiner Prüfung sich erkundigt hatten. Auch die Sorani war darunter gewesen. Babich hatte allen gesagt, daß wir hofften, bestanden zu haben.

Weshalb war Bianca in die Schule gekommen? Sicherlich, um ihre ehemaligen Kameradinnen und Freundinnen zu sehen, um zu erfahren, wie sich das Los derer entschieden hätte, die bei den Oktoberprüfungen durchkommen oder durchfallen mußten. Aber nur zwei Mädchen aus den beiden Parallelklassen hatten solche Prüfungen abzulegen; keine der beiden war eine ausgesprochene Freundin Biancas. Sie konnte nicht hoffen, die anderen Kolleginnen schon anzutreffen, weil das neue Schuljahr noch nicht begonnen hatte. War sie etwa wirklich ins Gymnasium gekommen, um sich nach uns, insbesondere nach mir, zu erkundigen? Vielleicht: Und wenn schon? Dieser Sprung von uns beiden hatte bei vielen Leuten Interesse erweckt, so als ob es sich um eine sportliche Leistung, um einen Rekordversuch handelte. Im Vorjahr hatten die, die sich an das Unternehmen herangewagt hatten, ein Fiasko erlitten, waren durchgefallen. Aus dem Grund wird man über uns geredet haben. Viele werden also neugierig gewesen sein, zu erfahren, wie wir davongekommen waren, zu sehen, ob sie mit ihren Prognosen richtig oder falsch lagen. Auch Bianca wird unter ihnen gewesen sein.

Aus welchen Gründen auch immer setzten wir alle gemeinsam unseren Weg Richtung Schule fort. Auf uns zu kam, auf dem gegenüberliegenden Gehsteig, ausgerechnet Bianca zwischen einer ihrer kleineren Schwestern und einem Mädchen, das ich nicht kannte. Ich erblickte sie, als die Sonne, die aus einer Seitenstraße hereindrang, meine Augen blendete, so daß ich sie, teils der Sonne, teils ihretwegen, senken mußte. Ich, der Triumphator des Tages hätte sein müssen, fühlte mich plötzlich mit Verdammnis beladen, fühlte mich schwach und gedemütigt wie vielleicht nie zuvor.

Nach einigen Tagen erhielten wir die offizielle Bestätigung, daß wir mit recht guten Zensuren durchgekommen waren. Jeder andere an meiner Stelle wäre mit sich selbst zufrieden gewesen. Ich dagegen war eher gereizt wegen der Komplimente und der neidischen Äußerungen, die ich von allen Seiten hörte, und fühlte mich sehr niedergeschlagen. Ahnte ich, daß das Gymnasium alle meine Kräfte aufgezehrt und erschöpft hatte? Daß meine Gedanken nur schwerlich eine andere Richtung würden nehmen können als die, an die sie sich während der vier Jahre, während der ich das Galileo besuchte, gewöhnt hatten?

Vielleicht fühlte ich mich einfach müde und bereute ein wenig, was ich getan hatte. Ich warf mir vor, daß es nicht anständig von mir gewesen sei, mich davor gedrückt zu haben, noch ein weiteres Jahr dem Dämon Schule meinen Leidenstribut zu entrichten, durch List Salvadori und der Gentile-Reform entkommen zu sein.

Gewiß, dachte ich darüber nach, kamen mir diese Skrupel absurd vor. Trotzdem aber hatte ich den Eindruck, etwas Wichtiges ohne Entscheidung gelassen, unter anderem auch noch eine Runde mit der Schule offen zu haben. Beweis dafür möge sein, daß ich in den folgenden Jahren vielleicht hundertmal und öfter davon träumte, die Staatsprüfung noch einmal ablegen zu müssen (der ich mich mit ziemlicher Gelassenheit und Gleichgültigkeit unterworfen hatte), und noch häufiger träumte mir, die Dritte Lyzeum besuchen zu müssen, immer unter großen Schwierigkeiten, weil ich meine anderen damaligen Beschäftigungen nicht lassen konnte. In letzteren Träumen spielte immer auch Bianca eine Rolle, deren neues Leben und neue Umstände ich dennoch nicht außer acht ließ; und vielleicht war sie es, die mich in diesen Träumen, die mich jahrelang ängstigten, in die Umgebung zurückführte, in der ich sie kennengelernt hatte.

Nachdem die Sorgen um die Prüfung und ihren Ausgang vorbei waren, mußten sowohl Babich als auch ich an ein äußerst schwieriges und bis dahin niemals ernstlich erörtertes Problem herangehen: an das der Laufbahn, die wir wählen sollten. Mama hätte aus mir gern einen Arzt gemacht. In ihrer Jugend hätte sie selbst gern Medizin studiert und dachte deshalb, daß ich es ebenfalls wünschen mochte, mir dessen aber vielleicht nicht bewußt war. Mama hatte eine hohe Meinung von meiner Fähigkeit zu intuitivem Erfassen, auch von meiner Begabung zur rigorosen Analyse; sie war der Ansicht, daß ich mit solchen Fähigkeiten ein hervorragender Arzt werden würde. Papa meinte, daß ich gut daran täte, mich im Polytechnikum einzuschreiben, um Ingenieur zu werden. Nur so würde ich meine Anlage zu den exakten Wissenschaften und meine erfinderische Phantasie nutzen können. Natürlich wollte weder der eine noch der andere auf meine Entscheidung einwirken, beide wollten, als aufgeklärte Eltern, mir vollkommene Freiheit bei der Wahl lassen.

Als ich mich dann auch danach erkundigte, was Freunde und Bekannte dachten, kam heraus, daß es keine Laufbahn gab, die mir nicht empfohlen wurde: stets unter Berücksichtigung irgendeiner meiner besonderen und wertvollen Eigenschaften. Auch die Stimmen fehlten nicht, die mich auf die Karriere eines Advokaten hinwiesen, weil ich doch über einen ausgeprägten Hang zu Spitzfindigkeiten und zu logischem Scharfsinn, über relative Redegewandtheit und polemische Neigungen verfügte.

Ich war noch ausreichend von mir eingenommen, um zu glauben, ich würde in fast allen Studien leidlich Erfolg haben können und in jeder der Richtungen, die mir angeraten wurden; wußte ich doch aus Erfahrung, daß ich imstande war, eine Arbeit besser als viele andere zu erledigen, und sei es auch unter Qualen und mit Widerwillen. Außerdem war mir klar, daß meine Arbeit für mich niemals etwas Nebensächliches sein würde, bloße Möglichkeit, Geld zu verdienen und mir andere Beschäftigungen und Vergnügungen zu eröffnen. Bei meinem Charakter würde ich die Arbeit sehr ernst nehmen und um alles besorgt sein, was sie würde betreffen können. Es war also notwendig, daß ich mir nicht die gewinnbringendste und glänzendste Laufbahn suchte, sondern die, zu der ich die größte Neigung verspürte. Darüber hinaus wollte ich die Frage auch von moralischen Prinzipien (oder Vorurteilen) ausgehend anpacken. Ich sagte mir nämlich, daß es die Pflicht jedes einzelnen sei, seine Laufbahn als Aufgabe zu betrachten und, sollte es auch große Opfer verlangen, die Beschäftigung auszuwählen, für die er am meisten begabt zu sein glaubte.

Andererseits zog mich nichts an, und ich dachte an die Zukunft bald mit Gleichgültigkeit, bald mit Angst und Widerwillen. Die Leere, die in meinem Herzen war, ließ mich das Leben, das mich erwartete, für leer und traurig halten.

Verständlich, daß mir bei diesem Stand der Dinge die Entscheidung sehr schwer fiel. Ohne weiteres mußte ich die Medizin ausschließen, weil der Arztberuf, bei meinem zweiflerischen Charakter und meinem übertriebenen Verantwortungsgefühl, für mich sicherlich zur peinigenden Marter geworden wäre. Ich mußte das Ingenieurwesen beiseite lassen, weil ich spürte, daß ich an der Technik keinen Gefallen fand und zu dieser Tätigkeit noch weniger Veranlagung hatte als zu den anderen. Obwohl mir vorkam, daß ich ein guter Anwalt hätte werden können, mußte ich die Advokatur ausscheiden, weil ich von der reellen Nützlichkeit dieses Berufes nicht allzu sehr überzeugt und mir nicht ganz darüber im klaren war, ob seine Ausübung mich nicht in Konflikt mit bestimmten Geboten der Moral bringen würde.

Blieb also nur der Lehrberuf übrig. Zweifelsohne verfügte ich über eine übers Gewöhnliche hinausgehende Mitteilungsfähigkeit und über pädagogische Einfühlungsgabe; dazu kam, daß ich gern belehrte und (ich hatte es an Mitschülern und Freunden erfahren) im allgemeinen mit gutem Erfolg. Das waren positive Grundtatsachen von nicht unbedeutendem Wert. Im Unterrichten würde ich es weiter bringen als in der Medizin, im Ingenieurwesen oder als Rechtsanwalt, ich würde meine Fähigkeiten am besten nutzen können. Diese Erwägungen überzeugten mich, daß es meine Pflicht war, mich für die Laufbahn des Professors zu entscheiden; und tatsächlich faßte ich meinen Entschluß in dieser Richtung. Alle um mich herum sagten mir, daß diese Laufbahn kärglich und arm an Aussichten sei. Doch solche Argumente beeindruckten mich nicht. Was sollte ich denn mit reichlichen Einnahmen anfangen? Familie wollte ich keine gründen; meine Bedürfnisse würden gering sein, und um ein Mann von Erfolg zu werden, würden mir auf jeden Fall und in jedem Beruf Energie und Wille fehlen.

Was mir am meisten Sorgen machte, war, daß der Beruf des Professors nicht im Unterrichten an sich besteht, sondern im Unterrichten ganz bestimmter Dinge und von ganz bestimmten Leuten. Gab es etwas, das ich wirklich für so angebracht, nützlich und notwendig hielt, daß man es unterrichten mußte? Daß es an Schulen zu lehren war, für Buben und Mädchen zwischen zehn und achtzehn Jahren? Es wäre mir schwergefallen, auf solche Fragen positiv zu antworten. Im Grund war mir klar, daß die Berufung, der Glaube an einen Auftrag mir fehlten. Sollte ich also überhaupt auf eine Fortsetzung meiner Studien verzichten? Schon damals hatte ich dahingehend öfter Anwandlungen und Versuchungen. Hatte ich aber das Recht, so zu handeln? Hätte das nicht bedeutet, mich der Trägheit zu ergeben, mich dem Mißtrauen zu beugen und der Müdigkeit des Moments? Man mußte es immerhin versuchen. So rieten mir alle; so dachte auch ich, nicht ohne Vorbehalt im Inneren. Oder besser gesagt: Ich hatte nicht den Mut, anders zu denken.

Also würde ich Professor werden; aber für welches Fach? Für eins, dem ich Interesse und Neigung entgegenbrachte, versteht sich. Es gab natürlich einige Gegenstände, deren Studium mir weniger mißfallen hatte als das der anderen. Aber für welches sollte ich mich entscheiden? Nicht für die Mathematik, die mir von meinem Vater suggeriert worden war, weil sie mir zu abstrakt, zu wirklichkeitsfern vorkam, als daß ich mich besonders für sie hätte erwärmen können;

auch nicht für die Philosophie, die mich bisweilen begeistert hatte, die mir aber, per definitionem, zu fortwährender unnützer Suche nach dem Unerreichbaren bestimmt vorkam; auch nicht für die klassische Philologie, deren detailliertes Studium, dem ich an der Universität obliegen müßte, mir gewiß zu kalt und pedantisch sein würde, wenn ich auch Liebe zur griechischen Sprache und Dichtung hatte. Und außerdem war der Beruf des Latein- und Griechischprofessors, wie auch der Unterricht aus Italienisch und Geschichte, bereits in ein Instrument der faschistischen Propaganda verwandelt worden.

So fiel meine Wahl, stets auf dem Weg des Ausschließens, auf die Naturwissenschaften. Es handelte sich da um eine Disziplin, die sich mit ganz konkreten Dingen beschäftigt, die zahlreiche, stets neue und merkwürdige Einzelheiten berichtet und beschreibt, die die unendliche und doch geordnete Vielfalt der Schöpfung durchstreift. Für diese Wissenschaft hatte ich als Kind echte Begeisterung empfunden. Später war sie auf Grund des schlechten Unterrichts abgekühlt. Vielleicht würde die Liebe von einst in mir wiedererstehen, könnte ich das Fach mit größerer Freiheit, unter besserer Anleitung studieren. Ich hoffte es, wollte es, mußte es hoffen, weil mein seelischer Zustand noch nicht derart war, daß er mir erlaubt und mich gezwungen hätte, auf das Universitätsstudium zu verzichten. Und wenn mir ab und zu in den Sinn kam, daß ich inhaltslose und kilometerlange Nomenklaturen würde auswendig lernen müssen, oder wenn ich mich erinnerte, von den aufreibenden, detaillierten, platten Untersuchungen reden gehört zu haben, zu denen die Naturwissenschaftler gezwungen sind, versuchte ich diese Gedanken zu verscheuchen und rief die Freude wieder in mein Gedächtnis zurück, die ich mit acht Jahren empfunden hatte, als ich von der Existenz des Schnabeltiers erfuhr, das einige charakteristische Merkmale von Säugetieren, andere wieder von den Vögeln hat, oder vom Klippdachs, der ein Nager ist und an den Füßen trotzdem mit Hufen ausgestattet.

Ich war nunmehr entschlossen. Papa mochte den Kopf schütteln, soviel er wollte, und erklären, daß ich mich ruinierte, daß ich meinen

Weg aus reinem Widerspruchsgeist nicht machen, nur deshalb nichts Gescheites anfangen wollte, weil sich die anderen viel von mir erwarteten. Ich würde mich auf der naturwissenschaftlichen Fakultät einschreiben, mit Nebenfach Chemie, und mir als Ziel stecken, Professor an einem Gymnasium zu werden. Was die Wahl der Universität betraf, ließ ich Mama freie Hand und war mit Rom einverstanden, das sie wegen seines gesunden Klimas offensichtlich bevorzugte und wegen der Unterstützung durch viele Verwandte und Bekannte, die ich dort würde finden können.

Auch für Babich war die Entscheidung alles andere als leicht, aber aus anderen Gründen. Auch ihm wünschten und prophezeiten alle Bekannten vollen Erfolg in jeglicher Art von Studium, das er wählen würde. Doch als er und seine Mutter sich an den einen oder anderen um konkreten Rat wandten, mochten die Befragten nun Ärzte, Ingenieure, Anwälte, Agronomen oder irgend etwas anderes sein (von den Professoren ganz zu schweigen), gaben alle die gleiche Antwort: Sie bereuten es auf das Bestimmteste, ihre Laufbahn eingeschlagen zu haben, weil die Einkünfte gering, die momentane Krise schwer, die Kollegen allzu zahlreich, die Konkurrenz hart war; er möge sich doch um Himmels willen anderen Studien widmen, wenn er nicht zehn oder fünfzehn Jahre Not leiden wollte, ehe er sich seinen Lebensunterhalt verdienen würde.

Nach reiflicher Überlegung meinte Frau Babich, daß trotz allem der Beruf des Arztes weniger aussichtslos sei als viele andere, und Babich entdeckte in sich eine gewisse Neigung und bestimmte Anlagen zur Medizin. So geschah es, daß er sich für die Laufbahn des Arztes entschied und die Universität bezog, während ich noch an dem Entschluß herumkaute, den ich gefaßt hatte.

Ich habe mich vielleicht allzu ironisch über diese Wahl Babichs ausgedrückt. Gewiß war er ziemlich lächerlich, als er, so plötzlich, sich selber und den anderen vorführen wollte, daß er sich der Medizin aus Berufung widme, während er bis vor kurzem kein gutes Haar an ihr gelassen hatte. Daß er die Laufbahn einschlug, die ihm, wie er glaubte, die größte Aussicht auf gewinnbringende Tätigkeit bot, und Rücksichten auf die Berufung beiseite ließ (in solch skeptischen und materialistischen Zeiten kommt sie wohl nur selten vor), das mochte, von seinem Standpunkt aus, falsch sein oder auch nicht. Wem hätte es gedient, wenn er sich im Leben damit aufgerieben hätte, den Beruf des Mathematikprofessors auszuüben, nur weil sein Hirn besser für scharfe Analysen und ausgeklügelte Konstruktionen taugte als zum raschen und kühnen intuitiven Erfassen?

Außerdem muß man anerkennen, daß er von anderen Notwendigkeiten angetrieben wurde als ich. Babich war Waise, hatte Geschwister, die jünger waren als er, seine Familie besaß nicht einmal das äußerst bescheidene Vermögen, auf das ich zählen konnte. Es war natürlich, daß für ihn die Aussicht auf Karriere und Verdienst etwas ganz anderes bedeutete als für mich. Und dann spielte auch immer noch der alte Unterschied in den Instinkten und Wünschen eine Rolle. Was mich anbelangt: Das Leben eines wohlhabenden Mannes zu führen, eines Mannes von Welt, hieß nichts anderes für mich als sich gegen Barzahlung Unannehmlichkeiten einzuhandeln, hieß, sich von hassenswerten Gewohnheiten zum Sklaven machen zu lassen und sich sinnlosen Mühen zu unterwerfen. Wer weiß denn, ob seine Phantasie nicht wohlgefällig mit der Vorstellung liebäugelte, ein angesehener und geachteter Freiberufler zu werden, sich manchen Luxus und manches Vergnügen leisten zu können? Wer weiß, ob er sich nicht etwa eine gut eingerichtete Wohnung wünschte, eine schöne Bibliothek; ob ihm der Gedanke unangenehm war, früher oder später eine Familie gründen zu können?

Nachdem ich mich in Rom niedergelassen hatte, fing es sofort damit an, daß mich die Universitätssekretariate um den Verstand brachten. Das erste schwierige Unternehmen war, die Gebühren zu bezahlen. Dann stand mir das Ärgste noch bevor: und zwar festzustellen, welche Vorlesungen ich in dem Jahr würde besuchen müssen, und wo, und wann, und welche Professoren die Vorlesungen halten sollten. Keiner wußte irgend etwas. Tagelang klapperte ich die Fakultäten ab, eine nach der anderen (und die Fakultäten waren damals über alle Ecken und Winkel Roms zerstreut), befragte Dutzende von Pedellen, zwei oder drei Sekretäre, etliche Studenten, aber ich konnte keine präzise Auskunft bekommen. Die Pedelle sagten, daß, wenn ich nicht wußte, welche Vorlesungen ich besuchen wollte, sie es gewißlich nicht wissen konnten; die Sekretäre versprachen stets, daß binnen einiger Tage der Generalstundenplan bekanntgegeben werden würde; die Studenten halfen mir ein bißchen, gaben mir aber keine allzu genauen Hinweise. Unter den vielen, die ich befragte, fand ich keinen, der sich wie ich entschlossen hatte, Naturwissenschaften mit Nebenfach Chemie zu studieren (und das war kein Zufall: Ich entdeckte später tatsächlich, daß alle meine Fakultätskollegen Frauen oder Pfarrer waren). Statt dessen machten sie mir die »Matrikel« (die nach Studentenbrauch einem Fuchs gegenüber üblichen Späße), ohne mich allerdings zu sehr zu belästigen. Sie schafften es sich in einer Viertelstunde vom Hals und begnügten sich mit zehn Lire. Derartige Begünstigungen verdankte ich wahrscheinlich meiner schlichten Kleidung und meiner gleichgültigen und resignierten Miene.

Aufs Geratewohl begann ich die Veranstaltungen zu besuchen, von denen ich annahm, daß sie für mich geeignet sein mochten. Nach kurzer Zeit mußte ich auf die Vorlesungen aus organischer Chemie verzichten, weil sie in denselben Stunden abgehalten wurden wie die aus Botanik; zu den Zoologievorlesungen kam ich erst, als sie schon seit ein paar Tagen angefangen hatten, weil niemand mir angeben konnte, wo die Fakultät hingewandert war, seit sie vor kurzem umgezogen. Wohl oder übel richtete ich mich ein und begann mit Rieseneifer von einem Ende Roms zum anderen zu hasten und versuchte dabei so viele Vorlesungen zu erwischen, wie ich nur konnte.

Ich muß sagen, daß ich mit größter Skepsis an diesen Unterricht heranging. Schule, das bedeutete für mich direkten Kontakt zwischen Professor und Schüler, und ich konnte mich nicht an die Vorstellung gewöhnen, daß auch das Unterrichtssystem der Universitäten nützlich sein könne. Wer Vorträge vor Unbekannten abhält, ohne sich zu vergewissern, ob sie zuhören und begreifen, wer zum Jahresende hin Leute prüft, deren intellektuelle Entwicklung und tägliche Arbeit er nicht verfolgen konnte, der hat längst nicht die wirklichen Aufgaben eines Lehrers erfüllt, dachte ich.

Darüber hinaus wußte ich, daß für viele der Universitätsprofessoren, die mit Arbeit und Würden überlastet sind, der Unterricht die geringste Sorge darstellt. Außerdem kannte ich die Psychologie der Studenten; ich hatte einige Proben von dem erlebt, woraus das universitäre Lotterleben bestand. Es kam mir unmöglich vor, daß diese jungen Leute, die sich dermaßen an Narrenstreichen und Liederlichkeiten ergötzten, wirkliches Interesse für das Studium und die Wissenschaft haben konnten, daß sie sich auf ihren künftigen Beruf in einer Art vorbereiteten, die nicht oberflächlich und flüchtig war. Wenn dann, wie ich hörte, die große Mehrzahl früher oder später die Prüfungen schaffte, bedeutete das, daß die Hochschulausbildung wenig ernsthaft war, daß nach Kriterien vorgegangen wurde, die denen der schlechtesten unserer Lyzeumsprofessoren ähnelten, daß das einzige Erfordernis, das man den Kandidaten wirklich abverlangte, der Beweis war, daß ihre Eltern genug Geld hatten, um sie während des Studiums auszuhalten.

All die Unordnung, der ich bei der mühsamen Suche nach meinen Vorlesungen begegnet war, hatte mich noch mehr verstimmt und dazu beigetragen, mich davon zu überzeugen, daß ich im Universitätsleben nicht wenig Verdrießliches finden würde. Es war tatsächlich so: Obwohl ich mir immer und immer wieder zuredete, daß ich versuchen müßte, mich anzupassen, mich zu bescheiden, konnte ich nicht umhin, alles, was mich umgab, mit mißgünstiger Verärgerung zu betrachten. Dazu kam noch, daß alle meine Professoren, mit einer einzigen Ausnahme, langweilig waren und daß die Hunderte von Einzelheiten, die sie ohne Ordnung und Zusammenhang vor einem auftürmten, mich überhaupt nicht interessierten.

Obwohl ich einen immer größeren Teil meiner Zeit der Universität widmete, hatte mein Tag noch viele, allzu viele freie Stunden. Das hing mit dem Umstand zusammen, daß die Vorlesungen zeitig begannen und in sehr kurzen Intervallen aufeinanderfolgten. Zum Beispiel gab es zwischen der Botanikvorlesung und der aus Zoologie nur eine halbe Stunde Interim, während man, um vom Viminale zur Valle dei Cesari zu kommen, also von einer Fakultät zur anderen, vierzig Minuten brauchte, wenn man gleich eine Tram bekam, sonst noch viel länger. Deshalb mußte sich der Zoologieprofessor jedesmal ärgern, wenn er sah, daß viele zu spät zu seinen Vorlesungen kamen, und ich gewann die Überzeugung, daß die Herren im Sekretariat richtige Trottel waren: es sei denn, daß ich der Trottel war, der Vorlesungen besuchte, die für Studenten des ersten Jahres nicht bestimmt waren. Ich hatte es allerdings bereits aufgegeben, mir über diesen Punkt Klarheit zu verschaffen.

Ab elf Uhr vormittags, dann wieder nachmittags ab vier war ich fast immer frei und mußte mir Notbehelfe ausdenken, um die Zeit irgendwie totzuschlagen, um allzu langen und allzu häufigen Selbstgesprächen zu entgehen. Ich hätte lernen können, das ist wahr, aber dazu hatte ich keine Lust. Ich stellte Zusammenfassungen auf, schrieb die Notizen, die ich während der Vorlesungen hingeworfen hatte, noch einmal ab: Im übrigen war wenig zu tun. In Chemie und Zoologie meinte ich, das wenige, das ich aus dem Mund des Professors erfahren hatte, ohne weiteres behalten zu können; was die Botanik betraf, kam's mir als verlorene Liebesmüh vor, diese lange Reihe von Namen zu lernen, um dann noch vor Jahresende wieder alles zu vergessen. Bücher und Skripten zu kaufen, dazu konnte ich mich nicht entschließen.

Wenn das Wetter schön war, unternahm ich Spaziergänge und ging auf Entdeckungsreisen nach mir unbekannten Winkeln Roms: Gewiß, was ich sah, interessierte mich und gefiel mir: Besonders der Aventin, Trastevere, die Gegend vom Kolosseum bis zu San Giovanni im Lateran hatten nicht wenige Anziehungspunkte. Aber so ganz allein und ohne Ziel zu spazieren machte mich zuletzt melancholisch.

Deshalb entschloß ich mich, ein paar Besuche zu machen.

Zu den Calòs, Cousins von Mama, die ich gut kannte, weil sie mit uns zusammen etliche Sommer in Opicina verbracht hatten, ging ich öfter als zu den anderen. Selten gelang es mir, die Hausleute allein anzutreffen: Fast immer gab es Besucher. War kein Fremder da, fühlte ich mich wohl in der Gesellschaft der Calòs. Sie hatten eine Art Zuneigung zu mir: Man plauderte über Gott und die Welt, und Gina, damals fünfundzwanzig Jahre alt, intelligent und lebhaft, verstand es, zu scherzen und auch über ernste Dinge zu reden, und war mir alles andere als unsympathisch.

Trafen nach und nach Leute ein, fühlte ich mich erstarren. Gemma, die Mutter Ginas, machte die Honneurs, gab sich als große Dame, geistvoll und intellektuell, und spielte sich auf. Sie war eine wirklich gütige Frau, eine Frau mit Herz; doch ihre geringe Intelligenz und ihre noch geringere Bildung ließen sie lächerlich erscheinen, und ich glaubte auf glühenden Kohlen zu sitzen, wie man sich fühlt, wenn man fürchtet, einer neben uns könnte jeden Augenblick einen schlimmen »Fauxpas« begehen. Gemma aber verstand sich durchzulavieren, verstand es, sich bei den Leuten durchzusetzen, die ihr vielleicht in mancher Hinsicht nicht ganz unähnlich waren. Sie brachte einen nicht einmal zum Lachen, wenn sie auf das Amt, das Herr Calò in der zionistischen Organisation innehatte, anspielte und seufzte: »Mein Mann ... Palästina ... wäre sein Ideal. Aber sein Platz ist noch in der Diaspora.«

Gemma stellte mich ihren Gästen mit der Miene wohlwollender Protektion als »Neffen von Herrn Ferrara« vor, eines Herrn Ferrara, der keinem in ihrer Umgebung unbekannt sein konnte. Dann war ich gezwungen, die von Gemma auf mich gemünzten Lobsprüche anzuhören, die Lobeshymnen, die von dem Besucher oder der Besucherin auf meinen Onkel gesungen wurden, und versuchte, irgend etwas zu antworten. Ich war gezwungen, Gesprächen zu folgen, die mich nicht interessierten, die mir wegen einer gewissen Leere und ihrer Gesuchtheit im Ton sogar unangenehm waren. Und ich mußte mich auch vor den Aufmerksamkeiten der Hausfrau und denen der Besucher in acht nehmen, die mit der besten Absicht der Welt meine Schüchternheit und Befangenheit besiegen, mich zum Reden bringen und mir beweisen wollten, daß es nicht ihre Absicht war, mich zu vernachlässigen und links liegen zu lassen.

Ich konnte nicht unfreundlich sein zu Menschen, die zu mir so höflich und mir wohlgesonnen waren; ich mußte doch immerhin antworten, und das auf nicht allzu lakonische Art. Während es mich nicht geniert hätte, die Rolle des Tolpatsch zu spielen, der kein Wort hervorzubringen vermag, mußte ich mich jetzt also meiner armseligen Künste als Mann der Gesellschaft schämen, meiner unpassenden, kümmerlichen und gekünstelten Sätze.

Wen ich häufiger als alle anderen in diesem Haus antraf, das war ein gewisser Morpurgo, ein junger Herr, der kurz davorstand, zum Doktor der Philologie zu promovieren, und der ein bißchen der Sekretär des Herrn Calò war: ein unbeholfener, lachhafter Typ. Mager und knochig, mit einer langen und schmalen Nase, hatte er eine stark nasale Stimme und redete immer langsam und würdevoll, mit übertriebener Ernsthaftigkeit. »Na, sag mir einmal, Gina, kommt dir nicht vor, daß er eigentlich blöd ist?« fragte Gemma; und die Tochter, nachsichtig, jedoch nicht allzu überzeugt: »Nein, Mama. Weißt du, er hat eine Art ... so eine . . . aber er ist alles andere als dumm.« Gemma wandte sich auch an mich und fragte, was mein Eindruck sei. Ich trat für Morpurgo ein. Ich hatte festgestellt, daß Leute, die mit überdurchschnittlicher Intelligenz begabt sind, zunächst häufig einen unglückseligen Eindruck machen. Er mochte, meiner Meinung nach, wohl zu dieser Kategorie gehören, umso mehr als diese Typen unter den Juden alles andere als selten sind.

»Mag sein«, gab Gemma zu, »aber er ist langweilig. Die ganze Zeit picken seine Augen auf Gina, und er sitzt stundenlang da, ohne ein Wort zu sagen. Und außerdem kann man sich in seiner Nähe nicht aufhalten. Es ist ein Jammer, ich versteh schon, aber seine Füße stinken ...« »Mama!« unterbrach Gina, wobei sie sie jedoch eher wegen der Unschicklichkeit des Gesprächs als wegen der Behauptung an sich unterbrach.

Jetzt, wo Morpurgo Ginas Ehemann ist, glaube ich nicht, daß Gemma noch ähnliches von sich gibt.

Mein Verkehr im Hause Calò machte mir klar, daß ich niemals ein geselliges Wesen werden würde. Mochte auch die etwas größere Reife es mir erlauben, meine Schüchternheit besser im Zaum zu halten, als ich es als Kind gekonnt hätte, meine größere Lebenserfahrung mich davor bewahren, wegen irgendeiner eventuellen kleinen Unhöflichkeit über die Maßen zu leiden oder der Tatsache wegen, daß ich unvermeidlich ein bißchen beiseite gelassen wurde, so fühlte ich mich deshalb trotzdem nicht geneigt, mit Leuten umzugehen, sah mich nicht zu dem Versuch zumindest gedrängt, neue Beziehungen anzuknüpfen. Im Gegenteil, ich kam mir abstoßender, menschenfeindlicher denn je vor. Hatten neue Menschen einst auf mich eine gewisse Anziehung ausgeübt, interessierten sie mich jetzt nicht mehr. Meine gesamte intellektuelle Tätigkeit richtete sich auf eine beschränkte Zahl von Problemen, und von diesen (das war mir klar) gehörte der Großteil der Vergangenheit an. Von den Menschen, die mich umgaben, verlangte ich nichts, ich hätte auch nicht gewußt, was wünschen, außer, sie möchten mir doch so wenig Unannehmlichkeiten wie möglich bereiten. Sich Mühe geben, um an unbekannte Menschen heranzutreten, kam mir geradezu absurd vor, und war ich dazu gezwungen, um nicht allzu isoliert zu sein, um nicht ein allzu unhöfliches Benehmen an den Tag zu legen, empfand ich echten Ekel.

Auch dem Haus von Lidia Sandrinelli, einer Cousine Papas, fehlte es nicht an übertriebener Bürgerlichkeit. Es möge genügen, wenn ich sage, daß sie eine Wohnung mit sechs Räumen hatten und daß sie zu fünft, die sie in der Familie waren, in den zwei kleinsten schliefen, während die anderen verschieden eingerichtete und zu verschiedenen Zwecken bestimmte Salons waren.

Lidia war noch immer so, wie ich sie vor zehn Jahren, als sie sich länger in Triest aufgehalten, kennengelernt hatte: gütig, herzlich, geduldig. Das gewisse Etwas von Kindlichkeit an ihr hatte mich vielleicht mehr als alles andere angezogen, als ich sieben Jahre alt war; jetzt hingegen erschien mir das in einem anderen Licht, und ich hielt es nicht immer für eine gute Eigenschaft. Um es kurz zu sagen, Lidia kam mir ein bißchen dümmlich vor. Nicht, daß es ihr an theoretischer Intelligenz gemangelt hätte. Sie war Professorin und, wie ich glaube, keine schlechte: war gebildet, und was ihr Fach betraf, mochte sie wohl verständig sein. Es waren ihre Anschauungen vom Leben, die etwas Stümperhaftes hatten. Wie viele andere sogenannte intellektuelle Frauen hatte sie zu viel studiert und darüber nicht die notwendige Zeit gefunden, sich ein wenig umzusehen; zu willfährig hatte sie die Belehrungen anderer über sich ergehen lassen, um in der Lage zu sein, das Leben mit der gebotenen geistigen Unabhängigkeit und dem nötigen Mißtrauen anzuschauen.

Deshalb sah es, wenn sie über ihre leidvollen Erfahrungen klagte, wenn sie ihre pessimistischen Ansichten darlegte, nicht so aus, als würde sie wirklich empfinden, was sie sagte. Nicht etwa, daß sie unehrlich oder ihre Art gekünstelt gewesen wäre. Aber sie beklagte die Schlechtigkeit der Menschen mit der gleichen Überzeugtheit, mit der sie behauptet hätte, daß Finalsätze in jedem Fall Nebensätze sein müssen; ihre Worte begleitete sie mit Seufzern in derselben Gewißheit, daß es passend war, wie sie ein Verb eines der Regel nach abhängigen Satzes in den Konjunktiv gestellt hätte.

Ich glaube, daß Lidia mich gern in ihrem Haus sah, umso mehr, als ich mich bemühte, nicht allzu regelmäßig aufzutauchen. Ob mich Virgilio Sandrinelli, ihr Mann, genauso gern sah, weiß ich nicht. Er wirkte wie die Inkarnation des Bildes, das sich die Juden von denen machen, die nicht ihrer Rasse angehören und darüber hinaus über alle Eigenschaften verfügen, die den ihren widersprechen. Ein schöner Mann, auf natürliche und nachlässige Weise elegant, hatte er eines dieser indifferenten Gesichter, die nichts ausdrücken. Kalt, wohlüberlegt, voll von gesundem Menschenverstand, sprach er ruhig, mit gelassener, leicht gelangweilter Stimme. Er mißbilligte die Verzweiflungsausbrüche Lidias, wenn die Kinder ungezogen waren und ihr nicht gehorchten, mißbilligte die übertriebenen Bezeugungen von Zuneigung, die sich mit den ärgsten Streitereien abwechselten, mit denen die Beziehungen zwischen Lidia und ihrer Mutter durchwoben waren. Reden lassen, gewähren lassen, nur um Ruhe zu haben, war sein System. Er schützte sich vor den Kindern, indem er ihnen Tritte in den Hintern androhte, vor der Frau, indem er ihr nicht zuhörte und über die intellektuellen Frauen seufzte. Übrigens vermochte er es, mit wenigen hingeworfenen Worten Stürme zu besänftigen; Erziehungsprobleme, die Lidia zum Wahnsinn trieben, löste er mit kurzen, summarischen Eingriffen, wobei er die exekutive Gewalt mit der größten Natürlichkeit von der Welt ausübte.

Zu mir war Virgilio ziemlich nett, obwohl er mich mit der bei ihm üblichen Gleichgültigkeit behandelte. Er erkundigte sich sogar nach meinen Angelegenheiten und hörte mit gewisser Aufmerksamkeit meine Erzählungen an. Ich erklärte ihm meine Probleme sogar eingehender und mit größerer Wahrhaftigkeit, als vielleicht notwendig gewesen wäre, und ich tat das aus einer Art Neugier, um draufzukommen, was er davon verstehen würde, um zu versuchen, seine Meinungen zu erraten.

Er erlaubte sich keinen Kommentar, gab mir keinen Rat; es machte den Anschein, als würde er kapieren, was ich sagte, sich zumindest ungefähr darüber im klaren sein, zu welcher Art von Wesen ich gehörte und wie ich dachte. Man sah jedoch, daß er meine Art, die Dinge zu sehen, ablehnte und daß er das Ganze schrecklich überflüssig fand, ungeheuerlich, bar jeden Hausverstands. Seiner Meinung nach sollten junge Leute das Leben genießen und sich den Weg für die Karriere ebnen: Jeder andere Gedanke war müßig und in ihren Köpfen unangebracht. Er gab mir auch zu verstehen, daß es seiner Überzeugung nach sehr viel besser sein würde, wenn ich mit Gleichaltrigen spazieren ginge und mit ihnen zusammen Krach schlüge, anstatt mit Ausdauer die Häuser der Verwandten dritten und vierten Grades aufzusuchen und mich mit philosophischen Gesprächen mit Frauen von wenig Verstand aufzuhalten.

Auch im Hause Lidias war es mir recht unangenehm, den Besuchern meine Aufwartung zu machen. Diese, um die Wahrheit zu sagen, waren weniger häufig und zahlreich als im Hause Calò, doch andererseits von weit höherem Ansehen. In der Frage der Weltläufigkeit waren die Calòs nur eben erst Anfänger, die Sandrinellis hingegen Dilettanten von einem gewissen Rang. Wenn Besuch da war, ließen mich Lidia und die anderen vollkommen fallen; bisweilen stellten sie mich nicht einmal vor und übersahen mich mit den Kindern. Es war besser so; aber ich langweilte mich und fühlte mich, auf Lidias Unbehagen reagierend, auch unbehaglich, weil Lidia das vag Unvorteilhafte meiner schweigenden Anwesenheit empfand.

Vielleicht hatte Lidia auch ein wenig Gewissensbisse, mich wie einen Aussätzigen zu behandeln, und fühlte sich sekkiert von den hochmütigen und erstaunten Blicken, die mir manches vornehme englische Fräulein oder die Gemahlin eines hohen Beamten zuwarf. Sie wußte nicht, wie sich verhalten und wünschte brennend, ich wäre nicht da, ein Wunsch, den sie mich auch wissen ließ.

Das natürlich abgesehen von dem aufrichtigen Wunsch, sich um mich zu kümmern, mir ein Halt zu sein, mir aus den Nöten eines Bürschleins, das erst kürzlich dem Schoß seiner Familie entschlüpft ist und wenig Lebenserfahrung hat, herauszuhelfen, so gut es eben gehen mochte. Im übrigen sprach die arme Lidia vollkommen aufrichtig mit mir. Sie sagte, daß sie sich freue, mich zu sehen, bestand darauf, daß ich häufiger komme, um die Nachmittagsmilch in ihrem Haus zu nehmen, doch sie gab zu, daß ich mich bei ihr langweilen mußte, sie konnte sich ja nur sehr wenig um mich kümmern, und dazu die Kinder, die mir an der Weste hingen.

In äußerste Verlegenheit gebracht sah ich mich auch dann, wenn zwischen Virgilio, Lidia und der Mutter Diskussionen über die Verwandten in Triest, insbesondere über meinen Vater, ausbrachen. Virgilio, der vor vier Jahren bei einem Riesenstreit zwischen Tante Vera und meinen Eltern dabeigewesen war, fragte mich, wie die Beziehungen zwischen den beiden Familien nun seien. Ich erklärte ihm, daß jeder Kontakt abgebrochen war, und er, an Auseinandersetzungen und Friedensschlüsse im eigenen Haus gewöhnt, wunderte sich darüber, daß die Dinge so ernst standen.

Er mißbilligte auch, daß mein Vater Vera sich selbst überlassen hatte. Ich erwiderte darauf, daß Veras Lebensstil derart sei, daß wir ihm weder nachkommen noch ihn gutheißen konnten; das Milieu, das in ihrem Haus entstanden war, sei für uns unerträglich; jedenfalls sei sie es, die von keiner Einmischung unsererseits etwas wissen wollte, und mochte sie auch freundschaftlich sein. Daß sie uns ein bißchen als arme Verwandte behandelte, als Leute, deren man sich schämen muß. Virgilio schüttelte den Kopf. Aber nein doch, die

Angelegenheit war nicht so tragisch, meinte er zu mir. Wir waren zu angerührt; wir waren es, die sich auf Grund von Schrullen darauf versteiften, anders zu leben als die anderen, und hatten zudem den Fehler, uns zu kränken, wenn andere sich über unsere Seltsamkeiten wunderten oder womöglich daran Anstoß nahmen. Auf dieser Welt muß man zu leben verstehen. Es ist sinnlos, gegen den Strom zu schwimmen, und dumm, den Hungerleider zu spielen, um sich dann zu beklagen, wenn man als Hungerleider behandelt wird.

Dann fragte mich Virgilio (und er spielte sicherlich auf den Umstand an, daß mein Vater, wollte er sich trotz seiner »Eigentümlichkeit« Respekt verschaffen, zumindest seine soziale Position verbessern mußte), warum denn mein Vater nichts unternommen habe, damit ihm ein Universitätslehrstuhl angetragen würde oder zumindest eine freie Dozentur. Virgilio hatte, auch außerhalb der familiären Kreise, sagen hören, daß mein Vater ein Gelehrter von einigem Rang sei und daß es an guten Wissenschaftlern in Italien wirklich nicht allzu viele gebe. Ich erzählte ihm von der Unbeständigkeit Papas, von seiner begierigen Suche nach immer neuen Dingen, die ihn daran hindere, irgendeine Arbeit zu Ende zu bringen. Und außerdem, sagte ich, wäre es von meinem Vater nicht allzu klug gewesen, sich angesichts seiner politischen Vergangenheit, die er niemals verleugnet hat, allzu sehr in den Vordergrund zu drängen. Da machte Virgilio dann eine Geste der Trostlosigkeit, wie um zu sagen: »Was soll's?!« und wechselte das Thema. Für ihn bedeutete, nicht opportunistisch zu sein, geradezu eine Verletzung der guten Sitten.

[II.]

Als ich all meine Ressourcen, was Verwandtenbesuche anbelangt, erschöpft hatte, schloß ich mich in meinem Zimmer ein und versuchte, etwas zu lesen. Ich hatte, in einer vollständigen deutschen Ausgabe, drei große, ganz dicke Bücher mit: zwei enthielten *Krieg und Frieden* von Tolstoi, das dritte *Verbrechen und Strafe* von Dostojewski. In kleinen Dosen, jedoch mit größter Aufmerksamkeit las ich bald in dem einen, bald im anderen dieser beiden Romane.

Um die Wahrheit zu sagen, ich hatte diese Lektüre mit einem gewissen Mißtrauen begonnen. Ich hatte bereits zu viele Enttäuschungen mit modernen Autoren, auch mit weithin berühmten, erlebt und konnte mich nicht an die Vorstellung gewöhnen, daß es auch nach der Mitte des neunzehnten Jahrhunderts große Schriftsteller geben könnte. Ich fürchtete, daß alle zeitgenössischen und auch die Autoren der zwei vorangegangenen Generationen dazu tendierten, unmittelbaren Erfolg zu suchen, indem sie entweder Verstiegenheiten publizierten oder abstruse Thesen in vernünftelnden und gefühlskalten Werken entwickelten. Ich brauchte aber nicht lange, um zu bemerken, daß ich mich vor zwei der genialsten Werke befand, die ich je kennengelernt hatte.

Wenn diese Lektüre mich auch fesselte und tief auf meine Seele einwirkte, so kann ich doch nicht sagen, daß sie auf mich eine tröstende Wirkung hatte. Im Gegenteil, sie hatte allenfalls die genau entgegengesetzte Wirkung. Vielleicht auf Grund des Seelenzustandes, in dem ich mich befand, faßte und fühlte ich nur die düstersten und schmerzlichsten Seiten beider Romane, während mir alle optimistischen Behauptungen wenig ehrlich und auf kalte Weise intellektuell vorkamen, wie auch alle Versuche, im Bereich der Moral etwas Positives aufzubauen.

Als ich etwa *Verbrechen und Strafe* las, meinte ich bisweilen, ich sei Raskolnikow. Nur allzu gut begriff ich die verzweifelte Einsamkeit dessen, der dem, was den Großteil der Menschen interessiert, keine Bedeutung beimessen kann und nicht imstand ist, das Leben aller zu leben; der sich absondert, um sich der Suche nach einer Wahrheit, nach einem grundlegenden Bild zu widmen, und nur Ungewißheit und Qual findet. Ich verstand, wie man an jeglicher Moral zweifeln, wie man glauben kann, daß alles zulässig ist, wie man, beobachtet man das unnütze Treiben der geschwätzigen Menge, zur Überzeugung der eigenen inneren Überlegenheit gelangen kann, die die Welt nur ihrer Dummheit wegen nicht anerkennt.

Auch die Vorstellung war mir nicht ganz fremd, daß das Wissen um die eigene Überlegenheit einen dazu verleiten kann, die Welt und ihre Gesetze zu hassen und zu mißachten, anstatt darum zu kämpfen, sich unter den Mitmenschen hervorzutun. Der Haß, die Verachtung – ich ahnte es – können sich bis zu dem Punkt verschärfen, daß sie einen Menschen dazu treiben, etwas Ungeheuerliches zu tun, gleichsam um die Kleinlichkeit und die menschliche Eitelkeit zu verhöhnen; wie um zu beweisen, daß man fähig ist, für den eigenen Vorteil zu handeln, egoistisch und verschlagen ohne jegliche Rücksicht auf den Nächsten. Und ich verstand auch die Auflehnung und die Angst dessen, der sich von der sozialen Maschinerie aufs Korn genommen fühlt, dessen, der spürt, daß die verachtete Welt doch immer stärker ist, daß die menschliche Justiz sich rächen und einen leiden lassen kann, daß die angestellten Erwägungen alle falsch waren, daß der moralische Instinkt in uns wieder erwacht und uns auffrißt.

Was ich aber nicht verstand, war Raskolnikows Besinnung. Wie konnte man die Liebe der guten und dummen Sonja gleichsam als Offenbarung betrachten, als einen Fingerzeig dafür, was der Weg des Guten wäre? Ich sah darin nur Zufall, irgendein unvorhergesehenes, zufälliges Geschehen, über das man sich wundern mag, so viel man will, das aber gewiß die eigene Auffassung vom Leben nicht verändern kann. Und wie konnte man denken, daß Leiden Sühne und Läuterung bedeuten könne? Wie annehmen, daß die körperlichen und moralischen Schmerzen eine andere Wirkung haben könnten außer der, die Energien zu schwächen und den Haß noch tiefer zu machen?

Verbrechen und Strafe war für mich wirklich eine Lebenserfahrung. Ungerechtigkeit, Grausamkeit, Leiden, Rausch, Wahnsinn, alles fand ich darin in neuen und eindringlicheren Formen, als ich sie bisher kennengelernt hatte. Und ich kam zu dem Schluß, daß das Leben leidvoll ist, die Welt verrückt und regellos wirr, ärger noch, als ich mir gedacht hätte. Ich sah ein, daß die Eigenliebe von Übel ist, die Revolte albern und zwecklos. Aber daß es Erlösung geben kann, daß es einen Weg gibt, sei er auch lang und schmerzlich, um zu ihr zu gelangen, sah ich wirklich nicht.

Tolstoi hatte sicherlich eine weniger düstere Weltanschauung, eine weniger grimmige, doch, wie mir vorkam, keine weniger trostlose. *Krieg und Frieden,* Kampf und Ruhepause, günstiges und ungünstiges Los, von Generation zu Generation: »Vanitas vanitatum«. Und der Mensch vermag nichts, versteht nichts. Weder versteht er die eigenen Instinkte und die eigenen Antriebe, noch die Seele dessen, was ihn umgibt, er ist nicht imstand zu unterscheiden, was Folge seiner Handlungen, was Werk des Schicksals ist. Wie ist es möglich, von einer solchen Anschauung aus zu einem Glauben zu gelangen? Wie kann man Gerechtigkeit und göttliche Güte gelten lassen? Wie kann man sich dazu berechtigt fühlen, wie den Mut haben, moralische Vorschriften aufzustellen?

Auf dem Rücken liegend, wie Raskolnikow, hielt ich das geöffnete Buch nahe vor mich hin, unterbrach jedoch ab und zu, für eine Stunde oder auch mehr, die Lektüre, und in der Zwischenzeit überlegte ich. Weil meine Erwägungen immer trostloser wurden, versuchte ich aber an einem gewissen Punkt meine Gedanken mit Gewalt abzulenken und mühte mich, um mein Hirn irgendwie zu beschäftigen, meine Phantasiegebilde von vor so vielen Jahren in neuen Formen wieder aufleben zu lassen.

Ich stellte mir zum Beispiel vor, ich würde Universitätsprofessor für Chemie oder Zoologie sein. Auf die Art schrieb ich mir tiefgründige und gelungene Studien über was weiß ich, über die Intelligenz der Tiere oder über den Zusammenhang zwischen chemischer Zusammensetzung und dem Geschmack und Geruch verschiedener Substanzen zu. Oder ich malte mir aus, daß ich mir bedeutende Patente über Färbstoffe, über Geruchsessenzen, über fotografische Präparate oder über etwas anderes würde sichern können. Ich konnte mir dann die Großartigkeit meines Laboratoriums und meiner Bibliothek beschreiben, die Vorträge, die ich halten würde, und die Wertschätzung, die mir entgegengebracht werden würde, das Geld, das ich verdienen, und den weisen und selbstlosen Gebrauch, den ich davon würde machen können.

Vielleicht waren diese Phantasien Merkmale einer großen Überheblichkeit und maßlosen Ehrgeizes. Doch, mag sein, nicht so sehr, wie es scheinen könnte. Gerade während ich träumte, ein bedeutender Wissenschaftler und ein allgemein bekannter Mann zu werden, überzeugte ich mich jeden Tag mehr davon, daß mir die notwendigen Eigenschaften, um mich bei meinesgleichen durchzusetzen, absolut fehlten; und was die wissenschaftliche Karriere anbelangte, dachte ich nicht nur nicht daran, daß ich große Entdeckungen würde machen können, sondern zweifelte selbst daran, daß ich so weit kommen würde, um Naturwissenschaften in einer Fortbildungsschule von Iglesias oder Castrogiovanni unterrichten zu können. Kurz und gut, die Phantasien waren für mich das, was für andere die Lektüre von Kriminalromanen ist.

Malte ich mir einen Idealzustand meines Lebens aus, konnte ich auf die Vorstellung nicht verzichten, daß Bianca in meiner Nähe wäre. Wie süß war es, sie sich als liebevolle, einfache und demütige Gefährtin eines großen Wissenschaftlers herbeizuphantasieren! Wie gefiel es mir doch, sie mir schüchtern und verlegen über unverhoffte Ehrungen und dann wieder entschlossen und ausdauernd im Ermutigen zu schwierigen und mühsamen Unternehmungen vorzustellen!

Zu den Träumen mit offenen Augen traten wirkliche hinzu. Mir kam vor, in der Schule zu sein, ich saß in der Klasse oder lehnte am Geländer des Gangs, und ich meinte, daß in meiner Nähe, in der Bank hinter mir, neben mir an derselben Balustrade Bianca wäre. Ich sprach mit einem Kameraden und sah, daß sie mir zuhörte, merkte, daß sie meine Worte guthieß. Auch sie unterhielt sich, nicht mit mir, sondern mit einem anderen Burschen, wandte sich dabei aber an mich, wie mir schien: Und ich hörte, daß sie Dinge sagte, die ich hundertmal gesagt oder die ich gedacht hatte. Es waren ausgerechnet die Dinge, von denen ich nie angenommen hätte, daß sie mit mir darin übereinstimmte.

Ich war ganz verwirrt und unruhig, empfand aber trotzdem ein starkes, von Ungeduld erfülltes Glück: Ich würde mit ihr reden können, wir würden einander verstehen, würden Freunde sein. Ich wollte mich an sie wenden, wollte ihr ein paar Worte sagen, zögerte aber einen Augenblick, und sie verschwand, und ich fand mich unter fremden Leuten auf der Straße, von Schmerz darüber erfüllt, daß ich sie neuerlich (und, wie mir schien, unwiederbringlich) verloren hatte: Ich hatte es nicht vermocht, es nicht gewagt, an sie heranzutreten, mich verständlich zu machen, mein Glück zu versuchen.

Ich wachte dann mit eben diesem Gefühl auf, und mir kam vor, als ob das Leben noch trauriger wäre, noch leerer, und ich sehnte mich danach, noch einmal die alte, süße, angstvolle Unruhe ihrer Gegenwart zu spüren, wie ich sie im Traum gerade gespürt hatte; so kam das Bedauern um dieses entschwundene Bild zu Hunderten anderen Vorwürfen hinzu, die der Erinnerung entwuchsen: Willentlich oder von einem unverständlichen Impuls bestimmt, hatte ich den Graben, der uns trennte, noch tiefer aufgeworfen, gerade als ich einen Weg hätte finden können, ihn zu überwinden.

Dann wieder meinte ich, allein oder zusammen mit einem schweigsamen Gefährten durch eine unbekannte Stadt zu spazieren, über Wiesen und durch Wälder, an die ich mich nicht erinnerte, sie jemals durchquert zu haben. Ich gab mir Mühe, die Plätze wiederzuerkennen, die, ich wußte es, mir nicht gänzlich neu sein konnten; und irgendein Haus, ein Mäuerchen, irgendein

Prospekt der Landschaft kam mir dann bekannt vor. Genau dort war ich bei anderer Gelegenheit Bianca begegnet: Aber wie war jetzt alles verändert! Und doch würde ich ihr auch heute begegnen, dessen war ich sicher. Ich mußte nur ein Stück weiter gehen, und dann würde ich sie sehen. Die Erwartung ängstigte mich, brachte mich ganz durcheinander.

Und siehe, da waren Leute, die ich zu kennen vermeinte. Ja, es waren ihre Angehörigen, die Mutter und die Schwestern. Sie starrten mich an mit ihren großen, herrlichen, schwarzen erstaunten Augen, Augen, die mir nicht als ihre gewöhnlichen vorkamen, sondern geradezu als die Augen von Bianca, ja sogar noch größer, noch schöner. Diese Augen schauten mich still und streng an, mißbilligend und, wie mir schien, mit einem Funken von Hohn. Ich suchte Bianca unter ihnen, fürchtete, in ihrem Blick den gleichen Ausdruck zu entdecken; dabei hoffte ich aber, ihre gütigen und mir wohlwollenden Augen zu finden: Doch Bianca war nicht da.

Dann wieder träumte ich, im Begriff zu sein, aus einem Gebäude hinauszugehen, vielleicht aus dem Galileo-Gymnasium, vielleicht aus dem einen oder anderen Universitätsinstitut. Ich war inmitten vieler Leute, teils mir bekannt, teils unbekannt, und ich sah Bianca in der Menge, nicht sehr weit weg von mir. Ich wußte, daß wir gemeinsam ein langes Stück Weges würden zurücklegen müssen; daß ich mich mit ihr würde unterhalten können, ja, daß ich sogar dazu gezwungen sein würde. Ich empfand nur eine leichte, beinah angenehme, angstvolle Unruhe, gleichsam als ob ich ein großes, sicheres Glück erwartete. Als ich auf der Straße ankam, sah ich mich um und fand Bianca nicht mehr.

Ich könnte nicht sagen, welche Qual diese Träume und Phantastereien für mich darstellten. Ich spürte, daß meine Leidenschaft, die ich bereits erstickt, ja, sogar mehr, versiegt geglaubt hatte, heftiger war denn je. Ich fühlte, daß sie mich noch wer weiß wie viele Jahre lang peinigen würde, vielleicht so lange ich lebte; daß das Leben nicht möglich sein würde mit einer solch schmerzenden Erinnerung im Leib, daß ich niemals Ruhe finden würde mit einem solch hoffnungslosen Verlangen.

Beinahe erschrak ich über die Tiefe dieser meiner Liebe, die ich bisweilen ein wenig als Manie betrachtet hatte, als ein von meinem kranken Hirn erschaffenes Phantom. Ich empfand meine Wehrlosigkeit einem solchen Schicksal gegenüber und spürte, daß ich mich beugen, daß ich mich hinreißen lassen mußte. Schmerzliches Erinnern und Sehnen bewirkten es nun, daß ich mich gegen die Vorstellung auflehnte, alles sei aus, alle Brücken seien unrettbar abgebrochen. Nein, so konnte eine Leidenschaft, die so tief war, nicht aufhören, die Qual von so vielen Jahren konnte nicht umsonst sein, es war nicht glaubhaft, daß mein Wille, mein bewußter und unbewußter Widerstand, ein so unbezwingbares Gefühl überwinden würde.

Jetzt, wo ich hätte glauben müssen, den Sieg über eine irrationale und unvernünftige Leidenschaft in der Hand zu haben, spürte ich ganz im Gegenteil, daß ich die Schlacht mit einem mir grenzenlos überlegenen Feind aufgenommen hatte: Mir blieb nichts übrig, als die Waffen zu strecken und seinen Willen über mich ergehen zu lassen, mich seiner Rache zu unterwerfen. Ich würde handeln, wie meine Liebe es wollte, ohne weiterhin Widerstand zu leisten, und vielleicht würde ich, wer weiß, um den Preis der Erniedrigung, des Sich-Fügens, durch das Bekenntnis, daß es töricht von mir gewesen war, zu kämpfen, durch Verleugnen meiner ganzen intellektuellen Weltanschauung zuletzt diesen Frieden finden, den ich niemals würde finden können, wenn ich meiner Vernunft folgte.

Ich phantasierte weiter, diesmal über Dinge von mehr Wahrheit. Den prunkvollen Rahmen eines imaginären Lebens als großer Wissenschaftler ließ ich fort und versuchte mich mit ihr im bescheidenen, harten, trockenen, dem wirklichen Leben zu sehen. Sieh an, ich würde von meinen frauenfeindlichen Absichten abrücken, den Umstand, daß es besser wäre, mich von ihr fernzuhalten – auch sie war ein weibliches Wesen –, außer acht lassen; ich würde hingehen und Beistand und Trost von der Frau erflehen, der ich den Krieg erklärt hatte; um dies Leben zu meistern, würde ich die Unehrenhaftigkeit begehen, von dem Hilfe anzunehmen, den ich für den Großteil der Übel und die Sittenlosigkeit des Universums verantwortlich machte.

Außer acht würde bleiben, daß man nicht für den eigenen Nutzen zu arbeiten hat, sondern für die Gemeinschaft, und ich würde versuchen, womöglich von dem abweichend, was mir als mein Weg erschienen war, womöglich zu hundert kleinen Kompromissen, zu hundert kleinen Unanständigkeiten verleitet, ein bißchen mehr Geld zu verdienen, mir »eine Stellung zu schaffen«. Obwohl mir klar war, daß von mir gezeugte Kinder sich im Leben noch schlechter zurechtfinden würden als die anderen, würde ich vielleicht trotzdem die Vorstellung akzeptieren, früher oder später Kinder zu haben, weil sie es wünschte. Auf die Art würden wir Mann und Frau sein.

Unser Leben spielte sich nicht in Triest ab, so malte ich mir aus, sondern in irgendeiner kleinen Stadt, wo wir allein und isoliert waren, wo wir niemanden finden würden, selbst wenn wir es wollten, der zu uns paßte. Wir haben wenig Geld, müssen uns in den Ausgaben einschränken, auf den Groschen schauen, mit zahllosen kleinen Unannehmlichkeiten leben. Ich verliere den Mut, wenn ich die Schwierigkeiten sehe, mit denen sie kämpfen muß, Gewissensbisse quälen mich, daß ich sie dem bequemen und leichten Leben ihrer Familie entrissen habe. Sie aber will nicht, daß ich auf meine, wenn auch heikle und jämmerliche Karriere verzichte, um nach Triest zurückzukehren und dort die Unterstützung unserer Familienangehörigen zu suchen. Male ich ihr ein wahrheitsgetreues Bild von all den Mühen und Drangsalen, die uns erwarten, lasse ich durchblicken, daß ich nahe daran bin, mich der Trostlosigkeit zu überlassen, verliert Bianca nicht den Mut, nein, sie erklärt mir, daß es ihr unverbrüchlicher Wille ist, daß wir weiterkämpfen und unabhängig leben.

Genau das würde ich brauchen, dachte ich; das war es, was ich mehr als alles andere von einer Gefährtin verlangte. Nur wenn ich liebte und mich von einem Menschen voller Energie und Lebensfreude wiedergeliebt fände, würde ich vielleicht, zumindest manchmal, vergessen können, daß das Leben für alle mühselig, leidvoll und eitel ist.

Bianca treibt mich zur Arbeit an. Ich bin Gymnasialprofessor oder vielleicht Assistent an einer zweitrangigen Universität oder etwas Ähnliches. Obwohl ich kein großes Interesse für mein Fach habe, entdecke ich durch intensives Studium, daß in dem oder jenem Bereich Kritik angebracht ist, Hypothesen weiterzutreiben sind, Untersuchungen zu vervollständigen. Aber ich frage mich, wozu diese Anstrengungen nützen könnten, nach dem Sinn, den es mir oder anderen bringen kann, wenn ich mich diesen Untersuchungen widme. Deshalb folgen auf Perioden relativer Aktivität bei mir solche der Gleichgültigkeit und Trägheit.

Bianca fragt mich dann, warum ich mein Werk nicht fortsetze, sie will, daß ich ihr diktiere, was ich zu schreiben habe. Sie bittet mich um Erklärung für das, was sie nicht versteht, macht mich aufmerksam, daß ein Satz unscharf war, flüstert mir Worte ein, die mir nicht sogleich kommen. Sie schreibt geduldig und durch lange Stunden, und frage ich sie, ob sie müde oder überdrüssig ist, antwortet sie immer mit nein. Sie lächelt geschmeichelt, wenn ich ihr sage, daß sie mein Arbeitsgefährte ist; sie schaut mich bewundernd an, voll Erstaunen darüber, daß ich diese so schwierige und komplizierte Materie derart im Griff habe; sie tröstet mich in Augenblicken der Verzagtheit mit mütterlicher Sanftheit und dem ruhigen Bewußtsein ihrer Kraft.

Da würde ich dann, um ihr Freude zu machen, um in ihrem Ansehen zu wachsen, all meine Geisteskräfte anspannen; zumindest zeitweise würde ich den kritischen Scharfsinn von einst wiederfinden; kämpferischer in der Polemik, kühner in der Synthese würde ich mich zeigen. Und wenig würde es mir ausmachen, wenn die anderen kaum Notiz von meinen Schriften nähmen und sie als mittelmäßig beurteilten, würde nur Bianca mir versichern, daß sie sie interessant, einleuchtend und originell findet.

Kurz und gut, »Raum ist in der kleinsten Hütte ...«, schloß ich mit bitterer Ironie, als ich zuletzt bemerkte, daß ich mich wieder einmal ins Reich der Träume verloren hatte. Sachte: Fangen wir von vorn wieder an, bei den ersten Versuchen einer Annäherung, probieren wir, die Dinge minuziöser, wirklichkeitsnäher zu sehen.

Nach Triest zurückgekehrt (wann? Sofort, unter Aufgabe des Studiums, oder erst in vier Jahren, mit dem Professorentitel? Egal.

Nehmen wir aber an, nicht zu schnell), zurückgekehrt würde ich einen Weg ausklügeln müssen, ihrer Familie vorgestellt zu werden, mich mit ihr zu treffen. Nichts einfacher als das, vom sachlichen Gesichtspunkt aus. Es genügt, daß ich ein ständiger Besucher im Haus Tante Veras oder in einem der Kreise werde, die die jungen Triestiner Juden frequentieren. Dort kann ich mich ohne Schwierigkeiten mit einem ihr vertrauten Menschen anfreunden, und der wird sie bewegen können, sich in diesem Milieu sehen zu lassen (wenn sie nicht ohnehin schon dort verkehrt), oder er wird mich dort einführen, wo man sie gewiß antreffen kann.

Ganz einfach also. Und doch, welche Qual würde es für mich sein, mit Leuten umgehen zu müssen, die mir nicht sympathisch waren, Gespräche anhören zu müssen, die mir nicht gefallen konnten, weder im Ton noch im Inhalt. Stumm würde ich in einer Ecke stehen bleiben und jedesmal, wenn es mir, nicht ohne große Anstrengung, gelänge, mich an der Unterhaltung zu beteiligen, mich ganz fehl am Platz fühlen, ganz verstimmt und beschämt darüber, das Benehmen dieser Leute, und noch dazu schlecht, imitiert zu haben, daß ich mich dann tausendmal einen Idioten nennen würde.

Und es wird sicherlich nicht an einem fehlen, der sich über die Veränderung in deinem Geschmack und deinen Überzeugungen lustig macht; der dir höhnisch oder, noch schlimmer, im Ernst dazu gratuliert, daß du dich entschlossen hast, ein weniger freudloses und einzelgängerisches Leben zu führen. Auf die Art wirst du noch stärker spüren müssen, wie schandbar es für dich ist, auf diese Leute und Kreise zurückzukommen, die du derart mißachtet und kritisiert hast.

Welch ein Kampf wird das sein, den ich mit mir austragen werde müssen, um die Scham zu besiegen, um zu reden, nach ihr zu fragen! Wie werde ich mir Mut machen müssen, um mich nicht von der ersten bösen Anspielung abschrecken zu lassen, vom ersten Hinweis darauf, daß irgend jemand verstanden hat, wonach ich auf der Suche bin!

Schließlich würde ich ihr begegnen. Vielleicht würden wir einander vorgestellt werden. »Wir kennen uns bereits«, würde sie sagen, erstaunt lächelnd. Für einen solchen Augenblick hatte ich seit langem eine Antwort voll Bitterkeit und versteckter Anspielung bereit: »Ja, aber nur vom Sehen aus. Wir waren vier Jahre lang Klassenkameraden.«

Doch werde ich den Mut finden, einen solchen Scherz zu machen? Werde ich über die notwendige Geistesgegenwart verfügen, um einen so komplizierten Satz zu sagen? Wahrscheinlich nicht; statt dessen werde ich ein paar verlegene und einfältige Worte herausstottern und dabei erröten; kurz angebunden werde ich auf ihre Höflichkeitsfloskeln antworten, und dann, begänne sie mit anderen zu reden (vielleicht weil sie mich nicht zu sehr verwirren will, vielleicht weil mein Benehmen sie ärgert), werde ich kein Wort mehr herausbringen können, werde dastehen und sie anschauen.

Und wie ich sie anschauen würde, nach so langer Zeit, wo ich sie nicht gesehen! Meine Augen könnte ich nicht von ihr lösen, bis sie mir brennen würden. Der alte Widerspruch zwischen Liebe und Mißbilligung würde in mir wieder hochkommen. Jede ihrer Gesten, jeder Ausdruck ihres Gesichts, jeder Tonfall ihrer Stimme, alles würde Tausende Erinnerungen in mir wachrufen, würde die alte Qual wieder erstehen lassen! Und doch würde ich ihr Verhalten, ihre Gespräche unvoreingenommen beurteilen. Ich würde bemerken, daß sie sich unter diesen Leuten wohl fühlt, daß sie sich aus langer Gewohnheit benehmen konnte wie die anderen, und nicht wie die Ungewandtesten. Ich würde feststellen, daß sie etwas koketter, etwas affektierter war als je in der Schule, selbst die schlechtesten Momente gerechnet. Es würde mir klar werden, daß das Leben eines jungen Fräuleins aus gutem Haus, die Tatsache, daß es ihre Hauptsorge geworden war, einen Mann zu finden, und vielleicht auch die beginnende Angst, ihn nicht zu finden, sie kühner gemacht hatten, geneigter, sich auf Dinge einzulassen, die nicht mit ihrem Charakter zusammengingen, bereit, sich auf jede Weise zu verdrehen, bloß um dem zu gefallen, der um sie war.

Ich würde mich wundern, wie sie denn nur nicht bemerken konnte, daß die Scherze, über die sie lachte, albern und unschicklich, wie sie denn übersehen konnte, daß ihre koketten und oberflächlichen Antworten abgestanden und geschmacklos waren und daß aus ihrem Gebaren mit aller Deutlichkeit die Absicht durchschimmerte, die Anmutige zu spielen.

Zu alldem wird noch der Kummer dazukommen, daß ich mich vernachlässigt sehen muß, der Schmerz, wenn ich merke, daß sie immer mehr zur Überzeugung gelangt, daß ich ein vollkommener Tölpel bin; und dann der beständige Widerspruch zwischen dem Wunsch, nicht allzu unglückliche Figur zu machen, und dem Entschluß, sich in keiner Weise zu verstellen, es den anderen in diesem hassenswerten Gesellschaftsbenehmen nicht gleichzutun.

Ich würde zu zweifeln beginnen, würde nahe daran sein, jegliche Hoffnung zu verlieren, daß wir uns je aneinander anpassen könnten. Doch mit der Kraft der Verzweiflung würde ich durchhalten wollen, den Weg zu Ende gehen, der mir bestimmt war. Denn abgesehen davon gibt es kein Leben für mich, würde ich mir sagen; und vielleicht würde ich sie in einer anderen Umgebung, weil sich da unsere Position zueinander änderte, in einem anderen Licht sehen können.

Ich werde mich in ihr Haus einführen lassen und so erreichen, daß man mich etwas mehr in Betracht zieht. Weiterhin würde ich wortkarg und befangen bleiben, doch zu verstehen geben, daß ich »sehr ernste Absichten« habe. Man wird mich ohne Begeisterung aufnehmen, aber manierlich dulden. An Sticheleien von seiten der größeren Schwester wird es nicht fehlen, ebensowenig an gelangweilten Bemerkungen der Mutter, die meine Ansichten und meinen Lebensplan nicht gutheißen kann. Was die anderen betrifft: Sie werden mir wohl eher gesonnen sein; der Bruder wird sich vielleicht darüber freuen, mit jemandem über höhere Dinge diskutieren zu können, der für sehr intelligent gilt, die zwei kleineren Schwestern werden sich auf meine Kosten lustig machen: doch dachte ich (warum, weiß ich nicht), daß sie mir Sympathie entgegenbringen würden.

Auch Bianca würde mich ganz anders behandeln, hätte sie einmal begriffen, worauf ich hinauswollte. Da sie bereits gewohnt war, all ihre Gedanken und Anstrengungen auf ein einziges Ziel zu richten (in meiner Vorstellung waren wir bereits gegen dreißig), würde es ihr nicht möglich sein, nun das abzulehnen, was sie sich seit so langer Zeit zu suchen vorgenommen hatte; es sei denn, daß es sehr schwerwiegende Gründe gäbe, die zu einer Ablehnung zwangen. Und solche Gründe würde es nicht geben. Ich war ein ernsthafter junger Mann, arbeitsam, fleißig, dem Familienleben zugetan, sittsam, sparsam etc. etc.: Kurz und gut, »eine Partie«, die man nicht würde ablehnen können, ohne in Widerspruch zum eigenen Bewußtsein zu geraten, ohne die Pflichten einer guten Tochter zu vernachlässigen.

Deshalb würde Bianca mich nicht zurückstoßen, umso mehr, als ich in den letzten Jahren mein Benehmen in einem solchen Maß normalisiert haben würde, daß ich jeden Zweifel über meinen Geisteszustand zum Schweigen gebracht hätte; und in der Voraussicht, mich akzeptieren zu müssen, wird sie sich bemühen, für mich ein wenig Zuneigung, ein bißchen Sympathie zu empfinden. Sie wird ernster sein, mir ihre Aufmerksamkeit schenken, sich mehr um mich kümmern als um die anderen, wird versuchen, mich nicht zu verärgern und zu erraten, wie sie sich verhalten soll, um mich nicht allzu sehr zu verstimmen. Vielleicht wird sie auch geschmeichelt sein, wenn sie sieht, daß ein so verantwortungsbewußter junger Mann, so abhold jeder Art von Galanterie, ein solch notorischer Feind der Frauen, sich ausgerechnet in sie verliebt hat, sich entschlossen hat, sich um sie zu bemühen. Vielleicht würde sie von der Tiefe meiner Zuneigung gerührt sein und eine gewisse Neigung in sich verspüren, meine Liebe zu erwidern, soweit sie konnte.

Ich würde mich entscheiden müssen. Übertrug ich diese so verwickelte und heikle Situation in die Gegenwart, spürte ich, daß ich zu keiner Entscheidung fähig sein würde. Ich dachte, daß ich aber in einigen Jahren ganz anders sein würde, gewandter im Benehmen und weniger gepeinigt von Zweifeln und Unentschlossenheit. Außerdem würde mich eine schwache Hoffnung und vielleicht noch mehr die Angst anstacheln, daß Bianca, packte ich den günstigen Moment nicht beim Schopf, sich neuerlich von mir entfernen und wieder so werden würde, wie sie gewesen.

Meine Vorstellung setzte sich über den kritischen Moment hinweg, und ich sah mich wieder als ihren Verlobten. Jetzt mußte ich wahrlich heroische Anstrengungen unternehmen, um nicht neuerlich ins Träumen zu geraten. Mit ihr unter vier Augen plaudern zu dürfen, ganz allein mit ihr über die Plätze spazieren zu können, wo ich ungezählte Male in Gedanken an sie herumgestreift, war ein zu lang gehegtes Begehren, als daß die Vorstellung der Befriedigung mich nicht gleichsam schwindlig machte, ich mich nicht aufs neue zu diesen Phantastereien hingezogen fühlte, in denen wir einander so gut verstanden, wo wir entdeckten, daß wir wirklich füreinander geschaffen waren und ewig einträchtig sein würden. Ich wehrte mich, mit all meinen Kräften klammerte ich mich an drei oder vier unbestreitbare Wahrheiten, die ich auf Grund vergangener Erfahrung intuitiv erfaßt zu haben glaubte. Ich versuchte vorherzusehen, wie wir uns verstehen würden, ich und sie, was wirklich passieren würde, und nicht, was ich träumte.

Beide würden wir uns reichlich verlegen fühlen. Ihr mochte die Verlegenheit vielleicht nicht gänzlich unangenehm sein; für mich war sie Indiz dafür, daß unsere Stellung zueinander nicht ganz geklärt war. Ich würde sie deshalb mit wachsamem Argwohn studieren, mich bei jedem ihrer Worte, bei jeder ihrer Gesten fragen, ob sie aufrichtig war, was sie sich dabei dachte, was sie wünschte, daß ich denken und glauben sollte.

Würde ich mit ihr darüber reden, woran mir am meisten liegt, über die vielen Probleme, die mich von Jugend an und später beschäftigt und gequält haben, würde ich darauf bestehen, wie ich es beabsichtigte, von ihr über vergangene Taten und Worte Erklärungen zu verlangen, würde ich ihre Meinungen und Gefühle kennenlernen wollen, versuchen, sie von der Richtigkeit meiner Ansichten zu überzeugen, so würde ich sie, meinem Gefühl nach, gewiß langweilen oder auch erschrecken, oder zumindest verwirren. Sicher würde sie denken, daß ich mir um sinnlose Dinge Sorgen mache, sie würde mir mehr aus Gefälligkeit als aus einem anderen Grund zuhören und versuchen, manierlich das Thema zu wechseln. Andererseits würde sie fürchten, mich unbeteiligt und zerstreut zu finden, wenn sie von dem zu reden anfinge, was sie wirklich interessiert: die Zukunftspläne, die

Einzelheiten unseres künftigen Hauses, die großen und kleinen Dinge, die uns umgeben werden.

Bei jeder Gelegenheit und so sehr sich auch jeder bemühte, nachsichtig zu sein und dem anderen entgegenzukommen, zeigte sich diese Uneinigkeit. Ich möchte so viel wie möglich mit ihr allein sein, mit ihr zusammen lesen, sie womöglich dazu bringen, daß sie sich ein wenig für meine Studien interessiert; oder ich möchte mit ihr Orte aufsuchen, an denen nicht allzu viele Leute sind, wo man sich in Ruhe unterhalten kann. Nach kurzem würde mir allerdings auffallen, daß sie sich langweilt, daß sie versucht, mich unter die Leute zu bringen, an Plätze, wo die Eleganz sich ergeht. Ich werde dem keinen ernsthaften Widerstand entgegensetzen können, vielleicht auch, weil ich fürchte, sie könnte denken, ich schämte mich meines Standes als Verlobter; doch dann würde ich mich schlecht fühlen, und mich störte ihr eitler Wunsch, sich mit mir in der Öffentlichkeit sehen zu lassen.

Ich will versuchen, sie oft zu mir nach Hause einzuladen, und sie wird kommen und den Meinen höflich und herzlich begegnen. Es würde mir aber nicht schwerfallen, zu bemerken, daß mein finsteres und schlecht gelüftetes Zuhause mit den nicht zusammenpassenden alten Möbeln ihren ästhetischen Sinn, den einer etwas verzogenen Kleinbürgerin, beleidigt, daß sie sich zurückhalten muß, um nicht eine geringschätzige, vielleicht sarkastische Bemerkung zu machen, daß sie sich anstrengen muß, um uns nicht ein wenig von oben herab zu behandeln und den Wunsch zu verbergen, so früh wie möglich zu gehen.

Mama wird wahrscheinlich einigermaßen reserviert sein. Sie wird nicht für gut heißen, was ich tue, und wird es gewiß auch nicht richtig finden, so etwas vorzugeben, obwohl sie sich mir in keiner Weise wird widersetzen wollen und auch nicht wünschen wird, auf meine Entscheidungen einzuwirken. Leidend, eingemummt in ihre zahlreichen und plumpen Kleidungsstücke, wenig unterhaltsam und geneigt, ihr Herz auszuschütten, wird Mama auf Bianca den Eindruck eines verschlossenen, überdrüssigen, alles andere als wohlwollenden Menschen machen. Über das Verhalten Papas vermochte ich keine Vermutungen anzustellen. Vielleicht würde er sie nicht sehen wollen; vielleicht sich allzu herzlich und allzu auffällig herzlich zeigen. In jedem Fall würde ich seinetwegen wie auf glühenden Kohlen sitzen und beständig fürchten, er möchte Dinge sagen oder tun, die ihr seltsam und unpassend vorkommen, die sie vielleicht erschrecken, vielleicht irritieren, vielleicht beleidigen könnten.

Bei ihr zu Hause würden die Dinge nicht viel besser verlaufen. Immer würden neue Tanten da sein, neue Cousinen, neue Verwandte und Freundinnen, denen ich vorgestellt werden müßte und die mich mit den üblichen idiotischen Anstandsphrasen beglückwünschen würden. Ich würde dort wie ein Stück Holz herumstehen, wie ein Automat wenige stereotype Worte zur Antwort geben und brennend danach verlangen, davonzulaufen, eiligst durch die Tür zu verschwinden, ohne jemanden zu grüßen. Sanft und ganz vorsichtig, womöglich in scherzhaftem Ton, würde Bianca mir dann vorwerfen, daß ich dieser Tante oder jener Cousine gegenüber ein bißchen zu unfreundlich gewesen bin; sie würde sagen, daß die sich bestimmt beleidigt fühlten und sich von uns abwenden würden, wenn ich nicht versuchte, es wiedergutzumachen. Ich würde aber begreifen, daß sie das bedauerte und besorgt war, viel mehr, als sie es zeigte. Sie wird sicherlich fürchten, daß wir, machen wir so weiter, uns um jede Unterstützung bringen, uns von der ganzen Welt absondern und zu einem freudlosen und einsamen Leben gezwungen sein werden.

Die Verschiedenheit der Gesinnung und der Absichten würde sich auch in anderen Belangen offenbaren. Ich würde zum Beispiel merken, daß sie ganz fest wünscht, ich möchte ihr doch ein kleines Geschenk machen, wie es der Verlobte im allgemeinen seiner Verlobten darbringt. Ich zögerte lange, dann schenkte ich ihr etwas, nicht ohne mir vorzuwerfen, einer Konvention nachgegeben, eine sinnlose, unnütze Geste getan zu haben; und ich würde denken, daß ihr Wunsch banal, daß er von einer Art von primitivem Stolz eingeflüstert war. Was sie anbetrifft, wird sie, wenn sie sieht, wie lange ich gezögert habe, und wenn sie ihr Geschenk mit den vielen schönen Geschenken vergleicht, die ihre Freundinnen in solchen

Situationen bekommen, überzeugt sein, daß ich kleinlich und geizig bin und daß meine Liebe selbstsüchtig ist.

Dann wird sie bitten, daß ich sie ins Theater führe, ins Kino, ins Kaffeehaus, zu irgendeinem anderen Treffpunkt, den sie mit ihrer Familie aufzusuchen gewohnt war. Ich stimme natürlich zu, nach einigem Widerstand, aber ich leide nicht wenig, und ich staune, und es tut mir weh, daß ihr solcher Zeitvertreib gefällt. Obschon zufriedengestellt, wird sie, wenn sie den unzufriedenen Ausdruck auf meinem Gesicht sieht, nicht um den Schluß umhin können, daß ich unzuvorkommend bin und unfähig, mich für den anderen aufzuopfern; daß ich ein Mensch sei, mit dem man nur sehr schwer auskommen kann, wenn man nicht alles nach seinem Willen tut.

So würde es sein; und die Aussichten für die Zukunft würden noch schlechter sein. Kummer und Vorwürfe; und dann nachgeben und bereuen, sich Gewissensbisse darüber machen, nachgegeben zu haben; und, schlimmer als alles andere, der Schmerz, weil sie mich zum Nachgeben getrieben hat, weil sie nicht so gewesen war, wie ich sie gewollt hätte.

Schluß jetzt. Meine Einbildungskraft weigerte sich, diese Analysen fortzuführen. Eine einzige Sache war gewiß: daß es unmöglich war. Warum? Aus zu geringer, aus nicht wahrer Liebe meinerseits, weil ich nicht für sie leiden wollte und ihr meine Ansichten und meine Gewohnheiten opfern; oder genau aus dem entgegengesetzten Grund, weil ich sie zu stark liebte, weil ich zu viel von ihr verlangte? Ich weiß es nicht; ich weiß jedoch, daß ich spürte, wollte ich mich nicht eines Tages plötzlich in diesem Zustand unsäglichen Unglücks wiederfinden, daß ich dann alles andere hinnehmen mußte: auch das ewige Bedauern über einen vielleicht dummen, vielleicht nicht frei gewollten Verzicht; auch die Qual und die Nichtbefriedigung der vergeblichen Träume.

Nachdem ich mich auf diese Weise, zumindest für den Moment, davon überzeugt hatte, daß diese Angelegenheit endgültig erledigt war, daß ich von dieser Seite keine Einmischung in mein Leben mehr fürchten mußte, war ich veranlaßt, meine Stellung in der Welt nochmals zu untersuchen, um zu sehen, auf welche Art ich irgendein Gleichgewicht würde finden können. Mir wurde vor allem bewußt, daß ich hier in Rom, auf der Universität, im wahrsten Sinne des Wortes eine verkrachte Existenz war. Nicht nur, daß mich diese Studien ganz und gar nicht interessierten, es bildete sich darüber hinaus die wachsende Überzeugung in mir, daß sie mich niemals würden interessieren können. Selbst unter der Annahme, daß mein momentaner Widerwille, Namen und Zahlen zu lernen, in der Folgezeit schwächer werden könnte und daß mein Gehirn früher oder später neuerlich in der Lage wäre, mit der alten Tüchtigkeit Wissen in sich hineinzufressen, konnte ich mich trotzdem nicht davon überzeugen, daß ich diesen so speziellen und detaillierten Kenntnissen jemals Bedeutung würde beimessen können.

Ich sagte mir aber, daß ich dennoch Befriedigung würde finden können, wenn nicht eine geistige, so zumindest eine des Stolzes. Eben: der Botanikprofessor, der mich immer scheel anschaute, wenn ich hustete (ich war der einzige, der wirklich ein wenig Husten hatte, unter vielen, die husteten, um Krach zu schlagen), das »Fräulein Lehrerin« (so nannten wir spöttelnd seine Assistentin, die bei den Seminarübungen aus Botanik die Leitung hatte), das mich nicht beachtete, weil sie sich nur ihren Schulmädchen widmete, sie würden schon sehen, daß unter all diesen Leuten, die an nichts anderes dachten als daran, wie man den größtmöglichen praktischen Vorteil mit der geringstmöglichen Anstrengung erreicht, daß von allen ich allein etwas wert war. Sie würden bemerken, daß, ging es darum, ein kompliziertes Phänomen klar und ordentlich zu beschreiben, ich allein der Aufgabe gewachsen war, daß man sich, sollte eine langwierige und vertrackte Arbeit mit einem gewissen Scharfsinn durchgeführt werden, nur auf mich verlassen konnte. Ich würde also ihr Lieblingsschüler sein, und kein anderer der Studenten meines Faches würde sich im entferntesten mit mir vergleichen können.

Und dann? Na und? Nachdem ich dies Bild vor mir ausgebreitet hatte, spürte ich, daß mich all das vollkommen kalt gelassen, mir keinerlei Vergnügen bereitet hätte. Darin hatte ich wahrlich einen Zustand von großer und gefährlicher Perfektion erreicht: Mir war an der Meinung, die sich die Leute von mir machten, überhaupt nichts mehr gelegen. Oder, um genauer zu sein, die Mißbilligung anderer rüttelte mich bisweilen auf, doch das Lob bewegte mich nicht.

Gut, lassen wir die anderen außer acht und auch die Meinung der Welt; könnte es denn nicht Befriedigung schenken, sich selber von den eigenen Fähigkeiten zu überzeugen, ein schwieriges Werk glücklich zu Ende gebracht zu sehen? Nach dem Abschluß der Universität würde ich mit größerer Unabhängigkeit arbeiten können. Würde ich dann etwa weniger an der Nützlichkeit meiner Arbeit zweifeln? Jedesmal, wenn ich nahe daran wäre, Schlüsse aus einer meiner Untersuchungen zu ziehen, würde ich mich fragen, ob ich mich wohl nicht irrte, wie sich Hunderte andere vor mir geirrt haben, ob ich wohl auch nicht dabei wäre, über der langen Beschäftigung mit immer dem gleichen Detail, durch das beständige Herumgehen im gleichen Ideenkreis den Wirklichkeitssinn zu verlieren. Und selbst wenn ich mich davon überzeugt hätte, einen Baustein zu einem großen Gebäude beizutragen, würde ich nicht wissen, ob es der Tempel Gottes oder der des Teufels war, der da erbaut wurde.

Nun gut, ich würde mich also überhaupt nicht mit wissenschaftlicher Forschung beschäftigen, würde all meine Kräfte dem Unterricht widmen: dem an höheren Schulen selbstredend, weil mich die Vorstellung überhaupt nicht reizte, von der Höhe irgendeines Universitätslehrstuhles herab predigen zu müssen, stets mit dem Eindruck, daß niemand mir zuhörte, und ohne jede Möglichkeit, die Zuhörer irgendwie aus ihrer Apathie aufzurütteln. Ich sagte und wiederholte es mir, daß ich, ohne fürchten zu müssen, mich da zu irren, behaupten konnte, tatsächlich beträchtliche didaktische Fähigkeiten zu besitzen: Ich durfte mir also vom Unterricht allerhand Befriedigung erwarten, wahrhaft brillante Resultate. Wenn ich mich aber nur für einen Augenblick daran erinnerte, welcher Art heutzutage die Lehrpläne sind, die Bücher, die Direktoren, die Kollegen und die Schüler, wurde mir ohne einen Anflug von Zweifel klar, daß auch das Unterrichten mir nichts würde bringen können außer Sorgen, Verdrießlichkeiten und Enttäuschungen.

Derart argumentierend – ich wollte gleichsam den Beweis für die Richtigkeit meiner Erwägungen suchen, indem ich mir Hunderte konkrete Episoden meines künftigen Lebens als Forscher oder Lehrer vorstellte –, gelangte ich zu einer Reihe von pessimistischen Schlüssen. Ich überzeugte mich davon, daß auf jede Handlung notgedrungen Enttäuschung folgt, weil alle menschlichen Unternehmungen fehlschlagen, mit Ausnahme eines geringen Prozentsatzes, der zu einem teilweisen Scheitern bestimmt ist. Letztere sind vielleicht die Taten, die größeres Leid verursachen, zugleich aber den Fortschritt (oder besser, die Veränderungen) im Leben der Menschheit bewirken.

Außerdem überzeugte ich mich davon, daß der Wille des einzelnen im Vergleich zur Macht des Schicksals so wenig vermag, daß nur, wer von sich selbst eingenommen ist und die eigenen Kräfte enorm überschätzt, glauben kann, es lohnte, zu handeln; nur wenn man die Einwände, die gemacht werden oder gemacht werden könnten, nicht begreift oder nicht begreifen will, kann man zur Überzeugung gelangen, ein bestimmtes Ziel sei gut und legitim.

Schließlich erkannte ich gefühlsmäßig, daß Immoralität und Erfolg zwei engverbundene Dinge sind und genau wie Lebenskraft und Moral in unheilbarem Widerspruch zueinander stehen. Nur durch Taten, die dem eigenen Moralgefühl widersprechen, vermag man den eigenen Willen bei den anderen durchzusetzen. Das hatte für mich eine sehr viel unbedingtere Gültigkeit als die übliche Behauptung, die ich so oft selbst aus dem Mund von Optimisten gehört hatte: daß es für den, der ein Ziel erreichen will, notwendig ist, auf die allzu haarspalterischen moralischen Grillen zu verzichten und sich den Kampfmethoden anzupassen, die von den Umständen diktiert werden. Meiner Ansicht nach waren es aber immer genau die vom moralischen Instinkt verurteilten Taten und Eigenschaften, die den Erfolg im Kampf ermöglichten und bestimmten.

Ich war mir bewußt, daß ich, im Unterschied zu vielen anderen, die größten, vielleicht unüberwindliche Schwierigkeiten haben würde, meinen moralischen Instinkt zum Schweigen zu bringen; anderen gegenüber meinen Willen durchgesetzt zu haben, würde mich nicht wirklich befriedigen; aus der Befriedigung anderer Gelüste würde ich nur geringes Vergnügen ziehen können, da mir andererseits bewußt war, daß mir die nötige Einbildung fehlen würde, um glauben zu können, ich kämpfte für etwas Höheres als für mein individuelles Glück und Wohl. So nahm ich mir vor, mich auf so wenig Abenteuer einzulassen wie möglich, jede »Unternehmung« zu vermeiden.

Zweifellos waren der Unterricht und die Forschung Unternehmungen, und ich mußte darauf verzichten. Ich würde Angestellter werden. Würden mich etwa auf einem Posten weniger Unannehmlichkeiten, weniger Demütigungen, weniger Mühen erwarten? Ich konnte es schwerlich hoffen; es war sogar wahrscheinlich, daß ich von alledem genauso viel haben würde, wie wenn ich Professor oder Wissenschaftler hätte sein wollen. Aber dort wäre es etwas ganz anderes gewesen. Wenn Studium oder Unterricht mir Enttäuschungen oder Scherereien eingetragen hätten, hätte ich mir vorwerfen müssen, daß ich geradezu auf der Suche nach ihnen gewesen war. Den durch eine Anstellung hervorgerufenen Kummer würde ich für unvermeidlich ansehen können. Denn ich mußte doch, solange ich mich nicht entschlossen hätte, von der Erdoberfläche zu verschwinden, meinen Lebensunterhalt verdienen; ich würde es auf eine Art tun, die mir die Ängste fortwährender Ungewißheit ersparte; und ich würde immerhin meinen Tag so verbringen müssen, daß mir nicht zuviel Zeit für unangenehme Selbstgespräche bliebe. Und außerdem zog ich ein sicheres und vorausgesehenes Übel der Bitterkeit vor, Leid und Verdruß dort zu finden, wo ich Befriedigung und Trost hätte suchen wollen.

Ich kam mir jetzt wirklich dazu entschlossen vor, das Studium aufzugeben. Froh hätte ich sein müssen, ein peinigendes Problem gelöst, viele Fehler und Widersprüche vermieden zu haben; zumindest hätte ich mich ruhiger fühlen dürfen. Statt dessen spürte ich noch immer den Wunsch, als Außenstehender ein Urteil über all diese Erwägungen und über meinen Entschluß abzugeben, und war wiederum von Zweifeln und Skrupeln gemartert.

Ich bildete mir ein, über meine Zukunft zu entscheiden, bildete mir ein, aus freien Stücken auf eine Reihe von bestimmten Handlungen aus ganz bestimmten und logischen Gründen zu verzichten. Und doch war ich davon überzeugt daß in der großen Mehrzahl der Fälle »nicht wollen gleichbedeutend ist mit nicht können«. Ich hatte den Verdacht, daß das auch auf meinen Fall zutreffen könnte.

Ich wollte nicht mehr studieren, aber wäre ich, hätte ich es gewollt, dazu imstand gewesen? Bis jetzt hatte ich stets gelernt, das stimmte. Doch es war nicht weniger wahr, daß ich in Rom noch nichts Ernstes getan hatte. Meine Abschreibübungen, meine Zusammenfassungen waren tatsächlich überhaupt nichts wert. Die nötige Mühe, um mir etwas anzueignen und zu merken, schob ich Tag für Tag auf. Wenn ich so vorging, hatte ich meine guten Gründe: Für bestimmte Fächer hielt ich eine solche Anstrengung für überflüssig; bei anderen, wie in der Botanik, dachte ich, daß ich mir, wenn ich zuwartete, ein wenig Arbeit ersparen könnte. Aber waren das nicht Ausreden? Lag die Wahrheit nicht eher da, daß mein Hirn vollkommen erschöpft war, mein Gedächtnis keine neuen Kenntnisse mehr behalten konnte und daß mir die Energien fehlten, um die harte und leidvolle Arbeit des Studiums wiederaufzunehmen?

Gewiß, es geschah nicht zum ersten Mal, daß ich diesen Eindruck hatte; ich hatte ihn schon Dutzende Male gehabt, und doch hatte ich stets noch lernen können. Ja: Aber dies konnte die endgültige Wende sein. Vielleicht war ich gerade jetzt bei der äußersten Erschöpfung angelangt. Und außerdem war ich bislang immer im gleichen Gleis gefahren, hatte stets mit einer Methode gearbeitet, die mir seit Jahren vertraut war. Nun würde ich mich neuen Vorgangsweisen anpassen, mir eine neue Psychologie zurechtlegen müssen. Würde ich dazu fähig sein?

Dazu gab es noch ein anderes Problem. Diese Erwägungen von kurz zuvor, diese Zweifel von jetzt waren vielleicht nur Symptome eines Zustandes psychischer Depression. Und der mochte seinerseits nicht etwa von den pessimistischen Ergebnissen herrühren, zu denen mich meine Analysen geführt hatten, sondern von meinen gegenwärtigen Lebensumständen, von den Auswirkungen, die die neue Umgebung und die neuen Zwänge auf mein Nervensystem hatten. Bis jetzt hatte ich dem Familienleben niemals große Bedeutung beigemessen; ich hatte mir öfters darin gefallen, übertreibend zu behaupten, daß ich meine Eltern als Hausmobiliar betrachtete, als Einrichtungsgegenstände, die uns sehr nützlich sind und die wir recht liebgewonnen haben, auf die wir aber bestens verzichten können. Und auch die Beziehungen zu Freunden, zu Verwandten und alten Bekannten hatte ich nicht ernster genommen.

Jetzt kam mir hingegen vor, daß sie alle für mich notwendig waren, daß ich sie weder ersetzen noch auf ihre Gesellschaft würde verzichten können. Das hing vielleicht mit dieser Art von Greisenhaftigkeit zusammen, von der ich mich befallen fühlte. Tatsächlich: Ich war nicht fähig, neue Beziehungen anzuknüpfen, und mußte mir wahre Mühe geben, um unter neue Leute zu gehen oder selbst unter Menschen, die ich bereits kannte, die mir aber nicht ausreichend vertraut waren. Andererseits stellten die Einsamkeit und die traurigen Gedanken, die sie begleiteten, eine echte Gefährdung für mich dar.

Fühlte ich mich also nicht stark genug, um das Universitätsstudium fortzusetzen, und begann ich damit, gewisse Fragen wieder und wieder zu untersuchen, bis ich schließlich bei der Verneinung von allem anlangte, so konnte das indirekt damit zusammenhängen, daß ich das Fehlen der Familie und der Umgebung, an die ich gewöhnt war, spürte.

Auch all meine anderen Einfälle konnten nach demselben Muster beurteilt werden. Vielleicht verwarf ich die Unternehmungen aus Mangel an Unternehmungsgeist, behauptete, daß jeder Kampf unausbleiblich Leiden und Überdruß zum Gefolge hat, weil ich nicht die Kraft hatte, zu kämpfen; vielleicht schloß ich, daß kein Erfolg mir Befriedigung schenken würde, weil die Erfolge, die ich errungen hatte, mir teuer zu stehen gekommen waren, mir übermäßige Anstrengung abverlangt und mich aufgebraucht hatten.

Alles zusammengerechnet konnte man sich kaum darüber hinwegtäuschen: Ich war etwas wie ein Schwachsinniger. Ich hatte Angst vor dem Leben und vor meinesgleichen, ich fürchtete die Auseinandersetzungen und Kämpfe; ich war unfähig, das Joch abzuwerfen, das mir von meiner tyrannischen Moral auferlegt wurde; zwischen zahllosen Skrupeln, Rücksichten, Ängsten wand ich mich, vermochte kein Gleichgewicht zu finden zwischen meiner Vernunft und meinen Instinkten und versuchte deshalb, Konflikte und Leid zu vermeiden, indem ich mich so vollkommen reglos hielt wie nur möglich.

Wenig half, daß ich mich, um mir Mut zu machen, daran erinnerte, der beste Schüler einer ganzen Schule gewesen zu sein. Wenig zählte, daß ich mir sagte, daß meine Intelligenz dem Vergleich mit der all der Menschen standhalten konnte, die ich bis zu dem Augenblick kennengelernt hatte. Ich war nicht gemacht für den Kampf ums Leben; ich war ein Unglücksmensch, ein Sonderling. Ich mußte an ganz anderes denken als an wissenschaftliche Karrieren und an erzieherische Aufgaben. Es war Gnade, wenn ich um den Preis unzähliger Demütigungen, indem ich mir anschaffen, mich von jedem x-beliebigen Dummkopf drangsalieren und mißachten ließ, einen Zustand von relativer Ruhe und Sicherheit erlangte, wenn ich einigermaßen in Frieden dahinvegetieren konnte, im absoluten Fehlen von Aussichten und Hoffnungen.

Lohnte es, zu leben? Da haben wir die letzte Frage, die ich mir stellte. Ich hatte so lang wie möglich zugewartet, bevor ich sie mir stellte, hatte mir gesagt, daß ich zuerst alle Aspekte meines gegenwärtigen und zukünftigen Lebens abwägen müsse. Jetzt, wo mir schien, an alles gedacht zu haben, mußte ich schließlich auf diese Frage antworten. Und konnte ich anders antworten als mit einem ganz klaren »Nein«?

Wenn ich von einer Universitätsfakultät zur anderen ging, mutterseelenallein einfach so spazierte, kam ich öfter ans Ufer des Tiber, das, zu der Stunde, wo ich dort vorbeiging, in bestimmten Teilen recht wenig besucht war. Der Damm war hoch, das Geländer leicht zu überspringen, besonders dort, wo eine Stiege zum Wasser hinunterführte. Niemand würde mich sehen, und unten strömte der Fluß ziemlich schnell und eiskalt dahin, so daß ich mich, der nicht schwimmen konnte, behindert wie ich war durch meine schweren Kleider, nicht länger als ein paar Sekunden über Wasser würde halten können. Mehr als einmal lehnte ich mich übers Wasser hinaus; mehr als einmal blieb ich lange stehen und betrachtete den Fluß und dachte nach.

Was hielt mich zurück? Gewiß nicht ein Rest von Hoffnung; ich empfand solchen Ekel, daß ich an die Zukunft nicht einmal mehr denken wollte. Und auch nicht die Angst vor dem Jenseits: Ich hatte die instinktive Gewißheit, daß mit dem Tod alles vorbei sein würde. Der Gedanke, daß ich die Überlebenden, das heißt meine Eltern, mit Schmerz erfüllen könnte, ging mir zwar durch den Kopf, doch war er für mich kein Grund zum Zaudern. Wenn sie, mit vielen Illusionen, mich in die Welt gesetzt hatten und ich mißlungen war, so war es ungnädiges Geschick, ein Schicksalsschlag gewesen. Mußte nun ich mich auf die Suche nach weiteren Schicksalsschlägen machen und widerwillig noch so manche Jahre leben? Gewiß, ich würde ihnen mit meinem Tod Schmerz bereiten; aber würde ich sie nicht auch betrüben, wenn ich ein elendes Leben führte? Würde ich sie nicht quälen mit meiner ewigen Unzufriedenheit, mit den stillen und den ausgesprochenen Vorwürfen, die ich ihnen gegenüber nicht würde unterlassen können?

Selbstverständlich hatte ich große Angst vor dem körperlichen Schmerz. Ich gehörte nicht zu jenen, die glauben, daß der Tod Angelegenheit eines Augenblicks ist. In der Vorstellung hatte ich den Tod durch Ertrinken zumindest ein paar Dutzende Male durchgemacht und war zu der Überzeugung gekommen, daß es sich um eine wahrlich schreckliche Angelegenheit handeln mußte. Nichts mag entsetzlicher sein, dachte ich, als der verzweifelte Kampf des Selbsterhaltungstriebes, der, nachdem er sich für einen Moment hatte überwältigen lassen, mit wilder Kraft wieder auflebt, wenn man bereits weiß, daß nichts wieder gutzumachen ist.

Doch vielleicht hätte ich auch diese Angst besiegen können, wäre ich fest entschlossen gewesen. Gerade die Entschlossenheit aber fehlte mir. Um die Kraft zur Entscheidung aufzubringen, wäre es mir nötig gewesen, das Lebensproblem gleichsam wie ein mathematisches Problem aufstellen und lösen zu können: von genau festgelegten Grundsätzen ausgehend, einem exakt erprobten Verfahren folgend. Ich spürte dagegen, daß ich das Problem des Lebens nicht beherrschen konnte, daß mir immer irgendeine Seite davon entging, daß ich mich auf meine Urteilskriterien nicht verlassen konnte: Alles gründete auf vagen Eindrücken, jeder meiner Gedanken und jedes Gefühl war dunklen und undurchschaubaren Einflüssen ausgesetzt.

Wie soll man sich bei so viel Ungewißheit, vor einem solch großen Rätsel, zur Handlung entschließen? War es nicht möglich, daß ich im Begriff stand, eine Verrücktheit zu begehen, daß ich zum äußersten Entschluß nicht auf Grund der Richtigkeit der einen oder anderen meiner Erwägungen gelangte, sondern vielmehr, weil mein Verstand getrübt, meine Nerven angegriffen waren? Mein Skeptizismus hinderte mich, in endgültiger und positiver Form irgendeine Wahrheit für wahr anzunehmen, die ich intuitiv zu erfassen vermeinte; und im Zweifel behielt der Selbsterhaltungstrieb die Oberhand.

Auch das war neuerliches Versagen: Ich war nicht einmal zu dem Entschluß fähig, mich umzubringen. Doch aus dieser Unentschlossenheit erwuchs mir eine andere, die mich, in gewisser Hinsicht, zu Folgerungen zwang, die denen entgegengesetzt waren, die mich bis an diesen Punkt gebracht hatten.

Ich wollte die Studien aufgeben, aber warum? fragte ich mich. Eins war sicher, daß ich mich recht niedergeschlagen und verzagt fühlte. Lag es deshalb nicht auf der Hand, daß ich versuchen sollte, Widerstand zu leisten, zumindest so lange, bis ich in der Lage wäre, meine Situation mit größerer Klarheit zu untersuchen? Wie konnte ich mich auf Überlegungen verlassen, die ich jetzt anstellte? Wie ausschließen, daß ich zum Verzicht nicht vor allem von der absurden Unzufriedenheit des nervenschwachen Menschen gedrängt wurde, durch den quälenden Wunsch, mir selbst zu schaden, vielleicht sogar von diesem gewissen »Widerspruchsgeist«, den mein Vater mir zuschrieb?

Ich konnte zu keiner Entscheidung kommen. Zu Weihnachten fuhr ich für die Ferien nach Triest zurück. Vorsichtshalber räumte ich meine ganzen Sachen, die ich in Rom ließ, in einen Koffer.

Würde ich nicht mehr zurückkehren, würde es für meine Hauswirtin ein leichtes sein, ihn mir rasch zu schicken. Ich war alles andere als bereit, das Studium fortzusetzen, aber wenn ich jetzt behauptete, daß ich entschlossen war, es aufzugeben, würde ich lügen.

Auf der Reise prüfte ich wieder und wieder meine Situation (alles in allem, nebenbei sei's gesagt, werde ich wohl die zur Vorbereitung von zwei oder drei nicht der leichtesten Prüfungen notwendige Energie gebraucht haben, bloß um zu entscheiden, ob ich studieren sollte oder nicht). Das einzige Argument, das mir, ich urteilte auf rein intuitive Weise, irgendeine Gültigkeit zu haben schien, war, daß es weder zu billigen noch nutzbringend ist, zu studieren und Titel zu erlangen zu suchen, wenn man keinerlei Begeisterung für die Wissenschaft hat. Begeisterung hatte ich keine: Über diesen Punkt konnte man nicht im Zweifel sein.

Ich war also dafür, nicht mehr nach Rom zurückzukehren. Aber ich schloß nicht aus, daß ich, würden mir viele Argumente dargelegt, die darauf abzielten, mich zur Fortsetzung des Studiums zu überreden, würde mir, im besonderen, auseinandergesetzt werden, daß ich dabei war, eine Dummheit zu begehen, daß ich die Schwere der Entscheidung nicht begreife, würden die Eltern den berühmten »Widerspruchsgeist« aufs Tapet bringen und darauf bestehen, daß ich es nochmals versuchte, daß ich mich dann bewegen lassen würde, wieder abzureisen.

Ich kam nach Mitternacht zu Hause an, weil der Zug wegen Schneefalls Verspätung hatte. Papa und Mama empfingen mich aufs allerherzlichste, als ob sie wer weiß was für einen Schatz wiedergefunden hätten; sie gaben mir Kakao zu trinken und süße Brötchen zu essen; sie erkundigten sich nach diesem und jenem und fragten mich auch, im Laufe des Gesprächs, beinah schüchtern, welche Absichten ich hätte. Ich, der vermutet hatte, daß sie es nicht einmal für denkbar halten würden, daß ich die Studien unterbrach, war etwas verstimmt. Ich gab ihnen zu verstehen, daß ich sehr wenig Lust hatte, weiterzumachen.

»Ist gut«, sagte Mama, »du bist jung, etwas über siebzehn, hast schon ein Jahr gewonnen, weil du die dritte Klasse des Lyzeums übersprungen hast. Jetzt kannst du hier bleiben oder auch in Rom, um dich auszuruhen und dich dabei mit dem zu beschäftigen, was dir gefällt, und draufzukommen versuchen, welche Studien dir am ehesten passen. Zu Beginn des nächsten Schuljahres wirst du dich entscheiden, und wenn du es wirklich wünschen solltest, wirst du die Schule lassen und dir irgendeine andere Beschäftigung suchen. Jetzt fühlst du dich noch müde von der Anstrengung dieses Sommers. Du wirst sehen, daß sich mit etwas Erholung und Ruhe vieles klären wird und daß du dann deinen Weg wirst finden können.«

Ausgezeichnet: Was konnte ich mehr von meinen Eltern verlangen? Sie gaben mir zehn Monate Freiheit, erlaubten, daß ich mich mit Muße vergnügte. Nicht einmal Fürstensöhne können mehr verlangen.

Also standen mir weitere zehn Monate des Zweifels, der Erörterung mit mir selbst, der Unschlüssigkeit, der Sorgen um die Zukunft, dieser ganz besonderen Unruhe bevor, die mich erfaßte, wenn ich keine ernste Beschäftigung hatte, die einen großen Teil meiner Zeit absorbierte. Danke: Darauf verzichtete ich.

Jetzt hatte ich mich entschlossen. »Morgen werden wir beginnen, eine Anstellung zu suchen«, sagte ich beim Zubettgehen zu Papa.

[III.]

Eine Stelle in irgendeiner Bank, einer Schiffahrts- oder Versicherungsgesellschaft, in einer kleinen oder großen Firma zu finden, war auch alles andere als leicht und erfreulich. Zunächst gab es nicht unbeträchtliche materielle Schwierigkeiten. Obwohl ich ziemlich gut Deutsch und Französisch konnte, das Maschinschreiben beherrschte, dabei war, Stenographie zu lernen, und mich mit jeglichem Gehalt begnügte, war es nicht einfach, jemanden zu finden, der in einer wenig günstigen Zeit, zu Beginn einer schweren Krise, bereit gewesen wäre, im eigenen Büro einen Neuling anzustellen. Man mußte also viel herumrennen und sich den Kopf zerbrechen, und man erkannte, während man von einem zum anderen ging, aus der Gleichförmigkeit der Absagen, daß in Wahrheit recht geringe Chancen bestanden, eine passende Beschäftigung zu finden.

Diese Bemühungen wurden mir noch undankbarer gemacht durch meinen Pessimismus und durch den Wunsch, vorauszusehen, was aus mir werden würde, mir ein möglichst wahres und detailliertes Bild von meiner Zukunft zu machen. Ich nahm an, daß ich niemals auch nur ein mittelmäßiger Angestellter werden würde. Daß ich eine häßliche Schrift hatte, zerstreut, nervös und schlampig war, daß ich nicht über die notwendigen Qualitäten verfügte, um komplizierte Berechnungen anzustellen, um lange, peinlich genaue und eintönige Arbeiten auszuführen, wußte ich. Natürlich würde ich oft Fehler machen, man würde mich einen Idioten nennen, mir gegenüber jede Art von brüsken oder ironischen Bemerkungen fallen lassen und mir androhen, mich hinauszuschmeißen. Und ich, von der Angst bestimmt, keine andere Anstellung zu finden, würde den Mund halten und selbst die gröbsten und ungerechtesten Beleidigungen ertragen müssen.

Als Letztankömmling würden meine Kollegen mich schuften lassen, mir die lästigsten Arbeiten auftragen, mich gleichsam zu ihrem Diener machen. An mir würden sie ihre Bitterkeit, die von verdrossenen, ausgenutzten, unzufriedenen Menschen auslassen und mich mit ihren kleinlichen Manien, wie sie starr gewordenen Gehirnen entspringen, quälen. Ihren Gesprächen und Scherzen würde ich mich nicht anpassen können. Ein Außenstehender würde ich bleiben, wortkarg und sauertöpfisch, und das würde sie ärgern, wie sie mein Ruf als Mensch von intellektuellen Neigungen aufbringen würde, der zu höheren Studien bestimmt war und der sich damit hatte abfinden müssen, einer von ihnen zu werden.

Auch im Privatleben würde es mir nicht an Unannehmlichkeiten und Verdrießlichkeiten fehlen. Bekannte und ehemalige Mitschüler würden mich, mit zuvorkommendem Interesse, fragen, weshalb ich die Universität denn aufgegeben hätte, und an mir wäre es, auf irgendeine Weise zu antworten. Sie würden vorgeben, daß es ihnen leid täte, als würden sie sich wundern, aber aus ihrem Lächeln würde ich herauslesen, daß die Nachricht, »er ist als Angestellter geendet«, nicht für alle betrüblich war. All jene, die früher, als sie mich in der Schule dermaßen überlegen sahen, vielleicht in manchem Augenblick die Ungewißheit empfunden hatten, ob sie nicht weniger intelligent waren als ich, würden meinen Mißerfolg gleichsam als ihre Revanche betrachten. Mein Fall wäre ein neuerlicher Beweis für den bekannten Aphorismus, daß die, die es in der Schule am besten können, im Leben niemals etwas vermögen.

Kurz und gut, wenn ich ein Besiegter, ein Gescheiterter war, so mußte ich mich wohl damit abfinden, mich bemitleiden und verachten und verhöhnen zu lassen. Tatsächlich ließ ich mich nicht allzu sehr vom Tratsch berühren, doch konnte ich, so sehr ich mich auch bemühte, mich nicht darum zu scheren, nicht umhin, mich gedemütigt und noch mehr in Verlegenheit gebracht zu fühlen, wie man es ist, wenn man merkt, daß man Gegenstand der wenig wohlwollenden Neugier von vielen geworden.

So nahm ich, da ich keine Aussicht hatte, die Seelenruhe zu erlangen, die ich so nötig hatte, die erforderlichen Mühen, um eine Anstellung zu finden, ungern auf mich. Bisweilen stiegen mir, dachte ich an meine Aussichten, geradezu die Tränen in die Augen. Doch es war notwendig, sich zu rühren. Es war notwendig, in drei Sprachen, händisch und mit der Maschine, zum dritten, vierten, fünften Mal, immer das gleiche Anstellungsgesuch zu schreiben. Es war notwendig, sich diesem und jenem Büroleiter vorzustellen, der mich mit der Miene eines wohlwollenden Herrschers empfing, von der Höhe seines Thrones herab, den er sicherlich mit Buckeln vor den Vorgesetzten erobert hatte, dadurch, daß er schlecht von seinen Kollegen gesprochen und dank seiner Dummheit keinen Verdacht erregt hatte.

Ich wurde mit jedem Tag skeptischer hinsichtlich der Nützlichkeit meiner Schritte, und manchmal schob ich die Dinge ein wenig auf die lange Bank. Persönlich zum einen oder anderen zu gehen, war mir besonders unerträglich. Ich durchschaute, daß ich mich möglichst ungezwungen, gewandt und selbstsicher hätte zeigen müssen, wollte ich nicht tatsächlich einen ganz schlechten Eindruck machen. Mein Seelenzustand ließ mich aber noch schüchterner, verlegener, noch finsterer und einsilbiger sein als gewöhnlich. Ich bemühte mich, Komödie zu spielen, das gelang mir schlecht, ich schämte mich meiner Unfähigkeit wie auch meiner wenig ehrenwerten Absicht, und so begann ich, jedesmal mit geringerer Zuversicht und mit größerem Widerwillen, wieder von vorn.

Papa, der einerseits heftig wünschte, die Sache schnell zu erledigen, der ungeduldig wurde, wenn die Gesuche für einen bestimmten Tag und die bestimmte Stunde nicht fertig waren oder wenn ich probierte, einen Besuch bei irgendeinem Büroleiter aufzuschieben oder fallen zu lassen, komplizierte andererseits die Dinge mit seinen eigenen Skrupeln. Etliche Leute hätten uns helfen können: In den verschiedenen Gesellschaften und Firmen saßen zahlreiche ehemalige Schüler von Papa, die ihn im allgemeinen in guter Erinnerung hatten und gerne mochten; außerdem gab es etliche Menschen, denen er bei der einen oder anderen Gelegenheit Gefälligkeiten erwiesen hatte. Auf sie zurückzugreifen, damit sie mich einstellten oder meine Anstellungsgesuche bei den verschiedenen Instituten unterstützten, kam Papa erniedrigend vor und so, als würde er außerordentliche Gnaden erbitten. Er wiederholte ständig, daß ich mir meine Stelle allein finden müßte, ohne Protektion oder Beziehungen auszunützen. Manchmal sagte er geradezu, daß ich ihn andernfalls für immer in den Augen der Leute entehren würde. War er von allen geschätzt, trotz seiner im Widerspruch zur allgemeinen Moral stehenden Ideen und Handlungen, so deshalb, weil er immer gegeben und niemals um etwas gebeten hatte; finge er nun an, Gefälligkeiten zu erbitten, griffe er nun auf Protektion zurück – gerade er, der immer gegen die Protektionswirtschaft unseres Kleinbürgertums gewettert hatte –, würden ihn alle verachten.

Ich konnte ihm nicht ganz unrecht geben. Es war allerdings absurd, wenn er annahm, ich könnte mir allein eine Anstellung finden; und es war sehr unangebracht, daß er mir ausgerechnet dann mit Fragen der Würde und Empfindlichkeit daherkam, als ich eher Unterstützung nötig hatte, um die letzten Reste meines Stolzes zu überwinden. Gewiß empfand mein Vater sehr stark die Verantwortung (und vielleicht auch, wenn er es auch nicht zugeben wollte, das Bedauern), mich in die Welt gesetzt zu haben. Für das Wohl seines Sohnes wäre er sicherlich zu Fuß von Triest auf den Gipfel des Mont Blanc gegangen und hätte dreißig Tage gefastet. Aber daß ich ihn darum anging, ohne darauf zu bestehen noch darum zu bitten, meine Dienste als Angestellter Bekannten und ehemaligen Schülern anzubieten, das schien ihm zu viel von ihm verlangt zu sein. Er hatte noch die Illusion von der Würde und bemerkte nicht, daß auch die Würde ein Luxus war wie hundert andere Dinge, den die Reichen und Mächtigen sich leisten konnten.

Da sich in der Frage der Anstellung kein Fortschritt abzeichnete, entschloß ich mich dazu, eine Beschäftigung anzunehmen, die mir von einem Verwandten von Mama angeboten wurde, der einen großen Triestiner Industriebetrieb leitete. Er schlug mir vor, den halben Tag in seinem Büro zu verbringen und Bücher und Zeitschriften mit dem Ziel durchzuschauen, ihn über Fortschritte einer bestimmten industriellen Verfahrensweise zu informieren, die ihn interessierte. In der freien Zeit sollte ich ein paar andere Studien vervollständigen, die mir in der Folgezeit würden nützen können, wollte ich weiterhin bei ihm arbeiten: unter anderem das Studium der englischen Sprache.

So kam es, daß ich begann, eine private Sprachschule zu besuchen, die seit kurzem in Triest existierte. Es war vielleicht das zweite oder dritte Mal, daß ich zu den Englischstunden ging, ich war noch nicht endgültig einem bestimmten Kurs zugeteilt, als ich, in Erwartung des Unterrichtsbeginns, im Wartesaal sitzend, jemanden aus dem gegenüberliegenden Klassenzimmer treten sah, von dem mir in dem Halbdunkel vorkam, daß es Bianca sei: Die Frau hatte dichtes, schwarzes Haar und etwas Besonderes in der Art, sich zu bewegen. Sie ging langsam in Richtung Ausgang, so als ob sie müde oder überdrüssig wäre, und gab, obwohl sie ihr Gesicht mir zugewandt hatte, kein Zeichen, mich bemerkt oder wiedererkannt zu haben.

Anfangs wollte ich absolut nicht glauben, daß sie es wirklich war. Als ich zu den Englischstunden ging, hatte ich tatsächlich gedacht, ich würde ihr begegnen. Doch sofort hatte ich mir gesagt, daß dieser Einfall Unsinn war. Bildete ich mir nicht etwa ein, wo immer ich auch war, ihr begegnen zu können? Sogar in Rom hatte ich bisweilen die unsinnige Gewißheit in mir verspürt, sie könnte plötzlich aus irgendeiner Seitenstraße heraustreten. Es war also nicht weiter verwunderlich, wenn ich jetzt eine andere für sie hielt, wo ich mit dieser Vorstellung hergekommen war. Bianca war schließlich nicht das einzige Mädchen in Triest, das dichtes, schwarzes, gekräuseltes Haar hatte.

Während der Stunde meinte ich, mich beruhigt und davon überzeugt zu haben, daß ich mich getäuscht hatte. Doch ein Rest von Zweifel blieb noch zurück, so daß ich später den großen Stundenplan mit den Namen aller Kursteilnehmer durchsah, der in der Direktion angeschlagen war. Und genau dort, wo ich ihn suchte, stand ihr Name.

Welcher Art mein Seelenzustand in diesen Tagen war? Überflüssig, daß ich versuche, es zu beschreiben. Die Unruhe, die Ungewißheit darüber, was ich hätte anfangen sollen, waren groß, daneben regte sich aber auch ein angenehmes Gefühl der Erwartung, das mir gleichsam Augenblicke des Glücks schenkte. Zum dritten Mal in meinem Leben war ich ihr begegnet, ohne daß ich sie gesucht hätte, ohne daß unsere neuerliche Begegnung unseren früheren Beziehungen in irgendeiner Weise entsprang. Dreimal wiederholte sich dasselbe. Ich glaubte nicht an das Schicksal wie irgendein dummes Weib, aber ich konnte nicht umhin, mich über ein solches Zusammentreffen zu wundern.

In der großen Unsicherheit, in der ich mich befand, neigte ich dazu, dem Weg zu folgen, der mir vom Schicksal gewiesen worden war, und diesmal konnte ich an dem Wink nicht zweifeln. Wir würden uns in einem weit besseren Verhältnis zueinander finden als in der Schule. Wenige und unbekannte Menschen würden uns umgeben: Wir allein würden einander wahrhaftig nicht fremd sein. Die englische Konversation während der Unterrichtsstunden würde uns zwingen, das Eis zu brechen, das Warten in der Vorhalle, der gemeinsame Weg nach Hause würden uns Tausende Möglichkeiten geben, uns unter vier Augen zu unterhalten. Ich begann wiederum darüber zu phantasieren, was ich ihr sagen, wie sie mir antworten würde, und diesmal war meine Phantasie lebhafter denn je.

Gewiß, sie würde sich nach den Gründen erkundigen, die mich dazu gebracht hatten, meine Studien aufzugeben. Ich würde sie ihr erklären. Würde sie mich verstehen, mir recht geben? Ich hoffte schon. Ich meinerseits entdeckte ein neues Motiv, an das ich bislang noch nie gedacht hatte, das aber möglicherweise in entscheidender Weise auf die tiefsten Schichten meiner Seele gewirkt hatte: Ich hatte Rom verlassen und nach Triest zurückkehren wollen, weil sie in Triest war.

Nachdem ich bemerkt hatte, daß Bianca die Englischkurse besuchte, war ich anfänglich nicht im mindesten im Zweifel, daß man mich dem gleichen Kurs zuteilen würde wie sie. Ich wurde tatsächlich, auf meine Art, abergläubisch: Da das Schicksal begonnen hatte, ein so deutliches Spiel zu spielen, kam es mir unmöglich vor, es könnte nicht weitermachen bis ans Ende. Statt dessen teilte man mir ganz andere Mitschüler zu und setzte mir einen ganz anderen Stundenplan fest als ihr. Es war, als ob ich aus einem Traum erwachte. Ich wußte sehr gut, daß man mich, hätte ich darum gebeten, in den Kurs versetzt hätte, den ich vorzog. Es lag also an mir zu entscheiden, nicht am Schicksal. Das Geschick ist blind und teilt keine Winke aus: Ich mußte allein mit der Sache fertig werden.

Und neuerlich verfiel ich der Unschlüssigkeit. Wie sollte ich nur darum ersuchen, ausgerechnet zusammen mit ihr die Kursstunden zu nehmen? Und weshalb es überhaupt tun? Ließ ich mich nicht vielleicht von einem Moment der Verrücktheit mitreißen, von den Träumen eines Gehirns, das bereits jegliches Gleichgewicht verloren hatte? War ich nicht schon etwa hundertmal zu dem Schluß gekommen, nach hundert verschiedenen Erwägungen, daß bereits nichts mehr mich an sie binden konnte? Hatte ich nicht schon beschlossen, fest und unwiderruflich beschlossen, diesen Fall für erledigt anzusehen? Warum mich jetzt einer fatalistischen Vorstellung vom Leben ergeben, wo ich bis vor kurzem ganz anders gedacht hatte? Warum mich auf diese meine Erwägungen von heute verlassen, die vielleicht von momentaner Verwirrung beeinflußt waren, von vager Illusion, von der Müdigkeit, entstanden aus so vielen Kämpfen, aus so viel Leid, und nicht auf die, die für so lange Zeit, begründet auf Vernunft und Unvoreingenommenheit, in mir bestanden hatten?

Ich fühlte mich wie gelähmt und ließ in dem Zustand zu, daß man über mich bestimmte, wie man wollte. Im Grund, so sagte ich mir, war es nicht schlecht, einige Zeit vergehen zu lassen. Jetzt war ich zu sehr durcheinander; vielleicht würde ich mit ein wenig Ruhe auf überlegtere Art zu einer Entscheidung kommen, besser begreifen können, was wirklich mein Wunsch war. Gegebenenfalls würde es mir ein Leichtes sein, mich in der Folgezeit in einen anderen Kurs versetzen zu lassen.

Alles, was ich tun konnte, war, zu der Zeit über die Piazza della Borsa zu gehen, von der ich annahm, daß sie sie dann überqueren mußte, wenn sie vom Unterricht heimging. Drei- oder viermal traf ich sie nicht. Vielleicht ging sie nach dem Englischkurs anderswohin.

In der Zwischenzeit begann ich zu zweifeln, mich mit den üblichen erniedrigenden Gedanken zu quälen. Was konnte sie an mir interessieren? Was war ich in ihrem Leben mehr gewesen als ein stummer und belangloser Komparse? Wie denn annehmen, sie könnte für ein Wesen von meinen äußeren Qualitäten anderes empfinden als Gleichgültigkeit oder Abneigung? Und sollte sie erraten haben, welcher Art meine Gefühle für sie waren, sollte sie meine Zweifel erahnt haben, mußte sie mich dann nicht noch mehr verachten und auslachen, wenn sie sah, wie ich mich benahm?

Eines Tages hatte ich, während ich mich zur gewohnten Stunde auf der Piazza della Borsa aufhielt, die Gewißheit, daß sie vorbeikommen würde. Ich blieb vor einem Zeitungskiosk stehen, und tatsächlich ging sie ganz nah an mir vorüber, streifte mich fast und sah mich sicherlich, obwohl sie sich in keiner Weise etwas anmerken ließ. Sie ging mit kleinen, schnellen Schritten, flink und gradaus, mit hochmütigem und selbstsicherem Gehaben, und sie kam mir so schön und elegant vor, wie ich sie niemals gesehen hatte. In der Art, wie sie sich trug, gab es nichts mehr von diesem kindlichen Hin- und Hergewackel, wie es für sie so charakteristisch gewesen war. Jetzt war sie tatsächlich eine junge Dame, ein erwachsener Mensch, der mit mir, dem ewigen Schuljungen, nichts mehr gemein hatte; der nur mit Gleichgültigkeit an das bereits überwundene Lebensstadium zurückdenken konnte, an das ich ihn erinnerte.

Daß sie an mir vorübergegangen war, ohne mich auch nur eines Blickes zu würdigen, schien mir auf die Absicht hinzudeuten, mir gegenüber fast Teilnahmslosigkeit und Verachtung zur Schau zu tragen. Gewiß hatte sie gehört, daß ich mein Studium aufgegeben und mich darein gefunden hatte, ein kleiner Angestellter zu sein. In ihren Augen war ich wahrscheinlich nur intellektuell von Bedeutung gewesen. Jetzt war ich nicht einmal mehr das, und Bianca sah mich nunmehr als Nichtsnutz an. Ich war ein Besiegter, und sie behandelte mich so, wie man Besiegte behandelt, mit Geringschätzung und indigniert.

Mein Nachhauseweg ließ mich ihr folgen. Ich, der seinerzeit hatte stehenbleiben müssen, um sie nicht zu überholen, der sich auf dem Schulweg hatte bemühen müssen, so langsam zu gehen wie sie, fühlte mich jetzt dermaßen müde, schwach und niedergeschlagen, daß ich mit ihr nicht Schritt halten konnte. Und tatsächlich ließ ich es zu, daß sie in der Menge verschwand.

Dann sah ich sie wiederum etliche Tage nicht. Sollte sie ihren Englischkurs aufgegeben haben? Sollte sie krank geworden sein? Ich entschloß mich dazu, den Stundenplan der Schule neuerlich durchzusehen, und entdeckte, daß ihr Name nicht mehr dort stand.

Tage später stieg Bianca in dieselbe Straßenbahn ein, in der Consigli und ich fuhren. Wir saßen im vorderen Teil des Beiwagens, und sie stellte sich auf die hintere Plattform des Triebwagens. Sie kam mir traurig und mürrisch vor, und ich sah, daß sie ihr Tennisracket bei sich trug. Es war unmöglich, daß sie uns nicht bemerkt hatte: Sonst hätte sie uns wohl nicht gleich den Rücken zugekehrt, ohne sich umgeschaut zu haben. Wie auch immer, ihr Benehmen war nicht normal. Es stimmte, daß sowohl ich als auch Consigli sie fast nie grüßten. Doch wir grüßten auch andere ehemalige Mitschülerinnen nicht. Keine hätte uns aber auf diese Art den Rücken gewandt, wie sie es tat. Die anderen hätten sich vielmehr so hingestellt, daß sie uns aus den Augenwinkeln beobachten und uns hätten zeigen können, daß sie uns lächerlich fanden.

Consigli sagte zu mir: »Hast du gesehen, was für ein schönes Mädchen die Sorani geworden ist? Fast bekomme ich Lust, auch Tennis zu spielen. Schade, daß ich mit ihr verstritten bin, seit sie mir durch meine Cousine hat sagen lassen, daß sie mich für einen Trottel hält.« Ich antwortete nicht, natürlich: Vag zustimmend nickte ich mit dem Kopf.

Was mein Augenmerk in diesem Moment auf sich zog, war das unästhetische Aussehen ihres Nackens, der der Mode von damals gemäß rasiert war. Mir war es, als hätte man ihr eine Demütigung zugefügt. Eigenartig: Auch ihr Gebaren kam mir jetzt wie das eines Menschen vor, der sich gedemütigt fühlt. Ich verlor mich in Mutmaßungen. Schämte sie sich vielleicht, daß wir sie in Ausübung ihrer Rolle als junges, heiratsfähiges Mädchen überrascht hatten? Oder war sie böse auf mich, wollte sie mir ihre Mißbilligung darüber bekunden, daß ich meine Studien nicht fortgesetzt hatte?

Weder die eine noch die andere Hypothese überzeugte mich besonders; doch mir zog sich das Herz zusammen, wenn ich sie so mürrisch sah, und ich empfand starken Schmerz bei dem Gedanken, daß ich mich ihr nicht erklären konnte, daß ich nichts unternehmen konnte, um in ihrem Ansehen wieder zu steigen. Hätte ich damals gewußt, was ich zwei oder drei Wochen später erfuhr, so hätte ich angenommen, daß sie aus ganz anderen Gründen traurig und zerknirscht sein mochte.

[IV.]

Am 21. April jenes Jahres – wir schrieben 1926 – hatte ich, da die feierliche Festivität des Jahrestages der Gründung Roms wiederkehrte, vormittags und nachmittags frei. Ich nutzte den Tag aus, um zusammen mit einigen Bekannten einen Ausflug in den Karst zu machen. Weil zwei in unserer Gruppe Lehrer waren, wurde viel über die Schule und die Gentile-Reform geredet. Doch der Sohn meines Chefs, der mit uns war, nahm an unseren Gesprächen nicht teil. Er ging mit dem einzigen Mädchen der Gesellschaft ein paar Schritte voran und machte ihr den Hof: Und sie ließ es sich gefallen. Sie sagten einander dummes Zeug, geziert und geschmacklos; wenn ich, machten wir halt, ihre Worte hörte, wurde ich fast ihretwegen rot. Im übrigen, was ging es mich an? Ein klein wenig vielleicht schon. Ich kam um den Gedanken nicht herum, daß irgend jemand sich Bianca gegenüber wohl mehr als einmal so verhalten haben mochte wie jetzt der Sohn meines Chefs, daß sie sich gewiß ganz ähnlich aufgeführt hatte wie dieses Mädchen jetzt mit ihm. Trotzdem war der Ausflug nett und angenehm und meine Stimmung besser als seit langem.

Abends, während des Nachtmahls, fühlte ich mich ein wenig müde und verfolgte mit geringer Aufmerksamkeit die Plaudereien, die um mich herum in Gang waren, und die Erzählungen Großmutters. Nachdem sie über anderes geredet hatte, nannte Großmutter auf einmal die Mutter des Herrn Sorani, die sie vor kurzem in der Straßenbahn getroffen hatte. Der Name machte mich sofort hellhörig. »Es ist lange her, daß wir uns nicht gesehen haben«, sagte Großmutter, »und wir haben über viele Bekannte von früher gesprochen. Wie alt sie geworden ist! Stellt euch vor, eine ihrer Enkelinnen ist schon verlobt: die zweite Tochter der Soranis, Bianca. Ich glaube, es ist genau die, die mit dir in der Schule war«, fügte sie hinzu und wandte sich zu mir her.

Gewiß, während meine Großmutter so redete, schlug mein Herz kräftig, und mein Verstand kam mir wie betäubt vor, als hätte ich einen starken Schlag ins Genick erhalten. Doch meine Gefühlsregung war nicht viel größer, als sie gewesen wäre, hätte mir jemand erzählt, daß er Bianca auf der Straße getroffen hatte.

Aus alter Gewohnheit, gleichsam instinktiv, bemühte ich mich, meine Verwirrung zu verbergen, und für einige Sekunden verscheuchte die Sorge darum alle anderen Gedanken. Das Thema wurde gleich fallen gelassen, weil Großmutter sich nicht mehr an den Namen des Verlobten erinnerte, der ihr doch erst kürzlich gesagt worden war. Ich hörte deshalb nicht mehr zu und versuchte nachzudenken.

Zwei entgegengesetzte Tendenzen kämpften in mir. Einerseits hatte ich mich in der letzten Zeit daran gewöhnt, von nichts mehr Notiz zu nehmen, so gut es anging, zu vermeiden, etwas zu erfahren, etwas zu hören und darüber nachzudenken. Doch auf der anderen Seite erwachte in mir wieder das alte Verlangen, mich selbst zu analysieren, den Fragen entgegenzutreten, mir stets darüber Klarheit zu verschaffen, wie die Dinge lagen, sie unter allen möglichen Gesichtspunkten zu prüfen.

In jener Nacht schlief ich nicht. Eine ganz natürliche Sache im übrigen, war mir auch Schlaflosigkeit bis dahin gänzlich unbekannt: Ich war es nämlich gewöhnt, durch das Schlafen dem Leben und Nachgrübeln aus dem Weg zu gehen: Ich schlief zehn Stunden oder mehr täglich und war sehr oft schlaftrunken.

Schlief ich diese Nacht nicht, so war der Grund dafür nicht Schmerz und Verzweiflung. Ich verbrachte die Nacht vielmehr in einem Zustand von Wahnwitz, inmitten eines Gewirrs wenig klarer Gedanken, absurder und wenig begründeter Gefühle.

Dieselbe Konfusion, dieselbe Unruhe, die gleichsam keine Überlegung von klarem Verstand zuließen, dauerten in mir durch die zwei folgenden Tage an. Ich versuchte, eine logisch schlüssige Rechtfertigung für meine relative Gleichgültigkeit zu finden. Ich sagte mir, daß sich für mich nichts verändert hatte, daß ich keinen Grund hatte, jetzt, nachdem mir diese Nachricht bekannt geworden, von größerem Schmerz erfüllt zu sein, als ich es zuvor gewesen war. Vor Tagen war mir Bianca genauso fern und unerreichbar gewesen. Hatte ich mich nicht etwa freiwillig von ihr abgewandt oder zumindest auch freiwillig? Hatte ich nicht immer angenommen, daß sie, führte sie nur lang genug das Leben eines heiratsfähigen jungen Fräuleins, den Gemahl schließlich finden würde? Bestimmt, aber ich hatte geglaubt, daß das erst in einigen Jahren passieren würde. Die Ereignisse hatten sich allerdings überstürzt. Doch welchen Unterschied machte das? Ein wenig früher oder ein wenig später mußte der logische Schluß doch kommen, und die Schlacht, die ich, gewollt oder nicht, mit meiner Liebe aufgenommen hatte, konnte doch nur mit meinem vollständigen Sieg enden. Mußte ich nun betrübt sein, wenn dieser Sieg durch das Eingreifen eines unbekannten und unerwünschten Alliierten noch schneller eintrat und deutlicher ausfiel?

Nur die Trauer, die nicht verabsäumt hatte, sich in diesen letzten Monaten Tag für Tag spüren zu lassen, war jetzt in mir profunder, bestimmte längere Zeitabschnitte hindurch meine Gedanken. Es handelte sich jedoch um eine, nennen wir es so, ein wenig akademische Trauer, um eine resignierte Trauer.

Mich peinigte der Wunsch zu wissen. Wer war dieser Verlobte? Welcher Art waren seine Gefühle und seine Absichten? Und war Bianca zufrieden? Oder war sie resigniert? Oder gab es in ihr einen unterdrückten Wunsch nach Auflehnung? Die wahrscheinlich zutreffendste Vermutung, unter Berücksichtigung des Milieus, in dem Bianca lebte, war die, daß es sich um eine Vernunftehe für beide Teile handelte. Bisweilen kam mir allerdings vor, daß man sich in Bianca nur verlieben könne, daß man sie unmöglich mit Ruhe und Unvoreingenommenheit in Betracht ziehen konnte: Entweder man befaßte sich überhaupt nicht mit ihr, oder man denkt an sie, wie ich es getan hatte. Und sollte er sie tatsächlich wirklich lieben, dann war es nicht ausgeschlossen, daß Bianca seine Liebe erwiderte.

Dann machte ich wieder eine hoffnungsvolle Rechnung auf und hielt es für unvorstellbar, daß im wahrscheinlichen Fall Bianca sich ohne weiteres und zufrieden in die Ehe würde finden können: Im Gegenteil, es war anzunehmen, daß sie ihm gegenüber sogar etwas wie Widerwillen empfand. Ich verscheuchte dann auch diesen Gedanken, beschuldigte mich der Übertreibung und dessen, daß ich Bianca meinen widerspenstigen und kaum formbaren Charakter zugeschrieben hatte. War es nicht in Wirklichkeit wahrscheinlicher, daß sie denjenigen, der ihr die Ehre erwiesen hatte, um ihre Hand anzuhalten, der sie über all ihre Kameradinnen und Freundinnen um ein Stück erhöht hatte, daß sie den mit Sympathie und Dankbarkeit betrachtete? Wie gewöhnlich schwankte mein Denken, weil mir jegliches positive Element im Urteilen fehlte, zwischen den entgegengesetzten Auffassungen hin und her, ohne sich irgendwo festmachen zu können.

Drei oder vier Tage nach Großmutter hinterbrachte Consigli mir dieselbe Nachricht, fügte allerdings einige Einzelheiten hinzu. »Soll ich dir was erzählen«, begann er in seiner gewohnten Art. Um das Erröten zu vermeiden und der Verwirrung zuvorzukommen, versuchte ich mich zu überzeugen, daß Consigli mir von Bianca reden werde; ja, ich versuchte sogar, mir vorzustellen, daß er mit seinem Bericht bereits zu Ende wäre. In der Zwischenzeit versicherte er mir, daß die Neuigkeit diesmal wirklich außergewöhnlich war, unglaublich, und dann sagte er mir, wobei er unversehens von der Einleitung zum Kern der Sache kam, daß Bianca Sorani sich verlobt habe, und dann schaute er, ob ich überrascht war.

Überrascht von dieser Nachricht war ich überhaupt nicht; ich war aber erstaunt, daß Consigli sie mir mitteilte. Trotz der geistigen Einstimmung, die ich mir aus Umsicht auferlegt hatte, hatte ich im Grunde nicht geglaubt, daß er ausgerechnet darüber reden würde.

Ohne daß ich eine Frage gestellt hätte, fuhr Consigli in seinem Bericht fort. Ein Freund hatte es ihm erzählt, der es seinerseits von einigen unserer ehemaligen Mitschülerinnen erfahren hatte, die mit ihm zusammen die Fakultät der Wirtschafts- und Handelswissenschaften in Triest besuchten. Der Verlobte hieß Aldo Forti, mochte fünfundzwanzig Jahre oder etwas älter sein und arbeitete ausgerechnet unter Biancas Vater.

Diese Koinzidenz, daß der Verlobte und Biancas Vater Angestellte der gleichen Firma waren, ließ mich mehr denn je davon überzeugt sein, daß es sich um eine von den Familien der Verlobten arrangierte Heirat handelte. Dieser Herr Aldo Forti heiratete Bianca vielleicht nur aus dem Grund, weil ihm ihr Vater ein gutes Vorankommen garantiert, dachte ich einen Augenblick. Dann fiel mir auf, daß das wenig wahrscheinlich war. Daß es sich um eine Vernunftehe handelte, war äußerst wahrscheinlich, die ausschlaggebenden Gründe aber mochten andere sein. Biancas Vater besaß vielleicht nicht genügend Einfluß, um die Karriere eines anderen zu erleichtern, wenn er auch – wie ich gehört hatte – erst kürzlich eine bedeutende Beförderung erfahren hatte.

Consigli erzählte mir am nächsten Tag, daß er Bianca begegnet war, festfest um den Arm ihres Verlobten geklammert; daß er sie dann neuerlich im Café mit ihm gesehen hatte und daß sie, als sie bemerkte, beobachtet zu werden, rot geworden war. Liebten sie einander also? War das möglich? Tsa!

Ich wünschte mir sehr, und zugleich fürchtete ich es, ihr auf der Straße zu begegnen. Würde ich sie nur ein einziges Mal sehen, wenn auch nur flüchtig, so konnte ich mir über ihren Seelenzustand klar werden, davon war ich überzeugt; und deshalb wollte ich sie sehen. Andererseits wußte ich, daß die nächste Begegnung mit ihr eine schwere Prüfung für mich sein würde. Ich war entschlossen, ganz fest entschlossen, sie zu grüßen. Sollte sie je von meinen Gefühlen für sie etwas geahnt haben, so wollte ich, sie möge aus meinem Gruß erkennen, daß ich alles für beendet betrachtete, daß ich nichts anderes wünschte als ihr Wohl. Ich wußte allerdings auch, daß, sie zu grüßen, für mich mehr denn je ein schwieriges Unterfangen sein würde.

Ich begegnete ihr tatsächlich wenig später am Meereskai. Sie ging mit ihrer Mutter, und mir war klar, daß ich die Mütze zu ziehen hatte. Ich tat es, und dies war das erste und letzte Mal, daß ich sie anders als mit einem Kopfnicken grüßte. Sie antwortete mir hastig, zerstreut und schaute sofort weg, so als ob ihr daran läge, nicht einmal für eine Sekunde das Gespräch zu unterbrechen, das sie gerade mit ihrer Mutter führte. Obwohl ich wegen meines Grußes über die Maßen besorgt und in Verlegenheit war, obwohl ich sie nur einen Moment lang angeschaut hatte, war mein Eindruck sofort der, daß ihr Gemüt alles andere als heiter war.

Wäre sie wirklich glücklich gewesen, hätte sie sich durch meinen Gruß nicht belästigt gefühlt. Ich meinte zu durchschauen, warum sie nun meinem Gruß ostentativ wenig Bedeutung beilegte, sie, die mich einst bei anderen Gelegenheiten als erste gegrüßt, die mich ernst und traurig angeschaut hatte, wenn ich vorgegeben hatte, sie nicht zu sehen, die sogar die Augen niedergeschlagen hatte, um mich nicht in Verlegenheit zu bringen. Sie dachte wohl, daß ich ahnte, in welcher Situation sie war; sie war sich wohl bewußt, schlecht daran zu tun, sich aus Gründen der Konvenienz zu verehelichen.

Es konnte nicht anders sein. Wäre sie verliebt gewesen, so wäre sie zu allen freundlich gewesen, auch zu mir, der ihr gegenüber doch so ruppig gewesen war. Und hätte sie irgend etwas hinsichtlich meiner Gefühle für sie geargwöhnt, dann hätte sie mich mit aufrichtigem Mitleid und mit Freundschaft angeschaut. Nein, ihr Gewissen war bestimmt nicht ruhig.

Am Tag danach sah ich sie wieder, zur gleichen Stunde, fast auf demselben Platz. Um sie herum waren drei oder vier Fräulein. Man sah, daß sie wohl Verwandte oder gute Bekannte waren, die sich erkundigten und sie beglückwünschten. Sie war barhäuptig, rot im Gesicht, redete schnell, fast laut, und gestikulierte in ihrer gewöhnlichen schroffen und unberechenbaren Art.

Ich schlug förmlich einen Bogen um die Ecke des Gehsteigs, wo sie mit ihrer Gruppe stehengeblieben war, und grüßte mit Mühe im Weggehen. Sie antwortete mir nicht. Vielleicht hatte sie mich nicht gesehen; vielleicht hatte sie angenommen, ich würde vorgeben, sie nicht zu sehen, und hatte deshalb nicht in meine Richtung geschaut. Jedenfalls war es bis jetzt noch nie vorgekommen, daß sie auf meinen Gruß nicht geantwortet hatte.

All das machte einen traurigen Eindruck auf mich. Diese Gesprächigkeit, diese Aufregung deuteten für mich auf nichts Gutes hin. Sie wäre ruhiger gewesen, wenn sie den Verlobten wirklich gern gehabt hätte; wäre vielleicht ein wenig traumverloren gewesen, hätte kaum, verlegen lächelnd und doch mit Anmut, auf die Fragen der Freundinnen geantwortet.

Bianca hingegen war wohl zufrieden, aber nicht seelenruhig glücklich. Sie mochte befriedigt sein von der neuen Bedeutsamkeit, die sie in den eigenen Augen und denen ihrer Umgebung erlangt hatte. Sie mochte froh sein, so viel zu tun zu haben, anschaffen zu können, nach ihrem Kopf schalten zu können, sich von den Erwachsenen tatsächlich gleich auf gleich behandelt zu sehen. Es mochte sie befriedigen, sich bewundert zu fühlen, sich von einem ernsten Mann angenommen und vielleicht ein wenig verwöhnt zu sehen, einem Mann, der eine gute Partie darstellte, der unter den vielen ausgerechnet sie gewählt hatte. Und sie durchschaute wohl nicht, wie häßlich, wie traurig es war, sich ohne Liebe zu verehelichen, mit achtzehn Jahren.

Ich begann mich zu quälen. Sie nur ein paarmal auf der Straße flüchtig gesehen zu haben, fing an, die vorhergesehene und unvermeidbare Wirkung zu üben. Wenn ich bedauerte, was Bianca tat, geschah dies aber vor allem deshalb, weil ich mich noch nicht recht an die Vorstellung gewöhnt hatte, daß es absolut keinen Grund gab, daß sie denken und handeln sollte, wie ich es gewollt hätte.

Es waren zwei Träume, die mich in die Wirklichkeit zurückbrachten.

Mir kam vor, neben einem Herrn mit schwarzem Bart dahinzugehen, und ich achtete nicht darauf, ihm richtig ins Gesicht zu schauen, doch ich wußte, daß er der Herr Sorani war (in Wirklichkeit kannte ich Biancas Vater damals nicht einmal vom Sehen). Ich sprach mit ihm ziemlich vertraulich, und mir war, als ob zwischen uns eine gewisse gegenseitige Sympathie bestünde. »Schade, wirklich sehr schade, daß ihr sie aus der Schule genommen habt«, sagte ich zu ihm (es handelte sich natürlich um Bianca): »Aber sie hat nicht lernen wollen ...! Sie hat sich einen Vierer in Griechisch und Fünfer in Latein und Mathematik eingehandelt ...« (das waren die Noten, die Alda in der vierten Klasse Gymnasium bekommen hatte und die Tante Vera dazu veranlaßt hatten, sie ins Internat zu geben: Ich vermengte wohl im Traum die beiden Personen). – »Umsonst! Und doch war sie ein intelligentes Mädchen, das es gut hätte schaffen können, etwas Ordentliches hätte werden können.«

Hier unterbrach ich mich: Zu stark spürte ich meine Traurigkeit, um fortfahren zu können. Ich spürte, genau als ob ich wach gewesen wäre, daß ich nicht mehr imstand war, ungezwungen zu sprechen, daß die Gefahr bestand, ich könnte mich verraten. Was mir mein Gesprächspartner antwortete, weiß ich nicht: vielleicht nichts. Plötzlich dachte ich an die Frage der Verlobung. Mir fiel ein (man sieht, daß man im Traum bisweilen kuriose Ideen hat), daß diese Verlobung eine Notlösung sein könnte, daß sie sie verlobt hatten, weil sie nicht hatte lernen wollen.

Ich konnte nicht mehr an mich halten. »Und jetzt«, fragte ich, »ist sie zufrieden?« Ich hörte eine eigentümliche, tiefe, betrübte und halblaute Stimme mir antworten: »Schwer zu sagen. Aber die Mama ist überaus zufrieden, und in solchen Fragen, man weiß ja, sind die Töchter, wenn die Mütter zufrieden sind, nicht zufrieden, und umgekehrt.« (Etwas Derartiges hatte ich niemals gedacht noch je sagen gehört. Seltsam, daß man sogar Aphorismen träumen kann.)

»Und Sie sagen nichts, widersetzen sich nicht, unternehmen nichts, um es zu verhindern? ...« Ich war von Angst, Unruhe und Verzweiflung erfüllt, ein ohnmächtiger Wunsch nach Auflehnung hatte mich gepackt, wie ich ihn vielleicht seit Jahren im wirklichen Leben nicht empfunden hatte. Der andere schüttelte den Kopf; immer trauriger. Dann vermischte sich alles, ich fühlte, daß ich nicht mehr reden konnte, wie ich weggezogen wurde unter andere Leute, und der Traum nahm einen ganz anderen Lauf.

Den zweiten Traum hatte ich kurze Zeit später, vielleicht in der folgenden Nacht. Ich meinte im Haus der uns befreundeten Familie Vivan zu sein. Frau Vivan wollte mich in ihren Garten führen (in Wirklichkeit hatte sie überhaupt keinen Garten), doch ich sträubte mich ein bißchen dagegen. Ich dachte, im Garten würden noch andere Leute sein, und ich hatte keine Lust, mich auf neue Bekanntschaft einzulassen. Frau Vivan insistierte, und ich gab nach. Wir gingen die Stufen hinunter; ich begann mich immer unruhiger zu fühlen, gleichsam so, als ob ich eine unerfreuliche Vorahnung hätte.

Da sind wir im Garten: Er war ganz klein. Es handelte sich, eher als um einen Garten, um einen Hof mit ein paar Bäumen und Büschen. Einige Menschen hielten sich dort auf, die mir anfänglich unbekannt vorkamen, die ich aber dann, mit einiger Anstrengung, nacheinander erkannte. Es waren Biancas Mama und ihre Schwestern. Sie achteten nicht auf mich. Frau Vivan begann mit ihnen zu plaudern, wobei sie immerhin auch ab und zu ein paar Worte an mich richtete. Sie hatte mich nicht vorgestellt, bestand nun nicht darauf, daß ich am Gespräch teilnähme, und dafür war ich ihr dankbar. Ich fühlte mich ein wenig ruhiger und beobachtete.

Frau Vivan war geschwätzig und lebhaft wie immer. Die anderen hingegen kamen mir ernst, fast bekümmert vor. »Was ist mit Bianca los?« fragte ich mich. »Warum ist sie nicht mit dabei?« Ich schaute mich um, und auf einmal bemerkte ich, daß auch sie im Garten war, ein wenig abseits von den anderen. Sie stand an ein Mäuerchen gelehnt und wandte uns den Rücken zu. Wieso hatte ich sie denn nicht früher gesehen? Sie war doch so nah und der Garten so klein! Und warum steht sie so reglos da? Warum hat sie sich abgesondert? Hat sie mein Kommen nicht bemerkt? Hat sie Frau Vivan nicht gegrüßt?

Während ich mir diese Fragen stellte, näherte sich ihr die kleine Schwester, jene, die ihr früher so ähnlich war, ganz still, legte ihr den Arm um die Schultern und sagte zu ihr: »Bianca, Bianchina, mein Schwesterlein, ich will nicht, daß du weggehst, ich will nicht, daß du uns verläßt, ich will nicht, daß du auf die Universität gehst, wo man so viele häßliche Dinge lernt.«

Ich fuhr aus dem Schlaf hoch.

Ich erinnere mich nicht, habe ich sie irgendwo gelesen oder habe ich sie selbst erfunden, diese seltsame Definition der Liebe: und zwar, daß die Liebe ein glücklicher Kompromiß zwischen Ego- und Altruismus ist. Bis dahin hatte ich mir immer vorgeworfen, in meiner Liebe allzu egoistisch gewesen zu sein; mich zu sehr um meine Gefühle, meine Phantasien und Zweifel gesorgt zu haben; kurz und gut, Bianca nur insoweit geliebt zu haben, als sie Spiegelbild meines Denkens und meiner Seele gewesen war. In diesen Tagen mußte ich bemerken, daß auch in meiner Leidenschaft mehr Altruismus steckte, als ich mir vorgestellt hätte.

Solange ich daran gedacht hatte, was ich verloren, daran, was diese Verlobung für mich bedeutete, war ich fast gleichgültig geblieben; ich hatte mich ein bißchen bei dem Gedanken beunruhigt, daß Bianca dabei war, eine wenig schöne Handlung zu setzen, daß es ihr an moralischem Feingefühl mangelte; jetzt erst, wo sich in mir die Überzeugung herausbildete, daß Bianca widerstrebend den Willen der Ihrigen über sich ergehen ließ, daß diese Verlobung ein widerwillig angenommenes Opfer war, jetzt erst begann ich »zu begreifen«, fing ich an, in Verzweiflung zu geraten und mit meinem Schweigen und mit meinem Unvermögen zu ringen.

Tags darauf sah ich, als ich vom Büro heimging, vor mir ein Paar, Arm in Arm. Sollten sie es sein? Nein, es kam mir nicht so vor. Sie trug ein sehr einfaches Kleidchen, das Kleid einer Frau aus dem Volk. Und doch ... Ich beschleunigte den Schritt, um sie einzuholen, ich überquerte die Straße, um heranzukommen. Tatsächlich, sie war es. In dem Augenblick, als ich sicher war, sie erkannt zu haben, machte ein Auto, das mit den Reifen über die eiserne Deckplatte einer Straßenbahnweiche fuhr, hinter mir Krach: Meine Aufmerksamkeit war derart angespannt, daß ich arg zusammenzuckte.

Ich faßte mich gleich wieder und fuhr fort, ihnen zu folgen und sie zu beobachten. Er war ein von der Statur her kleiner Mann, einige Zentimeter kleiner als sie; er hatte einen breiten Rücken, die Figur war auf unangenehme Weise gedrungen. So von hinten gesehen, erinnerte er mich in den Bewegungen, in der Haltung, an den Professor Terni. Er hielt sie fest am Arm, gleichsam mit Präpotenz, wie um sein Recht zur Schau zu stellen, kam mir vor. Und ich hatte den Eindruck, daß er wohl, wie Professor Terni, ein grober, despotischer, unvernünftiger Mensch war.

Unsere Wege trennten sich, und ich kehrte, da ich ihnen nicht länger folgen konnte, voll trauriger Gedanken nach Haus zurück.

So hatte ich mir Biancas Verlobten gewiß nicht vorgestellt. War mein Eindruck richtig, konnte ich ausschließen, daß Bianca ihn liebte, konnte ich sicher sein, daß sie mit ihm nicht glücklich sein würde. Und auch er liebte sie wahrscheinlich nicht. Er war wohl nicht der Typ, sich zu verlieben. Vielleicht hatte er sich in sie vernarrt, vielleicht sie mit kühlem Kopf ausgewählt, in der Gewißheit, ein fügsames Mädchen an ihr zu finden, das sich seinem Willen unterwerfen würde. Vielleicht hatte er die Zustimmung erst nach langem Insistieren erlangt. Und Bianca hatte aus Schwäche nachgegeben und bereute es jetzt, hatte aber nicht den Mut, alles abzubrechen, aus Angst vor dem Geschwätz der Leute und der Mißbilligung der Familie.

So dichtete ich ihr dieselbe Antipathie an, die mir dieser Mann erweckt hatte, kaum daß ich ihn gesehen, schrieb ihr die Gefühle zu, die ich empfunden haben würde, wäre ich in ihrer Lage gewesen und er tatsächlich der, als den ich ihn mir vorstellte.

Konnte ich mich nicht zur Wehr setzen, konnte ich nicht versuchen, sie zu retten, ihr nicht zumindest zu verstehen geben, was ich von ihr dachte? Es war notwendig, daß ich sie sähe, notwendig, mit ihr zu reden, ihr wirklich alles zu sagen, darauf zu beharren, daß sie mir gestehe, wie ihre Gefühle für ihn waren.

Einst war es mir (vom rein sachlichen Gesichtspunkt aus) relativ einfach vorgekommen, mich mit ihr zu treffen. Jetzt aber erschien mir das Unterfangen geradezu unmöglich. Die Situation war tatsächlich verändert (einige unserer gemeinsamen Bekannten waren aus Triest weggegangen; andere sah ich seit Jahren nicht), und außerdem hatte ich mich früher vielleicht trügerischen Hoffnungen hingegeben. So sehr ich auch überlegte und mir das Hirn zermarterte, wie immer ich mir auch vornahm, etwas zu wagen, keine Rücksicht zu nehmen, weder auf die Leute noch auf meine Ansichten und Gewohnheiten, ich war nicht imstand, den Weg zu finden, um in kurzer Zeit an sie heranzukommen. Es blieb daher nichts übrig, als ihr zu schreiben.

In meinem Kopf hatte ich den Brief in all seinen Sätzen, mit all seinen Worten sofort fertig. Ja, im Lauf der Tage stellte ich mir sogar verschiedene mögliche Varianten vor. Doch konnte ich mich niemals auch nur entschließen, zur Feder zu greifen. Ich meinte, daß alles umsonst sein würde; ja, daß ich ihr anstelle eines Vorteils noch größere Mißlichkeiten würde einbringen können.

Was hätte es ihr nutzen können, wenn ich ihr schriebe, sie geliebt zu haben und noch immer zu lieben? Entweder sie wußte es schon, oder die Sache mußte ihr gänzlich gleichgültig sein. Was würde sie mit meinem Rat anfangen, nicht zu heiraten, falls sie ihren Verlobten nicht liebte; mit meiner Ermahnung, daß man, geht man eine Vernunftehe ein, Gefahr läuft, späterhin sehr unglücklich zu werden? Für sie mußte das eine Binsenweisheit sein; diese Frage mußte sie mehr als einmal erörtert haben, und hatte sie einen bestimmten Weg eingeschlagen, so war das gewiß aus Notwendigkeit geschehen und nicht, weil sie nicht wußte, was sie erwartete. Mein Brief wäre nur dazu gut gewesen, ihren Schmerz noch zu vergrößern und ihr vielleicht neue Unannehmlichkeiten zu bescheren.

Etwas anderes wäre es gewesen, hätte sie sich mir anvertrauen können, hätten wir lange miteinander reden können. Doch war es im Gegenteil sehr wahrscheinlich, daß sie mir nicht einmal antworten würde. Die Ihrigen würden gewiß von meinem Brief erfahren und sie dazu bringen, ihn als unschicklich zu betrachten, als die Geste eines Unzurechnungsfähigen. Sie würden neuerlich Gelegenheit haben, ihr auseinanderzusetzen, daß es bereits unmöglich war, den gefaßten Entschluß noch einmal in Frage zu stellen, daß dieser Entschluß außerdem der klügere war.

Und wenn Bianca Mittel und Wege gefunden hätte, mir zu antworten, was, wenn sie meine Hilfe gesucht hätte? Was konnte ich ihr geben, um sie für die in Rauch aufgegangene Verlobung zu entschädigen, für die Unstimmigkeit mit den Ihrigen? Wie konnte ich vermeiden, daß sie ihr Leben verfehlte, daß sie in schmerzlichen Widerspruch zu ihrer Umgebung geriete? Ich fühlte mich alt und erledigt. Stärker denn je spürte ich die Unentschlossenheit in mir, die Feigheit, meine Unfähigkeit zu kämpfen. Ratschläge zu geben war leicht, aber auch unnütz. Was es hier brauchte, war Beistand, waren Hilfe und Halt. Mit anderen Worten (um den Gedanken klar zu fassen, war einige Anstrengung nötig) würde ich ihn, den Verlobten, geradezu ersetzen müssen, wollte ich nicht von vornherein sicher sein, daß jede meiner Handlungen vergeblich sein würde.

Einmal angenommen, ich würde sogar den Mut finden – und ich hätte die reale Möglichkeit –, einen derartigen Entschluß zu fassen, würde ich dann gut daran tun? Ich wußte, daß ich jeden Tag mehr an den Widerwärtigkeiten des Lebens litt, auch an den weniger schlimmen. Ich war kaum anpassungsfähig, melancholisch, menschenfeindlich, das war klar; ich hatte einen skeptischen, quälerischen Geist und war insbesondere langweilig, unendlich langweilig, bis in die tiefste Tiefe meines Wesens. Bianca würde mich sicherlich nicht lieben können, würde sich nicht einmal zu mir hingezogen fühlen: Mit Mühe würde sie mich ertragen. Und sollte sie auch jetzt, nehmen wir es einmal unerlaubterweise an, für mich Gefühle empfinden, die sich nicht sehr von den meinen unterschieden, sollte sie (stellen wir uns das für einen Augenblick vor) in ein Bild von mir verliebt sein oder gewesen sein, das sie sich von mir gemacht hatte, dann konnte ich ihr nichts anderes verschaffen als Enttäuschungen und Leiden. Sie würde gewiß unglücklich mit mir sein, und ich in der Folge mit ihr. Also, ein Unglück ist so viel wert wie das andere, und es war besser, nicht zu handeln. Vielleicht empfand sie ihr gegenwärtiges Unglück nicht so stark, wie ich es mir vorstellte; vielleicht war sie gerade dabei, sich hineinzufinden, und ich würde schlecht daran tun, einen überwundenen oder fast schon überwundenen Schmerz wieder aufzuwecken. Vielleicht täuschte ich mich vollkommen: Vielleicht war es tatsächlich ihr höchstes Streben gewesen, einen Mann zu finden, und sie war deshalb zufrieden, ihn, wie auch immer, gefunden zu haben.

Ich wäre nicht aufrichtig, würde ich sagen, daß ich, nach einiger Zeit, darauf verzichtete, den Brief zu schreiben; wenn ich behauptete, daß ich, nachdem ich das Pro und Kontra abgewogen hatte, mich entschloß, ihn nicht zu schreiben. Nein: Ich war nichts als unentschlossen, und es fiel mir in meiner Unentschlossenheit bloß leichter, nicht zu handeln. Ich durchschaute das, nannte mich schwachsinnig, einen Feigling, einen Versager. Andererseits fragte ich mich: Sollte ich eine Verrücktheit anstellen, mußte ich jemandem, dem ich Gutes wollte, ein Übel zu dem einzigen Zweck antun, um mir selbst zu beweisen, daß ich Courage hatte, daß ich mich entscheiden konnte? Lieber noch überlegen, besser nichts übereilen. So ließ ich zwischen dem Ja und Nein, zwischen Projekten und Gegenvorsätzen die Tage und Monate vergehen.

Ich lebte, indem ich mir die Eindrücke, die mir die letzte Begegnung mit ihr hinterlassen hatte, wieder vor Augen rief, so lang, bis eine neuerliche Begegnung mir neue Eindrücke verschaffte.

Eines Abends sah ich sie, als ich heimkehrte, vor der Trafik stehen, die genau vis-à-vis von meinem Haustor lag. Aus dem Geschäft kam gleich darauf ihr Verlobter, der ganz nahe an mir vorüberging. Sein Gesicht konnte ich zwar nicht gut ausnehmen; mir schien nur, daß er von tadelloser Eleganz wäre. Und er machte auf mich den Eindruck, einer dieser von sich eingenommenen, ihrer Verdienste und Rechte allzu gewissen Menschen zu sein, die pedantisch auf alle Äußerlichkeiten achten.

In meinem Kummer gab es immer noch ein ordentliches Quantum Staunen. Ich brachte es nicht fertig, mir genau darüber klar zu werden, was vorgefallen war. Ich konnte nicht begreifen, wie denn Bianca, die noch wenige Monate zuvor mit mir zusammen die Schulbank gedrückt hatte, unter uns Jugendlichen gelebt hatte, an die ich mich noch so gut in ihrem schwarzen, einfachen Schulkleid erinnerte, wie denn Bianca verlobt sein konnte, im Begriff sich zu verheiraten, eine Frau zu werden, Herrin eines Hauses, Mutter vielleicht, kurz und gut, im Begriff war, in die Welt dieser Großen einzutreten, die ich, welche Anstrengungen ich auch immer unternahm, nicht als Wesen der Spezies betrachten konnte, der ich angehörte. Diese Vorstellung war so befremdlich, daß ich bisweilen zu träumen meinte. Mir war gleichsam, als wäre ich eine von ihren Freundinnen: Ich vergaß die Qual der Eifersucht, fragte mich nicht länger, ob sie unglücklich war, und empfand nur den naiven Schmerz eines Knaben, der einen Kameraden verloren hat und sich verraten und verschmäht fühlt.

Auf dem Weg ins Büro sah ich jeden Morgen die Mädchen der Lehrerbildungsanstalt auf ihrem Schulweg mir entgegenkommen. Viele waren hübsch, einige sogar ausgesprochen schön. Die größeren wirkten auf mich wie Fräulein, wie heiratsfähige Mädchen. Ein paar (man sah es an ihrer Kleidung, dem Benehmen) gehörten wohl recht vornehmen Familien an, herrschaftlichen Familien sogar. Warum hatte sich Herr Forti nicht eine von diesen auserwählt? Warum hatte er ausgerechnet Bianca gewollt? Und warum hatte er sie nicht mir überlassen, der größere Rechte hatte, der sie länger kannte, der sie liebte?

Jetzt glaubte ich, da ich in Triest lebte, von ihr reden hörte, Gelegenheit hatte, ihr auf der Straße und vielleicht anderswo zu begegnen, daß ich mich früher oder später gewiß entschlossen hätte, mich um sie zu bemühen, wäre sie nicht schon verlobt gewesen. Es war eine Frage der Zeit: Ich hätte vielleicht drei, vielleicht vier, vielleicht fünf Jahre vergehen lassen, doch dann hätte ich nachgegeben, hätte getan, was vernünftig war und logisch, es zu tun. In fünf Jahren würden erst wenige der Mädchen, die ich kannte, der gleichaltrigen Mädchen im allgemeinen, verheiratet und verlobt sein. Weshalb mußte ausgerechnet Bianca unter diesen wenigen sein? Warum mußte ausgerechnet sie die erste sein? Weshalb hatte sie nicht auf mich gewartet?

Beim Nachhausegehen vom Büro erwartete ich immer, ihr neuerlich am Uferkai am Meer zu begegnen. Statt dessen sah ich sie nicht mehr zu jener Stunde und an diesen Plätzen. Ich begegnete allerdings eine gewisse Zeit lang beinah täglich ihrer Mutter und ihren beiden kleinen Schwestern. Mit ihnen war oft ein Cousinchen, das ich schon länger vom Sehen kannte und dessen Charakter ich

Jahre zuvor Bianca hatte auseinanderlegen wollen, in der Gewißheit, sie über den Scharfsinn meiner psychologischen Auffassungsgabe in Erstaunen zu versetzen; es war noch ein zweites kleines Mädchen mit, das wohl ebenfalls eine Verwandte und sehr schön war: blond, schlank, mit hellen, goldfarbenen Augen.

Alle waren heiter, alle wirkten zufrieden. Sie hielten einander untergefaßt, plauderten und lachten. Es war offensichtlich, daß sie sich auf dieser Welt wohl fühlten, daß die Mädchen mit Genugtuung daran dachten, keine kleinen Kinder mehr zu sein, fast schon junge Fräulein, sich hübsch und in den Augen der anderen interessant zu machen. Und die Frau, die vom Aussehen her noch jugendlich war und es in ihrem Geist gewiß auch noch sein mußte, mochte sich wohl noch jünger fühlen, da sie sich von so viel Jugend umgeben sah.

Diese so glücklichen und unbeschwerten Menschen standen im Begriff, eine Tochter, eine Schwester, eine Freundin zu verlieren. Hatten sie Bianca überhaupt nicht gern, wünschten sie sie nicht nah bei sich zu behalten, fühlten sie sich nicht betrübt bei dem Gedanken, daß sie für sie bald eine Fremde werden, daß die süße Gemeinsamkeit des Lebens und der Gedanken vorbei sein würde? Mir kam vor, man könnte sich mit dieser Vorstellung nur dann abfinden, mühsam und unter Schmerzen, wenn man ganz sicher war, daß der teure Mensch glücklich sein würde. Fehlte diese Gewißheit, schien mir ein Abfinden absolut unmöglich.

Statt dessen machte es den Anschein, daß weder die Mutter noch die Schwestern noch die Cousinen die Notwendigkeit verspürten, sich mit etwas abzufinden. Wie war das möglich? Vielleicht war ihnen Bianca nicht gewesen, was ich mir vorstellte? Vielleicht hatte sie vernachlässigt und unverstanden unter ihnen gelebt? Ich nahm es nicht an: Nichts erlaubte es mir, so zu denken. Also mußte ich annehmen, daß sie die Schwere, die Unwiderruflichkeit dessen, was vor der Tür stand, nicht begriffen; daß sie allzu egoistisch waren, um sich über den Seelenzustand eines anderen Menschen klar zu werden; daß sie zu sehr daran gewöhnt waren, gleichsam aus Instinkt, es so aufzufassen, daß das Leben notwendigerweise diesen gegebenen Verlauf nehmen müsse, als daß sie sich gegen die Vorstellung hätten auflehnen können, daß eine von ihnen nun aus Vernunftsgründen heiraten mußte, einen Mann, den sie nicht liebte und der ihr vielleicht widerstand. So mußte es sich tatsächlich verhalten: Ich jedoch konnte so etwas nicht begreifen.

Eines Nachmittags sah ich Bianca neuerlich am Arm ihres Verlobten auf der Piazza della Borsa, etwa dort, wo der Corso beginnt. Wir mußten in entgegengesetzter Richtung die Straße überqueren, weil aber einige Autos daherkamen, blieben wir für ein paar Augenblicke lang stehen, sie auf der einen, ich auf der anderen Straßenseite, beinah gegenüber.

Ich hatte mir schon seit einiger Zeit vorgenommen, daß ich, wenn ich ihnen begegnete, nur ihn ins Auge fassen würde und versuchen wollte, mir klar zu werden, welcher Typ von Mann er war. Doch konnte ich, als ich bemerkte, daß Bianca mich gesehen hatte, als ich sah, daß sie mich anschaute, nur sie anstarren und sonst nichts. Ihre Blicke wichen mir aus und kehrten dann, mit sonderbarer Unruhe, zu mir zurück. Sie schämt sich, sie ist verlegen, kam mir vor, und zugleich liegt ihr daran, zu beobachten, wie ich mich verhalte, welche Mienen mein Gesicht annimmt. Weshalb? Aus einfacher Neugier? Aus einer Art Eitelkeit, die sie dazu trieb, in den alten Bekannten den Eindruck zu erforschen zu suchen, den es auf sie machte, wenn sie sie mit ihrem Verlobten sahen? Oder lag ihr wirklich daran, meine Gedanken, meine Gefühle zu erspüren? Und weshalb war sie verwirrt? War es nur eine Art Schamgefühl, schämte sie sich gleichsam wie ein Kind, das dabei überrascht wird, »erwachsen« zu spielen; oder hatte sie kein ruhiges Gewissen dessentwegen, was sie getan? Und wenn sie sich speziell vor mir befangen fühlte, geschah das, weil sie dachte, ich müßte ihr Vorgehen von einem allgemeinen Gesichtspunkt aus mißbilligen, oder weil sie meine Gefühle ihr gegenüber kannte oder ahnte? Oder wußte sie einfach nicht, ob sie mich anschauen sollte oder nicht, weil sie darüber im Zweifel war, ob ich sie grüßen würde?

Bianca drehte schließlich entschlossen den Kopf weg, und ich achtete darauf, nicht allzu nah an ihr vorbeizugehen. Ich hatte aber Gelegenheit, dem Verlobten aus ein paar Schritt Entfernung ins

Gesicht zu schauen: Und er machte auf mich einen gänzlich neuen Eindruck. Er war nicht untersetzt, sondern dicklich; er hielt ihren Arm nicht präpotent umklammert, sondern sich gleichsam haltsuchend daran fest; und er hatte, obwohl kein Junge mehr, etwas Kindliches um den Mund und etwas Naives im Blick, was denken ließ, daß er keine fünfundzwanzig Jahre alt sein konnte, die er in Wirklichkeit gewiß zählte. In seinen Augen steckte ein Anflug von Schläue, doch der ein wenig primitiven Schläue des Bauern.

Ein Eindruck war in mir bestärkt worden: daß Bianca ihn nicht lieben konnte. Was alles übrige anlangt, sah ich nun die Dinge mit anderen Augen und, um die Wahrheit zu sagen, mit viel größerem Optimismus. Es kam mir unzweifelhaft vor, daß von den beiden wohl Bianca mehr Energie und Willenskraft hatte, daß also sie es sein mußte, die für gewöhnlich handelte und entschied. Weit davon entfernt, sie zu unterdrücken und den Anmaßenden zu spielen, versuchte der Verlobte wohl, sie zufriedenzustellen und sich ihr angenehm zu machen. Gewiß, ein großes Kind wie er, hatte es sich einmal verliebt oder sich in den Kopf gesetzt, verliebt zu sein, mußte sich nicht mit dem Gedanken quälen, daß seine Liebe nicht erwidert wurde, und stieß auch dabei nicht auf Schwierigkeiten, sich erdulden zu lassen. Doch andererseits, so dachte ich, hätte Bianca ihn sich leicht vom Hals schaffen können, ohne allzu große Schwierigkeiten und ohne sich in ernsthaften Widerspruch zu den Ihrigen zu setzen, wenn sie es wirklich gewollt hätte.

War der Verlobte kein willensstarker und anmaßender Charakter, wie ich ursprünglich vermutet hatte, so war nicht daran zu zweifeln, daß Bianca ihn akzeptiert haben mußte, zwar ohne Begeisterung, aber doch in dem Sinn, wie man sich in eine möglicherweise nicht allzu angenehme Notwendigkeit fügt, durchaus freiwillig und in dem Glauben, auf diese Weise das eigene Wohl zu fördern. Das war keineswegs schön und auch nicht tröstlich; doch es war besser, zu einem solchen Schluß zu kommen, als annehmen zu müssen, daß Bianca Opfer eines moralischen Diktats geworden war.

Einige Zeit später sah ich Bianca am Tischchen eines Cafés, zusammen mit drei oder vier bösen alten Weibern. Das waren wohl Verwandte des Verlobten, weil mir ihre Gesichter vollkommen neu waren, während ich Biancas Verwandte fast alle vom Sehen kannte. Ich beobachtete, daß sie viel redeten, während Bianca einsilbig blieb, nur hin und wieder mit dem Kopf nickte, ein wenig rot im Gesicht, sicherlich verlegen, doch, wie mir schien, nicht mürrisch. Höflichkeitsbezeigungen also und Komplimente und Glückwünsche und beinah indiskrete Fragen und nicht verlangte Ratschläge: Da haben wir wohl den Inhalt dieses Gesprächs. Das sind ja wahrlich nette Sachen. Bianca saß wahrscheinlich auf glühenden Kohlen. Nein, vielleicht weniger, als ich mir vorstellte: Sie mochte daran gewöhnt sein. Eines allerdings war sicher: daß sie mich gesehen hatte. Sie schaute mit zu großer Starrheit auf das Tischchen vor sich hin, mit ihren Augen, die normalerweise nie stillhalten konnten.

Später begegnete ich Bianca in Gesellschaft der zukünftigen Schwiegermutter. Das war eine ganz winzigkleine Frau, beinahe ein Zwerglein. Sie war häßlich, hatte ein breites Gesicht und rote Backen, und in ihrem Aufzug und in ihrer Haltung lag etwas Lächerliches. Alles in allem machte sie den Eindruck einer gutmütigen Frau.

Ich sah sie vor dem Hauptbahnhof von einer Straßenbahn aus, die vor einer Weiche stehengeblieben war. Bianca plauderte recht angeregt, wobei sie ihre Reden mit ihren kurzen, plötzlichen Gesten begleitete, ihr Gesicht hundert verschiedene Ausdrücke annehmen ließ. Man sah, daß sie sich aufspielte, daß ihr daran lag, einen guten Eindruck zu machen, daß sie sich von der Bedeutung geschmeichelt fühlte, die ihr zugekommen war, von der Aufmerksamkeit, die man ihren Worten entgegenbrachte.

Die Schwiegermutter hörte mit Befriedigung zu, und aus ihrem ganzen Verhalten konnte ich ablesen, daß sie wohl froh war, daß ihr Sohn eine so lebhafte und gewandte, so intelligente, so liebe und zärtliche Frau gefunden hatte.

Ich empfand nur große Traurigkeit, vermischt mit einem Gefühl des Neides. Ich erinnerte mich an nichts mehr, was meine Gedanken in der letzten Zeit beschäftigt hatte, dafür erwachte in mir wieder mit all seiner Kraft das alte, brennende Begehren, sie in meiner Nähe zu haben, sie reden zu hören, von sich erzählen zu hören, von ihrem Leben, ihren Ideen, ihren Vorlieben und Absichten. Könnte ich mich an der Stelle dieser kleinen Frau befinden, das erschien mir als Gipfel des Glücks, als das einzige Glück, das es für mich auf dieser Welt geben könnte. Und eine solche Gnade war jemandem gewährt, der sie nicht verdiente, der sie vielleicht nicht einmal ausreichend zu schätzen verstand.

Triest ist keine große Stadt, und insbesondere die Juden kennen sich fast alle untereinander. Nicht einmal dieser Forti, von dem ich bis dato niemals etwas gehört hatte, war den Leuten meines Kreises gänzlich unbekannt. Ich hatte Gelegenheit, über ihn reden zu hören, und wurde darin bestätigt, daß mein Eindruck von ihm (der zweite, meine ich) nicht ganz falsch war.

Eines Abends, als ich mit meinem Vater auf der Straße ging, sah ich einen jungen Herrn, der ihn gegrüßt hatte. Im Halbdunkel konnte ich nicht gut ausmachen, um wen es sich handelte, aber trotzdem kam mir vor, ihn erkannt zu haben. »Wer ist das?« fragte ich. »Ein ehemaliger Schüler von mir«, antwortete mir Papa. »Ein gewisser Forti, ein besonders netter Junge, aber alles andere als ein Adler. Zu meinem Fach hatte er außerdem überhaupt keine Neigung, der Arme.«

Ein Cousin von uns, der am Einwohnermeldeamt angestellt war, fragte mich eines Tages unvermutet: »Sie war in der Klasse mit dir, kommt mir vor, diese Tochter vom Sorani, die sich verlobt hat?« Ich bejahte, und er fügte hinzu, daß sie gemeinsam mit ihrem Mann gewisser Dokumente wegen bei ihm gewesen war. »Ein schönes Mädchen, stimmt's? Und er ist ein Forti, er heißt Aldo. Ein guter Kerl, das sieht man. Aber mir kommt vor, ein Dummkopf.«

Dann erzählte er, sich an Papa wendend, daß er nach sehr, sehr vielen Jahren auch den Herrn Sorani wiedergesehen habe. Er war sehr alt geworden, natürlich; ganz ergraut. Aber er stellte ein stattliches Mannsbild vor, hatte sich einen großen, imposanten Bart wachsen lassen. Von einem Thema zum anderen überwechselnd erzählte er dann, daß er als Junge in eine der Schwestern Sorani verliebt gewesen war.

Wie war es doch seltsam, daß es zwischen unseren Familien so viele Verbindungen gegeben hatte! Wie sonderbar, daß, gleichsam wie durch ein Verhängnis, sich all diese Verbindungen nachher gelockert hatten! Vielleicht würden noch heute ihr Vater und meiner, hätten sie aus irgendeinem Grund miteinander zu tun, sich duzen. Und sie hatten einander vollkommen aus den Augen verloren, ohne besondere Ursache.

Ich sah Bianca eines Nachmittags wieder mit ihrem Verlobten, in der Nähe der Pescheria, während ich mit meiner Mama einen Spaziergang am Meer entlang machte. Sie waren zu unserer Linken, ziemlich weitab von uns (der Kai ist an dieser Stelle sehr breit) und gingen einige Schritte vor uns. Sie unterhielten sich lebhaft und lachten. Man konnte sehen, daß sie sich über irgendein Vorhaben nicht einig waren, daß keiner der beiden nachgeben wollte und daß sie sich über diese kleine Auseinandersetzung, vielleicht die erste, amüsierten.

Auf einmal ging Bianca weg von ihm, als ob sie verärgert wäre. Sie lachte aber weiter, und es war klar, daß sie Scherz trieb. Er lief ihr nach und holte sie ein, und sie entfernten sich dann untergehakt, ihre Schritte beschleunigend.

Da haben wir also einen etwas gewagten Scherz, die kleine Koketterie eines verzogenen kleinen Mädchens. Sie mußten wohl schon ziemlich eng sein, jetzt; ihr gegenseitiges Zutrauen war wohl schon ziemlich groß, und er flößte ihr überhaupt keine Scheu mehr ein. Die Befürchtungen, die ich einst, nach der ersten Begegnung mit ihnen, gehegt hatte, kamen mir jetzt vollkommen unbegründet vor. Es war auszuschließen, daß seine Gegenwart ihr aufgezwungen, ihr unerträglich lästig war, daß sie für sie die Erniedrigung bedeutete, einen anmaßenden Willen ertragen zu müssen.

Tage später bemerkte ich, ich überquerte gerade die Piazza Unità, daß Bianca den gleichen Weg ging, etwa zwanzig Schritte vor mir.

Auf einmal bog sie nach rechts und steuerte auf einen jungen Mann zu, der ihr entgegenkam. Es war der Verlobte. Bianca streckte ihm lächelnd die Arme hin, und sie blieben einige Augenblicke neben dem Brunnen stehen, der damals auf dem Platz war. Ich ging an ihnen vorüber. In Biancas Augen war nicht das Strahlende des Glücks. Ihre Augen lächelten nicht; es lächelte nur ihr Mund, in einer Weise, die mir etwas angestrengt, aber doch freundschaftlich und vertraut vorkam. Aus der Art, wie sie mit ihm redete, wobei sie die Worte mit kleinen Kopfnickern begleitete, schien mir auch hervorzugehen, daß sie ihn ein wenig als Kind behandelte und fast mit ihm spielte, ohne ihn allzu ernst zu nehmen.

Mehrere Monate hindurch sah ich Bianca nicht mehr, und ich hörte auch nicht mehr von ihr reden. Es war, als ob sie von der Erdoberfläche verschwunden wäre. Daran gewöhnt, ihr ziemlich häufig zu begegnen, konnte ich mir diesen Umstand nicht erklären, konnte dabei an nichts anderes denken als an einen seltsamen Zufall. Allmählich wurden meine Gefühle wiederum so wie in der ersten Zeit nach der Nachricht von ihrer Verlobung. Auf jeden Fall fühlte ich mich aber ruhiger. Gut oder schlecht, hatte ich mir ein ziemlich klares und glaubwürdiges Bild von ihrer Lage gemacht. Verliebt war sie sicherlich nicht; sie mochte aber recht zufrieden sein und denken, Glück gehabt zu haben. Sie hatte sich in der Tat einen netten, willfährigen Verlobten gefunden, dazu geneigt, ihren Wünschen nachzukommen.

Da ich sie nicht sah, nicht meine Eindrücke nach jeder neuen Begegnung zu analysieren hatte, konnte ich wiederum an mein Unglück denken, an meine Einsamkeit, an den Umstand, daß ich mich auch der letzten und geringsten Hoffnung beraubt sah. Ich kehrte zum Schmerz und zu den Erinnerungen zurück, die mich mit Traurigkeit erfüllten.

Schon früher war ich mir darüber klar geworden, doch niemals so deutlich wie jetzt: Alle Gedanken, alle Urteile, die ich in diesen letzten fünf Jahren ausgesprochen oder auch nur im Kopf gefällt hatte, alle waren sie für sie bestimmt gewesen. Wenn mein Überlegen so oft die Form des Dialogs angenommen hatte, so deshalb, weil ich hoffte, ich würde eines Tages Bianca zur Gesprächspartnerin haben. Es gab nichts, es gab niemanden, keine schon beobachtete und beurteilte Situation, die mir nicht einen Gedanken von mir, ein Wort in Erinnerung gerufen hätte, hinter dem sich diese Hoffnung verbarg. Und bot mir das Leben jetzt Gelegenheit, Erfahrungen und neue Beobachtungen zu machen, ging ich gleichgültig weiter, ohne Notiz von irgend etwas zu nehmen: Mir fiel nur die Gewißheit ein, daß ich darüber mit Bianca niemals würde reden können. Nie war es mir so aufgefallen wie jetzt, wie sehr ich gehofft hatte, wie tief, wie verbohrt und auch wie dumm. Nie hatte ich mir so deutlich gemacht, was es bedeuten würde, ohne diese Hoffnung zu leben.

Nicht einmal anvertrauen konnte ich mich jemandem. Niemand auf der Welt wußte von meiner Liebe; all meine Worte und Taten waren auch so gewesen, daß alle, die mich umgaben, denken mußten, ich sei zum Empfinden bestimmter Gefühle absolut unfähig. Hätte ich nun reden wollen, meine instinktive Abneigung, gewisse Themen zu berühren, überwinden können, zu großes Erstaunen, zu große Neugier wären mir entgegengekommen, als daß ich hätte hoffen können, Mitleid und Trost zu finden.

Von meinen Schulfreunden war mir nur Consigli treu geblieben. Seine Gesellschaft und seine Zuneigung waren mir ein großer Halt, auch wenn sich zeigte, daß er nichts von dem durchschaute, was sich in meiner Seele abspielte. Manchmal brachte ich ihn darauf, von der Padova zu erzählen, und wenn er bedauerte, was nicht gewesen war, rezitierte ich ihm dann, wenn das Gespräch bereits eine andere Richtung genommen hatte, zwei Verse von Dante: »... denn Branca d'Oria ist noch nicht tot / sie ißt und trinkt und schläft und kleidet sich.« Consigli begriff gewiß, wer »Branca d'Oria« war und dachte vielleicht, ich wollte es ironisieren und ihm sagen: »Du hast noch Zeit; versuch's, wenn du den Mut dazu hast«; aber er begriff nicht, wer, ganz im Gegenteil, keine Zeit mehr hatte und »tot« war.

Und doch war die Hoffnung in mir noch nicht gänzlich erloschen. So unglaublich es auch klingen mag: Nach einiger Zeit begann sie wieder hervorzulugen. Daß man Bianca niemals sah, kam mir komisch vor. Dafür mußte es doch einen Grund geben! Sollte alles ins Wasser gefallen sein, und sie deshalb ein zurückgezogeneres Leben führen? Wäre andernfalls die Hochzeit nicht schon gefeiert worden? Jetzt sind die langen Verlobungszeiten nicht mehr üblich, außer wenn die Hochzeit wegen wirtschaftlicher Schwierigkeiten aufgeschoben werden muß, die man in ihrem Fall (Forti war gewiß wohlhabend) ausschließen konnte. Oder sollte sie schon verheiratet sein? Nein, es war nicht möglich; ich war sicher, daß ich etwas davon erfahren hätte.

In der Zwischenzeit war mir eine Stellung angeboten worden, ein richtiger Posten als Angestellter, in einer Bank, und ich hatte mich beeilt, ihn anzunehmen, wobei ich meinen ersten Chef und seine ehrenwerten Aufträge im Stich ließ. Ein paar Monate nach mir wurde von derselben Bank (aber in einer ganz anderen Abteilung) ein junger Mann aufgenommen, den ich vom Sehen kannte, ein gewisser Mondelli. Er bereitete sich – seit vielen Jahren, wie man böserweise klatschte – aufs Rigorosum vor und war einige Male zu uns nach Hause gekommen, um meinen Vater um bestimmte Bücher zu bitten. Kurz bevor er die Anstellung in meiner Bank bekam, hatte er begonnen, sich auf den Straßen mit Biancas größerer Schwester sehen zu lassen, mit der er sich offensichtlich verlobt hatte.

Ich fing an, mir zu überlegen, wie ich mit diesem Mondelli ein Gespräch anknüpfen und ihn mir ein wenig zum Freund machen könnte. Ich gestand mir einen einzigen Zweck ein: etwas Sicheres über Bianca und ihren Verlobten zu erfahren. Denn ich wollte den Zweifel endgültig verscheuchen (der mir wieder und wieder in den Sinn kam), daß nämlich Bianca unglücklich sein könnte. Es gab in mir aber einen Hintergedanken: Mondelli würde mir vielleicht als »Vermittler« dienen können, und ein Vermittler würde vielleicht noch nicht ganz unnütz sein ...

Es waren die letzten Tage im Jänner 1927. Entgegen meinen Gewohnheiten ging ich seit einiger Zeit abends aus, um mit Consigli einen Spaziergang zu machen. Während des Tages war ich sehr beschäftigt, und ich empfand das Bedürfnis nach ein wenig Bewegung. Im Lauf eines dieser Spaziergänge fragte mich mein Kamerad auf einmal, wie er gewohnt war, zu fragen: »Soll ich dir was erzählen?« Ich nickte mit dem Kopf und bereitete mich darauf vor, irgend etwas zu hören, das Bianca betraf. Ich dachte, Consigli würde mir erzählen, daß auch die Schwester einen Mann gefunden hatte, oder daß sie ... ich wagte es nicht, mir diese Annahme klarzumachen, nämlich, daß sie ihn verloren hatte.

»Die Sorani hat vor Tagen geheiratet«, hörte ich zu mir sagen. Wenn ich behauptete, ich wäre wie betäubt gewesen, würde es den Anschein machen, ich wollte Phrasen dreschen. Tatsache ist, daß ich überhaupt kein Gefühl empfand, daß ich keinen Gedanken faßte. Ich hatte den rein physischen Eindruck, daß mein ganzer Organismus durch eine Wirkung von außen plötzlich gelähmt worden war.

Consigli fuhr fort zu erzählen, daß ihm von seinem üblichen Informanten mitgeteilt worden war, daß die Hochzeit wirklich herrschaftlich gewesen sei. Die Familie hatte Bianca jedoch keine Mitgift gegeben, wie man sagte, und die Frischvermählten waren nicht weiter gekommen als bis nach Venedig. Jetzt waren sie schon auf der Rückreise. Wirklich, eine schöne Hochzeitsreise! Wahrscheinlich hatte die Firma, für die Forti arbeitete, ihm keinen längeren Urlaub geben wollen.

Eine Minute lang schwiegen wir beide. Mir kam vor, als ob auch auf der Straße ein verwundertes Stillschweigen herrschte.

Dann begann Consigli wieder: »Wie sonderbar mir doch der Gedanke ist, daß eine Schulkameradin von uns geheiratet hat! Wie alt man wird! Ist es nicht auch für dich komisch?«

»Ja, es ist komisch«, sagte ich leise.

Nach einer weiteren Pause fügte Consigli, gleichsam auf meine Gedanken antwortend, hinzu: »Immerhin war die Sorani nicht ein Mädchen wie alle anderen. Erinnerst du dich, wie nervös sie manchmal war? Wenn der Professor Toller sie prüfte und sie die passenden Worte nicht finden konnte, schaute es aus, als ob sie zu weinen anfangen wollte.«

Ich erinnerte mich; vor mir sah ich auch nicht die Kirche von Sant'Antonio Nuovo, sondern die Tafel, die in unserer Klasse war, und neben der Tafel Bianca, die hinter ihrem Rücken die Hände wand, die sich unruhig bald auf den einen, bald auf den anderen Fuß stellte und dem Professor ihr vor Verlegenheit und Scham ganz rotes Gesicht hinstreckte. In meinem Kopf war nur ein Gedanke, klar und entsetzlich in seiner kindlichen Einfachheit: »Die Ehe ist etwas ganz anderes als eine Italienischprüfung.«

Ich grüßte Consigli und ging allein nach Hause zurück. Aus diesem Bild, aus diesem Gedanken erwuchs in mir das Verlangen, quälend in seiner Vergeblichkeit, sie vor der Gemeinheit der Welt zu beschützen, vor all dem, was sie kränken, verwirren oder beunruhigen konnte; sie bei mir zu behalten, sie zu liebkosen wie ein Kind, sie mit allerdemütigster und allerreinster Liebe zu umgeben, mit wahrhaft grenzenloser Verehrung.

[V.]

Vor einigen Nächten habe ich nach langen Jahren wiederum von ihr geträumt.

Ich meinte, in einem Café zu sein, allein an einem Tisch, und vor mir eine große Tasse schwarzen, sehr dünnen Kaffees zu haben, Butter, die nach nichts schmeckte, und eine altbackene »Doppelsemmel«. Plötzlich setzten sich am Tisch daneben sie hin; sie ganz nahe zu mir, gleichsam gegenüber, und ihr Mann hinter mich, daß ich ihm nicht ins Gesicht sah.

Ich schaute sie an: Sie hatte dieselbe strahlendweiße und faltenlose Haut von vor so vielen Jahren, bloß mit ein paar dunklen kleinen Fleckchen; dieselben großen und ernsten Augen. Vielleicht daß sie ein bißchen zugenommen hatte, aber nur ganz wenig, und ihr Gesichtsausdruck war sanfter, fraulicher, wie mir vorkam. Nur ihr Haar war nicht mehr das von einst, und ich wunderte mich darüber. Es war zwar sehr reichlich, aber nicht mehr schwarz und gekräuselt, sondern glatt und kastanienbraun. Als ich genauer hinschaute, merkte ich, daß sie die Haare früher wohl gefärbt hatte, es dann aber vernachlässigt haben mußte, sie nachzufärben. Oben, am Scheitel, waren sie ganz weiß. Es freute mich fast, zu sehen, daß nicht nur ich alt geworden war, sondern auch sie »mit mir«. Dies weiße Haar betrachtete ich mit betrübten und brüderlichen Gefühlen, und es gefiel mir, daß sie die Schwäche gehabt hatte, es sich färben zu wollen, dessen aber dann überdrüssig geworden war, und sich nun weder ihres weißen Haares schämte noch der Schwäche, daß sie es hatte verbergen wollen. Und ich war ihr dankbar, daß sie mit großer Natürlichkeit vorgab, mich nicht wiedererkannt zu haben, um mich nicht in Verlegenheit zu bringen.

Ich schaute sie an, ohne die Augen von ihr zu wenden, und, wie früher, empfand ich dieses Gefühl der Entsagung ohne Wunsch, von Sehnsucht ohne Hoffnung und ohne Willen, das ich so gut kannte. Nur die Verwirrung, das Schlagen des Herzens von einst waren bloße Erinnerung: Ja, ich fühlte mich sogar sonderbar ruhig. Auf einmal machte ich mir klar, daß das Gefühl, das ich empfand, einem anderen Gefühl sehr ähnlich war, das ich zur Zeit der Schule nicht gekannt, das ich erst später kennengelernt habe: dem Hunger. Mir kam vor, als ob es wieder früh am Morgen wäre, wo ich tatsächlich spürte, daß mir die Kräfte fehlten, und ich eine Art Leere im Magen und in der Brust empfand, eine Leere, die mir nicht wiedergutzumachend erschien und die von keinerlei Verlangen nach Nahrung begleitet war. Dann erinnerte ich mich (und es war eine angenehme Erinnerung), daß in einer Erzählung von Jack London, die ich vor vielen Jahren gelesen hatte, der Geschlechtstrieb mit dem Hunger verglichen wurde und daß ich gefunden hatte, der Vergleich sei richtig. Doch mußte es zwei Arten von Hunger geben, sagte ich mir: den Hunger des Gutgenährten, dem es gelegentlich an Nahrung fehlt, und den, den der Schlechtgenährte verspürt, wenn sich das lange Fasten auch nur eine Stunde über das Gewohnte hinaus verlängert.

Ein oder zwei Mitschüler, die ich nicht bemerkt hatte, weil sie hinter meinem Rücken saßen, standen auf und gingen sie begrüßen. Und wie früher empfand ich nicht Eifersucht, sondern ein schärferes Gefühl der Entsagung: Ich konnte das nicht tun. Dann näherte sich T. ihrem Tisch, ein Kollege, der sehr viel jünger war als ich, ein sympathischer und intelligenter, hübscher Bursche, den ich jedoch verdächtigt hatte, ein faschistischer Denunziant zu sein. Er stand aufrecht vor ihr, lächelnd, gewandt in seiner Ausdrucksweise, aber auch, wie mir schien, ein wenig verwirrt und verschüchtert, wie es bisweilen auch die kühnsten Männer sind, wenn sie sich vor einer wirklich hochangesehenen Person befinden. Ich hörte die Worte ihres Gespräches nicht, aber ich wußte, daß sie über meine Erinnerungen redeten, die sie gelesen hatte, doch von denen sie nicht wußte, wem sie sie zuschreiben sollte. »Unmöglich«, sagte T. ironisch und voller Hohn, »eine solche Liebeskraft in einem Schlappschwanz wie ihm.« Es brachte mich nicht auf, daß verächtlich über mich geredet wurde: Ich meinte, daß sie mich nicht verachten würde, zumindest nicht deswegen. Doch mir mißfiel die gemeine und rhetorische Phrase von der »Liebeskraft«, und noch mehr mißfiel mir, daß dieses so gemeine Wort »Schlappschwanz« vor ihr ausgesprochen wurde. Sie unterhielten sich noch einige Zeit. Die Frage, die sie gestellt hatte, war wohl (aber ich hörte ihre Worte nicht): »Aber was will er wirklich?« Und T., wobei er plötzlich vom Sie zum Du überging und, wie mir schien, gleichsam in meinem Namen sprach, antwortete: »Er möchte Du sein.«

Mir kam vor, als ob ich es gesagt hätte, und doch war es etwas, das mir neu war, das ich nicht begriff. Wie um mich besser zu konzentrieren, löste ich meine Blicke von ihr und starrte auf den Tisch, und ich begann mein altbackenes Brötchen mit der Butter ohne Geschmack zu essen. Ich begriff nicht, ich durchschaute es einfach nicht, und allmählich fühlte ich mich durcheinander, mehr als durcheinander, ein wenig erschrocken, als ob dieser Satz irgendeine Gefahr für mich verberge, über die ich mir nicht genau im klaren war.

Als ich die Augen hob, waren sie nicht mehr da. Der Tisch, an dem sie gesessen, war sogar zur Mauer hingerückt worden, wie um jedes Zeichen ihrer Anwesenheit besser zu verwischen. Und als ich aufstand, sah ich, daß der Saal, der zuvor so voller Leute gewesen, nun gänzlich leer war. Nicht einmal die Kellner waren da, die ich suchte, weil ich bezahlen und weggehen wollte. Deshalb fing ich an, zwischen den Tischen auf und ab zu gehen, ganz allein, bis sich das Schlagen meines Herzens ein wenig beruhigte.

Dann träumte mir noch von anderen Sachen, und plötzlich befand ich mich in einem Zimmer, wo M. eintrat; eine Freundin von mir, die lebt und gesund ist und an die ich sehr wenig denke. Sie war, im Traum, schon gestorben und kam, mich zu benachrichtigen, höflich und freundschaftlich, daß auch ich sterben müsse. Da trat ich ans Fenster, um hinunterzuspringen und mich umzubringen, doch sie, noch immer freundschaftlich lächelnd, sagte zu mir: »Es ist umsonst, sie ist schon da.« Ich sah sie nicht, sie, la Morte, von der sie sagte, sie sei da, und ich bedauerte nicht, zu sterben. Doch ihre Gegenwart ließ mich schaudern; und ich wachte auf.

Triest, Februar 1926 – November 1949

Peter Rosei

[Nachwort]

Mit meinen Anmerkungen möchte ich niemandem seinen Lese-Eindruck verderben. Nachworte und Lektüre verhalten sich oft wie Hund und Katz.

Als uns dieses Buch vor einigen Jahren in die Hände fiel, war uns bald klar, daß wir hier ein Werk von herausragender Bedeutung vor uns hatten: Wie diese Bedeutung aber im einzelnen benennen und festmachen? Es war nicht so sehr eine einzelne Eigenschaft, die unsere Überzeugung hervorrief, als vielmehr die Interferenz verschiedener Gesichtspunkte.

Mag nun der Mathematiker Guido Voghera (1884–1959) oder sein Sohn Giorgio, der Schriftsteller, sich hinter der vorgeschobenen Figur des Anonimo Triestino verbergen (es gibt divergierende Vermutungen), fest steht, daß das Buch einen stark authentischen Charakter hat, das heißt, man meint, daß alles, was da geschildert wird, sich auch in Wirklichkeit so abgespielt hat. In dieser Authentizität, mag sie nun echt oder künstlich sein, liegt eine große Kraft: die Kraft des Unmittelbaren. (Wir haben einige Einzelheiten der Geschichte überprüft und etwa das *Liceo Galileo* enttarnt: Es hieß eigentlich *Dante Alighieri* und befand sich in dem heute noch als Schulgebäude benützten Haus auf dem kleinen Platz an der evangelischen Kirche, Ecke Via Corsi. Die Schulwege des Anonimo, seine Lernplätze etc., all das haben wir ebenfalls in einen nachvollziehbaren, der Schilderung entsprechenden Zusammenhang bringen können.) Wie man aber etwa auch bei Strindbergs *Plädoyer eines Irren* die Qualität des Gebotenen nicht von der Authentizität ableitet, sondern von Strindbergs »Kunst«, so verhält es sich auch hier. Ein anderer Fall: *Mannesalter* von Leiris, im Gegensatz zu *Das Geheimnis* von luziferischem Stolz geprägt, der dort als »Kunstmittel« eingesetzt ist.

Die »Kunst« des Anonimo? Sie liegt ganz gewiß in der Hartnäkkigkeit, in der Intelligenz, im lebhaften Witz, im schneidenden Scharfsinn seiner Analyse. Wir sehen in ihm einen gleichsam naturwissenschaftlich vorgehenden Autor. Sein zentrales Interesse liegt in der Wahrheit dessen, was er aufschreibt. Er schert sich den Teufel um Konstruktion, Dramaturgie, Anordnung des Stoffes – wenngleich sein Werk all dies natürlich hat; man sieht's nur von der »anderen« Seite. Er ist, so besehen, kein »Künstler«. Ihn kümmert nur seine Untersuchung im Hinblick auf ihr Ziel, und daß er alles so präzise herausbringen kann, wie er sich's vorgenommen hat. – Seltsam: Gleichsam als Nebenprodukt entsteht so des öfteren große Schönheit (die Schönheit tritt hier tatsächlich als eine Funktion der Wahrheit auf)!

Geht's in der Kunst nicht immer um die Wahrheit? Nicht *so*.

Wenn wir auch, wie der Anonimo es tut, nicht mehr glauben können, die Sprache lasse sich genauso als Werkzeug benützen wie zum Beispiel die Hand, so fasziniert uns doch, manchmal geradezu gegen unseren Willen, die Unerbittlichkeit der Vorgangsweise. (Man kann dieses Buch ja eigentlich nur dann richtig lesen, wenn man bereit ist, an der Hand des Autors auch in seine Gegen- und Unterwelten abzusteigen.)

»Um die Kraft zur Entscheidung aufzubringen, wäre es mir nötig gewesen, das Lebensproblem gleichsam wie ein mathematisches Problem aufstellen und lösen zu können: von genau festgelegten Grundsätzen ausgehend, einem exakt erprobten Verfahren folgend«, heißt es beim Anonimo. Der Satz könnte, bis in die Wortwahl hinein, von Wittgenstein stammen (aus den *Vermischten Bemerkungen* oder aus den Briefen) und ebenso von Kafka, zwei Portalheiligen der Moderne. Man könnte sagen: Eigentlich ist Wittgenstein doch sein Leben lang damit beschäftigt, die Grenze zwischen der Sprache und der »Welt« aufzufinden, etwa nach dem Motto: Was ist von mir (und wie ist das gemacht) – und was stammt nicht von mir? Die Grenze! Der Anonimo Triestino erlebt alle seine tausend Qualen aus eben demselben Grund: Er möchte *wissen,* nicht glauben. Umso stärker, bestürzender – weil zutiefst wahr, wirkt dann das mystische Bekenntnis seines Wunsches in der abschließenden Traumsequenz; der junge Arbeitskollege (ein Stellvertreter?) sagt es der gealterten, noch immer schönen Bianca: »Er möchte Du sein.«

Es gibt eine Antinomie von Wünschen, die geradezu tödlich ist. Wer wünscht, sich in der Liebe dem anderen anzuverwandeln, sich aufzugeben und zu verlieren – und zugleich, ganz bei sich, wissen möchte, was er im Begriff steht zu tun, der ist ein solcher Fall. Womit wir bei Kafka und zahllosen seiner Tagebucheinträge, seiner *Briefe an Felice, an Milena* und wohl einem Gutteil seiner Prosaarbeit sind: Sie ist Erforschung der Welt, des Anderen und, paradox genug, zugleich auch Bollwerk, Fortifikation eben dagegen; der Widerspruch hält die psychische Maschinerie in Gang.

Die Verwandtschaft zu Kafka reicht viel weiter: Etwa finden sich in *Das Geheimnis* zahlreiche Aktenstücke zum Problem des sogenannten jüdischen Selbsthasses (nicht umsonst fällt der Name Weiningers im Text); die Darstellung der gesellschaftlichen Bezüge, mit Stand von 1918 ungefähr, vom Ende der Monarchie, erfolgt aus dem Blickwinkel der Deklassierten, der Randständigen, allenfalls sich selber bewußt Ausschließenden: Die Stoßrichtung ist anti-bürgerlich.

Was die Zeichnung der Charaktere, psychologische Fragen angeht, so waltet Canettischer Scharfsinn und eben seine Akribie. Und Svevo? Was ist mit Svevo? Halb im Scherz könnte man sagen, der Anonimo habe mit seinem Buch den ersten Band zu Svevos Werk nachgeliefert, übertitelt: Kindheit und Jugend. Und im Ernst? Unzweifelhaft kommen die Bücher aus demselben Wurzelgrund, haben ein ähnliches Interesse, unterscheiden sich aber deutlich im Einsatz der Mittel. Die Methode des Anonimo ist weit radikaler, Italo Svevo ist »ein großer Romancier«.

Ich zähle all diese Namen auch auf, um nebenher eins klar zu machen: *Das Geheimnis* versammelt noch einmal, zum letzten Mal wahrscheinlich, viele der Topoi oder, besser, der Begriff sei hergesetzt, der kulturtypischen Figurationen der späten Donaumonarchie (mittlerweile könnte man darangehen, eine Art Pandämonium dieser versunkenen Welt zu erarbeiten). Uns frappiert, wie etwa der Freudsche Begriff der Neurose sich gerade am vorliegenden Fall als bloß literarische Namensgebung, als geradezu willkürliches Schildchen an einem Komplex von Phänomenen erweist: denn man könnte das ganz anders beschreiben und benennen!

Ideologiekritisch wäre zu dem Buch, das ja erst 1961 erschienen ist, einiges zu sagen. Es ist ein Spätling, steht fremd – man denke etwa an die friaulischen Bücher Pasolinis – in dieser zweiten Nachkriegszeit. (Wenn wir oben in bezug auf die Welt der Monarchie sagten »versunken«, dann meinten wir im übrigen »unterirdisch«).

Wenn einer die Stadt Triest liebt und gern an ihre Straßen, Wasserfronten, Hügel und Plätze zurückdenkt, der wird sich während der Lektüre von *Das Geheimnis* dort wiederfinden – auch wenn der Autor nur ganz spärliche, eher verstreute Schilderungen von der Stadt und dem Leben, das dort waltete, gibt. In den Erzählbewegungen des Anonimo taucht Triest vermöge winziger Kleinigkeiten und Annotate auf: etwa der zylinderförmige Hut der kleinen Bianca auf dem abendlichen Korso, das Scheppern des Schutzblechs an einer Straßenbahnweiche, die Bänke auf den Sant'Andrea-Terrassen – und das auf der grauen, ärarisch-merkantilen Proto-Maske, dem gorgonenhaften Stadtplan der multiplen k. und k. Metropole: es sei denn, das Meer ...

Wir wollen es zuletzt nicht verschweigen: Zevi und Bianca, sie sind uns nahegegangen. – Alles andere steht im Buch.

*

Die oben stehenden Anmerkungen sind etwa 1987 abgefaßt worden. Wenn ich heute – fünfzehn Jahre später – dasselbe Buch lese, was sagt es mir?

Ein Sog: Der Text erzeugt einen Sog; man bewegt sich auf einer nach unten führenden Spirale. Zwei Bilder: einerseits Baumstämme an einem Wehr, die ganz ruhig da schwimmen, ehe sie von der Strömung – plötzlich – in die Tiefe gerissen werden; das trichterförmig, arenaartig sich rundende Bergwerk – ein Tagbau, erzenes Auge – mit seinen Galerien und Rampen, die stetig im Kreis und dabei fast unmerklich doch hinunter führen.

Der Text ist mir mit seiner Macht unheimlich; er ist monumental in seiner gradlinigen und gnadenlosen Fehlerlosigkeit.

Das meint, der Autor dieses Textes – beschränkt in vielerlei Hinsicht (und ich kann über diese Beschränktheit stellenweise sogar lächeln) – erschafft mit dieser seiner reinen und unirritierbaren Klarheit und Deutlichkeit, die ihm eigen ist, den Eindruck einer ungeheuren Einsamkeit, die ich – und das ist meine Sache – bereit bin, als menschliche, existentielle Einsamkeit schlechthin zu verstehen.

Ja, der Text hat, infolge des allein bestimmenden Wahrheitswunsches, seine Wüsten und Steppen – wo der Geist des Lesers nur mühsam und fast schon ziellos vorwärtsdringt (Bild von dürrem, spitzigem Astwerk, das die Hände mühsam auseinanderbiegen): Doch die leeren und beinah ereignislosen, leblosen Räume sind nur dazu da, die plötzlich einschießende Süße von Gefühl und Sinn süßer zu machen! Freilich: Dies ist die lockende Süße äußerster Verzweiflung, Köder zum Absturz hin, wo das Leben insofern aufhört, weil du nicht länger leben möchtest: Da schiebt sich alles zusammen, was köstlich im Leben ist. Der Stoff, aus dem das Glück gemacht ist, kondensiert – könnte man sagen.

Ein Buch des Scheiterns, in dem jeder Sinn nur transitorisch sein kann.

Die blinden Fenster auf den gemalten oder wirklichen Architekturen der Renaissance fallen mir da ein.

Heute würde ich nicht mehr sagen, daß Zevi mir nahegeht. Es sei denn, an den Stellen, in den Momenten, wo er etwas in mir aufruft, das er selber als Sentimentalität bezeichnet hätte.

Zevi – das ist für mich heute ein junger Mann, dessen Gefühle, ihrem Inhalt nach durchaus gewöhnlich, sich durch ihre Intensität,

Entwicklung und Dauer ins Krankhafte hinein auswachsen. Aber, was ist das: das Krankhafte? – Ein Abweichen von der Norm. – Kranksein, das heißt doch nicht, GANZ verschieden von den anderen zu sein. Und so, über diesen Umweg, wird mir die Geschichte des Zevi doch wieder zum Muster: Wie von Grund auf einsam und verloren sind doch die Menschen!

»Um nach Hause zu gelangen, mußte ich einer Straße folgen, die zu der parallel lag, die sie entlanggingen; und so, wenn eine Querstraße meine mit der ihren verband, sah ich sie von weitem, zwei oder drei Mal, und ich hörte das dumpfe Gewirr ihrer Stimmen.«

»Um besser sehen zu können, was Alda schrieb, hatte ich mich an den Tischrand gesetzt; eine Hand von mir lag nahe bei ihrem Heft. Plötzlich gab Alda, sich gleichzeitig nur ein wenig nach vor beugend, mir einen Kuß auf die Hand, schaute mich einen Moment lang an und schrieb dann, was ich ihr diktierte, weiter.«

»Einer meiner Rüsselkäfer streckte, aufgerammt wie er war auf seiner Nadel, langsam ein Bein und zog es dann langsam an sich, mit einer regelmäßigen und stetigen Bewegung.«

Ja – es gibt immer wieder Stellen, wo mich das tief Gutartige an dem jungen »Helden« bezwingt, das Naive und allem Trotzende nach der Art eines Simplicius Simplicissimus. Denn all dieses verschlungene und weitläufige Überlegen und Räsonieren des Helden fußt doch auf dem allereinfachsten, dem wahrhaft tollkühnen und wahnwitzigen, dem gewöhnlichen und ganz und gar wunderbaren Wunsch, in der Liebe der andere zu werden.

Der Wechsel der (grammatikalischen) Zeiten an Schlüsselstellen des Textes ist oft so unerwartet und raffiniert, daß man nun nicht weiß, was Meinung des jungen Zevi und also historisch ist; was, andererseits, das schreibende Ich als Historiker seiner selbst jetzt später darüber gedacht hat. – So fließt alles in eins, Vergangenheit, Gegenwart und unsere Leser-Gegenwart auch, wir bewegen uns in einem großen Labyrinth: – Wir müssen gehen, aus dem Grund einfach, weil da wir sind.

Der Eindruck des FREMDEN stellt sich in diesem Text insbesondere an den Stellen ein, wo der Autor versucht, durch ganz genaue Beschreibung sich und uns etwa eine Person, die er gekannt, einen Gegenstand, der ihm vertraut gewesen, nahe zu bringen. Dieses Verfahren – mit seinem, wahrscheinlich, ungewollten und auch nicht realisierten Nebeneffekt – kulminiert in der Beschreibung der von ferne geliebten Bianca. Hier bringt der Autor all seine Kunst auf, um uns klar zu machen, wie dieser Mensch denn ausgeschaut hat, wie er sich ihm, in Worten, Gestik und Mimik, für sich allein und im Umgang mit anderen, dargestellt hat.

»Die blendende Weiße ihres Gesichtes stand in seltsamem Kontrast zu ihrem schwarzen und krausen Haar, das, fest im Nacken zusammengebunden, um ihren Kopf herum einen weichen und dunklen, von schwachem, bronzefarbenem Widerschein schimmernden Rahmen bildete. Diese so schöne und reiche Haartracht, derart üppig, obwohl dazu gezwungen, den kleinsten Platz einzunehmen, verlieh Bianca ein fast kindliches Aussehen: es war eine anmutige und wilde Natürlichkeit in dieser Mähne, an dieser Pracht, die mißachtet und von ihr fast als störend angesehen zu werden schien.«

Aber wohin führt all diese Beschreibungskunst? (Sie scheint, nebenher gesagt, an Tizian und anderen venezianischen Meistern geschult.)

Heute kommt mir vor, daß der Anonimo, wer immer er war, ein großer Künstler war; der all seine Kunst darauf verwendete, sein Leben nicht leben und die Probleme nur darstellen zu müssen. (Das gilt freilich bald für einen Künstler.)

Andeutungsweise tauchen in dem Buch viele Topoi der Epoche auf – etwa ist, was es geheißen hat, hier in Mitteleuropa Jude zu sein, an vielen Stellen greifbar. Die mit dem Mitschüler Babich gegründete Akademie der Reinen erinnert, insbesondere durch die zwischen den Mitgliedern bestehenden psychologischen Zusammenhänge, an den Geheimbund in Musils TÖRLESS – der ja wiederum in seinem totalitären Grundmuster gern als Vorläufermodell für den heraufkommenden Faschismus aufgefaßt wird. Ahnungsvoll wird einem da deutlich, daß die Struktur der Epoche (jeder!) noch viel komplexer ist, als man sich das für gewöhnlich vorstellt.

Manches wirkt überholt und tatsächlich historisch: Etwa die obskure, sexistische Theorie über »Persönlichkeitsentwicklung« bei Mann und Frau.

Der Komplex des Zevi wird erfaßt als ein sozialer, ein rassisch-konfessioneller und ein psychologischer: Und das ist sehr »modern«!

Senilità – der Begriff erinnert uns nicht zu Unrecht, wie ich schon seinerzeit schrieb, an Svevo.

»Auf dieser Welt irrt man sich manchmal sogar, wenn man das Schlimmste denkt.« – Kommt daher der Wahnsinn der Methode, die den Text bestimmt?

Die Einsamkeit, die um den ist, der sich seiner selber zu vergewissern sucht: wie ein Tier in einem tiefen Wald!

Ein Buch gegen das Leben, eines jener Bücher, von denen Thomas Mann sagt, sie verführten den Leser geradezu zur Lust auf das Leben?

Ist es nicht gerade das Männlichste, den Reizen einer Frau zu erliegen? Sich von einer Frau dahin oder dorthin führen zu lassen?

(Den Roman mit den Augen von BIANCA zu lesen versuchen?)

Auffällig ist an dem Buch, daß die Sphäre des Sexuellen ausgespart bleibt. – Hat Zevi onaniert? Wie haben seine Phantasien in dieser Hinsicht ausgeschaut? Oder hatte er wirklich keine – in bezug auf Bianca? (Er schreibt ja davon, daß ihn die Frau nur da erregt, wo sie für ihn Fleisch ist, und nichts als Fleisch.)

Die Vivisektion, der der Anonimo seine Gefühle unterwirft, läßt wiederum an Musil denken, und an die so ganz andere Lösung, die er in dieser Hinsicht gefunden hat. (Anonimo erscheint da als rigider Idealist, während Musil ja gerade daran interessiert ist, wie der proklamierte Inhalt eines Gefühls – etwa: Ich liebe dich! – in der

Lebenspraxis zu diesem und jenem, oft zu etwas geradezu Gegensätzlichem verschwimmt.)

Die Kritik hat das Buch seinerzeit als genauen Fallbericht einer seelischen Katastrophe beschrieben; als Negation des Lebens, die dabei nicht an sich selber glaubt; als einen Grenzfall zwischen literarischer Seelenbeichte und psychoanalytischer Studie; als ein Hin und Her zwischen Größenwahn und Selbsthaß; als exorbitant in jedem Fall.

Es mag ja sein, daß Claudio Magris recht hat, der den Roman so definiert: »... eine minuziöse Chronik des Scheiterns einer Beziehung und der schmerzlichen Umwandlung der eigenen Lebensuntauglichkeit in die kalkulierte Geometrie des Verzichtes, die penible Organisation der eigenen Hemmung.« – Dann wäre das Buch ja tatsächlich paradigmatisch für alle große Kunst!

Lese ich darin, kommt mir vor, ich führe hinaus auf eine zornig-aufgewühlte See, vor der mir, gerade durch die Buntheit und Deutlichkeit, mit der ich jeden der Brecher im Sonnenlicht sehe, die nirgends festzumachende und doch unabweisbare Gewißheit erscheint, wie süß und betörend der Tod sein muß.

Dies Buch ist ein SCHÖNES Buch nur unter dieser Prämisse. – Eher schon ist es ein Buch, dem man nicht auskommt, dem man nur schwer entrinnen kann, hat man sich erst einmal darauf eingelassen.

(Es gibt auch eine Verwandtschaft mit den Bildern de Chiricos und ihrer starren Rätselhaftigkeit.)

War das Buch seinerzeit ein wenig obsolet, weil es mit seiner Abstinenz zu politischen Fragen dem damaligen Zeitgeist zuwiderlief, wirkte es sanft skandalös durch das gewissermaßen selbstverständlich angenommene Pathos der eingehenden Selbsterforschung, so wirkt es heute obszön, ja provokant und obszön durch den Aufwand an Zeit, den es der Suche nach einer Wahrheit widmet, die heute kaum jemand mehr interessiert: WER BIN ICH?

FOLIO VERLAG **Transfer**

Sämtliche Bände 13,5 x 21 cm

Josef Oberhollenzer **Bd. XXII**
Was auf der erd da ist. Geschichten
Hardcover, 84 S., ISBN 3-85256-118-3

Michael Hamburger **Bd. XXIII**
Das Überleben der Erde. Gedicht
Franz. Broschur, 105 S., ISBN 3-85256-119-1

Freimut Duve/Nenad Popović (Hg.) **Bd. XXIV**
Verteidigung der Zukunft. Suche im verminten Gelände
Franz. Broschur, 187 S., ISBN 3-85256-136-1

Miljenko Jergović **Bd. XXV**
Mama Leone. Erzählungen
Hardcover, 315 S., ISBN 3-85256-120-5

Olga Sedakova **Bd. XXVI**
Reise nach Brjansk. Zwei Erzählungen
Hardcover, 129 S., ISBN 3-85256-127-2

Freimut Duve/Nenad Popović (ed.) **Bd. XXVII**
In Defence of the Future. Searching in the Minefield
Franz. Broschur, 195 S., ISBN 3-85256-147-7

Zoran Ferić **Bd. XXVIII**
Engel im Abseits. Neun Erzählungen
Hardcover, 140 S., ISBN 3-85256-085-3

Michael Hamburger **Bd. XXIX**
In einer kalten Jahreszeit. Gedichte
Franz. Broschur, 58 S., ISBN 3-85256-154-X

Freimut Duve/Heidi Tagliavini (Hg.) **Bd. XXX**
Kaukasus – Verteidigung der Zukunft
24 Autoren auf der Suche nach Frieden
Franz. Broschur, 310 S., ISBN 3-85256-161-2

Freimut Duve/Heidi Tagliavini (ed.) **Bd. XXXI**
The Caucasus – Defence of the Future. 24 Writers in Search of Peace
Franz. Broschur, 281 S., ISBN 3-85256-171-X

Drago Jančar **Bd. XXXII**
Die Erscheinung von Rovenska. Erzählungen
Hardcover, 194 S., ISBN 3-85256-160-4

Martin Kubaczek **Bd. XXXIII**
Strömung. Erzählung
Hardcover, 175 S., ISBN 3-85256-162-0

FOLIO VERLAG **Transfer**

Sämtliche Bände 13,5 x 21 cm

Alexander Pjatigorskij **Bd. XXXIV**
Erinnerung an einen fremden Mann
Hardcover, ca. 194 S., ISBN 3-85256-188-4

Luis Stefan Stecher **Bd. XXXV**
Korrnrliadr
Hardcover mit Audio-CD, ca. 140 S., ISBN 3-85256-189-2

Andrej Blatnik **Bd. XXXVI**
Das Gesetz der Leere
Hardcover, ca. 180 S., ISBN 3-85256-187-6

Drago Jančar **Bd. XXXVII**
Brioni. Und andere Essays
Hardcover, 218 S., ISBN 3-85256-202-3

Theater m.b.H. (Hg.) **Bd. XXXVIII (Bd. I)**
Schutzzone. Und andere neue Stücke aus Exjugoslawien **Bd. XXXIX (Bd. II)**
Hardcover, beide Bände zus. 758 S., ISBN 3-85256-204-X (Bd. I), 3-85256-205-8 (Bd. II)

Igor Štiks **Bd. XL**
Ein Schloß in der Romagna. Roman
Hardcover, 143 S., ISBN 3-85256-203-1

Sabine Gruber/Renate Mumelter (Hg.) **Bd. XLI**
Das Herz, das ich meine. Essays zu Anita Pichler
Franz. Broschur, 202 S., ISBN 3-85256-206-6

Martin Kubaczek **Bd. XLII**
Amerika. Roman
Hardcover, ca. 180 S., ISBN 3-85256-222-8

Arno Widmann **Bd. XLIII**
Sprenger. Roman
Hardcover, 313 S., ISBN 3-85256-221-X

Freimut Duve/Achim Koch (Hg.) **Bd. XLIV**
Balkan – die Jugend nach dem Krieg. Verteidigung unserer Zukunft
Franz. Broschur, 280 S., ISBN 3-85256-226-0

Dmitri Prigov **Bd. XLVI**
Lebt in Moskau!
Hardcover, ca. 320 S., ISBN 3-85256-234-1

Zoran Ferić **Bd. XLVII**
Der Tod des Mädchens mit den Schwefelhölzchen
Hardcover, ca. 280 S., ISBN 3-85256-233-3

Claus Gatterer **Bd. XLVIII**
Schöne Welt, böse Leut
Hardcover, ca. 400 S., ISBN 3-85256-242-2